乾嘉詩文名家叢刊

張寅彭 主編

法式善詩文集

（下）

張寅彭 主編
劉青山 點校

人民文學出版社

存素堂詩初集録存卷二十三

乙丑

季壽以李太守尺五莊圖索詩用季壽卷中和東坡送劉道原韻

荷花往日如人長，竹廊西去無殘陽。兩城之隔廿餘里，到此未免尋詩忙。今春客約看芍藥，繁華過眼嗟存亡。樓臺傾圮老松在，百尺猶堪誇倔強。暫時笑樂取適意，階花紅映櫻桃湯。十年日月送瀟灑，兩鬢黯澹餘秋霜。振衣每作出塵想，放筆無復題襟狂。良朋零落半天下，旗鼓往往逢當場。陶君江漢射雕手，櫜鞬相見心徬徨。逸韻鏗鏘寫歸思，才人不遇徒悲傷。太守巖居養風翮，九萬里路將翱翔。西粤疆域古奇險，大川綿亘山莽蒼。行空漫跨遼陽鶴，讀書學牧金華羊。笑我婆娑綠陰底，聽鐘長日棲雲堂。

曉行盧溝柬蘭雪

彳亍盧溝橋，殘月松梢掛。五字摩詰詩，一幅叔明畫。水暗星忽動，雲遲路轉隘。長嘯沙雁飛，早行山鳥怪。寺磬沉遠村，林葉紅半砦。馬上句重續，籬下酒初曬。陶公未可希，勉學西江派。

次蘭雪博士用東坡微雪南溪小酌韻同煦齋侍郎

殘年大有飄零感，準備圍爐借酒消。枕上遠鐘方破夢，溪頭新雪已平橋。寒衾雲濕增鄉思，深館風微遠市囂。怪底巡檐不招我，梅花香只兩三條。

再用前韻寄蘭雪

君別匡廬又三載，新愁拚向故人消。花明城北前朝寺，雪漫溪南小石橋。閱歷漸深書有味，性情能靜室無囂。數峰青間數峰白，凍柳昏煙幾萬條。

題畫山水

入山喜聽流泉聲，溪畔坐數山花明。昨往翠微值秋雨，黃葉滿地無人行。吳生蘭雪自恃腰腳健，攀盡風梢與霜蔓。羡他逐鳥梯高雲，笑我隨僧噉香飯。歸來滿胸貯山色，畫手何人能寫得。有客示我山水圖，山水之外餘筆墨。嶽嶽者石林林松，千巖萬壑秋芙蓉。谷口有花殘陽紅，嶺背築屋舟不通。樵夫牧豎虛無蹤，只許老鶴褵褷從。飲酒一吸三百鍾，振衣直上千仞峰。石庵滴綠如江篷，延佇又恐來蛟龍，涼月送客歸牆東。

題煦齋侍郎紀夢篇即書夢禪畫卷後

玉堂眷屬皆神仙，出夢入夢非偶然。夢禪寫夢意有託，尚書戴公題句如參禪。天上金書誰辨識，身世恍置紫微側。七星的皪明霄東，一字扶搖照斗北。隔水微聞戛擊聲，橫空盡作金銀色。白雲飛處石橋阻，春風一陣花如雨。殿閣深沉路杳冥，仙子趨蹌寂無語。天道微茫不可知，人情變幻何足數。侍郎自是星精淪，濡染大筆排天門。閨中琴瑟日和樂，世上伉儷徒紛紜。老人七十坐無事，冰雪滿頭弄煙翠。畫出迷離惝怳情，請從筆墨看游戲。

題毛周花卉冊

南田筆法今誰繼，剩有春波王霖與素人朱本。我愛夢禪老居士，胸中別具十分春。是冊為夢禪所賞。

忍將筆墨慰饑寒，為買秋菘畫牡丹。休說鉛華刪未盡，世間幾個冷人看。

再題紀夢篇書卷後

君非東方生，又非青田子。瑰詞寫荒誕，灑灑盡數紙。洞口桃全開，掩映樓臺紫。萬物如浮泡，一心比止水。雲亂山益奇，月明花更美。銀漢富波瀾，鈞樂辨宮徵。可解不可解，上帝默驅使。我謂悠忽語，李白夙最喜。夢禪工寫夢，而又喻禪理。為君證佐之，超哉蒙莊旨。

送楊雪帆懋恬觀察之任蕪湖

吾師德文莊，當日官漕帥。舊章率由之，楊公所心醉。文勤彭習掌故，公政述詳備。後讀勤愨集，詩筆醇而肆。沖微靖節遺，兀岸山谷嗣。寒燈燼十年，未獲窺奧義。觀察公哲孫，槖筆職清秘。皖江水漭湃，蕪湖闢嵬巋。祥和氣濡染，草木亦蒼翠。至今吳越民，猶說先公治。使君旌旆來，將無乃祖似？

先月樓歌應雲悅道人命

登樓看月秋滿湖，秋水橫天月有無。樓中來往神仙徒，濕翠溟濛松栝亂。銀蟾瀉影朱檐半，人間煙暝蒹葭岸。樓上讀書樓下酒，風露之外餘星斗。眼前誰是搜天手，三千瑤島吾遍游。茲樓恨不居上頭，天風容易迴扁舟。烏鵲南飛蛩自語，玉簫聲隔梅花渚。孤鶴低頭悵無侶，今秋結伴翠微行。吳生蘭雪坐愛山泉清，危石飛上猿猱驚。我疑生也挾修翎，豈知嗜奇性命輕。茅庵臥待明月昇，放眼無限蒼茫情。回頭忽睹匡廬青，西園樓比西山亭。西園月較西山明，放筆試作西園銘。時邀蘭雪題冊。

即席應雲悅道人教

欲到先月樓，我比月尤亟。自分隔霄漢，未易瞻顏色。豈知甫握手，轉若舊相識。爛爛碧玉箋，許我灑敗墨。梅花白石間，風雪任捫陟。一語偶投契，肺腑期銘刻。但比號寒蟲，秋階暗蜩蝍。青山容易買，白髮難再黑。

仇十洲湖亭消暑圖歌

畫卷横不滿一丈，六月薰風紙邊漾。江南只有仇十洲，筆所未到神先王。湖亭四面皆荷花，荷花缺處漁人家。朝朝暮暮無住著，一船飄泊斜陽斜。十頃花光百壺酒，好句爭出詩人手。狂吟驚散沙汀鷗，晚涼瀉入石塘柳。今年避暑淨業湖，菱芡堆盤招酒徒。鮭菜亭空苔蘚漬，藜光橋圮田園蕪。蓮花博士吴蘭雪，世上好官都不屑。殘衫破帽坐月明，長嘯一聲蒼厓裂。我亦時上打魚舟，簑衣箬笠吾同儔。欲倩畫工寫此意，畫工只寫臺與樓。展對兹卷三太息，淮海風光喜初識。愿執禿筆列座隅，刻畫長江萬里色。人生但合辭塵囂，水可釣兮山可樵。心中無暑到處好，老夫惆悵湖亭遥。

寄黄心庵

檔山有草堂，不識何年筑。黄髯年五十，掃逕種松菊。愛詩如性命，求友遍川麓。我雖講習久，萬卷何曾讀。輒煩搜剩句，雕鏤上簡牘。聞君空山中，守身如守玉。雖躭湖海閑，豈不民物屬。東南我朋舊，大半建旗纛。果有濟時策，曷弗慮心腹？空言似無補，旁觀勝當局。但希杜甫狂，莫效唐衢哭。霜雪半頭白，煙水一竿緑。靠山多種梅，近水全栽竹。好趁木蘭舟，去啜胡麻粥。

先月樓和韻

牆陰騎馬愧登仙，苑柳宮花屢佇延。余三為學士，兩掌宮坊，一掌宮局，其地距樓皆近。每宿玉堂行月底，只疑朱閣矗雲邊。雪晴泛酒人歸晚，松靜哦詩鶴聽偏。多少林鴉棲暝色，一蟾涼吐翠微先。

送董午橋榮緯

慈仁寺裏五年前，妙墨狂文遠近傳。五年前君為余代書《佛像記》。賣字洛陽秋滿紙，尋詩城北雪漫天。青山載酒人爭羡，白髮簪花世共憐。此去江湖詩我健，旗亭畫壁有新篇。

臘八日葉琴柯招飲留宿齋中剪燭賦此

交情篤兩世，譜誼敦卅年。驄馬鳴柴門，冰雪時漫天。寒雲凍三尺，香粥流初筵。自問非酒徒，玉板參詩禪。繁華閱漸深，冷澹持彌堅。甕虀與園韭，錯雜春盤鮮。晚郭斜陽斜，高樹顛風顛。燭早西窗燒，榻已南榮懸。萬頃明月色，一屋梅花煙。誰謂斗室隘，不及秋嶽巔。

倪米樓自南中以吳南薌畫乞詩郭頻伽已先著墨作此奉懷兼寄南薌頻伽

米樓別十載，聞學益精進。每際槐花黄，高情勞遠訊。灑然絕萬物，抱琴甘飢饉。風濤豈不險，日月何其迅。忠信所可恃，百年等一瞬。草木與春永，頑石入山峻。白雲舒捲心，剪燭畫中認。南薌在濟南，為我圖秋園。秋氣生十指，瀟妙倪黄論。睹茲雲木煙，如行苧蘿村。寥疾琴聲微，飄忽江濤喧。豈君胸膈中，別有經畫存？抑或下筆時，吸盡千酒樽？掛我梅花廬，綠寒不可捫。頻伽寄詩至，卻在六月初。其時荷塘風，吹雨涼我廬。展吟字字清，吟罷還躊躇。挾此涉湖海，何故長齟齬？憂患志士多，禮節才人疏。且買五畝田，趁月梅花鋤。守門語孤鶴，入市煩蹇驢。招邀元鎮流，結伴為樵漁。

畫鶴

琴館簫臺愿不違，何心更向九皋飛。老來野性消磨盡，日守梅花傍釣磯。

臧孝子和貴詩

嶽嶽愛日居，淵淵拜經堂。髫歲依阿兄，校字浙水旁。阮公人倫鑒，纂詁推二臧。無何芙蓉城，召子司文章。徒以母兄在，重為死者傷。大節苟無虧，顔子非云殤。冗閒長樂老，百歲寧足慶？上帝計壽夭，不從枝葉量。三十年命短，千百年心長。勿炫朝露華，揮涕悲斜陽。

答喻東白宗崙

雨濕秋燈昏，愁來不可遣。淨湖倡和詩，煩君訂訛舛。乃為錯雜書，碔砆混鏐銑。好學弗遺近，從長肯匿善？月涼照欹斜，雲動共舒捲。自落吳生手，寶之如訓典。昨啓東平緘，徵引到拙蹇。蘭亭第二本，世猶奉冠冕。比玉當有珏，如肉分一臠。瘦影共梅花，墨香凍春蘚。

瑤華道人以盆梅侑畫見貽畫亦梅花也感其意賦詩

我身近來如梅瘦，我詩近來有梅臭。道人知我愛梅花，瓦盆紙卷紛横斜。天寒斜日幽村遠，澹墨新詩氣深穩。梅雖老矣花仍鮮，茅屋頃刻生孤煙。守門老鶴悄無語，夜深只有涼蟾侶。

蓮花博士歌有序

陸放翁夢一故人曰：「我為蓮花博士，鏡湖新置官也，子能暫為之乎。月給千壺酒，亦不惡也。」蘭雪今官博士，性喜蓮。今年夏游淨業湖看花，得詩最多。楊蓉裳為作蓮花博士歌，黃左田補圖。

月千壺酒良不惡，自有此官無此樂。蓮花博士陸放翁，散髮江湖秋夢薄。放翁當日憂心多，車塵爭奈仙人何。蝴蝶莊周喻言耳，放筆且作蓮花歌。五百年後東鄉吳，淨湖看月思鏡湖。一官到手總夷宕，橋門醉倒諸生扶。才叔長篇左田畫，借歸都向詩龕掛。花影搖將鮭菜亭，書聲聽到成均廨。四門三舍吾游遍，石鼓摩挲秋雨院。月橋舊是酒人場，槐市今誇詩筆健。博士前身即放翁，人間天上清樽同。西涯六月蓮花紅，家家畫汝為屏風。我自手種龕前松，故人勸我騎蒼龍。

丙寅

元日過積水潭

年年騎馬踏京塵，誰識風潭自有春。岸雪消融溪水活，我來又作看花人。

初春即事

老豈遂忘世，病猶躭讀書。百年過一半，千載究何如？雪擁松根睡，風催柳色舒。向陽溪水活，入饌有鮮魚。

居閑

居閑非就懶，能睡始忘貧。筆下漸無色，胸中時有春。溪橋隨意足，花柳入年新。何必江南路，家家有釣綸。

春來

春來能幾日，凍樹盡啼鴉。坐石憐苔色，逢僧問杏花。山風吹雨過，林月上樓斜。我欲松堂宿，清宵鬥筍茶。

春曉行海甸道中

行到水窮處，萬峰猶在西。湖風上衣綠，沙月向人低。病退還騎馬，年衰怕聽雞。一聲雲裏磬，催我度寒溪。

贈陳晴崖

我愛晴崖子，一生躭苦吟。奇書分日讀，春館閉門深。夢裏黄河遠，詩邊白髮侵。可憐韓吏部，容易孟郊尋。

正月十七日陶季壽以余生日邀同秦小峴謝薌泉楊蓉裳吳蘭雪陳石士集趙象庵蔗山園看梅季壽有詩次韻

晨起僮僕走相賀，湖上春風吹綠破。老梅著花三兩枝，好友圍爐六七個。蔗山園即鷗波亭，笑我豈堪荷鋤佐。入門先有鶴來迎，騎馬回看月初墮。宿釀新生草木香，筆禿舊屬文章貨。日長漸覺書味永，屋小不愁花氣大。歌成全付玉琴彈，酒醒屢傍水仙坐。庭燭光摇留客宿，園蔬翠剪催奴課。四海兄弟良獨難，五十年華嘆虛過。杏花開未問山僧，屈指雲堂再賡和。

戲柬吳蘭雪再疊前韻時蘭雪留宿敝齋促其校同人詩集

買得奇書歸自賀，老屋一燈紙窗破。山裏殘梅剩幾枝，海内才人推若個。選樓終當讓君主，屈宋何妨暫曹佐。西廂日昃棠陰移，橋門風定槐花墮。禮法要為我輩設，君近辦琉球學事。文章原是君家貨。字繁目奪燭光短，樓近夢攪鐘聲大。酒醒看雲溪上行，月明選石松邊坐。倪迂茶半桐樹洗，林叟吟罷梅花課。淨業湖頭六月時，萬荷風裏騎驢過。楊柳灣西屋數椽，移居詩定從頭和。時蘭雪欲借居西涯。

鄰人失火翌日蘭雪過問因訂游淨業湖三疊前韻

衆人皆弔君獨賀，垣衣屋瓦參差破。門外風初損柳條，階前雪尚埋竹个。校書盡日松關掩，手腕欲脱誰相佐？吴生近日疲應官，槐市歸來日西墮。斜行淡墨君長計，斷字零縑我奇貨。睡裏誰和詩境寬，醉中不辨酒杯大。慈恩寺裏杏花開，細雨溟濛湖閣坐。邀將畫手寫寒雲，付與山僧了清課。月橋一帶朱樓多，騎馬人從樓下過。羨他雙燕語呢喃，湖上新篇煩爾和。

唐寅溪山亭子卷

撥墨未一斗，幻成千百峰。一峰一層雲，滴翠為幽淙。水流眾籟靜，雨過秋花紅。孤亭峙林表，萬綠生牆東。鶴鸛寂無語，聒耳惟杉松。晉昌有狂生，落筆如飛鴻。十笏桃花庵，頹敗斜陽中。詩思天際來，塵夢忽焉空。匪由手腕靈，全藉心神融。使之作文章，當不羞遷雄。何乃雜酒徒，餓死蒿萊宮。至今明月高，猶響寒山鐘。

秦小峴太常約同人作東坡生日越月補以詩

奉常淮海裔，千載懷坡公。臘月公誕辰，君適來粵東。設祀拜像側，如在蘇門中。杭州與惠州，君兩修公宮。配之以淮海，孝思何雍雍。今典奉常儀，厥制抗秩宗。朋儕聚三五，說禮相從容。梅花薦一枝，水白斜陽紅。吹簫奏短曲，聲逐靈旂風。誰謂公生平，未一游居庸？公神在天地，北地南天同。

題韓桂舲方伯還讀齋集後

堅白貴自凜，磨涅非所知。言者心之聲，難得言無欺。字字出肺肝，一字一淚垂。側聞江漢間，黎庶多瘡痍。藥石豈未投，所恨無良醫。君既燭隱微，當早為措施。莫僅託空言，使人抱渴飢。緬想還讀齋，短几南榮支。蘇公與杜公，顛倒夢見之。咀吮到骨髓，匪襲毛與皮。臨潁沉痛語，長沙危苦詞。直抉生平懷，告爾百有司。孰於州縣堂，大字鐫諸碑。

贈傅醫

長安無業兒，每藉醫為活。《本草》尚未讀，人命焉能奪？高車與大馬，聲勢相薦撥。傅君來廬山，對此心惻怛。生平九折肱，家傳有衣鉢。微茫肺臟辨，俄頃瘡痍割。胡乃欲為官，迫切求釋褐？我今三十年，儒衣尚未脫。良醫比良相，勿致群言聒。

秦小峴招同謝薌泉楊蓉裳蔡式齋陳石士陶季壽集崇效寺看花次韻

忽雨忽風寒食天，太常洗盞磬房前。雲沉水檻生花氣，飯熟山廚帶石煙。一角斜陽隱雅背，半瓶殘酒掛驢肩。明宵蒼雪庵中去，看月煩僧借釣船。明日有玉泉山之游。

寺中晚飯歸途有作

人到清明愛晝眠，馬嘶芳草鳥啼煙。日斜山影桃花外，風定溪聲竹榻邊。高樹春濤喧夜夜，老僧殘夢續年年。海棠無信沐惆悵，暫對清樽一放顛。

清明後一日出德勝門由三汊口抵海淀

東風剌衣透，春仲如冬初。雖有山桃花，到眼紅猶疏。言行三汊口，忽憶千雲姝。去歲六月時，藕花開滿湖。招邀二三子，冒雨漁船呼。夾堤兩行柳，跳水三寸魚。此樂何嘗忘，歲月忽已徂。所幸知己內，尚有陶與吳。朝唱或暮酬，吟興尚不孤。惟恨霜雪多，漸白吾髭鬚。

過帶綠草堂舊居有感

憶我五歲時，讀書居草堂。草堂僅三楹，花竹高出牆。後有五畝園，夾道皆垂楊。我幼苦尫弱，晨夕需藥湯。我母善鞠我，鞠我我病良。楚騷與陶詩，上口每易忘。老母涕泗橫，書卷攤我旁。一燈夜熒熒，落葉鐘聲長。至今老梧桐，猶剩秋陰涼。轉眼五十年，兒今毛鬢蒼。徘徊那忍去，幾度窺斜陽。

故巢燕自飛，殘墨污空廊。

紫雲新院贈趙象庵

紫雲突兀飛，墮地為衙齋。山中自有官，雞黍邀朋儕。但取仕官幽，何至林壑乖。舊竹短於童，新柳嬌如娃。松根積雪中，凍草蘇芳荄。春寒花木遲，心靜風日佳。我自攜詩瓢，君請借僧鞋。

蒼雪庵

車行亂石中，軋軋似搖艫。高下歷數岡，山容許重睹。松栝韻漸清，桃杏紅乍吐。入門僧語熟，隔澗鶴聲苦。泉響四山應，苔破一亭古。禪房只十笏，遠近寄仰俯。牆缺雲任飛，留待花陰補。

妙因寺峰頂

頹寺寂無人，斜陽與荒草。峰頭極蒼翠，萬丈春風掃。攀蘿陟古逕，咫尺接晴昊。蒼茫一氣中，千家聲浩浩。但覺三山雲，直壓兩湖倒。微分斷橋柳，難辨平沙稻。樓臺經指點，盡入吾詩藁。白髮乞鑒湖，狂哉笑賀老。

景泰陵杏花

婀娜古道旁，老杏紅嫣然。上有景泰陵，車轍横陌阡。昨日長官來，墳頭燒紙錢。七載典朝綱，千古悲荒煙。貞哉此杏花，掩映碑亭鮮。榛荆任蕪雜，雲木齊暄妍。孤臣碧血凝，霜雪寧能遷？摩挲不忍去，下馬澆寒泉。

普覺寺

到門兩池水，倚樓數枝杏。日走黄塵中，不識清涼境。雲飛山轉閑，水喧人自静。澗風竹院疏，斜日蘿逕永。獨步桫羅林，濕翠滴衣冷。瘦鶴下空階，疑是老僧影。

齋房看竹次蘭雪韻

一千竿竹陰滿地，雲堂客至醒晨醉。坐久能教心骨涼，望深頓覺鬚眉翠。喫罷松茶筍蕨嘗，任他雙燕語空梁。即今春雨禪房夜，絶勝孤篷泛楚湘。

退谷

退翁非退翁，頗聞躭仕進。遺民而顯宦，霜雪欺老鬢。蕭條山谷中，深自抱悔吝。庚子消夏記，聊復託筆陣。世上書畫家，掩卷傷不慭。翁乃屏餘愛，坐閱春花燼。臺榭閱歲荒，雲煙過眼迅。櫻桃一樹無，繞亭但蒿莜。

櫻桃溝石上聽泉

不見櫻桃花，但聞水石響。選石坐俄頃，澗水忽然長。平生厭箏琶，無術脱塵鞅。置身隘谷中，翻覺寸心廣。況有山水音，挾我詩情往。玉琴姑勿彈，松風已十丈。對面白雲飛，隔溪明月上。

五華寺

破瓦覆寒花，殘僧倚病樹。山泉松葉燒，留客煨山芋。涉險討水源，巾舄濕煙露。坦臥孤石上，細問來時路。尋詩托蹇驢，導行仗沙鷺。

石壽寺

老僧亦白鬚，持畚衣短褐。自言善種花，幾欲造化奪。問僧操何術，答以愛能割。手指西園内，桃花樹樹活。我日讀古書，恨未能綜括。到眼輒留戀，東塗復西抹。僧言雖粗淺，吾將當棒喝。

松堂

驅車梵香寺，厥右名松堂。萬濤自舒捲，一氣空低昂。中有太古陰，上無明月光。想當風雷過，半夜龍蛇翔。倏忽戰鬥音，變化成笙簧。居人不敢窺，聲入肝膈涼。松花拾幾斗，燒水勸客嘗。石屋容我葺，定筑松堂旁。

香山道中

太行之兒孫，居庸為脈絡。放眼無遠近，披襟但清廓。中有數佛廬，奄寺昔營作。今屬上林苑，點綴以樓閣。清音藉山水，秀色謝雕鑿。騎馬從東來，風花頗不惡。沽酒杏花店，買魚綠楊郭。觀水念濠魚，聞鐘感遼鶴。前游三十年，回首傷今昨。為題漫與詩，勿爽林泉約。

步裂帛湖堤抵昆明湖

樓臺在天際，不禁游者看。渺瀰湖水光，蕩我煩憂散。煙中白鳥呼，樹上幽禽喚。沿緣短草生，四顧愁無岸。波心大魚出，避人忽驚竄。欲歸路已失，前行橋又斷。忽從新綠底，一片春流亂。言是昆明湖，放眼窺浩瀚。始信裂帛水，僅此湖之半。由淺而得深，儒生貴淹貫。知足故常足，何必到江漢。

西方寺

寺既名西方，僧宜空諸有。米帖與歐書，墨雲不離手。花影上石欄，碁聲出松牖。胸滌玉泉水，塵煩謝已久。春寒兩湖月，風送千波柳。堤前曳杖來，曾得新詩否。

由堤上歷界湖桑苧玉帶諸橋至鏡橋而返得詩二首

春深花木房，水明桑苧村。斷雲沒橋柱，古蘚生松根。緩步長短堤，不問東西園。但覺遠來風，吹綠衣上痕。波搖樹影破，任爾魚吐吞。有色每易壞，無著能常存。桃花與流水，二者當細論。

三山萬樹雲，兩湖一條水。鳥飛山影外，人在湖煙裏。蓬萊本仙境，問誰能到此？蒼茫古詩境，歷歷豁眸子。坡公海市游，題句心獨喜。有若造物厚，大塊為我起。笑余太局促，身未離鄉里。暫偷半日閑，一雪拘墟恥。

游玉泉歸柬蘭雪兼寄薌泉季壽

君游為看花，我游為賞春。和春比善士，時花如美人。趣味雖不同，寄託各有真。請看湖上風，吹綠波粼粼。明月有誰修，萬古常鮮新。側聞賀郊輩，終日勞吟呻。豈知一歡笑，早閱千苦辛。

即事

不為看花到，聊因覓句行。湖煙衣上綠，林月鬢邊明。僧外松俱古，鷗邊水自清。過橋人語少，斷續只鐘聲。

記所見

春風最惱人，横吹萬花落。詩人救無力，顛倒花下酌。豈知閱世深，容易感今昨。房前雙燕子，自愧衣襟薄。呢喃語夕陽，多恐置身錯。望望前溪邊，寒雲迷略彴。

陶季壽招游愍忠寺至江亭小酌

聞說海棠花，已被風吹壞。或者仗佛力，數枝永禪界。但可茗盌對，如何魚肉餲？君知我校書，閉戶甚矣憊。充口黄虀薄，打頭白屋隘。放筆江亭中，一詩消百瘵。

題季壽紀游詩後兼柬蘅泉蘭雪

飽讀玉泉詩，我意所欲出。而我不能言，仙乎君之筆。怪哉謝與吳，閉門苦著述。作詩儼作畫，十日又五日。

陶季壽招陪秦小峴謝蘅泉劉澄齋楊蓉裳張船山趙象庵吳蘭雪陳石士葉仁甫陶怡雲至愍忠寺遂游崇效寺余獨憩龍泉寺同抵江亭午飯得詩三首

愍忠寺裏花，百回看不厭。花好何足言，好友良可念。矧相藉砥礪，匪為崇壇坫。文章特技藝，身心先靜驗。天光古殿深，人意禪房斂。竹間草亦閑，松外春自艷。鳥聲閟林樾，茶煙散茆店。

紅杏青松圖，藏弆棗花寺。拙師昔弄筆，朱錫鬯王貽上雅好事。後來淺學流，題句思附驥。卷已牛腰然，詩卻續貂似。諸公託游觀，海棠花底睡。我適過龍泉，乘暇討幽邃。鶴聲松院閉，花影雲堂棄。午鐘破樓響，殘僧生客避。孤蝶導前路，蕭然我獨至。

江亭峙東南，出門乃見之。僧指杏花間，飛飛者酒旗。舍車歷數阪，短葦青差差。此地我屢到，看山春最宜。高曠豈不佳，惟乏煙水姿。昨游玉泉側，胸膈留風漪。安得湖山尾，置爾孤亭攲。坐雨秋在人，看月涼生卮。諸公臥紫雲趙象庵倉署名，讀我江亭詩。

清秘堂記所見

船到瀛洲定幾回，天風吹去又吹來。柳條成縷槐成幄，都是老夫親手栽。

湖樓秋思卷子為王海村作

我家淨業湖，惟屆秋最宜。看山登酒樓，萬樹斜陽遲。下有紅蓮花，映水如胭脂。樓上看花人，薄醉哦新詩。風亭鷗不飛，月橋驢倒騎。可惜西泠雲，未濕吾衿褵。酒醒落殘夢，散入錢塘漪。安得駕扁舟，蓑笠稱漁師。王郎住京國，偶觸蒓鱸思。低徊念故山，此意何人知。咫尺鮭菜亭，煙水春一陂。奚弗宿僧廬，暫息津梁疲？

畫樵

打頭星露壓肩雲，極目空山少見聞。孤鶴一聲松萬樹，綠涼深處又逢君。

題吳節母傳後

竹橋寄余書，盛稱頊儒賢。歸美節母教，謂必文章傳。昨歲來京華，方幸酬酢便。屋榻尚未掃，倉促游秦川。後從芙蓉館，楊蓉裳齋名。讀君新著篇。字字出胸臆，創解無拘牽。今春甫握手，黯然清涕漣。手奉節毋傳，求為文以宣。拙蹇余屢謝，孝子情彌堅。吾聞節母殂，距今五十年。頊儒能固窮，竭力諸經箋。匪遵母教篤，曷克信好專？守節事豈一，教子成名先。愿君通一經，一告家廟前。青燈照熒熒，頊儒其勉旃。

書覃溪先生題法源八詠石刻詩後

前游四十年，成詩七八篇。今歲始勒石，期會非偶然。詩老感今昔，留句僧廬懸。吹出古墨香，化作雲堂煙。春花早含愁，恐遜詩新鮮。半空竹柏音，藉爾鐘磬宣。我來叩齋房，弔古非參禪。緬維謝文節，曾此生命捐。欲葺三間祠，何日謀吉蠲。徒有瑰麗詞吳穀人祭酒曾為碑文，末由金石鐫。百匝行牆陰，濕翠溟濛天。苔碣手摩挲，惆悵昏廊前。

送趙豳亭同岐大令出宰安溪

文毅萬曆初，侃侃立朝右。上疏劾輔臣，廷杖放隴畝。閱後三百年，五世孫某某。秋帆下南康，春雲接曲阜。達人明德嗣，豳亭家法守。謁選來長安，騎馬西涯走。敦迫索陳句，余丁未年曾作《兕觥歸趙歌》。殘稿半灰朽。感君忠孝心，剪燭沉吟久。君今宰安溪，絃歌行處有。文貞擅儒術，遺澤在人口。乘機利導之，勿事加擊掊。重葺松石齋，汝師公齋名。滿斟兕觥酒。王弇州不作，餘子將誰偶？

三月晦日晨起訪鮑樹堂侍御泛舟潞河

未明先膏車，既駕天猶昏。出城二三里，煙水明城根。繫馬橋柱頭，犬吠籬笆門。使者如孤僧，枯坐經貝繙。訝客不速來，倉卒陳魚飧。扁舟待葦間，搖盪清詩魂。自憐困塵坱，無夢尋江村。借此川雲光，緑我衣上痕。山色望雖遠，濕翠如可捫。萬柳隨一波，白舫清陰存。管絃既弗設，林際幽禽喧。殘春不可留，白日西峰吞。相約蓮花開，月底攜芳樽。

是日葉琴柯侍御過訪不值留詩而去次韻

花氣溟濛晝亦昏，踐春今日合開樽。鷗閑於客長尋水，鶴瘦如童解候門。古巷定猜松樹換，余舊居松樹街，曾約君過飲。冷官要識柏臺尊。緣何愛續牆陰句，不惜宮袍漬墨痕。

存素堂詩初集録存卷二十四

丙寅

王蓬心太守為查映山給諫畫聽雨樓圖

雨聲今昔同，聽雨人易換。歸然百尺樓，不隨絃管散。宣南甲第高，萬樹春雲亂。賢哉映山老，西山終日看。暗涼襲襟袖，濕青落几案。竹煙與茶煙，林影中續斷。蕉緑窗忽明，燈紅夜及半。瀟瀟衆籟寂，擁衾念江漢。東樓議事處，剩有幽禽唤。何人拜跪地，疏風開酒幔。卻憐得石軒，猶峙樓左畔。當年初白翁，題詩幾悲惋。今得王叔明，古綃寫一段。恨我詩龕圖，未煩君染翰。

答周聽雲鍔太守並寄西涯年譜

西涯近吾廬，夢見長沙公。尋遍畏吾村，廢墓斜陽中。攘臂剪荆棘，奮志修祠宫。凡公遺佚事，輯為書一通。辨論考記之，余有《李文正論》、《王瓊雙溪雜記辨》、《西涯墓記》、《西涯考》等文。表白公隱衷。而我居長安，啾唧號寒蟲。千里聽雲館，尺素來清風。情溢於言外，其言無弗工。舉似懷麓堂，今昔將毋同。年譜久鏤板，擬寄吳江篷。東南士大夫，使各知涯翁。何時與先生，醉看蓮花紅。西涯蓮花最盛。

肅武親王墓前古松歌

豈有吹簫不用竹，碣語分明我王屬。成都城墖毀，得石碣，有「修墖于一龍，拆墖張獻忠」語，又有「吹簫不用竹，一箭貫當胸」語，傳為武侯筆。一百三十六營賊，爭向將軍馬頭哭。功成身歿何憂勞，毅魄上燭星辰高。獨有墳旁老松樹，郁勃時藉風悲號。枝幹周圍六十丈，礌砢未肯扶搖上。儼然廣廈萬間庇，豈藉飛濤半空響。松山戰罷搜松材，此樹曾盟帶礪來。盤拏直學虬龍走，靈爽將疑幢蓋開。中間卻有淩雲勢，兀傲不受鬼神制。百尺以上若樓聳，五步之內已綠閉。偃蹇略比梅花枝，人世炎涼總不知。偶遭風雪皮肉壞，蒼髯翠鬣仍支離。辛酉年，風雪甚橫，高枝微損。我來趨拜墓門側，一縷天光入松色。斜陽閃閃隱殘紅，白髮蕭蕭變深黑。韋畢不作誰能圖，王維之詩今有無。惟餘丞相祠堂柏，萬古崢嶸兩大夫。

由肅王墓抵那氏園小飲入城仍集肅邸南園

松涼既沁骨，松綠漸上衣。出園復入園，水風吹隔扉。南北溪一條，遠近花四圍。山坳起臺榭，對面濕雲飛。晴昏倏難辨，向背時相違。懶鶴林間棲，閑鷗沙上歸。石庵無太陽，中閉苔花肥。樓陰接樹影，不見西山暉。深恐城郭阻，惆悵蘆中磯。

騎馬踏斜陽，步步西山影。誰知玉河東，乃有雲林境。水竹忽參差，燈火辨俄頃。馬聲柳外驕，鶴意松邊靜。分明摩詰畫，尚未丹黃騁。一片真精神，隨入各自領。我有江湖思，卻未識笭箵。借茲天上船，春夢到汝潁。萬里明月光，頓砭肌膚冷。

阿雨窗林保中丞寄示修祀濬泉紀事詩題後兼懷韓桂舲方伯

山川賴明神，風氣轉大吏。維楚古雄邦，百材徵瑰異。修祀與濬泉，不是爭名地。陰陽弗愆忒，天人果一致。使者弗居功，賦詩曰紀事。我念湖湘間，邊徼最難治。蠻戶操戈矛，良民受罪累。瘡痍患既平，補救術斯備。術豈一而已，要期俯仰遂。撫軍坐堂皇，百僚悉承意。令下如山重，所難辨誠僞。昨披還讀齋，韓桂舲齋名。臨潁七百字。字字寫沉痛，一字一墮淚。載誦茲二詩，奧旨同幽秘。在壕篇悱惻，春陵行懇至。想從南嶽南，民早蘇痿痺。君當謝賓從，暫停花下騎。九面薰風來，彈琴聽松吹。

聽雨樓即景

昔年聽雨處，今日讀書聲。吹笛人何往，看山句忽成。晚簾雙燕入，獨樹夕陽明。欲問東樓事，春雲滿地生。

晝憶叔明子，詩吟初白翁。百年真落葉，萬事總秋風。客夢短長換，酒杯深淺同。卻增書萬卷，留貯屋西東。

答福蘭泉慶中丞

側聞鸞鳳吟，不諧蟲蚓唱。如何萬里風，一紙落天下。朗朗瓊琚詞，讀罷神為王。黔陽古蠻郡，夷民賴懲創。既令禮法遵，當使飢寒忘。大抵恩與威，竝行斯至當。使君皋夔裔，蒼生仰清望。梅花開官閣，鼓聲息軍帳。牂牁緬治績，首推諸葛亮。明季郭子章，書生秉節仗。我朝宏毅公，克配漢丞相。公今撫此邦，青螺何多讓。載誦蘭泉詩，沉雄復高曠。閭閻所疾苦，寫出真情狀。笑我守章句，操斤比梓匠。猥蒙遠致詞，親切抒腑臟。展玩松石間，高歌氣夷宕。對月念湖海，未免聲悲壯。搔首睇西南，煙雨增惆悵。

朱野雲自江南來言今春遊焦山與墨卿憑眺謂不得與覃溪先生及余偕為憾覃溪先生賦詩余亦同作索野雲畫金焦圖兼懷墨卿

朱生兩懷袖，仍貯金焦煙。手出揚州書，笑語詩龕前。東風吹濃綠，曾擊沙棠船。望雲生古愁，燒筍參行禪。孤月吐松頂，客倚松根眠。濯髮山氣清，觸耳鐘聲圓。遠夢散平林，茶味回新泉。我昔適郊坰，曾歷房與田。謂上房、田盤諸山。騎驢三日行，拚放桃花顛。細雨濕溟濛，卻少春溜涓。松石各幽怪，北質而南妍。既無縮地法，又乏鞭橋鞭。朱生肯掉筆，造化將無權。蘇齋一縷香，頓落江亭邊。

答覃溪先生

金焦我未到，煙綠悄入夢。老禪詩畫參，遠道笑言共。騎鶴客身適，打槳游興縱。似約盧溝月，推入梅花洞。谷雲黯黯長，山雨濛濛送。朱生返京國，濕翠壓囊重。頃刻丹鉛調，依稀狡獪弄。慘淡蘇齋句，往復陶廬誦。余齋名。固緣塵垢絕，要是懷抱空。江濤早息喧，坐聽春禽哢。

寄伊墨卿

聞君坐官衙，蕭疏似古刹。室任涼月入，窗憑秋竹戛。物來輒鑒別，初非藉苛察。和易感人心，一時無險猾。獨於孤寒流，因材而振拔。政暇時揮毫，矯健霜中鶻。賦詩取瘦硬，亦不廢蜩螗。翹首望南雲，兩目重洗刮。

綠淨園感賦一詩贈舒桂舫德恒

徘徊綠淨園，惆悵城西路。不見種樹人，時逢手種樹。危橋斷石間，花影松陰互。翻覺舊樓臺，頓承新雨露。而我游茲園，未免感今故。當年樗散材，曾邀君子顧。居然老鶴前，容與沙汀鷺。萬事如雲散，百年幾朝暮。

再贈桂舫

屋起松陰外，泉流竹樹中。野花爭向日，孤鶴不趨風。酒到千愁散，詩成百感空。門前三逕好，只要剪蒿蓬。

治亭書來奉答二律

天上黄河水，人間白髮臣。安危三省繫，憂樂一情真。老去功名薄，年來府庫貧。如何轉移法，不獨活斯民。

不繫舟中坐，盤桓數日間。札中語。暫依兒課讀，又學客看山。疏草宜親寫，游詩莫盡刪。即今論文事，已足壓朝班。

和小峴大京兆移居詩四疊前韻

京兆移居眾賓賀，恨不才人詩戒破。小峴以蘭雪納姬輟吟，有破詩戒語。汪子乘興寫作圖，卷尾獨遺我一個。袖詩載酒早相送，分竹洗桐晚來佐。碧海收帆兩鬢蒼，官齋剪燭孤花墮。長髯健足剩三五，敝篋殘縑宛奇貨。愁貧只道故鄉好，話舊不知官職大。覔句時從月底行，愛涼夜向鷗邊坐。約游淨業湖。笑我日踏東華塵，恰比殘僧了功課。學書學劍兩無成，荏苒年華五十過。長愿陪君淨業湖，西涯雜詠從頭和。

贈梁石川德謙州牧

芭蕉林已空，書畫船何往。殘縑故紙中，當年寄清賞。我每讀遺集，風流緬疇曩。君今仕籍登，曷不爾祖仿。牧民無他術，不外教與養。念君為民時，屢受縣官攘。民也今為官，毋忘昔悒怏。濱州大海濱，魚鹽易生長。因勢而利導，奚煩法令強。獷悍雖弗免，化之以忠讜。不聞孔子云，舉直措諸枉。

野園詩為明鏡溪善作

湫隘既不嫌，山水欣在目。堂構識遺澤，怵然對松菊。漸次瓦礫除，何必樓臺矗。十步五步間，身疑入林谷。先人手種花，今已成喬木。一亭蔭其下，四時雨露沐。杯酒娛弟舅，歌詠逮朋族。春風能風人，此語宜三復。治園治天下，因其勢已足。清光得庭月，生機驗園簌。所望南窗南，先補百竿竹。

贈嚴香甫鈺

善學王叔明，今有嚴香甫。相逢蕭寺中，兩鬢霜結縷。衙官不可為，厭聽轅門鼓。飄然去湖海，卅載漁樵伍。賣畫作活計，閱盡羈棲苦。深杯破屋燈，孤枕長安雨。斜陽上短几，秋山一角補。眷驢訪京兆，訪秦小峴京兆，遂至詩龕。亟欲謀所主。京兆雖清貧，草堂少塵土。散髮榆柳間，奇氣庶幾吐。

題嚴香甫畫冊十二首

春煙濕柳中，忽逐江聲去。花外有人家，黯黯山青處。

樹石半疏放，樓閣殊參差。緩步江村中，妙絕王維詩。
長林一夜雨，便復秋苔生。筑亭綠陰底，酌酒山月明。
不知雪壓山，但聞泉落澗。延佇雙松間，誰復思游宦。
松聲接水聲，何處參人語。老鶴不飛來，石橋臥沙渚。
居山愛白雲，坐竹看黃月。無人送酒來，秋陰濯毛髮。
雲樹入孤煙，江天失秋影。眾鳥不敢飛，我行萬松頂。
下筆枒杈生，匪直托梁陳。欲仿柯丹邱，卻肖文徵仲。
老樹逾千年，風霆不能難。翻令咁煙人，驅之入指腕。
山中自有花，不著人間色。秋庵一枕涼，倔佺那比得。
古木寒無煙，一船流在水。黃葉覆我衣，白雲飛不起。
亂山夕陽底，不辨江干路。只有打包僧，待月倚松樹。

贈黃穀原均

長安畫士稱三朱野雲、素人、自庵，黃生賣畫來京都。促膝已覺氣瀟灑，下筆忽見雲模糊。結交只有嚴鄰府，歷下亭邊聽秋雨。卸驢先訪淨業湖，百頃蓮花數聲艣。打門同醉西涯齋，蔬筍登盤苔上階。夜深誰遣鬼神入，床頭壁上生煙霾。二客據案各狂笑，放筆為之非意料。當場許吐胸中奇，大葉粗枝出神妙。望古我為人材愁，此畫何減寅與周。飄泊淮海同沙鷗，有才無命將焉求。清風明月隨處有，白雲在天筆在手。鶴可僮兮僧可友，我尚隨人呼漫叟。得錢便買菱與藕，三朱邀來同酌酒。

六月六日秦小峴招同人積水潭看荷花余不果赴

去年看荷三汊口，陶季壽吳蘭雪各有詩數首。今年看荷積水潭，京兆攜瓜還載酒。京兆自詡游踪多，越湖湘浦晴無波。羅浮山影與離合，一船搖曳花婆娑。自從日下官衙住，戶外苔青阻幽步。只有溪南鮭菜亭，藕花香裏藏鷗鷺。散衙清曉簾雲開，尋詩客半披簑來。我正閉門辨奇字，枵腹不敢陪鄒枚。城北風光月橋好，三朱都寫西涯藁。瀟灑嚴香甫黃穀原兩畫師，放筆直欲全壓倒。草堂竹榻粗安排，梧桐秋雨鳴空階。半尺瓦燈三尺絹，芙蓉萬朵生幽齋。我當煮酒邀君至，尋遍潭西幾蕭寺。乘興為文以記之，當作長安名勝志。

積水潭即事

黃蝶白鷗相間飛，蟬聲多處水聲微。散衙騎馬橋頭過，笑我偷閑坐釣磯。

疏柳高槐各受風，石陰涼處繫孤篷。盟鷗放鴨平生愿，只厭門前花太紅。

陪劉金門侍郎秦小峴京兆陳伯恭太常施琴泉學士查小山郎中吳蘭雪博士黃穀原山人積水潭看荷花歸憩海氏園抵詩龕小飲

修史志溝洫，儒生易聚訟。緩步驗牐口，匯通義斯重。涓流一滴耳，乃為濟漕用。淮南十萬艘，陸續官倉送。茲來看荷花，百頃綠無縫。中有千娉婷，綽約補其空。白鷗湖外飛，鳴蟬林際鬨。蘆葦皆作聲，驚醒老漁夢。

槐陰與苔色，映我衣衫綠。掃石坐釣磯，午涼生水木。騎馬踏官街，日嫌炎熱觸。偷閑訪佛廬，觀水到漁屋。道左誰氏園，出牆萬竿竹。何須問主人，客來皆不速。茶瓜冷沁心，勝飽花豬肉。徘徊擬重至，相期梨棗熟。

我家老梧桐，久為風雨壞。今年補種之，高僅等荑稗。雖有石壘壘，見者不下拜。槐榆亭四遭，免受夕陽曬。難得同心客，杯酒此閑話。百年嗟已半，江湖詎吾隘？奚為古煙翠，曾未兩眼掛？招邀數畫師，鑿空詩龕畫。世將參畫禪，我但了詩債。

六月九日拜西涯墓二首

驅車大慧寺，言拜西涯墓。西涯嗣雖絕，至今留掌故。年年六月九，問道枯柳樹地名。山人朱野雲繪遺像，留畀寺僧護。當時憂國心，隱然生絹素。魚菜且不具，高官果何慕。生平水竹思，後人誰領悟。將軍號威武，惜哉祇旦暮。

塚人墓大夫，先賢邱壠掌。軒軒京兆公秦小峴，涯翁山斗仰。玆地隸宛平，君宜永禋饗。桃花千樹紅，竹樹三畝廣。門前開一池，春韭秋菘長。山僧任住持，燕雀禁來往。嚴鈺黃均今文周，補圖愜幽賞。堂額題懷麓，上慰茶陵想。

答張舸齋

昔人論鷗波，文福享為至。高官未忍卻，乃受清流議。文筆豈不工，終有富貴氣。君肯狎漁樵，瓢笠隨所寄。山水太幽險，漁樵罕到地。哀猿早歇聲，老鶴亦潛避。先生曳杖來，題詩紀其事。手挾一枝筆，心化萬峰翠。星斗傍巾舄，雲霞攬夢寐。君鄉孤冷人，多愛抱山睡。秋江冷雍南何後，海門實無愧。鮑野雲顧子餘及王柳村張寄槎，各有著書意。遺籍幸可徵，京口耆舊志。《京口耆舊志》採自《永樂大典》，今庋金山閣中。

書徐直生寅亮侍御艾湖春泛卷子後

煙水果貯胸，隨時可寄託。心不為形役，妻子即梅鶴。眄想艾陵湖，春風綠楊郭。人向鏡中行，船從天上落。書卷在眼前，百愁都拋卻。側聞志士語，先憂而後樂。方今河與湖，紛起爭強弱。因勢利導之，必當有先著。潘公及勒公，成法良不惡。仔細繪成圖，奏進文淵閣。上以答皇心，下以奠民瘼。

嚴香府詩龕圖

老手圖詩龕，只用三五筆。況君秋睡足，晴窗好風日。飲酒雖不多，酒氣從指出。喬松取醜枝，怪石留敗色。桐竹尚弱稚，挺生實有力。古人論畫品，最重者秀逸。君師王叔明，天機故四溢。從此空山中，當筑一石室。倪懶取疏簡，黄癡尚闢賓。我學陶宗儀，安排數錦帙。愿彷南村圖，一一寫纖悉。

黄穀原詩龕圖

徵仲官翰林，曾受姚淶謗。四友齋叢說，竹垞辨誣妄。至今吳門客，爭學文家樣。僞體日益多，紛紛逞意匠。畫骨乃天成，俗手坐惆悵。黄生大癡裔，胸襟本高曠。凡幾閱輩流，心知所尊尚。興到腕隨之，但覺其奔放。豈知落紙後，筆筆出醞釀。雖屬古人與，實是造物貺。黄生曰不然，吾攄諸肺臟。吾還語黄生，慎勿徵仲抗。

吳八磚詩龕圖

君知我怕俗，畫此竹繞屋。又知我愛涼，畫此雲滿堂。此堂此屋中何有，朝起讀書暮飲酒。野童當鶴守柴門，涼月一蟬噪高柳。先生抱病三十年，藉口玉版參枯禪。客來只可辨蔬筍，買魚市脯嗟無錢。吳家弟昆皆玉樹，獨有此君如野鷺。不肯隨人作熱官，放筆自寫煙霞趣。黃陵廟前剛雨過，邯鄲谷口秋風多。畫竹君誠文與可，題詩我愧蘇東坡。

合作詩龕畫會卷子

故人聯袂清風來，殘雨猶滴詩龕開。狂孟麗堂踏破空廊苔，筆花落紙心疑猜。東鄰睡足嚴香老香府，紅日三竿說太早。浙西有客學冬花朱閑泉，邗上三朱夢春草野雲、素人、滌齋。黃生黃生穀原真太癡，灑墨便是無聲詩。吳子八磚銜官怕官熱，湘竹為我圖風枝。瑰奇更羨姚太史伯昂，一片秋雲墮十指。太倉家法剩二王甬亭、梅亭，粗枝大葉張風子水屋。舍人盛甫山水部汪浣雲各閉門，伏几追寫梅花魂。卷尾丹鉛付渲染，譬如鴻爪須留痕。我自展向月橋讀，喬松怪石生平熟。何處種梧何處竹，草閣荒涼不可宿。階蟲啾唧樓鐘續，黃生自起翦秋燭，解衣磅礴坐寒綠。

匯通祠

翠磴盤紆接蘚墻，落星石枕岸雲蒼。殘荷斷港自秋水，疏柳荒陂空夕陽。鷗夢何須問南北，蟬聲容易判炎涼。月橋廢宅今餘幾，古月年年照屋梁。

文五峰畫上海顧氏園亭冊

玉泫館

既圖雅好齋，復寫玉泫館。北楹花竹紛，南榮賓客滿。商量到閣帖，興會託酒椀。石情希米顛，畫趣師倪懶。攝山老農畫，吾見亦已罕。此幅縝密中，筆筆見蕭散。

薔薇幕

天風半夜吹，紫霞忽落地。遥想載酒人，月明執筆待。西樓錦被堆，徒自誇明媚。韻友在幕中，酬酢皆韻事。苔砌接清陰，槿籬足春睡。誰云畫不真，黄蝶隔墻至。

漱玉泉

莫謂隱士泥，足以壯屐聲。掘井必及泉，君子懲處名。挹彼一勺水，曷取詩瓢盈。為洗談天口，辯說聞鏗鏗。流泉繞花去，餘響猶瑽琤。待月坐石頭，心跡真雙清。

春雨亭

不種竹千竿，那聞雨半夜。起來視石上，多是寒苔砑。微風散杏花，為補石間罅。虛廊搨聲緊，何必雨聲借。躭幽伏淨几，弄筆娛清暇。雷電幸勿來，恐此龍蛇化。

滌煩磯

有仙即有煩，煩豈人能絕。果弗為形役，滌之心已潔。此磯非江干，何勞布帆設。朝惟竹石侶，暮免波濤齧。時復把一竿，終日清流閱。羨魚退結網，從不因人熱。

續元閣

揚雄草《太玄》，從之者侯芭。從義續《太玄》，友之者文嘉。伯仁嘉也弟，匪敢文章誇。舍人評事官，僅僅如風花。奉身閣上居，任爾譏塗鴉。釋文考異書，舊本藏誰家？

靜龕

我亦有詩龕，所苦不能靜。近來厭酬應，行當萬事屏。衰痺入兩腕，作字如松瘦。可憐清秘官，無人代陳請。羡君好身手，揮灑中書省。白雲飛不高，只傍梅花影。

月榭

月自不擇人，人請月長視。月明萬緣寂，入山從茲始。今日山忽青，明日山忽紫。古月有定輝，人心異悲喜。徘徊松菊間，誰是天隨子？嗟我有時盡，惟月無時死。

潛虬

晦明相倚伏，達者能先知。虬為龍之屬，喻松象尤宜。樓陰亘天半，萬綠空離奇。盤旋不得出，遠勢仍之而。妙手但寫意，删卻葉與枝。蹈實乃翻空，此是無聲詩。

瑩心亭

人心本皭然，蔽之斯慣亂。止水無驚波，爾室即道岸。對月三杯空，當風萬卷爛。何如坐草堂，方寸自澈盥。沙外白鷗猜，林際幽禽喚。百年胸膈間，留此春一段。

晴暉樓

鉛槧事徵逐，鈔錄何時休？所愿樓中暉，日日薰斯樓。書攤烏皮几，茶注青甆甌。百番硬黄紙，不污寒具油。萬杵尚未終，望爾斜陽留。倏忽西南峰，濕翠窗間浮。

化雲峰

疊石為危巒，眼前增突兀。豈知磊塊材，原具玲瓏骨。天風從頂來，陰陽辨恍惚。但覺涼翠滿，别自有林樾。誰移西浴霞，頓掩東堂月。躡衣造其巔，萬景入溟渤。

雪舫

昔日玉山堂，柯丹邱趙子堂曾題標。此惟雪舫名，款署文三橋。想當冰雪情，二客同清寥。傍石盡松檜，依竹皆芭蕉。天空墮酒星，地隙餘詩瓢。打門餽茯苓，云是南山樵。

玉澗

足踏微有聲，目辨竟無色。十丈清涼雲，催人留不得。石庵松葉埋，日月到此黑。山果磊落紅，隔水望迷惑。乃知咫尺間，亦自具通塞。莫恃玉山行，朗朗無顛踣。

石梁

我昔役灤陽，青石梁最險。茲梁玉澗連，一石一松揜。夕陽不下山，先入桃花崦。僧定粥魚起，人亂歸鴉閃。吳淞恨未到，獲此慰余慊。奚以報雪蕉，遺詩當勘檢。此冊為胡雪蕉物，雪蕉歿，其子見遺，許以勘檢遺集報之。

訪徐浣梧道人不值留紙乞畫詩龕圖

白雲墮地秋廬涼，雙梧之側青鸞翔，仙人咳唾皆文章。丹徒畫者張寶巖與顧子餘，二客究為山水誤，子乃超然講元素。磊落一段胸中奇，世人不辨翻猜疑，而我解是無聲詩。夕陽滿院苔花碧，暫倚長松坐危石，爐火無煙墨流席。百年舊紙煩君圖，語君但寫孤情孤，十日五日何須乎。用筆要粗心不粗，興到自爾塵埃無。高高明月隨君呼，盈盈美酒隨君沽。一醉切莫浮江湖，詩龕待爾傾千壺。

寄酬張寶岩崟

丹徒張氏詩人多，力行堂集玉書曾觀摩。後從論山鮑之鐘講詩法，知君工畫兼工哦。飲酒空山少儔侶，時與明月同婆娑。古寺無人落花滿，先生醉枕長松柯。夜深孤鶴守其側，涼螢萬點秋堂過。筆猶在手墨猶濕，刻劃詭怪成峨嵯。十日五日非所計，千里萬里理則那。春鴻呌天白雲下，淋漓一紙浮黄河。荒陂寒緑霜氣緊，密林層巘蟲聲訛。醇意移將京口酒，幽情寫出西涯莎。徵詩徒取蚯蚓鬧，藏篋又恐蠮螉窠。日置案頭望顔色，明窗老眼青銅磨。

蘭韻山房詩贈盧蔗香擇元明經

自我老梧朽，門前半樗櫟。今秋雨較多，穉梧勤洗滌。緑陰及我肩，頭角森然覿。月明坐其下，石隙蘚花剔。湘江隔千里，美人何處覓。遠韻契微尚，眾香慎剖析。窗明數行墨，夜定一聲笛。屋角殘漏轉，花外清露滴。老鶴吟九皋，寒蛩呌四壁。幽客抱孤琴，與花同寂寂。涉江步京國，且對萬蘆荻。垂釣西涯西，日夕芙蓉摘。

送于益亭裕德同年之楚雄太守任

未官先給札，君舉京兆，曾蒙御試。垂老又看花。鸚鵡能言語，猺獞自室家。春薇一溪水，夜雨滿山茶。南徼今雄郡，詩書意可嘉。

為吳子野大冀題黃穀原畫兼示孟麗堂

黃生移榻雙槐軒，暗綠上几風蟬喧。評詩讀畫客三五，竹燈未剪秋堂昏。子野生平愛朋友，朝出鮮魚暮芳酒。世上原無縮地符，人間大有談天口。簷花簌簌苔花香，雨聲不止鐘聲長。黃生擲筆孟生笑，墨氣上撩星雲光。石谷南田又百年，畫手紛紛誰定傳？達官勢去無人憐，富貴過眼真雲煙。一縑價值千銅錢，一生自信工夫專。案上鐵硯磨將穿，功名棄如敝屣然。吁嗟乎，此軒今即虹月船。

黃瀞懷鑑雲泉圖

黃子工六法，頗識秦漢字。秋涼叩我門，一卷出幽秘。雲氣天上飛，泉聲花裏至。整襟坐危石，澹宕得詩意。當其蘊蓄深，外緣皆屏棄。靈心託山水，孤行絕勢利。我讀高士傳，每墮數行淚。濡墨題卷尾，姑且等賓戲。

福蘭泉中丞次韻見酬再疊前韻

朋友以義合，原不藉酬唱。顧聞皋與夔，賡拜虞廷上。昔年讀帝典，展卷神先王。萬里置詩郵，例匪由君創。日閲萬人海，腐儒獨未忘。品詩如判訟，字字求切當。一燈東閣紅，詎肯矜門望？梅花伴清夢，明月入秋帳。取懷既敦厚，體物復瀏亮。竹下偶開樽，松間屢停仗。何以雲霞姿，甘作山澤相。明禮古君子，尊貴愈退讓。雖由性和平，實是識超曠。況茲黔山水，旦夕千百狀。精鍊必巧治，妙斲斯良匠。危辭庶僚奉，書紳及刻臟。退食居閑軒，筆墨助豪宕。放翁句。家乘自裁定，宏毅公事實君手勒成書。純麗而沉壯。俯仰念今昔，霜露異忻悵。

天空山和韻

濛濛天空山，終古青紫絢。誰植石千根，放出雲滿院。徒令行路人，延佇兩目眩。小憩采芝庵，明月照空殿。

哭何蘭士太守

甲辰初識君，青衫辟雍殿。隔歲役灤陽，已乘水部傳。寂寥一僧寺，割作兩家院。洗琖共饔飧，閉門同筆硯。膠漆遂相合，金石矢不變。姓名九重知，飛揚令人羨。玉樓召何遽，奪我邦之彥。性情高比雲，去住瞥如電。或謂酒中傷，或謂憂內煎。君固通畫禪，胡為太迂狷？君年四十一，我年五十四。長君十三年，而墮哭君淚。攜手游西山，夷宕夕陽寺。我時發險韻，君乃一一次。超然出世語，哀感亦已至。傳播江湖間，多謂韓孟類。特訝君壯盛，人世奚厭棄？豈真大迦葉，別自具慧智？天竺優曇花，生滅皆游戲。

題初侍郎陳翁傳後

陳氏忠節遺，蚶山時讀書。鄉人從之游，一燈風雨餘。晝長溪水生，山靜松花徐。生為太平民，可樵亦可漁。乃聞漳泉間，近世多狂且。好勇而鬥狠，大吏難驅除。安得玉湖老，帶經來此鋤。君子詠道周，孤士吟秋廬。盎盎廚下酒，茁茁園中蔬。子孫曳衣裳，翁嫗歡林閭。蕭然一秀才，勝彼千吏胥。

八月廿四日樊學齋道人招同謝薌泉徐星伯松游大覺寺過海甸別墅小憩

勞生安得閑，得閑亦其偶。聯騎出郭門，秋光遂我有。荒水晴一陂，名園廠十畝。寒蛩暗壁叫，老鶴孤丹守。小坐意飛動，選勝憑欄久。悠然山在心，何必杯到手？

黑龍潭觀泉

百泉匯一潭，泠泠沁詩骨。尚未接青山，已先窺白髮。倚樹坐頃刻，頓覺清興發。暗綠襲衣袂，野香散薇蕨。攀蘿躡雲級，捫蘚讀石碣。欲藉松根眠，今夕悵無月。

大覺寺憩雲軒晚坐

夕陽下西嶺，叢木響陰壑。歸雲無定蹤，隨意臥山閣。暗泉咽危石，孤磬出秋籜。勞生亦已卷，得地思立腳。霜氣上籬菊，風味足園藿。富貴豈不佳，達人安淡泊。

領要亭

忽覯雲中山，知坐松間廬。萬象入寥濶，一逕開林間。悠然領其要，譬如讀奇書。聰明具我心，延佇秋堂虛。雨止竹陰涼，風定泉聲疏。詩境本無言，泊然思古初。

尋明水院遺址不得

三院在遼時，皆以水得名。大覺清水改，法雲香水更。明水址芒昧，頹敗無一楹。荒涼瓦礫塲，激射斜陽明。暗穴狐鼠據，山果猿猱爭。濕翠落苔蘚，塞霧迷榛荆。粧閣今麥壟，付與耕夫耕。偶拾舊釵鈿，粉黛猶迴縈。殘碑何處尋，黯淡秋煙生。

勝果寺

丹陽未下山，紅葉已滿樹。風栗簷下墮，霜柿草間露。既欲討煙翠，遂不惜跬步。梯巖雲滿身，躡逕水穿屨。僧廚熟香飯，客館煨山芋。欲登城子山，愧無濟勝具。

望城子山未至

彈丸城子山，蕞爾欣在目。飛鳥阻寒雲，老馬止斜谷。匪是懼深險，抑以誡貪黷。譬如美衣食，略具亦已足。優游饜飫之，得少斯為福。兹游雖倉卒，頗能愜幽矚。留待二三月，杏花紅似燭。散漫隨春鷗，再來水軒宿。會登此峰頂，高挹眾山綠。

八月廿八日拜漁洋先生生日于蘇齋即題秋林讀書圖後

尚書歿已九十年，讀書卷子今猶傳。林間黄葉作秋語，重結詩境詩龕緣。紅橋吟嘯矜新句，北渚風懷託煙樹。聽雨西窗又一時，弟兄跂腳商今故。結駟當時俠少場，恥居王後劉公勇程周量汪苕文。西川織錦擅天巧，性情之外無文章。停雲家法寫生手，江村圖罷圖秋柳。依稀池館似揚州，涉獵圖書問誰某。濟南新筑石帆亭，刻畫至今山骨青。展卷蘇齋禮公象，白日杲杲秋泠泠。蘇齋參透羼提妙，萬古千潭一月照。語言文字盡從刪，先生拈花我微笑。

再用汪鈍翁葉訒庵二先生韻

溟濛天氣澹成詩，船泊空舲峽裏時。激起濤音大魚聽，彈琴何必定朱絲。
碧雲紅樹成千古，漁弟樵兄恰兩人。落葉漫空秋夢醒，煙霞以外恐無鄰。

秦小峴夢中得句云旛風導我入花徑山月照人開竹房次日偕吳蘭雪游極樂寺謂似余作因衍為七古二章時重陽前一日

旛風導我入花逕，松閣沉沉閉秋磬，幽禽下啄孤煙暝。西山浮翠衣袂涼，看碑笑煞鈐山堂，致君無術空文章。寺碑嚴嵩撰。才人自古傷微賤，富貴到手性情變，老矣吾將焚筆硯。

山月照人開竹房，山泉迸石穿雲堂，白髮羞對黃花黃。夢中句果何人造？搜索枯腸那能到，取譬將無阿所好。故山聽雨秋分明，話舊長安百感生，浩蕩肯負江鷗盟。

再用前句成二小詩題寺壁

旛風導我入花逕，水鳥避人藏蓼汀。黃葉漫天僧不見，閉門自誦法華經。

山月照人開竹房，青苔繡壁佛燈涼。窗西簌簌松花響，仙鶴一雙飛過牆。

九日冒雨訪吳蘭雪

城南南去路三叉，扉揜雙槐博士家。萬里長風吹白髮，一天疏雨放黃花。讀書空羡秋林好，時攝漁洋山人秋林讀書圖。借畫仍嫌古寺賒。擬尋朱野雲于憫忠寺作畫不果。門外有山都不管，閉門終日對煎茶。

黃穀原小西涯雜憶畫冊為彭石夫題有序

石夫襆被過江，甫抵都，介其鄉人朱野雲謁余於西涯老屋，出文字相質，情誼甚洽。逾月，業驟進，因掃榻留宿，適兒子無課讀師，遂館焉。今三年矣。一日，出《小西涯雜憶詩》八章，乞余勘定，並屬黃子穀原繪圖裝冊。余乃盡和之，并述其緣起，俾好事者形諸詠歌云。

坡市典琴

彈琴情固佳，典琴事亦雅。黯淡空山中，黃葉打屋瓦。攜向橋南行，泠泠水風野。知音既難得，孤懷向誰寫？憶我帶綠堂，倚門雙梧檟。幽禽噪暝煙，那堪重繫馬。

僧寮課讀

晨飯約殘僧，寒幃伴孤月。鐘聲警幽夢，夜半度清樾。幾輩載酒人，獻此山中蕨。誰騎揚州鶴，去釣松江鱖。石洞風微微，雲堂春兀兀。天機自淡泊，壯心敢消歇？

河津待渡

南望雲氣微，行行故山遠。河聲落天上，勢挾秋雁返。孤帆不可渡，千檣隔沙堰。煙亭草樹明，一逕斜陽晚。濡滯豈本愿，凡事期安穩。捷足者先登，君子志高蹇。

岱麓停車

山情久貯胸，兩眼忽萬綠。秋聲在高樹，詩夢到深竹。石逕走宛宛，落葉響簌簌。欲就白雲臥，但恐星斗觸。斜日下雁背，西風上馬足。采藥澗邊行，導人雪色鹿。

春明蹇驢

跨鶴去邗江，蹇驢來盧溝。北地無梅花，隘巷風颼飀。明月涼在天，青山西入樓。燕市多酒徒，悲歌誰與酬？可憐萬柳條，都倚橋柱頭。迎人還送人，了無離別愁。

詩龕問字

龕裏本無人，詩中正有我。江湖儘浩蕩，風雨總淡沱。君鄉吳嘉紀，漁洋最許可。黄葉打酒瓢，閑雲載酒舸。手指揚州月，坐看秋林墮。古懷託金石，前緣證香火。

葦塘垂釣

我亦打魚人，生平愛葭葦。涼月下松根，蓑笠坐沙觜。此時論萬物，逝者惟流水。子能處物外，便不著泥滓。亂鴉散樓角，一鷗立船尾。始知天色明，身在蓮花裏。

梧館聽鐘

道心生晚年，塵慮消午夜。悚然發深省，喜君共清暇。高樓峭風送，雙梧濕雲下。砌蟲工唱酬，河蛙善怒罵。淮王過載酒，樊遲請學稼。酸鹹味不同，青藍久斯化。

韻蘭草堂圖為周生笠賦

吳人論詩畫，吾獨愛沈周。詩境取沖澹，畫旨探深幽。今復得周子，蕭散衡門秋。雲山蒼莽來，溪水東西流。坐冷明月天，耕破梅花疇。一室無長物，蘭韻終年留。吾嘗筑詩龕，突兀西涯頭。海內名畫師，卷軸紛相投。羨煞李賓之，移竹慈恩樓。安得白石翁，放筆摹丹邱。

樊學齋道人招游大覺寺後屢以五言相示且多見懷感賦

詩情淡彌佳，山懷老益壯。惟慚筋力衰，未獲登臨暢。叨陪游騎出，一路秋峰傍。言尋三院基，高木餘莽蒼。樓閣半荒蕪，瓦石早飄蕩。巋然大覺寺，寺為清水院舊址。護持佛力仗。入門竹風引，過橋花氣漾。迸石流水聲，短長雜梵唱。領要亭孤聳，憩雲軒幽曠。安得抱書來，十年壁相向。白髮雖飄蕭，春山足夷宕。野鶴有時飛，不到九天上。詩骨他年青，杏花紅處葬。道人自治生壙于山下，故近詩有「他年詩骨青」句。

積大令乞菊於毓吏部不得而致憾余賦詩調停之兼柬趙舍人

春明養菊家，南趙象庵而北積慶亭。近來詩龕側，花繁吏部宅毓秋客。今年花尤佳，壓倒元與白。入宮必見嫉，美醜那須覈。然聞尹避邢，相妬還相惜。何至因一花，兩人遂割席。爵祿皆可辭，愛花情莫釋。如我太疏散，過眼取清適。既無陶令興，又鮮米顛癖。欲倩我調停，當以花例石。余藏宣石數十，吏部乘余外出移去。

哭陸鎮堂師

憶吾始生時，師下榻吾宅。吾叔吾叔祖，執經侍几席。嗣應京兆試，家君同入格。時維庚辰秋，通家稱莫逆。越歲海淀西，帶綠草堂闢。善也方九齡，抱書得親炙。散學獨留余，哦句桐蔭夕。依違二十載，小子幸通籍。龍頭屬老成，大廷同對策。吾衣尚慘綠，師髮已半白。同年小錄出，佳話傳嘖嘖。官既内外殊，心敢遠近隔？師治縣晉陽，政行儼公奭。一病胡弗起，蒼雪纏古柏。始僅及枝幹，久漸傷氣脈。風雨正滿城，吾師竟易簀。吾師精文章，沉潛玩《周易》。往來順逆間，豈不自尋繹。世事徵盛衰，人心驗損益。哲人必有後，君子重遺澤。

秋夜

寒色入秋夜，道心生晚年。窺書猶有鼠，噪樹早無蟬。詩夢白雲外，鐘聲黄葉邊。明晨訪支遁，莫負菊花天。

重陽日雨燈下作

滿城盡風雨，小閣暫支笻。菊影燈前瘦，詩情酒後慵。河渠書未續，軍旅事何從。只有安心法，沉沉聽暮鐘。

瑤華道人許作詩龕圖擬賦詩速之適以詠菊新篇見貽次韻

詩龕參畫禪，吾家秘密藏。天光入新霽，能發諸塵相。二語見《楞嚴》。道人冰雪姿，弄筆恣閑暢。十年不出戶，經卷寄清向。丹青見興趣，何事久推讓？飲酒必盈斗，墨污竈下養。乃藉九華菊，新篇寫高抗。把箋輒意與，未讀已神王。自揣遜風格，所喜同棲尚。對花暫停杯，前言幸毋忘。佳話播江湖，百和附一唱。江湖名手皆為詩龕作圖。倒樽秋籬底，眼明心膽壯。竹堂暝將夕，澹月松梢上。

答友人近況

生平愛羅含，近欲師蔣詡。蓬蒿任荒野，松菊獨媚嫵。天寒木石瘦，家貧庭院古。重以多病身，逢迎實所苦。打頭屋不嫌，跂腳事可數。擁茲書萬卷，竹燈坐秋雨。猛憶同學人，袞袞登臺府。既已心力瘁，民猶未安堵。河海待疏瀹，盜賊宜鎮撫。文章即經濟，生平自期許。方寸抱隱憂，何以答聖主？白髮散成絲，青山夢如縷。容與梅花閑，碧天新月吐。

吾拙一章效東野體

天空樹益高，人貧心易感。暗冰聳硯背，殘酒泥罍坎。偶吟輒囁嚅，每食必顑頷。架有飼蟫書，廚無聚蠅糁。僮至肆訕誚，客來少阿匼。冷菊依風籬，孤松拂霜菼。遠山色戎戎，秋燈影澹澹。世方慕登瀛，吾拙寧抱槧。

張少白宜尊欲為詩龕圖審其義而後命筆詩以述意

詩龕本無龕，天地一詩境。要從筆墨外，神會而心領。然後藉筆墨，當場妙思騁。十日或五日，成功在俄頃。老樹勿著花，空山只寫影。竹石取欹斜，樓閣忌修整。大抵秋士廬，最宜出幽冷。頓挫必氣疏，沉鬱乃味永。詩禪即畫禪，端居發深省。

乞徐浣梧畫松

生平愛松樹，為其堅多心。畫諸屏障間，斗覺神蕭森。韋偃不可遇，此事誰堪任？徐子神仙流，採藥行松陰。歸來悟畫旨，折節師張崟。筆法得盡窺，松幹尤嶇嶔。我有一匹絹，煩寫松堂深。月抱空中煙，鶴流天外音。

瑤華道人作詩龕圖侑以詩次韻奉酬

奇書秘笈存無幾，只剩新詩貯滿龕。校向月樓風樹底，胸中早有古今涵。
施粉調鉛興未闌，繪聲技倆本來難。何人悟得無聲旨，倚著梅花袖手觀。
閉門那肯抗黃塵，松菊蕭條見性真。醉墨江湖傳已遍，長安覓個釣魚人。
橐筆騷壇敢自矜，空山木葉北風乘。沈家竹子文家水，東閣題襟愧未能。

朱野雲畫茅齋獨坐圖為周肅夫賦

未肯入深山，何人共往還？雨堂雙燕入，草閣一身閑。秋閉竹逾放，花開門自關。壁蟲聽悽切，池水忽潺湲。

已是宰官身，如何託隱淪？作詩必出己，成事不因人。地僻鷺鷗狎，天寒松菊親。明湖好煙水，此去定知津。

汪浣雲水部為畫詩龕圖侑以詩賦謝

蒼莽益空闊，解衣奇氣生。筆先純是意，讀罷寂無聲。老樹寒雲活，高天晚照明。不堪聽鴻雁，頓觸寄書情。

漁樵方命侶，詩畫兩參禪。百事老來盡，千秋誰與傳？爇香倪懶閣，載石米顛船。端坐梅花底，校君冰雪篇。

我宅傍湖開，湖風萬樹摧。酒樓隔林見，詩客踏冰回。孤寺落疎磬，斷橋生古苔。沙堤春草色，漸漸上衣來。

柬吳蘭雪

江上蓑衣慣，宮袍瘦不支。鶴閑防有病，君懶坐無詩。放眼輕同輩，看花折幾枝。匡廬松石好，莫忘採靈芝。

東陶琴坨

月隱萬松頂，清光君早知。閑庭欣獨往，寒夜每吟詩。千里茅齋共，謂周肅夫。三更旅夢遲。西山看晴雪，先與老僧期。

冬日

老至書仍讀，寒來火漸親。馬雖嫌櫪短，犬不厭家貧。雪壓青山矮，梅憎白髮新。凍雲石橋滑，已有墮驢人。

冬夜

不見雁飛還，柴門盡日關。年衰心易足，詩老句難刪。一飽無餘事，三更對遠山。棲鴉驚落葉，片月下林間。

冬曉望翠微山

萬雅爭曉日，一犬吠寒籬。古樹雲橫抹，荒天雪倒吹。愁多人易老，春近草先知。回首翠微色，依依似舊時。

贈徐浣梧

京江徐道士，畫學陸探微。採藥白雲隝，釣魚春水磯。林深仙鶴導，潭靜毒龍依。回首茅山翠，濛濛尚在衣。

史館偶作

五里西華路，天風捲白沙。到遲憐瘦馬，歸晚傍昏雅。事僻心難數，書多眼易花。些須增掌故，已足傲張華。

樊學齋中作

樊學齋中坐，倏然絕點塵。梅真清似我，鶴亦懶如人。日短詩情斂，天寒酒味醇。畿南秋雨大，凍餓念吾民。坐間語。

贈鄧介齋守和

博通諸子書，餘事及堪輿。郭璞言多驗，張華業豈疏。庭梧仍許種，堦竹略教除。辨晰陰陽理，昭昭若啟予。

十載笑言違，廬山秋在衣。三杯情黯淡，兩鬢雪依稀。高樹凍雲少，晚花晴日微。沙堤荒草色，春到便芳菲。

史官三十年，人羨玉堂仙。手戰怕書楷，眼花如坐煙。禿筆埋作冢，逸事勒成編。未必非文獻，江湖孰與傳。

文章老益奇，此語幾人知。來聽西涯雨，同吟北夢詩。林紅春寺掩，月黑水亭欹。靜掃詩龕榻，從君問險夷。

大覺寺晚坐

坐月待僧歸，茶堂未掩扉。粥香鐘忽響，木落雁初飛。出石水聲急，在山雲氣微。東華踏塵客，此夕暫忘機。

冬曉訪蔣爰亭予蒲侍郎即贈

寒霧壓城低，高槐古巷齊。堂虛幽客至，窗破冷禽啼。道氣閑方覺，詩心老不迷。當年栽竹地，一半白雲棲。

偏是宰官身，多君耐得貧。曉風聞煮筍，晴雪看垂綸。山靜寺逾古，歲寒梅自春。詩龕託彌勒，還怕溷煙塵。

不是無人地，方能養道根。一花寄微笑，萬馬任長奔。風定鐘聲起，燈明夜氣昏。東鄰即蕭寺，坐石許重論。

聞說上方山，茅庵起數間。昨年秋雨大，遍地石花斑。萬竹水邊野，一梅僧外閑。黃精合親採，同踏碧溪灣。

西涯曉晴

寒鐘打五更，倚枕待天明。愁自雪中盡，春從詩裏生。牆低雅語熟，水近鶴聲清。童子開門去，孤舟門外横。

讀張司業詩

官貧陞復沉，匪是託山林。秋氣入毛髮，澹懷空古今。百年雙淚眼，五字一生心。大壑梅花底，容他擁鼻吟。

讀賈長江詩

拚與世沉浮，何心覔紱求。殘年消五字，長夜續千愁。風斂鶴聲苦，月涼驢背秋。不逢韓吏部，誰識此僧幽。

讀主客圖懷李松圃劉松嵐

年年草春綠，日日水東流。永夜把吟卷，一燈明竹樓。因懷湖海客，各抱古今愁。為問祭詩夕，誰來主客酬？

石桐今已矣，南北兩松翁。仕隱身雖異，靜閑心每同。河聲聽獨往，山色看能空。惆悵梅花使，烏絲寄雪篷。

贈李春湖學士

學士書名重，誰知詩筆新。千秋圖主客，五字出精神。讀罷味彌永，想多情逼真。只堪碧梧底，撥雪自吟呻。

程素齋邦瑞請刻拙集詩以辭之

虛名折厚福，名固天所忌。韓蘇且不免，區區敢怨懟。拙詩無可名，名重尤足累。少年鮮學問，刮磨僅文字。科第倖獵取，靦顏列高位。輾轉三十年，愜心無一事。風月偶嘲弄，時過輒散棄。豈知湖湖問，有人入掌記。真假遂參半，毀譽果交至。貧居寡酬應，筆墨當遊戲。那得萬鴻雁，一一松間寄。程子憐我窮，挑燈為編次。將欲梨棗災，毋乃昌歜嗜。杜陵詠廣廈，白傅歌大被。嗚呼此功德，有如掩枯骴。

贈陳晴巖

菊殘三逕荒，秋士最凄涼。邀客論詩法，逢僧問藥方。病餘書味永，貧久道心強。何事想思甚，梅花在故鄉。

贈蔣香杜

松菊定全荒，攜家去故鄉。何時得愁少，每日為詩忙。梅小託微契，酒深容薄狂。定知寒月上，猶共話僧房。

遣悶

極目雁飛遙，無人慰寂寥。風偏欺老樹，雪不壓寒條。病久防春至，愁多借酒消。呼童掃林葉，取共竹皮燒。

僧寺晚步

星斗一天橫，柴門正晚晴。青山誰共往，白髮此閑行。僧定蟲偏語，燈昏月自明。水仙花下坐，笑爾太淒清。

示鄧介齋近況

寺鐘晨尚敲，筍味出寒庖。冰淺鷗爭啄，松高鶴不巢。雪餘課僮掃，詩就付僧鈔。近日安心法，焚香讀一爻。

採藥

尋鐘入翠微，寒色閉林扉。採藥白雲裏，過橋黃葉稀。殘僧抱佛睡，野鶴見人飛。借問漁翁宅，猶經數釣磯。

曉起

永夜發長吟，疏鐘度遠林。匪緣詩境熟，還是道根深。款戶來寒衲，開簾墮病禽。隔城看山色，凍翠接層陰。

飯罷

心閑進退輕，飯罷又詩成。窗外惟聞鳥，人間只愛晴。凍莎含雪細，亂石帶雲平。咫尺荒園內，春風管送迎。

禮烈親王骲箭歌

嗚鏑笴長三尺六，挽百石弓發中鵠。不用寸鐵能殺人，英姿凜凜瞻遺鏃。烈王大戰薩爾滸，十三萬兵氣消阻。若論拔箭詔酬勳用邱行恭事，此箭應蒙載盟府。夜深斫陣斐芬峰，箭聲響逼刀聲空。魚皮步又示安雅，焦桐毒鐵馬足雄。轅門令下殷如雷，將軍較射弓親開。山頭瞥見大星落，帳外驟聞孤雁哀。彤弓既載嘉賓喜，祖宗手澤貽孫子。馬死尚欲傳其生謂克勒馬圖，箭在烏容弗圖紙。藏諸家廟如共球，金僕石努難與儔。煙塵掃淨四方謐，此箭風過時颼飅。

跋

彭壽山跋

此吾師自乾隆庚子春迄嘉慶丙寅冬錄存詩也，詩得二千餘首。綜閱者金匱楊員外芳燦、昭文孫庶常原湘，錄存者東鄉吴學博嵩梁、海寧查孝廉揆，校字者壽山，釐定而刊者春堂王屯牧墉也。

吾師出入翰林三十年，性情沖澹，行端質厚。為詩高潔簡質，不矜鍾鍊，而有非鍾鍊所能到者。或累月不握筆，興之所至，日或數作，或十數作。詩之富，人共知之；而詩之精深奥窔，或未盡知也。山自癸亥夏侍几席，詩成，輒命錄稿。論者謂長篇浩瀚，短章矜貴；詠古之作閎議，獨抒懷人之作深情并揭，登臨紀事之作天心月脅。筆之超曠，皆足以達之，蓋能合陶韋杜蘇而一之者也。

先是，涇上吴孝廉文炳敦請全集付梓，師卻之。厥後阮中丞元刻於廣州，吴庶子鼒、陶明府章溈刻於京師，黄布衣承增刻於淮陽，皆非全本。師蓋不知也。去年夏，春堂自楚北書來，娓娓千言，請任剞劂之役，師答書不許。程素齋邦瑞自揚州來，乞刻全集，賦詩辭之。

一日，春堂自數千里外，專健足來都門，秘致山書，索《存素堂詩》，其意誠且堅。山慨然曰：春堂其古豪俠、食德而弗忘報者耶。其忠篤出於天性，慕道嚮義，以聖賢為指歸者耶。爰取向所鈔吴學博、查孝廉選定詩二大冊與之，曰：「錄存者，非全集也。」與之而不敢稟命於師者，知師不欲以詩顯也。昔李文饒《一品集》刊之暮年，說者多有散佚之憾，蓋孜孜於勳業故耳。師今年五十有五，思日贊襄惟恐不逮，猶暇詩乎哉？朱石君相國嘗戲謂師為李西涯後身。而西涯建樹多在館閣，師真無愧於西涯者，則以茲編為《一品集》之嚆矢可也。嘉慶十二年歲次丁卯上元日，受業彭壽山謹識。

王墉跋

墉，武人也，不善讀父書，効力樞曹。受業於陳梅垞師，師入直日，多提命。少暇，出顏、柳、山谷墨刻，謂：「字臨此，詩則師時帆先生，渠不僅為詩仙也，經師人師，爾速北面。」退請蔣君最峰先道意，旋執贄，幸侍詩龕。日見沖澹恬退之性，忠孝節義之章，皆本諸溫柔敦厚，以身教不徒以言教也。迨承乏安州，兢兢奉持。歷十載，略自謹而漸諳父書，皆詩龕誨授之力也。

夫吾師求己之心有深焉者，報國之志有大焉者，心與志形諸詩，而不肯以詩隘，故名公巨卿亟請梓行，未允。墉奔走數千里外，不獲朝夕辟咡，欲梓以便誦，而師堅不許。爰託同門彭石夫潛寄其錄存者，恭校再三，乃登梨棗。謝上蔡懼烏頭，力去；墉豈惟懼之，且感頌烏頭不忍一日忘云。江西受業王墉恭跋。

存素堂詩二集·續集

劉錫五序

安州屯牧王君春堂刻其師法梧門先生《存素堂詩二集》成，鮑覺生宫尹既為之序矣，復徵言於余，且曰：「吾師意也。」予以辛丑入詞館，後先生一科，中間結為「城南詩社」，好事者圖繪之。予曾題句云：「詩龕祭酒第一流，論詩道廣陳太邱。聲名官職俱優遊，風度得似張公不。」詩龕者，先生所居，聚古今人詩集毋慮數千家，實其中起居飲食，無適而非詩者。先生既以詩提唱後進，又好賢樂善，一藝之長，津津然不啻若自其口出。以故四方之士論詩於京師者，莫不以詩龕為會歸，蓋巋然一代文獻之宗矣。

顧屢起屢躓，官不越四品，近又以病謝。而予淪落一官，偃蹇無似，敬愛如先生，恒終歲不通音問，而先生顧惓惓無已。因追憶城南之游，二十年來半為古人，其存者亦皆散處四方，求如曩者連茵接軫、酬唱賡和之樂，渺不可得，人生離合聚散之故甚可感也。而王君篤於師友，於先生詩，一刻再刻不已，風義尤為近古。至先生之詩，沖古淡泊，出入於陶、謝、王、孟、韋、柳之間。雖所遇不一，而優柔平中，絕無幾微激宕之音侵其毫端，此更足以覘先生所養，而亦天下讀先生詩者所共見之，初無俟予言也。蒲酒在觴，榴花如火，展卷披尋，如從先生於詩龕時也。和墨伸紙，不覺黯然。嘉慶歲在昭陽作噩厲臯之月，館後學河汾劉錫五謹序於武昌之九桂軒。

李世治序

庚子秋試京兆，幸雋。訪知騷壇樹幟有法梧門先生，是年春捷南宮，旋由内翰躋大司成，造就海内人才盛矣。家君宦蜀晉時，余侍左右，到處遇景仰詩龕者，心怦怦，以未讀其稿爲恨。越庚午，來守安州，詩龕弟子王春堂適牧屯斯土，曾刻《存素初集》，讀之擊節曰：「曩慕陶韋，未見存素；今讀存素，如見陶韋。」四載中，親閲春堂治己治人，淵源誠有自也。兹又續刻工竣，問序於余。余在夔門巴西有感偶成，録存六草，春堂欣亦付剞劂。噫！存素詩益富，續刻敬益隆，薰陶之力，悦服之誠，兩徵之。余亦獲分推愛。春堂之敦厚，實詩龕之育才也。昔者安定公弟子散在四方，不問可知爲胡公弟子；學者相與稱先生，不問可知爲胡公。余於詩龕亦云。後學堯農李世治拜序。

鮑桂星序

時帆先生摠持風雅，嫻習掌故，交遊滿天下。天下無不知有詩龕者，蓋蔚然一代詞宗矣。其詩最工，五字出入陶、韋，於漁洋所爲三昧者，殆深造而自得之。此外諸體亦各擅勝場，不落窠臼。惟其好之篤，是以詣之至此，亦天下之公言也。王君春堂以江右才士起家，戎韜儒將之名，流播三楚，尤敦踐履之學，所作《見雲詩草》，於君父師友間三致意焉。豈唯武人所難，抑賢士大夫有未能逮者。嘗受業先生之門，篤信其師說，先生《存素堂詩》乃其所刊布。茲又梓成二集，督序於余。余於先生為後進，鏘佩簪筆，步趨十餘年。既心折先生之詩，又欽春堂之行誼。安州校士畢，疲腕欲脫，驪駒在門，挑鐙書數語，用塞春堂之意。後之讀先生詩者，知春堂益以知先生矣。嘉慶十七年壬申八月中浣歙鮑桂星。

汪正鋆序

詩以言性情而已，不知詩之本而強為詩，則其為詩也，適以掩其性情。善為詩者，但言其心所欲言而止，使讀之者悠然而意會，求其所以抒性情者，足以自養其性情焉。

梧門先生，今之真能為詩者也，王屯牧墉為刻《存素堂詩初集》行於世。余讀之，以為妙述己意，質而彌永，存素之目，真乃不虛。先生聞之，以余為真能知己者。今者屯牧又請刻近詩為《二集》，先生以稿寄余，命為之敘。余適以試京兆北行，車中手而讀之，終而復始者數過。時方盛夏，溽暑蒸空，風驅積壒，薄目滓肌；車疲馬汗，僕夫喘吁。顧思平昔坐廣廈、休鬱陰，浮瓜高譚，揮扇雅詠，其佚悴何如？乃蕭然心清，若忘其苦。嗚呼！為詩而能養人之性情若是。是其性情之高曠，及其才學之足以畢抒其性情者，可知矣。余思所以敘先生詩者，久而未得，遂書此應命焉。蓋亦未嘗強飾求工，而惟言其心所欲言而止耳。其果足以敘先生之詩乎哉？然又豈別有以敘先生之詩乎哉？

此敘去秋作於道中。到京後，倥偬試事，欲稍加修整，而卒無暇。報罷出都，遂以稿呈先生，當時因先生促之數，率以塞責，心實慮屯牧之速付梓也。秋涼無事，始得刪改錄寄，或勝初本些些耳。辛未七月廿三日汪正鋆書。

存素堂詩二集六卷本王墉序〔一〕

歲丁卯，恭梓《存素堂初集》，呈家君覽，欣然曰：「余喜有三，爾遇人師，一也；得見人師著作，二也；爾尚知瓣香敬祝，三也。」越庚午冬，汪公子均之過楚，柬示吾師近況，謂詩龕又可鐫續集矣。辛未，詹止園明府奉差入都，託請文與詩並刻，未允。止園再申意，僅付詩六卷緘縢。至家君年八十有三，猶嗜書，見續稿喜滋甚。曰：「程子云：『我年七十二，筋骨如盛年。』時帆先生今猶樂此不疲，強固如之，定登上壽。盍速續梓，俾余置笫坐誦，日見詩龕拈花笑乎！」墉不敢緩，督梓蕆事，并紀家君所歡祝，益慕吾師耄而好學，無窮期焉。嘉慶壬申，江右萍鄉受業王墉識於執雌守下之軒。

【校記】

〔一〕該序又見於《存素堂詩二集》八卷本，但文字有異，茲錄全文，以供參閲：「歲丁卯，恭梓《存素堂初集》成，家君覽之，欣然曰：『余喜有三，漢魏照云：「經師易得，人師難求。」今爾遇人師，一也；人師工著作，二也；爾尚知瓣香敬事，三也。』越庚午冬，汪公子均之過楚，柬述吾師近況，謂詩龕又可鐫續集矣。辛未，詹止園明府奉差入都，託請文與詩並刻，先生未允。止園再申意，僅付詩六卷緘縢。至家君年八十有三，猶嗜書，見續稿喜滋甚。曰：『余敬時帆先生為人，樂觀其詩，并樂觀其老境。盍速續梓，俾余置笫坐誦，如見詩龕拈花笑乎！』墉不敢緩，督梓蕆事，并紀家君所欣慕焉。嘉慶壬申，江右萍鄉受業王墉識於執雌守下之軒。」

存素堂詩續集録存九卷本阮元序

時帆先生詩前集，元為之刊於杭州，收入靈隱書藏矣。續集未校刻，而先生卒。先生子中書桂公馨，以稿寄江西屬訂，而桂公又卒。回憶二十餘年交誼，傷悼不已。念先生具良史才，主持詩派，衷於雅正，足為後學之式。平生學問交游，敦篤靡已。元雖勞於積牘，感先生之誼，亟為校閱付刻。其年譜一卷，乃先生子録寄雜稿敘成者，亦加删定，附於續集之首。嘉慶二十一年館後輩阮元序。

存素堂詩二集卷一

戊辰

題九疑山圖後

昔人議南嶽，當在九疑山。江碧知風雨，煙深響珮環。萬松倚天外，一鶴下雲間。倘許勝游踐，他年苔逕攀。

何侯不可見，水屋清泠泠。玉琯人空獻，銅碑字有銘。倚巖看西日，坐石數春星。太息神仙事，燈昏酒未醒。

立春日雪寄單雪樵

風光陌上飛，頃刻見春歸。吹斷江南夢，寒留客子衣。萬山一驢跨，百事半生違。海嶽傳樵唱，何心久閉扉？

費西墉給諫奉使琉球

持節古人慎，海邦況萬里。魚龍日出沒，波濤駭俶詭。苟非幹濟才，曷克稱意旨。使者直中禁，簪筆趨金戺。銜書走四方，下馬草萬紙。經畫所推暨，釐然有條例。奉詔中山行，風雅入骨髓。文章追董賈，詩才軼溫李。天南開選樓，自當成一子。吾師周文恭，學識近莫比。有書經採進，言論古柱史。綿州李舍人，著述亦自喜。名物一不知，引為儒生恥。徵取甚博洽，吾為序端委。知君於二書，補析紹前美。歸朝獻當寧，啖燭九重紫。

橫木廠

微雨落紛紛，鳩聲遠近聞。桃花紅處寺，楊柳綠邊墳。古寺近依水，一山高出雲。馬蹄來夜半，未覺是春分。〔一〕

【校記】

〔一〕 題目中「橫」，王本作「黃」。

題秦小峴侍郎寄張菊溪制府書册後

結交少壯始，握手憂患後。懷抱黯然傷，卅年一回首。胸中千萬語，俄頃難出口。但指几上册，覩此胸臆剖。三復册中言，太息低徊久。公昔職封疆，世人仰山斗。天子稔公才，倚為左右手。秦公今偉人，何啻臂與肘。天移庾嶺春，煙斷湘江柳。屋梁惟見月，船頭誰載酒？展讀故人書，詞真意獨厚。三年置懷袖，珍之若瓊玖。知己復感恩，生平不背負。嗟余較二公，泰山于培塿。成就雖弗同，要當視所守。公等安社稷，吾甘老蓬牖。

樊學齋主人以素册書新詩見示並命綴句

前年陪騶從，春山住三日。一夕成十詩，寒蟲愧啁唧。乃蒙公獎借，謂壓韓孟筆。今歲余悼亡，草堂日抱膝。可憐長安花，未曾一親暱。枯腸索欲盡，前夢尋已失。錦箋雲際來，奇情天外溢。巧拙不深辨，快語忽蕩逸。非由雕鏤成，直從靈境出。三復神為移，感舊句尤質。謂哭夢禪居士詩。門前風雨聲，黯然雜清瑟。

題畫

寂歷空山裏，春風養道心。取將有聲畫，協此無絃琴。流水淡寒夢，野花明夕陰。呼童掃松葉，一塢白雲深。

李春塢芬孝廉過訪乞題其母氏節錄並商輯黔詩始末拉雜書之即代弁言

袁君自滇西，郵書乞我文。商量及纂輯，好古何其勤。黔南有佳士，孝廉李名芬。策蹇來長安，佇立西涯曛。自言幼孤煢，母氏心力厪。兒今四十餘，母教奉慇慇。手無七尺矛，殺賊期建勳。抱書臥衡門，遠遜先將軍。尚冀志乘修，軼事江湖聞。方今諸大吏，孝治襄聖君。膠庠有秀良，民氣咸絪縕。所以絃歌聲，有益於耕耘。孝廉隱草廬，披誦古典墳。餘事及黔詩，此舉良可欣。文章代干櫓，足靖蠻夷氛。斟酌北堂酒，嘯傲南山雲。寄言兩故交，當領吾所云。謂玉亭制府、蘭泉撫軍。

客有感其兄者寫圖寄意為題

湖海倦游後，依依舊草堂。百年心不死，十載鴈分行。夢草空尋綠，懷人輒憶鄉。當時紫荊樹，今日亦荒涼。

偕張少伊步陶然亭

酒旂風店飄，春草映春袍。攜手青山看，低頭白髮搔。商量續殘句，料理放輕篙。僧約黃花放，來題九月糕。

獨尋龍泉寺

松陰墮寒綠，吹過葦塘西。退院僧如鶴，壓城雲作溪。百年孤寺迴，十里遠峰低。鐘磬林間出，尋聲路轉迷。

紅螺山訪范公墓

花枕石溪長，溪頭開竹房。暗泉流細水，疏磬出虛堂。馬骨年年瘦，鷗心夜夜涼。隔山望林木，指是范公鄉。

送黃穀原官楚

樽酒城南古寺深，雲堂畫壁落秋陰。顧家池館文家筆，大得西涯種竹心。前年為余摹文五峰《顧氏池館》冊。

家山望斷白雲飛，廿載心情與俗違。記得去年殘臘尾，津門風雪劵驢歸。

朱十藤花折幾枝，洪侯淡語寫相思。君寓竹垞檢討「古藤書屋」，今居停為洪郎中。天邊黃鶴江邊樹，都是盧溝別後詩。

吳子野屬題黃穀原倣石田翁畫時穀原之官黃州並寄示之

萬綠落杯底，一帆送天上。草堂擁几臥，安能寫悲壯。黃生負奇略，著墨總夷宕。欲擬石田翁，指腕敢奔放。破空施氣力，出筆極蘊釀。濛濛五湖煙，暝入春溪漲。遠峰接近峰，狹天隱斜嶂。吾聞黃生言，作畫戒依樣。知法不用法，純以心為匠。法外有法在，心地乃高曠。觀者頓眩惑，頃刻千萬狀。精粗辨點畫，未免墮理障。黃生入黃州，秋篷聽漁唱。言念桃花屋子野齋名，豈不增惆悵。雪堂耿殘夢，繪圖故人貺。

再題黃穀原畫

長溪短草子雲亭，問字人搖載酒舲。鶴鸛無聲松子落，一天風雨四山青。

秋陰上小樓，一夜風吹去。泉流夢乍醒，響在花開處。

寄贈盧崑山洪湖明經

唐江接廬阜，中有梅花村。耕田更讀書，梅花開對門。老翁日無事，花下殘經溫。道士攜鵝來，時復黃庭論。石琴偶一鼓，頓息秋蟲喧。豆區啓訢誶，倉卒窺籬藩。禮義為干櫓，驅賊如驅豚。古誼式鄉閭，善氣餘子孫。作詩託江魚，敬侑梅花樽。

為友人題飲酒讀史長卷

生平遠酒如遠俗，二十三史能飽讀。玉堂出入三十年，天上酒人都習熟。周駕堂吴穀人汪雲壑謝薌泉劉澄齋洪稚存張船山，才華八斗文千斛。佳日偶逢益惆悵，勁敵當前敢退縮？筆底蒼茫百怪生，胸中浩蕩三杯足。我雖惡客深酒趣，冰雪撐腸自清淑。高談雄辯每抵掌，朝榮夕悴一捧腹。君能兼之君其仙，奚不載酒坐我屋？後堂謀酒悵無婦，余今悼亡。前溪負書尚有僕。石橋西去盡蓮花，鮭菜亭邊幾梧竹。倘肯騎驢訪老夫，醉臥花間史藁續。

贈吴孝廉以南

賣藥長安久，看花上苑初。西河有前輩，東國此幽居。詩學黄初體，醫通素問書。天人三策熟，誰復笑迂疏？

聞先芝圃方伯抵都有日因用寄題詩龕圖韻奉懷

涯翁昔筑懷麓堂，圖書萬卷中儲藏。掉臂史館兼三長，筆墨騰踔筋骨強。退朝文沈同商量，滌梧洗竹年年忙。我今十事九遺忘，人顧指斥為癡狂。夜榻未掃謀晨裝，空階孤客行翔徉。雍門何日逢孟嘗，有人高臥華子岡。自比鹿門居士龐，吴綾三尺明月光。聖俞題句酬歐陽，湖雲浮水陰竹房。雀羅門外門不張，蝸涎石上新舊香。綠字展我松間牀，匡廬翠濕巾衣旁。歸舟今夜停何方，天角一星迴屋梁。燕市酒徒歌慨慷，那須扶醉游吴閶。

再題萬輞岡詩龕第二圖仍用先芝圃題寄韻

翰林三十載，冷落似無官。詩味閑中永，愁懷老去寬。晝長容放鴨，天遠怕驂鸞。誰取匡廬翠，淋漓染筆端。

讀詩兼讀畫，一味託蕭閑。松竹自成屋，田橋別有灣。看雲攜鶴往，話月共僧還。便具丹砂訣，何須定入山？

余悼亡後尋葬地於北山回適單雪樵寄詩至因用其韻寄之

湯山尾接銀山稜，居庸翠滴沙河冰。雲滿佛堂月上帚，夜深燈火全無有。桃花雨後紅一街，煮茶且拾花邊柴。欲寫新詩缺筆墨，山氣吹來只頃刻。十三陵樹今餘青，寒苔碧草傷飄零。諫議祠前舊碑斷，梁公廟裏寒禽喚。卅年占籍蓬萊山，又隨燕子飛人間。自從與子盧溝別，每有篇章輒幽咽。悼亡感舊中焉悲，擾攘萬事嗟何為？語君哀輯生平作，寄我秋龕我高臥。蟲吟蚓唱天黄昏，三杯醉倒梧桐根。

約劉芙初嗣綰陶鳧香樑二庶常修補及見錄先之以詩

閉戶三十年，晨夕愁風雨。二子天下才，落筆猛如虎。攀花游閬苑，奇氣胸中吐。余時老且病，壁上執旗鼓。勝負疆埸決，韜略愁無補。端居友朋念，零落星辰數。江湖復飄泊，落月暗廊廡。賴此同心言，維繫延千古。右司商平叔，有志摻斤斧。河東元裕之，子駿馮延登及光甫劉祖謙。張臂起相助，中州集快睹。感舊及篋衍，體例此沿取。二君坐選樓，十年歷甘苦。曾賓谷王述庵俱能詩，恰好東道主。吾家淨業湖，藕花頗媚嫵。年年五六月，夜涼墮煙艣。水雲倏空曠，山影與仰俯。儼然城市中，蕭散漁樵伍。二君跨驢至，約僧備秉脯。

小集樊學齋觀高侍郎戲墨即題張仙槎畫後

仙槎指代筆，私淑高且園。金壺貯殘墨，驟雨涼高軒。顛張醉解衣，徘徊松樹根。舉頭忽大笑，十指龍蛇奔。雲煙天外生，花竹堦前翻。曠放彌有致，向背皆可捫。主人催客詩，擊鉢傾芳樽。雲堂老鸛閉，風樹新蟬喧。斜陽下山影，城市疑江村。蹇驢已著鞍，慎勿愁黄昏。謂蔣香杜。

菊溪制府重拜山東臬使之命自西苑枉過敘舊聞煦齋侍郎再直機庭喜賦即送菊溪並柬煦齋

三人金石交，相交三十年。制府我前輩，接跡同登仙。下直必命侶，拜母堂東偏。負笈過師門，問字來樂賢。文莊師堂名。侍郎時舞勺，九經溫已全。強韻約屢賡，苦茗欣同煎。賞花瓦樽攜，看山秋騎聯。膠膝寧此逾，聚散非所憐。浮雲易東西，人世多變遷。公等比鴻舉，我則鷁退然。躑躅瀛洲亭，殘滴流涓涓。昨見棠梨花，憔悴猶含煙。青春難再至，白髮驚新鮮。天下數大事，二公休謝肩。一誠慰深宮，百慮澤九阡。讀書果何為，切勿耽林泉。我日抱殘書，黽勉趨花甎。遺文與軼事，握槧仍懷鉛。勒成昭代書，貢上雲霞天。不寐剪竹燈，臥聽鐘聲圓。

奉次陳鍾溪侍郎教習庶吉士紀恩詩韻兼以感舊

登瀛三十年，見者嗤頑仙。憶昔行城南，河柳及我肩。老柳禿為薪，舊句江湖傳。入館日賦新柳，詩人多有和之者。今年尋雪泥，猶記堂東偏。花間酒杯共，風裏琴牀聯。堂東三楹，余與初頤園、陳啓堂讀書其中。老將謝登壇，倉皇敗兩甄。叨居侍從列，駐馬慚書鞭。堂堂兩館師，海內稱大賢。陳公紀新句，意出同人先。筆嚴而典核，光射蓬萊天。寒蟲草澤宜，乃久翔花甎。北夢槐廳醒，掌故從頭編。

宋芷灣編修典試黔中欲贈以詩而芷灣行矣因寄福中丞蘭泉札率書二章於後即寄編修並柬中丞

去歲使劍南，自嫌作詩少。今年使黔西，作詩應不了。念我中丞公蘭泉先生，詩筆挺雲表。環視海內外，落落衆山小。使者生嶺南，翩若孤鴻矯。雄篇亞韓杜，硬語出幽窈。中有梅花魂，著我蘆簾裊。中丞此勍敵，鈐閣容傲擾。黔中山水窟，刻劃及松篠。

傅玉書李慶長兩傑士，有志開選樓。緘書至詩龕，體例殷勤搜。創始輒推袁蘇亭，滇略名山收。欲藉上官賢，郡邑加訪求。二子欣面墻，丹黄虔校讐。中丞掃閑軒，指畫商去留。廣平吾詩侶，五年同唱酬。微忱必能述，賓讌侑觥籌。

書局歸訪悦性大師池荷尚未全放詩以催之

仙館繙書倦，雲堂聽講便。涼添新雨後，花試曉風前。水淺剛浮鴨，松多不噪蟬。相期續殘夢，未枕石頭眠。

約悦性清晨看花且訂早齋

一紙訊山僧，湖雲濕幾層。紅粧偏爾狎，白髮漫余憎。今年水淺，荷開較遲。夜雨迴山氣，花光借佛燈。回頭涼月墮，暗露點衣稜。

約同人看荷花有不識蹊逕者諗之以詩

蘿逕接松墻，林深古寺藏。一樓明遠水，萬葉下新涼。花外鷗全碧，雲中草亦香。江湖望寥寂，露白與霞蒼。

為朱白泉觀察朱爾賡額題其僧服小照

余游岫雲寺，曾睹道衍像。凜凜病虎形，修眉復廣顙。內既衣袈裟，外復襲繡繈。僧伽早出家，胡乃將相做？兵出金川門，可憐肆奪攘。罔用慈悲大，轉信神通廣。堂堂朱觀察，讀書氣骯髒。希蹤在旦奭，操術惟教養。中外三十年，治漕兼治鑲。此圖寫何為，空天坐合掌。明月不下照，松風無一響。隔院木樨香，滿庭春草長。

拜李文正公墓

涯翁不可見，懷麓剩斯堂。秋樹亂成草，野花高出牆。竹移僧寺近大慧寺，狐竄墓田荒。幸有湖湘客，年年酹酒漿。

國花堂坐雨

雲陰吹不去，雨氣滿西山。孤鳥葉兼下，萬蟬聲各閑。樓欹花作屋，橋斷路成灣。鐘磬隔溪響，老僧催我還。

題朋舊詩冊

瑤華道人暑雨中寫成多三十年前舊作

怪底雲霞色，都從筆墨生。多年叨侍從，早歲仕華清。唐宋休分界，錢香樹尚書劉延清相公況舊盟。同直內廷。竹燈黯秋字，雙眼為增明。

英煦齋院掌自桃花寺行幄挑燈寫寄至京

春館桃花裏，一燈花外紅。寫從山寺夜，寄我月橋東。純是性靈語，不由錘鍊工。摩挲佛燈下，許伴白陽翁。余藏白陽翁花卉卷，最為君所賞。

錢裴山方伯卷中俱典試蜀中所作

不經蜀程險，誰辨此詩真。萬古青蒼色，十年風雨人。江空雲變幻，天小月輪囷。更有峨眉卷，層層古黛皴。君仿峨眉山意作《詩龕圖》。

孫平叔編修籤題海棠巢詩草

橋門諷君句，今已十年多。天上重攜手，花前一放歌。秋生玉延館，詩寫海棠窠。相約西涯畔，雲堂載酒過。

久雨不寐

移燈頻聽雨，欹枕又當風。暗火響茶竈，新涼上藥籠。溪荒聞吠蛤，窗破墮秋蟲。禪榻焚香坐，年衰六慮空。

雨晴夜坐

花氣夜偏長，飛螢底事忙？秋鐘聲易大，病客骨先涼。竹外風全綠，沙邊月亦黃。墻根一蛩語，凄切與商量。

雨後答譚藺楣兼寄吳蘭雪

荷氣月橋荒，苔陰綠過墻。山情誰與遠，秋夢此先涼。壯志怨遲暮，新詩驚老蒼。如何閑博士，鎮日為花忙？

德厚圃太守憶四十年前讀書杭城梅花廬舊事倩鄭山人士芳作圖余為補詩

西湖見亦佳，況許中讀書。老屋八九間，寒梅三五株。翁兮坐堂上，昆季來于于。余雖未拜翁，阿兄實交余。老死十年外，淚涕沾余裾。古寺曩過從，識字相樂娛。死者不可見，生者浮江湖。昔年風雨聲，今且聽模糊。君自憂患歸，能弗睠茲圖。我亦有秋園，荒荒無人鋤。松菊或可補，究少梅花廬。待君秋樹根，日醉三百壺。

湯山道中晚行

夕陽紅不盡，惟見亂山多。暗綠移秋樹，明沙拓夜河。一僧水村去，匹馬石橋過。擬就漁莊宿，晨興借釣簑。

送陳碩士典試中州

君鄉彭文勤，取士最得法。文章無定格，惟是乃心洽。距今三十年，吴越奉厥業。君今典中州，嵩洛才不乏。讀古聖賢書，氣欲歐九壓。一旦文柄操，貴寬不貴狹。抑所謂寬者，匪臨敵則怯。我無私愛憎，彼有真乙甲。玉尺既到手，塵鏡斯出匣。榛蘭待披採，驪黄恥斸劫。掬月竹川水，簪菊夷門硤。夷宕坐花間，綠釃容一呷。我攜瘦博士，月橋看放鴨。謂蘭雪。

西涯秋晚

來看月橋月，行到西涯西。荷葉露穿破，酒旂風送低。數行秋鴈影，一道白沙隄。移竹誰家寺，重來認雪泥。

積雨

遠山雲掩盡，短竹雨催長。三日閉門坐，不知秋已涼。暗螢照孤葉，病蝶下危廊。怪底溪聲大，天風下北邙。

贈吴昜菴

白雲伴幽客，日高蒼石臥。幽客長閉門，萬卷讀已破。松風吹與健，山色餐不餓。野鷗見弗猜，獨鶴偶相和。佳兒燦玉立，篝燈督殘課。藥爐花氣重，衣袂苔泥涴。吟聲出茅屋，作詩志吾過。

送查梅史之官皖江

暫輟千秋業，原非百里才。家貧偏鶴曠，君今年不會試。親老敢鷗猜？花氣滿春縣，琴聲清石臺。訟堂日無事，坐待寢門開。

黄山深似海，皖水曲圍城。載酒有仙吏，借書來墨卿。白雲山背臥，落月屋梁明。惆悵松龕客，懷人百感生。

為蘭雪姬人綠春題畫蘭册後

翰林毛西河，眷愛豐臺花。仙姬號曼殊，問字如侯芭。博士今西河，老筆方槎枒。淡墨出深閨，涼影分蒹葭。湘蘭與秋士，氣味爭不差。殷勤索余詩，此意良足嘉。博士居長安，貧無以為家。官清惟自憐，詩好無人誇。空亭漏斜陽，高木棲寒鴉。香草比美人，絹素揮横斜。博士但在旁，嘆賞還咨嗟。門外載酒客，爭送峨眉茶。博士有茶癖，姬亦如之。

哭徐鏡秋同年

我年二十七，君年二十九。對策太和殿，染衣御溝柳。同讀中秘書，交誼日益厚。意氣各年少，黄金一揮手。論交每夜深，看花坐春久。卿相探囊在，富貴拾芥取。忽忽三十年，我衰君骨朽。君死兒又死，此理誰其咎。我謂君性戇，乃復中以酒。自恃讀書多，不徐察可否。高雲萬里隔，大海一官守。十年斷音問，倉卒歸隴畝。桐棺寄蕭寺，麥飯薦秋韭。老淚不能乾，松濤四山吼。

瑛夢禪詩龕圖遺卷倣倪雲林查二瞻筆意

雲林真蹟世絕少，二瞻所臨筆力矯。夢老逅遘白雲堂，滅燈瞑坐霜天曉。走我詩龕索縑素，淡淡雲山渺渺樹。破空未許起樓臺，眠沙不肯著鷗鷺。萬古荒寒老松竹，隱隱書聲出茅屋。梅花在林月在天，有手能耕有口讀。寫罷擲筆無一言，活潑潑地詩之魂。笑我一龕鮮歸宿，是詩是畫從頭論。

秋藥蘭士洳坡野雲合作詩龕圖

野雲賃畫屋，蘭士時時來。秋藥神仙流，著述無點埃。官閑日更長，下直車每回。洳坡鄒魯秀，貪畫如貪杯。我雖百不解，時復幽客陪。適攜賜紙過，光潤非凡材。四君各技癢，搖筆雲瀠洄。咫尺秋風生，萬里天光開。乃今未十年，生死皆可哀。蘭士亡，洳坡去官，野雲歸里，惟秋藥在。此特雪泥喻，已同風燭催。歲月倘不識，名姓空疑猜。

何蘭士朱野雲馬秋藥合作詩龕圖

何郎學畫晚，畫筆生從詩。自與朱子交，日夜丹黃為。馬侯善屬文，放筆工驟馳。荒荒方雪齋，貯滿王黄倪。雨過樹陰厚，日暄花韻遲。三君性素洽，意得交相師。我不喻畫禪，畫理能深知。偶然遇當場，酒罷人酣嬉。何郎既病死，朱君復遠離。馬侯華山歸，為我吟秋籬。

黄穀原詩龕圖

黄生大癡後，刻意摹文嘉。兹雖寫詩龕，頗似圖西涯。文待詔有西涯圖。千竹煙溟濛，萬松影杈枒。偶經寺北看，全是江南花。我生窘跬步，未上湖湘槎。招我從君游，有意山村詩。濕雲埋斷橋，翠篠明白沙。終當踐君約，去把叉魚叉。只好期十年，人壽誰能加？

嚴香府詩龕圖

紙尾署香老，香老未衰颯。醉寫松萬千，中有笙竽雜。居然古月下，為我支吟榻。頓忘雲上衣，忽來鶴分榻。童子抱書眠，呼之總不答。

野雲青立素人合作畫卷

青立病依人，野雲閑作客。飄然去長安，委心老水石。素人才不羈，恃才翻有癖。飲酒日不暇，硯焚筆遂擲。墨氣去紙遠，天光入林碧。畫師出新意，詩老坐幽夕。梧桐用水洗，敗葉手親摘。此意最瀟灑，披圖念疇昔。

滌齋素人野雲穀原香府合作詩龕圖摹奚鐵生

滌齋恂恂然，依野雲以居。畫筆日在手，風雨棲蓬廬。素人每嘲之，頭低口囁嚅。嚴畫拙以古，黄畫秀而腴。每見滌齋筆，輒歎其弗如。奚君自杭州，寄我尺素書。點染西湖山，謂即詩龕圖。圖尾題斷句，已是三年餘。懸我粉牆上，五客皆躊躇。滌齋欻起草，搖筆龍蛇趨。素人與野雲，寫石兼竹梧。嚴黄但任筆，意到神清腴。譬如將三軍，自先握中樞。我從壁上觀，叉手空嗟吁。

吴八甎詩龕圖

吴生不愛官，辭官日畫竹。畫竹忍寒飢，淡墨奪濃緑。五六里雲溪，兩三間茅屋。我貧亦已慣，食筍勝食肉。晨起一竿把，暮歸萬卷讀。吴家好昆季，詩筆各矗矗。生獨師與可，倏然遠塵俗。騎驢返故山，便訪篔簹谷。參差寫長卷，迢遙侑詩牘。

張寶巖詩龕圖

我識京口人，不辨京口路。張君讀我詩，遂從詩中晤。寫圖志繾綣，寄書敘欽慕。山南千竹林，山北萬松樹。蒼茫松竹間，隱隱一龕露。江南得君畫，片紙加防獲。手緘當羔鴈，天遠望鶴鷺。賤子百不堪，登高尚能賦。嗚呼論山鮑死，弢莽顧又南渡。獨學嘆無友，白雲飛日暮。君游五嶽罷，奚不長安赴？田盤與上房，僧寮十日住。

檢閱笪繩齋詩龕圖卷慨然賦詩兼憶題圖諸知好

笪君江上裔，詩畫俱家傳。識君梅菴中，忽忽十幾年。為我圖詩龕，篝燈思渺然。襆被游茅山，豈果求登仙。八年無一書，展卷餘秋煙。冷香生微微，淡墨浮涓涓。似從月橋下，萬綠成一天。山僧夜尋詩，夢醒湖鷗先。招君君不來，尺素誰為宣？

三翁袁簡齋、王西莊、錢辛楣三前輩在湖海，夭矯人中龍。愧我居長安，問字未過從。袁翁致我書，前後三十封。學士瞽目開，削牘何匆匆。候事署長卷，題跋煩諸公。辛楣先生倩王鶴池繪圖，裝為長卷，隸書《梅石心知圖》，復題詩幀端。一時東南耆舊，皆為著墨，不下四十餘家，今藏詩龕。嗣聞茲卷成，各有詩相通。三翁已仙去，惆悵難相逢。維時董閣老，富陽相國。養病僧寮中。混茫書卷尾，小隸何其工。

周生西麋住詩龕，前後五六載。屢試乃屢躓，黯淡心不改。石郎琢堂奪大魁，金子手山泊湖海。瀟灑若涂侯淪莊，令人忘鄙猥。陞沉各天定，卓卓文章在。白雲望不見，青山久相待。獨學老閉門，何術策駑駘？

筠圃藏書甚富身後散佚殆盡偶觀覃溪先生摹阮翁遺墨感觸讀易樓舊事愴然賦此

南有天一閣，北有讀易樓。得一賢子孫，勝蓄千琳璆。閣尚巋然存，樓今為墟邱。憶我廿年前，剪燭茲綢繆。林雨忽沾衣，好句蒼茫收。阮翁暨徐老，好事皆名流。學士今阮翁，我愧非徐儔。摹寫幾亂真，愴懷生古愁。卷裏餘丹黃，陌上寒松楸。主人不可見，窗外風颼飀。

再題蘇齋縮本蘭亭後兼寄朱野雲揚州

蘇齋魯靈光，作事每超俗。朱君有古硯，製造精且樸。蘭亭舊圖畫，雕鐫影簇簇。堅如南服金，細等西陲玉。蘇齋愛石癖，一拜苦不足。直欲借冷墨，黯淡畫禪續。五字未損本，明窗筆蓄縮。儘可比蠅頭，當不混魚目。君攜此硯行，濯以江水綠。但恐作光怪，請置焦山麓。匹夫坐懷寶，往往受奇辱。朱君居長安，公卿久心屬。舉硯示賓客，胡為輕出櫝。乃復善刀藏，弗肯重價鬻。嗚呼一硯耳，未免愛已酷。十年感風雨，一朝就松菊。我更重墨搨，寒香生郁馥。位置秋燈旁，幽好伴詩軸。朱君倘念我，破書寄殘篋。君曾寄余明初人詩集。

錢辛楣前輩寄梅石心知卷閱十年矣久欲跋一詩而未能也秋夜題此以當懷人

未登潛研堂，屢接辛楣書。石雲氣濛濛，梅崦風疏疏。南北託心知，問字情于于。鴈飛久不來，聽雨空躊躇。高山望崢嶸，仰止皆吾徒。轉乞詩龕詩，一泊孤篷孤。詩卷為蔣于野轉乞者。秋燈徹夜明，竹酒臨江沽。蔣生跋卷尾，細字如珍珠。延佇今十年，幽窈鵝池居。圖為鵝池生王州元補繪。中朠外老蒼，此筆儕倪迂。相思不相見，題句空嗟吁。

憶癸亥年方雪齋作坡公生日同人作詩成冊今蘭士歿已二載秋燈展閱悵觸題後

讀畫方雪齋，忽忽今六年。檻花開不紅，庭月看仍圓。如何鴈唳聲，難再聞樽前。一死一遠宦，蘭士歿，硯農知太平府。開卷情悽然。蘭士夙嗜酒，既病因逃禪。西飛似孤鶴，一身坎壈纏。君題東坡生日詩，有「南飛孤鶴似牢愁，坎壈纏身水面漚」等語。誰借李委笛，吹暖梅花天。

黃安輿孝廉安濤過訪出友漁齋家集見贈並乞題馴鹿莊卷子侑以新句集序圖記皆老友郭君之筆感觸成詩

吾聞浙中詩，國朝稱極盛。阮公芸臺為甄綜，就我秋燈評。今讀友漁句，外腴中瘦硬。黄河限南北，作者出相勝。豈知習尚異，恃此心術正。詩龕咫尺地，江上梅花映。九州明月光，萬古秋士性。感誦郭生頻伽文，低佪涕淚迸。

郭生性灑落，別我今十年。聞其病且貧，豪氣非從前。獨於友漁子，相慕仍相憐。未登黄氏堂，久識郭生賢。所許當不誣，序記皆可傳。鹿莊寫宛在，風木情悽然。白雲日渺漫，青草春芊眠。從古讀書人，不敢忘耕田。

令子能讀書〔一〕，投詩叩我門。我家淨業湖，荒僻如山村。驢行恐苔滑，鶴過愁橋翻。古菴幽花多，花外林聲喧。老屋先得秋，夕陽遲下軒。讀詩兼讀畫，中有心香存。我筑玉延館，將以儲琴尊。安得招郭生，好句從頭論。

【校記】

〔一〕令，王本作「今」。

讀嘉善黃退菴凱鈞友漁齋近詩題後

人無仕宦情，其詩必清雄。老方炫才藻，鏤錯誇精工。子乃抒胸臆，不辨絲與桐。陽春被原隰，款步柴門東。萬物欣欣榮，而子奚道窮？扶犁至南畝，好雨吹微濛。鋤罷隴上雲，坐受湖邊風。偶然得奇句，天籟非人功。今子把詩卷，坐我筆庵中。述君持釣竿，日夕傍漁翁。牀頭萬書破，坐上千盃空。山僧愛說詩，夜半來孤篷。白集寄廬阜，此例詩龕通。一年付一緘，尺素煩歸鴻。

謝李曉江大令祥鳳畫玉延秋館卷子並乞畫竹

黃生（穀原）去湘沅，李子來京師。京師君舊游，飽讀詩龕詩。南海宦三年，兩袖清風吹。黃畫受自君，落筆雲生漪。剪燈聽寒雨，梧院青差差。為我摹文嘉，見者謂過之。君圖玉延館，下筆空所思。使筆與筆忘，狡獪何由施。伎也進乎道，此語良非欺。君齋近西涯，（時寓富陽相國邸中。）一水千竹枝。石田移竹卷，山影秋橫陂。擬當菊花開，招君醉東籬。墨汁傾金壺，不妨寫斜欹。

曉行

出門星在天，過橋霜滿林。衰年畏驟寒，短車偎破衾。鴈度沙磧遠，蟲響秋谷陰。雲堂借棲息，風木悲蕭森。赤葉亂黄葉，畫藁誰摹臨。我但支孤節，冥想希高岑。

小憩馬厰寺中遂由紅石口止宿牛房村耕餘課讀草堂

停車馬厰寺，款步牛房村。回頭紅石山，磊落秋雲根。煙嵐倏明滅，林木迷朝昏。萬緑併一莊，千水圍一門。西風吹已急，黄葉漱漱喧。孤燈明草堂，薄醉清詩魂。

羊房大廟

蒼茫入古寺，林竹盡秋色。巍峨見高殿，豐碑闔豎刻。迤左數草庵，寒花映攲側。道人出榛栗，勸我坐日昃。我欲覔水源，斜陽忍拋得？

入山尋地不得悵然而返飯於田家

在世亦旅寄，謝世何慮深？買山雖無錢，久蓄棲山心。樹禿不可息，雲去誰能尋？惆悵策歸馬，低回依故林。田家具雞黍，飯客秋花陰。射虎指前川，濁酒斟復斟。

和氏園林

空堂流白雲，斜陽媚晴篠。開窗萬山納，隨牆一溪遶。主人何處去，啄苔但秋鳥。耽幽客不乏，佳趣得偏少。老僧橋上行，曲逕通深窈。忽聞鐘磬聲，恍惚出雲表。

牛房觀音寺

丹楓未出墻，黄菊已圍檻。經院秋愔愔，佛堂燈黯黯。望雲一行鴈，隔籬數聲犬。山僧懶出戶，怕損竹間蘚。我為說詩來，曳杖白雲踐。老眼重摩挲，故人心跡舛。寺僧出故人羅兩峰畫見示。

九月六日秦小峴侍郎招陪翁覃溪先生暨吴蘭雪劉芙初陶季壽補作新城王文簡公生日五更驟雨恐不果行

節近重陽風雨多，昔賢高會每蹉跎。秋林墨影涼猶濕，新城生日，文三橋寫秋林讀書小幀致祝，余與覃溪先生皆有摹本。淮海詩情老不磨。黄葉聲稀誰貰酒，碧山吟罷又徵歌。沈石田《碧山吟社圖卷》，今藏小峴齋中，余借摹之。城南一路苔泥滑，惆悵橋東策蹇過。

雨稍止竟赴小峴之約

恐負幽期望蚤晴，披衣數漏繞前楹。乍憐初菊眠秋影，漸覺明鐘約雨聲。得髓今仍推季札，登壇誰不羡新城。漁洋謂吴天章詩為得髓，今覃溪先生以得髓許蘭雪。僕夫卻笑渾閑事，冒濕金鰲背上行。

李邁仁同年留飯晚歸

一尊黄菊瘦，三徑白雲賒。老境能除酒，素飲酒，近戒之。秋心不在花。隔墻上新月，落木數棲鴉。未覺涼更轉，孤燈已穗斜。

為友人題畫二首

柏悅圖

惟余柏山生，能知柏本性。後凋閲歲寒，寧肯逐月令。坐老空山中，百年心不競。得氣莫嫌晚，晚節彌峭勁。東崦白雲滋，西嶺斜陽淨。樵夫指溪南，隔水花木盛。

竹安圖

寒閨閉古煙，秋堂貯涼月。蕭蕭碎竹聲，時帶清風發。一旦脱青衫，謂足慰白髮。豈知萬鸞影，過江不成樾。策蹇入長安，南雲望飄忽。疏篁待作林，讀書敢休歇？

答河南撫軍清平階

君昔過我廬，略約柴門東。清談輒連夕，歸數鐘樓鐘。猶憶君行文，一氣如長虹。三復五言句，律細而詞工。車舟幾萬里，文書日匆匆。江花與湖翠，何暇留君胸。乃其語言妙，造化將無功。我雖筑詩城，不敢攖君鋒。

嵩雲麗天表，塞月明秋城。纏綿兩地心，三十年怦怦。忽剖雙鯉魚，一字千回縈。譽我詩句工，羡我官職清。詩工事多蹇，官清世相輕。衰病漸侵尋，筆墨難崢嶸。北風徹夜號，聞之輒心驚。不如買薄田，從彼耕夫耕。

念我讀書侶，十人九卿相。蓬廬感風雨，當仁殊不讓。春風次第噓，一一青雲上。所學果何事，足慰蒼生望。窮黎皆飽暖，余合長閑放。畺吏有詩老，各出佳篇貺。荒園莳松菊，秋雨連宵釀。

豈不念故人，一紙恐絮聒。孤燈聽涼雨，忽忽幾裘葛。君行看青山，我坐老柴闥。姑藉數行墨，消此十年渴。遠愧雲中鴻，拙比沙間獺。奇字廣採訪，殘文日抄撮。朋舊及見錄，書成手腕脫。鴻製肯播寄，尺書望早達。

朱白泉觀察寄郵程日記至題後

盧溝折柳尚餘煙，轉眼江雲上客船。三日擁衾聽秋雨，推篷嶽綠墮杯前。

醉看青山醒看雲，斜行密字寫紛紛。牛房連夜雲堂宿，畫我詩情尚待君。余宿牛房，成古詩六章。

送陶季壽歸里

陶君有至性，餘事工文章。謁選居長安，意象殊昂藏。愛我秋潭花，踏蘚尋斜陽。袖中出尺書，字古聲悲涼。無何萬里路，搆此終天傷。梅花香不聞，煙水空蒼茫。迢遞青楓林，黯淡迷歸航。勸君勉餐飯，食少摧肝腸。荒江草木氣，南國金石香。勞人易中之，眠起須加防。三年讀禮書，兼理醫民方。獨我詩龕中，落月低屋梁。破窗響黃葉，斷夢浮寒湘。

奉校唐人文集寄示芸臺淵如蓉裳琴士諸朋好

宋太平興國，文苑英華編。彭叔夏辨證，姚鉉唐文鐫。體例沿昭明，矯枉殊戔戔。至我康熙朝，獲睹唐詩全。今詔修唐文，赫濯王言宣。岑疏搜乃宜，韓碑芟固偏。茲書主增益，如野無遺賢。我友阮芸臺與孫淵如，讀書實能專。日校金石字，費盡丹與鉛。潭潭古墨齋，著述雄涇川趙琴士。麻衣客西秦，楊子人中仙蓉裳。韓柳元白句，誦之口流涎。孤陋如余者，提握慙多愆。人間未見書，望之眼徒穿。明年春水生，迢遞江魚箋。

朱文正紀文達彭文勤三公手蹟合卷

三公論學業，華實微不同。皆克自樹立，才辯超朔雄。政事我未嫻，校字時過從。發凡與起例，鋪紙明光宮。我方持寸管，揮灑高雲中。三公得異書，許我編摩供。閑軒散梧竹，啾唧吟秋蟲。長袖出短箋，肫摯言由衷。要使性情見，弗求筆墨工。裝成儼合璧，懸置東堂東。哲人不可見，對此心沖沖。摩挲忍釋手，字綠燈花紅。文正、文達皆不工書。

主園詩為程素齋賦

主客豈有常，惟視人位置。從古達觀者，順逆皆適意。揚州富商賈，貨財充斥地。程子此僑居，筑園傍秋寺。瀟灑南郭外，開窗納青翠。人境嗟變遷，浮生等旅寄。與其飲美酒，日日花下醉。不如讀異書，零星識奇字。石橋新雨過，野老尋竹至。釣魚西溪口，芹香更筍穊。燈前語絮聒，但及山中事。不見打包僧，日高松屋睡。

題項孝廉水墨畫卷

不著丹鉛不著思，偶然興到筆隨之。人言此是王維畫，我擬柴桑處士詩。

洪忠宣手植柏歌為介亭編修賦

昔年手校忠宣集，文淵閣下柏風襲。今年載詠忠宣歌，柏陰黯澹雲堂過。公孫繪公手植柏，如拜當時書塾夕。老幹疏枝畫不成，每從空處留蒼碧。石闌干外苔全荒，葉落猶帶星辰光。千尺百尺姑勿計，中有一段聲悲涼。正氣稜稜塞天地，冰雪焉能掩寒翠。偃蹇空山七百年，澹湖明月茶條寺。諸葛祠堂杜甫詩，至今風雨繫人思。賦罷江梅歸去晚，燕山客話續何時？

五鼓起赴蘇齋作坡公生日適杭湖風水洞拓得蘇題姓字四楷蹟同賦

年年蘇齋拜公像，拜公輒復吟公詩。自題姓字風水洞，當日只有春禽知。梅花開落七百載，定山村僻誰尋之。苔荒翠濕泠巖月，恍惚照見公鬚眉。軒昂四字嵌雲壁，玉虹作氣空天吹。繫馬花間久相待，觀魚池上常縈思。獨惜開軒李居士，搜盡杉檜無題碑。新墨搨成舊字活，端嚴跳脫鸞鳳姿。眉州乳媼帖第一，此石何啻交柯枝。蘇齋日暖布簾捲，溪橋春入千茅茨。笑我騎驢勝騎馬，疏星破月搖寒漪。余以路遠，是日五更即起。石屋舊遊感前夢，曉城薄霧籠朝曦。推倒垣牆見靈隱，杭湖風水將留兹。

楊舟畫冊詩為吴子野賦

老梅殘竹

竹緑自何年，梅紅永今夕。凍月遲空山，泠泠比詩格。

菊逕蜻蜓

釣絲破曉煙，籬花散深竹。無色更無香，有人詠秋屋。

雪店劵驢

適踏黄葉來，又逐白雲去。過橋便是山，梅花在何處？

秋柵聞雀

瓜綠客心苦，花黄秋影涼。一枝謀未得，故故噪斜陽。

春禽擇木

空山太寂寥，一鳥啄寒綠。溪雲未濕衣，石牀春睡足。

立春後二日曉村事

不知殘月上，但覺四山青。岸遠全疑雪，林疏尚隱星。飛鴻迴極浦，老馬去荒汀。折柳尋常事，春風歲又經。

題王春堂貞女詩後

兩家貞女艷同時，天壤王郎絕妙詞。黄鶴樓前黄鵠詠，天風送到白鷗池。
老至文章怯瘦寒，書來慚愧比歐韓。維持風教吾何敢，一紙春風報德安。

存素堂詩二集卷二

己巳

秋園小景沈壬海孝廉嘉春繪圖屬題

余方六七齡，母氏課讀書。梧高秋雨涼，誰恤孤兒孤。母念余孱弱，散學日未晡。晨候寺鐘響，危坐聽咿唔。始命習陶詩，後及岑王儲。轉眼五十年，髮白心情疏。衰老何適從，好尚徒區區。君家山水窟，早晚儕樵漁。雨前穲筍劚，月下梅花鋤。書聲與琴聲，飄出雲中廬。幽禽叫不休，令我思江湖。

送菊溪制府赴粵兼懷桂舲巡撫

齒少公五齡，仕後公八載。聲名與官職，乃至差百倍。謂公為天人，秀才行未改。謂公非天人，淪浹遍湖海。我昔侍公側，日夕瞻文彩。轉眼三十年，同輩幾人在。白髮雖漸增，青山久相待。回首釣魚臺，桃花仍凍蕾。三十年前與公同游事。

東南數大事，傳公手親定。江鄉客絮語，寒夜剪燈聽。盜賊望風靡，秋水一湖暝。旌旗尚未指，轅門報得勝。先聲能奪人，不假勞鞍鐙。沙場日鳴鏑，山寺夜聞磬。道旁荔支樹，斜陽幾枝賸。公近句有「殺賊歸來食荔支」。

鈔公玉堂集，匆遽非完書。今欲存數字，抵獲千璠璵。官尊下筆嚴，非是文墨疏。軍中一喜怒，存亡及萬夫。蟻穴苟不防，害乃至鯨魚。與求詩句好，毋寧民氣蘇。詩好自娛耳，民蘇天下娛。公今社稷臣，小事宜糊塗。

我友韓侍郎，東南昨秉節。詩筆即史筆，不自矜雄傑。恤民諸大篇，幾幾等元結。我非杜陵叟，三復稱奇絕。公今適同官，水濕火就熱。藥洲石與峻，羅浮月同潔。倡余更和汝，出手取清切。殺賊夜深歸，酒燈紅未滅。鋪紙寫鐃歌，一字一嗚咽。

題友人攀桂圖

我前十七年，八月日維朔。小病思午睡，夢手桂花擢。皤皤白髮仙，招聽鈞天樂。我兒適誕生，桂馨命名確。童心此未化，督課章句學。展圖念疇昔，天香歸掌握。秋風吹泬寥，崢嶸見頭角。自古梁棟材，空山待礱斲。

憶山

豈不愛登臨，名山總未尋。鶴聲天外遠，花影月中深。蘿薜從誰問，雲霞抱此心。東南鬱詩境，夢倚石牀吟。

養病

養病閉門久，無人來打扉。最愁吟事少，未計世情違。墻短鳴蛙近，樹高啼鳥稀。安能傍煙水，小筑釣魚磯。

每夜不能寐輒思作詩

非是起偏遲，病夫春不知。隔窗聽微雨，擁被看殘棊。課婢補新竹，呼兒鈔舊詩。最愁夜鐘響，是我苦吟時。

病中偶題

藥性不能辨，時繙本草書。三薰功始就，九折愿終虛。事誤開山後，心空鍊石初。謂手戰病。田園容我老，竟欲侶樵漁。

晚至山寺

看山獨跨驢，新月下僧廬。計與杏花別，忽然三載餘。紅顔驚我老，白髮為誰疏？燈底看殘竹，依然識面初。

病中客至

若非因小病，那得便幽閑。春草年年緑，柴門日日關。老僧送藥至，一犬寄書還。稍待腰支健，扶笻定入山。

枕上聽泉

虚堂響石淙，孤枕夢惺忪。夜氣全疑雨，寒聲半入鐘。野猿時乞果，老鶴不巢松。紅日東牕滿，開簾笑我慵。

黑龍潭

古潭漱寒玉，老樹隱孤山。僧話春雲裏，門開萬竹間。日長花氣靜，風定鳥聲閑。明月前溪上，尋詩客未還。

寄戒臺寺僧臨遠

別爾青松樹，遙遙一載多。白雲猶在嶺，春水不成河。古洞龍方據，閑堂鶴又過。廢園斷碑碣，日夕好摩挲。

約辛春巖夜話時寓宛平縣署

相隔一池風，遲君明月中。看山諸客散，多病兩人同。此去碧山隱，何時秋水通？老漁原舊侶，相約理煙篷。

小憩田家遂至大覺寺

未從山裏住，那辨水風涼。一夜溪頭雨，滿村松葉香。僧粗知藝竹，婦不解栽桑。我且攤書坐，支頤看夕陽。

贈山僧

雲堂爾長住，何事至城中？昨夜杏花放，四山春水紅。打門報芳訊，剪燭對衰翁。相約跨驢往，新詩投遠公。

靈鷲菴僧話

亦有城中寺，松陰隱石房。風來鐘自響，雨過草猶香。靜裏酒俱廢，老來書漸忘。封侯慚骨相，多病尚無妨。

村晚

牧童方七歲，隴上數牛麑。晚雨過斜坂，夕陽生短籬。剩雲同水沒，新綠出山遲。村路真難辨，煙中認酒旗。

日暮投舊寺不得路為花木所掩

十里指荒刹，一鞭停落暉。廢泉春草掩，古殿土花圍。夢裏新詩卷，愁邊舊釣磯。長安三百寺，寺寺葬薔薇。

贈樂蓮裳

襆被過廬山，邗江買棹還。別來詩幾卷，老去屋三間。共鶴草堂語，伴梅春澗閑。吳門狂典簿，謂王惕甫。斂手謝追攀。

奉寄福蘭泉兼呈許秋巖兩倉場

未撰先生杖，先吟大雅詩。春風許深坐，潞水又相思。花氣一城滿，櫓聲三月遲。橋灣好煙泊，正是打魚時。

記得衙東樹，涼陰接寺樓。雨天荷與葦，月地水兼秋。古岸驅黃犢，潞河以驢為縴，間用牛代之。高官狎白鷗。詩翁對門住，漫用置詩郵。

近日東南計，河漕二事先。兩公能體國，一力欲回天。風雨聽驅使，龍蛇候導宣。書生原有用，只是六經研。

我亦耽書者，非辭撰述勞。水邊招放鴨，秋裏謝持螯。近因手病請暫假。抱甕成前夢，移山讓輩曹。朝饑有何恨，舒嘯上東皋。

病起

病起書長掩，挑燈強自寬。吟邊時欲睡，酒處不知寒。看月初扶杖，聞鐘又倚欄。西山花事過，秋近訪田盤。

徙倚

徙倚雲門寺，桃花對岸紅。斜斜壓山日，故故上衣風。往歲攜年少，曾來謁遠公。今剛三十載，笑我已衰翁。

贈陳大令平伯均

官尚二千石，別經三十年。相逢秋水上，重話寺門前。白髮渾閑事，青山未了緣。北邙村遠近，何處有牛眠？

元圃侍郎憂歸余適抱病不能往唁詩以代柬

君來吾適病，相值又相違。兒女看全大，門廬計總非。白雲閑倚杖，清淚暗沾衣。還是朝恩重，功成許早歸。

題畫贈陳孝廉鏊

青山伴白鷗，一客一孤舟。天逼雲陰墮，花蒸水氣浮。停琴佇江月，欹枕聽春流。漁釣休相笑，夫君抱古愁。

階平撫軍寄詩至病中未及答也小愈感觸舊游作此以報

嵩陽一紙書，風信及春初。好句隔年寄，故人何事疏。病中花已過，雨後韭先鋤。燕子雙飛出，呢喃語舊廬。

煮酒枌榆社，尋詩薜荔園。雨來猶坐石，月上又開樽。客至鶯啼樹，花明鶴守門。蕭蕭兩白髮，往事不堪論。

贈吳菱亭孝廉

故人重買棹，謂王孝廉。計日返江城。我病愁逢燕，君留為聽鶯。雲堂一樽對，山寺百花明。五畝西涯宅，春燈愛短檠。余舊宅一區為李西涯故邸，君家會元貽詠曾寓此，期君科名繼之，此宅留以相待。

溢海和尚約上中峰

僧堂晚鐘罷，香飯石廚過。松子鳥聲落，杏花牛背馱。月從春澗濕，山比亂雲多。明日中峰去，凌空藉碧蘿。

單雪樵寄詩信至答之

不接白門書，迢迢一載餘。小樓春聽雨，野水夜通渠。病久心情減，閑多故舊疏。江湖容我到，先訪雪樵廬。

家住白雲間，芙蓉第幾灣。春回隔年草，青徧六朝山。覓句梅邊去，尋僧雲外還。繫情惟菽水，簪紱念都刪。

憶吳穀人

耽詩吳祭酒，蕭散住杭州。夜夜西湖月，年年北固樓。君每年至吳覓館。梅開招野鶴，酒醒對閑鷗。耆舊東南盡，晨星幾箇留？

憶趙味辛

蕭灑去青州，蹉跎已白頭。著書春草閣，煮酒夕陽樓。花謝客無奈，笛吹君自愁。阿筠謂君賢郎早成立，骨相可封侯。

題張三丰像

負劍戍平越，人呼邋遢仙。江湖剩蓬鬢，醒醉抱松眠。巖掛月瓢影，池横雲衲煙。草堂閑對弈，春去不知年。

城南月山寺，曾植古梅花。老鶴伴吟客，瘦牛騎酒家。未嫌藤杖短，那藉葛巾斜。久坐世緣謝，東皋學種瓜。

謝曹麗生華閣同往勘地

破帽殘衫客，春歸夏入時。一樽愁對酒，五字夜催詩。燕外山初影，鷗邊柳欲絲。停鞭不能去，心事白雲知。

曉過拈花寺題贈體師

清梵散經堂，疏鐘響竹房。日高僧飯熟，雨過佛花香。雙燕依禪榻，孤雲墮石牀。捲簾青草色，隨意滿空廊。

以黄癭瓢山人畫魏公簪金帶圍圖壽煦齋侍郎四十時煦齋典會試始撤闈感舊懷人輒跋幀尾

芍藥花開舊酒壚，豐臺好句話江湖。王筠謝朓俱零落，寄到蕭郎一字無。二十年前，王正亭、謝薌泉、蕭雲巢偕君同游豐臺看芍藥，作詩甚盛。

傾樽鬭韻草堂東，卻數君詩句最工。三十年前舊樽散，又隨桃李拜春風。

玉尺量材只隔宵，早看金帶坐圍腰。簪花一笑先生醉，宰相黑頭須聖朝。

聽雨

天風送石泉，颯颯竹牀邊。萬葉滴殘響，一鐘沉濕煙。夢寒孤枕上，心悵十年前。明月山僧至，因參玉版禪。

寄旌德朱宋卿則璟

新安朱先生，講學百世師。君乃厥苗裔，讀書多取資。阿咸寓長安，過夏蓮花祠。邂逅揖蕉園，團坐吟君詩。水上泠泠風，懷中渺渺思。雲鴈忽焉墮，山僧悄然悲。佳句貯我囊，隔歲鈔烏絲。傳聞梓山側，梓書工易施。夫子風雅宗，胡弗甄綜司。百年蔚文獻，或不隳于兹。

王柳村寄群雅集至謝以詩

海陵鄧孝威，選詩黄葉村。老年應徵召，襆被春明門。旅夜勤甄綜，雪寒酒弗溫。忍飢事吟嘯，坐對孤燈昏。詰朝王新城，狹巷停高軒。漁洋手校本，今尚詩龕存。王新城手校《詩觀》二集，余賣自廠肆。北渚集群雅，體例詩觀論。愧我非羼提，欲辨先忘言。掃葉力堪任，跋尾徒增煩。來書乞作序。朝廷開制科，微君孰璵璠。此集時續成，攜過秋菘園。白髮兩詩翁，鬬韻傾芳樽。

書錢梅溪讀史便覽後

吾嘗纂《宮史》，日侍輿圖房。輿圖十萬卷，堆滿三間堂。拓地九州外，點筆銖黍旁。辨說非一家，沿革甄綜詳。世間讀史流，瀛海窺混茫。錢子精天文，勾股勞測量。歷歷指諸掌，展圖僅尺長。分則碁星布，合乃綱維張。時方校顧書，余時校甯人所著《宅京記》、《肇域志》、《郡國利病書》。智短眯域畺。洪子稚存臥江村，未能晨夕商。稚存著《乾隆府廳州縣志》。口沫復手胼，費盡秋燈光。人嗤老蠹魚，游泳江湖忘。

兩三年前贈單雪樵一詩見和至十用原韻偶爾檢視感其情之長也再用韻

翰林出入無輩行，心如病葵長向陽。門生載酒問奇字，時分教庶吉士。詭言老子今劉揚。我友顛張船山及狂孟麗堂，弄筆都能見情性。酒氣墨氣積一堂，潭上荷花總清淨。畏吾村下西涯拜，竹移荷換歲時快。落日重增湘浦愁，破園肯負松篁債。今春蒔樹西涯墓。江南使者新詩催，劵驢詰旦棲霞回。漫詡揚州有仙鶴，我心但憶孤山梅。北邙屋圮荆榛塞，草堂竹塢嫌偪仄。晚飯僧寮春月黑，濛濛雨帶梨花色。

風捲鴉聲聽不得，壁塵撥盡尋殘墨。六朝山好青未移，勸君行樂追南皮。老仙昔贈蒼龍枝，訪碑且待秋深時。苔蘚剝蝕人焉知，手搨一碑題一詩。余時奉纂唐文，期君代為搜訪。

為錢梅溪題其尊甫養竹山房詩

養竹非種竹，新篁異霜笴。灌溉修防之，廢一固不可。培護及弱稚，芟除到叢夥。竹翁治竹法，不惟竹帖妥。施諸黎庶間，保赤心猶頗。奈翁不出山，悄對寒綠坐。此君太蕭疏，無人來道左。秋竿今矗矗，吟詩涼月墮。殘聲答石瀨，瘦影照陰火。梅花溪上行，一枝看斜亸。

吳仲圭墨竹歌

梅道人，工畫竹。愛山不畫山，愛木不畫木。一筆兩筆秋影足，紙上但聞聲謖謖。梅道人，老巖谷，不曉世間有榮辱。日暮歸來跨黃犢，涼雨蕭疏萬竿綠，孤燈黯淡閉茅屋。夜深借酒塗杈椏，頓覺胸中氣斜矗。估兒賈客咤寒儉，道人自賞差免俗。我嘗種竹西涯西，煙梢露葉低復低。道人落墨取豪宕，絕似為余寫幽曠。

題文五峰畫上海顧氏園林冊

上海顧從義，自幼識奇字。嘉靖隆慶中，詔為香案吏。修史敘功擢評事，孤情不忘漁樵地。玉泓館帖寄微尚，海嶽菴石重位置。負篋文華殿上行，石鼓點畫心分明。雅好齋圖五峰作，更越十年此幀成。攝山老農逞姿態，筆力卻能透紙背。詩心浩蕩漱雲水，道味清虛寄鮭菜。天地空洞景物生，突兀不没松篁内。深夜孤燈鬼神入，萬想千思寢食廢。村店梅花十里寬，濛濛大雪壓驢鞍。一枝筆掃千湖月，酒醒只道西溪寒。舊游再續歸田夢，藥爐經卷扁舟送。解衣半蹬煙痕皴，墻外四圍山影重。

沈石田漁莊村店圖歌

石田簡率誰能及，八月秋雲筆端濕。一棹石湖溯舊游，楊柳人家水邊立。漁莊蟹舍望參差，八十老翁打槳急。未聞官府親催租，問翁何事來追呼。翁言昨夜捕魴鯉，隣船網得淞江鱸。天陰欲雨尚未雨，舟泊葦塘村酒沽。太平景象時難再，真氣往來盎紙背。破空一線天光來，隔江兩岸碧山對。離合風雨只俄頃，遠近峰巒辨茫昧。安老亭圖竹十竿，石田有《安老亭圖》，老年筆也。買書日向床頭攤。貧人卻好蠹魚託，無書何以娛飢寒。北苑已矣不可見，此卷合並南屏觀。沈有《南屏山卷》，稱神品。

董思翁寒林遠岫圖歌

筆思縱横參造化，石色雲峰森可怕。右丞作畫如作詩，豈料後人賣無價。香光老子參畫禪，往往意在筆之先。心燈照見輞川口，遠邨暝色沉孤煙。悵惘桃源不得路，老樹槎杈隱寒霧。南崦梅花北崦松，眼中不辨青芙蓉。殘鴉數點霜中失，老鶴一雙門外立。樵夫醉倒橋東頭，雪葉風枝滿石樓。尚書晚學趙承旨，風流文采略相似。可惜鷗波亭子空，客臺泥爪留春鴻。寄語楞伽玉念豐，為余物色蓬廬中，一畫筒抵千詩筒。王惕甫云華亭某有此臨本，許為余摹寄。

哭謝薌泉同年

浮沉升降略相類，差不如君擅文字。後生先死真難解，君與余同庚，余五月，君正月也。辭富居貧豈無意。胸中所蓄必呈露，身外之物胥委棄。百六十客幾人在，庚子進士一百五十八名。三十一年一世易。聯牀聽雨還佇月，並轡春山與秋寺。花間花落神悽愴，燕來燕去情切至。光明磊落任天動，嬉笑怒罵忘人忌。天橋市上日走馬，華嶽峰巔夜作記。訪碑大慧拜西涯，投詩小峴嗤北地。佛前狂笑老僧逃，井底欲眠翰林醉。六語皆君舊事。酒酣每作千秋想，腹痛為墮數行淚。百年文獻徵杞宋，一代門才考譜系。君撰國朝散體文，閱二十年迄未成書。綜括幾與梨洲同，別裁卻較倉山異。我謂此舉勿遲緩，君矜非人能位置。君不肯假手於人。懷寶沒齒豈無悔，作史承家望勿墜。知恥齋存叢脞書，吾當掩泣為編次。

屠琴塢舊屋說詩圖

輕舟孤往錢塘江，頻伽稱君詩老蒼。饒有河朔少年氣，郭生此語吾心藏。逾年獲讀孟昭集，梅史作序嘆弗及。小檀欒室種竹成，冬花菴主墨猶濕。茲圖有石無層樓，門外日夜清泉流。野梅樹抱孤山影，可是林逋手種不。跨者蹇驢導者鶴，危澗一條通略彴。涼蟬勿語蟲勿喧，牕外新篁時解籜。風篁嶺上過溪亭，聞說坡仙曳杖經。初白一庵掩荆莽，遺文奚不搜零星。屬君訪初白遺文。十年舊事縈新夢，百歲蒼茫春色送。老僧話別雲堂空，日暮清齋聽幽哢。

小檀欒室讀書圖

杭城自構詁經舍，湖上家家異書借。屠君筑室錢塘江，結伴讀書茲過夏。開門莫辨天與日，萬綠爭從半空出。鐘磬到此寂不聞，剩有溪聲與山色。漁謳纔歇洞簫起，木葉蕭蕭打窗紙。布衾幽客擁支頤，涼月一丸藕花裏。人生樂事能讀書，高官厚祿何為乎。不然負劍從酒徒，臨安市上歌烏烏。孟公浩然白公居易今已無，樟亭竹閣全荒蕪，帶經君且寒梅鋤。

徐次山德瑞孝廉聽詩圖

此聲寄天地，未許俗人聽。但有梅花處，能教鶴夢醒。涼琴佇山月，疏磬隔漁舲。廬阜重迴首，數峰仍自青。

夢中得搴霞十字醒足成之

搴霞開中門，攬月至下阪。山氣濕衣重，水風吹客遠。高日散野樵，晨鐘警僧飯。坐忘塵垢多，深悔滌盪晚。巢松鶴乃閑，歸田牛差穩。相期謝羈絆，長此安疏蹇。

雨中屠孟昭招同劉芙初董琴南吳蘭雪黄霽青安濤小集擬游錢蕅人儀吉寓園適戴金溪敦元至而大雨驟臨冒雨同往蕅人出茶瓜餉客觀雨久坐孟昭欲為畫記之因賦此詩

出門煙綠剛漫橋，過橋花比馬頭高。我家卻在萬花北，城南折柬煩相招。幽客已先鷗鷺至，我來巾舄都滴翠。大似輕舟泛剡溪，回頭疑入漁樵地。比鄰聞有神仙廬，閉門終日繙道書。驟雨疾風阻塵客，清齋詎容來酒徒？排闥直入比猿鳥，長廊飛過曲欄繞。吳生蘭雪醉倒水西亭，口嚼殘花花影掉。天公欲為澆詩腸，頃刻腑臟生新涼。隔林不復辨人語，黑雲下掩青竹房。五步以外天無影，誰取銀河來灌頂？松栝飄蕭屋欲浮，僮僕寂寥心各驚。遙山一角殘陽紅，收拾蒼綠藏漁篷。江湖有夢不能到，造物豈果憐吾窮。屠侯詩絕畫亦絕，奇想弗求世人悅。落墨不落仰視空，自謂此境從未閱。

約劉芙初吳蘭雪屠琴塢董琴南錢衎石黃霽青齋梅麓彥槐悅公禪房看荷花先之以詩即寄悅公

去年看荷花，花多詩較少。今年看荷花，花遲詩轉早。荷花照水年年紅，白髮蕭疏愧余老。看花客盡登瀛人，仙心倘不被花惱。鷗鷺無猜對逝波，漁舟盡日依芳草。岸雲欲上經壇濕，水風一涼竹房埽。鐘聲隱約過葭葦，蔬味零星出蓬葆。畫禪試從蒲褐參，碁劫且向松堂了。看花長愿伴孤僧，凌空恨不墮飛鳥。清沙白石影亭亭，古木斜陽香嫋嫋。出水豈藉大魚負，得氣仍思晚節保。攀折原傷君子心，遭逢轉比美人好。尋詩每觸江湖思，遍倚闌干費幽討。人生但得有花看，噉蕨餐菘總宜飽。

秦小峴侍郎見余招諸君看荷花詩以余未及奉招勝稱蓉湖荷花以傲余戲答并次其韻

昔作漫郎今聱叟，拚與荷花作詩友。蓉湖雖好隔黃河，愛而不見空搔首。達官幾輩能還鄉，掉頭君欲歸雲莊。花港香風吹瀰渺，峴山秋影橫青蒼。蕭疏上比天隨子，全家移住煙霞里。蘆荻生芽鯉鱖肥，樵青炊熟二泉水。西涯笑我又詩成，野鷺閑鷗渝舊盟。管領蓮花吳博士，得錢貰酒空復情。諸君皆有和詩，蘭雪無之。酒場誰料變詩藪，數之才華世希有。謂劉芙初、屠琴塢、董琴南、錢衎石、黃霽青。胸中奇氣一洩之，作詩畢竟勝飲酒。侍郎五鼓朝大羅，朝東暮西忘奔波。梁谿有夢恐難到，醉中和我蓮花歌。

次秦小峴侍郎潞河舟行韻

疏雨在林外，放船涼漸生。一颿故山夢，兩岸草蟲鳴。君健方籌國，余閑亦愛晴。沙鷗比人懶，穩睡到天明。

再邀陳石士胡書農孫平叔徐星伯陳範川鍾仰山諸君月下看荷花用前韻

河水新添三尺高，雨大翻嫌荷開少。僧房多被濕苔掩，非是秋生今歲早。荷花生日匆匆過，蓮蓬子大藕絲老。僧約客來須及時，客弗及時恐花惱。野鷺飛飛不怕人，大魚拍拍常依草。月下看荷荷更香，松門那藉湖風埽。夜深仙子尚紅衣，地迴美人全翠葆。天光壓水碧可憐，山影入樓青未了。成佛生天兩不愿，此身但愿同溪鳥。荷花尚難免榮憔，江湖浩蕩孤煙嫋。今年盛忽明年衰，有盛有衰問誰保。但期歲歲看花人，一年詩比一年好。石闌干外即銀河，故事底須費幽討。帝京景物略諸書，三五年來讀差飽。

小峴侍郎寄書有怪余見嘲語作詩答之卜期過訪

松花團子有何好，似在君家喫未飽。木瓜酒煮花猪肉，老饕醉倒海棠屋。四語申明札中意。因君半載長閉門，屐齒踏破莓苔痕。今又鴻毛遇順風，渭城不及唱匆匆。如何只説掉頭去，芙蓉湖上晚涼處。美人娟娟隔秋水，白髮蕭蕭君獨喜。我日修書衝綠泥，紅雲多在西華西。近天尺五白玉堂，鈴索不響槐陰涼。異書奇字發光怪，長日摩挲足清快。斜川文字稼軒筆，五六百年久散逸。蘇集裒自味辛手，辛集人間一邁也過也未分剖。味辛所刻《斜川集》，採自《永樂大典》，遺逸尚多，且《大典》《斜川集》皆標名蘇邁，亦未注明。

字無，我昔採綴誠錙銖。搜得一字如千金，世上何人知此心。城南好事剩有君，七十猶肯膏油焚。

湖上晚行偶作短歌索蘭雪和

老饕近來無大愿，多看青山飽喫飯。吳生蘭雪笑我筆力衰，誰知天許詩骨健。朝採芙蓉夜讀書，守門有鶴出門驢。神仙未盡愛幽僻，載酒人多樵與漁。先生退直剛日落，親課園丁剪秋藿。生愁病蜨隱殘花，忽見涼蟾上新籜。水外僧寮路半欹，葛衣芒屨訪殘碑。偶穿竹院閑說偈，不坐松堂夜詠詩。

送吳小坡歸里

故山梅樹著花無，雖是思鄉不為鱸。三十六鷗煙水闊，布颿搖過鄱陽湖。小阮才如大阮不，一竿恨未共漁舟。杏花還是長安好，要買驢鞍且賣牛。

立秋後一日陳鍾溪侍郎過訪不值久坐荒亭茶瓜而去

荷花紅直到吾家，君為尋詩不為花。未必荒亭得秋早，涼人詩骨是茶瓜。

答鍾溪論詩復題簡尾

詩從禪悟羼提老，延佇秋林返照中。看罷暮天灑然去，任人圖畫作屏風。

蘭雪和詩至再用韻呈小峴侍郎並示蘭雪

西涯日作持竿叟，得魚便招吳聶友。青山愛煞買無錢，轉眼兩人都白首。侍郎老矣思還鄉，非關有田與有莊。蒓滑鱸肥託言耳，讀書敢忘蒼山蒼。鶴巢春雨墮松子，兩崦梅花紅十里。前身自許比明月，此念相期誓白水。歸老蘧廬愿未成，耽幽敢遽渝鷗盟。達官頗諳蔬筍味，老夫亦深兒女情。長安原是人材藪，擊筑吹竽靡不有。美人調笑漢宮秋，壯士傾心燕市酒。九流八術經搜羅，文筆昪兀詞翻波。夜涼醉臥吳篷齋名底，和爾蓮花博士謌。

吳雲樵學使過訪預約津門歸看菊小飲作詩為券即送其行且託代覓鄉試録諸書

昔讀君作詩，知君性敦厚。今睹君取士，多君識荀莠。涇川講經術，趙氏篤法守琴士。近更推吳氏，麟鳳薈郊藪。朝廷試禮部，來十拔八九。使君吾石交，京兆同折柳。卅載坐玉堂，兩人皆白首。款戶視吾病，握手復握手。豫卜津門歸，飲吾菊籬酒。飲酒得何趣，得趣傾心久。文事吾廢棄，託愿在畦畝。涼天踏黃葉，荒園剪秋韭。釣起東溪魚，佐以西涯藕。馬聲佳林外，鶴影墮花右。聽鐘不上樓，撈鰕寧得笱。老蠹困書城，焉能垂不朽。遺文肯官購，惠抵掃愁帚。

邀平叔書農星伯範川芙初諸同事校悅公禪房釋典

儒書未全讀，何暇搜釋典。姑託文字禪，閑愁一笑遣。況有荷花風，泠然吹獨善。暑氣昨宵退，白雲半湖卷。開門水煙重，要防硯生蘚。僧雛打午鐘，香廚菘葉剪。

尋幽

孤煙尋不見，萬竹水邊聲。漸覺寺中月，遙從山外明。孤蛩抱花泣，病鶴傍人行。非我耽幽僻，秋來感易生。

洪介亭編修以所藏康熙丙申春諸君子元福宮看花詩卷屬題

卷中題詩者十三人： 陳鵬年滄洲、吳關傑漢三、李中牟山、汪灝紫滄、須洲鳳苞、繆沅湘沚、徐用錫壇長、汪見祺無亢、李紱巨來、俞兆晟穎園、黎致遠寧先、鄭三才參亭、張懋能莪村。

訪僧八里莊，看碑古松下。杏花閱百年，一樹無存者。道觀埋荒草，殘甎更剩瓦。菴前積水流，塔上秋雲野。當年選勝流，幾輩茲揚笲。舊聞竹垞所輯及雜記蔗塘所輯，採詩誠撏撦。洪君拾殘賸，博學嗜風雅。古詩十三首，當場各抒寫。聯翩列几席，萬丈詞源瀉。杏花開幾場，不見香山社。春雨花重開，未必此蘭若。

石門看月詩和仲餘侍郎韻

公豈山中人，愛惜山中月。憂勞積平日，暫時取怡悅。白雲屋背盎，幽泉石根發。暝鐘響初罷，松子落清越。

張少伊餽山藥至

故人眷余病，遠道貽玉延。永定門外距余居十里餘。玉延豈參苓，羊棗昌歜然。蒸鴨與封羊，老饕不流涎。生平葵藿腸，久欲除腥羶。張侯屈衙官，瀟灑如神仙。入山契林岫，逢寺搜竹泉。荒亭冷玉高，山藥秋城鮮。白雲墮我門，黄獨吟我篇。匏菴亦樂園，畫者沈石田。中有玉延亭，彈琴坐風偏。顧我非其匹，感君情纏綿。澹香滋味長，世誇冬筍乾。兹合佐秋菘，涼夕參詩禪。

李薌甫芸甫昆季招赴畫會因宿借綠山房

長安爭逐塲，人苦不得暇。湎酒古有誡，玩物志斯惰。秋堂響蟋蟀，日月去可怕。歡聲在田野，敬為朝廷賀。李氏好昆季，丹青奪造化。筑室傍林廬，空天綠陰借。招邀詩畫流，瀟灑花間坐。山河沕穆氣，文筆焉能破？五六老畫師，閑中出頓挫。博士蘭雪詎能飲，小醉輒嘲罵。投轄意可感，踰垣計已下。簫聲入墨竹，芸甫醉後為余寫竹。白雲墮涼夜。

借綠山房諸畫師為余合寫玉延秋館卷子頃刻而就題詩於後以誌佳會

畫者十三人，秋齋四五處。我持三尺絹，花間走迴互。人各一兩筆，頃刻積煙霧。落墨豈容心，寫成弗返顧。盎盎指上秋，滴滴天邊露。石古能出雲，屋深不因樹。文成而法立，人趣皆天趣。秦公小峴笑我拙，作畫何匆遽。寄暢園名所藏蓄，子久與子固。君獨愛今人，所愛毋乃痼。秋藥老菴主，長松寫日暮。四山風雨聲，高堂恍奔赴。江南無盡秋，袖向西涯去。長揖謝二李，此樂後幾度？

陳石士胡書農孫平叔陳範川徐星伯五編修招集陶然亭

前日藕花雨，染我葛屨碧。今日葦葉風，吹我紵袍白。相距僅匝旬，頓異林棲跡。良時去如瞥，不樂胡跼蹐。軒然一亭子，秀出長安陌。時時冠蓋流，來作水雲客。史館日著書，老眼秋霧隔。涼空偶延佇，百憂失一夕。蟲語聚草根，鴈聲響沙磧。我亦忘機人，豈不愛閑適。眾仙況同日，招我坐瑤席。

曉晴赴五君子之招作詩為謝兼呈陳鍾溪侍郎翁宜泉譚蘭楣二郎中吳蘭雪博士席子遠姚伯昂二編修屠琴隖大令

晚霖夜不晴，隘巷愁泥塗。月橋至江亭，萬頃雲模糊。貧官禁豪舉，僕痡馬且瘏。老饕食指動，肯負良朋呼？隔水語漁翁，詰旦蓑笠租。新涼散高柳，淨綠生寒蘆。我性最疏野，愛狎鷗與鳧。觸熱心久灰，看書眼欲枯。菜根滋味長，萬錢休一娛。誰知鑒湖長，官酒頃千壺。侍郎不能飲，薄醉須人扶。農部工苦吟，細字千明珠。我但向西笑，歸臥孤亭孤。課童汲溪流，日洗門前梧。

約陳鍾溪侍郎赴白雲觀訪道藏諸書

京師白雲觀，往往神仙居。邂逅不相識，辛苦求丹書。神仙施狡獪，我自安癡愚。雨晴踐朋約，重以王事趨。明季政不綱，齋醮胡為乎。天步實艱難，道藏留清虛。今為搜唐文，文治前代逾。入門但秋色，黄葉聲疏疏。官閑道心生，時和塵慮攄。斜陽未下山，活火猶生爐。人聲寂不聞，惟聞鳥聲呼。讀書未盡信，長生事有無。我亦三十年，笑樂居瀛壺。

吳子野餽鮮蟹雞卵余素戒殺辭蟹而謝之詩

墈邊湁外隴雲疏，佐我清齋夜讀書。卻笑玉延老居士，山葵江筍伴園蔬。

小樓新筑兩三間，君新筑樓。為著儲書又看山。黄菊開花竹抽筍，老夫游興未全删。

盛甫山舍人招同馬秋藥太常朱滄湄比部吳蘭雪博士朱野雲山人小集

舍人籍薇省，賦性愛山水。山水苦跋涉，清音托十指。泠泠絲竹音，寥寥淡泊旨。偶然跡象留，灑墨剡溪紙。畫成不示人，閉門心獨喜。拜石白雲菴，焚香烏皮几。老饕時打門，主人嘗倒屣。江菇與湖筍，每飯輒八簋。主人但淺飲，酒罷歌聲起。我時不協律，天籟蛩蚓比。嗜痂主人癖，謂合柴桑理。君誠老摩詰，游戲人間爾。他日輞川筑，我為書偈子。

陳石士見姚伯昂藏其師姬傳先生手蹟屬錢梅溪鈎勒上石以原稿裝卷自藏乞余詩為券因寄伯昂梅溪

文治盛今日，韓歐稱正宗。作者非一家，吾獨推姚公。姚公未識面，尺素時時通。西江陳太史，曾坐公春風。下筆有師承，人力非天工。凡師所贈言，寶之如大鏞。裝成日摩挲，儼對師音容。夜雨酌故人，謂伯昂。綠字留燈紅。明珠忽到手，一串秋玲瓏。君無韓幹馬，公案仇池同。碎石而毀畫，此語誰能從。錢生出奇計，珉翠吾鐫礱。千潭印一月，萬紙錘三冬。太史意良厚，錢子謀亦忠。世上讀書流，相習韓歐崇。廉惠均不傷，爭遜將無庸。吾詩取當券，笑煞東坡翁。

蘭雪許以姬人綠春畫蘭冊見貽今且三年矣余屢索之詭言未獲題詩及見有餽余蘋婆果者索其半曰將以畫蘭報也既而邈然因戲以短歌

蘋婆帶露貽彼姝，報以墨蘭良不誣。蓮花博士性太疏，一詩可待三年無。湘蘭横波世罕見，萬錢不能換一絹。綠雲深處秋陰徧，春雨春風鳥聲變。書生且漫覓封侯，何福寒閨伴莫愁。畫成自有花香浮，君詩請勿題上頭。

為朱野雲題畫

樹未成秋水未涼，橋南花隱讀書堂。杖藜不惜蒼苔破，啼鳥一聲山夕陽。

又題野雲畫

山飛水立憶前游，落筆年來總帶秋。遠處白雲近黃葉，暝鐘不下夕陽樓。

朱野雲山人邀同金蘭畦尚書汪東序太僕馬秋藥太常小集擬陶詩屋即席有作〔二〕

傍城寒霧重，滿庭黃葉積。瘦日逼秋陰，下映空堂碧。故人渺天末，歲時阻心跡。會合野雲屋，矧際明月夕。料理社稷安，諸公自有策。我識在文史，病起求暫適。讀畫時解衣，談天屢脱幘。焉得隨朱君，一生山水役。前身豈蠹魚，故紙今愛惜。舊雨不易逢，新詩詎輕獲？尚書許以詩相貿。階下霜漸多，座間髮俱白。

【校記】

〔一〕此首阮本無。

李薌甫芸甫昆季餽栗謝以詩

腥羶非所欲，烹炙久弗甘。終年飽葵藿，老饕何以堪。昨筑玉延亭，略仿吳匏庵。山僧餽山藥，趁雨秋鬣鬖。成例謝之詩，屢受無乃貪。李家好兄弟，知我新栗耽。范陽八百畝，種栗如種柑。養成磊落姿，俊味中包含。夜燈耿微青，爐火吹正酣。煨熟勝黄精，製法誰能諳？君客孟山人，愛畫狂且憨。寫生有生氣，下筆香醃醃。請為戰栗圖，赤心相與參。用梁蕭琛語。

題贈程定甫贊寧編修

程子居長安，樂飢年復年。眷屬寄孤山，瀟灑真神仙。下帷嗜讀書，吟歌如秋蟬。我昔過橋門，相期希聖賢。歲月傷蹉跎，人事多變遷。不聞木樨香，徒參蒲褐禪。子乃乘長風，翔步忉利天。百番剡藤紙，一挺桐花煙。中蟠蝌蚪字，塗以金銀鮮。眩目更箝口，孰能窮益堅？瑯函十萬檳，晨夕相攻研。道心虛室生，詩話江湖傳。雨外芭蕉聲，或落書聲先。樓鐘屢問之，寒蟀時棲然。剪燈念故人，寄我池上篇。時乞編修詩。

屠琴塢將為縣令題其墨筆山水畫

俯聽筆無聲，細尋秋有色。中未著丹黃，十分見氣力。昨年宿山寺，霜林變頃刻。斜陽收拾去，涼月松梢匿。佛燈倏明滅，天影窈深黑。此景耿在心，好手偶然得。長風吹不散，古蘚湮莫蝕。我有三丈紙，留君几案側。摩挲將十年，必能發奇特。寒空木葉飛，蕭摵響窗北。蟲吟詩興動，鴈叫歸思逼。屠侯筆即刀，勒不殺盜賊。彈琴坐堂上，使民如使墨。

十六畫人歌

野雲（朱鶴年）新踏廬山霾，苔花黯淡青在鞋。留客夜宿蒼竹齋，剪燈為我縑素揩。雨生（湯貽芬）上馬能殺賊，手染秋花出顔色。芭蕉葉子無多墨，雨聲隔在書聲北。滌齋（朱文新）搖筆雲堂成，千竿萬竿寒玉生。鸞鳳似在空中行，瑯玕參錯諧簧笙。琴山（楊湛思）慣寫梧桐樹，寫罷衣衫濕清露。白髮蕭疏愁日暮，蘼蕪望斷江頭路。雲海（吳大冀）驅墨如驅雲，小樓佇月蘭膏焚。天高木葉不可聞，彈琴一曲秋紛紛。琴塢（屠倬）相逢松篠變，蹊徑須臾尋不見。一枝禿筆一破硯，掉頭竟去領江縣。秋藥（馬履泰）愛畫蒼龍枝，但畫精神不畫皮。胸中填滿階州詩，嬉笑怒罵純乎思。南雅（顧莼）點苔三五處，脫帽走向槐陰去。人笑先生太匆遽，先生慣聽涼蟲語。甫山（盛惇大）直欲棲空山，黃塵烏帽門常關。雲林海嶽誰躋攀，獨我乞畫君開顔。麗堂孟覲乙狂墨世無兩，二十年來我心賞。水必渺瀰樹蒼莽，對之輒作漆園想。伯昂姚元之作字花同妍，及其作花字同鮮。生氣非憑粉與鉛，參透華亭書畫禪。薌甫李秉銓芸甫李秉綬兩兄弟，寫山如黛樹如薺。黄河之水襟袖底，青綠紛紛一盥洗。晴蕖陳鏞自少師畢涵〔一〕，畢涵遠住黄河南。年年秋夢來詩龕，陳生陳生青出藍。船山張問陶點滴殘墨水，潑向玉延亭子裏。百尺晴嵐一丈紙，酒香花氣瞢騰起。船山未及入會，補畫雲氣。受笙陳均畫法師奚岡，入秦以後詩清蒼。詩耶畫耶今兩忘，純以造化為文章。

【校記】

〔一〕「晴蕖」，阮本作「蕖晴」。

李恒堂錫恭侍講以其祖父遺像繪冊屬題

子孫眷祖父，真有無窮思。音容託畫工，非僅瞻拜之。誠望世出賢，傳以文與詩。榮寵豈足恃，身死名宜垂。婁江禮讓鄉，李氏多經師。隱德積兩代，五桂森交枝。太史操玉尺，今且衣鉢遺。太史屢司會試分校，得士多入翰林。我讀冊中言，陳子稽亭文最奇。淡折兩三筆，君家恩愛慈。寫出溢紙上，沁人心肝脾。我欲效厥體，十日不能為。搜索藜藿腸，愧乏冰雪詞。

余二十年前為吳蘭雪題圖有滿地皆梅花何處著明月句同年朱滄湄典陝試移此二語識龔海峰程墨尾河間紀文敏公見之傳為佳話今既為子野駕部署樓額遂改前詩為佇月樓詞

幽僻似山家，數竿秋竹斜。滿園盡明月，何處著梅花。

輓洪稚存編修

名節蔚一身，忠孝斯兩全。北江讀書客，獲此非偶然。洪子少孤貧，奉母四十年。機聲共燈影，雪大寒無氊。謀食游四方，飄泊湖海船。佩劍依畢公秋帆，孫淵如黄仲則與蹁躚。老始策大廷，第二王綸宣。我時侍講幄，先生引見，余以講官侍班。眄子真神仙。訂交香案側，相期為聖賢。初焉膠漆投，繼且金石堅。江亭及月橋，往復酬詩篇。笑余鷁退飛，羨子鵬高騫。書生性戇直，昧死陳戔戔。聖人恕其狂，既譴仍垂憐。萬里叨生歸，閉門手一編。下筆雖不休，光怪非從前。布袍方竹杖，活火寒山泉。登峰不跨驢，坐石非參禪。將謂少微星，長烔三吳天。〔一〕奇字奥難辨，正欲裁一箋。階前響黄葉，使我憂心煎。凶問從何來，君竟中道捐。憶出彰儀門，遠送盧溝邊。西欄耿殘月，今日餘清圓。安得和君歌？安得拍君肩？蘆汀叫孤鴈，南望空雲煙。

【校記】

〔一〕「將謂少微星」二句，阮本無。

重陽前一日薌甫芸甫餽菊

風雨不來秋滿城，日高沙暖柴門晴。擔花十里尋鷗盟，橋邊溪外枝斜橫。草堂殘破窗無紙，白月夜墮孤衾裏。澹影寒雲推不起，霜氣在天香在水。君家兄弟多詩仙，韋廬佳句尤清圓。讀罷如醉東籬前，此花風味同芳鮮。畫筆兩君又獨擅，我有一匹好東絹。用成句。為花何不開生面，老臥林廬日相見。

再贈薌甫芸甫

涼秋暗城色〔一〕，新菊發霜根。憔悴雙蓬鬢，崢嶸老瓦盆。園丁勞跋涉，山客荷溫存。正欲探幽去，籬東古寺門。

【校記】

〔一〕「城」，阮本作「林」。

偶述

壯志已蹉跎，衰年更若何。但期秋睡足，不愿笑聲多。局外看棋换，生來受墨磨。詩龕豈禪悅，安樂欲名窩。

題蔣爰亭侍郎秋闈校士圖

昔同舉京兆，君少我二歲。白髪會江亭，五言共砥礪。君詩有仙心，何嘗矜瓌麗。長年役公事，暇輒一菴閉。空明雲水懷，不受塵埃蔽。家學經術擅，翰林已三世。秋堂羅萬卷，決意去文弊。兩行紅燭明，一縷茶煙細。先生眼如月，風葉入斜睇。淡墨徑揮灑，精當逾會計。此時辛苦心，轉瞬流光逝。志士不敢忘，空山自愧勵。世上噉名人，但解誇科第。

文待詔雪霽山行小景

空山雪初霽，萬木凄以清。策蹇踰石橋，凍雲猶有聲。踏破秦時苔，留待耕夫耕。回首瘦梅花，澗底枝斜横。嶺南料峭風，吹過松梢明。買酒臥茅店，寒月聞雞聲。

文待詔碧巖閑話小景

對坐碧巖下，泉聲巖際來。大禹斧劈痕，至今青無埃。積年水雲氣，鬱勃成風雷。石迸蒼樹根，上逼天門開。道書不須讀，人世皆蓬萊。活火燒松花，葛衣生古莓。

次徐蘊士孝廉元韻

窮年始信六經尊，破硯殘書道味存。放鴨偶逢魚曝子，看山忽見竹生孫。客來問字朝攜酒，僧過尋詩夜打門。瀟灑如君比陶令，但逢花處即桃源。

懷先芝圃巡撫

匡廬翠飽還羅浮，東南山海供冥搜。回頭又飲西江水，百花洲上春風起。三寸毛錐十丈紙，堂下萬民聽驅使。轅門旌旆悄無聲，騎馬出課耕夫耕。

喜衛輝府太守王儕嶠卓薦入都

白簡曾三上，黄堂又六年。舉頭抗嵩嶽，生性愛淇泉。官職從今大，文章已世傳。煎茶重聽雨，補領大羅天。

題蔣元亭先生靜觀圖〔一〕

心如明月明，性比止水止。知止主靜功，克明大觀理。合十地圓通，無一點渣滓。偶現宰官身，遂示通明相。語言文字禪，道德仁義障。保我飛躍機，任他雞犬放。

【校記】

〔一〕此首阮本無。

守經堂為元庭同年題畫〔一〕

一丸白月跳石房，千竿野竹搖雲堂。欄杆以外秋陰涼，蕭蕭木葉堆堦黄。先生坐老蒲團旁，九州四海相與忘。身外之身究何狀，漆園文字真夷宕。殘夢迢迢三十年，老山荒翠看依然。剪燭說詩古佛前，青樽綠字空雲煙。神仙從古無科第，世上紛紛誇折桂。余與先生同舉京兆。我輩不為田園計，讀書但要柴扃閉。

【校記】

〔一〕 此首阮本無。

魯孝子歌

莫謂孝子愚，孝子有至性。莫謂孝子苦，孝子有樂境。大星炯炯雲中樓，靈山採藥事謬悠。寒雅老木聲啾啾，刀起肉墮天為愁。帝閽萬里不可求，老親之病忽焉瘳。吾知孝子必有後，蓬廬雖圮遺經守。乞我作歌我沮忸，眼中誰是杜陵叟？吳玉松山尊鮑覺生今稱著作手，嗚呼孝子斯不朽。

湯雨生騎尉屬題秋江罷釣小景冊中佳篇甚多陳石士編修意義稍別附聲綴句且贈別焉〔一〕

但制横海鱗，莫傷寄書鯉陳石士句。相朂仁與義，賢哉陳太史。吾想騎尉心，豈愿老溱洧。一竿如可棄，竟此去煙水。長風送天上，萬里孤舟艤。寒野息驚厖，春江薦朝鮪。東南海氛熾，中夜提戈起。功成詔畫像，戰袍換金紫。解衣氣磅礴，日映桃花紙。曹氏兵符圖，尚煩騎尉擬。

【校記】

〔一〕此首阮本無。

吳蘭雪席上晤江頡雲送其南歸

吳生住揚州，歌嘯康山側，醉臥梅花底，詩篇播京國。三年官博士，瘦羊喫不得。夢泛西溪船，猶自江郎憶。江郎人中豪，恨我未交識。黄河一道水，迢迢限南北。天風九萬里，邂逅見顏色。草堂咫尺地，奇情發頃刻。笑指扇頭蘭，此味真填臆。不怨鴈南飛，但愁日西昃。古人重神交，誰能逐酒食。遲君江上書，吐我胸中墨。

送屠琴塢之官即題其雙藤老屋圖後

屠侯居翰林，朱十略相類。迄今官邑宰，卻與竹垞異。繪事實素擅，能寫平生思。歌嘯所不及，往往託煙翠。老屋既傾頹，雙藤亦顛頓。君偶然居之，幽蹤儼衡泌。屋也愿長存，藤兮矢勿棄。一朝別汝去，為墮數行淚。草木猶如此，朋友關道義。江湖雖萬里，丈夫四方志。香草美人喻，梅花高士譬。文章與時進，不盡出游戲。可亭朱先生，昔曾為縣吏。

昌溪村八景為吴子野賦

沙墩垂釣

水清不見魚，沙清不見水。茫茫寒翠中，何處炊煙起。吾憩鮭菜亭，今又十年矣。

九嶺茶歌

嶺深渺何許，新茶盎萬緑。歌聲隨濕雲，遠近出深竹。有客艤孤舟，月明梅店宿。

新橋秋月

我看月橋月，每到西涯西。君家煙水鄉，月在前村溪。惟有秋士懷，見月生愴悽。

竹林夜讀

涼露瀉銀漢，因風滴竹梢。三更幽夢醒，掩書未即抛。柴扉緑陰閉，月下孤僧敲。

石屋梅花

人世六十年，不識梅花樹。傍雲筑石屋，願向此中住。野鶴飛水南，過橋一相晤。

船麓楓林

寒山花事稀，霜天楓葉春。雲中似有船，載酒尋詩人。醉倚江岸高，數峰秋嶙峋。

山寺曉鐘

風雨寺中善，日月山裏長。不到五更頭，未辨鐘聲涼。病僧坐圓蒲，久已生死忘。

西山積雪

江南亦有雪，積此西山根。青蒼萬松樹，掩映梅花村。誰肯跨驢來，一扣林逋門？

為大覺寺僧題畫六首

雲濕花藥叢，殘瀝滴成水。茅屋青峰外，隔澗幽風起。濛濛松栝影，小隱暮山紫。金梯何處通，不見玉童子。

水亭倚石根，斜陽在山頂。古棧懸斷雲，石橋沒孤艇。松陰地上積，虛閣出清迥。扁舟搖到門，睡鶴猶未醒。

石上無人行，溪鳥自飛去。山居鮮惡風，松聲響何處。遂登池畔樓，溟濛天欲曙。露氣漸生衣，塵氛忽已除。

山家何所有，丹楓與翠竹。時見溪上雲，留我林間屋。偶來寄書鯉，忽到啣花鹿。巾舄姑謝之，且抱石頭宿。

花香度院長，林翠上衣重。昔年訪幽寺，老僧許陪從。偶坐蒲團間，名利心自訟。徘徊古梅下，我與明月共。

能參大乘禪，乃無壽者相。是畫即非畫，凡物皆有障。然而山水情，無藉筆墨貺。橫空萬煙翠，詩心所醞釀。

為靈鷲菴僧題畫六首

殘霞隱斷山，斜陽散深樹。石橋花港通，三五漁家露。

新雨苔初荒，杖藜不可步。東溪明月上，松間且小住。

昔有望雲心，今但數歸鳥。秋煙暗江店，花竹藏多少。

數峰忽插天，萬雲齊瀉地。更有松竹陰，綠到煙中寺。

長松一千尺，不能匿西日。遠近梅花風，迢遞吹月出。

隔水望歸舟，煙深不知處。歌聲出殘竹，拋竿賣魚去。

束陳鍾溪侍郎

言尋白雲觀，又是一年過。余病懶騎馬，君閑好换鵝。山情本夷宕，花事每蹉跎。非盡羈塵鞅，閉門詩債多。

束張少伊索山藥

滿城虀菜門香酸，昨夜山僧餽筍乾。笑我玉延亭子畔，只餘青竹兩三竿。

衙官尚有尤侗在，抱病經旬不出門。短陌長鑱好風日，學他黄獨劚江村。

狗尾續貂吾有愧，尊甫近有寄余札，侑以貂帽。雞群鶴立子何慙。明年紅藕花開後，斜日扁舟積水潭。

仁圃丈德元邀同朱習之少僕過廣積寺齋飯

不來訪香界，忽忽兩年餘。僧自禪心定，余同鶴意疏。談深罷齋鼓，坐久薦園蔬。妙語解塵慮，何須讀道書。

送陳稽亭歸里即題其桂門圖後

梧門吾舊居，新亭名玉延。左右淨業湖，風流思二賢。李賓之、吳匏菴。君家都憲公，參破詩畫禪。匏菴鄉井誼，賓之衣鉢傳。君學故有本，通籍十四年。忍饑為文章，裘敝囊無錢。掉頭返鄉里，到及梅花先。叢桂賦招隱，小山情渺然。柴門雖日閉，松菊猶新鮮。充棟五千卷，負郭十畝田。君性本孤直，辛苦全其天。會心放翁句，非羡三百廛。秋林帨巾烏，明月頭上圓。飲酒樂復樂，且和淵明篇。

謝張少伊贈山藥

著霜山藥帶秋痕，驢背馱來風味存。明歲月橋橋上望，玉延花占藕花門。家無三百甕黄虀，忍餓吟詩日又西。十里城雲一天雪，寄書人怕過寒溪。

題佇月樓畫會冊為吳子野

詩友今剩秦小峴侍郎與吳蘭雪博士，佇月樓下傾千壺。主人愛客愁客散，問客所操何技乎。客胸各自具鍾鑪，下筆元氣相吸呼。癡朱朱氏昆季四人皆有癡名狂孟麗堂及嚴香府董小池，米之顛也倪之迂。餘子各負過人智，張船山黃穀原蔡研田顧南雅王子卿姚伯昂吳山尊。神仙每喜出狡獪，精神已到毫巔無。秦公散體今歐蘇，下朝墨瀋襟霑濡。醇酒潤吻每沉醉，醒輒細字斜行書。我詩僅比蛩蚓耳，風吹月苦聲嗚嗚。病來萬事都廢棄，布衾紙帳清燈孤。君索詩債如追逋，我正閉門防催租。時以病假例交還公費。可憐博士飢欲死，蘭雪以憂去官。雪衣去券盧溝驢。

題曹夔音仿趙文敏樂志圖為程子蘅笙賦

程君志士住江國，不改其樂有所得。偶買王孫樂志圖，臨摹實出曹侯筆。我時臥病孫學齋，朝齏暮韭勞安排。向平之愿正難送，觸我清興雙眸揩。亭臺齊傍煙霞起，竹外梅花二三里。歌聲上薄南山雲，壯懷直赴東流水。王孫曾筑鷗波亭，風流一代如晨星。曹侯應教乃仿此，一縑濕墨傷飄零。程君程君果何志，學劍學書丈夫事。掉頭逕作汗漫游，游徧四百八十寺。殘碑斷碣南朝多，碧苔蒼蘚煩摩挲。秘書半出奇士手，訪我再渡桑乾河。

諸城劉文正公扇頭楷書前人蟲豸詩二十四首敬跋於後

小字黃庭密復疏，睢麟風化到蟲魚。太平宰相渾無事，蒼雅閑繙抵政書。

延清堂上午風柔，點筆蕭騷已帶秋。門下門生髮都白，余座主胡文恪公，房師曹顧厓先生，皆公門下士。昏燈殘墨辨蠅頭。公書二十四詩，前二首已殘闕。

文正公書前人蟲豸五言絕句廿四章前已闕其二且魚蝌蝦水族也不可雜入蟲豸蝌蚪蛙屬蚱蜢螽斯屬不必複見并刪之更為補益得詩二十八首〔一〕

蟬

生性愛清華，長辭富貴家。高槐疏柳外，又見日西斜。

蝶

匪直為花忙，羅浮春夢長。是周還是蝶，欲辨已言忘。

蜻蜓

未許乘風上，飄蕭立釣絲。休矜飲甘露，童子早調飴。

螳螂

怒臂拒車轍，豈知黄雀來。齊侯原有識，勇士莫徘徊。

螽斯

莫誚春螽股，詵詵五月時。風人託吟詠，福履卜綏之。

絡緯

誰家懶媍驚，風露一燈明。底事不能寐，鄰機未斷聲。

蜂

攻寡果非技，采花誠夙心。園廬今有守，風雨可仍尋。

果蠃

奔蜂不能化，藿燭爾奚須。只好依書卷，藏身託守株。

蠅

黑白亂人意，如何弔客充。登科煩女賀，執筆笑匆匆。

蚊

誰毀更誰譽，秋蝱一遇諸。雷霆未足喻，聲聞去聲涉空虛。

蟪蠓

吾道比醯雞，莊周語不稽。吹來從朽壤，風雨已前溪。

螢

腐草前身幻，秋園夜燭違。練囊如許借，老我愿相依。

蛾

誰焚綠桂膏，我正厭喧嘈。飛去掩明月，天寧百尺高。

螻蛄

五能不成技，枉説大如牛。亦識飛翔好，折腰誰與謀。

蜣螂

摶土遂成丸，翩飛借羽翰。鳴蟬不相羨，忍餓就高寒。

蝙蝠

落日傍簷飛，稱名鳥鼠違。傳聞張果老，天子詔衣緋。

叩頭蟲

守口我方凜，免冠渠所甘。豈真樂卑賤，還是六塵貪。

蟻

一蹶恐傷顔，遲徊不上山。豈知大堤潰，未盡在防姦。

蚯蚓

長吟信幽吹，坏土引伸難。寄語飛騰侶，長從雲霧看。

蛙

口乾動誰聽，未免太拘墟。奔月果然否，游池信有諸。

蝸牛

涎窮粘壁死，笑爾苦循墻。蠻觸且相託，中乾徒外彊。

天牛蟲

木蠹幾生修，人偏呼水牛。我來籬壁下，坐雨望雲頭。

蟫

與汝為儔侶，鑽研五十年。何時成脈望，笑我尚頑仙。

蜘蛛

作網伺行客，觸之斯已盲。不聞龔舍嘆，頓使葛原驚。

促織

遠人十年別，切切故園心。一夜秋風起，吹來何處砧。

守宮

禪心如槁木，無事守宮煩。好是柳方插，頓令花滿園。

蝗

來從忉利天，梵字豈其然。化作魚蝦去，人稱太守賢。

蝨

爬搔不能臥，坐起待西風。旁若無人者，還須測此中。

【校記】

〔一〕此題共二十八首阮本無。

次女于歸宗室雲壻即日侍其翁赴四川都統署作詩勗之

幽靜汝原能，西南利得朋。姓名藏玉牒，雨雪別春燈。遠道青天上，貧家白水曾。不同侍闈閣，問寢要晨興。

乞諸畫師仿趙承旨樂志卷為合作孫學齋圖

昨夜夢游太白山，雲迴霞複非人間。醒來瞥睹鷗波卷，金書玉字蓬萊班。出入承明三十載，漁樵野性未全改。寒苔凍蘚柴門關，誰使虛名播湖海？故人勸我眠花陰，僧房臥聽秋蟲吟。藥爐經卷且相伴，百千變幻生一心。存心即是養生術，病榻寒煙午鐘失。聽雨日參坡老禪，拈花坐示維摩疾。王孫放退居吳興，書畫當年頗自矜。殘松野菊凄涼甚，幽情寫寄蠻溪藤。春明畫師我都識，畫我詩龕倍出力。蒲團粥鼓清淨音，布帆江日滄洲憶。

學士栢詩為王春堂賦

昔宿柯亭中，載賦學士栢。寄念茶陵翁，秋煙淡空碧。孟時竹巖集，昨從禮邸借。賓之經指授，一代文章伯。兹栢六百歲，王氏下筑宅。子孫承餘蔭，祖宗留手澤。手斡造化權，蕭颯幾千尺。青袍過其下，轉眼換赤舄。守禦能弓刀，筆墨尤清適。緬想錦官城，丞相通心跡。吉袁古道側，風雨江村夕。

存素堂詩二集卷三

庚午

汪均之札來索近詩賦此為贈

皖江公子今賢豪，氣凌泰華文莊騷。江湖廊廟心叨叨，腰中常繫昆吾刀。秦漢而來書飽讀，才人近許魏冰叔。七澤三湘一縱目，掉頭著書日仰屋。名士如鯽成讕言，幾人懸榻希陳蕃。聲價十倍登龍門，一字褒抵千佛尊。君近著《當代名流傳》一書。仲宣王春堂叔度黃穀原皆吾友，聽鼓摳衣職奔走。衙官屈宋古人有，君肯筆之名不朽。吾方養病柴門扃，不知春草年年青。前溪忽報泊魚舲，故人書至江風泠。西山桃花北邙杏，踏雲步蘚招提境。君倘過夏長安來，當筑茅菴黃葉嶺。西山羅緱嶺秋深黃葉最勝。

蜀中搢紳先生多有以尺素見問者既各牘答之復作此詩〔一〕

吾羨梁伯鸞，牧豕上林野。滅竈更然之，不因人熱者。而我居長安，老屋餘破瓦。孫學齋新筑，睡醒自掃灑。陰符道德經，孤燈日抄寫。蜀中數畺吏，扶輪今大雅。鄙人不遐棄，蓬茅擬梧檟。纏綿寄鯉書，迢遞到鷗社。昔賢重氣誼，讀罷淚如瀉。賃舂雖弗能，何妨居廡下。時清士思奮，巖壑幽棲寡。

【校記】

〔一〕此首阮本無。

初春偶題

老樹經春豈自由，爭隨桃李綠新疇。山僧終日關門坐，不羨花開羨水流。

生日書懷

人生六十歲，甲子方一周。我尚虚二年，白髮嗟盈頭。衰病日侵尋，坐擁衾與裯。天上白玉堂，從容許我游。秘書十萬卷，奉詔勤校讎。無端肢與體，運動不自由。藐茲三寸管，掉之千金侔。空有古文章，光燄胸中留。命注磨羯宮，我豈韓蘇歐？

我家有薄田，近在北山北。先人舊邱隴，百年鬱榛棘。昨歲筑草堂，突兀溪水側。我將坐牛車，春雨看山色。荒菴識字僧，亦頗解文墨。告我凍苔下，曾埋古碑刻。漁翁招上船，釣竿那抛得。讀書憂患始，遑恤富貴逼。〔一〕

少年同學侶，多在青雲上。治國平天下，旦暮諸公望。小人宜勞力，而我病無狀。花柳具有情，當春不相讓。人誰甘廢棄，忍餓示高曠。蓬蒿蔚滿徑，久矣松菊忘。買藥長安市，恐費履幾緉。何如碧巖側，臥看桃花放。〔二〕

兒子好手筆，讀書具內心。前年應舉文，已自求精深。作文如刺繡，度汝曾金針。秋月三回圓，汝豈忘駸駸。歲時不汝待，塵慮行將侵。汝父病廢書，擁榻如僵蟫。鴻奮與犢強，努力當從今。不然視汝父，老至徒悲吟。

【校記】

〔一〕「讀書憂患始，遑恤富貴逼。」此二句阮本無。

〔二〕此首阮本無。

七家詩龕圖歌

畢蕉麓高士

畢宏已死畫松少，世上紛紛寫花鳥。涵也或是其子孫〔一〕，行蹤翩似孤鴻矯。賣畫長安三十年，掉頭歸去囊無錢。我友洪侯稚存雅相重，稱翁詩筆今坡仙。老來賣書不賣畫，疏狂那怕交游怪。睡醒江村肆抹塗，空林遠韻出清快。湖海渺瀰不可思，日暮輒憶瑤華詞。瑤華道人嘗謂余曰：「吾目中所閱畫師，畢涵一人而已。」沈也文也寧復辨，一縑秋色貽賓之。余嘗以小西涯自署。鮭菜亭與慈恩刹，載酒何人誇筆札。楊柳千條春又青，月橋雪岸馬蹄滑。洪侯遽作修文郎，畢畫由洪轉集。故人零落心徬徨。玉延館擬雲林閣，原詩以雲林相擬。風流有愧良夫良。徐達左，字良夫，倪瓚為題《耕漁軒圖》。

【校記】

〔一〕是，原作「視」，據阮本改。

張桂巖州判

張侯竟作衙官老，韓愈逢人說賈島。許秋巖漕帥盛稱之，曾屬其畫《詩龕圖》寄余。江南故舊我較多，秋水歌秋巖齋名嘗寄畫藁。未曾下筆先冥思，非顛非懶非大癡。回頭抽筆兩三撇，翩然大葉兼粗枝。觀者但賞氣深重，不知純以心馳送。大海茫茫雲水荒，放懷畫出江湖夢。當日逢君秘閣旁，校書閑暇施丹黃。秋花春草尚書句，謂紀文達公。燈昏字暗增悽涼。聞君潦倒託豪飲，醉臥孤山石作枕。梅花偏識君性情，收拾寒香入墨瀋。此圖寫自黃河南，風景酷似積水潭。釣鼇奢愿吾已矣，騎鶴揚州君自諳。

楊蘊山山人

挾爾家傳一枝筆，當年曾賦十八公。至今老猶作賓客，此筆未上明光宮。詩成不許俗耳聽，高吟攜陟衡華嵩。中丞先芝圃倚為左右手，謂君一代之文雄。誰料畫筆更廉悍，不畫花竹惟畫松。三杯而後心矗矗，九州以外雲空空。畢宏韋偃世有幾，松乎松乎藏吾胸。長林四時不改色，大地春過還秋冬。葉響空山颯然至，春明一夢將毋同。竹燈已滅茶爐沸，牀頭謖謖回天風。

朱滌齋山人

滌齋樸被江以南，終日低頭硯之北。三徑蓬蒿一畝宮，十年向壁吮殘墨。客至不語問不答，終日摩挲几案側。方寸雖隘萬里通，思之思之忽然得。自古文章有內心，何嘗天地無真色。十年許我圖詩龕，每到詩龕輒惶惑。三千臺閣十二樓，處處從人討消息。茲欲外障盡掃除，一筆兩筆出胸臆。我聞斯言頗近道，邀君孤亭坐日昃。城上春雲城下流，桃花松花紅間黑。淨業湖煙淒且清，翠微山影冷相逼，掉頭君竟謝我歸，紙上工夫只頃刻。

徐沅梧道士

道人不騎白鶴飛，道人愛跨青牛歸。道人朝種萬松樹，道人夕寫凌雲賦。扶筇新自茅山來，偶書符咒驅風雷。月寒獨宿光明殿，掃地焚香擁殘硯。聞我能參塵外心，款扉拜我梧桐陰。自言曾識顧楊柳，子餘工畫楊柳，余稱之。詩龕景物傾懷久。願借閑軒一兩間，為公遍寫西南山。點筆能參北宋派，求者與之從不賣。我有十丈好蠻箋，畫師退縮衣愁揎。道人諦視逾三日，請拭松堂具紙筆。倏忽天聲共雨聲〔一〕，蒼山萬疊窗前橫。收處尤能工遠勢，精神大半在空際。今趁漁船放五湖，梅花合住孤山孤。道人語我神仙無，道人毋乃神仙乎？

【校記】

〔一〕「天」，阮本作「風」。

楊琴山山人

君住長安五十載，布韈青鞋老不悔。供奉朱門凡數家，白髮飄蕭幾莖在？殘羹冷炙何其多，天下英雄坐是餒。畫師自古藏畸流，王濛戴逵顧虎頭。或託飲酒或放誕，未肯低首交王侯。雲煙過眼便消歇，誰能墨蹟千春留？望古蒼茫淚如霰，海上鯨鯢未罷戰。君欲買帆下粵東，一枝禿筆一敗硯。長江萬里縱寫成，元戎何暇施恩眷？佇月小樓請暫棲，跨驢隨我西山西。山中花放鶯全啼，參差不斷雲生溪。聽鐘那復教花迷，剪燈提管詩龕題。

陳蒖晴山人

陳君畫師畢蕉麓，既能畫松兼畫竹。寒燈傲岸照茅屋，走向長安仍瑟縮。西沽罷釣游西涯，十年看飽山桃花。一帆歸去何處家，擲筆坐嘆斜陽斜。世上幾人工畫水，一片秋聲疑在紙。雲氣墨氣蒼然起，正恐滴殘白石髓。乃能一筆挽迴之，昌黎作文杜甫詩。孟賁烏獲恒如斯，近來徒賞黃生倪。借綠山房好詩境，吾病小瘥當造請。古寺晝長塵事屏，潑墨禪堂妙思騁。隔巷招呼盛舍人甫山，舍人之筆無纖塵。投轄擊鉢君勿嗔，春菰味勝秋湖蒓。

褚石珊畫蟲豸圖詩凡二十八種〔一〕

二十八蟲跂跂來，豈真上應文昌臺？褚君耳聾眸子炯，筆起筆落驅風雷。蟲生雖微各有性，一草一花受天命。褚君七十傷賤貧，槖筆詣余值余病。乞余詩讀遂畫詩，紙上飛走紛離披。蓼荒柳禿客無奈，苔碧草香姑聽之。病久不知春滿院，昨日開簾見新燕。方怪此畫太疏野，負氣自合老巖甸。長鳴乃助人呻吟，寂處乃示人靜深。我心既瘁救無術，此畫熟睹能醫心。生平雅抱穉蟲智，誰遣五丁掣雙臂。佝僂從此信莊周，柳塘又恐蜩螗避。

【校記】

〔一〕此首阮本無。

題石珊畫栗子山藥百合

栗子含霜百合新，玉延秋脆勝湖蒓。閨中問我調羹法，本草荒疏笑煞人。

太白老仙久仙去，藥爐經卷傍燈開。儲君下筆得秋氣，寫出寒香野色來。

再題扇頭竹梧雞冠花雄雞二絶句

報曉既煩汝，花開欲語誰？獨憐棲鳳樹，老我龍門枝。

貢禹慶彈冠，子猷喜種竹。雞鳴風雨晦，日高何處屋？

送屠琹塢令儀徵

阮公稱哲士，每及胡書農查梅史屠。三君客長安，看竹時詣余。胡君冷淡官，查君憂患餘。君茲起投筆，奮臂轅門趨。埋頭故紙中，鑽研同蠹魚。空言竟何補，世方嗤腐儒。儀徵號繁會，阮公曾筑廬。奉此一瓣香〔一〕，灌頂如醍醐。江水暨河水，昨年聞入湖。畺吏能迴天，民命今或蘇。淮揚富鹽蜃，商賈紛比凫。貪利競刀錐，遑與論詩書。君勿耽幽静，堂上坐日晡。黄塵十丈高，赤心三寸輸。歸卧畫禪室，剪燭籌蠲租。他日入春明，月橋來跨驢。煙水望蒹葭，風雨尋蕉梧。

【校記】

〔一〕「奉」，阮本作「本」。

寄泰州姜桐軒

並世不一見，相思今十年。異書過江有，舊夢八春圓。余夢至揚州購書，彭生稱君喜蓄藏。騎鶴竟無地，盟鷗信有天。梅花與明月，伴爾北山眠。

李山人以夢禪居士指寫東坡詩意遺墨屬題

太白以後東坡詩，仙乎仙乎出塵姿。近來更有夢禪老，以畫為詩人不知。夜中快讀東坡句，朝起便寫古松樹。松下仙人誰見之，寫出空山辟穀趣。先生曰筆不如指，自我有之自我使。高且園傳凱亭既亡指畫稀，問君何處得此紙？此紙淪落塵埃中，苔花黯淡秋煙濛。萬錢買歸看萬遍，雲堂謖謖迴天風。夢禪作畫詩龕題，夢禪老年懶于畫，余許題詩，則必畫之。前例創始王黃倪。故人墳上木已拱，瞥見遺墨增愁悽。李君一生愛朋友，求詩乞畫年年有。跨驢訪我月橋東，稱述夢禪不絕口。夢禪昔日圖詩龕，羅聘鶩為沈啟南。山東亦有雲林閣，城北曾無海嶽庵？

大覺寺偶題

出城跨驢路幽敞，櫻桃樹上倉庚響。到寺殘日已西匿，看竹濕雲已東往。山中夜雨五更驟，門前溪水三尺長。老僧貪涼起誦經，漁翁愛晴去撒網。偶坐松間理清課，輒向天邊結遙想。笑他黄蝶逐花飛，羨爾青蟲緣壁上。

且園月下有懷

綠陰剛半畝，黄竹尚千竿。風定草猶亂，月明人自寒。故人貽鶴俸，老子整驢鞍。準備深山去，參禪坐蒲團。

菊隱中書歌為趙象菴賦

中書之官清且都，稱為隱者言誠誣。趙君愛菊有菊癖，一日無菊中心痛。中書買田僅百畝，上可栽桑下栽藕。雛孫聰慧能讀書，老子婆娑日飲酒。菊兮菊兮爾何術，絆我中書臥不出。山人舊聘梅作妻，先生今與菊相匹。先生性情花性情，東籬移在春明城。全家去飲易州水，君眷屬近還易州。萬菊花留君主盟。燈前沉醉花勸酬，因花乞詩置詩郵。焚香靜坐雲林閣，催詩懶上黃蔑樓。鷗波亭子城南筑，古寺斜陽歸騎熟。前年我攜蘭雪生，曾揀寒梅花下宿。

補題壁上易州崔廷幹臨沈石田自畫像

前生我與石田友，朱文正公所語。捕蟹撈蝦月湖口。慈恩寺裏孤燈明，雨葉風枝寫十畝。遺蹟今尚蘇齋存，秋煙化盡筆墨痕。畫師描摹不能肖，醉中錯雜圖梧門。石田畫像傳衣鉢，竹石芭蕉當棒喝。祥公受詩法于石田，曾乞其像。易水崔生手腕靈，潑潑詩心紙尾活。旁人誤認為詩龕，看荷攜往積水潭〔一〕。眼前那是李懷麓，壁上空餘沈啟南。

【校記】

〔一〕「攜」，阮本作「共」。

快閣篇為慈溪盛隱君賦

句餘山，殖金玉。大隱山，栽松竹。快閣隱層麓，時有幽人宿。獻花煩白猿，啣芝走蒼鹿。慈溪水滿柴門開，蒹葭萬疊雲千堆。老子婆娑向斜日，曳杖溪口看雲回。鳬磯舊是盟鷗地，尋詩誤入黃葉寺。閣外飄蕭老鶴飛，閣中跌宕先生醉。

詩弊詩十六首和汪星石

分門戶

柴桑契希夷，少陵心弗喜。東坡學柴桑，初不求形似。義山與山谷，皆宗少陵旨。二集今俱在，何嘗某某擬。鳳凰與麒麟，世皆祥瑞企。胡獨尊麒麟，而竟鳳凰呰。不見唐綱墜，朝堂有牛李。不見明詩衰，前後稱七子。

別唐宋

莊騷繼風雅，時未唐宋聞。陶謝庾鮑句，亦自驚人群。唐以後無詩，漢以後無文。蘇黄萬簡牘，豈盡宜棄焚？唐往而宋來，過眼如煙雲。渾淪一氣中，惟辨蕕與薰。唐宋朝代耳，非同涇渭分。何苦生今世，事事徵典墳？

填故實

不切為陳言，詞多意鮮警。載籍由我用，妙思始能騁。如塗塗附然，美人贅瘤癭。何如淡粧抹，泠泠見清耿。真氣成文章，中有天地景。光焰萬丈長，只許寸心領。費力不討好，人奚弗内省？飽讀幾卷書，敢妄胸臆逞？

習俚俗

問酒何由漉，必謂始于稻。問酒何由醇，必謂善于造。稻乎造者誰，此中有要道。裨諶獲謀野，子安作腹稿？當其刻畫就，不知醞釀早。生平萬卷破，醞釀五字好。街談與巷議，觸手紛華藻。稼穡生民恒，居然國之寶。

押險韻

伏羲畫八卦，文王演周易。易知險非尚，況詩有標格。清廟明堂語，如何生踧踖？所以郊島詞，未必勝張籍。險語破鬼膽，非謂險韻擇。八音順八風，中有天地脈。典謨象和樂，誥銘兆兵革。愿聆治世聲，淵淵振金石。

集成句

吾嘗怪螟蛉，果蠃移西東。吾更嫌假山，真氣無由充。位置雖有道，人巧非天工。世侈麒麟楦，非不精且工。摶泥塑鬼神，亦自生英風。運動殊冥頑，厥病為疲癃。粗服與亂頭，目明而耳聰。我方用我法，請勿譏昧聾。

點穠艷

溫柔必敦厚，匪直撏撦為。人苟貞靜嫻，許作香奩詩。堂堂君父間，激烈難成詞。託諸兒女情，一抒風雲思。拙者昧其旨，妄塗粉與脂。未春炫唐花，世上無妍媸。明月照孤亭，小草東風吹。生意暢然足，幽人寧取茲。

立條教

漁洋講聲調，秋谷譏自鄶。落日風塵昏，語實非天籟。秋谷所品定，豈出漁洋外。斷斷字句間，必欲嚴激汰。乾坤有清氣，弗受一塵壒。反欲遏抑之，壅蔽斯為害。設法而象魏，亦只去其太。心孔不妨小，正須眼孔大。

狗聲病

吾謂試體詩，原各有宗派。祥鳳棲高梧，未許伴管蒯。至於山水音，何妨寫幽怪。雲堂商競病，原不限疆界。陌頭桑婦辭，江上漁父話。譜入風謠中，一一諧鼓鞴。教之以反切，其音或崩壞。鍾嶸司空圖，神仙施狡獪。

假高古

東坡學陶公，但能得光景。而公集具在，蕭然山水永。柴桑理真實，不在空虛境。聲味果希淡，心神當會領。齊人自有歌，何必學楚郢？麟角已可愛，何必思鳳頸？毋寧渴望梅，詎肯饑畫餅。蘇州與柳州，何嘗不孤冷。

僞窮愁

詩窮而後工，此語誠狡獪。明良喜起歌，千古一嘉會。因境而生情，因情以鳴籟。順逆時為之，于人兩無賴。必謂周南詩，不當列曹鄶。何以豳風篇，辭和氣舒泰。漁歌起江上，樵唱出雲外。山水音自清，遑須苦描繪。

務關繫

桃樹杜老篇，郭綸東坡藁。意在語言外，詩中三昧討。即小以見大，其詩自然好。放眼遇情事，隨手寫懷抱。若必務關繫，何以處郊島？不見秋來蟲，切切鳴幽草。不見山中泉，溵溵流周道。無病而呻吟，徒自取煩惱。

多忌諱

下筆輒牢騷，自是作詩病。刻鱗而畫鳳，詞句又殘賸。抒寫己情性，奚取辭餖飣？風來月上時，高樓時一凭。生死本無常，窮達有何定？涼秋蟋蟀聲，晚圃松菊興。少年宜絢爛，老境取瘦硬。虛憍氣莫矜，人豈能天勝？

襲句調

好詩造自天，才人旦暮遇。八卦未畫前，何嘗有字句。東施欲效顰，邯鄲亦學步。摸牆而倚壁，反失生平素。枵然真氣亡，書中一朽蠹。譬如沉醉者，了不識酒趣。酒從糟粕出，糟粕多棄路。可惜七子詩，語未從心鑄。

喜冗長

節短貴韻長，詩骨由來堅。卿雲糺縵歌，詎遜南山篇。清風度遠林，幽徑流寒泉。玉琴時一張，撫之乃無弦。真趣果充足，至理藉以宣。刺刺語弗休，出門色可憐。獺祭固宜戒，蛇添奚有焉。辭取達意止，不期然而然。

好壘韻

沈約定韻書，其法亦已酷。矧復強我心，使必從人欲。天上好風雲，人間佳草木。年年與日日，不聞有重複。一朝從十禽，御者猶瑟縮。溫柔敦厚辭，如何許狗俗。聲四而音八，相生莫相觸。因難謂見巧，詎忘再三瀆。

蘇叔黨斜川集

焚香佐細讀，放翁嘗詠詩。通考稱十卷，宋亡書失之。劉謝名偶同，其集遂混茲。可憐叔黨公，死且顛躓罹。自署小斜川，抗志泉明師。談兵出議論，君父昕夕思。門風頗不愧，餘事工文詞。好古吳長元鮑以文趙懷玉，搜殘還拾遺。我今擁祕冊，敢蹈眯目譏。史局有程課，萬本長年披。掛漏究難免，卷數符淳熙。今復搜得四卷，雖非舊觀，然足符淳熙本十卷原數。

辛幼安稼軒集

忠敏豪傑士，餘事工文章。不知稼軒集，輾轉何年亡。獨留長短歌，悲壯兼激昂。毛晉所鏤刻，視他本較詳。十論及九議，全帙誰收藏。南燼紀聞書，體例殊荒唐。斷非稼軒筆，焚棄庸何傷？遺珠付滄海，甄録心茫茫。我非謝枋得，不獲登公堂。公靈當在天，萬卷留光芒。不恨古人死，恨不見吾狂。拊髀輒自笑，公語公寧忘。回首佛貍祠，社鼓神鴉翔。

尤延之梁谿集

遂初堂藏書，稱埒晁公武。錫山萬卷樓，轉眼成灰土。小藁六十卷，後世末由睹。侗也其裔孫，著述往無古。何以東湖詩，未見西堂補。孤亭署匿峰，看花更苦雨。我友孫翰林，捃殘從秘府。嘆惜蕭東夫，詠梅句誰伍？徒令竹垞翁，枯樹老枝數。楊范陸三家，裒然列廊廡。

陸生自吳門來京介愓甫札謁余翌日以詩見懷用韻答之

讀罷懷人句，天涯芳草看。用來詩意。楞伽老居士，十載別長安。不怕石橋滑，余居小石橋鷗波亭故址。言尋松閣寒。西涯春水長，同去把漁竿。

去年游龍泉寺歸晚宿野雲齋中野雲挑燈摹玉山草堂以當玉延秋館也次日倩秋藥甫山芸甫薌甫槑山雨生子野麗堂淥晴滌齋十君補之茲裝卷成為作十一畫人歌

秋寺歸來坐秋閣，白雲散漫階頭落。道人野雲生性同野鶴，剪燈為我圖林壑。隨手拈來玉山藁，當日倪黃同創草。一筆兩筆風竹掃，頃刻新涼散蒼昊。芭蕉描成葉子大，湯將軍雨生畫斯為最。楊老槑山寫梧不寫竹，吳侯子野設色絕塵壒。疏篁萬个朱布衣滌齋，長几斜倚縱橫揮。陳也淥晴孟也麗堂今探微，山房綠借斜陽暉。太常秋藥點苔舍人石甫山，二李芸甫、薌甫重皴天影碧。誰言促迫損標格，多少幽情風雨夕。

朱滌齋為寫二十八蟲子扇頭作歌謝之〔一〕

狂生捫蝨驅書蟫，不知亭外秋已深。百蟲萬卉各成族，時生物育何容心。笑我伎倆蛩蚓等，一枕蘧蘧夢初醒。荒園半畝恒河沙，穴處廬居有誰肯？讀書久已蟲魚箋，熟睹翻覺名難宣。應劭郭璞辨未盡，《方言》《爾雅》書不全。朱君坐我梧桐底，筆頭欲挽天河洗。蠕蠕跂跂寫出來，紙尾何煩樹如薺。

【校記】

〔一〕此首阮本無。

秦小峴侍郎詩來問病約同李石農茶話余病不克往用韻謝之兼寄石農

故人各風雨，寂寞小西涯。階上又春草，水邊空暮霞。卻煩寄書雁，一訊隔城花。廿載禪棲客，重來坐日斜。石農過夏，寓僧舍最久。

單雪橋自白門寄藥侑以詩至

江鴈又飛迴，隔秋書一開。兩年不相見，手種幾山梅。藥自雲中採，書從月下裁。來書去年中秋日手裁。張顛共風雨，日飲定千杯。張山人刻石印四方介君見貽。

謝張鐵耕山人井贈石印

我欲石田隱，鐵耕君獨嫻。著書老松下，賣藥到人間。奇字遙相贈〔一〕，幽蹤未許攀。江南足春雨，紅杏白門山。

【校記】

〔一〕「奇」，阮本作「寄」。

奉柬雪橋兼贈鐵耕

蕃薇遠寄將，侑以蒼水石。物微心鄭重，開緘光赫奕。讀君清逸詩，月入九天碧。江湖雖曠遠，幽懷曾不隔。張君好手筆，博通秦漢籍。能以奇文章，施諸古刻畫。慎密情未已，摩挲手莫釋。乃知巖壑秀，誤盡煙霞客。刺船許孤往，先訪茂先宅。

懷顧子餘

潦倒江南顧子餘，十年不接一行書。春明門外桃花放，誰與西山去跨驢。

白陽山人墨筆花卉送觀生閣藏棄識以詩有序

卷縱一尺，横二丈一尺一寸五分，凡十四段，復甫中年作，畫中神品也。為撰凱功舊物，流傳始末載《隙光亭續識》。後歸傅忠勇夫人，忠勇合米南宫真蹟藏一室，稱「二妙軒」，外人不可得見。忠勇歿，夫人延余課其曾孫，舉為贄，且鄭重言曰：「中有先人手澤，幸無褻。」既而曰：「物得其所矣。」余秘不敢示人者幾三十年，近外間工畫者頗知之。憶王奉常跋復甫水墨卷末數語，余所屬意，不在畫而在題，不在題而在所藏人也。今以此卷歸觀生閣，亦茲意云爾。

誰能畫花長二丈，山人落筆空凡想。雲堂瞑目坐十日，水墨瀉壺情一往。葉必承枝枝必立，墨香宛帶露痕濕。秋聲滿紙不可聽，夜半隣家擣衣急。道復天才嗜顛米，此卷同藏米齋裏。誰知天意歸詩龕，肯與米書並焚燬？忠勇第兩遭回祿，米蹟遂燬。詩龕道人惟解詩，書耶畫耶全弗知。寒蟲幽蚓取適性，人方矜重吾輕之。寶劍良琴貴擇主，此畫今胡未得所？長安剩紙抵遺珠，朝作乞兒暮成賈。朱門碑帖如雲煙，忠勇第燬，唐碑元畫，頗有存者，三年前盡為門客所攫。門客賣畫爭金錢。紛紛偽鐫麓村印，忠勇書畫多押麓村私印，一時所出書畫僅六七百種，外間押印者轉有二千之多，真偽混淆，識者哂之。偏旁點畫猶茫然。觀生閣底清涼境，兩個神仙塵事屏。瑤花琪草種前生，身外身乎影外影。人情欲別傷奈何，此畫伴我年歲多。知汝已晚汝勿訶，春風一到花婆娑。

李石農廉訪過余長話翌日寄玉延秋館詩至如數報之

臥病東園三月多，西涯春水綠生波。月橋那比停雲館，卻有詩人載酒過。

百石農如一蘭士，十五年前石農札中戲語。先生雅謔憶從前。故人墳上已荒草，不及君詩老更妍。蘭士亡已三年。

剷蔬剪韭生平事，說道調羹我不知。近又從人箋素問，一花一木費吟思。

甌東花好更雲南，君取孤花自署龕。賺得玉門關外雪，春來頭尚白毿毿。

讀陰符

吾讀陰符經，知嘗及并吞。干戈濟仁義，後世兵家言。顧有不宣秘，藉筆為鉤援。古皇尚恭默，不忍顛乾坤。蚩尤戰涿鹿，事肯傳軒轅？韋顧昆吾平，何為書籍存。或出滑稽口，蘇季淳于髡。幾見鷹揚流，虎視空中原。太公數家注，亦不無依託。

讀鬻子

鬻熊王者師，或稱古諸侯。傳政守道篇，小大皆有由。捕獸與逐麋，臣老難為謀。從容策國事，尚足宣嘉猷。其年九十餘，曲阜篇奚留？此書蓋殘闕，裒綴經班劉。於鑠簨簴銘，庶幾盤銘侔。

讀晏子

晏嬰相齊國，衣食五百家。崇儉有流弊，柳氏書搔爬。我君既愛槐，臣敢忘滅葭？諫諍詭譎哉，忠矣心無瑕。雀轂弱反之，不待時拜嘉。後代魏與褚，陳言蔑以加。

讀公孫龍子

白馬為非馬，辨諸形色間。楚弓而楚得，立言毋乃慳。古皇馭萬民，名實樞機關。發微取效遠，九職周官頒。木賊金者碧，天道原好還。若不可謂石，舉世斯無堅。

讀鶡冠子

一葉能蔽目，兩豆能塞耳。四稽五至說，人情本天理。湘江沅水側，鶡冠老且死。大抵申韓流，必自黃老始。歷錄副付授，鉤攷具奧旨。脫繆雖云多，昌黎獨心喜。

讀墨子

墨翟敢非聖，孟氏辭闢之。其書傳至今，學士嘗手披。蒿目憂蒼生，染國同染絲。複沓猥雜言，究為賢者嗤。尚賢與兼愛，人方芟蔓支。淘汰何必嚴，觀者心自知。莫睹爝火微，胡顏齎丹曦。

讀子華子

孔子稱賢士，籍甚諸侯聞。竇犢舜華死，飄然去河汾。晏嬰久要交，博學通典墳。虛圓不徑寸，驚浸復亂棼。將欲濯滌之，惛怓何所耘？鹿聚而麋居，身隱焉用文。

煦齋先生嘗以校文秘旨見示因命兒子桂馨識之不忘感舊作歌奉贈

交君何止三十年，輕裘肥馬誇從前，富貴於我如雲煙。歲月蹉跎老將至，世上幾個真神仙？卻憶當年侍几杖，樂賢堂開春浩蕩。弟子當仁不讓師，白髮尚書歌慨慷。後堂半夜留孤燈，三更五更問字曾。聽雨移榻東坡約，時先生談藝夜分不散。白雲黃葉西山登。笑我讀書講奇偶，剩字殘書等芻狗。風來水面成文章，取之自天出自手。曩君典試江以南，制藝合掌都刈芟。歸來為我述心得，此訣仿佛聞詩龕。先生告余云：「閱卷匆遽，佳者復多，則以合掌不合掌定優劣。」春宮兩領瓊林讌，持衡屢上文華殿。臣心自昔冰雪凜，作文閱文老不變。克自樹立弗因循，天地一氣清且淳。道非流行必對待，陰陽爕乃文章純。門下門生已前輩，兒子誦詩擅專對。佳話媲美鷗波亭，小竹疏花寫寒菜。夫人工寫生。

徐次山孝廉舉譚龍錄相質且以三昧神韻為難解作歌示之

徐子詩教宗漁洋，譚龍錄舉心推詳。每到詩龕問三昧，此說創始嚴滄浪。羚羊掛角本無跡，世人誰見天孫裳？或指古人兩三語，神韻即此神韻亡。迷離惝恍固詩境，進退鮮據非文章。不聞陶令真實語，難隨杜老東坡行。使人自悟人益惑，五字十年徒面墻。題花置身花以外，花之顏色胸中忘。水聲攫取能上紙，搜求上下兼兩旁。正面畫人畫不出，輒從反側追毫芒。武成方取二三策，百工遷地難為良。一鱗半爪始稱龍，麟鳳胡不風雲從？

京口行贈王柳村兼寄鄒十員外用鼂无咎集中苕霅行韻

峴山蒼，豐水綠，林岫盤紆涴龍目。湖名，見《寰宇記》。萬株柳傍千人家，孤村儼受群峰衙，春曉雲氣輕于沙。那肯騎驢入城市，蕭蕭寒玉千竿斜。石琴彈向竹溪好，詩翁謂秦小峴攜手松寮道。誰去西湖作主人謂阮芸臺，翰林睡足春明春。選樓日暮朋儕寡，望古蒼茫淚空灑。意氣籠罩北固山，詩筆突兀金焦間。咫尺黃河不一渡，東風吹斷翠屏樹。京口酒，京口酒，酒場少嘉會。嘉會少奈清歌何，記得紫藤花下醉。昔同茅耕亭、鮑雅堂、郭厚菴、顧子餘觴歌于鄒氏紫藤花下，今死散盡矣，不勝今昔之感。

張舸齋夕菴自京口寄詩畫至因念亡友鮑雅堂語愴然感懷用放翁集中登樓七古韻乞舸齋夕菴同作

我生不識金焦北固之佛殿，清娛閣下梅花宴。又不及跨驢囊筆隨虎頭顧生鶴慶，手握丹鉛夕菴戰。詩龕夢作汗漫游，步帆搖到得江樓。萬松不死白雲臥，一硯尚存春雨浮。不知有秦那知漢，武陵桃花開過半。二張詩畫世無兩，鮑照當年發清嘆。雅堂為余言及二君，時有我輩弗如之嘆。年年六月芰荷風，夜涼坐我鷗波中。余居為鷗波亭舊址。此胸但能消磈磊，何必空濛溯湖海。

病中閱畢焦麓寫寄玉延秋館二圖神氣頓覺清爽忽憶洪稚存之歿不勝人琴之感蓋此圖稚存轉為緘寄也因用遺山集中寄答辛敬之韻託儲石珊寄呈焦麓更乞新畫

秦公小峴艷說芙蓉渡，夢中恍識橫江路。寄我圖者洪翰林，翰林已死題詩誤。稚存許題詩而未果。雲煙過眼日月逝，人老看花只隔霧。奇才從古困酒色，疏狂到此見平素。四語傷稚存也。病中近識儲聾子石珊，擁衾為伊草蟲賦。治心翻用使心法，肯藉參苓日調護？先生之宮蓬與蒿，擲筆輒作寒蟲號。涼月一丸沁肝肺，長松百尺驅煙濤。畫龍偶入元妙觀，騎驢不上毗陵阜。七十老翁無大欲，痛飲酣睡人中豪。

單雪樵和余五疊詩韻至余才劣不克更疊矣適閱東坡集用寄喬太博詩韻郵贈

詩龕作詩不求似，自見樵詩妬心起。樵也下筆重如山，蒼莽又如長峽水。病夫多年臥石鞆，余三十年前齋名。長箋短札酬王侯。江南梅花未曾見，西涯月上生千憂。白門名士謂張鐵耕輩皆君有，承恩禪舍頻呼酒。酒酣輒復思詩龕，詩龕不見空搔首。憶君射虎秦川時，奇文隱腹無人知。青鳥之書世罕讀，長安笑煞輕薄兒。松柏歲寒弗殄顇，狂墨豈肯顛張避。旗亭日暮唱柘枝，新詞何減龍標尉。

吳雲海佇月樓成落之以詩

崇文門外車馬喧，長廛短市雲煙屯。吳君靜者卜居此，黃塵烏帽迷朝昏。到門橫斜莫辨路，漁人誤入桃花源。老樹槎枒蔭五畝，東風吹散春滿園。良朋偶偕筆墨聚，熱酒既醉笙歌繁。諸客告歸我留宿，小樓突兀出叢竹。樓上樓下蕉梧陰，樓左樓右星斗矗。孤燈欲滅夜深曠，清琴不張聲斷續。遠山一縷白雲起，須臾散漫墮林屋。我身疑置雲中居，鬢鬢衣裳染全綠。出雲入雲月一丸，江南江北人同看。吳君倚遍朱欄桿，手寫梅花分月寒。

晌齋少司農命書天啟三年小斧歌于圖舊作既逸更賦此詩

明祚既遷太阿移，僖宗臨御荒於嬉。進退官僚如傀儡，國事遑藉斧以斯。髹匣直欲雕梁比，楊左紛紛摧且毁。滛巧誰令蕩乃心，代斵竟忘傷厥指。大書天啟之三年，得心應手斧則然。齊整江山弗一顧，竹頭木屑謀萬全。東林久為東廠壓，上方斧即上方劍。匪斧不克彼誠知，本實先撥獨無念。創建生祠土木災，經筵罕聞陳梓材。干戈四起金甌缺，天子閣門開未開。九鼎淪胥斧仍在，鑄此錯者鬼已餒。話柄留與詩人持，斧兮斧兮爾何罪？

汪均之公子得東坡定惠院寓居月夜偶出墨蹟倩黄穀原補圖札來徵詩即用夜字韻奉寄〔一〕

元豐三年庚申春，黄岡定惠院月下。坡老題詩舊紙存，韻強字大欒城壓。子由和詩今軼。十五年前傷夢游，先生護喪歸蜀距此十五年。七百載後元豐三年至今七百載增紙價。公子買舟溯江漢，山人謂穀原搖筆示整暇。豈無桃柳横官道，定有老梅剩僧舍。千里徵詩雅好事，一代論文吁可怕。蘇門六子數黄秦，君家小阮此王謝。雲山圖就許寄看，鴻鴈在天秋入夜。

【校記】

〔一〕此首阮本無。

汪星石記事圖歌

汪子盛年聞見廣，山川過眼指諸掌。江鳥江花別十年，清夜雲堂結夢想。幽深險阻霞客託，徐霞客游記盛傳于世。編年紀事史官倣。一琴一鶴見情性，某水某邱記疇曩。大阮作文感身世，老夫題詩愧勉強。古寺野梅時一尋，空谷幽蘭共誰賞？西湖跨驢偶延佇，東溪狎鷗極悽惘。病僧退院我何恨，獨鴈叫秋爾長往。擊缶和成詩弊淫，月落屋梁心悒怏。

香泉篇

亡友謝大夫，慷慨衡湘英。西涯墓殘燬，碑矗牛曳平。醵金復舊觀，艱苦逾年成。高高懷麓堂，道左留三楹。胡蕙麓蔡善人均出力，而子心經營。慈恩竹未移，遍地叢榛荆。張侯少伊弔荒墟，涕淚交頤橫。捐餉聚土人，種滿松杉檉。春雨時未浹，草木方勾萌。溪流距村遠，灌溉何由行。大夫病臥床，聞此心怦怦。利惟井渫宜，受福求王明。典衣命掘土，用卜袁先生。峴岡侍講能卜。及泉未九仞，綆汲泠然清。蒼綠四郊溢，芳洌千瓶傾。道旁飲水人，嘖嘖香泉名。

題朋舊尺牘後已往之人

袁子才太史

一夕話掃千人軍，一枝筆凌千丈雲。前後寄余三十牘，中有兩牘公手錄。風流一似賀季真，奢靡肯比石季倫？議者蜉蝣撼大樹〔一〕，芟其駁雜留其淳。

【校記】

〔一〕「蜉蝣」，阮本作「蚍蜉」。

朱文正公

尺書兩寄皖江口，燈前自述吾衰久。語及奏賦明光宮，恍聞逸響摩秋風。孤村指點西涯墓，探菊尋松擅幽趣。漫與詩成信手書，勢可凌雲筆垂露。

紀文達公

公書不及蘇東坡，辯韻遠勝毛西河。搢紳舊本余題跋，順治年間搢紳，公曾諉余題跋。熙朝雅頌公取奪。《雅頌集》多公取奪。往來殘札多飄零，春花佳句留荒亭。匪說遺碑比落水，將看剩句同晨星。

彭文勤公

尚書下筆矜華耀，卻許我文知體要。山陽聞笛秋風哀，殘書剩字安在哉。身後只餘經進藁，館閣雄才都壓倒。發凡起例壞紙篇，秘在枕中作奇寶。

錢辛楣少詹

竹汀老人僅一見，寄書往復詩龕羨。公子應試來槐街，古碑諄囑親摩揩。梅石心知寫成軸，公嘗倩王山人寫余像，題「梅石心知」四字，同吳下詩人題詠成軸寄余，至今心感。恍採幽蘭寄空谷。垂老猶傷元史蕪，殷勤勸我遺文續。公病革，猶寄書謂《經世大典》可補《元史》之闕。

王述菴侍郎

湖海詩傳公手定，名實中間不相稱。或言公老門生為，而公寄語殊矜持。小札拈成人代寫，語雋何嘗傷大雅。留意人材世所無，牌版文章真作者。

王夢樓太守

詩札連年江上寄，病中為作詩龕記。先生書法擅當時，兼工清廟明堂詩。晚歲禪心蓋有託，劚筍摘蔬故鄉樂。權把梅花當美人，誰信神仙伴猿鶴？

劉青垣侍郎

校書同直文淵閣，看山同出易州郭。燈前偶展遼陽書，字裏行間秋不如。昨年獲讀匡廬稿，一片江風襲春草。開緘細字比蠅頭，呼兒秘作傳家寶。

秦端崖司業

偕君日摩石鼓墨，劉芙初莫寶齋翩翩經拔識。留心政事兼文章，刀筆亦復聲瑯瑯。老生應試有功令，州縣詳文未可聽。先生判語重如山，幾迴稿約余刪定。有老生魏懋徵者，縣文年歲不符，先生已駁之，具札往復商定。

陸鎮堂先生

梧桐古院攻《毛詩》，諧聲別韻書橫披。我入玉堂公絳縣，箋問十年疊成卷。白髮紅燈細字讎，心得輒復詩龕投。太行佳士搜羅盡，風雨多時倦倚樓。先生分校晉闈數次，每歲榜發，以所取士名姓，即樓上書之寄余。

鮑雅堂郎中

一生坐受才名累，尺素中餘數行淚。騎馬游山老尚能，白雲黃葉翠微層。與君聯騎游翠微山。雪晴約飲京江酒，小東斜書亞風柳。記得聯床夜雨時，寂寞詩龕圖四友。余嘗約吳穀人、洪稚存、趙味辛及君留宿詩龕，倩荆溪潘大琨畫《詩龕四友圖》，笪立樞為補景。

瑛夢禪居士

夢禪吾黨之清流，書畫皆與且園儔。寸箋世以寸金買，秋樹根邊臨細楷。晨起舒紙圖秋竿，索余換米謀朝餐。宰相世家貧若此，怪底字字龍蛇蟠。

汪雲壑修撰

蓮池一訊君絶筆，忽忽廿年前夢失。君自蓮池書院寄札，論詩敘舊，極其愷切，而余少作存君處者，實失之。君詩繼響王荆公，泠泠清脆知門風。鑒定卻出補天手，廬山面目依稀有。君駁雜之作，刻集時盡芟刈。三復遺書淚泫然，愛惜鄙人期不朽。

江秋史侍御

體用兼該真學者，不僅工文博蒼雅。十年鍵戶長安居，小東時來借我書。詩龕畫倣俞宛沚，小跋數行句清綺。病中猶寫瀛洲圖，人間何處收此紙？君曾以館選同年十八人摹其像，飾以神仙服御，並繪奇禽異獸點綴之，未成而亡，此紙不知尚在人間否。

程蘭翹學士

六出花詩寫不暇，一編購贈厲樊榭。君賦《六出花》詩，盛傳于禁中，索之乃以《樊榭集》見贈。〔一〕書來稱病言多誣，誰知驟病君長徂。遺札我盡為整治，殘字僅餘落筆意。幸有佳兒謹護持，零墨斷縑敢輕棄？

【校記】

〔一〕「君賦」以下注，阮本無。

吴竹橋儀部

說詩讀畫未及年君館選後告假半年散館〔一〕，春江去趁漁家船。病臥虞山遂不起，半生寄我書千紙。書來首薦汪端光，老歲傾倒孫原湘。長安想煞梧門客，空把烏絲貯袖涼。

【校記】

〔一〕「君」，阮本作「吾」。

吴少甫觀察

小賦泠泠清韻足，彈到梅花山月綠。賦中語。謫仙到老疏狂仍，雪天巫峽扶青藤。寄我尺書筆筆妙，挑燈記在諸葛廟。款書諸葛廟中寄。新詩萬首留蜀中，春草池塘耿斜照。

武虛谷大令

虛谷作書不擇紙，下筆千言不能止。金石到手參毫芒，勘經證史精且詳。小字新裝趙秋谷，長篇舊槧馮山木。武青州比宋黄州，詩龕視同池北屋。君宰益都，寄《秋谷字册》、《山木詩集》，且牧仲自比，漁洋相推。

謝薌泉侍御

飲至一石君始醉，醒輒疾書五千字。豐臺芍藥西涯蓮，清辭濃墨污蠻箋。長安名刹游幾遍，曾為茶陵重立傳。畏吾村裏掘薌泉，春水方生土人薦。君病篤，捐貲于畏吾村，掘井為灌水計，土人呼為香泉。

錢湘舲閣學

科名上比商淳安，文章又似吳公寬。匏菴亦會狀君之同鄉也。和我新詩字字響，跌宕風流情一往。聞君老境耽君老境益耽風情輕狂，滇水書至詞悲傷。誰知小病便不起，天公詔作修文郎。

洪稚存編修

北江詩人西涯客，飲酒看花好標格。玉堂清話十年多，蒼雪菴前踏凍莎。醉中得句每寄我，詭奇不甚求貼妥。萬里歸來下筆嚴，秋花未及春花娜。

何蘭士太守

年來君筆不去手，酒杯亦復未離口。斜行醉墨雲堂飛，興之所至隨意揮。閑居偶倣倪黄法，散髮亭林幽鳥狎。和我西山十九詩，至今猶貯珊瑚匣。

陳春溆副憲

小賦爭鈔玉堂稿，夢斷池塘舊時草。言雋筆冷森怕人，三館教士春風春。雪夜擁爐語拉雜，所問時時不能答。小箋簡勁擬蘇黄，山寺寒鐘澗風颯。

馮魚山比部

魚山作草龍蛇舞，倚天拔地詩中虎。我昔詠物傷連篇，君獨獎借江湖傳。五嶽歸來詩萬首，瓌文偉句今何有。剩得商量書冊書，烏絲黯淡苔痕黝。

存素堂詩二集卷四

庚午

題唐名賢小集詩有序

題詩六十首，人不皆賢也。賢者居多，賢斯名，名斯傳矣。小集者何？别《四庫》所已著録者，而其文不必盡工，人不必盡載諸史，取其數可為集焉。文至少嚴郢也，重詠之任華也，義各有取乎爾。校唐文之次年，病中述。

魏徵集

鄭公少孤貧，落拓有大志。出家為道士，讀書時墮淚。臣愿為良臣，陳請二百事。舉動雖疏慢，帝但覺嫵媚。校定四部書，圖籍粲然備。王方慶翟思忠撰諫録，繼者稱陸贄。

顏籀集

博覽今古書，尤精訓詁文。謁見長春宮，冊奏超人群。秘省定五經，援據皆典墳。閤門絕賓客，放浪眠白雲。封禪儀注書，太常曾上聞。遺集不可續，湮沒平生勤。

岑文本集

十四辨父冤，曾作蓮花賦。隨口草詔成，六七人委付。南方一布衣，十年蒙眷注。洛陽上封事，天子頓警悟。何以痛快詞，零星墮煙霧。可惜耕田頌，不聞寫油素。

虞世南集

受學顧野王，十年思不倦。沙門智永師，侍書奉筆硯。萬言聖德論，惜未載紀傳。敷陳據經史，人和勝天變。石渠東觀中，居然五絕擅。圖像凌煙閣，有集三十卷。

上官儀集

游情釋典中，復自炫詞彩。傳為上官體，聞者曾不悔。恃才且任勢，宜遭彭越醢。獨憐諸冊表，零落無人採。綺錯婉媚句，徒令播湖海。昭儀雖有才，乃祖鬼其餒。

褚遂良集

世南嗟已死，無人與論書。古書齎闕下，時莫辨其誣。河南識逸少，別白承明廬。守官比守道，侃侃千言攄。雕琢纂組急，民氣何由舒。還笏仍解巾，鄭公猶不如。

宋之問集

考功非佳士，貶死欽州宜。分直習藝館，楊炯同職司。良金美玉譬，徐堅心賞之。約句而準篇，上駕庾沈詞。潭亭譏兩序，焉敵昆明詩。傷哉錦繡胸，徒藉蜂蝶知。

蘇頲集

一覽五千言，許公幼敏悟。開元知制誥，道濟同被遇。如何大手筆，未克收四庫？韓休作集序，亦無人寶護。秘冊閱連番，手為驅殘蠹。紫薇郎墨瀋，盥以薔薇露。

張鷟集

入舉皆甲科，對策稱無雙。新羅每入朝，片紙同金扛。青錢縱萬簡，紫鳥奚橫撞。書判滿百首，徒取詞琤瑽。僉載事瑣尾，容齋心未降。晚年號浮休，豈謂遷南江？

姚崇集

則天移上陽，元之獨嗚咽。蒼生使安樂，妄度佛法滅。立言得大體，改廟詞乃譎。死猶慕范蠡疏廣，抒詞甚明決。五誡與一箴，字字抉冰雪。才餘德不足，吾論徒饒舌。

宋璟集

廣平重名義，雖死亦不恨。麟趾與犬牙，抗議更高論。褒述帝賦詩，幽介臣杼愿。武韋比牝雞，丹鳳翹雲健。手寫梅花賦，讀者稱秀曼。諸子皆不才，遺文誰貢獻？

賈至集

舍人知制誥，曾撰傳位冊。進稿上嘉納，玉堂留手澤。文藏李淑家，蘇弁為檢覈。制表序頌銘，皆自具標格。惠卿責東坡，元兇句失擇。无咎因表出，至語我心獲。

李嶠集

巨山官臺閣，名與王揚齊。崔融蘇味道，筆硯同提攜。文章六十卷，瞥如鴻爪泥。一百二十詠，世或題單題。或題單題詩有張方注。制表書啟賦，明艷誰訶詆？大周封禪碑，難免脣相稽。

韓休集

方直不進趨，特擢為侍中。蕭嵩與不葉，宋璟稱其公。為百姓請命，有古大臣風。對策更作賦，槖筆華清宮。諸子多死國，允不慚文忠。特惜碑版字，飄落如飛蓬。

孫逖集

少賦土火爐，成篇理趣足。張說與李邕，論文咸心屬。序詩繼雅頌，顏真卿蕭穎士李華拔錄。易一字不能，下筆眾手束。病風乞解徒，庶子真高躅。諸兒皆有才，遺文胡弗續？

張廷珪集

色見音聲求，是人行邪道。疏言佛因心，無庸大像造。召見長生殿，慰賞且咨考。李邕與親善，表薦邕文藻。楷隸時人重，喜書邕撰稿。方今碑碣字，殘闕世猶寶。

劉知幾集

思慎賦初成，頗為蘇味道李嶠賞。陳書辭史官，五事不可強。負才流俗忌，該博世企仰。三長才學識，望古神欲往。《史通》經採錄，身沒書始上。有集三十卷，飄零委草莽。

敬括集

少年舉進士，累遷給事中。賦性尚簡淡，未嘗私害公。從容坐養望，何以襄堯聰？場屋文特嘉，作賦明光宮。判對語流麗，天巧非人工。循例為刺史，忌者楊國忠。

郭子儀集

令公實武夫，上表殊愷惻。史謂數百戰，成功在西北。都洛奏非計，一言能定國。召對延英殿，言發淚霑臆。兩辭尚書令，淋漓血和墨。裨官至將相，姓名金石勒。

李吉甫集

服官三十載，卒年五十七。十表皆鏤心，千言嘗造膝。李絳雖與爭，陸贄終不嫉。大書徑山碑，請罷永昌恤。文詞有真氣，不愧如椽筆。延英殿奏對，白雲伴紅日。

崔融集

始因碣碑銘，右史進鳳閣。上疏議關市，意盡而詞約。雖與蘇味道李嶠諧，華婉兼奧博。圖頌暨哀冊，朝廷大著作。思苦致神竭，擲筆文星落。少年瑰麗辭，或尚滿嵩洛。

崔祐甫集

崎危矢石間，御史嫻軍旅。百僚悉慶賀，同乳乃貓鼠。而公曰不然，吾茲氣消阻。及公代袞（常袞）相，薦延更推舉。年除員八百，天子視心膂。寡妻歌刑于，不受賊繪黍。

梁肅集

二李（觀絳）及韓（愈）崔（群），皆游相公門。嘗勉絳帳群，謂極人臣尊。退之道義傳，元賓詩書敦。奉公一瓣香，手筆撐乾坤。李泌獨孤及，集賴公序存。碑版大文字，昌黎探厥原。

常袞集

文章既俊拔，性情復孤直。楊炎與楊綰，前後侍君側。杜門示尊大，實懲元載失。奏請執不與，未免損清德。制表具仙心，賦銘徵筆力。遺集購無處，一斑全豹識。

崔損集

辛相工作賦，至死民無稱。稟性雖齷齪，時凜冰壺冰。歷踐清要官，奉使修八陵。臥病猶賜絹，恩眷稠疊承。母殯不展墓，恭遜徒取憎。八年竊大任，慎勿雕蟲矜。

任華集

生平作序文，從不自勘定。脱稿輒與之，人比千金贈。道德無常名，金剛如是證。登朝肅紳笏，掃室餘鐘磬。同膺李泌薦，遭逢異薛勝。拔河賦雖工，薛勝有《拔河賦》，肅宗不稱旨。玉齒金錢賸。

齊映集

少隱會稽山，佐幕擅牋奏。讀書無大志，遷擢毋乃驟。請罷試別頭，于國奚補救。恃其表狀詞，藝林稱挺秀。隘刻世論薄，赤舄而朱繡。往往長者言，尚肯陳君后。

白敏中集

五年十三遷，雅重居易名。帝餞安福樓，通天帶寵行。大軍次寧州，羌眾先棄兵。山河繞千里，使民知戰耕。恩澤晚年渥，諫臣多不平。贊皇固稱之，文詞類其兄。

馮宿集

登第偕韓愈，不樂佐張愔。涪水懷民廬，修利防庸深。誥敕三十篇，度世同金針。平生書納墓，死尚同書蟫。文章有天性，不愧芝生林。裴公度與馬公摠，捉刀時遠尋。

封敖集

部樂宴私第，才高行未戢。屬詞部敏贍，不肯語奇澀。慰邊將傷夷，天子為感泣。夕圜玉帶出，朝披宮錦入。南詔契丹書，文成而法立。祈禱雨雪詞，粲然除蹈襲。

李程集

朝廷羽翮臣，簡侻無儀檢。作賦日五色，造語殊峻險。入署視日影，八甎學士忝。諒陰諫興作，德化宜從儉。辨給固多智，華密夫何慊。王孫掇巍科，功名比分陜。

于邵集

儒服面降盜，羅拜稱先生。撰上尊號冊，賜皆三品榮。當時大詔令，皆公一手成。陸贄與不睦，坐貶衢州城。樊澤程元翰，甫見心為傾。卒年八十一，孝悌修生平。

楊炎集

洛碑日諷玩，天子知其名。租賦庸調法，敝壞由承平。尚書摠度支，上疏議允行。睚眦必相報，天下烏能平。綠袍木簡人，一旦操鈞衡。議論雖疏闊，禍福機關明。

李絳集

大人天地德，非文字能盡。堯舜禹湯武，遠徵更廣引。百牛曳石倒，帝悟特嘉允。疾風知勁草，臣愚荷君憫。東庫實西庫，欺君臣不忍。萬言雖汎濫，七篇特遒緊。

潘炎集

潘公擅作賦，下筆典實備。賦端各序之，抒辭兼麗事。如何及第榜，當時有六異。潘常二十年，奉敕治作吏。林亭讌集文，兩拜尚書賜。風雨客登高，金石聲擲地。

李翰集

翰文雖宏暢，搆思甚苦澁。晚耕陽翟田，令尹招至邑。乞聞音樂聲，聞輒欲歌泣。思涸命樂張，神全思筆執。比干墓上碑，鸛鵲樓中集。不知殘墨瀋，幾度襟衫濕。

韓翃集

罷官居十年，後生皆忤之。辭疾居空山，天子稱相知。刺史姓名混，御筆春城詩。花飛與柳斜，拜獻全由兹。獨剩表上文，秘府供吟披。田神玉捉刀，今尚傳其辭。

柳冕集

博士偕兄登，同以該博顯。議事據禮經，上每稱柳冕。執政多不便，坐是福州遣。牛羊司監牧，弗令掌邦典。四書與十書，滔滔肆清辯。遺文儻在野，踏遍河東蘚。

令狐楚集

挺刃邀草奏，秉筆色不變。一軍盡感泣，判官實邦彥。召授右拾遺，牋奏制令擅。上書數辭位，不赴曲江讌。星步鬼神進，從不一接見。門人李商隱，遺文為謄繕。

裴度集

盜擊刃三進，斷韡制背裂。居東人失望，在朝兩河說。學士韋處厚，奏度能抗節。非衣小兒謠，圖讖公豈屑。午橋綠野堂，野服蕭散絕。文酒交白居易劉禹錫，御詩詞鬱結。

楊於陵集

避喧廬建易，文書自娛樂。首擢牛僧孺，衡文石渠閣。風雨誰聯床，李翱醉入幕。進止有常度，節操矢廉約。九表與一議，不僅矜浩博。作文祭載之，立言復剗削。

高郢集

九歲通《春秋》，自著《語默賦》。上謍章敬寺，白衣抒悃素。三載司貢部，甄幽抑阿附。王言不敢私，制誥舉火付。使筆如使風，取財九經庫。沙洲獨鳥詞，自寫煙霞趣。

杜佑集

雷陂廣灌溉，地棄皆為田。積米五十萬，士馬資騰騫。官貴嗜讀書，《通典》鳌成編。與物不違忤，並世稱其賢。置酒娛賓客，鑿山而股泉。朝廷大議論，允宜金石鐫。

牛僧孺集

試策言鯁訐，主司坐調官。蓑茅易陶甓，鄂城民始安。兵抵咸陽橋，百維州不歡。嘉名與美木，東月西欄桿。流涕拜天子，詔比金精看。善惡無餘論，瀝膽還披肝。

符載集

隱居廬山中，聚書一萬卷。南昌官副使，實膺李巽薦。遽卒元和中，文昌立碑傳。生平記序文，前後凡數變。世比揚子雲，至老傷貧賤。西川韋令公，僅辟為丞掾。

王涯集

行文有雅思，訓詁尤溫麗。孤進克樹立，光宅里賜第。變法下益困，茶禁實苛蔽。居常怡書史，佳木流泉憩。嗜權致覆宗，何取工文藝。瑤函祕府伴，讀書門重閉。

賈餗集

貢舉凡三典，得士七十五。名鄉與宰相，某某不勝數。曲江勿撤扇，褊急凌輩伍。劉蕡使落第，考官心獨苦。已爾叵奈何，天乎誰為主？文字雖開敏，殘書誰輯補？

舒元輿集

唱名入棘闈，水炭脂炬將。試藝斷經傳，非所云文章。負才鋭進取，宰相斥其狂。詭謀與謬算，下筆徒鏗鏘。凴欄看牡丹，誦賦君心傷。才優而德絀，從古無賢良。

陸扆集

昭宗詔作賦，扆也成最先。六月牓始出，時稱造牓天。宰相無他腸，韓偓稱其賢。貶死白馬驛，遺墨何人鐫。少年工屬辭，速若注射然。不愧宣公孫，上比吳通元。

員半千集

五百年一賢，因改名半千。師事王義方，同學何彥先。御試武成殿，愷切三事宜。明堂新禮書，曾並珠英傳。

賀知章集

取舍奚不允，至以梯登牆。晚年益縱誕，四明狂客狂。因病為道士，上疏求還鄉。白衣駕青牛，秋水天一方。

任華集

任華狂狷流，半生臥漁釣。同時有李杜，泠泠出別調。直言謝故人，無心住廊廟。杖策歸舊山，初地拈花笑。

嚴郢集

肅宗游湖衡，左道施妖幻。雖死不奉詔，郢也稱宜諫〔一〕。嚴明持法令，畿民賴芻豢。愧見趙惠伯，實自貽憂患。

【校記】

〔一〕「宜」，阮本作「直」。

穆員集

少工銘贊文，和粹比珍味。醍醐天乳醇，聲價南金貴。淨心通釋典，卻無蔬筍氣。墓上老梅樹，入春花開未？

張仲素集

學士天馬詞，流傳入中禁。視草趨頭廳，坐老高槐陰。靜對紫薇放，相於明月浸。直宿太清宮，春流寒可枕。

蔣防集

工吟試禮詩，允稱翰林官。李紳薦侍直，玉堂春晝寒。賦稿雖零星，氣作蛟龍蟠。吏兵兩建議，至今垂不刊。

薛逢集

自夢天蒼歸，詩境日飄忽。堆鹽與積豉，至今留突兀。雖老祕書監，箋奏才不竭。非是恃交游，斯文未消歇。

王棨集

廿年凡三捷，閩士前無聞。李顏贈新歌，探月攀青雲。蘋也八代孫，祕館搜遺文。裒然麟角集，鈔撮何殷勤。

葉法善集

希夷固罕測，精密能通天。黃冠而紫綬，志士成神仙。理國陳昌言，符籙非其專。三表詞慨慷，忠孝知所先。

僧玄奘集

托鉢十七年，經歷百餘國。譯經宏福寺〔一〕，房許同奉敕。沙門五十人，相助司筆墨。著書大千界，豈止記西域。

【校記】

〔一〕「宏」，阮本作「安」。

題交游尺牘後現在之人

瑤華道人

道人小札瑤華擬，海上人來搜片紙。寄我一樹小梅花，短幅仍寫梅横斜。頗感手訂瑤華集，沈管從前皆弗及。道人集經沈雲椒、管松厓二先生手錄，籤出訛字數處，未曾刪汰。說起江南老畢涵，悔未當年筆札給。

思元道人

一日二日書輒至，千言萬言不盡意。道人史筆擅別裁，鉛華汰淨清光來。莫言細字蠅頭小，點畫毫芒比鴻矯。風雨十年知我深，手指西山青未了。約余聯騎游西山大覺寺。

翁覃溪先生

先生精力不可及，細字寫滿芝蔴粒。七十後鮮題擘窠，尺牘欹側風姿多。墨光如漆束如筍，何論春蛇與秋蚓。天子呼來親試書，筆法匆匆愈遒緊。

趙甌北觀察

作詩謂比薩鴈門，藏書謂勝高江村。先生致余札中語。寸箋尺幅手親寫，一編長慶香山社。竹初稚存相繼亡，袁蔣當年誰擅場？奇文快語世無兩，親聆此論彭南昌文勤。

姚姬傳郎中

先生散體追曾王，其他著述今歐陽。十年郵致三五札，謬詡拙文尚清拔。弟子西江陳用光，傳君衣鉢工文章。白玉堂前夢湖海，惜抱軒中留瓣香。

許秋巖漕帥

官高輒懶親竿牘，秋水閣中下筆熟。頻年寄我江頭書，翩翩去鴈還來魚。開緘字字風情絕，隱酒逃禪兩不屑。梅花樹底明月多，掀髯一笑青山悅。

百菊溪制府

清秘堂前三面水，長日校書睡復起。君偶先歸使騎回，相公傳話官書催。死灰槁木當年語，先生札中語。記得聯床聽風雨。殺賊歸來啖荔枝，先生近句，元結詩成示杜甫。索先生近詩久未寄到。

吴穀人祭酒

西湖刺船游北固，月明看飽梅花樹。戟門石鼓縈君思，年年索搨成均碑。詩文續刊五十卷，卷首序文余手弁。江南重君駢儷詞，一字欲酬一匹絹。

李墨莊兵部

人似老松詩似梅，作書卻比蘭抽荄。匆匆寄到五千字，上有海濤激盪勢。行間猶矗峨眉冰，酒痕映出漁船燈。盤谷題名醉秋寺，疲驢破帽尋殘僧。偕君游盤谷寺。

鐵冶亭尚書

四十年來幾竿牘，梅溪為我裝成軸。江湖客至搜君書，辨別真贋時煩余。江湖好事鐫上石，中間強半詩龕跡。往復商量《雅頌編》，尺素今餘兩三冊。

秦小峴侍郎

早年草制書瘦金，簪紱之客江湖心。飲酒溫經晚年事，清簟斜陽已沉醉。頹墨斜行贈故人，槎枒老樹猶鮮新。紅燈白髪蕭條甚，東閣寒梅春又春。

初頤園侍郎

生平絕少行草書，箋問往往煩鈔胥。大廷對策字嚴整，小樓寫經字森挺。寄我小札親手裁，艷比梅花開未開。霜雪稜稜滿巖壑，天地清氣時往來。

曹儷笙尚書

相公秀才無二致，下筆千言工且麗。摩天截海雄文章，陸公權公一瓣香。賦稿零星打門借，一樽約我消長夏〔一〕。春草閑軒東復東，霜氣滿天月明夜。先生飲余留宿，看菊論詩，竟夜不寐。

【校記】

〔一〕「樽」，阮本作「尊」。

秦易堂洗馬

細楷肯為謄碑文，留傍石鼓鐫貞珉。灤陽筆札匆匆寄，曬藥移花住山寺。我有蠻箋十丈長，腕力聞君酒半強。奎章閣下詆虞褚，芾也真箇成顛狂。曾為余書太學碑記文。

劉澄齋太守

借園花開雞黍約，數行已見簪花格。詩人大半居城南，跨驢深苦尋詩龕。城南吟社圖八友，中饋先謀隔年酒。可憐零落各天涯，蘭士介夫死已久。圖中八人，蘭士、介夫、朗齋俱物故，惕甫、澄齋、硯農在外，惟余與船山留京，而船山又將官外。

孫淵如觀察

蠹紙壞墨欹斜字，好古時時出新意。方面官仍擁敗氈，夕剛握槧朝懷鉛。文至六朝忍釋手，《大典》雖殘時復有。時校《永樂大典》。箋問絡繹馳詩龕，恨不書前效奔走。

馬秋藥太常

商寫梅花便不俗，太平菴署吾茅屋。秋藥為余《詩龕圖》增梅花一樹，題句云：「梅花一樹鼻功德，茅屋三間心太平。」入集中，足成律一首，改易他題，曾具札來商。病中老眼如麋青，晚山畫出秋煙暝。父子同堂丹碧寫，寫竹蕭疏寫花野。蟬聲水聲笑語聲，人間誰謂幽棲寡。

汪瑟菴閣學

搖筆頃刻樹千字，亦諧亦婉亦風致。刺船不作廬山詩，恐被山神嘲笑之。長夜挑燈箋素問，此事年來深自信。愛聽雲房落子聲，松陰久立殘碑認。君喜醫喜弈，餘皆不嗜。

阮芸臺巡撫

好士喜文具天性，居官朝野説清正。百本梅花萬卷書，空山歸住儕樵漁。玉堂再入讀中秘〔一〕，我有君貽數行字。盥以薔薇薰以芸，示我子孫勿輕棄。

【校記】

〔一〕「中」，阮本作「書」。

石琢堂廉訪

風雨滿廬誇獨學，十年寄我箋成握。東山不買賃西湖，春水一竿稱釣徒。論詩偶及李懷麓，晚年留意黃山谷。埋頭花嶼絕交游，竟欲人間書盡讀。

張船山侍御

君試大廷我收卷，看君掣筆如掣電。新詩萬首投詩龕，西川復見楊升菴。柏臺一入交游少，冷落朱門絕飛鳥。小箋重疊酒痕多，挑燈坐待春山曉。

陳鍾溪侍郎

太行隔斷音問疏，三年曾寄雙函書。白雲觀裏看經約，池上荷花開又落。在萬善殿池上，看釋藏時所約。君從山水窟中行，大書特書留姓名。奇文秘字肯余寄，願指寒梅為主盟。

英煦齋侍郎

尺書寸楮全金裝，嗅之字字梅花香。寫經樓上謀鐫石，筆勢欲奪鷗波席。少年墨灑高句麗，奉詔手書三丈碑。燈昏檢點零星紙，老龍四壁鱗之而。錢梅溪欲鐫君手蹟入碑帖中。

伊墨卿太守

揚州寄我寒暄書，兩年不到詩龕廬。太守出語最清快，懸腕寫成擅瓌怪。行楷頗似茶陵翁，尋詩可入石倉中。《石倉詩選》尚有數百卷，余近見之。荔支花下春雲暖，語君作草休匆匆。

李石農廉訪

長安過夏二十年，無日不到詩龕前。詩卷題籤畫跋尾，作草匆匆愈奇偉。平居有志刪晉風，霜紅龕後蓮洋公。午亭父子講唐格，別裁僞體君折衷。石農以近人選山右詩未佳，札來商為增刪，反復千餘言。

李松圃封翁

詩友心推李少鶴，五字泠泠自高格。韋盧詩與凡人殊，存液先已除皮膚。萬里書來乞詩卷，惜我年衰詩格變。松桂香留紙墨間，一稜春月薔薇院。

趙味辛刺史

刺史一生好風度，白髮青州擅詞賦。宰相之孫清白聞〔一〕，尺簡胎息蘇黃文。罷職歸山船落水，唐碑宋畫無一紙。酒徒結伴住揚州，芳訊春江託雙鯉。

【校記】

〔一〕「宰相」，阮本作「尚書」。

劉松嵐觀察

清詩味得李少鶴，狂草趣得馬秋藥。遼陽書接汾陽書，秋鴈春魚夢醒初。一生低首何仲默，近人深服黄仲則。蘇齋小篆兩峰梅，記得為君留硯北。君未識翁覃溪先生、羅兩峰山人，皆余為介紹。

汪劍潭司馬

潦倒長安二十年，廣文先生無一錢。清才其奈貧兼病，天與賢郎晚節勁。斷句清比王漁洋，長篇麗過田山薑。小詞當代竟無匹，抗手只許楊蓉裳。

楊蓉裳員外

蓉裳短札姿態多，生平從不書擘窠。婀娜有似風中柳，擁腫宛比秋江藕。少年工作香匳詩，江湖傳誦蘇辛詞。我獨稱君似山谷，下拜謂我能君知。

吴山尊學士

筆尚未書口先及，心花怒開不能戢。瑣碎文章兒女情，經君摹寫姿態生。洗硯江頭拾故紙，寫并梅花寄驛使。大幅長篇世已傳，麗句清辭我獨喜。

陳石士編修

君不工書書特妙，亦拙亦澀亦危陗。論文直忘寒夜長，信筆上追秦漢唐。一生不服吴蘭雪，詩耶文耶都是血。工詩何必又工文，入主出奴強分别。

劉芙初編修

三載論文戟門側，十年蹤跡江湖匿。舉首春闈官翰林，西涯載酒重題襟。往復馳箋商體例，老境益徵詩律細。小札連番問病夫，歲寒勸我柴扃閉。

屠琴塢大令

作詩不肯儕西泠，作畫何復希右丞。天之所與一枝筆，自我得豈自我失。書來眷戀蕉園廊，蓮花出水江湖忘。萬樹寒梅二分月，鶴夢何如鷗夢涼。去年琴塢佐余勘《釋典》，於萬善殿之後廊搜唐文也，荷花盛開，書來及之。

王惕甫典簿

樗園講席余所薦，千言萬言寄海縣。梅花手種楞伽山，蘆簾紙帳門長關。而我春江鯉魚到，必有尺書相慰勞。積如束筍棼如絲，兩番書來一回報。

吳蘭雪博士

字尾署名詩弟子，二十年來託生死。怪君喜作幽艷詩，近來汰盡粉與脂。蓮花博士感清夢，醉臥西涯寫深痛。小姬閉戶擻蘭花，不肯詩龕一花送。君許以姬人蘭花見貽，至今未果，長安貴人多得之。

樂蓮裳孝廉

少年才藻公卿詩，江湖老去將浮家。集成作序王惕甫，直欲揚雄劉向伍。梅花開老青芝山，一枝曾寄西涯灣。昨夜秋雨詩龕夕，手繙綠字梧桐間。

查梅史大令

識君君尚青衫著，千里寄書慰寥落。果然得舉來春明，騎驢從不趨公卿。城南只訪秦司寇小峴，涯西偶為詩龕留。黄河一渡今三年，昨夜夢君君較瘦。

趙琴士秀才

我昔序君金石鈔，不啻舉漆投諸膠。裁箋禮謝語愷惻，匪直尋常閑筆墨。叢書搜遍涇東西，十年漸次登棗梨。裒然寄到乞芟薙，爪痕重認春鴻泥。

郭頻伽秀才

江南爭道生也狂，襆被來踏槐花黄。成均兩試皆第一，十年見此幾枝筆。秋風鎩羽江鄉歸，倦鳥不復凌空飛。詩龕時接數行字，令我清淚霑裳衣。

姚春木上舍

槐街應試年十五，詞章而外精訓詁。連屈有司徵數奇，困阨況復遭流離。近頗有志學韓柳，一代文章稱某某。倉山採錄歸薌泉，剩字零編得八九。君久欲繼《文粹》、《文鑒》、《文類》、《文海》，集國朝一代之文，勒成一編，因循未果。

汪均之公子

刺船飽看赤壁月，跨馬又踏黃州雪。樓頭放鶴磯頭漁〔一〕，詩人託跡江與湖。寄我小箋積寸厚，中無一語著塵垢。刀筆居然王半山，遠勝弇州讀書後。

【校記】

〔一〕「漁」，阮本作「魚」。

讀陳思王集

華采實天賦，而胡剪楊修丁儀？收涕即長塗集中語，草木先秋零。困頓書千箱，躑躅酒一瓶。回風吹入雲，驚飆勢忽墮。瞻彼林葉連，傷此飛花瑣。援瑟歌聲哀，魚山墓砑閜。

讀阮嗣宗集

曠遠不拘禮，無言終日閑。慟笑車跡窮〔一〕，長嘯蘇門山。日沒更月出，富貴俯仰間。見本傳。飲水漱玉液，操筆東平賦。登高歌五言，鬱鬱松柏樹。出門望佳人，慷慨期旦暮。

【校記】

〔一〕「笑」，阮本作「哭」。

讀嵇叔夜集

彈琴日詠詩，寄託神仙流。塵埃不堪擾，富貴浮雲浮。如何廣陵散，弗使人間留？視丹既如綠，遐心愿各保。讀《易》空山中，被髮且編草。養生致戕生，作傳笑干寶。

讀陸士衡集

欲述祖父功，遂作辯亡論。三世為都督，初心原弗愿。華亭鶴不唳，徒遺黄耳恨。才多適為患，記否張華言？負戈不免胄，征人念歸轅。符竹剖未終，誰弗知其冤？

讀謝康樂集

東歸屢游宴，每以夜續晝。四友翩然來，蔚成永嘉秀。不聞君子居，九夷有何陋？從者數百人，世駭為山賊。公固慧業人，成佛或未必。騰聲由興會，軒軒一枝筆。

讀鮑明遠集

少賤擅文譽，著述心未盡。身名慨雲散，篇章等灰泯。操筆賦舞鶴，掩林見驚隼。智不若尺蠖，闇幾同飛蛾。明遠有《尺蠖》、《飛蛾》二賦。放筆擬代詞，匪比芝房歌。池中有赤鯉，七字成吟哦。集中有「池中赤鯉庖所捐」七言，白紵舞詞。

讀庾子山集

起家湘東國，禁闥被恩禮。文章擅綺艷，世號徐庾體。作賦哀江南，一字一揮涕。覽彼五言詩，風氣三唐開。琤瑽詠畫屏，何愧清新才。瞻望故山遠，鴻鴈無時來。

讀陰常侍集

閑居對雨詩，大似曲江筆。及讀《蜀道難》，訝入謫仙室。落花辭芳樹，畫梁盡朝日。歲月既遷移，人事亦變改。功名爭倉猝，文章尚華彩。不見陶泉明，古澹死弗悔。

讀謝宣城集

我讀宣城詩，清麗有誰及？我讀《南齊書》，未嘗不掩泣。輕險被惡名，猜疑出素習。覽其諸賦詞，綽然高士心。隋王鼓吹曲，治世絃歌音。卓哉山水篇，詎類秋蟲吟？

讀梁武帝集

兩函定一州，鎔範諸貴游。捨身同泰寺，天子何所求。千賦與百詩，身後誰與留。愿作雙青鳥原句，卻恨明鏡小。一水隔盈盈，填河苦未早。丹砂果鍊就，長生豈不好？

讀梁簡文帝集

七歲有詩癖，輕艷時自傷。當時號宮體，君子知不祥。雞鳴風雨晦，詞旨何慨慷。三復春江行，拭淚空搖手原句。長嶼更絶嶺，載歌當置酒。昭明開選樓，今猶在人口。

讀沈休文集

徘徊壽光閣，咄咄見范雲。及作《郊居賦》，愧心非所云。懷情而不盡，何以謚曰文？五字傷宣城，忽隨人事往。昔游金華山，未撰靈妃杖。緬彼嚴子陵，中心徒悒怏。

讀江文通集

人生行樂耳，須富貴何時。此真達者言，小儒烏及知。劾治官長書，才盡猶能為。少年隱巖石，結綬金馬庭。死尚稱江郎，生已封醴陵。著述百餘篇，前後傷飄零。

讀何水部集

八歲能賦詩，沈約日三復。水部卒東海，才高命何蹙。遺文集八卷，王僧孺簿錄。山鶯隴月篇，時事多相違。南州夢故人，言採山中薇。可憐雙白鷗，去去江頭飛。

讀劉長史集

自為歸沐詩，爭羨洛陽子。畫像樂賢堂，漫取小生詆。既恥用翰墨，遂退居田里。秋雨時臥疾，中使催和詩。垂竿自有樂，何敢言朝飢。究為世不容，天子終憐之。

讀陳後主集

哀矜屢下詔，寄情在文酒。井投國罔恤，鼎遷玉何有？垂裳立南面，詞章不釋手。飛來雙白鶴，寫並巫山高。集中樂府。車駕移洛陽，侍宴親揮毫。愿上萬年書，侍宴句。語切心叨叨。

讀徐孝穆集

天上石麒麟，人間大著作。賜酒賞人鑒，就第問民莫。身死餘牛車，生平安儉約。行文有意態，出手傳江湖。家集三十卷，一半零煙蕪。玉臺輯新詠，今尚稱吾徒。

欒城集有所居六首坡翁父子胥和焉余肖為之而不復依其所詠

草有老來少，人胡行自傷？經霜楓亦赤，得氣菊能黄。秋色餐宜飽，春風享最長。盆中小山桂，庭院襲芬芳。老來少

種梧如種玉，手自雪前培。寒緊攜燈看，泥鬆負鍤來。濃陰響秋雨，暗緑動春雷。小鳳高枝託，曈曨曉色開。梧

染衣春柳枝，槐樹又花時。白髮黯相對，青袍余獨思。夢醒秋雨過，飯熟夕陽遲。市上横經者，猶來問本師。槐

閨人比衰柳，不稱玉簪横。秋雨鼻功德，晚風心太平。帳垂涼款款，階積露盈盈。散髮空山裏，無多澡濯情。玉簪

出土便凌俗，千竿不日成。去年猶雪壓，今日已秋聲。草草舊山影，花花今雨情。此君原可托，愿

結歲寒盟。竹

盆水積三尺，荷花開數枝。晚風吹雨上，初日上階遲。觸我江湖夢，吟成冷淡詩。羨他雙白鷺，門外立多時。秋荷

病中唐陶山刺史過訪

白鷗潭上飛，止止松間廬。我方手足罷，曬藥三年餘。客來扶杖迎，如釋生平逋。獨念閉門久，匪是交游疏。相見各驚訝，未語先欷歔。何暇傾肺肝，請亟看髭鬚。功名與仕宦，皆足傷人軀。利害關民生，動與官長俱。江南水患大，何術營河渠？清漕事匪細，盈絀關天庾。名全心力虧，遑恤夜著書。歌詠雖餘事，曾否情思攄。我以拙得閑，搖落同園樗。手軟怕釣鯉，足蹇愁跨驢。一笑羨梅花，開遍孤山孤。

汪均之公子偕令弟奐之赴京兆試同過詩龕值雨留飯因訂游大覺寺

海上奇樹交枝柯，磊砢不受人駢羅。我僕守門比鶴埜，忽報故人聯騎過。倒舄竟忘碧蘚厚，墮堦始信槐花多。胸中已蓄萬千語，既見欲訴將從何？忽然大雨自西至，天公為我停君軻。烹瓜摘豆取籬下，無雞可殺遑生鵝。兒子尚未識奇字，靦顏令應京兆科。使之出見拜床下，我非隱者非維摩。時方

乞病假。古寺聯床耿秋夢，詎僅風月同婆娑。我藏美酒及三載，西山去和滄浪歌。菊黃楓赤江南有，杏花紅接金鑾坡。約闈後同游大覺寺，寺中杏開時直接御園。

黃穀原為汪奐之公子畫雨窗懷舊小景心盦題句最佳出示索句

聽雨瀟湘客易愁，跨驢今喜過盧溝。試來淨業湖邊望，煙寺何如黃鶴樓。
葛衫草屐訪詩龕，細雨斜風積水潭。公子不嫌梧竹矮，轉言城北似江南。
黃家詩畫寄余多，謂心盦詩、穀原畫。老去年華感逝波。我欲入山君欲出，槐花黃矣勿婆娑。

汪均之奐之應試成均詩以送之感舊書懷率成八首

黃涴槐街綠慘衣，弟兄跂腳坐秋暉。舊碑尚未摩挲遍，林外寒鴉帶雨歸。
迤東早見御書樓，北監書逾南監優。三十年前住廂右，余官司成廿八年矣。棠花風底五經讐。
東西迢遞聖人居，東為大成殿，西為辟雍殿。許我從容此著書。幾輩橋門同聽雨，而今都上五雲車。
兩蘇二宋尋常有，難得同時訪我來。相對槐花亭子上，百年心事一銜杯。
聽殘風雨古荆襄，馬過盧溝月漸涼。少喫茶瓜多擁絮，北方天氣異南方。
梵聲斷續接書聲，問是三更是五更？當日老僧全不見，松堂重結歲寒盟。

游罷秋山又春寺，杏花村裏馬蹄忙。舉頭忽見南飛鴈，剪取紅綾寄武昌。瀛洲笑我是頑仙，小劫從容三十年。筑箇詩龕留紙上，不參禪處卻參禪。

招均之奐之小集吳子野辛春巖適至即留長話時病初愈

我病何知春已秋，荷花未見況白鷗。湖湘二客夢三載，把臂有如膠漆投。吳筠辛愿皆我友，富貴視若浮雲浮。吳子種花慚計畝，辛子著書懶下樓。紛來雜坐亭子上，忽然笑樂忽然愁。一夫失意儒者恥，所學何事徒咿嚘。天公厚我使我病，看花聽雨行復休。欲尋海嶽展圖見，欲交奇傑披文求。車馬之喧不入耳，漁樵舊約誰能酬？門外荷花二三里，扶僮且自來溪頭。

存素堂詩二集卷五

庚午

唐陶山刺史易余掃葉軒名億軒取老子心億則樂語作歌

掃葉茲亭十年矣，日掃日多烏容已。青燈白髮藥爐旁，胡為鬱鬱久居此。君來為我嘉名除，半畝何減柴桑廬。老松受月殊磊磊，碧梧著雨聲疏疏。遠勝鴛湖吳孟舉，黃葉草堂聽秋雨。賣文不克療朝飢，歸臥江鄉伴煙艣。吾家好在長安城，玉延亭子西山明。月橋涼濕詩龕樹，掃葉時具拈花情。拈花禪寺近在詩龕之後。蓬蒿三尺苔一寸，朋舊相思抱幽恨。病馬伏櫪鶴囚樊，差幸年來詩骨健。秋生萬木仍悲號，誰能載酒來嬉敖。三杯兩杯老夫醉，無力持帚遑持螯。

陳季方菊花卷

不是柴桑處士家，一門各自領清華。茱萸漉酒高堂獻，莫種梅花種菊花。

松門斜日菊籬霜，掩映君家舊草堂。不讀《離騷》溫《本草》，阿兄指與療民方。

陳季方畫竹卷

朝寫《黃庭》夜讀書，園花零落竹扶疏。一竿到手秋雲撥，近日苦雨。且莫江湖去釣魚。
萬錢買得百竿來，分傍梧門左右栽。聽去秋聲纔半夜，我愁頓為此君開。

錢梅溪畫

柴門斜倚寫經樓，門外清溪曲屈流。我每秋分向南望，壽星光出白雲頭。
白蘋風緊去浮家，朝起讀書夜刈麻。買片煙篷載雙鶴，留將空處貯梅花。

船上篇送辛春巖歸里

北人騎馬南人船，君今歸去囊無錢。眼中望斷匡廬煙，我病十年怕騎馬。秋山如畫不能寫，萬卷異書手慵把。呼童擔置君船頭，奇文秘笈煩爬搜。光芒夜半九天起，定有鬼神守殘紙。東塗西抹君一心，美人延佇梅花林。塞鴈豈能渡江漢，月明空復聞寒砧。萬頃潮來君浣筆，帆底熹微見紅日。書成貽笑劉知幾，時插雜言甲變乙。時頫君在船為余校定《讀書備遺錄》。

題汪奐之雙桐軒懷舊詩後

君愁更比我愁多，壁上題詩馬上哦。昨夜江蘺猶入夢，青衫今已渡黃河。身隨曉月到盧溝，心繫梅花江上樓。短笛不須吹暮雨，一枝筆掃九天秋。

靈隱書藏歌并序

阮芸臺侍郎既刻石君、覃溪兩先生詩，次第及余，感而賦之。

我履未上靈隱麓，我心已沁西湖綠。阮公欲結文字緣，香山佳話東林續。朱公翁公皆吾師，當仁不讓吾誰欺？千秋公論置勿辨，江山夷宕須何時？明月扁舟昔人夢，靈巖一夜天風送。林中不見仙鶴還，煙際空聞春鳥哢。一僧開函檢古字，一僧剔巖擁寒翠。禹陵蠹簡至今存，誰遣六丁此掌記。阮公愛古不薄今，飛來峰下梅花林。坐破蒲團有何味，磨穿鐵硯無容心。萬駟千鍾漫稱羨，年去年來比馳電。日月不死天地存，精神繫屬殘書卷。

題雷塘菴主小像次翁覃溪先生韻

文章出至性，奚藉綴奇字？不觀阮侍郎，雷塘譔三記。生平熟禮經，筑廬傍墓次。衣冠一門盛，志乘六朝備。鬱鬱松與楸，高並梅花植。樓上何所有，金書萬卷秘。笠屐儼坡仙，空天明月地。公乎稷契流，豈終游夏類。惓兹霜露思，敢忘金革事。空山萬木號，一江耿寒翠。

病小愈過佇月樓訪醫主人以秦司寇張太守看花詩索和司寇詩中有憶余之句遂次韻

休論島瘦與郊寒，七字十年吟未安。佳句卻聞傳日下，故人幾輩住江干。秋園過雨寒山似，久病逢醫古佛看。竹葉松毛都解渴，不須重覓小龍團。雲海家山産茶最佳，是日以新荈見貽。

佇月樓獨坐偶憶秦侍郎再疊前韻奉寄

垂簾小閣避春寒，每到花時憶謝安。飲酒詩偏寄籬下，伐檀人已住河干。鴈聲似欲先秋至，山色還宜向晚看。萬竹蕭森霜露氣，回頭忽見月成團。

佇月樓三疊張船山韻君時出守萊州

盟寒十載比官寒，君自住聽雨樓後，十年不與人往來。聽雨樓中一枕安。掉臂君何愧龔遂，補唇我敢侶方干。時余乞病。袖中東海臨風起，烏外西山拄笏看。露氣定知庭下滿，詩成分餽菊花團。

送汪均之奂之昆季京兆報罷出都

散步到柴門，城中亦有村。百蟲吟未已，三客坐忘言。落葉不可掃，新詩誰與論。莫嫌車馬溷，煙外數鷗翻。

雞黍尚未具，西山暮雨來。欲尋花外寺，漫惜水邊苔。破屋月先得，晚風荷盡開。老夫忘久病，舍杖與徘徊。

三看長安月，歸帆又趁風。南飛烏鵲遠，北望水雲空。剪燭團欒語，停杯磊落胸。奇文易淪落，剩有氣如虹。

荔支餐可飽，休戀武昌魚。從此玉華洞，應藏赤石書。君近著《赤石子》。三年風雨迅，四海弟兄疏。君輩郊祁最，西山我荷鋤。

玉元圃侍郎自西藏歸畫倚樹望雲圖寄意自題小詩甚精索和效其體

大樹高雲外，空山落葉飛。百年心未已，萬里客初歸。
夢中還有夢，身外豈無身？借問拈花者，何如倚樹人。

病中雜憶

鐵卿冶亭別號萬里作元戎，法律真兼詩律工。回憶圍爐共磨墨，兩人都是可憐蟲。
蘭雪扁舟渡大江，清狂老去為誰降。許秋巖髯佳句君驚倒，脱去麻衣拜碧幢。
菊翁奏凱粵江東，手戮鯨鯢水染紅。張籍果然抗韓愈，謂桂舲。兩人心跡本來同。
風霜正好厲禪心，自古神仙無處尋。西趙泉菴東吳雲海兩幽客，菊花竹樹與蕭森。
侍郎小峴白髮偎紅袖，小字烏絲寫綠陰。愁病愁貧不愁老，天街騎馬五雲深。
楞伽山色最蒼涼，小筑鷗波十畝莊。閉戶著書太清苦，梅花一樹為君香。謂惕甫。
清狂一代張公子船山，飲酒歌詩有別才。閉戶十年成巧宦，果然清淺是蓬萊。
惠州官好又揚州墨卿，記得蓮池夜放舟。何郎已死朱生病，誰肯城東載酒游？
孫郎淵如畢竟擅文章，鍵戶衙齋校字忙。除卻著書無樂事，明湖秋色任清蒼。

亦有生齋共說詩，清談雅謔解人頤。自從作吏青州去，賺得秋霜滿鬢絲趙味辛。

成均課士十三年，老去文章萬口傳汪劍潭。不向韋廬李松圃論格調，分他秋氣入詩篇。

絳帳談經效馬融，有人小技薄雕蟲。揚州鏤木杭州又，慚愧程君素齋暨阮公芸臺。

百尺風漪積水潭，荷花六月似江南。揚州羅聘工詩者，畫裏漁洋三昧參。

斜陽古道畏吾村，狐竄鴉啼舊墓門。小謝薌泉清狂篤桑梓，風流縣尹設清樽胡惠麓。

極樂寺中花亂飛，道人水屋風雨跨驢歸。酒醒滴滴金壺墨，一樹斜陽一翠微。

月橋橋上看荷花，煙寺鐘樓掩映斜。西去是山東是水，最多花處認吾家。

東峪看松西峪雲，詩成何李要平分。余《東山詩》墨莊皆和之，《西山詩》蘭士皆和之。殘聲似起山陽笛，月落烏啼不可聞。蘭士久歿。

半舫精廬對涼月，吳生恍惚欲登仙。閉門卻羡柴桑子陶季壽，飲酒詩成妍更妍。

蒲團禪板學枯僧，擁節歸來伴佛燈金蘭畦。君已修成余墮落，兩家兒子看飛騰。今年兒子桂馨與君子勇同捷京兆。

四十三年試院前，青袍隊裏兩神仙。而今白髮黃河畔，獨自讐書廢夜眠。庚寅年與滄來同應學使試。

官閑縱酒語悲酸，伯玉亭扈蹕灤陽，余有奉懷詩，有「官閑宜縱酒」句。及撫山右，余改為「官高休縱酒」。槖筆灤陽范叔寒。今日西南衆蠻長，使君當作武侯看。

瘦馬斜陽出塞門，辛丑年，余陪瑞芝軒引見侍講，同赴熱河，一路同食息。連宵聽雨話黃昏。數行殘墨稀疏認，猶著詩龕舊淚痕。余藏芝軒手蹟，今裝潢入卷。

論山鮑之鐘小影寫詩龕，骨格居然沈啟南。聯騎翠微山下路，新詩題滿聽松菴。

盤陀居士老詩翁，知足齋成萬古空。粤海皖江前後集，何慚韓愈與揚雄。

五車撐腹吳山尊鼒，萬卷隨身李海門符清。不及楊郎蓉裳一枝筆，抉他月窟與天根。

遍游五嶽魚山子馮敏昌，怪爾删詩蘭雪生。蘭雪删魚山詩，精而太少。難得侍郎師誼篤，桂香東為魚山弟子。殘文剩字麗鯨鏗。

松圃李秉禮五言希二客李石桐、少鶴，松嵐劉大觀熙甫王寧焯欲爭衡。子文王祖昌參透羼提妙，夜夜明湖坐月明。

有正味齋比樊榭，清圓秀麗有餘姿。文章俳體誰能及，絕代陳髯知未知。

竹橋吳蔚光手札我藏多，花放虞山鴈影過。記得瀕亡猶寄語，故人零落隔黃河。

庚子可憐三鼎甲，汪雲壑江秋史程蘭翹共去修文。零章碎字兼金比，嶺上年年望白雲。

方公葆巖詩法是家傳，横掃千軍筆作椽。海上鯨鯢都斬盡，綵衣歸去拜庭前。

雄辯高談許石泉，優曇花比好雲煙。池塘春草真成夢，忽忽西堂二十年。

尉寮了事唐陶山悟前生，折柳江南詩讖成。余贈陶山舊句「折柳江南去」。記得圭峰碑贈我，杏花開後語分明。

生平未識倉山老，尺素投余東筍過。大樹蜉蝣任教撼〔二〕，此翁原祇患才多。

旭翁韓太翁詩老愈光芒，我序翁詩笑我狂。見說侍郎定家集，不刊杜甫大文章。桂舲詩文，余以少陵目之，刊翁詩，未作跋文。

春融堂集文兼史，不是吟風弄月詞。公死門生遍天下，如何獨我序公詩王蘭泉侍郎。

秋水閣中漫與詩許秋巖，吳郎蘭雪且讀且相思。梅花自是江南好，夜夜騎驢夢見之。

侍郎玉闇峰自小愛交游，一入南齋絕唱酬。檢得西山殘賸句，病中約我為重讎。

郭家昆季頻伽總能文，天遣黃翁退菴與樂群。添箇詩僧漱冰比齊己，夜吟山月曉溪雲。

梅花茅屋舊題詩，馬秋藥題余詩龕，有「梅花一樹鼻功德，茅屋三間心太平」句。秋藥菴成睡醒時。前歲華山風雪裏，冒寒磨墨搨殘碑。

雲林伊墨卿尊甫自號雲林家法畫兼詩，自領揚州寄信遲。官揚州一年無信。買箇荔支園小住，月明花下寫烏絲。

瓦盆梅樹巧安排，更寫梅花寄小齋瑤華道人。天上侍書年最久，尚書親為硯塵揩。道人侍書內廷年最久，時沈雲椒、管松崖兩尚書未第，為道人記室。

灤陽游讌數詩人，曾子賓谷何郎蘭士誼最親。方雪齋同聽雨屋，性情綿密句鮮新。

施公小鐵冷宦極風流，御試傳宣上鳳樓。曾記紅羅舊詩句，少年爭比老年優。

讀易樓玉笏圃前隔歲苔，樓門十載未曾開。不窺園只覃溪老翁先生，特為尋書城北來。

炊煙已絕雪橫門仲梧，冷客寒梅與斷魂。彈到月明山鬼笑，侍郎元圃邀共倒清樽。仲梧喜彈琴。

姬傳文筆擅曾王，虔奉西江一瓣香。弟子新城陳石士用光，可能壓倒望溪方。

南園錢灃寫鶴兼圖馬，下筆稜稜逸態生。拗處正如詩氣骨，梅花香極總餘清。

絳縣陸鎮堂師春風絳帳違，汾河雪大雁依稀。城南載酒前游杳，花滿西園剩落暉。西園，余幼讀書處。

秦權漢布盡收藏，死後猶餘畫十囊江秋史。百五十仙留幾箇，是年，廷試百五十五人。可憐選佛只名場。秋史畫同年百五十五人，皆飾以神仙之服御。

學士程蘭翹詩成草半焚，零星遺墨化煙雲。父書能讀賢公子，捃摭殘書當典墳。余藏蘭翹詩，賢郎盡收去。

葆光詩集雲壑刊成邸，面目廬山真又真。執定荆公一枝筆，不分心力學唐人。

虛谷武億心虛喜讀書，青州作令只年餘。剩將多少殘碑刻，天子求賢到草廬。

作官清鯁世全知初頤園，誰識先生喜說詩。余詩君多定正。近日閉門惟靜坐，呻吟語偶寫烏絲。近因丁憂寺居。

北紀文達南彭文勤兩相公，校文同步五雲東。自從二老騎鯨去，愧我年來亦瞶聾。

將軍太菴統領邁人皆吾友，七十老人猶讀書。用成句。笑我東塗與西抹，一生擁腫比園樗。

成均校士識王郎又新，劉芙初莫寶齋紛紛總擅場。明歲杏花春定放，吾家雛燕待翺翔。莫寶齋、劉芙初、王又新在成均，余目為「三鳳」，寶齋、芙初久入翰林，又新今年與桂馨同舉。

蒲柳經霜瘦可憐，勞他爭設菊花筵。言夫子皐雲暨朱夫子滄湄、習之，爭向街頭買玉延。諸公為余起病，知余嗜玉延，多設此。

東家飯罷曹定軒西家宿何緩齋，日對黃花與紫雲。緩齋設有黃花，定軒堂額紫雲山房。隱隱鐘聲催客去，小春天氣易斜曛。

詩工原不費安排，莫把誠齋當簡齋。余答師荔扉書，謂誠齋詩可學，簡齋詩不可學。帶雪梅花開自好用荔扉詩意，點蒼山色淨如揩。

冢宰清名海內知鄒曉屏，棠棃花下課經時。午風堂積書千卷，憶我從公點勘之。

再踏槐街又十年，說經祭酒不參禪汪瑟菴。語言文字都除卻，喜讀黃農素問篇。

略彴西頭老屋荒，河汾才子說詩狂李石農。夜深花底聲如豹，破硯殘書擲過墻。

買書容易到斜陽，讀易樓中萬卷涼。零落都門諸梵宇，鮮紅小印辨王黃。玉筠浦藏書，多收自漁洋、崑圃二家，今零落矣。

野花短竹並時書，余偶作「秋竹短于草，野花高過人」一聯，桂未谷、蔣最峰分隸之。難得蓮湖罷釣初。一箇圈兒梅一朵，兩峰下筆故清疏。是日西涯歸，桂、蔣書隸，羅君畫梅。

端範堂前落葉乾，記曾同踏月高寒。宮坊小印三回掌，舊跡如驢轉磨盤。余二十八年前即官庶子，與今長沙相公同官，今仍官此。〔二〕

丁香花底坐吟詩，清秘堂前日影遲。二十五年人不見，秋霜染盡鬢邊絲朱靜齋。

玉皇香案同為吏，君被春風吹入雲〔三〕。幾度招余余骨重，霓裳聲只半空聞陳鍾溪。

青衫橐筆出咸安，蕭寺西華雪夜寒。難弟難兄盡仙客，老僧指作鳳凰看。時伊慢亭與余同住寺中，玉閬峰始受業于張雲塍，往來齋粥，耐園觀察為慢亭之兄，冶亭尚書為閬峰之兄，亦時時至寺說詩談藝。

餘子紛紛舉孝廉傅小山、常樹堂、姚錫九皆舉孝廉而歿，燈昏酒冷客愁添。當年我亦孤寒甚，怕見春風燕子簾。

住山園裏讌詩仙英文肅有《住山園別業》，十字曾推許石泉。許石泉《和相國〈直廬喜雨〉》詩，有「燈火收光入，蛟龍得氣囂」句，頗蒙激賞。平寬夫李松雲程魚門吳穀人都擱筆，喧呼後輩壓前賢。

燈下爭鈔小鐵詩施朝幹，紅羅好句妙當時。至今黃鶴樓中客，猶傍秋江唱竹枝。小鐵在湖北刻集，多刪其舊作，如少年悼亡句，如「白水貧家味，紅羅嫁日衣」，世爭傳之。

說法前身任侍御子田，老來文字漸從刪。誰知綺語能消福，只合關門對碧山。

紫薇郎已白髭仙，寄到新詩字字妍。彈罷涼琴猶佇月，黃山頂上爇松煙。吳南畇三十年前官中書，因養親，改縣令，今仍官此。

稼門清望重當時，公子均之、奐之臨風玉樹枝。怪底三年前夢裏，天風吹與夜論詩。

掃葉亭前草木荒，停琴佇月總凄涼。娛情只有詩龕畫，三十六陂秋水香。均之、奐之今年六七月間，時至掃葉亭讀畫。

吳肺穀人善製豬肺趙魚味辛善製黃魚更汪鴨杏江善製東鴨，一冬排日設賓筵。丹徒翅子論山法，鮑桂堂製魚翅法最精。剩與詩龕糝玉延。雅堂言京城白菜和玉延切碎，雜魚翅煮之，美不可言。

揚州鏤刻勝安州，一客心情總莫酬。聞說主園素齋園名三月半，牡丹花底墨香稠。程素齋刻余文于揚州，王春堂刻余詩于安州，余皆不知也，素齋校刻尤精。

吳中三蔣于野昆季三人號通才，白石梅花相對開。錢老竹汀題詩兼署額，春風吹過大江來。蔣于野畫余小像，至蘇州裝為長卷，竹汀前輩署額「梅石心知圖」，吳中賢士大夫皆有題詠。

靈隱藏書記阮公芸臺，鄙詩不合配朱翁。雲堂寫記留餘憾，付與江煙佛火中。阮芸臺刻余詩于杭州，藏諸書庫，文以記之，書者遺去此條，阮公原文可考也。

棠梨花底坐吟詩，吟到春歸花不知。前度王郎又新今又至，雪堂折取幾梅枝。時涂瀹莊督學湖北，舊在成均，甚賞又新。

西溪漁隱畫兼詩，白板紅橋又一時。邗上題襟遍湖海，賈人販賣到高麗。謂曾賓谷。

道園學古錄君鐫，收拾遺亡入簡編。賓谷刻虞詩，余藏遺詩八卷，未入錄。即看西江詩萬首，遺珠滄海悵雲煙。余篋中所有新建王一夔、高安吳山、弋陽汪俊，皆以鼎甲位至尚書，餘如泰和曾彥、永新劉昇、安福劉戩、貴溪黃初、永豐鍾復、鉛山費懋中、浮梁金達，皆鼎甲翰林也，皆未載其詩，余覓稿寄之。

前輩遺文火速催，公卿留意到人才。山東巡撫吉公、江西巡撫先公、四川都統東公，皆為采詩至。翰林更自耽風雅，不惜尋詩到草萊。余代涇縣教官黃君採補明代鼎甲遺詩，致札四方學使，葉蕓潭、王伯申各以詩貽。

馬逸浮橋夜雨中，乾隆甲寅年南石漕事。〔四〕此身自合葬魚龍。誰知竟有神援手，慚愧人間折臂翁。余一生為手病所累。

夢境蘧蘧是也非，天香月窟記依稀。朱衣竟許重相見，二十年來笑語違。余癸丑年八月初一未時坐睡，見朱衣人攜桂樹至，馨逸一室，生子，即桂馨。攜樹者狀貌，今猶記憶之，桂馨獲中京兆，朱靜齋少寇為考官。兒子謁見，即述此段因果。後來視余病，相別十六七年矣，白鬚闊面，與夢中所見者，無少差別。

拙老人孫蔣仲和，酒酣卿相被詆訶。看花鮭菜亭邊過，費我詩龕墨十螺。蔣仲和性僻，貴人求書畫，多不與之，每至詩龕，輒揮灑數十紙而後去。

詠物詩成海內傳，魚山稱比巨山妍。單行另本王郎語，禿指揮殘十樣箋。余詠物詩二百四十首，馮魚山極稱之，王惕甫謂當附集外，蔣最峰畫為屏幅數百紙，題余詩于幀，亦佳話也。

朱門賣畫顧秋柳鶴慶，白屋吟詩婁夕陽承澐。經我品題身價重，旁人空羨束修羊。顧子工畫，婁子工詩，皆困于長安，余為延舉〔五〕，二子得以成名。

朱氏門才我識多，西涯風雨記摩挲。一條吳絹三升墨，荷葉香時踏蘚過。朱氏素人、青立、閑泉、野雲、滌齋，皆曾為余作《詩龕圖》卷。

歡喜堂開翰墨香，畫師推我作平章。畫成詩就聞齋鼓，一片秋雲墮夕陽。朱野雲約湖海諸畫師二十餘人會于憫忠寺翰墨堂，余不能畫，推為盟長，是日每畫師各贈以詩。

西涯祖墓委荆榛，百五十年春不春。難得謝侯薌泉邀蔡子善人，香泉流出水粼粼。薌泉委蔡子修祠，病革時，捐金掘井灌木，至今葱鬱，謝、蔡之力也。

韋廬李松圃盛德世爭傳，不獨詩工四十賢。我昨翠微山下過，西涯祠外雨如煙。修墓時，松圃捐金為多。

康山山下住江郎頡雲，不許新詩出竹房。碌碌狀元何足數，吴蘭雪《康山草堂歌》中句。蓮花博士寫清狂。

松枝畫出筆清蒼，頌且兼規意敢忘？程也園畫松見貽，題句極佳。今日月明吹玉笛，梅花樹底鶴聲涼。

蕭蕭萬木北風寒，知恥齋前驢卸鞍。鹿尾魚頭萬錢買，先生博得一朝餐。謝薌泉豪于飲啖，享客特豐。

蔗山園子趙象菴萬香圍，佛手花開秋鴈飛。聞說蒲萄初釀酒，竹燈紅罷主人歸。

莫氏青友捶雞比燕窩，松花團子擅誰何。秦小峴、何緩齋家皆擅此。元杯宋碗周秦鼎，蔬筍香中古趣多。緩齋器具多古製，且無重複。

三面軒窗向水開，兩層石壁溜莓苔。階前十丈垂條柳，都是先生手自栽。余為清秘堂提調，曾于瀛洲亭四週雜種花木。

校書夜宿狀元廳，天上文光瀉地青。夜半九街人已睡，一雙蓮炬出櫺星。余為《詞林典故》總纂，宿狀元廳校纂。

卷軸擔來太液池，丹書綠字寫烏絲。隨行小史工唐楷，先寫瀛臺四壁詩。余修《宮史》，奉查西苑匾對，攜供事數人，乘小船各處抄寫。

萬蓮花裏一舟行，天上樓臺照眼明。鷗鷺不知星使過，銜煙飛去水聲聲。

翰林退直數花甎，殿閣清森翠玉鐫。十地九天鈔不了，麒麟圖罷又淩煙。內府圖冊數十萬種，僅摹古人像十餘幅，留貯詩龕。

山經地志及禽魚，奉勅傳宣載八書。秉筆閣臣存體要，僅留節目概刪除。原采甚多，總裁多刪去。

鮭菜亭西佇月船，停琴為我寫秋煙。誰知萬里池塘草，有客春風夢阿連。夢禪老人筆札最多，伊耐園裝為數鉅冊。

宰相門庭老更貧，魚飧換字豈無人。高麗客買石菴帖，翻說殘年筆入神。用李文公延賓賣字故事，近琉璃廠讀畫樓所鬻劉諸城字，多夢禪代書。

詩龕寫就擬雲林，棖觸張顛水屋下拜心。身後殘縑如落葉，荒山明月孰追尋。

四十年前老翰林李松雲，黃堂白髮日蕭森。一船明月半江水，照見當時執筆心。

錢生立群新筑寫書樓，溪上梅花相對愁。爭似斜陽官閣裏，十三經字檢從頭。二十年來，舟車之暇，松雲曾寫十三經一過，更寫《孝經》、《莊子》、《老子》、《離騷》數過。

花滿城南乳燕飛，十年三度送春歸。登堂輒敢求題字，香火緣深酒力微。松雲官太守後，抵京師凡四次，每至必為余題卷。

殘篇賸句遍旗亭，我早鈔同選佛經。有集江湖題癸酉，峽猿江鳥任人聽。李松雲、戴紫垣、程蘭翹、謝薌泉、萬和圃、劉松嵐、李載園、楊蓉裳、唐陶山及余，皆癸酉生，故吳山尊欲刻《癸酉集》。

典琴行出藝林傳，詩讖南薰解愠篇。鄂虛谷《典琴行》，菊溪和之，盛傳于時。後二公皆節制南疆，人以為詩讖。欲搨戟門殘石鼓，剡溪藤紙購三年。虛谷曾託余搨石鼓文。

夢禪居士忘年友，小尹詩翁貧賤交。風雪一燈人萬里，梅花香破最寒梢。

老我禪心二十年，好花過眼當雲煙。山人多病風情絕，吮筆雲堂仿老蓮。

此君到處擅幽姿，落拓臨風十萬枝。月上西山秋入夢，林間恨未藥爐支。秋間訪醫，小憩吳雲海佇月樓上，留宿未果。

侍郎聞說已休官，小峴以老病乞休，蒙恩準許。儘有貂裘不避寒。趁雪同來劚新筍，黃魚細鱠勉加餐。

樊川格調少人知，退直南薰日暮時。世上紛紛誇粉本，何曾讀畫更論詩。有人以樊川像求題者，余摹自南薰殿本也。

花開我尚未休官，及到休官花又殘。僧約霜林看紅葉，布袍禁得幾宵寒。介臺主持臨遠屢邀入山。

雪釀酸香粥滑匙，春雲爭比佛雲慈。流民忍凍聽齋鼓，是我停杯放箸時。臘八日拈花寺施粥。

弟兄謂盛孟巖、甫山吮筆賽倪黃，領袖詩場更酒場。轉眼南園花又放，何人聽雨此聯牀？

鴈過伊涼飛較遲，寒雲和雪凍烏絲。西堂春草年年夢，小謝緣何竟廢詩？余託甫山寄關中信，來札云云，似未見也。

散學歸來話綠陰，三條燭下十年心。短篷零落巴州去，暮雨蕭蕭楓樹林。「暮雨纔收涼月上，短篷一夜下巴州。」英已亭舊句也。

【校記】

〔一〕「蜉蝣」，阮本作「蚍蜉」。

〔二〕此首自注見王本，阮本無。

〔三〕此首前兩句，阮本作「白雲山下卻逢君，口被春風吹入雲。」

〔四〕「漕」，阮本作「槽」。

〔五〕「舉」，阮本作「譽」。

病起曹定軒給諫朱習之少僕朱滄湄戶部何緩齋比部言皋雲太守分日約余觴飯京師諺語所謂起病也賦詩以謝

歲月瞢騰去〔一〕，文章悔未工。半生比駑馬，一笑謝飛鴻。僧約年年負，詩懷漸漸空。誰知舊朋好，樽酒待籬東。

寒廚積筍蔬，每食可無魚。怕問調羹法，長繙種樹書。年衰滋味薄，病久應酬疏。雪霽西山路，危橋策蹇初。

冷落巴江守，蓮花寺裏門。月涼人看劍，秋晚夜開樽。黃葉風頭響，青天雪爪痕。依然僧退院，隨我話寒暄。此詩謂皋雲太守。

趙菊象菴兼吳竹雲海，排句款病夫。更勞數公酒，增我隔年逋。看菊、看竹詩皆未償。且省參苓買，非同橘柚租。阮詩題萬柳，高會近來無。芸臺游萬柳堂，作五律四首，茲會諸君，多有和章。

【校記】

〔一〕「瞢」，王本作「薨」。

曹定軒前輩七十壽辰同人咸祝以詩予以病未作茲牋來敦索賦此

先生治儒書，不矜名與功。閉戶注《周易》，如在空山中。身已塵垢蠲，思忽風雲通。時時折柬招，飯我藤花東。掘窨出玉延，雪韭偕霜菘。日晴跨蹇驢，出游西北峰。峰高積蒼蘚，矯健疑輕鴻。倏忽躋其巔，我方蹩躠從。夜深月匿影，四巖惟怪松。石門息燈火，微雨吹濛濛。飄來湖上煙，漸覺衣綠濃。先生砉然笑〔一〕，如答齋堂鐘。歸來紀以詩，筆墨追巃嵸。今春聞諸君，看杏支唫筇。我時手足攣，局蹐伴寒蛩。昨聞開賓筵，朋酒娛詩翁。瓦缶異笙簫，許我歌從容。

【校記】

〔一〕「笑」，王本作「嘯」。

哭朱習之太僕同年

我病君不病，君死我不死。叨長君一齡，弱直十倍矣。昨冬感微寒，臥牀弗克起。君頻來審視，親切骨肉比。勸我扶杖行，日釣西涯水。煮藕炊松花，秋煙翠微裏。無錢買參朮，勿藥占有喜。昨因寒菊開，數行託素紙。城南約朋舊，曹定軒何緩齋一二三子。阮公芸臺儒雅宗，言皋雲朱滄湄胥國士。灑掃知足齋，為我設杖几。恐余顛躓，為設几杖。我久廢餐飯，口莫辨滋味。蔬羹嘗半匙，肢體覺暢美。我病茲日減，君病茲日始。火炙亦古法，胡為害若此。怪君信異方，醫生狥意旨。黃良服累年，一石且不止。元氣坐虧喪，變生在臂指。張侯雨巖十日前，抗論生尅理。聞者皆動魄，我時亦掩耳。豈料月未圓，初二日猶劇談。為君制哀誄。逝者如斯夫，吾衰更何恃？

題陳洪綬沒骨芭蕉石

畫雨聲完又畫風，繁華刊落世緣空。誰知大葉飄枝處，多少秋心在此中。

金蘭畦尚書方葆巖總督余庚子同年也今秋兒子桂馨獲雋又得與兩公子稱同年李松雲前輩極稱之爰作是詩

猗與庚子榜，人材稱極盛。顧弗利鼎甲，官清折福命。三十年一世，覼縷皆前定。細數看花侶，落落晨星賸。巍峨金與方，茲各聽邦政。二公昔登科，金階亦蹭蹬。從容躋通顯，遭逢天子聖。伊余入詞林，日抱負薪病。嘗奮犬馬志，絕無魚鳥性。鬼神掣肘腋，心手乃不應。醫來曰末疾，服藥無一勝。閉門課兒子，勉以口舌競。誰知齒牙落，恍如驂脫乘。長夜剪孤燈，坐數燈花迸。余病即廢寢。兒尚知向學，頗發余幽興。今年捷鄉舉，老成過相慶。我獨念朋舊，讀遍賢書姓。兩家玉樹枝，森秀許合并。詩老李松雲前輩飄然來，禪堂侶鐘磬。妙意託玉延，佳句蒙持贈。詡此三少年，宜各知報稱。葆巖為松雲前輩門人，蘭畦為松雲前輩親家，見余兒子桂馨，奇賞之，欲引以為弟子，并許三人皆大器，當世世報稱國家也。

方葆巖制府乞恩歸養俞詔允行同人詠歌其事

海氛掃淨念松菊，涕泣陳情拜君屋。書生奉詔養親歸，十萬旌旗門外矗。當年槖筆金馬門，抽刀夜斬南溟鯤。荔支花下賭杯酒，難忘故山黄葉村。故山積有書萬卷，述本堂開留鐵硯。庭萱開處春雲多，宫保清風世猶見。先生散髮溪上行，漁竿落水魚弗驚。斜陽滿地不歸去，倚石獨聽流泉聲。三更燈火督兒字，我識賢郎頭角異。同年兩代世爭詩，兒子桂馨與君子傅穆，今又為同年。幾度蒙君議親事。臨別蒙君留柬議親。翠微我欲謀精廬，竹房日課兒之書。先生祝壽來金除，灞橋肯策尋梅驢？

介文夫人以桂馨獲雋畫桂花見賀附杏花一幀煦齋兼綴跋語爰題小詩三首于紙尾求朱靜齋理陳鍾溪和之並呈煦齋

許棠佳句播秋圍，十八年來好事稀。攜手雲堂同一笑，姓朱人果是朱衣。十八年前，桂馨生時，余午寢，夢一白髮老丈送桂樹至。今見靜齋侍郎，狀貌正其人也。

燕子聲中春晝長，杏花紅處馬蹄忙。廬山緘紙遥相訊，可奉吾家一瓣香。陳石士編修素賞桂馨，昨寄書來，有「可奉吾家一瓣香矣，賢郎見鍾溪，必有憶我佳詩」語。

恩福堂開玉樹春，君家原有兩麒麟。薛能詩卜生香懺，明歲看花共幾人？薛能詩，有活色生香語，煦齋先生原題也。

題奚鐵生雲海圖為吳兵部賦

富貴過眼雲煙空，九州以外四海中。吳侯生平負奇概，讀書不求筆札工。出入長安三十載，昔年少壯今成翁。小舫乾坤一亭子，時時坐閱春花紅。花開花落不人待，春及飲酒須千鍾。佇月樓前竹樹滿，雨晴煙綠吹濛濛。新筍養成不教斫，隔城山氣簾櫳通。吳侯猛憶故鄉好，鶯聲啼濕茶爐風。鐵生舊紙重拂拭，力追遠勢江上峰。錫山侍郎小峴住湖上〔一〕，冬花菴鐵生齋名主盟幽悰。病閒料理舊詩債，吟遍泰岱衡華嵩。人間縮地我無術，夜昏雪大吟長楓。

【校記】

〔一〕「錫」，王本作「鍋」。

題楊生梅花松樹卷送嚴就山而寬出宰秦中

梅花松樹倚青山，各抱貞心冰雪間。客到長安寄歸鴈，清香應說滿潼關。

病中祭詩借崇效寺所藏拙菴紅杏青松卷留觀數日題詩

開卷重逢庚午年，雪泥鴻爪畫中禪。甲子年曾于卷中題名。春明紅杏開三月，煦齋侍郎適以紅杏畫卷見贈，自書跋語，為兒子桂馨春闈吉兆。記取詩龕翰墨緣。

劉松嵐游華山得詩題曰行篋集楊蓉裳作序誤篋為腳題詩以識

君身已退院，游山仍打包。行篋誤行腳，豐干工解嘲。詩心入秋健，跋涉長安郊。借宿玉泉院，炊飯香山庖。萬丈青蓮花，終古空中捎。山靈怕生客，倏忽風雨交。步上青柯坪，月見松竹梢。是誰弄狡獪，隔澗雲霞拋？泠泠琴筑音，宛似詩人教。歸來覺吟卷，尚帶山聲敲。郵筒寄故人，共剪寒燈鈔。

存素堂詩二集卷六

辛未

阮芸臺侍講以朱野雲山人種樹萬柳堂邀余往游兼錄去冬萬柳堂詩見示依韻

年衰遂多病，經歲未郊行。春冷斷花信，日高聞鳥聲。新詩感興廢，原詩頗及堂之興廢。良友慰生平。蔬筍何須論，尋幽自有情。先生約余選日出游。

有客繫江波，登臨一浩歌。謂秦小峴侍郎。眼中短長柳，聲裏舊新荷。秋雨來鷗少，斜陽去馬多。荒涼亦園宇馮益都園名，百歲墨全磨。

積水喧成卷，余有積水潭前後二圖。吾將萬柳圖。雲廚飢鳥下，詩社病僧扶。名世君稱佛，徵文我愧儒。野雲判今昔，廊廟與江湖。廉希憲園亦有萬柳堂，在草橋左，近趙文敏賦詩處也。廉號野雲，而朱山人亦號此。

南臺更夕照，不復數拈花。萬柳何年樹，一僧今日家。祇園有風雨，詞客只聲華。黃葉西山影，停車此煮茶。

題萬柳堂祖餞圖奉送秦小峴侍郎歸梁溪即用立春日讌集原韻

鄠杜城南路，登臨又此辰。鶯花過上巳，煙雨送殘春。舊事重追憶，離懷劇苦辛。忽看潞河畔，新水已粼粼。

煙篷響歸棹，搖出水香門。細雨延陵廟，斜陽楚相墩。芙蓉湖中有黄埠墩，以黄歇得名。詞科前輩盡，吟社夜燈昏。碧山吟社，君家故事。憶煞長安侶，風流阮伯元。

萬柳一庵罨，吾家鮭菜亭。秋花淡孤夜，野色散荒汀。覓句髮先白，看山眼獨青。隔江賣櫻筍，有客倚樓聽。

拂衣謝塵鞅，相别到吾儕。聞説遂菴在，菴中花木佳。寄余落梅句，一曲想高懷。「落梅一曲舞山香」，尤延之句。五瀉風光好，扁舟皮陸偕。五瀉，即芙蓉湖，皮襲美、陸魯望泛舟處。

題漁洋竹垞初白三先生紅杏青松圖詩後示兒子桂馨

杏花開放約題詩，餅喫紅綾得意時。笑語兒曹須記取，後凋還是歲寒枝。

佳句尚書兩翰林，青溝白石證禪心。可憐一鉢曹溪水，流出山來不改音。

幾見雲門學佛人，愛花心尚戀殘春。打鐘掃地垂垂老，空處誰能寄此身。

讀書笑我一無成，枉坐峰頭看月明。讓爾長江釣春鯉，老夫閉戶聽鶯聲。

兩峰畫竹二首

兩峰自小畫梅花，老去精神梅不差。更為此君寫風韻，沙邊水上一枝斜。

月橋春雨驀相逢，誰向江村曳短筇？聞說石田曾宿此，慈恩寺裏子時鐘。

管夫人遺硯圖歌和英煦齋侍郎

《揮麈錄》稱晏元獻，傳家只有一舊硯。此硯道昇之所藏，仲穆仲光並摩研。吳興寫字日盈萬，筆耶手耶神斯幻。紫金得從禹鑿餘，滑者波濤走者電。侍郎偶過袁浦縣，蒼玉一圭兩目眩。政事堂中不敢持，恐有蟾蜍淚時濺。春陰如雨花如霰，上界仙人坐庭院。碧葉丹英手寫成《珊瑚網》管道昇著色蘭花卷跋，五百年來定誰擅？拜即墨侯君不願，官至尚書猶鐵面。石墨新裝恩福堂，杏花寄到瓊林讌。幻住菴中寫經倦，雍也足成奉佛殿。清華勵品正有人，魏公魏公我何羨。

王春艇光彥孝廉畫詩龕圖見寄并次余題西涯圖舊作韻題幀

作畫蕭疏作詩秀，三載烏絲貯袍袖。三年前已讀君詩。春風一紙圖詩龕，寫出江南竹枝瘦。非筆非墨純精神，野林蒼石麻皮皴。斜陽半山翠微罨，門前載酒來詩人。西涯詩老尋詩地，退朝獨坐慈恩寺。思鄉偶成懷麓吟，望闕暗墮憂時淚。我今懶病愁揮毫，多君意氣元龍豪。倘肯訪舊石橋北，五里青溪萬樹桃。

補題張雪鴻敔畫莫愁湖舊冊

湖光山色至今青，載酒徵歌幾輩經。十里鶯聲三夜雨，野花開遍夕陽亭。

人間不少莫愁湖，樓上春歸愁也無。吹罷玉簫明月上，天風四面捲菰蘆。

夢坐江南春水船，花村酒屋翠娟娟。一風吹向巴州去，謂松雲先生。無數好山樓外懸。

歡喜堂中感鬢絲，去年松雲寓法源寺之歡喜堂。十年四度讀新詩。碧桃花底尋殘墨，想見江皋駐馬時。「時時車馬駐江皋」，松雲《莫愁湖》舊句也。

和吳菊君枌自贈韻

修到梅花冷淡身，青天浩落石嶙峋。長安那有騎驢地，歸去孤山好結鄰。何必南山始是家，菊花開處足煙霞。笑他桃李拘墟甚，不遇春風不放花。

看山讀畫樓歌為周菊塍行孝廉賦

日日看山看不足，登樓下簾畫飽讀。山耶畫耶了不分，朝吸畫煙暮山綠。萬山複沓圍君家，東風吹斷西溪霞。思翁老筑畫禪室，筆墨以外皆梅花。湖光山色生平想，出郭跨驢但孤往。橫雲煙翠儘空濛，夢斷江南春雨響。十年笑我詩龕圖，門前剩積菰與蘆。畫師晨夕招三朱青立、野雲、素人，題詩獨有王鐵夫。鐵夫會試來都，止宿詩龕。

再題明十九人詠白繡球花詩卷

又到春深小苑時，吳國倫《詠繡球花》，首句「小苑春深景漸添」。丁香愁結隔墻枝。王世貞《詠繡球花》，結句「不結丁香一段愁」。江南風雨飄搖甚，不見當年劉改之。傷梧岡劉君。

唐突題詩二十年，春風禪榻尚依然。病中怕續郭江夏，空誦流黃簇繡篇。郭正域《詠繡毬花》，首句「名花簇繡照流黃」。

梯雲草堂為吴菊君賦

草堂筑何處，歷歷白雲深。酌酒對明月，讀書停素琴。燕來窺舊壘，鶴去戀秋林。笑我西涯上，蓮花菴獨尋。

再題周菊塍畫卷有懷王述菴侍郎

多少山心與畫情，亂書堆裏過生平。杏花紅到慈恩寺，一夜春江夜雨聲。

詩龕曾著子卿墨，不寫青山寫竹梧。三泖漁莊誰寄語，詩傳猶未遍江湖。

徐晝堂志晉農部過訪不值留七律二章賦答

同啖京兆筵，旋折南宮花。館閣雖有殊，蹭蹬殊不差。嗟我退飛鷁，那比翔林鴉。手拔兩翰林，李謝人爭誇。李君宗昉、謝君階樹，皆君所取士。石子吴湘英，玉樹春庭葩。石君承藻，君壻也。必能傳君文，才藻齊侯芭。袖詩過我門，策蹇衝寒沙。彳亍楊柳灣，綠影初鬖髿。鮭菜亭久荒，厥地名西涯。時當五六月，四面皆荷花。君肯偕及門，來茲訪幽遐。旨酒未克蓄，留客餐茶瓜。湖光并山色，坐待西日斜。

阮芸臺侍講偕朱野雲山人補種柳樹於拈花寺

清露堂久圮，亦園猶可尋。遺文漸零落，松雪偕雲林。詩載佳山堂，三復傷人琴。當日毛陳朱，聲價侔璆琳。相公攜斗酒，溪上時行吟。檢討輯舊聞，逸事多浮沉。《日下舊聞》廉園、馮園未甚剖晰。拈花舊刹存，秃柳搖疏陰。磬聲雲外來，觸我清涼心。徙倚古亭西，坐聽山鳥音。荒涼暮色起，遠接西山翠。退谷有殘花，西涯無舊寺。茲水尚明瑟，迴環繞初地。蘆芽與葦根，雪盡春風吹。陰陽向背勢，結搆出精意。江湖數幽客，各具扁舟思。故鄉曠別久，姑託魚鳥醉。野雲老畫師，花間抱佛睡。約我繙殘書，補作萬柳記。

顧劍峰日新書來言秦曉峰維嶽觀察暨弟瑤圃維巖明經筑藏詩隖于黃鶴樓下喜而賦此

詩人一寸心，上下持萬古。欲藉名山藏，易軒而筑隖。顧生少習詩，滌蕩從肺腑。厥鄉沈宗伯，自詡詩中虎。老入金馬門，風騷雜訓詁。生起焉振之，言必稱杜甫。王惕甫郭頻伽蔣蔣山金手山外，登壇樹旗鼓。烏絲貯我袖，懷君聽春雨。

積翠偶不掃，飛作山中雲。秦氏居此山，愛客兼工文。公子均之、奐之宿詩龕，嘖嘖金城君。一官一讀書，好古平生勤。從茲黄鶴樓，遠與靈隱分。阮芸臺侍郎筑庫于杭州靈隱寺，藏一代之書，作文勒碑記事，余作亦獲藏度。竟陵講詩派，鍾譚聞所聞。正聲息淫哇，有賴飛將軍。風送武昌魚，直入江鷗群。

唐介亭璡寄書畫至謝以詩

唐子擅書畫，藝林稱高士。我窺其胸中，久矣無悲喜。草堂萬笏墨，朝夕供驅使。眼空黄鶴樓，心蕩洞庭水。我友黄大癡，謂穀原。荆州小吏耳。指腕無異人，秀乃出骨髓。近聞罹火災，篋衍無寸紙。子當招之來，月明講畫理。或合作一圖，遠寄詩龕裏。畫成歌以詩，即煩觀察使。謂曉峰昆季。

阮芸臺侍講於寒食節游萬柳堂夜宿寺中翌日清明看花柳有作余畏寒未往次韻

夜雨變微雪，冷淡田家春。覩茲萬條柳，綠滿南澗濱。幽情托遠游，匪矜詩格新。勞碌六街客，磊落三五人。陌上花已開，吾欲謀棲神。

西月動微影，山青春氣合。燕子仍飛來，低徊戀殘塔。心香百年接，何妨草色雜。湖鄉曳杖歸，寂寞此連榻。秋涼宿茅屋，門前恐苔匝。

清磬不落水，遠天林表曙。老人對新花，初日散殘霧。曉風拂拭之，西山一角露。青松紅杏間，商共斜陽步。扁舟無與偕，愜此煙波趣。

畫眉山同劉芙初作

雨後山影重，暗綠風吹濕。蘿逕凍蘇蘇，扶杖花下立。紅杏久欲開，卻被夜寒襲。斜陽蒼石根，美人掩袖泣。前村翠濛濛，酒香馬蹄急。

山泉取鑒心，山石取畫眉。畫眉眉不青，鑒心心自怡。遠近春鳥聲，來和山僧詩。僧睡已斜陽，清磬響空陂。開門見杏花，紅遍龍神祠。

宿大覺寺

緣病閉門久，誰知花滿山。素心聯騎來，蕭灑棲禪關。春風散客愁，幽鳥窺人閑。蔬筍味盎然，不嫌樽酒慳。夢中覺我身，栩栩林壑間。塵勞倏已謝，非復顛頟顏。孤松倚蒼石，野雲偕鶴還。溪月明前村，峰翠堆煙鬟。

憩雲軒聽泉

我蓄綠玉琴，彈之苦無聲。今憩暮雲側，杏花春影横。寒泉落天際，謖謖松風鳴。老鸛悄不語，隔屋聞新鶯。塵寰日往來，殊厭琵琶與箏。疏鐘偶入耳，詩思泠然清。天籟感人心，梅花悟前生。高枕石頭眠，山月吐三更。

清水院殘碑

此水在遼時，已自清泠泠。朱閣繚繞之，歷代藏佛經。中間數征戰，殿瓦傷飄零。老僧來托鉢，榛棘鋤莎廳。松鼠竄殘雪，澗猿叫晨星。糢糊碑上字，三五猶餘青。汲泉為洗濯，曳置煩園丁。我當抱殘紙，遍搨東岡銘。

領要亭

萬象紛然呈，一心領其要。薄游託幽契，匪真慕耕釣。花在松竹際，開落無不妙。況挾萬石生，婀娜耿斜照。泉聲響腳底，依稀鑿詩竅。傍徨咫尺間，步步出危峭。畫稿誰擅茲，可煩文待詔。

塔院看杏花

昨晚看杏花，嫣紅尚未露。今晨看杏花，煙綠仍隔霧。塔院隔一嶺，粥罷騁幽步。竹柏忽散漫，雲霞亂朝暮。飛鳥不敢下，牧童酒旗誤。長安看花侶，爭欲慈恩赴。誰向茲塔棲，三生淨根悟。我雖過來人，不記來時路。

尋香水院遺址

石庵三五峙，言是香水院。香水從何來，杏花了不見。聞說遼宫人，夜燈洗殘硯。風淪硃砂泉，春煙微雨變。至今水尚溫，殘滴流佛殿。我昔跨驢至，青蒼石一片。柴扉扃莫開，呢喃出雙燕。

何緩齋天衢比部藏文休承為王百穀畫半偈菴圖真蹟疏秀可愛朱山人文新臨成而未署款余既為詩龕矣裝池綴以詩

湖上梅花菴，小住十年外。半偈署菴楣，文章雜梵貝。書生嘆薄命，百穀有「書生薄命原同妾」句。入世無聊賴。我今奚倣此，疏秀遠塵壒。文嘉希雲林，筆墨有天籟。滌齋入長安，自詡工圖繪。為我臨茲圖，雲堂施狡獪。惜墨卻如金，經營復激汰。夢裏到江南，重尋真率會。

阮芸臺侍郎拜朱文正公墓於二老莊紆道西山招余同往

春風易倦人，況我病初起。苟非素心者，未肯陪杖履。阮公文章伯，乃弗鄙人鄙。郊行百慮釋，花柳見獨喜。學道愧難進，徒增犬馬齒。眄彼西山雲，飛過東溪水。

摩訶菴

曉日明松梢，落花散蘿徑。老僧款客入，放出雲堂磬。梵音響香龕，亦足動清聽。心合道與諧，山谷互鳴應。梁上燕初語，門外風已定。欲游法藏菴，碑碣嗟殘賸。

慈壽寺

諸殿燬殆盡，一塔高出雲。荒榛翳莽中，手剔殘碑文。瑞蓮產中宮，前朝傳異聞。閣臣載筆賦，翰墨垂殊勳。徒令游覽人，躑躅春簷曛。縑素尚難保，誰肯爐香焚？

栗園莊

滿村開杏花，栗子林未緑。春雪散餘寒，四山雲霞束。此菴隸潭柘，松竹愜幽矚。酌茲清澗泉，啜以香廚粟。頓覺飢腸中，藜藿亦已足。翻笑五簋約，禮文尚繁縟。

倚松齋

我來茲峰下，茲齋未信宿。今獲隨仙侶，舊山若新沐。百澗響風雨，一庭散花竹。并無白月上，早有緣陰複。隔墻數松樹，高枕水邊屋。扶疏有千年，何人此幽筑？

猗玕亭

簾外竹千竿，階前水百折。風雨隔溪聲，夜深聽清切。睡醒擁衾坐，月影自明滅。石琴設有絃，卻恨我手拙。一彈木葉飛，再鼓鴈聲咽。山鬼渺不見，廚煙望飄瞥。

延青閣

推窗衆山影，濃淡爭奔赴。天光暗傾吐，萬瓦墮花霧。迤南見高埠，言是少師墓。少師骨已朽，杏花開如故。豈是方公血，飄灑江南路？北風吹不散，空山寫餘怒。少師墓前杏花最多。

少師静室

少師此静坐，前後凡幾年。國運潛轉移，成敗誠由天。孝孺文字交，救護寧無權。坐視其摧亡，而諉諸逃禪。少師一代雄，匪僅工詩篇。五倫尚不知，奚藉蒲團穿？

觀音洞

石洞藉山為，即證觀自在。紫竹留百竿，移根自南海。乞僧贈一枝，生平苦疲殆。東山白雲臥，南澗杏花待。途歧境復險，所恃心不改。此君真我師，扶持陟嵬磥。

由羅睺嶺南折入戒壇

鐘響白雲外，花氣紅日裏。歷盡百餘阪，數峰天半起。遠近皆松聲，人聲鳥聲死。老僧學彈琴，操縵昨年始。我到恨無月，蒼蒼暮山紫。六月襆被來，石床拾松子。

徘徊松間久不能去

諸松如故人，我至倍攀戀。豈無白雲掩，風吹頃刻變。天光與山色，為松開生面。客衰矧多病，對松妬且羡。臨別欲贈言，深恐重儓見。前游四松，各有題詩。當借韋偃筆，寫爾上東絹。

出山口憩村寺

老杏紅欲殘，斷續梨花開。儼然跨驢人，逢此孤山梅。僕夫屢告飢，廢寺橫林隈。厥祀頗不經，寺原名「三教菴」。卻宜游客回。老僧甚擁腫，辛苦耡蒿萊。何人此買宅，繞屋長松栽。

潘予亭孝廉慶齡汲綆圖

石上何所留，積年松竹陰。歷落桔槔聲，空此園客心。園客喜筵易，井養功方深。綆或辨修短，汲休論古今。讀茲有聲畫，撫爾無絃琴。奚必陶泉明，寂寞東籬尋。

為陳受笙均孝廉題畫時甫偕阮芸臺侍郎拜朱文正公墓回即次芸臺韻

西山萬峰裏，三百七十寺。王子衡詩「西山三百七十寺」。吾病緣塵勞，息心覓初地。阮公暨劉子芙初，山情各有寄。清水大覺寺即清水院址與岫雲寺名，卻憶十年事。眼中存沒感，寂寞登科記。朱文正公為芸臺舉主。濛濛煙墨濕，衣上終南翠。腰腳莫輕負，白雲出人意。

蜀鏡詞為陳受笙賦

寫翠傳紅志莫酬，銀蟾埋沒古秦州。何人取作千秋鑒，劫後清光照畫樓。
殿上銘詞製自工，行軍草草託天雄。君王枉受多情累，暮雨連江綺閣空。
蒼茫一片土花香，明月高樓客斷腸。一種傷心誰與說，留他艷語寫淒涼。

益齋太僕巴哈布招同查篆仙淳太常曹雲浦師曾副憲看海棠即事有作

非因乏色香，杜公懶吟詩。妖艷恐惑世，擱筆誠有之。冏卿澹蕩人，瀟灑無塵姿。招此數幽客，花下銜杯宜。白髮對紅粧，心跡殊參差。公等健在骨，勿計毛與皮。我病從中來，手腳皆軟疲。好花娛我情，隔霧休見嗤。鈔示長生方，益齋鈔示藥方，并贈自製藥爐。遑肯求巫醫。活火乞一爐，勝看花千枝。

讀查梅史為胡秋白元杲孝廉題小檀欒室文暨郭頻伽詩感舊賦此

檀欒室五君，大半吾舊識。查文與郭詩，卷首載梅史文、頻伽詩。生平重相憶。上下百年事，摅辭去雕飾。論交讀書外，若無暇借力。陞沉存沒感，纏綿更悽惻。胡子試南宮，行李蕭條極。書畫後車載，索詩情甚亟。屠令昔出京，茲圖曾著墨。屠琴塢亦畫《小檀欒讀書圖》二軸，余皆有詩。摩挲紙上字，一片可憐色。山光雜湖影，況復寒苔蝕。我欲傍北邙，五畝暫棲息。一龕筑松下，朝夕藜藿食。春風五六人，瓶鉢那拋得？君等鸞鶴姿，世方望匡直。勿僅戀竹木，徒倚梅花國。

奉還唐陶山宋搨圭峰碑帖寄懷四詩即題帖後

紙香墨影近千年，借下江南書畫船。記得臨行題識語，珠還合浦好因緣。

運腕虛和君跋語大是難，老夫肢臂況摧殘。兩家兒子都成立，且去溪頭把竹竿。

書卷相依不忍離，漫論宋搨又唐碑。河橋折柳潸潸淚，絕似盧溝送客時。

江南早許寄書來，曾託陶山轉購錢辛楣、王述菴兩先生所著書。曾託紅魚錦字催。誰道黃河風信杳，桃花今歲未全開。

邵君遠淵耀寄書至侑以近作一章率筆奉答

虞山有高士，閉門修異書。偶隨白鶴行，暫出花間廬。路逢二仙客，謂均之、奐之。懷人情思攄。詩龕隔黃河，西涯雲木疏。病衰百事廢，問字門無車。天風送尺素，一字千璠璵。

朱白泉觀察自粵東抵京

三年成小別，萬里是前程。茶話勝樽酒，弓刀見性情。風雲江海大，忠孝死生輕。畫爾凌煙閣，吾衰與有榮。

古寺盟寒月，停杯聽晚鐘。百年詩裏見，一笑竹間逢。白水仍迴首，蒼生久在胸。自從殺賊後，親署荔支農。百菊溪制府有句云「殺賊歸來啗荔支」，觀察甚愛之，平海之役，實贊制府成功。

聶蓉峰銑敏編修近光堂經進稿後即以奉懷

寄嶽雲齋句，傳抄遍藝林。更聞經進稿，上契聖人心。亭雨翰林署有瀛洲亭三年別，宮花隔歲尋。一編容我續，載筆費沉吟。

說詩頻過我，風雪一亭深。浩蕩江湖志，殷勤稷契心。凜然操玉尺，直與度金針。從此黔雲外，都知雅頌音。

朱松喬同年蘭聲飲酒圖

我生不飲酒，而好交酒人。此余舊句。飲酒苟近道，作詩能守真。久病筆墨廢，末由卷軸親。夷宕天地間，頹然鷗鳥倫。回憶三十年，未了平生因。東籬野色足，南畝農事新。君肯攜美酒，訪我河之濱。六月荷花開，柳陰坐垂綸。葦間伴老漁，不溷車馬塵。

菊溪尚書平海投贈集題後

昔年郭令公，單騎見回紇。兹聞老尚書，扁舟抵盜窟。上由天子聖，許爾臣力竭。人疑六韜熟，我謂九經發。妖氛三十年，熵熛連閩粤。書生一枝筆，横空掃彗孛。殺賊啖荔支，先生舊句。好句寫飄忽。賓僚一時盛，誰肯才華没？韓碑與柳雅，編輯付剞劂。剪燈話深夜，兩人皆白髮。公手扶社稷，我躬委耕垡。憶否海棠開，瀛洲看新月？

掃葉亭圖歌有序

嘉慶十六年六月廿一日，歐公誕辰，邀同人祀于掃葉亭，飯已，游西侍御園亭。侍御援琴作歌，客多和之，其弗和者，各獻其藝。余因出素絹，乞諸畫師合作兹圖，率賦長篇，以識一時雅興。其籍里姓氏，王云亭溥著于畫幀，不具録。

歐公去今七百年，公之手筆今誰傳？蘇門六子述公旨，後世紛紛詩畫禪。涯翁匏翁且鱗甲，我於李吴抑末焉。荷花開滿湖亭邊，酒香墨氣吹上天。客來都是江鷗侣，獨我疏野如林蟬。東鄰主人擅奇技，十指能操五十弦。我時聽琴松下眠，袖中偶出溪藤箋。畫師匆遽各著墨，紙上倏忽生雲煙。亭子大僅兩三丈，秋風萬里山娟娟。諸君豈皆縮地仙，驅使丁甲魚龍鞭。蓬萊海市具此幻，愿力有愧坡公堅。詩成便寄題襟館，蘇堂春雪梅花篇。座間陳受笙孝廉，欲赴廖復堂運使題襟館之招，館為曾賓谷運使觴詠地，每臘月十九讌客于此，作坡公生日。今年立春節在臘月，寄語復堂當踵祀坡公，詩成寄余。

張寶巖崟畫江南風景十二冊令兄舸齋鉉各題詩寄余和之

麥壠

晨氣潤余心，扶杖來田間。忽然餅餌香，吹過江南山。

果林

老僧病閉門，花落猶未掃。舉頭望西山，隱約成畫稾。

蘭墅

極目望瀟湘，白雲遮不見。苔荒幽客阻，風響芭蕉院。

櫻逕

記得芍藥開，僧廚同筍煮。忽忽三十年，憶爾輕籠貯。凡殿上考試，多有朱櫻之賜。

茶山

曾汲玉泉髓，活火試龍井。未從春雨前，溟濛踏山影。

桑田

誰知養蠶人，苦逾叱牛客。一船桑葉雲，夜夜春風陌。

蔬圃

荷鋤吾所愿，生平乏幽筑。菜根晚節香，匪僅貪花竹。

菱塘

放鴨兼盟鷗，一船煙水香。吾家鮭菜亭，四面秋相望。

荳棚

苔蘚積荒庵，吾龕咫尺地。霜月壓孤棚，詩僧夜深至。

菊籬

東西列高樹，山居日易斜。白髮雖無情，秋水時在花。

荻浦

霜影橫蒹葭，鴈聲呌平野。繫我釣魚船，月明紅葉下。

稻畦

柴門暮景句，高格何人論。秋花晚得氣，香草涼生孫。

夢禪畫鶴

生性本來殊，何從戀束芻。風前聲自遠，月下影尤孤。老去精神在，病中松竹俱。煙雲前路好，九十萬程途。

介文夫人梅花〔一〕

江上寒梅趁晴開，春風送影上瑤臺。他年調鼎安天下，要費閨中燮理才。

【校記】

〔一〕此首阮本無。

續之侍御西瑯阿小像

笠屐傳播東坡圖，侍御摹此胡為乎？東坡賦命殊不偶，半生落拓飄江湖。侍御為郎二十載，明刑弼教無事無。天子選擇寄耳目，直言極諫嘉猷敷。宜寫柏臺或驄馬，高冠長劍華且都。而乃退究幽隱趣，膴仕姑託山澤癯。秋色蒼蒼雨初過，古苔青入千山膚。空天以外白雲盡，風中鴈影飛來孤。客心渾莫辨爾我，牛馬總任旁人呼。淵明之句懶不和，月明松下朱絃俱。非魚焉知魚之樂，學蘇卻又非學蘇。

奉和蔣丹林祥墀祭酒紀恩詩

余昔官成均，前後凡九年。癸卯年官司業，甲寅年官祭酒，恭逢甲辰、乙卯、丙辰、己未四次釋褐典。四逢釋褐典，慚愧躬賓筵。每思彝倫堂，槐樹秋陰圓。時當璧水盛，十里春雲鮮。雛燕初試飛，忝竊宮袍穿。兒子桂馨今科得官中書。巍巍狀元郎，小子叨隨肩。親見老祭酒，手奉金花翩。釋褐入官始，儼為私家先。此官及此時，天意非偶然。屏風隔奚庸，佳話宮中傳。作成紀恩詩，掌故從容箋。載筆續槐廳，剪燈朱露研。因之勗兒子，報稱其勉旃。桂馨獲中，感激涕零，口勗數千言，特未及成詩耳。

梅林觀榮假歸盤山約游病中答以詩兼示言皋雲朝標王云亭二子

余病不能行，游山烏乎可。日臥矮屋中，困頓鵾夷舸。看書適引睡，佇月簷下坐。故人問病至，怪余太嬾惰。秋蟲與寒螿，猶自鳴道左。子今當奮勉，雖老志猶頗。田盤東復東，青山影婀娜。萬松外枒槎，一石中磊砢。

虞山兩高士，宧興都蕭閑。吾子今養痾，終日柴門關。墓田涼雨荒，蘚濕松菊庵。且命牛車來，黃葉吹滿山。言子皋雲及王子云亭，吮毫畫錄刪。二子時刪定《畫徵錄》。正欲掠蒼翠，割貯袍袖間。主人大笑呼，誰借秋空嵐。金壺墨三斗，留待圖詩龕。

東閣偉堂善慶太史乞作六十壽文

讀君會場文，數語得把握。因知審卻窾，其法由家學。馨兒葑菲材，兩試君同擢。詎敢詡孔李，要當志管樂。我年雖六十，望道猶未確。率爾撰年譜，誠欲自雕琢。誰料暱我流，祝嘏誇騰踔。藤杖日需扶，竹管時怯搦。那能享大年，如松受匠斲？子女嬉庭下，花鳥閑屋角。藉有大文章，聊以會河朔。我生少許可，見君擬鸞鷟。六經作根柢，厥思復清邈。貽鐫掃葉亭，遠勝錫雙珏。

九月七日赴王觀察州昆季之招途中口占

菊花開好及重陽，約客南園一舉觴。兩世交情如水淡，廿年詩句比雲涼。廿年前游此園賦詩。荔支濕雨江樓遠，松桂秋陰古寺荒。謂賢昆季。從此懷人兼憶舊，懷中猶挹紫薇香。謂尊甫。

夢禪居士為蔣南樵予蒲侍郎畫像遺筆

夢禪寫人不寫形，筆之所至風泠泠。胸中不著物與我，指下幻出山川靈。南樵道人留真面，三十年前玉堂彥。九州踏遍白雲飛，巋然剩此靈光殿。翩躚如鶴矯如鴻，髯也儼似東坡翁。竹疏石瘦誰與伍，寥天一氣青濛濛。自喜腳跟初立定，世上功名等墮甑。履雪始知松柏心，落花不入蓬蒿徑。

黼齋員外倭克精額齋中看菊

愛菊怕種菊，此心良已苦。每當菊花開，不惜冒風雨。今年宿病發，三月弗出戶。員外手種菊，迷漫晚香圃。舊與員外識，厥花卻未覩。適逢幽人來，惠然猿鳥伍。心耕孝廉約同往。入門別有天，茶煙林外吐。秋色無遠近，人意忘賓主。暫我白髮多，一年增幾縷。青春衹頃刻，歡場後期補。

答王春堂古詩三首

冬陰破窗入，几案浮凍青。湖湘三尺雲，墮我梧間亭。開緘細摩挲，舊墨浮松惺。轉眼十四年，身世傷流萍。秋林想仍在，把臂何人經。登樓試北望，山翠寒煙暝。

君性嗜余詩，鏤板黃州城。黃州有雪堂，坡老雙眼明。竟陵與公安，頗負一代名。後世肆訕譏，無乃口舌爭。王子志忠孝，六義油然生。何必入空山，始聞鐘磬聲。

嘆我久病廢，閉戶參空王。惟有文字障，結習猶難忘。敢以質我友，千里心茫茫。仲和先我去，留此雲木蒼。黯淡水墨氣，結成肝膈香。我亦至性人，感舊思浮湘。

題吳雲海畫冊

招邀數詩人，朝夕聚一園。園中何所有，蓄此竹石繁。三間貯月樓，灑掃留陳蕃受笙。我來必有詩，詩侶今還轅。謂秦小峴侍郎。覽茲數畫冊，想像春欄桿。白桃花底坐，紫雲三畝寬。豐臺草橋西，客嫌村酒寒。把臂入林中，磅礴成古歡。

壬申

奉懷同年吳淦厓太守詹湘亭大令孫一泉太守王春堂屯牧皆官楚中各繫一詩〔一〕

遠念黄州守，孤燈自課孫。梅花開滿院，老鶴守當門。明月雪堂步，秋風雲夢吞。頓驚雙鬢改，渺渺隔江村。

憶昔交詹子，堂堂二十年。一官湘水外，五字落花前。臘雪催吟袂，去冬在京，擬賦詩為贈，匆匆別去。春燈傍客船。劉澄齋譚蔚楣如問我，枕石尚成眠。

君未別余去，孫一泉出都，未到余家辭行。余言君弗聞。紅顏看黯黯，黄葉落紛紛。鶴病方求友，鴻飛久失群。何時理樽酒，重醉北邙雲。

生真知我者，我竟重違生。春堂欲和余詩文刻之，余未許也，近又為余刻詩。白髮催將老，青山買未成。江湖百歲感，風雨十年情。移燭秋林坐，閑聽蟋蟀聲。

【校記】

〔一〕此題四首阮本無，王埔八卷本亦無，僅為王埔六卷本所錄。

存素堂詩二集卷七

壬申

六十初度諸君子合作掃葉亭圖各贈詩一首

王雲泉

可有鷫裘付酒壚，半生賣畫一錢無。巴江夜雨聽多少，白髮蕭蕭返帝都。

高迦漁

夫君瀟灑雁同行，不去江湖覓稻粱。斜日古祠黃葉下，篝燈夜夜寫雲莊。

黃東塢

太史才名三十年，授經坐老舊青氈。臨池忍凍愁無米，閉戶長安大雪天。

朱野雲

畫禪參透萬緣空，種樹斜陽春雨中。水部何蘭士宣城謝鄉泉都不見，西山松際月濛濛。

吴南薌

吮筆湖樓放艦行，黄山蒼翠寫分明。且園風景樽前憶，秋雁將書寄鳳城。南薌自山東寫《且園圖》冊寄余京師，筆墨甚工。

馬蘭谷棟

二十年前圖我像，被人傳寫到黄州。雪堂尚有東坡蹟，寫並梅花入絹頭。

陳淥晴

焦麓山人不可見，傳他筆法賴何人？陞堂入室白陽子，春酒鸞箋古黛皴。

六十生日自警〔一〕

我讀聖賢書，遑敢求速死。適因肢體廢，難冀勿藥喜。呻吟日將夕，坐受寒蟲訾。良醫來診視，參桂焉足恃。永夜難一寐，清鐘徒振耳。生平富貴念，淡淡春雲比。惟有證無生，萬緣皆不起。案上長明燈，胸中照冏冏。有我及無我，莫分榮辱境。自古豪傑流，成名祇俄頃。草堂春星大，隱約山月影。有無虚實間，達人貴自省。我今年六十，夙夜時巡警。槁木與死灰，庶幾愛惡屏。

【校記】

〔一〕此題二首阮本無。

晨起雪

一夜坐無睡，寒鐘聲漸微。只疑山月上，誰識雪花飛。凍雀噪松牖，詩僧款竹扉。約余齋粥罷，蒲褐早皈依。

西續之給諫病中借本草

積雪阻前村，幽居不可往。頗念竹煙歇，讓出花氣廣。君病讀《本草》，大有閉門想。十指定無恙，七絃奚斷響？君善琴。致令鍾子期，終夜增悵惘。郊行卜何日，土城春草長。

言皋雲太守招飲余固不能飲也允其請而謝以詩

太守自蜀歸，囊中一無有。疏懶復天性，來往遂乏偶。乃君交酒人，我固弗飲酒。君謂飲何常，要須性情剖。子雖枯槁甚，為吾寂寞友。蒸然殺核設，張筵饜余口。我年僅六十，蒲柳凋零久。從此百病攻，遑克希漫叟。老饕抑已幸，長毋此腹負。

汪均之貽蓮子桂元并自書詩龕畫記至病中未報茲謝以詩〔一〕

蓮子桂元不死藥，萬里春風下草閣。畫記踔厲似韓筆，經年不爽詩龕約。我病漸篤證無生，豚膏羊臛怕吞嚼。折緘倏咀山水華，遠勝松脯與杏酪。墨氣直挾海氣至，置我案頭寶光爍。我家無物詡珍奇，畫卷隨身一大樂。又恨無錢買參朮，貯籠蓮桂忍拋卻。闤市秋實如易買，關上飛鴻遠可託。

【校記】

〔一〕此首阮本無。

前七家詩龕圖冊 顧子餘萬廉山張船山吳南薌高泖漁朱閑泉徐西澗

顧生子餘工畫由孩提，子餘十一歲入庠，彭文勤試以畫，讚其能。山行畫榼奚童攜。詩龕寫出雲煙迷，萬令廉山作邑前游睽。竹外梅花開雪畦，積水潭上春流澌。張守船山恨不醉如泥，信手塗抹牀竈齎。打油小詩斜行題，吳公南薌半世游東齊。明湖煙柳颯已凄，日夕坐我西涯西。高子泖漁蕉竹摹春溪，漁竿到手隨浮鷖。韓翁令我思幽棲，謂旭亭太翁。朱侯閑泉氣猛如鯤鯢。羽毛摧折頭長低，途人往往相訶詆。徐生西澗詩筆青狻猊，作畫卻復師王倪，何年橐筆詩龕躋。七家惟西澗未謀面，由陳雲伯寄圖至。

後七家詩龕圖冊 顧子餘瑛夢禪朱素人孫少迂吳南薌笪繩齋高泖漁

南薌泖漁今且在，相別遙遙各十載。顧生入山十載多，一書不寄浮湖海。展視重番筆墨香，歲月遷移心不改。夢禪老人墳木拱，遺墨零星世猶重。圖我詩龕風雨至，長安畫師都震恐。至今破紙懸壁頭，觀者咨嗟詫神勇。少迂書重諸侯王，鏤碑差比梅溪強。不能忍飢寫唐韻，暮行齊魯朝浮湘。繩齋布袍行萬里，此身甘為知己死。尚書治亭真能得士心，孝廉原非不得已。春草仍然綠我階，故人大半浮江淮。素人再來客中客，模糊老眼重磨揩。舊字娑娑溢襟袖，紅燈磊落搖寒齋。

張水屋詩龕消暑圖作於乾隆癸丑年

雪晴頗憶張風子，消暑詩龕良足喜。舊事茫茫二十年，故人飄泊成雲煙。題詩人已死過半，魏春松、何蘭士、王葑亭、陶怡雲、吴季游。生者紛紛各遠散。劉澄齋、李石農、胡黄海、盧碧溪、王惕甫。柳條摇曳千條新，不見催詩送酒人。消寒無客吁可怪，消暑方愁誰作畫。寒暑催人顔色壞，西涯歲歲荷花紅。跨驢日至盧溝東，作圖還可邀詩翁。霸州距京甚近。

黄小松詩龕圖作於嘉慶丙辰年

淡淡三五筆，詩龕活現出。豈真貌惟肖，神理頗不失。古木傍石起，小竹繞階密。雲來本無心，遮卻花邊室。題詩者九人，眼前乃無一。吉金樂石齋，洪子所親暱。故人不可見，雪明坐披帙。稚存以下九人皆無在者。

陳韻林處士詩松間小影

天聲從何來，飄忽萬松裏。讀書鬱奇氣，欲止不可止。我友徐翰林山民，愛古入骨髓。君乃其姻娙，著述心獨喜。江南多好山，秋陰綠如水。把臂入古林，鳥鳴時聒耳。跨驢走太行，盧溝數峰紫。戒臺剩荒月，五松卻奇詭。

掃葉亭圖歌有序

終夜不寐者十日，詣古寺枯坐，遂得睡夢中所見如此，信筆成詩。適客來為余作六十生日，令作《掃葉亭圖》，即題其上。

我徹十夜不成睡，晨起走入拈花寺。鐘磬不響春雲高，客來早為樽酒置。身外榮寵烏足求，薄寐睹此林塘幽。諸客解衣氣磅礴，九州十地容冥搜。峨眉雁宕須臾見，鶴唳猿吟只隔面。萬壑千宕風雨聲，回頭已到玉皇殿。樓臺縹緲空中明，上清真人倒屣迎。爐燃活火煮白石，手持玉管諧銀笙。萬松頂上月初白，老僧邀我坐寒石。日光騰作百道霞，微茫不辨來時跡。夢中境界何須傳，吮筆寫出逍遙篇。畫師齊欲施狡獪，天衣無縫蒼蒼煙。叔明子久坐一屋，更煩倪老畫梧竹。雪裏青山冷笑人，萬卷殘書我方讀。

馮璞齋學淳為余錄舊詩於軸冊

孝廉方正科，如君始無媿。四聲參互解，六書錯綜記。為我錄舊著，揮灑手隨意。但聞一室內，風雨如驟至。我詡下筆速，草率非所計。君偷半日暇，匆匆不楷字。

吳南薌自山東至為余作畫送其出都

南薌書法工，作畫如作隸。寫出禿松根，與石相砥礪。崚嶒數峰起，化為龍攫勢。春煙兩岸高，寒花一村閉。十年不相見，但言日月逝。自言畫筆老，較勝詩律細。泰山雲滃滃，不涴明湖翠。中丞吉止齋工五言，銜杯話林際。故鄉何日歸，慨然坐流涕。平生邱壑情，旦暮田園計。

茹古香棻閣學以娑羅葉冊書舊詩見貽

娑羅葉子肥，光潤勝繭紙。製亞金粟箋，色盎功德水。欲錄般若經，誰參妙名旨。古香老詩伯，愛詩入骨髓。曠別三五年，詩稿厚盈咫。世久重君書，千佛名經比。黃閣今初莅，坐對紫薇紫。垂簾春晝長，小字繩頭擬。豐鎬新鼓鐘，瀟湘舊蓀芷。冊中瀋陽、湖北詩最多。寫自杜蘇筆，鬱勃風煙起。襲之以錦綈，置我烏皮几。摩挲日萬遍，沾沾心獨喜。花氣纔上階，雨聲響未已。

題葉仁甫編修詩集

白鶴堂前白鶴飛，武夷春暖鶴來歸。江雲湖雨迷濛起，苕霅吳淞舊事非。
傳家一代織雲樓，覓句如君得髓不？三十六灣江水漲，夕陽春草半生愁。

疊韻酬古香閣學

新詩君入妙，郤寄書連紙。一百三十字，揮成如潑水。泠然絃外音，契此濠上旨。我本鈍根人，況兼病浹髓。夙未出國門，趨步近盈咫。殘聲曳樹枝，藐爾寒蟬比。蟄伏叢莽間，莫望春煙紫。先生操玉尺，世且韓歐擬。教士遍南北，陛庭見蘭芷。跌蕩龍門開，鯉魚燒尾起。暫茲託歌嘯，蒲團與竹几。我欲證無生，一笑雲林喜。元人句。夜宿空谷中，月上情何已。

訊徐山民待詔近況

君家榜眼君頵，御試擢第一。服膺君才華，謂當脱穎出。客來叩近狀，閉門耽散逸。經史早貫串，晨夕事著述。詞章雖小技，立志去牽率。春江坐小船，不負好風日。山川明似畫，借君五色筆。文沈在明季，榮寵有勿恤。並世盛冠蓋，幾輩能與匹？我病謝職守，老僧特狎暱。清泉詩濯足，松堂廢盥櫛。睡醒杏花西，無人問衰疾。

董東山尚書倣古畫冊三首

謝葵邱擬巨然長卷

驟觀似無著，深思殊有跡。澗谷雲茫茫，春潮一夜白。吹來落花風，蔽此松間石。草木各得氣，不為筆硯役。時手慣點苔，往往損標格。茲但出空際，分層且別脈。大火發紙上，清泉恍不隔。如讀莊列文，奥衍見幽僻。迷濛成一片，天外許騰擲。高樹蟬曳聲，泠泠吟兩腋。位置古琴側，摩挲山月夕。

李營邱寒山古木

蒙密萬古陰，磊砢千尺石。一天寒雪釀，漠漠長空積。孤村看落日，馬上問行客。問公操何技，落墨此荒僻。不聞鳥鳴聲，久斷鶴來跡。倪迂寫冬心，數筆道大適。尚書偶為之，觀者徵福澤。晚節嘗自勵，後人當護惜。

宋石門江村清夏圖

自從移家石橋住，城外青山溪外樹。年年六月積水潭，紅者荷花白者鷺。獨有江村未獲游，蕭蕭風雨五更頭。石門寫出亦未見，摩挲故紙生新愁。東山尚書畫中聖，筆有餘妍法無定。灑墨向空詎留跡，龍虎氣力鳶魚性。咫尺萬里雲霞蒸，捫之若陟千崚嶒。霧籠短竹綠巖口，炎熱歇絕清如冰。生平愧未到湖海，樵笠漁篷前夢在。有錢容賣蘆荻舟，明月洞簫夫何悔。此冊暫許留詩龕，孤煙落日吾何堪。隔卷招呼畫禪子，瓦燈勻黛摹江南。

故居杏花

相別十幾年，乍見如隔世。況為手植樹，清陰一庭蔽。憶我壯盛時，讀史重門閉。花開紅上眼，自矜詩律細。轉瞬成衰翁，花枝尚搖曳。筆禿不堪把，扶杖步簷際。西涯看落日，新燕又斜睇。

題朱玉存琦編修小萬卷齋詩集

春草池塘萬卷齋，阿兄靜齋侍郎白髮眼重揩。瀛洲亭畔呢喃燕，斜日銜泥墮蘚階。余與淨齋同為翰林提調。

碧山學士吴雲樵君同里，七字聯吟費剪裁。難得北江洪内史，搖船訪友過溪來。

詠明李文正公始末用曹定軒給諫韻

旋轉乾坤一手難，調停補救國終安。保全善類功誰及，疏證經文語不刊。麟鳳書成天有意，鶻鵃詩作客無端。笑他苑洛集徵引，錯解風人坎坎檀。

曹定軒給諫凡四繪戒壇二先生祠圖余皆有句更賦識歲月焉

時嘉慶十七年二月廿八日

此祠我拜已三度，此冊我題凡四迴。西去金遼六百寺，蒼煙翠雨上圖來。

二先生往廿餘年，游者詩禪證畫禪。我欲皈依無死法，掃雲佇月枕松眠。

貽陶季壽大令

石樓聞說閉深山，令尹登樓日賦閑。玉居詩吟沙月白，季壽熟蘇詩。黨參花放夕陽殷。荒巖剔蘚搜殘字，幽谷尋春刈野菅。老病正需人贈藥，太行苦筍不須頒。

午窗偶題

病日侵尋老日臻，懷他乳燕往來頻。蘆簾紙帳相將過，短竹長梧自在新。山水一生真抱歉，詩書萬卷不憂貧。何時徙倚梅花下，愿侶漁翁把釣綸。

拈花寺

雲華偶停憩，春色吹清涼。一逕松竹聲，引人登佛堂。老僧修行深，定力持金剛。晝夜梵音續，寸心秋月光。我病漸衰歇，蕩然榮寵忘。九華拱中天，萬象何茫茫。西山壓城頭，白月摩其旁。我欲讀《楞嚴》，借此花木房。

由陶廬移榻我聞室

陶廬讀陶詩，命意亦已高。春深氣鬱勃，短髮時爬搔。西北有幽軒，古籍羅周遭。儲此座上蘭，刈彼階下蒿。斜月上前林，石橋泉怒號。欣焉展故紙，燒燭鈔《離騷》。

韓雲溪三泰孝廉登岱圖

前生記是打包僧，躡險凌空覺尚能。只恨滹沱河未渡，雲堂閑卻一枝藤。

北邙八百寺都游，黃葉西風下石樓。攜手清狂吳博士蘭雪，洞簫吹響四山秋。

不登泰岱那云山，春雨田盤看杳還。驀覩墨光浮動處，分明魯甸與齊關。

奉送多祝山大令王雲泉縣尉同時之官中江兼懷方友堂方伯東麓巖都統親家末章懷諸知好

二君詩畫流，同日蜀城去。白雲深復深，中江渺何處。青天行可上，猿聲聽日暮。寫作萬里圖，惆悵巴西樹。官閣響秋雨，樽酒得佳句。衙官果屈宋，大府心傾慕。衙官謂多、王二子，大府謂方公也。

我女別三年，女隨壻居翁官署。相思時入夢。去歲聞生男，欣喜兩家共。女幼性孱懦，外事可能綜。但期菽水潔，堂上翁姑供。婦職順為正，狡獪何須弄。老人向西笑，山翠濛濛送。

賸詩不賸酒，恐醉離客心。懷友念既切，思女情尤深。二君抵成都，故人樽酒斟。袍袖貯我詩，知者賞其音。讀向少陵祠，聲戛青竹林。登樓鄉思紛，北雁勞追尋。

憶我入翰林，先識李太白堯棟。鄭成基范承恩英貴宋鳴琦袁傳箕，平生稱莫逆。就中已亭子，少同筆硯役。堂堂四十年，歷歷林棲跡。同學與同譜，全被巫峰隔。余交游蜀中最多。沙月上江村，猶照春堂夕。

午睡適友人書至

夜長雨細春衾薄，溪外桃花風擺落。午窗讀書適引睡，喜少蠅蚋恣饞嚼。青草無人悄入簾，佛煙不動低出閣。莊周蝴蝶了莫辨，中酒猶思池上酌。詩僧新自翠微歸，得句向余詡標格。西涯老齋五湖恨，東坡病受四禪縛。江湖廊廟何容心，陽羨廣陵無住著。胸中常照光明燈，即弗耕漁亦快樂。

奉懷汪均之奐之昆季兼求物色石倉詩選并乞蓮子龍眼肉〔一〕

武夷神仙居，仙客應往游。春雲海氣熏，荔支花放不？秀才肆吟眺，十日山中留。唐代五作家，徐王黃韓歐。歐生文深秀，名譽超時流。逮明曹石倉，冶南開選樓。彙萃歷朝詩，白髮丹黃讎。其書人不知，嗤之徒汗牛。今君講文體，非復童蒙求。一船與一笠，窮討巖穴幽。不博近世名，往往生古愁。勒成兩篋書，凡例先我投。衰病無所需，蓮子龍眼肉。閩中脱棚筍，可以佐茗粥。展書悵無友，寂寞成幽獨。迴風暗墮花，殘雪尚埋竹。四月江村行，千山萬水綠。南北氣候異，爾我道義朂。或野似白鷗，或矯如黃鵠。肝腎中刻劃，手足外顛覆。時有西山僧，招余石庵宿。又愁松風涼，春溪月難掬。攜君諸畫記，焚香燒火讀。依稀史遷筆，雷雨振林谷。

【校記】

〔一〕 此首阮本無。

王楷堂比部廷紹邀過澹香齋

王君性爽直，氣足由理暢。閑居論史事，不肯涉依傍。世乃嗤君狂，君喜愈夷宕。鶴偶松木親，魚久江天忘。煨芋邀我飲，幽花一枝放。大硯何處得，坐對神先王。徐徐出詩卷，蒼涼極悲壯。獨抉杜陵髓，非學李何樣。壁上阮公句芸臺閣學，人間推絕唱。君為公弟子，當仁師不讓。青草又夕陽，蘆簾更紙帳。告我母尚健，承歡此春釀。

購庚午辛未鄉會各房同門卷藏之恐兒子不克守也題詩為勗

我家凡三世，庚年均發科。先公庚辰舉人，余庚子進士，兒子庚午舉人。文字等雲煙，過眼一刹那。憶前五十載，日月拋如梭。紀載皆散佚，舊族誰搜羅。汝幼登京兆，雛鳳新出窠。不知千佛經，閱年風雨多。我為遍徵求，寶抵珊瑚柯。藉示賢子孫，昕夕勤摩挱。

紹興十八年，榜因朱子傳。寶祐登科錄，信國名哀然。若謝若陸者，皆一時大賢。汝幼庸且懦，鐵硯何曾穿。儌幸捷春宮，奚煩姓名鐫。科第人生榮，次第宮花搴。考官十八人，列比瀛洲仙。他日續槐廳，字字黃金編。

嘉慶庚午順天鄉試齒錄辛未會試齒錄刊成題後勖兒子敬謹弆藏

癸丑至庚午，汝年方十八。二百三十人，徼幸遇識拔。序齒乃最幼，主司雙目刮。寒家甲乙科，至此凡三發。我昔夢桂花，移此靈鷲窟。至今神異境，思之殊飄忽。小名錄摩抄，清蒼香古月。錦綈什襲藏，子孫庶貽厥。進士古人重，姓名題雁塔。近世刊為書，大廷廣延納。汝今尚孩提，出入紫薇閣。相公謂富陽相公賞汝詩，稱其不龐雜。命之司校勘，史館閱寫搨。對策五千言，雲堂棲怖鴿。肝肺偶鬱結，神氣覺蕭颯。此誠千佛經，持以奉僧衲。

再題禮部所刊會試錄登科錄後

朝廷重掌故，臣家奉典則。偏旁可弗講，遑須論板刻。傳之數百年，足以資辯識。場屋燭七條，杏花紅一色。十年風雨聲，讀書此榮極。汝茲年十九，凡事宜勉力。下以懼物議，上以報君德。區區尺素書，誰復矜自得？

寄懷吳淦崖太守詹湘亭大令兼示及門王春堂守御孫一泉太守楚北

遠念黄州守，孤燈自課孫。梅花開滿院，老鶴守當門。明月雪堂步，秋風雲夢吞。頓驚雙鬢改，渺渺隔江村。

憶昔交詹子，堂堂二十年。一官湘水外，五字落花前。臘雪催吟袂，去冬在京擬賦詩為贈，匆匆別去。春燈傍客船。劉澄齋譚蘭楣如問我，枕石尚成眠。

春生真知我者，我竟重違生。春堂欲合余詩文刻之，余未許也，近為余刻詩。白髮催將老，青山買不成。江湖百年感，風雨十年情。移燭秋林坐，閑聽蟋蟀聲。

孫君未別余去，孫一泉出都，未到余家辭行。余言君弗聞。紅顔看黯黯，黄葉落紛紛。鶴病方求友，鴻飛久失群。何時理樽酒，重醉北邙雲。

摩訶菴三十二體金剛經題後

靜峰汪中丞謀壽木，雅池徐中丞遂鐫石。樹碑摩訶菴，王公崇簡留手澤王公譔後跋。洪濤貝葉翻，蛟龍奮投擲。篆經道肯宋僧衍，三十二體譯。磊落嵌壁上，蟲魚蝌蚪跡。國初諸詩老，探杏踏郊陌。無上妙義參，此菴稱幽僻。文字證般若，寂坐春堂夕。燈孤近水明，燕來比山客。

書覃溪先生石刻金剛經後庋藏詩寺以識歲月且冀其勿失也

翁公經術深，譔著等身富。金石考證文，精核世無右。八十喜靜坐，無生法研究。楷書金剛經，古寺必親授。愛公書者眾，禪堂巧謀購。高君稱善工，刻石為經壽。我亦因緣重，曾代置雲岫。十年前，送先生所書《金剛經》一冊庋潭柘，每至必題觀款，近則無存矣。茲舉墨搨本，題詩歲月留。某冊寄某僧，觀者勿多又。

欲往東山先期齋宿我聞室用坡公岐亭詩韻

心枯右臂死，罰宜飲墨汁。散步拈花寺，寒霧幡幢濕。坡公岐亭詩，驟吟無少得。細哦道心生，聖賢此為急。我久誡貪妄，春風共鵝鴨。東山四月往，草堂煙冪冪。雨澤時偶愆，民苦園蔬赤。豐嗇自有天，奚弗安夷白。蕭然鬢髮荒，寧復戀朝幘。人與物稱萬，不見狐兔泣。葵菽寒素恒，匪直口腹缺。夜來聽雨者，或是希風客。時有客投宿。比鄰鐘罄鬧，柴門冠蓋集。

雅髻山瞻禮

兩堆濃翠丸，春風送天半。山靈著靈異，我敢逞詞翰？腰腳忽然健，勝景許登玩。東西古殿聳，若連又若斷。朝陽萬葉綠，香霧二峰亂。幡幢引客上，煙火入雲爛。羨彼蔬筍飽，先朝憩樓觀。奕太史先期棲止東樓。小雨壓塵土，歸家廢書嘆。明季朝政失，乃有倪文煥。請建崇功祠，巍峨茲麓畔。五丁立仆之，小人無忌憚。

宿河南村黄氏

白河迤南村，黄氏聚族居。老子力耕田，雛孫知讀書。雞黍咄嗟辦，草堂風日徐。嘉樹蔭三畝，綠陰經雨餘。剪燭話桑麻，呼僕懸我車。我意在東山，春夢欣蘧蘧。

田家後圃晚眺

風吹桃李花，紛紛迷陌阡。散步出柴扉，菘芥花爭妍。斜陽剛下嶺，萬疊雲霞煎。豈是黄初平，山半牛羊懸。不聞短笛聲，隱約春草煙。明晨躡峰頂，定遇飛行仙。

讀畫齋南宋群賢小集三十二冊

石門顧松泉修，古書喜鏤刻。錢塘行都坊，江山藉生色。流播湖海間，翻受人譏慝。零星不全帙，愛者加拂拭。六十四卷本，朱秀水徐花谿馬花山藏匿。厥後瓶花齋吳焯，自詡已盡得。杭郡鮑廷博，嗜書邀特識。顧生具此癖，性情託紙墨。

讀元詩癸集

秀野元詩選，以十干分部。癸集實未竣，留待後人補。席生顧所出，生平好稽古。博采萬書籍，十干重參伍。更考諸傳紀，仕履辨覼縷。不惟講聲韻，網羅世系譜。我生寡聞見，小史喜錄取。近亦鈔數集，遠寄南沙滸。

讀明詩綜

朱十選明詩，兼論人生平。事蹟或不傳，必載厥姓名。此蓋作史義，非僅求音聲。朝政所關係，敘述尤詳明。體例稱最善，胸中無甲兵。世有大手筆，紛紛口舌爭。豈知一己私，難違千古情。罷官坐竹垞，朱墨飛縱横。

讀冶南五先生集

冶南五先生，歐徐王黄韓。歐陽登進士，閩人實開端。徐寅工詩賦，終老正字官。王棨麟角集，麗藻平生殫。若滔若偓者，侍從翔金鑾。要皆著作手，下筆迴奔湍。即今閩海頭，爭詡荔支丹。不有曹石蒼，誰肯奇書攤？長溪王遐春，獨握珊瑚竿。卧雲負遠志，誓欲鴻文刊。田園廬舍計，區區何足安。論世以知人，草堂成古歡。

讀知不足齋叢書

鮑氏刻叢書，始志殊足嘉。嗣因資斧匱，筆畫稍稍差。吾憾諸鉅集，未遍藏書家。近代識小錄，瑣屑無可誇。又嫌字略細，老眼窺殘葩。摹倣宋槧本，固已逾麻沙。人間多鮑子，寧復傷塗鴉。我錄宋元詩，鈔自四庫館集部者。寄遠愁蒹葭。

讀冠山書院義學碑文題後

西山迎遺躅，風化古并州。秋影落松嶺，經聲下石樓。讀書尊呂老仲實先生，好善屬孫侯敏齋。斜月蒲臺廟，芹泉左右流。

懿彼孫居士，扶筇皋落山。黄沙白巖外，倉角壽陽間。希大游蹤在，伯生高行攀。孝廉看後起，身綴五雲班。令子直忠庚午孝廉。

補題庚午順天鄉試録勖兒子桂馨藏棄

近代鄉試録，幾乎等芻狗。豈謂典制在，百年傳不朽。我家視讀書，千金享敝帚。燈下誨汝諄，經史概分剖。無如頑惰質，詰盤艱上口。文章仗氣勢，詩策誇對偶。列名二十八，上以應星斗。小名夢攀桂，登科衣染柳。

聶藻庭肇奎太翁輓詩〔一〕

翁昔試禮闈，我曾親謁訪。白髮時蕭颯，青雲總夷宕。屢誦少年作，一字未嘗忘。膝下諸郎君，各繫蒼生望。跽請受御誥，翁也翻惆悵。小子對大廷，老夫敢自放？益陽雖狹隘，教諭吾何曠。春風三五年，士爭禮樂尚。奄然遽棄世，遺書擁床上。庭前七桂樹，弗肯燕山讓。他日聶衡山，名共南嶽壯。我恨千里隔，不復拜幽曠。

【校記】

〔一〕此首阮本無。

李松甫元配曹夫人輓詩〔一〕

李氏宅臨川，一代稱望族。逮我松甫翁，桂林卜幽筑。少習管子書，魚鹽籌畫熟。裕身兼裕國，聖賢所心屬。元配曹夫人，金閨著嘉淑。幼嫻禮樂教，老享子孫福。病解六根淨，神清萬事足。我友宗丞君，椎胸向天哭。翁也固達者，來去奚蹙蹙？婆娑樂風日，俯仰託花竹。偶成梁甫吟，當作鼓盆曲。〔一〕

【校記】

〔一〕此首阮本無。

黑龍潭

畫眉山下過，那有畫眉鳥名聲。高樹一天碧，圓潭半畝清。松間午風細，花下夕陽明。麥熟今年早，歡歌遍庶氓。

勝水塘

龍潭東北行，花間出道院。規模頗宏敞，言是遼時繕。碑文渺難據，字畫半不見。清蒼半畝竹，中渟水一片。溫泉足洗濯，伊古有波淀。陽山今御園，五月荷花絢。我欲券驢往，北郊訪唐掾。余友唐君為御園丞。

周家巷

南北安和村，中為周家巷。迤西大覺寺，元季清水漾。大覺元時清水院舊趾。昔年金粉崇，此時梵唄尚。樓閣萬花木，幾經兵火掠。老翁指松左，此地有古壙。金石胡可恃，歷劫盡凋喪。法堂鐘磬音，名山永無恙。

大覺寺

筚車碾斜阪，搖搖泛秋艇。山風宛相襲，吹我到山頂。流泉破松下，塵夢豁然醒。僧雛解事客，階下早煮茗。我愛聽水聲，揀石背花影。轉瞬夕陽落，大星上東嶺。

嚮堂訪友

入門無十步，但覺雲滿衣。過橋無一人，惟見花亂飛。古蘚涴石根，久坐香微微。清泉沁齒涼，杏大朱櫻肥。剪燭勸客餐，眷屬情依依。夫人公子皆出見。仿佛到桃源，欲歸那得歸。

乘輿夜歸大覺止宿

歸路御雲霞，身置萬峰上。自詫生羽翼，誰阻萬青嶂。星斗隔樹失，燈火接山望。腳底流水聲，一步一改樣。淮海我未歷，尺咫輒惆悵。枕石睡泉側，蕭然身世忘。

命兒子宿大覺寺養痾憶山中景況示以詩

未到雲軒先覺冷，飛泉已自半空來。松陰石氣無人管，小雨新添半寸苔。
階前穉筍迸何時，轉眼青蒼十萬枝。不用簾櫳亦無暑，讓他月影上堦墀。
垂垂杏子倚雲中，點綴斜陽趁晚風。糁出香漿煎作粥，桃花米漫詫輕紅。

山鳥傍人聲更繁，雖無絃管暮天喧。東澗水流西澗去，惟餘古月照清樽。
朱櫻錯雜絡銀藤，山氣依微近佛燈。芍藥牡丹剛謝盡，旃檀花雨暗香凝。
夏蟲卻比秋蟲健，階下聲聲喚客醒。我有藥方鈔付汝，竹牀擁被數殘星。
石磴暮行一千級，山花朝折兩三枝。棕鞋藜杖相將過，門外野風僧不知。
魚游莫漫羨江湖，小小池塘遠釣徒。過客有時供大嚼，居然在藻更依蒲。游人以餅飼魚，魚則千萬聚。
響堂迤北有高人，雞犬桑麻風景真。我欲借他山一角，樵青不慣苦吟身。主人有小鬟三四，登山越嶺，便捷異常。
晚踏山花十里行，山家樓閣與雲平。板橋步過無塵土，木葉聲中流水聲。
松多差喜少鳴蟬，晝夜隔窗聞澗泉。鐘磬音高心轉寂，學成酣睡抵參禪。
東坡戒殺岐亭詠，筍膾蔬羹供一餐。不是皈依梁武帝，略留清氣夜眠安。

閱胡虔四庫書存目題後

四庫書存目，胡虔所校刻。釐分為十卷，庋我硯之北。崇文總目在，讀書志博識。舉名偶遺忘，茲帙那拋得。石蒼歷代詩，費盡江湖墨。登樓偶見之，春風惆悵極。石倉《歷代詩全集》，今存禮邸，余得見之。

吳退菴畫梧門圖顧容堂改之閱十年補題

吳生負篋西江來，袍袖猶漬匡廬苔。醉臥南榮竹牀上，鼾聲直撼春郊雷。
剛畫詩龕門外水，峭風吹倒不能起。皴擦全煩顧虎頭，鉛轡雜設烏皮几。
顧也天性疏且狂，詆毁世上無文章。一經渲染神韻出，奪胎換骨非矜張。
覃溪老子題詩句，雲椒尚書七字賦。兩家畫筆頓蒼茫，抵他綠增千萬樹。
我厭敲門乞好詩，十日五日無歸期。山鳥亂啼夜泉響，補吟慰我十年思。詩在大覺寺。

答熊兩溟進士偶有所憶即雜錄之以寄

鍾譚當日詆何王，幻出天魔搆戰場。笑倒曝書亭裏客，解元提學兩荒唐。
誰得乾坤清氣多，深幽孤峭謂君何。竟陵一代無餘子，回首茶陵一刹那。
山水清深仕宦疏，前生定合署耕漁。徐達左自署耕漁子。梅花階下開開未，用君詩意。想見林菴舊草廬。
顧生劍峰與我託心知，萬事消除剩一詩。青鞋布襪長松下，可許三人笑樂之。
杏花開後我游山，不見花開心更閑。猛憶德安王守御，舊詩應就竹燈删。
詹侯湘亭識我廿年前，歲暮騎驢欲雪天。高坐詩龕無雜語，只言詩句近多傳。

更憶劉譚澄齋、蘭楣兩翰林，肯將詩夢易塵心。宦場大有飢寒累，不若埋頭擁鼻吟。

均之汪公子畫記療余愁，風雨鈔從黃鶴樓。寄語詩人穀原子黃均，新圖重寫楚江頭。

鵠山小隱真能隱，白髮蕭閑寄我書。展向碧桐花下讀，一庭山氣雨疏疏。

夜坐

浮雲多幻相，高樹得新陰。偶爾長松倚，聊為獨客吟。推窗山月上，掃地水風侵。幽賞何人共，花間坐撫琴。

丫髻山王姥姥祠

三楹峙天表，萬木不能掩。花霧飄細細，香風吹冉冉。未敢遽瞻禮，生平戒叨忝。觀察張雨巖述靈異，崇祀匪濫玷。至誠斯感神，忠孝愚何慊。明年春雨時，扶杖杏花崦。東樓最高處，白雲生枕簟。

謝王子卿畫

太史擅三長，賦性卻疏散。求輒不可得，生平似倪瓚。與我稱舊交，握手太常館。十年前相識於范叔度同年齋中。峰嵐出鬱勃，心長恨紙短。寫完索題句，廿年坐衰懶。君昨住黃山，雲氣填胸滿。今歲盧溝來，花開春雨緩。大廷給筆札，萬言殊侃侃。我料君遷官，無暇職修纂。連朝乞書畫，踏破竹間疃。

再題子卿畫

何人賦色倣倪黃，占盡江村十畝涼。不用扁舟同鶴載，西風一夜渡瀟湘。

萬木蕭森筆底來，無多高柳與長槐。草堂睡醒茶聲寂，竹外秋僧賣藥回。

題汪均之畫記後并序

敘次亦如之，首二語多用其文中成句，古人詩中無此體也。第均之評泊之確，措語之工，吾烏得避鈔襲云。

北行苦積雨，漢上逢黃君穀原。論及今世畫，嘖嘖詩龕云。春明甫卸鞍，先踏西涯雲。抱畫歸佛菴，僮子攜紛紛。

詩龕十二家，用筆不相下。船山張問陶實自頌，遺懷詩嘲罵。今人問不肯，古人學不暇。真趣自然具，讀向風雨夜。

十圖衹八人，再出乃有兩。繩齋笪萬里行，筆勢殊蒼莽。廉山萬承紀作畫才，竟與作吏仿。清奇雜濃淡，各具出塵想。

七家焦麓畢涵二，老筆秋伶傳。弟子陳菉晴，飲酒三千瓶。誤題玉延館，日高人未醒。竹聲又雨聲，吾欲垂簾聽。

五家詩龕圖，舍人別有派盛甫山。最峰及兩峰，生平詡工畫。制府玉達齋氣雄放，至老筆不敗。山寺夜磨墨，秋雨挑燈話。

詩龕五家又，瑶華道人最。苦擬清閟閣，虚引空中籟。裴山錢楷浣雲汪梅鼎思，都落人境外。逸神能三品，百家與滌汰。

詩龕再十圖，首推夢禪瑛寶老。偶摹查二瞻，詩味似賈島。穀原黄均秋藥馬履泰輩，隨筆亦自好。野雲朱鶴年作小跋，灑然去煩惱。

二十四家卷，每人兩三筆。窗間迅掃聲，更比春蠶疾。卷尾張夕菴張崟，思清而致逸。憶游破山寺，風景宛然一。

余姚兩家卷，意匠病淨妥。覃溪穀人句，出奇制勝頗。凡山陋水間，名士居游可。均之眼如月，觀畫及細瑣。余秋室、姚景溪。

繩齋笪立樞氣深穩，逸勢奇狀生。前後三四圖，各各心經營。隨園竹汀詩，格調金石鏗。灑掃秋竹陰，行將樽酒傾。繩齋將於秋中到京。

友梅曹鋭寫長卷，惕甫時嗤之。題識卷中多，獨取十家詩。十家偶適意，豈饒山水思。閩中有良友，遇合王郎奇。

輞岡萬上遴住匡廬，頗知山水趣。謂其無秀骨，萬生所必怒。著色太濃縟，氣勢取回互。此卷所評泊，我疑有小悮。

曼生陳鴻壽與青立朱昂之，揮灑而拉雜。氣韻旁溢出，實地用腳踏。三梧一石皴，遠山寫合遝。一往有快勢，秋風黄葉颯。

溪橋詩思圖，寫像紀癸卯。忽忽三十年，念之心如攪。題詩雖若林，雪泥印鴻爪。輞岡又一圖，依稀寫峰泖。

帶緑草堂闢，後乃有梧門。四圖兩年作，駢體推山尊吳鼒。竹汀簡齋句，要言斯不煩。最峰與夢禪，畫也而道存。

雪窗課讀圖，不忘母氏教。一種嚴冷筆，寫出凜栗貌。翁公枯瘦字，發人忠與孝。愓甫能精書，取與唐人較。

西涯第一圖，翁公題識詳。夢禪繩齋畫，使盡生平長。春波涉細瑣，下筆塵氛忘。茶陵憂國容，圖之心感傷。

西涯第二圖，筆墨較前遜。翁公臨李蹟，疏直筆筆健。我作西涯考，未及茲十論。千載畏吾村，墓田勿教溷。

積水潭奉祀，六月日初九。兩峰創作圖，潭上未斷手。夢禪塗蒼石，繩齋寫楊柳。秀才看花來，相業談何有。船山詩意。

詩龕移竹圖，繆九祇寫照。左右兒與壻，嬌小俱英妙。誰補竹數竿，蕭蕭出危陗。聽之如有聲，訝是此君嘯。夢禪補竹。

玉延秋館筆，黃李有秋氣。楊陳遠勢取，杳藹復蒼蔚。論詩兼論書，均之別有謂。習染能盡脫，玉堂斯足貴。黃均、李祥鳳、楊湛思、陳鏞。

玉延秋館又，涴雲圖其一。此下合作二，皆同時名筆。花煙墨氣奪，槐陰清午日。酒罷攜卷歸，荒寒滿紙出。在借綠山房席間所成。

詩龕篁石圖，倪燦維揚寄。寫像潘大琨，蔣和補題字。竹君與石丈，翛翛具高致。日長取覽觀，驅除半日睡。

梅石心知字，貽自竹汀老。江南無由至，何日見香草。聞聲輒相思，令我增懊惱。虞山石谷孫，畫筆大可寶。王州元，石谷嫡孫。

王蹟畫自穠，詩龕乃冰雪。墨卿伊秉綬八分字，題首留奇拙。而曰墨緣者，香火前生結。槐花三度黃，青衫十年別。

吁嗟禪悅圖，風貌何人寫。汪子云維肖，蒲團僧自野。松石既蒼茂，山花亦幽冶。神清法界間，有色無生假。

山寺學詩年，晨夕瀠陽峰。弓刀逐明月，吟嘯隨齋鐘。簡遒索莫筆，畫意填詩胸。題跋多如林，佳妙時時逢。

六家詩龕圖，皆非人間有。素人朱本竹初錢維喬作，慘淡經營久。鐵生奚岡一角翠，遠從雁宕取。黃鉞王澤及餘山多慶，都是倪迂友。

自慈因寺步楊柳灤抵淨業湖

日日城南訪遠公，看花春夢佛堂空。東南朋舊全零落，剩有西山對病翁。
不到西涯又十年，荷花依舊柳無煙。看花人已垂垂老，那見當時賣藕船。
樓上酒旗風外低，湖中月影與花齊。昏鴉不識熟游客，飛入雲灣深竹棲。
身在山中不見山，登樓忽復對孱顔。湖光萬頃青天影，納入扁舟咫尺間。
石泉風竹客長齋，萬事回頭一笑乖。對面西山不能住，生平悔未置麻鞋。
破衲殘蒲果無用，打鐘掃地且休論。看經較勝看花好，嘆煞閑鷗逐浪翻。

存素堂詩二集卷八

壬申

偕西續之黄門攜琴詣雙寺月下鼓之夜分始歸

入寺聞清磬，隨僧數落花。偶然琴一撥，何用酒頻賒。雲斷白鷗夢，涼生黄竹家。微風動秋髪，扶杖步煙霞。

月陰墮庭際，暗緑滴林梢。客至誰傳偈，吾行欲打包。香廚看鳥下，雲板任僧敲。坡谷留佳句，挑燈緩緩鈔。

言皋雲太守同年招同桂兒女壻飲餘芳園舊址望尺五莊未入小憩崇效寺訂游紫竹院看荷花翌日在衍法寺候之竟日未至

欹斜兩亭子，萬緑覆其頂。水風悄上衣，客醉弗酩酊。新荷三五花，低低煙外挺。柳陰孤村抱，可惜無釣艇。

太守雖嗜酒，少小耽吟詩。萬錢買魚蝦，不克充朝飢。樓臺隔墻見，閉斷千花枝。得句欲題柱，橋上空嗟咨。

驅車白紙坊，小憩棗花寺。惆悵漁洋詩，端相孟津字。松閣夏望雨，蒲簟午宜睡。約游紫竹院，在萬壽寺河南。明晨看荷芰。

醉翁愛晨臥，日高猶未醒。逡巡衍法場，斜陽花滿廳。竚立望城南，斷續雲飛暝。心喜雨催詩，歸家天滿星。

屢以積食成疾晚飯後同西續之黄門步至靈鷲菴聽黄門彈琴

荷花溺在波，君子溺於口。觀感悟空色，饔飧怵味厚。我年甫六十，衰逾河上柳。低徊倚橋柱，風月趂沙阜。豈不愿荷鋤，北窗遠隴畝。

紅榴勝羅裙，翠鬟亞眉黛。掩映僧寮西，斜陽與進退。飯罷思閑行，案頭書且廢。燕語空樑上，微嫌過瑣碎。鐘磬不知喧，蕭然碧山對。

暮寺儼荒山，壥壁塗昏鴉。風雨來無多，游人撼落花。厭聞斷續蟬，喜問公私蛙。看棋屢呼燈，聽琴因煮茶。樓角更鼓催，隱隱三四撾。

晨起出西直門飯廣善寺游環溪別墅

高林滴殘暑，遠山搖寸碧。侵晨出西郭，夜涼猶脈脈。三五冠蓋徒，各有煙霞癖。水鳥不避人，山蟬引行客。朱垣繚白沙，隱約見佛宅。默記鐘磬音，身已穿竹柏。豈惟益筋力，大可濯心魄。新涼具瓜芋，野味生蒿蔞。翻匙桃花粥，早熟香積廚。雖非米老菴，卻勝黃公壚。遙睹翠微峰，枕帶裂帛湖。不能買布帆，採此菰與蒲。咫尺辟疆園，千頃芙蓉鋪。釣鼇愧弗如，侶此漁樵徒。

晨起偶題

到此驚身老，孤懷剩詠詩。杜陵句蒼莽，山谷意恢奇。草木年年改，雲山處處移。開窗納明月，不若鑿園池。

黄賁生郁章之官沙河乞朱野雲畫餞別圖余適至野雲齋題詩其上[一]

沙河亞江國，城闕多荷花。三五採藕船，繫柳限春沙。鳧鷺風中翻，來往雲霞家。使君昔題襟，詩館曾煎茶。攀花十年前，長安餐芋瓜。轉瞬持手板，秋夢生蒹葭。匡廬雖故山，濕翠空蜀巴。我時臥詩龕，看竹尋西涯。煙外散菰蘆，水際撈魚蝦。畿南留政聲，玉琴彈早衙。閑步玉延斸，霜雪抽新芽。野雲言沙河産玉延最佳，賁生云并藕粉同寄也。山人忽大笑，點墨塗昏鴉。

【校記】

〔一〕此首阮本無。

寄東麓巖都統兼懷方有堂方伯〔一〕

蜀天萬里碧，巴月一川涼。偶憶高荷句，誰陞山谷堂。《山谷詩註》高荷警句：「蜀天何處盡，巴月幾回灣。」因此得名。雨聲松牖響，花氣石欄香。翹首西南望，新詩好共商。

接座方夫子，詩才更吏才。萬言自天得，一紙御風來。得意先燒燭，沉吟漫舉杯。窗間寒瘦月，照不到官梅。

都統抱雄略，傳家忠孝聞。韜鈐皆進道，朋友況多文。詩筆健於虎，酒懷高比雲。馬羸雞又凍，蔬飯對斜曛。

心情果相繫，水石莫云遙。江館梅花發，幽懷濁酒澆。聽殘巫峽雨，歌罷浣花謡。坐待奇書寄，昏燈慰寂寥。余有求寄之書。

太史史望之見余笑，有人憐惜公。一官屢蹭蹬，五字自磨礱。諸葛非耽隱，昌黎亦送窮。要須參朮蓄，早晚救疲聾。

相將放小艇，秋水鸕鶿西。石上漁蓑曬，林中詩卷攜。有情夕陽照，無數遠峰低。騰踏飛黄去，駑駘敢共嘶。

【校記】

〔一〕四、五兩首阮本無。

李小松大京兆貽五古依韻謝之〔一〕

讀書慕皋夔，少小攻藻翰。辛苦折宫花，一枝親把玩。纓紱每抖擻，霓裳懶催按。林木三十年，半作淩雲幹。昔年同卧起，今日公輔冠。髪秃齒盡脱，笑我猶伏案。幼嘗役經史，老究未講貫。不惟經術疏，政術遜□旦。厥失在懦弱，當斷不克斷。虚名播海宇，文章剩熟爛。析疑如聚訟，良友時駁難。偶坐松石間，先生皓然嘆。詩格昧唐宋，付與漁樵判。下不薄李何，上且愛秦漢。應酬體實拙，出語乏揚贊。浩蕩江湖遠，荏苒星霜换。生平百不遂，狂謀與謬算。東坡詩：「狂謀謬算百不遂，惟有霜鬢來如期。」竹燈耿涼夕，草堂星斗燦。偶然一笑呼，坐使千痾散。後死微公誰，乞為譔銘讚。

【校記】

〔一〕此首阮本無。

訪悦公禪房遂看荷花

石徑衝雲踏軟莎，更無驟雨打新荷。時方祈雨。晚風過岸魚吹醒，聲在柳陰涼處多。

微塵不動佛燈明，修到無生勝有生。坐久那聞鐘磬響，蟬聲未了又蟲聲。

二老話舊圖應翁覃溪先生命

枯腸攪春茗，佳客共松風。二老棲心坐，千秋幾輩同。寒菹糲飯好，經卷藥爐空。杖履林皋去，墻陰東復東。

山青人早換，謂林天衢師。頭白客頻驚。杏苑花誰看，梧堂夢又成。昔于鎮堂師處識立山先生，茲師下世數年矣。新茶能破睡，薄飯不分羹。澹對西窗捲，鐘來響鬧聲。

記得石頭路，停車雪滿街。傷心人事改，回首物情乖。五十年前，太夫人嘗訪先祖於海淀之帶緑草堂，今園已墟矣。數畝蓬蒿宅，一燈風雨齋。朱顏紅燭影，幾箇舊朋儕。

蟲吟詩老對，鷗夢小僧圓。擁被聽松吹，攤書遲墨煙。詩成仍燭剪，雨過又牀聯。靖節非貧病，彈琴即悟禪。

世上外兄弟，紛紛走路隅。少同覓棗栗，老豈忘桑榆。剝芡談心有，攀松插髻無。披圖尋舊句，仍記共拈鬚。

病中所見〔一〕

體公夢中舉手，念佛堂中早行。我言四體污染，公言一心淨明。
明月滿天照去，殘生何處攜來？峨眉武夷雁宕，猿狙鸛鶴徘徊。

【校記】

〔一〕此題二首阮本無。

吳蘭雪書來答詩二首

梅影中書道不孤，詩名今已遍江湖。中丞延掌廬山席，秀語曾奪山綠無。皆來書語。
春明朋舊半凋零，剩有西山對我青。淨業湖邊花屢放，好詩誰與寄漁舲？游山看荷數年前事。

福蘭泉尚書為余畫掃葉亭圖謝以詩

尚書重朋友，寒暑心弗知。舊冬風雪深，余手籐箋持。乞畫掃葉亭，識公喜臨池。寒夜紅燭剪，凍墨皴桐枝。公方綜邦政，昕夕無閑時。退食得片暇，未聞睹琴碁。月明寫水色，雨過塗春陂。積月以為年，未嘗間斷之。横空一管筆，掃空千畫師。胸中富經綸，吐出成色絲。既非受廹促，又豈鳴狂癡？我殊重公意，興會良不衰。長松蔭高閣，萬竹圍斜墀。王裴集輞川，曾否圖茅茨？

乞葉筠潭編修購史館遺籍

帽寛復帶落，童僕驚我衰。仇池不可到，嵩少游何期。惟有故舊情，依依無已時。先生閩海歸，倒篋千篇詩。冶南唐五賢，歐陽尤瑰奇。載書過詩龕，苔蘚空林滋。古像出南薫，一一題識之。松門漏夕陽，紅緑紛西陂。

著書苦搜討，疚心三十年。譬行蜀道難，平步登青天。又如涉弱水，至輒風迴船。愿力自堅固，冀遇真神仙。先生性幽僻，海上搜遺編。今來總史局，故紙行且穿。典章倘校理，宰相經綸宣。藉以補罅漏，片紙千秋傳。

酬蔣秋吟詩編修畫掃葉亭圖

東橋詩老老益貧，落拓長安三十春。憶昔庚子遡己亥，賤子趨步追光塵。詩老往矣克有子，飛躡玉堂職太史。筆掃千軍又一時，篆隸丹青出十指。偶然寫我掃葉亭，孤煙迢遞秋泠泠。萬里江湖不可到，女蘿山鬼空伶俜。城外天寒木葉響，潭上風多捲菰蔣。月橋夜靜無人行，只有説詩客三兩。燈下草蟲吟不休，老夫臥病生古愁。野僧斫路出林去，鴻雁叫雲依水浮。蔣侯退值時過我，柯葉欲墮猶未墮。生平讐校恨弗精，綠涴霜繁苦碎瑣。

酬關午亭炳水部畫掃葉亭圖

世求翁畫多不允晉軒侍郎，惟我詩龕特筆吮。侍郎遺墨半天上，晉軒先生畫多收入內廷。遂至人間縑素泯。水部蔭襲京朝官，性既倔強情酸寒。愛惜溪堂幽且僻，每至不惜千盤桓。畫水畫石總家學，竹葉梅花更卓犖。我方校書掃葉亭，歸去閉門筆時搦。詰朝畫就懸雲堂，堂上之雲白茫茫。西涯水激西山綠，秋氣一簾開竹房。看花不覺微雨過，病後惟思隱几臥。飲酒三更孤月昇，讀書十年萬卷破。畫師焉能畫我心，閑門已閉秋蟬喑。圖籍近多涴苔蘚，曉日高照青松林。

臥病經旬朋舊慰問謝以詩

幽居養疴瘵，秋齋易蕭瑟。草木見堅瘦，帶帽覺欹側。林亭日荒蕪，煙景殊曠逸。朋舊簡冊挾，車馬煙水色。渺渺鷗波亭，黯黯畫禪室。鷗波亭舊在大石橋左近，董思翁嘗游其地。青苔述舊跡，綠陰暢新得。李公橋下水，嗚咽月橋出。石田徵仲輩，曾比會真率。風流僅百年，轉眼前游失。非具孤僻性，誰來慰衰疾。

幽居

幽居百事廢，寂寞似僧廬。野竹綠無次，寒花開不舒。井苔上階厚，秋燕入簾疏。終日掩扉坐，故人無一書。

淨業湖秋晚偶述

絕慾逾十年，左右餘法喜。道念寂寞生，機心頃刻死。冒露刈葵菽，臨流羨魴鯉。雜花湖上明，孤螢竹間起。隔岸綠陰聚，圍村眾山紫。鐘定野池外，鳥還夕林裏。不知老漁翁，釣船何處艤。

又新堂詩為王春田賦

堂額署又新，蓋取湯盤銘。王子通九流，髫年窮六經。身卜春明居，心繫西山青。北邙七十寺，年年車騎停。愛參文字禪，故紙堆松廳。陳侯嗜作書，揮灑雲堂暝。君近偕陳玉方比部游西山，宿潭柘寺五日夜，攜宣紙四十番供玉方揮翰，結大眾緣，亦雅事也。敗墨涴竹梧，精光搖日星。君臥秋花間，瘦骨高伶俜。劵驢走盧溝，涼月低青屏。索我題幽居，誦與山僧聽。

芹泉孝廉約游慧聚寺留宿寺中即贈芹泉並質臨遠

嘔泄逾數日，掩關竹間睡。故人簡書至，約游慧聚寺。主僧我密友，好古敦風誼。別久悵路遙，心渴飲林翠。我兒亦久病，呼與縱輕騎。盧溝看曉月，過橋秋驟至。孤村煙水生，亂石蘚花積。入門二客在，自具物外意。野蟬嫌聒耳，尋就松庵避。擁被佛燈前，經卷辨殘字。師笑不語言，雲臺響寒吹。

至慧聚寺贈臨遠師

萬古青松樹，高天佛殿陰。況茲秋夕雨，感我歲寒心。交道久彌篤，客愁閑易侵。簷花墜空際，師於是夜陞壇說法。鐘磬夜堂深。

午後越羅睺嶺抵潭柘訪永壽禪師抵暮始歸

一路竹輿聲，雲中斷續行。秋山迷遠近，落日失陰晴。徑仄水流急，墻低花放明。登堂響齋鼓，飯罷說無生。

棲宿臨遠師禪龕

蕭灑病維摩，參禪講席過。蒲團須借我，藥裹且由他。夜靜風兼雨，山空葉與柯。碧紗籠壁墨，舊句愧重哦。

張雨巖森觀察屬題彰德郡署葵花石盆銘墨本冊後

幹濟與循良，張侯一身兼。讀易凛介如，老至學問淹。彰德葵花盆，字影苔痕黏。厥高僅三尺，萬丈光芒暹。書撰及年代，無從拓藤縑。或許唐宋遺，或嗤筆畫纖。渭川趙希璜別號金石錄，脫落茲條纖。侯也讀銘詞，凛若官箴嚴。傾心衛足語，非同信手拈。篇終惕永勖，沉痛逾鍼砭。洎侯謝病歸，琴鶴猶憎嫌。卻喜詣詩龕，披覽秋風簾。我無歐趙才，好古徒遐瞻。

寄巖觀察烺於蘭州

萬古崑崙水，從西晝夜流。天懸秦日月，官異漢公侯。在昔兵戎勝，而今盜賊休。民生望調劑，君豈為身謀？

中秋訪悦性師

荷花剛謝菊花開，隔岸西風捲地來。沙畔鷺鷥纔睡醒，松陰厚處啄莓苔。
佛前燈火暗涼生，天上孤雲墮水明。剝芡煎茶慰岑寂，僧來欹枕聽松聲。

蔣東橋同年入傳國史喜而賦此〔一〕

世久尊經師，我亦推詩老。國史傳文苑，太史新削藁。學博而文雄，杭公實舊好。擬與杭堇浦同傳。二百四卷書，生平事幽討。流播藝林内，後生小子寶。令嗣今館職，持以正有道。少年我登第，深悔看花早。步趨君後塵，兩拾科名草。生死三十年，己亥庚子距今三十四年矣。誰能不潦倒。第就詩格論，何啻郊與島？

【校記】

〔一〕此首阮本無。

汪澣雲彈琴圖

抱琴出故山，佇月西涯涼。胡為寂寞音，參以詩味長。我家梧桐樹，昔年棲鳳凰。子來據槁木，天風指上颺。猿吟鶴唳聲，萬竅隨低昂。我茲學踵息，知爾能坐忘。從此絃可無，幽意希柴桑。

次王子卿侍御綠山草堂讌集韻兼呈汪浣雲儀部葉筠潭陳石士魯服齋蔣秋吟四太史黃左田宮庶

冠帶任脫略，賓友漸疏散。侍御驄馬歸，座上客常滿。瞥見西鄰樹，圓影張如繖。高日入牖卓，綠陰墮地緩。先生嗒然坐，興至方握管。故山夢不隔，秋風吹又斷。心香證古佛，右肩示偏袒。參禪偈子成，畫記乞余纂。世有一合相，力豈三人短。敦艮堂讌集，浣雲、子卿、秋吟三君為余合作《踵息軒圖》，頃刻而就，石士、筠潭、服齋三太史皆有題句。能事受迫促，情意殊懇款。野鷗自天性，何時忘鶴伴。近復養瘵疴，長夜廢茗椀。山僧約看花，報書謝慵懶。訪舊黃大癡，出游亦已罕。左田庶子枉顧不值，庶子近亦疊此韻。

九月十七日偕恒緝亭華香亭世心蒔及兒子桂馨游西山寺院一帶宿三山菴看月小飲用和安室壁間韻同作

孤月豁雙眸，山風滿石樓。夜深霜氣重，坐久佛香浮。黄菊隔三載，白頭空九州。三年前曾偕蘭雪輩宿此，聯吟成卷，小峴序而行之，今皆散在四方矣。兹來盡桑梓，蹤跡勝前游。黄葉雜紅葉，蕭蕭打寺樓。鐘聲松牖響，酒氣竹籬浮。衰病傷韓子，奇文憶柳州。斜川著名早，杖履快從游。

九月十一日汪瀞雲儀部齋中同王子卿陳石士葉筠潭蔣秋吟賞菊儀部繪圖成詩次韻

京師蒔菊者，似嫌菊樗散。汪子秋心多，寫菊尺幅滿。僧廬話豆棚，猶及見荷繖。八月杪，在萬善殿賞新菊，尚見殘荷。名士落筆遲，幽客赴約緩。階下黄葉聲，驟起協簫管。續續西山雲，又被風吹斷。楓樹飽夜霜，欹斜醉且袒。莫煩斧斤削，誰施錦繡纂。朱顔謝何速，白髮搔漸短。幾回覽秋色，悲傷生懇款。玉堂恍天下，誰是看花伴？錢塘吴祭酒，一生耽酒椀。千里寄音問，怪我報書懶。豈知詩龕內，人跡近亦罕。適得穀人先生書。

黼齋員外約同趙象菴看菊是日有事不克至先一日獨往員外留飲余以齋期留詩而去殊悵悵也

京師養菊花，近推積慶亭與趙象菴。黼齋稍後出，藝菊尤矯矯。後圃闢十丈，不許雜花夥。葦籬三五插，苔盆千百繞。春寒日上遲，晝長午睡少。日督僮僕輩，畦上忘昏曉。勤勞四時歷，歡樂一家飽。去年醉此地，作詩情未了。今來空看花，詩酒託歸鳥。幽人隔城南，謂趙象菴。獨立倚霜篠。明歲寒花開，看到月出皦。

題畫〔一〕

千年老蟾飢不死，翻身跳入天河裏。問君何術去釣鼇，萬樹桃花隔春水。

栢花如雨蕭蕭落，長劍倚天聊住腳。葫蘆依樣世奚須，中有蓬萊不死藥。

【校記】

〔一〕此題二首阮本無。

聞鐵冶亭將自西域抵京豫作是詩

萬里歸來客，相逢各自驚。無言頻握手，未見已吞聲。不信酒懷壯，冶亭書來，近頗習飲。方疑詩橐輕。江南渺煙水，回首暮雲生。

頭上髮全白，眼前山更青。兒童倏長大，同輩盡凋零。公老託松柏，吾衰親朮苓。石經堂上客，三五比晨星。

喜筲繩齋將偕冶亭至

君胡萬里行，即此識君情。一世重師友，斯人託死生。畫真仿摩詰，詩半擬宣城。剪燭梧蕉側，蕭蕭黄葉聲。

疴瘵忽三年，方期勿藥痊。幽居風景異，老境性情偏。曬藥刪庭竹，煎茶積竈煙。無生方解得，又學畫中禪。

張心淵解元深摹老蓮畫倪迂師子林調冰圖謝以詩

解元非是吳門唐，工詩工畫工文章。江南庚午溯戊午，如今再見麟與凰。先世二張舸齋、夕菴二先生著京口，簡牘往來歷年久。鮑昭謂雅堂洪皓謂稚存兩湮沉，佇望雲天悵無友。夕菴點筆圖詩龕，見者詫為沈啓南。舸齋遠和西涯詠，儼到春明積水潭。解元偶貌倪迂像，持比老蓮筆跌蕩。調冰師子林塘幽，三客因依神肅爽。顧耶徐耶費疑猜，耕漁軒圮玉山頹。世間尚有雲林址，一片斜陽没古苔。興來再倣清閟閣，三筆兩筆出邱壑。桃花菴主六如生，未免清狂才力薄。

家藏董文恪公秋山霽色圖南齋諸公歷有題識敬賦詩跋尾

文恪直南齋，前後三十春。南昌彭文勤，公昔手錄甄。述公工六法，天授非由人。隨手水墨灑，古黛層層皴。清光浩無際，動與造化鄰。小幅倣檀園，橐筆立紫辰。生氣遠溢出，誰復窮崖垠？是年下馬陵，面目匡廬真。漫設青藍喻，豈涴香光塵。先祖手澤詒，何啻連城珍。南齋盛題識，墨色爭鮮新。富春今相公，此紙當傳薪。兒子桂馨辛未會試卷已擯棄，富春相公特為拔出。凡為我子孫，視此香火因。

王春堂自德安刻存素堂詩二集至謝以詩

白雲黯黯荒，黄葉聲聲乾。故人隔湖海，一帋吹來難。王君視我厚，推重同歐韓。時時寄尺書，慰藉平生歡。阮公筑精廬，靈隱開春巒。拙詩比蜩螿，乃並朱石君先生翁覃溪先生刊。芸臺先生刻余詩二十五卷於西湖靈隱寺，為前集。老病百舉廢，下筆知求安。王君志阮志，長夜縑素攤。未必今年花，明歲仍許看。瀟湘渺雲樹，佇立愁飛翰。時望春堂信至。

酬吴鳳白代刊時文

代聖賢立言，下筆宜慎重。世比敲門甎，逾時輒弗用。我少苦讀書，九經鮮研綜。儌幸得科第，忝食朝廷俸。太學六七年，莫寶齋劉芙初燈火共。古今上下間，風雨時吟誦。吴生好兄弟，世上稱二宋。殷勤刊我文，隔江採菲葑。面壁三十年，奇氣使酣縱。

廣積禪房汪瀞雲王子卿西續之彈琴作畫余題此詩

雪意蒼凉松竹間，禪堂火歇更幽閑。鐘聲未了琴聲續，誰不十年前入山？

茶話樊學齋主人以新刻全集并自臨詒晉齋詩帖惠贈歸家展讀敬賦一詩以當跋識

騰踔筆一枝，純乎性靈發。河間紀尚書，聰明世稱絕。與公論史事，且遜公口舌。清思與靈氣，序言非勦說。余交十五年，把筆侍巖樾。笑傲及江風，刻劃到禪月。字句古未有，經籍之所闕。公偶出創議，剖晰入毫髮。摐金戛玉篇，點滴胥心血。集成半手寫，詳審授剞劂。邀我話寒齋，蒸鴨更煮鱖。珍重詒晉詩，那得外人閱。剪燈墨影大，讀罷許攜挈。載歸勝百朋，三日柴扉閉。奇文取推究，精神生恍惚。世上鈍根人，安討此秘訣？

奉贈葉雲素暨郎君東鄉時有丹藥之乞

不登讀書堂，焉知饋藥重？君負宰相才，茲且良師用。生兒比阿戎，一經傳講誦。江南有巫彭，橘泉日耕種。遠藉兜羅手，廣授苾蒭眾。聞君得禁方，愿與天下共。鄙人病業深，三十年愡恫。兒子疴瘵繼，參苓投弗中。夫君廣施與，坐觀豈無痛。丹竈火浮動，金匱書甄綜。刀圭分些須，泡影示空洞。范公賢父子，後代良醫頌。

題明弘治癸丑科會試錄

三百進士闕十八，豈為空同特洗刷。無李夢陽名。空同僅僅以詩鳴，姚江亦復工筆札。金鎔玉和懷麓堂，北地如何敢唐突。明季師生互矜重，羅圭峰李空同負氣鮮磨刮。圭峰校文意偶舛，空同論詩致銜戛。不見江南邵二泉，奉公衣鉢感存歿。此錄偶然得諸市，紙堅字大影飄兀。墨蹟模糊事有之，後人誰肯重剞劂？凡三十二葉俱完好，惟三十一葉紙板存，行中字畫挖去。

順治壬辰乙未戊戌三科進士履歷舊槧本三冊

西樵與漁洋，闡揚皇朝詩。治詩辨經房，溯彼新受知。二先生皆由詩經房薦中。九年順治壬辰十二年順治乙未，二老聯翩馳。補試戊戌榜，觀政兵部時。明歲改推官，秋柳紅橋枝。茲錄從何來，鈐印王氏宜。阮亭大手筆，三昧我所師。討尋四十年，僅得其毛皮。唱酬散懷抱，哀樂誰能期？流傳百餘載，前哲無孑遺。奉為考證書，燭照數計為。觀者幸勿執，蘇齋仍見嗤。覃溪先生跋云：「西樵生庚午，而刻甲戌；漁洋生甲戌，而刻庚辰。觀者幸無執此以考二先生事跡。」

冬至月初八日王子卿侍御招同黄左田學士汪瀞雲儀部查簡菴宫贊葉芸潭蔣秋吟兩編修集心虚妙室消寒諸君皆欲留余止宿作此奉告

寒日掛城角，鴉聲催我起。主人留客殷，竹榻高懸矣。我龕有何念，隨在得法喜。西涯雲木荒，蒹葭卧秋水。豈不戀朋友，爭奈肢體靡。又恐爐火歇，夜風破窗紙。衆客議投轄，我心無定止。清廚調羹法，詩情與畫理。皴染及梨栗，刻劃到籃篚。智慧之所及，即兹見風指。學士左田亦告勞，明晨上金吧。歸裝壓車重，余襆被而往，原擬留宿。緩踏山光紫。

蔣秋吟編修出先人所藏杭大宗厲樊榭二先生詩稿見示題後

錢塘數詩家，近日推杭厲。我友東橋子，二翁夙心契。春秋佳日多，湖上吟笻曳。憂樂不相喻，古今一睥睨。箋素互酬答，十年尺寸計。太史幼業詩，積篇盡連綴。持向友朋讀，嗟來且嘆逝。吁嗟乎，此後三十年，或者余詩亦傳世。

訪葉雲素喬梓不值留詩達意徘徊久之意有未盡再賦

君家美喬梓，萬卷日摩挲。官職居清要，生涯託詠歌。庭虛人跡少，林靜鳥聲多。稍慰登堂愿，刀圭乞若何。

樊學齋主人雪中惠貽珍饈侑以詩奉謝

松閣雪濛濛，松煙散晚風。數行煩紙裹，五味寄筠籠。爐火煨深夜，盆花吐小紅。正逢春酒熟，餽自北山翁。

鐵冶亭尚書于役回疆客無從者筥孝廉繩齋毅然隨行其于師友之義山水之情有異於人人者因為賦詩兼諗尚書

江南壬子公典試，得士世稱同陸贄。公卿接跡數鳳麟，獨有沙鷗樂幽秘。羊裘坐臥春江頭，書畫隨身不下樓。石田徵仲何足擬，富貴視若浮雲浮。尚書倚作雲龍友，海角天涯事何有。生死由來不可知，嘆息紅顏倏白首。雪天萬里風沙多，豈有詩人載酒過？邊城柳色江南綠，帳上將軍寫凱歌。將軍下令圍場拓，人馬騰驤雜一鶴。鶴鳴吹入九霄清，十萬軍聲長寂寞。夢中招爾詩龕來，放筆仍寫孤山梅。孤山咫尺遲煙棹，北邙早晚桃花開。

寄竟成師〔一〕

江南水月菴，夢中曳杖至。梅花萬樹開，白雲流滿地。古僧蒲團坐，一裾更一帔。言説了不聞，豈文殊師利。我隳百年業，乃嬰五欲累。耳目儘聰明，手足頓痿痺。虚聲播江湖，高文典省寺。交推吁可怕，勇退愈知媿。執卷臥草廬，偷閑伴松吹。兒子年十九，聊捷成進士。學行既淺薄，又乏灌頂智。文場凡幾戰，摧挫告跛躓。客秋服地黄，始僅夜失寐。繼之以耆朮，行步益喘悸。東風吹過江，接引毋陀臂。昕夕綴參苓，酸鹹調殺蕺。肌膚漸充滿，顏色變韶穉。校文趨史館，著述每妄顗。雲堂境清曠，石林路深閟。履曳輒氣促，書生本尫悴。許秋巖蔣爰亭二侍郎，宛轉開巾笥。雲素老詩翁，早年熟苑秘。為我乞禁方，烏絲千里寄。望施菩提力，作詩當修贄。香動旃檀林，瑤函倘遠示。

【校記】

〔一〕此首阮本無。

葉芸潭編修招同黄左田學士王子卿汪瀞雲二侍御查簡菴宮贊陳碩士蔣秋吟兩編修消寒余攜順治壬辰乙未戊戌三科進士履歷邀諸君題詩

進士登科録，近人比芻狗。我獨秘兹書，謂可典章剖。舊紙漸敗壞，珍重寄曲阜。顏運生寄。況藏自新城，縑素百年守。坐客七八人，都是臺館友。春風動江上，無私到花柳。壬辰逮壬申，歲時亦已久。淡墨題數行，文光燭星斗。

寄方式亭楷明府

烏絲迢遞來，袖中字不滅。殷勤索我詩，我詩老愈拙。君出梅花林，流泉響幽咽。寒月落前溪，濛濛半山雪。還當索君詩，補我壁間缺。一路玉琴聲，彈到蒼崖裂。

再題阮亭家藏三科小録後

考亭小録久荒涼，信國登科事渺茫。池北尚餘書庫在，開緘湯文正范忠貞姓名香。

渭曲柔條煙雨初，紅橋秋柳又蕭疏。樵兄漁弟風流甚，此是君家本事書。

歲暮有懷那東甫尚書親家感舊攄情語無倫次

尚書抱偉略，凡流多憚之。謨猷召伯擬，體用文成遺。結交三十年，風旨無從窺。憶昨締姻婭，稍稍及燕私。諗公秉純孝，萱草春葳蕤。品藻出北堂，百中無一差。我兒十五齡，應舉京兆期。童稚有何能，眾口稱瓊枝。太母召與語，謂擅鸞鳳姿。虎女許犬子，日者詫數奇。蘭芽忽摧隕，中道生嗟咨。我兒矢讀書，仰報太母知。同輩四十人，裒然宮錦披。庚午八旗舉人四十一名，辛未會試惟桂馨一人獲中進士。尚書夙憐才，迢遰牋牘貽。我病寧望瘳，徒抱窮年悲。寂寞閑暇句，三復昌黎詩。小子倘有造，教誨希重施。朱陳且勿論，孔李夫奚疑

存素堂詩續集

癸酉

靈鷲庵元旦

六十匆匆過，春生道院涼。松根殘雪在，殿角野雲荒。華髮年年短，愁心夜夜長。誰憐元旦會，寂寞贊公房。

張心淵解元摹唐子畏竹西清話圖題於靈鷲庵中

竹西清話圖，寫經上方寺。水心悟畫禪，六如託筆戲。輾轉三百載，不知歸何地。張君昔曾見，貯胸萬青翠。客窗偶潑墨，突兀煙景異。世人忽覩此，謂足前賢企。豈知君手腕，造物之所恣。嗤彼唐解元，清狂招衆懟。僅以技藝傳，功名乃蹇躓。君既擅家學，性情尤淳懿。吮毫石竹側，時出過人智。南華曁晴嵐，磊落廊廟器。君且希湘舲，切勿糟麴嗜。謂錢湘舲閣學嗜飲。錢君手付縑，當年皆散棄。我今佳紙得，便欲永珍祕。竹聲響茶竈，隱隱答松吹。

送永心庵銘之官沁陽

沁陽古淮安，衆山抱如城。當年戰伐場，秦楚陳甲兵。亦越漢晉朝，草野出公卿。酒徒俠客輩，轉眼廊廟英。唐宋法網疏，盗賊多公行。教化在此時，弗貴口舌爭。孝弟力田外，廉讓須講明。君性稍文弱，不患不和平。寧使一家哭，一路無哭聲。堂上語呐呐，階下心怦怦。但辨决遲速，莫問罰重輕。好官愛百姓，相與宜推誠。君祖官洛陽，治術留黎氓。

接伊墨卿札答之以詩

凌江閣上發書日，定濕秋雲入紙青。珍重西涯數行字，君行草酷似李西涯。斗南知有少微星。

春夕懷人三十二首

癸酉立春日，屠琴隖寄書至，并《懷人六言詩》十六首，雋永可愛。因倣為之，一夕而成，篇數倍焉。前作東游感舊刻入集者，其人茲多不及。率筆淺思，無先後，俟異日朋好代為删存。

樸谷齋中數語，參透詩禪畫禪。積水潭東梧葉，指稱陶菊周蓮。王孝廉光彥，字春艇，工詩善畫。晤于陳侍郎齋中，抵里作《梧葉老遮門歌》寄余，序中以陶菊、周蓮為況。

紫藤花館待詔，閉門十年著書。劣札居然勒石，王袁共隊前車。徐山民待詔校誠齋詩刊木，乞余題詩作序。近刻《同人尺牘》，列予論詩小札於西莊、子才之前。

汪家兄弟叔姪，異書名畫置郵。掃葉亭中風雨，青衫白髮黃州。均之、奐之暨姪星石，時以郵筒寄詩文書畫至。訂交十年矣，庚午均之昆季自楚北赴京兆試，葛衫草屨，似神仙中人。

顧子不務細節，詩文倚地拔天。題襟館中曩日，可惜未接此賢。劍峰貧且老矣，詩文出筆迥不猶人，昔課均之昆季，今依賓谷。

白畦偕鹿已往，竟陵剩有鵠山。詩耶官耶孰勝，一生名利全删。熊兩溟一生嗜詩，教授武昌。集成，乞余序。久病未能踐約，可愧也。

一緘厚餘三寸，掃葉亭子重摹。詩龕寫照屢矣，不及放筆江湖。顧子餘一生以畫自詡，《詩龕圖》凡五六見者，莫不以無上推之。茲自湖鄉寄《掃葉亭圖》至，真神品也。

舸齋夕庵昆季，唐詩晉畫齊名。難得解元後起，壓倒子畏先生。張舸齋、夕庵畫，洪稚存稱為「江南二絕」。今心淵孝廉能詩能畫能文，視唐解元殆欲過之。

書符驅逐神鬼，浣梧道士能乎。畫我詩龕三丈，江天萬里糢糊。道士徐體微為余畫《詩龕圖》，氣勢雄放。汪均之記云：有江天萬里之勢。

繩齋使墨如雲，頃刻瀰天漫地。即今萬里隨行，酬恩未嘗灑淚。繩齋每至余齋，必為作畫題詩。茲隨冶亭尚書萬里外，孤情自喜，余屢有詩懷之，其義氣不愧江上先生矣。

夢禪吾黨耆舊，筆追倪趙王黃。歲暮零星換米，擔從畫肆書坊。夢禪老境愈貧，字似劉石庵，畫逼古人，不肯輕著墨。歲暮負米債無償，家人促其作書畫，零星鬻之，得者比兼金云。

敬庵間山多才，儒雅風流朋舊。縑素化作雲煙，規矩尚稱受授。悳敏，字敬庵，先福中丞之兄，未仕。明福，字間山，明學士之兄，官甘肅同知。世皆不知其工畫能詩，余藏敬庵畫扇、間山《蘭州圖》，皆可寶愛。

郭氏兄弟工文，一時江南麟鳳。馴鹿仙莊父子，下榻擁書抱甕。頻伽卜居魏塘，黃退庵、霽青喬梓止之，詩社讌會，殆無虛日。

畢宏老矣何堪焦麓，弟子陳淳斯在菉晴。記得瑤華道人，望遠懷人嘉乃。瑤華道人每稱今代畫師當以畢涵為第一，惜其衰老遠隔，不克多藏，為余致書乞詩龕。

金生自號青儕，下筆希蹤太白。蘭雪生外一人，覃溪先生簡擇。手山自號青儕，詩學三李，故顏其居以見志。覃溪、蘭泉二先生賞之。南北闈皆報罷，惜哉。

白莽工寫蘭竹，詩筆咄咄逼人。蘭雪嗤為野戰，狂哉博士綜甄。吳白莽託蔣礪堂尚書寄余蘭竹，又託其兄退庵寄余詩集，蘭雪以其詩為野戰，非確論也。

閑泉梅史琴隖，作圖署小檀欒。仕既陞沉各異，今歡何若古歡。三君詩才文筆，約略相近，閑泉坎坷特甚，梅史、琴隖皆為令。三君之為人，宜古未必宜今也。

凌江閣上書來，踵息軒中春作。斗南游賞有人，斗北星辰落落。伊墨卿于立春日寄到手札，發自京口凌江閣者，有「無田而退，凡百置之，而況先生之在斗北耶」等語。

西山唱酬成卷，陶令卻未偕游。山裏新詩和就，飄然去宰石樓。余約吳蘭雪、陶琴坨游翠微山，琴坨未往，余與蘭雪紀游詩寫一巨冊，琴坨三日盡次其韻，刻而行之，秦小峴、楊蓉裳、陳石士皆有序。

春堂幼習戈矛，長乃留心經史。交盡天下賢豪，自署詩龕弟子。王墉，字春堂，江西武舉，官德安守禦，性風雅，余前後集皆其所刊。

醉峰買畫長安，發放儼然官府。解衣鮭菜亭中，燒酒肥羊秋雨。蔣和，字醉峰，善隸工指畫，寫予《詠物詩》廿四幅，兩淮鹽官以重價易之。

翰林院中看花，積水潭前飲酒。寫我續西涯詩，人說亞黃子久。余約羅山人聘至清秘看花，寫《瀛洲亭圖》，匯通祠看荷，寫《積水潭圖》。出京時，畫予《西涯十詠詩》意。

穀原力學衡山，出筆乃近石谷。近日住家漢陽，詩格宛然偕鹿。黃均，吳人，款字倣文家法，畫類石谷，近作小詩，似予故人孫甡。

江南畫者四朱，青立、野雲、素人、滌齋。春明只剩一箇。野雲在京。萬蓮花北孤亭，露濕風疏獨坐。青立名昂之，野雲名鶴年，素人名本，滌齋名文新，十年前聚飲淨業湖上，為予合作《詩龕圖》，頗傳于世。

春波自啖荔支，不曾寄我一字。賺我畫稿跨驢，攜片西山冷翠。王霖，號春波，江寧人，在京為予畫《詩龕》、《西涯》各圖，遠宦閩南，音耗渺然。去冬來京，予求畫《踵息軒圖》，并華、孫二古人像，君匆匆攜畫稿去。

孫子自署少迂，大有雲林風味。墨華手勒貞珉，脫盡諸家習氣。孫銓，字少迂，刻近人諸帖，為成邸所賞，畫亦迥不猶人。

寫經樓中殘紙，梅花溪上寒香。淡墨西風斜照，秋山響榻空廊。錢泳，字立群，號梅溪，工臨摹，刻《怡晉齋帖》，風行天下。

菊溪、梅葊伯仲，如何中雜劣詩。京口集栞群雅，餅金購自高麗。王豫，字柳村，丹徒人，選《群雅集》成，高麗人以重價購之。卷中《梅葊》詩後云：「制府與百菊溪制府、法時帆學士，天下稱三才子。」

金鏞石鼓左右，黿蒙兕繹東西。半載熙朝雅頌，山月隨人過溪。蔣因培，字伯生，今宰泰安。試成均時，余每首擢之。需次山左，上官以詩人目之。予纂《熙朝雅頌集》成，皆伯生一人經理。

水屋今之健吏，狂直偶託瘋癲。僮僕都能詩畫，好酒好色其然。張道渥，自號水屋道人，浮山人，現牧霸州。世稱為瘋子，其實不瘋也；嘗課家人以詩畫，而雅負好酒好色之名，其實不好也。

白髮一官頽放，斜陽萬樹蕭疏。羨爾一瓶一鉢，贈余破畫殘書。王溥，字雲泉，官四川二十年，告病歸京師。時就予談禪作畫，去年病起，隨予戚多大令赴中江，久無信來。

罩子平生好奇，見我庸詩叫絕。走筆一夕和之，不辨山中大雪。雪樵，江寧人，精地理術，工詩好游，游上方山，壁間見予詩，一夕和之。翌日，投詩訂交。後得予詩，無不和者，予生平知己也。

柳門問字梧門，載酒荷花生日。謝家春草池塘，前夢廬山頓失。吳文炳字柳門，弟鸞字鳳白，皆問字於予。鳳白成進士，今作令江西。柳門，尚應禮部試。

顧子餘自江南畫掃葉亭圖至率題十韻

一別輒十年，今我望顏色。山中秋氣多，書為君所得。手寫掃葉亭，寄我詩龕側。皴法近馬遠，書款倣蘇軾。詩文君皆妙，自詡畫奇特。斯語昔未信，今乃破予惑。是水非是墨，是墨非是水。古今詩畫禪，何物著胸臆？蓮洋詩髓喻，漁洋三昧識。茲畫講神韻，令我滄州憶。

十六日偶書

白髮三千丈成句，青春六十年。今朝還把筆，明日合歸田。風定樹無響，鳥啼人自眠。此生志閑暇，靜坐抵參禪。

十七日生日感懷（一）

三女皆有家，一兒早出仕。我年非上壽，七十開衰矣。古人謂六十歲，即七十開衰。扶杖入蕭寺，僧衲見我喜。松花燒數斗，茶竈紅煙起。老彭何久生，顔回何速死。去來彈指頃，悠然委心俟。

年譜我自作，序之尚無人。卌載贈答言，積累如束薪。朋舊贈答及題跋詩文，多至八十餘卷，名《聲聞集》。朋舊及見録，百卷留綜甄。《朋舊及見録》現定百卷，尚須增刪。讀書備遺忘，掌記日鋪陳。稿付辛敬甫，捆載西江濱。《讀書備遺録》四十卷，辛敬甫攜往江西謀梓。詩話十巨帙，屠侯剞劂新。全書尚未寄，時望南鴻臻。《詩話》十本，屠琴隖攜往儀徵，言已校刻，尚未刷印。

子壻及門生，請開燈夕讌。春光豈不佳，老人非所眷。年華屆遲暮，落日西山眩。我家無長物，尚餘書與硯。有書要能讀，有硯要能穿。富貴不可求，公卿有何羨？

去年我入山，欲買田一頃。溪南栽萬竹，溪北種千杏。茅屋筑三間，石泉迸階冷。我來坐其旁，搠水捉月影。老僧促余歸，流連憩清境。道心果內充，何必羡箕潁？

【校記】

〔一〕 第三首阮本無。

李石農觀察乞題二横卷

龍湫圖

謝公守永嘉，雁蕩未一至。僧衲剪榛莽，乃闢靈巖寺。迄今僅千載，峰峰滴寒翠。大小兩龍湫，允為此山異。觀察昔省耕，側耳聽松吹。倏忽迸石髓，又如數突騎。誰傾萬斛水，從天直注地？我昔游上房，一斗泉探祕。偶逢驟雨過，笙竽破空墜。作詩告學侶，願參落筆意。先生擅六法，可悟奔泉驥。啜茗坐石頭，急草龍湫記。

幾生修到圖

先生磊落冰雪懷，桃花梨花非同儕。竹外一枝誰與侶，林逋孤坐無邪齋。世人皆動君獨靜，長安踏遍招提境。春去春來總不知，夜半歌聲出箕潁。支頤飽看東南山，蒼苔秀石彎復彎。十齡早擅孤鶴譽，萬里曾隨秋雁還。崎嶇閱盡走燕趙，白雲無際青山繞。試從江北望江南，一縷幽香心悄悄。

李蘭卿舍人彥章薇垣歸娶圖華冠倣史溧陽本

少年合是李賓之，文采風流又一時。海上荔支紅兩岸，揚鞭莫任馬蹄遲。
花開陌上踏春歸，起草宣麻憶紫薇。三百同年齊艷羨，誰攜宮錦制粄衣？
溧陽寫照倩何人，前輩科名後輩循。慙愧吾兒年十八，玉堂兩度議朱陳。前那繹堂女、後英煦齋女，皆翰林世家。
春水方生太液池，曉鶯啼遍上林枝。尚餘五色都堂筆，畫白何如去畫眉？

續懷人詩十六首

老子自署樂餘，白髮青山紅日。轅門鈴閣不來，曳履邱園蕩佚。樂餘老人，韓桂舲中丞太翁也。在京與予游西山，作詩迅速，而步履異人。中丞署未嘗一至，自徜徉于故鄉山水間。
黃鶴樓前秋水，明經築隝藏詩。華嶽西風萬丈，靈隱南雲一陂。秦曉樓觀察與弟瑤圃明經，筑藏詩隝于黃鶴樓，可與阮芸臺靈隱寺書藏並稱。
非漁非樵非吏，白髮綠陰沉醉。參禪彌勒龕中，月明時草狂字。大覺寺迤東地名響堂，雙君居之。昔為郡司馬，謫官後移祖塋側，時以種竹疏泉為樂，與寺僧契好，喜書狂草。

全詩所見刊成，一時風行海內。我勸仿鄧孝威，慎墨先須剗愛。黄心庵承增，選《今詩所見集》，時時續之。予謂刻成一集，再刻二三可也，鄧漢儀刻《詩觀》例可倣。

前生我與體公，明月梅花一樣。春燕自去自來，至人何色何相。拈花寺主持體公，頗講修行，與余往來甚密，即去年病中夢見之人也。

辛子稼軒遠裔，發愿校刊遺文。昏燈破床廢竈，斜風落月停雲。辛敬甫乞余代訪稼軒詩文，其志甚堅。予搜諸《永樂大典》散篇中，遂終其愿。

斜川舊屬蘇過，如何蘇邁云云。《永樂大典》舛誤，還宜稽考前聞。《宋史》載：《斜川集》，蘇過著。而《永樂大典》散篇千餘處，皆標蘇邁。寄書趙味辛辨訂之，求刻入余續輯《斜川集》也。

周子厭講時文，每夜仰視星斗。鐵筆咄咄逼人，翁老芝麻何有。周宗杭，字西麋，兒子桂馨蒙師也，勾股術最精，刻小字印章，甲於一時，世稱與覃溪先生芝麻上寫「天下太平」四字同工。

若陳琪若黄旭若吳昌齡，卅載詩龕問字。死生升降不齊，悠悠蒼昊何意。花農宦途最利，而死特早；東隅必欲得翰林，竟以積勞捐軀；李卿以翰林改吏部，貧病衰老，余皆識之未第前。

陳生栻文筆廉悍，每居王後德新盧前澤。潦倒青衫一領，斜陽秋樹寒煙。王、盧皆登賢書，陳猶困秋闈。

王郎能詩能畫維馨，一帆去伴何郎道生。紅柳詩成卷冊，淚痕秋影凄涼。王君同何太守南游，太守歿于寧夏，王君久無信來，不知何往矣。

瑤華身後殘詩，是我當年手定。阮公鏤板成書，臨別詩龕持贈。瑤華道人生時乞余定其全集，畫《詩龕圖》并字畫十餘卷見謝，後阮雲臺鏤板，臨行留予處，予轉送莊邸存之。

考官字號難稽，誰是當年文獻？採諸畫壁旗亭，遂我搜羅始愿。陳芝房學正毓咸，記誦最廣，予輯《清秘述聞》，多資其考訂，字號爵里，皆記憶之。

滔滔汩汩萬言，難免些子錯誤。平生豪氣未除，十年春官日暮。王良士仲瞿，博學多文，嘗為白齋尚書校《四庫全書》，屢試禮部，多以奇文見擯，惜哉。

硯幾穿矣何庸，裘已敝兮誰換？文筆上下鐵夫，遭際未得其半。舒位，字鐵雲，筆墨似王鐵夫，而際遇遠遜於王。

盲左腐遷貫串，生平四中副車。橫掃千軍望汝，選場萬佛愁余。李懿曾，字漁衫，入場輒病，行文舛悮，殆宿孽云。其歿也，以赴試觸奔馬致禍，奇哉。

吳生文徵畫我且固，攜向明湖深處。黄山雲氣茫茫，白髮秋懷去去。南薌，歙人，書畫皆工，寫《且固圖》，三年始成。

存素堂詩稿

詠物詩一百二十首有序

余詩多寫意，雅不欲妃紅儷紫，然未免入于蕭颯一派。適案頭置唐賢李巨山詠物諸作，喜其壯麗，有拔天倚地之概。爰依題擬其體為之，祇以自矯所短，非敢與古人爭長也。

日

九芒方出地，五色已經天。春暖丹螭麗，雲開赤羽懸。銅鉦晴掛樹，金殿曉凝煙。轉側溫暉下，瓊柯號萬年。

月

七寶攢珠彩，重輪朗玉盤。樓中磨鏡待，幕下撤燈看。瀲灩蟾光淨，玲瓏鵲影寒。階蓂開正好，倚遍桂花欄。

星

桂殿奎躔麗，榆街寶蓋新。九霄開壽宇，百里聚賢人。助月輝東井，排雲拱北辰。乘槎更何日，靈曜感祥麟。

風

天籟不能已，扶搖九萬過。掠從黄竹好，吹向白蘋多。塞馬悲涼氣，春鯨浩蕩波。無端裂窗入，清切和余歌。

雲

出岫滃成縷，垂天鬱作霖。魚鱗屯沛水，寶鼎獻汾陰。積翠觸危石，寒煙迷故林。高齋添秀色，為我豁幽襟。

煙

紅旭蒸朝靄，青山帶夕嵐。松杉寒遠寺，橘柚冷空潭。萬竈浮明滅，孤帆破蔚藍。不須留幻相，隨處現優曇。

露

天酒三卮湛，神漿五色傾。蘭皋秋鶴警，柳苑暮蟬鳴。金掌雙莖擢，珠盤萬顆盛。吉雲囊欲瀉，濕處冷無聲。

霧

草際蛇安附，山中豹許存。雨蒸蘭氣靄，月黑竹煙昏。香淞雙橋凍，平沙萬樹吞。濛濛遮五里，何處認孤村？

雨

五日霏成縷，三霄澤沛膏。春湖龍穴潤，繡甸蟻封高。樓小寒侵幔，江昏綠染篙。多時添柳耳，不許混松濤。

雪

揮霍飄如絮，翻紛亂似麻。暗香調麥氣，冷豔逼梅花。玉馬春融液，銅駝夜揀沙。嗛州甜飫口，細嚼勝餐霞。

山

靈嶽撐天表，崇邱鎮地維。月牙青裂骨，雷首翠浮皮。海暖晴鼇負，春和彩鳳儀。五丁神斧在，二酉逸書貽。

石

漢柱傳官制，秦梁托物華。扣桐靈鼓振，款梓牘書誇。鼎上霏雲葉，機邊燦月花。補天誠有用，終古仰神媧。

原

試向高平望，蕭條膴膴原。龍鱗千畝迭，虎氣萬年存。火冷春蘇草，泉清海浴暾。柳營餘舊壘，栗裏倒新樽。

野

廣莫暮煙平，憑高聽鶴鳴。巖荒餘傅築，莘邈記伊耕。水暗鸞棲竹，秋澄鹿食苹。樂哉聚羔穀，望遠不勝情。

田

麥秀雲浮壤，花明雪映廬。蘇秦矜負郭，虞仲請攤書。玉暖春煙潤，星靈夜火虛。十千歌歲取，倬彼藉新畬。

道

樽酒中衢盎，鸞聲曉市鏘。書函紆雁足，車軌闢羊腸。沙捲風煙老，泥融雪蓝香。驊騮饒逸氣，萬里任騰驤。

海

地脈空浮水，雷聲夜湧濤。扶桑紅旭漾，叢桂淨香遭。鯷壑排雲麗，鵬溟擊浪高。朝宗任江漢，東望勢滔滔。

江

沔水腴田溉，荆池畫艦停。鸚洲空漱月，鵲渚淨涵星。練捲秋潮白，銅磨夜瀲青。數峰摇瀲灩，鼓瑟溯湘靈。

河

積石源開導，蔥山氣鬱蒸。禹功遺玉牘，舜德燦金繩。神馬瑤圖負，靈龜瑞讖徵。輕舷浮裔裔，九折豈難勝。

洛

周觀泱泱水，堯壇浩浩流。黄圖銜鳳柙，洪範錫龜疇。波湛明珠湧，濤喧藻玉浮。冰澌無一點，眄彼宓妃遊。

城

雲闕翔雙鳳，天都御六龍。罘罳籠鐵甕，睥睨辨金墉。草色重闉透，花光萬堞濃。孤煙望迢遞，霞景煥芙蓉。

門

北掖卬車表，南端闔扇排。日暄粱鵲牓，雲煥蔡邕牌。秋嫩煙垂柳，人歸綠夾槐。何如閶闔曉，詄蕩鳳凰街。

市

廛闠千氓聚，珠廛萬戶熙。燕山秋擊筑，吳館夜吹篪。賣藥閑攜鶴，擔花穩聽鸝。旗亭香酒熟，偏愛放燈時。

井

記得西川錦，依稀濯翠榦。泉香浮玉甃，露潤亞球欄。塞馬窺瓶綠，秋蛙吸綆寒。丹砂如見采，聲轉轆轤盤。

宅

五畝寧嫌隘，三椽恰愛閑。種應多綠竹，買合傍青山。蝸舍雲溪外，鶯巢雨樹間。羡他陶處士，趁月荷鋤還。

池

杯泛金塘水，壺浮玉沼煙。釣魚疏柳外，飲馬夕陽邊。菡萏涵漪淨，蜻蜓蹴浪圓。當年陳廣樂，雲漫十三絃。

樓

百尺朱甍麗，三層碧瓦崇。笛聲涼月白，簾影夕陽紅。香軟窗窺燕，江晴戶瞰虹。仙人居處好，縹緲總憑空。

橋

畫柱危樓接，飛梁斷岸紆。躡來虹影白，鞭處石痕臝。機短星浮鵲，梅寒雪壓驢。吹簫明月夜，二十四橋俱。

經

開剏文章府，權輿道義門。庖廚調正味，淵海葆真源。金玉三墳煥，天人六籍尊。後生涵聖訓，粲粲説郛存。

史

鴻寶山中祕，良才柱下充。記言還記動，書過亦書功。《漢志》蘭臺備，《周官》石室崇。獲麟無直筆，班馬庶稱雄。

詩

《周》《召》風騷祖，曹劉體格兼。鼎來頤可解，琴鼓愠何嫌。掞藻三辰麗，殫精五字嚴。性情去緣飾，逸品獨陶潛。

賦

壯麗天神感，敷陳藻繪增。五經明鼓吹，十載辨淄澠。揮灑誇劉載，精嚴擅蔣凝。春華如許擷，拓字楚辭能。

書

鏤鐵文華勁，封泥字影遒。硬黄垂玉筯，鮮碧界銀鈎。池墨蟠龍爪，窗雲簇鶴頭。何須嗤野鶩，小聖有誰儔？

檄

孫惠才華著，張儀露布聞。千言弦發矢，二尺氣騰雲。盾鼻新磨墨，鞍心穩綴文。德音稱諭蜀，不欲震前軍。

紙

蠟液鐙階麗，冰油粉署鮮。芸香凝蠹簡，苔色膩魚牋。杵搗雲藍滑，簾敲雪暈圓。桃花春水浣，十樣潑蠻煙。

筆

虎僕名難假，鴻都價最高。一端懸似帚，三寸鋭如刀。秋露垂麟角，天花燦兔毫。寄言班定遠，作史果何操？

硯

匣啟雲初割，溪澄石早刓。魏臺千瓦裂，孔殿七星寒。淨緑批龍尾，空青琢馬肝。陶泓稱善友，例作故人看。

墨

貝葉留香久，松煤選料殊。痕消魚腹影，煙濕豹囊腴。翠冷新磨玉，紅滋細擣珠。隃麇邀月賜，珍重貯金壺。

劍

斗碎人何在，林懸塚已孤。蓮花縣寶鍔，蘭葉錯金鏤。犀兕秋爭水，蛟龍夜捧鑪。珍藏不輕用，文彩煥星樞。

刀

鼓鑄三年巧，陰陽百鍊珍。麥芒騰虎氣，蘆葉裂龍麟。切玉霜鋒淬，鎔金雪鍔新。何須誇琫珌，滄耳正司神。

箭

剡木威天下，桑弧記始生。石蹲驚虎臥，樹折繞猿聲。寸鐵盤青簇，連珠綴赤莖。牟夷如擇術，肯冒不仁名。

彈

宛轉牙鞘製，輕圓竹繳形。鶯嬌聲戀雨，鴞健影虧星。柘碎香猶盎，珠沉翠易零。王孫莫輕擲，花館帛書暝。

弩

作弩傳軒帝，流星驗自秦。小黄符八石，大膾合千鈞。蹄水鯨牙沸，摧山豹尾春。煮筋騰士氣，不止發機神。

旗

香斡轅門建，晴蕤寶帳開。掣雲天列陣，捲雪夜登臺。白鶻陞華去，蒼烏破曉來。青飄楊柳外，羽騎載春回。

旌

六纛飛龍繞，雙竿彩鳳馴。相風春殿竪，析羽德車臻。香帶蓀橈鬱，星聯孔蓋新。求賢方有藉，莫漫召虞人。

戈

駐日横撝去，麾風倒載來。範金春士習，執荻武人才。血濺星芒落，沙昏雪鍔開。仲由曾起舞，待旦漫心灰。

鼓

鞫旅鉦人伐，催花小監提。鼉鳴江水立，馬騁塞雲低。珠網羅春譙，銅丸迸戍鼙。淵淵諧雅樂，寧復憶軍旗。

弓

西序儀文備，東房製度精。楚桃盤月滿，越棘剷雲平。象骨彷徨影，麋筋霹靂聲。挽強因志慮，漫尚虎賁名。

琴

孔操舒靈蘊，虞絃理聖襟。哀蟬鳴未已，孤鳳怨何深。桐石淡秋籟，松風生綠陰。此中有真趣，妙處不關音。

瑟

膠柱誰能鼓，安絃信可揮。金絲彈越女，珠淚掩湘妃。雪艷瑤臺散，雲和玉軫飛。好竽真是僻，吾守晏龍徽。

琵琶

馬上頻推手，琵琶夜度關。彈香來桂府，撥翠憶桐山。抱月黄金縷，團雲白玉環。江州老司馬，淚眼為誰潸？

箏

郝素遺音少，蒙恬寄思精。傷心惟趙曲，快耳是秦聲。鹿角香風膩，鼉皮海月清。謝安緣泣下，哀響聽分明。

簫

嶰谷徵材異，伶倫製律微。越宮風暗度，吳市月明歸。江碧魚初瞰，臺空鳳已飛。九成協韶樂，詎與女媧違？

笙

墨子隨時好，王喬結素心。離鴻煙水暗，别鶴舊山深。西母吹成曲，南陔補後音。飄飄伊洛想，孺子豁塵襟。

笛

壯士流離感，仙人縹緲情。霜筠浮翠影，煙竹瀉寒聲。柳色横關暗，梅花入苑清。西涼歌一曲，彷彿水龍鳴。

歌

天籟憑空發，長吟與短哦。荆卿悲易水，漢帝感汾河。雲遏周京麗，風諧舜殿和。不須嗟鳳隱，且自扣牛過。

舞

胄子遵文教，靈臺節樂歌。七旬干羽格，八佾豆籩和。伴鶴情多逸，聞雞志不磨。霓裳如許接，綷縩對仙娥。

珠

熠熠光騰闕，熒熒彩媚川。鳳銜星渚曉，龍吐月波圓。掌上鮫爭泣，盤中蟻曲穿。從教探赤水，未許委丹淵。

玉

魯寶含輝貯，荆璆待價沽。鸞釵騰月魄，鳩杖琢雲腴。大德儕圭璧，微瑕匿瑾瑜。靈山瓊樹滿，翠葉盡棲烏。

金

揀後英華躍，鎔時寶氣浮。雙南珍麗水，三品貢荆州。秦市書誰易，燕臺骨已收。人閑無鮑叔，作礪志奚酬？

銀

天漢秋無影，神山夜有光。鏤盤雲液委，飾鼎月華涼。白鼠偏知義，雄雞亦感祥。何人投雪錠，幻術詫非常。

錢

漫詡求官易，誰嗤潤筆貪。心清時選一，水静每投三。鵝眼花間認，鮫文甕裏探。咲他矜阿堵，銅臭可無嫌。

錦

十樣兜羅錦，承筐藻繪濃。花穿紅對鳳，浪滾絳盤龍。趁月宮袍麗，臨風步障重。夜行知有誚，遮莫故鄉逢。

羅

一卷留纖縠，千絲簇綺紋。蟬飛香疊雪，蝶逗翠描雲。團扇低無影，孤幃暗有薰。生塵嫌襪底，六幅漾湘裠。

綾

辛穆封題舊，桓元飾帳幽。圓雲遮馬眼，寫霧透龍油。啖餅紅初潤，裁衾翠欲流。長裾如可曳，廣袖更何求。

素

雪練千絲織，冰紈萬縷添。束腰餘梟梟，擢手趁纖纖。挾瑟風侵幔，箝書水漾縑。此心原可質，一白更何嫌。

布

白氎三端啟，青箋一幅拖。香荃春艸軟，吉貝木棉多。火浣花仍皭，金塗縷自搓。衛侯崇儉德，媲美孔冠峨。

舟

宅泛五湖初，飄颻一葉虛。雪晴停晚舶，鐙亂散秋漁。湘浦新蓬鬢，吳江舊草廬。濟川知有藉，利涉象何如？

車

同軌今天下，遵途萬里經。丹霄馳日馭，紫殿駐雲軿。春暖龍旌度，花明鳳輦停。輪轅去雕飾，不敗凜前型。

床

玳瑁連雲麗，珊瑚暎日舒。五香春列甃，七寶夜攤書。石葉攢屏際，銀花汲井初。松陰眠最穩，六尺趁扶疏。

席

許敬豪情舉，張純藻思敷。硯初偎鳳翮，枕欲押龍鬚。午雨香蒸艾，秋雲碧捲蒲。崑崘葭色好，拂拭勝紅毹。

帷

酒味連宵沸，書聲出幌遲。雪深金鴨冷，風捲玉狐窺。鐙火三更暗，春寒四角垂。恐卿傷盛德，呼婢撤瓊巵。

簾

筠影如波漾，珠煙與箔齊。鳥窺銀押鎮，燕入玉鉤低。花霧惺忪隔，春風料峭迷。成都人買卜，一桁夕陽西。

屏

障處風潛避，圍來露暗滋。艷紅交篚簌，嫩碧隔罘罳。雲母裁縫巧，天孫組織奇。神臺隨屈曲，多藉白琉璃。

被

蘭氣春初透，蘆花夢已非。鴛鴦銜玉舞，翡翠帶珠飛。朱寵曾辭錦，王良獨掩扉。長安誰病客，終日臥牛衣。

鑒

蜀岫嘉文現，秦宮異彩張。懸時冰射影，捧處月凝光。金錯磨煙淨，銀華涴翠涼。太虛涵萬動，形色本來忘。

扇

裁作蒲葵樣，團圞簇絳綃。象牙紅日障，鵲翅翠風搖。羅趁螢光撲，花經蝶意撩。五明方選士，不待七華招。

燭

暖色輕幃透，晶光寶鑒涵。蘭膏燒翠燼，蓮炬滴紅酣。鶴焰飄文篆，龍涎吐細馣。詩成何待刻，秉處夜游貪。

酒

贊夏何人釀，宜春有客沽。蘭生調琬液，桑落配瓊蘇。小甕攜梁市，飛觴遞阮廚。金貂如許換，多少玉山扶。

蘭

湘澤雙莖擢，秋芳九畹佳。暗香欣入室，深秀鬱生階。珮影光風泛，琴聲淡月偕。同心言最好，靈德葆空齋。

菊

酒熟何關醉，花開不為晴。晚香依老圃，正色麗秋英。耐冷稱霜傑，延年表日精。東籬耽隱逸，誰復問枯榮？

竹

共谷檀欒暎，淇園苯蓴圍。寒香篩月綠，清影散風微。黃犢新抽角，青鸞舊剪翬。虛心還苦節，耐得雪霜威。

藤

荒岫金稜聚，蠻山石合繁。雞冠晴霧溽，龍手紫雲翻。香自縈床角，春猶抱杖根。藥廚收貯好，小朵佐清樽。

萱

小艸忘憂恰，高堂擢秀堪。花繁應樹背，香暖況宜男。浥露新黄沃，承暄濕翠含。問誰贈丹棘，幽思滿荒菴。

茅

堯屋茨初葺，荆州匭是供。水花吞五丈，風力捲三重。晝短秋陰薄，田荒月影濃。連茹占有象，不復嘆蒙茸。

荷

植向東林社，浮來太乙槎。香添江上影，紅散鉢中花。珠竇浮清露，金房簇綺霞。獨標君子質，豈肯委泥沙？

萍

綠罽侵沙暗，輕羅疊水新。鴨貪三月雨，鶴夢一池春。飄泊誠無定，纏綿自有真。楊花千萬點，生意悟前身。

菱

桂棹搖花碎，蘭杠壓翠齊。腕探鴛翼外，人隔鵠飛西。奩影藏紅豆，衣香涴紫泥。買舲蓮葉北，月白水風低。

瓜

西母芳初洌，東陵種已成。龍肝經蜜釀，魚腹宛香縈。紅雪滋瓊液，寒雲滴水晶。鎮心方有藉，納履果何情。

松

老幹參天立，貞蕤帶雪濃。根原蟠夏社，心詎戀秦封。釵影攢寒谷，濤聲撼夕峰。未須驚繫馬，從此看盤龍。

桂

珠雀翔仙闕，金鵝睡海關。一枝珍比玉，八樹影浮山。月小誰親折，天高許仰攀。皋塗陰正滿，新放綵鵬還。

槐

承陰三公位，培根五沃田。落花香夢蟻，攬葉綠吟蟬。絲竹聞深夜，科名憶昨年。橫經向春市，雲破午陰圓。

柳

梁館絲輕漾，隋堤翠暗翻。攀條來北郭，望遠倚東門。波軟浮雲絮，春寒膩雪痕。空林聞畫角，風定暮煙昏。

桐

閏識三年後，秋生一葉初。鳳鳴金井落，鸞集玉堂虛。小閣晨霞敞，西窗夜雨疏。願為琴瑟用，詎肯委山樗？

桃

度索山前種，春園媚曉晴。紅時應過雁，花處早聞鶯。釃雪銀華潤，翻霞錦浪生。繽紛深塢裏，記否武陵行？

李

東苑春風早，南居翠質殊。冰盤初薦碧，雪椀乍沉朱。香軟泉浮玉，花飛露滴珠。整冠方自凜，蹊徑一時無。

梨

御宿留佳植，靈關結素氛。半枝晴帶雨，十里夢迴雲。雪液澆胸潤，冰花沁齒芬。哀家蒸食否，珍重比芳芸。

梅

洛涘閑居好，雲山老樹清。一枝逢驛使，五月落江城。雪嶺魂初返，梨花夢不成。春煙破殘臘，東閣逗詩情。

橘

陸績香盈袖，朱光樹列屏。金苞晴綴露，珠顆細含星。春水懷蘇井，秋風憶屈庭。踰淮雖化枳，氣味總芳馨。

鳳

授璽堯階莅，銜圖雒水游。紫庭常近日，丹穴不生秋。風翼翔千仞，雲儀覽九州。簫韶諧雅奏，郊藪樂同儔。

鶴

夜半鳴風際，秋來警露先。乘軒曾受祿，入帳定呼仙。稻熟盤金穴，花開舞玉田。知他清到骨，吹笛亦悠然。

烏

雙闕晨光浥，空林夕影翩。南飛頻繞樹，西使每棲煙。銅柱占風順，金暈抱日圓。夜啼應不歇，宛轉寫琴絃。

鵲

早負登春意，欣傳報喜聲。梁間春雨潤，扇外紫雲平。圓石何年化，長橋一夕成。玉堂當雪霽，早晚噪新晴。

雁

欲別增離緒，無端溯舊游。短蘆湘浦夢，衰柳塞門秋。月冷迷沙岸，霜寒過戍樓。人生比鴻爪，莫為稻粱謀。

鳧

晚泊依漁火，晨趨暎釣矼。沙晴春浴渚，藻暖翠浮江。較鶴初形短，銜魚偶蹴雙。蔽天風雨下，有客佇篷窗。

鶯

一串珍珠滑，嬌鶯哢好音。歌圓風柳散，梭密雨花深。得友辭幽谷，逢春囀上林。攜柑聽嚦嚦，陌上酒徐斟。

雉

介鳥徵璣象，原禽應火精。毰毸飛雊鼎，蹀躞羽懸旌。夏翟輝雲陛，春翬下錦城。山梁安飲啄，不復感琴聲。

燕

繡戶窺衣桁，空梁掩畫叉。曉簾香啄草，午榭倦銜花。雨細紅襟濕，風輕翠縷斜。年來春色好，飛入野人家。

雀

楊寶三公兆，王祥一德咸。玉環偕翠隱，香艾認紅銜。穿屋誠無取，巢堂信不凡。嘉賓方賀廈，黃口敢貪饞？

龍

鱗甲修淵壑，飛騰麗絳霄。紀官明德啟，銜燭大荒昭。秋雨連江漢，春雷震汐潮。李膺門第峻，魚尾笑空燒。

麟

祥畜天心感，中朝德意交。星輝金瑞啟，雲爛玉書苞。靈毳游春時，香塵在近郊。英姿標畫閣，芝蓋望寧淆。

象

天竺牽轅順，蒼梧蹈土馴。恩深嫺拜舞，戰苦識轔困。燧尾旌旗暗，藏牙草木春。伽那如解脱，豈復致焚身？

馬

過阪鹽車釋，登臺駿骨諳。局轅場草戀，泛駕陣雲酣。歕玉紆金埒，流珠濕錦驂。求良先去害，顧影每趁邅。

牛

潁水餘幽躅，桃林感舊蹤。腰常縈白綬，脰宛協黃鐘。賣劍斜陽散，牽轅斷塹逢。何人頻問喘，公輔奏時雍。

豹

君子文初變，將軍氣總豪。線花穿錦袖，艾葉綰戎韜。北國丹霞蔚，南山黑霧高。一斑窺自管，誰向九閽遭？

熊

祥夢徵男子，嘉爻兆帝師。和丸原有藉，碎掌復何辭。別館春雲濕，青旗曉日熹。翠微方自守，逸氣凜蹲踦。

鹿

俟俟頻求友，甡甡不計年。隍中原是夢，林外卻呼仙。蹀躞隨車至，葳蕤八畫傳。銅牌餘草色，飲爾白雲泉。

羊

火蓄茅初化，金精黍最宜。噉珠誰絜爾，叱石頓來思。殘雪霑毛冷，斜陽下影遲。饗秦功必舉，珍重五羊皮。

兔

漢馬徵名異，梁園攬勝勤。呈祥知協舞，命中兆還軍。擣藥依明月，抽毫傍紫雲。忘蹄如有得，撲握對寒曛。

鐘

東序諧編磬，南宮掌奏金。客船移夜半，禪榻坐秋深。鯨擊海濤立，龍蟠山月陰。曉趨長樂陛，清切聽仙音。

吴省欽跋

詠物之篇，於「六義」為賦。有賦而無比興，此詩教所以不克振也。昔之詠物，羌無故實；後之詠物，數典而求。幅廣較於易工，章短苦於難措。作者取精棄麤，舉一該十，每從神解超曠中包括眾有，能使讀者掩題而訣為是題，莖草金身為之拜倒。學弟吴省欽拜手，時己酉四月十二日。

續詠物詩一百二十首有序

余向擬詠物詩百廿首，就李巨山舊題為之。雪窗寂寞，復檢得題如前數，皆巨山所未及詠者。

燈昏硯凍，隨意揮灑，拙者適形其為拙也。至云粗服亂頭，愈形嫵媚，則吾增愧恧多多矣。

雷

地氣滋華實，天聲震晦冥。衣冠肅深夜，鐘鼓協春霆。白水嘘龍起，空山引雉聽。阿香車轣轆，撼不到書廳。

電

列缺施鞭疾，騰輝麗絳霄。燭難藏口腳，激欲掣霞腰。錦樹紅綃裂，金墉紫幟搖。博天開笑口，勝看火雲燒。

霜

屋瓦千層薄，山鐘一夜知。板橋人去後，秋寺月明時。沙磧鷹拳猛，蒹塘雁足遲。堅冰應致凜，惆悵曉楓詩。

虹

艴赫依山紫，連蜷亘水長。玉橋拖日霽，金井飲秋涼。上殿弓懸影，開爐劍掣光。在東看螮蝀，莫漫説虹藏。

霞

夕影靈芝擢，朝暉若木承。海樓浮日出，秋嶺挾雲昇。綺帶金華散，杯添玉液澄。偶然餐一片，痼疾詡何曾。

村

漁稼隨時好，山村少俗氛。茅簷晴撲地，竹火夜停雲。細路梅花罨，平橋斷石分。人家多古樸，誰復誚無文？

洞

宛轉通雙闕，玲瓏據一峰。泉香飛蝙蝠，日暖聚芙蓉。古徑苔花澀，空巖石乳濃。桃源尋不見，終古白雲封。

谷

截竹來軒帝，抽觴待魯儒。虛時任風動，闇處定霞腴。樹聚遷喬鳥，場空食藿駒。知榮還守辱，臣請遂名愚。

澗

玉寶飛泉漱，周圍盪翠嵐。石困尋不見，金餅拾何堪。蘩綠春風染，芹香曉露涵。縈迴三百曲，惟有碩人諳。

鐸

牛上尋何幻，雷先奮自新。和聲諧樂律，狥路掌遒人。木葉山樓脫，天風寺塔振。琅琅清似語，口舌覺斯民。

磬

泗水浮來器，堯庭拊後音。香巖晴扣石，仙閣靜浮金。山月一樓白，曇花孤館深。稜稜戛秋玉，響徹碧梧陰。

箴

魏絳精嚴語，崔琦錦繡胸。宛然針淬鍔，莫謂筆藏鋒。確切防微意，深沉補闕悰。不嫌攻太急，有疾可從容。

銘

溫潤書前烈，清新感至誠。孔門僂一命，周廟慎三緘。雲護湯盤字，霜封武鏡函。太常功具載，座右立之監。

戟

十二前驅導，龍光賁繡旛。欞槮排鐵室，左右列金門。摩刃風鈴語，交枝雪鍔翻。至今石鼓側，槐蔭古苔痕。

槍

飛將人間少，神威馬上傳。蓺花晴鬭雨，苔葉綠橫煙。鐵冷荒雲外，沙明白水邊。角聲聽第四，齊奮鼓淵淵。

鞍

髀肉消無幾，英雄感歲華。金寒塗柳葉，玉暖壓桃花。古繡紅蒸汗，香茸紫涴霞。老夫為顧盼，百戰閱風沙。

鞭

緩鞚津橋路，將軍駿馬過。蒲香浮黯淡，石影認婆娑。玳瑁招雲重，珊瑚拂水多。斜陽秋草外，又聽牧牛歌。

醫

岐伯傳經祕，巫咸擇術端。十全留玉板，三折有銀丸。春雨芝田潤，香泉橘井寒。請君納書卷，不換此心丹。

卜

龜卜期先協，狐疑決未萌。夜深燋乙乙，煙碧火庚庚。幣繫金縢字，囊垂玉兆名。歸裝餘片石，蜀市訪君平。

畫

潑墨愁神鬼，開縑具雨風。香生濃淡外，春在有無中。幾筆水聲出，一天詩思工。靈圖溯龍馬，卦象啟洪濛。

算

兩儀天地闢，九數歲時成。惟靜斯生動，因虧乃就盈。月圓絲影碧，風積黍痕明。此法傳周髀，金科勝玉衡。

堂

白玉雕初就，黄金飾已工。魚鱗春瓦緑，龍骨夜燈紅。花影筠簾護，書聲紙帳籠。聚奎高處望，多在五雲中。

臺

縹緲凌雲起，靈臺信有之。鳳聲天上引，鹿影日邊遲。墟廢猶留響，梁空但剩詩。生平志勳業，圖像果何時。

廚

為奏援錐技，聊伸供匕情。酒應嗤阮籍，肉漫鄙陳平。越俎何妨代，充庖敢取盈。炊煙隔微雨，高樹隱春城。

竈

取媚吾何敢，燔柴禮失真。鼃聲辭暮雨，馬影戀餘春。藥煮松門透，香偎紙帳匀。黄羊如可致，燭不到貧薪。

針

斂影宜投芥，藏鋒許佐砭。影敲松月白，香迓稻風恬。魚怕竿横艇，鸞窺繡隔簾。莫誇磁石引，暗度又何嫌。

網

會得千絲理，須開一面恩。秋雲涼過岸，晴日曬當門。珊樹空江老，漁燈斷港昏。求賢際今日，慎勿委煙村。

陶

苦窳知無慮，河濱自古陶。建瓴當取順，運甓敢辭勞。樓静鴛棲穩，臺荒雀影高。甕中餘退筆，香定泥飛毫。

冶

橐籥洪爐鼓，陰陽一氣經。有金皆受範，無土不為型。劍委江煙白，鐘殘佛火青。方今勸農事，負耒向春坰。

春

似與砧同調，空山夜夜聞。夢回孤館月，聲斷一溪雲。香粒槽邊聚，秋泉枕上分。蘆簾歸正好，樽酒話殷勤。

薪

椙榾根盤石，長林綠意騷。山空秋露緊，竈破冷雲高。此筆何妨炙，如人亦有勞。江淹緣底事，將爨侍中袍？

炭

萬壑翠蒼茫，秋風草木黃。煆餘山柳性，偎伴屋梅香。愛日留春館，輕煙冪畫廊。笑他雙鳳影，燒否驛雲涼。

絲

紕組工為用，紞緎妙取裁。藹香春雨膩，漚水綠雲隤。紅袖圍金屋，清琴響玉臺。一鞭花影外，又逐軟風來。

綿

麗密比吳縑，盈筐纊影纖。日黄媪可愛，雲白軟何嫌。柳絮前身幻，藜花別夢淹。何人風雪裏，高臥掩蘆簾？

印

芒角歸周正，曾傳相印經。山中嵐委白，江上字餘青。石鵲飛珠憓，金駝擁繡軿。洛陽王校尉，井畔辨書銘。

綬

瑞玉纏綿繫，祥金次第添。鳳翔天影曙，雞吐日華暹。艾葉千絲組，桃花一桁簾。蕭朱今已矣，珍重護青縑。

冠

岌岌崇周制，峨峨仰素王。翠纓花暈淺，文竹月波涼。烏認瓜田下，蟬窺藥省翔。因思進賢者，一樣綴明璫。

帶

太息撫余珮，黃河如此深。茱萸晴抱玉，芍藥瑞圍金。魚掣水雲影，犀寒山月陰。攤書拾香草，何待繞腰尋。

裘

紫綺三英燦，殘繒百結緶。魚竿閑釣渚，鶴氅曠雲山。已嘆黑貂敝，不知青鳳還。鷫鸘雖典去，文藻滿人間。

履

赤舄那堪曳，青絲無點埃。雪中沽酒去，雨後看山來。金壓春階草，珠縈別館苔。寄言白居士，望斷朵雲回。

韈

素縞識龍梭，巴山一匹羅。材非供畫竹，步恰好凌波。鴉白霜華慘，渠紅日照多。不逢青眼客，跽結問誰何？

衫

莫嘆客衣單，春光海樣寬。鳳毛黏翠重，燕尾帶紅殘。蕉雨侵幃濕，荷風入袖寒。何須誇杏子，深院落花攤。

氈

帳裏春如海，堂前墨正磨。四圍花不少，一夜雪無多。坐客寒應減，羈臣咽若何。我家餘舊物，燈火起摩挱。

枕

不作盧生夢，空庭歲月長。沙場搜琥珀，春殿聚鴛鴦。白石自秋色，黄花多古香。年年飛柳絮，消受幾分涼。

杖

鳩影扶階綠，蝦鬚映日紅。書聲天祿閣，秋色廣寒宮。賣酒頻年醉，看雲一笑空。葛陂如可到，吾欲訪壺公。

爐

吐氣蓬萊頂，揚芬鼎鼐旁。龍蟠晴旭暖，鴨睡夕熏涼。寶篆霏煙細，名花接夜香。廬山有仙境，雲白水茫茫。

釵

妙許同心服，還為耀首貽。別來驚瑇瑁，賜出煥旌旗。唐殿鸞飛早，秦宮鳳下遲。人間誇十二，老去重峨眉。

案

竹鄔空青委，松齋淨綠鋪。石花分月魄，玉葉半雲腴。墨瀋吹何有，縑香淡欲無。更須勤拂拭，官樣紙新糊。

笈

徐穉論交篤，包咸受業專。蠹邊餘幾字，驢上負多年。卜市雲橫影，書倉玉吐煙。紫臺文最古，妙蘊果誰傳？

篋

入學何妨鼓，還家妙與依。衣香縈短桁，書影淡秋幃。文錦連雲返，明珠帶月歸。岱宗虔探策，八十果無違。

籠

辛相扶持久，書生寄託艱。溪香鵝浴水，嵐白鴿棲山。藥氣當壚沸，花光隔檻還。小詩題滿壁，笑爾碧紗慳。

鼎

負俎講王道，得璜稱上賓。神姦辨微渺，金鐵發精神。日煜龍文麗，風和雉影春。汾陰遺寶器，山海百祥臻。

盤

學得長生術，丹金鑄作盤。冰花融細膩，春餅映團圞。水定星光聚，天高露氣溥。銅盂微有凍，萬里已知寒。

樽

問訊空山老，山中得醉無。提攜在東阼，斟酌到中衢。江海量難具，雷雲形不誣。躋堂介眉壽，春酒湛醍醐。

鉢

伴爾磁瓶久，拈花一笑初。青蓮開頃刻，香飯現空虛。響滅詩成後，光圓膳撤餘。夜深風雨大，知是咒龍車。

甌

聞說書名者，曾煩一覆勞。青涵雲絮活，白盪月輪高。酒氣融金液，茶煙泛玉濤。可憐犀筯擊，秋殿手頻搔。

甕

怪爾三都賦，如何覆酒云。香廚秋貯露，圓牖日滃雲。松壓殘書字，花留退筆芬。黄虀足三百，薄醉趁斜曛。

箸

有菜始需汝，撞鐘非所宜。此籌臣請借，一震客何為。青竹香黏匕，紅粱瀋膩匙。萬錢無下處，竟似贈安期。

篙

萬里浮家穩，輕篙剌畫艭。桃花明港石，葦葉打篷窗。夜雨高三尺，春風緑一江。靈胥寧許翫，裏布渡神瀧。

帆

一幅布帆掛，蕭然蘆荻鄉。愁人湖海夢，增我水天涼。細雨來無恙，西風飽不妨。歸舟頻指點，江口又斜陽。

粥

羡爾咄嗟辦，素馨吹不飛。可知斧冰屑，最怕典春衣。鼎瀉翠濤滑，匙翻紅豆肥。口香留七日，攜許半甌歸。

糝

肉食者原鄙，蒸藜如此清。何人薦春餌，半夜熟香秔。紅暈桃花粥，青翻柳葉羹。調和功不淺，分餉午窗晴。

茶

顧渚香搓乳，蒙山紫涴霞。天留穆陀葉，人愛聖陽花。蟹眼銀甌雪，蟬膏石鼎芽。竹爐添活火，一縷碧煙斜。

羹

斟雉天廚渥，煎梟御館開。清香淡藜藿，正味發鹽梅。碧澗香芹滑，寒山玉糝煨。秋風憶蓴菜，為置紫霞杯。

錫

粔籹秋江怨，華陽二百皤。香凝煮冰屋，聲隔賣花村。剪燭頻徵典，含飴且弄孫。可憐寒食節，説餅又黄昏。

油

冷艷期魚素，輕煙散鳳街。院風酥奈實，山月潑松柴。紅穗銀缸剔，春膏玉甕揩。桓元舊寒具，開絹凍雲皆。

稻

虎掌名須記，蟬鳴候可稽。暖雲蒸斥鹵，肥雨滑春泥。花罨碧泉亂，飯香山屋低。恐教鸜鵒啄，擔向夕陽西。

麥

餅餌依稀到，麰麳大小同。根培隔年雪，香散掃花風。鐮影夕陽外，車聲黄葉中。一天晨氣潤，父老話年豐。

葵

衛足空園好，移根古囿晴。霜寒秋葉老，日午素心傾。鴨腳搓香軟，蟲絲罥翠輕。鍾山鹽米外，又傍蓼花橫。

豆

記得南山下，停鋤聽雨棚。秋花田十畝，香粥月三更。碧煮沙瓶淨，紅滋竹井清。不須矜玉糝，為佐腐儒羹。

蔥

莖葉喜披拂，荒畦三畝斜。人間和事草，詩裏潑油花。香膾摶輕碧，春簪試細芽。元都留上藥，絕勝飯胡麻。

菘

不有金門客，誰參玉板禪？鬅鬙秋雨後，醖釀曉霜前。寒碧欲盈把，新黃初試拳。蓄他三兩甕，足結冷官緣。

柹

七絕人間擅，松陽種傍廬。萬株韓愈詠，滿屋鄭虔書。絳蠟和雲凍，金衣映日舒。華林園裏望，老樹更扶疏。

棗

荆棘外殊雜，赤心中固純。獻猶說西海，撲不到東鄰。短巷竿聲緊，秋山露氣勻。一林紅玉皺，微帶晚霞皴。

杏

嘉植移蓬島，仙根鬱瀨鄉。絃歌古壇坫，科第舊林塘。繞宅但湖水，入山無草香。花村與花堰，各自占春芳。

蕉

急雨忽然至，院深剛下簾。綠天誰覆鹿，涼月乍移蟾。花外美人妬，雪中詩思添。東風緣底事，暗地拆書函。

蒲

抽蒂經朝雨，含茸待夕陽。訟庭鞭落影，書舍牒留香。棒水為誰綠，扇風如許涼。南塘春一色，兩兩護鴛鴦。

苔

廢苑無人至，幽香到處逢。蟲書留玉篆，屐印認泥封。風坼垣衣破，花牽石髮鬆。髿髿緣砌上，點點露華濃。

蓼

三兩漁舟外，依稀見宿根。汁香釀春酒，花老佐秋豚。野水寒煙積，空塘落月昏。劇憐尹都尉，種蓼有書存。

蒿

醜類最繁富，入秋名不訛。西風響蕭荻，涼露滴莪蘿。駒秣翠猶在，鹿鳴香更多。曾聞作宮柱，詎止媿嘉禾？

葛

結蔓碧相引，冪煙青欲飄。春風憐弱質，中谷施長條。蠚啄鳥聲碎，絲抽燈影搖。衣成掛蘿薜，涼月擁深宵。

艾

作佩固無當，入湯原不淆。人方醫老病，燕又避新巢。藥臼和苓擣，冰臺借芷捎。湯陰有黄草，珍重寄寒郊。

桑

直舉天高處，千年不改柯。荒田變東海，古社記西河。赤鯉雲湖淨，春蠶雨葉多。彈箏歌陌上，問客感如何？

榆

圓莢一林綴，小錢剛出囊。折巢看鵲起，控地識鳩搶。階雨垂簾緑，關雲擁社黄。祗應種天上，歷歷現星芒。

椒

郁烈復蕃衍，美哉葩擅靈。播芳紫檀霧，攝氣玉衡星。獻歲春花馞，塗泥錦屋馨。為渠蠲百疾，蜀髗種青青。

楓

肅肅一千丈，長楓果出群。酒人醉秋露，山鬼笑孤雲。漢殿香膠涴，吳江白浪分。停車坐林下，為爾滯斜曛。

椿

壽考貞材享，煙霞野性宜。春秋八千歲，風雨兩三枝。芽嫩紅鹽配，香疏碧蘚滋。中庭方合抱，奕奕挺靈姿。

榕

莫謂生姿弱，連蜷百尺齊。鬚蒼煙窣地，根古翠蟠泥。山立馬初繫，庭荒鶯亂啼。斜陽入高閣，榕樹倚榕溪。

槲

樗櫟豈無用，入林煙景迷。秋風凄白雁，曉日上金雞。樸樕寒山外，彫零廢寺西。不扶能自豎，莫漫委荒溪。

檀

我樹子無折，小園今正芳。河干聲坎坎，車輻影煌煌。臘雪培根沃，秋風吹葉涼。溪榼戒先斫，山野幾留良。

鵠

一舉便千里，汙池非所安。影憐菊裳薄，香啄藕花殘。比翼日華白，摩天雲路寬。空籠猶許獻，不作鷺同看。

鵬

水擊三千里，圖南此一登。神魚欣有托，凡鳥恥為朋。變化生風雨，扶搖謝弋矰。漫空飛白雪，問爾落毛曾？

鷹

氣猛易攻取，雄心誰與言？雲深棲茂樹，風勁擊中原。畫壁蒼煙古，房山白草昏。天和須感召，早晚到春溫。

鶻

刻制鶻之性，乘風六翮翛。眼明雲路迥，拳老雪天驕。荒磧衝煙起，春冰帶血消。長楊如許奉，餘力借扶搖。

雞

與爾共風雨，寒窗今幾年。棲遲塒榤穩，潇灑羽毛鮮。茅店鳴荒月，秋籬咽冷煙。英雄舞中夜，莫誤聽啼鵑。

鳩

宛彼飛鳴者，陰晴汝竟諳。鵲巢居尚可，鳳閣集何堪。杖影摹春社，琴聲感石龕。大鵬休取笑，萬里快圖南。

鷺

淺渚低徊久，幽姿洗刷勤。毿毿絲偃露，磊磊脚盤雲。白石立秋浦，圓沙明夕曛。有時弔孤影，天外一行分。

鷗

有鳥似輕漚，忘機水上浮。舍人封碧海，閑客占滄州。夢穩蘆花帳，涼深藕葉舟。此心盟日夕，從不為飢愁。

虎

探穴可無惴，負嵎何所求？腥風掀草木，白日走羊牛。鬼火諸峰變，山聲一夜秋。緣他苛政猛，增我使君愁。

狐

一腋千羊抵，餘威隻虎憑。絳帷潛報雨，墨水暗聽冰。華表晴磨柱，叢祠夜避燈。媚珠雖有耀，不敵此心澂。

猿

靜綏山公性，棲遲愛茂林。峽中連夜雨，煙外擁條吟。碧玉酬齋鼓，紅絲感爨琴。縱然輸越女，老我白雲深。

貂

北海文章窟，東瀛富貴天。不堪煩狗續，要自喜蟬聯。栗雪雙扉掃，松雲一樹圓。當時蘇季子，裘敝有誰憐？

鼠

山曉社君匿，兩端持太拘。飲河惟滿腹，鬭穴底捐軀。幡毀祇園炷，床攤貝闕珠。蘭亭許臨寫，吾欲捋伊鬚。

驢

策蹇尋幽僻，何人舉手招？寒山詩思引，孤店酒旗飄。春草雲雙澗，梅花雪一橋。京華三十載，誰嘆故鄉遥。

駝

古拙存吾性，而何嫵媚誇？泉香秋衍脈，水淨夜盤沙。黄帕經函委，紅鹽雪驛加。無端多所怪，馬腫背原差。

狗

畫虎恐其類，續貂良可憎。夜村驕似豹，秋獵猛于鷹。帨影花間屋，鈴聲雪外塍。韓盧非不疾，掣肘更何能？

豬

且牧伯鸞豕，言還司馬豵。十年依海上，一笑謝遼東。官路槐陰滿，秋山梓蒂空。金鈴曾繫背，遮莫畫屏風。

蛇

吞象三年飽，乘龍五緯明。毒雲深壑聚，秋草一川平。援劍知天意，銜珠驗物情。語君休畫足，凡事戒先成。

龜

六室依方位，千秋秉靜嘉。字排堯璧煥，文列禹圖華。曳尾尋蓮葉，搘牀泊土花。只緣益衰老，科斗落人家。

蚌

不斷江雲濕，多時海雨鹹。波明珠孕魄，天淨月離函。彩煥樓頭鏡，煙鋪水面帆。方將游五岳，風霧起空巖。

蟹

何處監州好，漁莊有徑通。菊天新酒綠，水滸一燈紅。昏港雲迷籪，寒村雪壓篷。橫行渺湖海，春霧怕迷濛。

蝦

水漫沙虹委，橋低海馬奔。長鬚新綠捲，空殼嫩紅翻。蘆葉夢深淺，稻花香吐吞。繫船富春渚，撈傍月黃昏。

蟬

弗藉晨風引，飄然萬緑齊。一鳴足清聽，得樹便高棲。廢苑辭煙起，寒林抱葉嘶。禪心緣爾徹，寂寞對空隄。

蝶

試問羅浮境，莊生已不知。輕誰憐鳳子，俏最怕鶯兒。粉涴香裙幅，塵縈玉屑絲。簾開春夢醒，花氣正濃時。

蜂

微雨泥房潤，春風蠟蜜和。小欄留韻淺，深院聚香多。花釀紅黏甕，巖空翠罥窠。座中有仙客，飯罷影羅羅。

蠅

聲色遽能亂，暖寒寧弗知。積灰聊藉此，故紙且鑽之。驥尾雲程附，雞鳴月寢疑。負金當自愛，污璧是何時？

蚊

隔幔雷聲隱，窺人豹腳斑。荷鬚燃火送，柳絮飽風還。燈暗遂成市，秋深空負山。終宵不能寐，底事黍民頑？

螢

腐草荒榛外，清光悶自持。炎天常不熱，暗地亦無欺。扇小秋心動，簾疏午夢宜。飄零何處好，珍重薄霜時。

蟻

撼樹縱無當，慕羶誠有因。由來循弟子，不獨識君臣。槐國雲埋垤，柑鄉雨浥塵。冠山同戴粒，物我總遊春。

蛙

不問官私地，居然兩部傳。多言竟何益，有氣卻誰憐？碧草綠苔院，清風明月天。持頤赴秋水，鬧煞柳塘煙。

蟫

煙海恣游泳，文津快頡頏。蘭臺穿玉字，芸館掉金章。燈火尋何處，詩書飽不妨。伊誰同脈望，三度食天香。

施朝幹跋

取材之博，修辭之雅，固不待言。其中如「春風綠一江」、「梅花雪一橋」等句，風神瀒蕩，右丞、襄陽之遺韻也；「風勁擊中原」、「一拳老雪天驕」等句，氣骨蒼渾，供奉、拾遺之宏軌也。由前之說，是為高士；由後之說，是為英雄。詠物至此，李巨山輩何從問津耶！培叔弟施朝幹謹跋。

存素堂文集

吴錫麒序

文之有廬陵，猶詩之有摩詰也。摩詰之詩，有樸至語，有沉雄語。而及其離去塵俗、餐飲沆瀣，則若飛仙化人，不可企而及也。廬陵文亦然，史稱其天才自然，豐約中度。蘇老泉謂其紆徐委備、往復曲折，而條達流暢、無所間斷。大抵摩詰之詩以神勝，廬陵之文以識勝。而總而論之，要皆同出於靖節，惟待讀者尋繹於語言之外。

今之能逮於古者罕矣，好古而能信，信古而能專者，其惟時帆先生乎。論時帆之詩，而以爲摩詰；論時帆之文，而以爲廬陵。其詩之見於世者，人得而信之；其文之未見於世者，人且聞而疑之。而時帆乃獨出，而取質於余。余何足以知時帆？然觀其言簡而明，信而通，有類乎廬陵之爲之者。因移向之讀廬陵之文者以讀之，讀之久而始知其肖之。且不惟肖其貌，而且肖其神，且肖其爲人。周益公曰：「歐陽文忠好賢樂善，蓋其天性。得交友問寸藁尺書，必軸而藏之。」

今時帆奖借士類，樂與有成，一時賢士大夫屣滿戶外，四方賓客奉尺牘問訊者日數十至，其好賢樂善，吾不知視廬陵何如。即其有來必答，一札所及，款款然如出肺腑示之，且令人皆什襲以爲至寶，其感人爲何如，則其好賢樂善又何如耶！昔人評摩詰詩，謂爲詩中有畫，若廬陵《豐樂》、《醉翁》二記，又文中之畫也。時帆闢詩龕，供摩詰、廬陵諸賢像，以示瓣香所在。夫思其人不得，而即於畫中求之，時帆其神遇矣哉？嘉慶六年歲次辛酉秋七月上浣同館愚弟吴錫麒拜撰。

趙懷玉序

文章之道，各聽其人自詣，而非有限之者也。然處崇高綏厚之地，欲與老師宿儒、白首呫嗶者爭其長於一日，則勢有所甚難。何則？窮而下者，枕葄經史，舍是無他嗜好，故得爲顯門名家；達則官守勞其心，紛華蠱其志，縱汲汲於古，而奪之者衆，其難一也。窮而下者，自治其業而已；達則操陶冶之柄，當以衆人之文爲文，而未可私爲一己之事。古公卿説士之甘，不啻口出，而天下奉爲宗匠。苟聞見有未周，精神或稍怠，則觖望多而令名遂損，其難二也。窮而下者，同類切劘，人樂攻其短；達則分位既尊，貢諛日至，雖其儕列，亦不敢遽肆譏彈，故有失而終身或不能自覺，其難三也。凡此者，勢爲之，而實己爲之也。

若同年時帆學士則不然。學士少通籍，入翰林，陟歷清要，手未嘗一日去書，於當世賢才若飢渴之於飲食，又抑然自下。雖以余之譾陋寡識，每有所作，輒殷殷相質，必求其是而後已。蓋人所謂難者，學士皆視之易。易所以昌，厥文者至矣。頃以所著《存素堂文初鈔》見示，讀之，則氣疏以達，言醇而肆，意則主於表章前哲、獎成後進居多。學士詩近王、韋，文則爲歐、曾之亞。「初」之云者，不自滿之辭，其即日進不已之幾與？匪特此也，學問之益，固由業之勤、取之博、受之虚，而胸次不超，戚戚者適足爲文病。學士則一官學士，再官祭酒，陞沉得失，洎然不以介於中，是又泯窮達而一致者矣，于文乎何有？詩云：「靡不有初，鮮克有終。」吾願學士之勉其所終，而毋忽其所難而已。嘉慶五年冬十月武進趙懷玉撰。

楊芳燦序

昔昌黎子之論文曰：文無難易，惟其是爾。蒙竊謂文之至者出於易，其次始出於難。六經之至者無論已，如諸子中之《道德》易矣，而莊則難；史中之左、馬易矣，而班則難。即以昌黎一人而論，如《原道》諸篇至矣易乎，其鬬奇角險，洞心駴目，柳子所謂「捕龍蛇、搏虎豹」，極天下難，要非其至者也。時帆先生以《存素堂文稿》示余，閱月始卒業焉。其文情之往復也，令人意移而神遠；其文氣之和緩也，令人躁釋而矜平。采章皆正色而無駁雜，韻調皆正聲而無奇衺，殆造乎易之境，而泯乎難之迹者矣。文其至矣乎！先生好古嗜學，寢食未嘗去書；獎勵後進，汲汲常若不及。與人交，悃款淳篤，久而彌摯，蓋其和平樂易，天性然也。

方今聖化翔洽，六合之內，含甘吮滋，條風瑞露，發爲文章。先生居侍從之列，將出其所業，爲世之司南。俾和聲順氣，發於廊廟，而暢浹於荒遐，豈不偉哉！先生深於文，尤深於詩。自風騷而下，如蘇李贈答、《古詩十九首》，無一僻字奇句，而其味深長。後人竭力追摹，莫能彷彿其萬一。惟淵明神志澄淡，能與之合。有唐一代，王、韋諸公外，寥寥絕響。先生學陶而得其神髓，此中甘苦知之熟矣。然則至易之境，乃詣之極難至者也。世能讀先生之詩者，自能讀先生之文，當不以余言爲阿好也夫。嘉慶六年八月上浣梁溪楊芳燦拜序。

陳用光序

自叔孫穆子有「三不朽」之言，而後世文士，遂銳志於「立言」之業。然吾謂言之立也，别是非，辨賢否，陳天德，明王道，苟其言之當，雖無文字之傳，要足以信今而示後。周任、史佚之所述，臧文仲之既没而言立，後有賢者皆能識之，初何嘗有文章之名哉。西漢人莫不能爲文，及魏晉南北朝而其體始亂，韓昌黎起八代之衰，歐、曾、王、蘇遞尊之，而肆力於文章之事，於是始有古文之名。顧求其本必由於躬行仁義，而成業必由於調劑心氣。苟其人之不賢，與雖賢而不盡力於文章之事者，皆不足以與乎此。而及其業之既成，則遂傑然足以當不朽之目。然則以文為立言之道，其源雖異於古之所云，而其實足以相配。此文章之密，因世遞增，而亦人心感於天地自然之文，有所不能已於此也。

余曩時聞梧門先生居成均時，博學能文，而愛士汲汲如恐不及，心嚮往之。及居京師，過從至密，先生每作文，必以示用光，商榷至再三，必從之而後已。其心之虚而公也如此，此古大臣之用心，所謂躬行仁義之本，雖不以文字見，世之士猶當奉以矜式，況其文之既工且富焉矣。先生之文，冲淡夷猶，俯仰揖讓，有歐陽氏之遺風。讀其文者，如見先生樂易可親之象焉。辱先生以序文見屬，乃為之說如此。世之人苟能以先生之文，而得先生之用心，則於立言之道，賅本末而一之者，夫固有以得之矣。是為序。嘉慶八年四月同館後學新城陳用光撰。

法式善自序

余何敢言文，顧自少讀書，及官翰林三十年，舉所見聞，存掌故、核是非、識得失、備遺忘，歷時既久，遂成卷帙，存之以驗讀書課程云爾。程子素齋來京師，寓佑聖寺，距余居近，數數過從。見余文袖歸，鈔成副本，余未之知也。既别去，一日自揚州寄書來，謂方梓家集，俟工竣，將並鐫余文。余聞之，皇然驚，亟作書止之。書至，而鐫已半矣。嗚呼，程子將以余文爲可傳耶，豈余所及料者哉？今天下之績學而能文章者，林立而薪積，余何敢厠作者之列，乃程子善之，謂非余之深幸哉？雖然，奇才傑士埋沒於山林荆莽，至不能舉其姓氏，而下士得所憑依，往往能顯於世，余幸於此，而不能不慨於彼也。書此以誌余過，且致書素齋，勿以余文輕示人，重余愧也。嘉慶丁卯六月法式善自敍。

存素堂文集卷一

論

唐論

唐之得天下也以爭奪，而其失天下也亦以爭奪。其兵之興也以宫妾，而兵之廢也以宦官。觀于此，天人感召之機蓋不爽矣。高祖之于隋，朱溫之于唐，雖不可以並論，顧其事蹟有略相類者。然高祖創業三百年，而朱溫旋敗，後之論者終以盜賊歸之。何其遭遇不同耶？自高祖至中宗，數十年中，再罹女禍。玄宗親乎禍亂，而復敗于女子。憲宗志乎僭叛，而不克終其業。穆宗以後，藉内豎擁立者且七君，國是又何論乎。顧人皆謂唐之亂亡，由于方鎮之跋扈；方鎮之跋扈，由于宫掖之不肅清；宫掖之不肅清，其端皆起于太宗。太宗能以功烈蓋父之愆，除亂致治，比隆湯武，可謂英主矣。至于以宫妾興，以宦官廢，未能逆覩，尋其終始，有足感者。防微杜漸，君子所以兢兢也哉。

陳碩士曰：於天人感召之機，見之極其精透，故立論亦極有精采。

石琢堂曰：立論閎通。

宋論

宋之亡也，不由于小人，而由于君子。不由于君子之不能容小人，而由于君子之不能去小人。其不能去小人，非有私也。大抵諸君子意在惜才，而不知才有可惜，有不可惜；在用人，而不知人有可用，有不可用。嗚乎！是所謂忠厚之過也。說者曰：宋以寬仁治天下，歷十餘君，恂恂以禮教自守。雖有姦惡如章惇、蔡京、秦檜、韓侂胄其人，要不至若漢之莽、操，唐之祿山之甚，非忠厚之報耶？吾謂三代以降，人材之生，惟宋爲盛。使數君子者本其學問、經濟，而出之以果斷，則宋之治，上媲唐虞，又何論漢唐乎？乃其於小人也，知之而不能除，除之而不能盡。始以偏見曲學敗祖宗之良法，繼且假紹述以修報復。雖南渡以後，猶延國祚者百有餘年，而偏隅自安，有識者恥之。吾故曰：宋之亡，不亡于帝㬎，而亡于徽宗，而徽宗之所以致亡，又皆數君子者之積漸以致之也。夫君子立人朝尚不足恃如此，況小人乎！

陳碩士曰：立論極其透闢。

魏孝莊帝論

爾朱榮有功魏莊，過于韓信之于漢高；魏莊有負爾朱榮，甚于漢高之于韓信。蓋高祖不得信不失爲帝，孝莊不得爾朱榮，即不得爲魏君。觀榮之擒葛榮，誅元顥，戮邢杲，剪韓婁、醜奴、寶夤，功烈不在信下。及榮啓北人爲河南諸州，而帝不許，以視信欲自立爲王，而高帝許之者，其度量又何如哉？至于帝之手刃榮，與信之死于鍾室，輕重緩急，有間矣。夫漢高之于信，有不得不誅之勢；魏莊之于榮，有必欲誅之之心。不可不辨也。或曰：河陰之役，榮罪滔天，此可誅之時也。不誅之于獲罪之時，而誅之于成功之後，何哉？魏莊之進退無據，自貽伊戚固宜。所可惜者，榮以將帥之材，匡頽拯獘，恢然大志，終乖于道義，身死而名辱，所謂不學無術者非耶？世知漢高于韓信爲寡恩，而不知魏莊于爾朱榮，其寡恩爲尤甚。吾故表而著之，不然，若榮者豈得與信並論乎？魏莊又豈得與漢高並論乎？

孫淵如曰：筆力軒朗。

狄仁傑論

史稱狄仁傑當武后時，蒙恥奮忠，以權大謀，卒復唐室。吾以爲仁傑忠于武后也，而非忠于唐。方武后之革唐命而爲周也，仁傑度能以力制之，則當明正其罪，布告天下，振師旅以殄滅之。否則逃諸海濱，雖老死而勿悔，高祖、太宗之靈，必鑒察焉。乃不出此，以計脱笞掠，而躋其身于臺閣間，宛轉効能于悖禮蔑義之一婦人。其智實足以衛身，其術實足以濟變，其心實不足以對高祖、太宗。觀其告張易之之言曰：「惟勸迎廬陵王，可以免禍。」對武后之言曰：「三思立廟不祔。」姑雖一時譎諫之詞，然而禍福之念，利害之見，未嘗泯于中而絕于外也。幸而易之從其說，而武后感悟，中宗得以復位，易周而爲唐。不幸而易之不從其說，而武后不感悟，中宗不得復位，亦將易唐而爲周乎。仁傑其何所恃而爲此，蓋仁傑處其身于有利無禍之地，而隱忍遷就以爲之。濟則己之功也、名也，不濟則時也、命也，己無與也。吾故曰：唐室之復，殆有天焉。不然，以武后狡詐，忮忍敗禮，弗稍顧惜，遑計千秋萬歲後常享宗廟者哉。雖然，當武后之時，能以勳業自蓋如仁傑者，固已難矣。

王惕甫曰：獨出正論，推勘盡致，却得其平，不同苛斷。

孫淵如曰：持論極正，雖狄公才力甚大，不必以此說繩之，然足以警夫無狄公之才，而託於權變之術以自全者。

姚崇論

德藴于中而難知，才著于外而易見。姚崇蓋才有餘而德不足者也。觀崇之始進也，帝曰：「卿宜速相朕。」崇先設事以堅帝意，因以十事上，其跡近于要。帝興寺宇，建言「佛不在外而在心」，其跡近于譎。以館局華，謝不敢居，其跡近于矯。避開元號改名，其跡近于諂。趙誨受賕，署奏營減，其跡近于私。請車駕幸東都，其跡近于逢迎。二子在洛無狀，帝召問，揣帝意以對，其跡近于欺。至于帝不主其語則懼，高力士爲解之乃安，其跡近于患得患失。之數者，負氣仗節之士所恥不爲，而崇皆甘爲之。何耶？蓋崇知玄宗鋭于求治，皆出勝心，初無誠意。以誠格之，必不能通，以術馭之，或有可濟。故不惜委曲求伸，而生平所抱負，可藉以布諸天下。屈己應變，卒成功業。玄宗初政，幾與太宗比隆。而崇之眷顧，居然出宋璟上，與房、杜並稱，才誠不可及矣。雖然，玄宗英主，崇又間出之才，而其才乃可用也。才不如崇而欲有所表見，尚其以德自勗與。

王愓甫曰：操正論者，常苦近迂。此則確識時務，其言曲而中，有論世知人之美。

陳碩士曰：與前論皆極正當，而此論尤極平允，言者心聲，故讀先生文者，不問而知爲端人正士也。

宋庠包拯歐陽修論

宋庠、包拯、歐陽修之在宋朝，皆爲名臣。然包拯之論宋庠也，謂「秉衡軸七年，殊無建明，少效補報，而但陰拱持祿，安處以爲得策」。歐陽修之論包拯也，謂「取其所不宜取，豈惟自薄其身，亦所以開誘他時言事之臣，傾人以覬得」。二臣之論，皆是也。

然吾觀宋庠循簡，以道自處；包拯直節，著在朝廷。使人人皆效宋庠、包拯之所為，漸摩化導，馴至於一世再世。若徽宗狗馬聲色，窮邊黷武諸弊端，有以杜其機于不萌，而九州四海隱受其福，固不少矣。誠如二臣言，則權與位不可一日居也。夫恬淡之行，足以風世，而不足以濟時也久矣。且國家之弊，生於疏略者易知，生於周密者難覺，周密又出於君子則尤難覺。以君子而攻君子，人皆諒其用心之無他，而受其攻者，每甘心引咎，以至於畏首而畏尾。嗚乎！攻之者過矣。善論世者，雖賢如拯與修之言，亦必取而折夫中。不然，章惇小人之尤者也，而胡為逆知端王之不可立哉。

孫淵如曰：結處每能放寬一步，得妙遠不測之神，而無節外生枝之累，此是得古人三昧處。

李東陽論

嗟乎！生乎古人之後而論古人，弗要其所歷之終始，而權其輕重緩急，以究夫用心之所在，則以是為非、以白為黑，適以重古人之不幸者，豈少哉？

故明大學士李東陽與劉健、謝遷，皆孝宗顧命臣。武宗既立，宦者劉瑾居中用事，勢甚張。為大臣者，度其能除則除之。不能，則當不顧毀譽，不計萬全，而惟以保護社稷為事。乃健、遷以諫去，東陽獨留。夫去而有益於國，則去之誠是也。當武宗不聽健、遷之諫，東陽豈不能出一語力爭之，爭之不得亦去，豈不計之孰哉？乃委曲隱默，卒謀誅瑾。是健、遷任其易，東陽任其難。健、遷所見者小，東陽所見者大。健、遷所處者安，東陽所處者危。若東陽者，誠大臣之用心也。使東陽與健、遷同日去，則楊一清必誅，一清誅，則瑾必更猖獗難制。瑾猖獗難制，則武宗必危，社稷且不可知。然則延明祚百有餘年，謂非東陽一人力不可也。

當時有投詩嘲其不歸長沙者，不知東陽自其曾祖以來，居京師四世矣，老而無嗣。其稱茶陵者，特不忘所自耳。東陽去京師，將安所歸？或又譏其玄貞觀碑頌瑾功德，夫危行言遜者，居亂邦之苦心；內剛外柔者，制小人之要術。使東陽貪慕爵祿，何以當柄政時不能復西涯舊業，及致仕以後，並不能具魚飧款客耶？大抵身不履其境，則責人無難。而矜氣類，而立門戶者，有明士大夫之習尚，彼于東陽攻之不遺餘力者，皆未權其輕重緩急，而究夫用心之所在者也。雖然，非處東陽之時與東陽之位，則如健、遷者，又可少乎哉？

翁覃溪先生曰：《傳》贊云：東陽以依違蒙垢，然善類賴以扶持，所全不少。大臣同國休戚，非可以決去為高、遠蹈為潔，顧其志何如耳。此論發揮更為深切，茶陵身後將及三百年，得此闡微之筆，後有重刊《懷麓堂集》者，錄此於卷末，誠藝林不可少之文字也。

洪稚存曰：議論識力皆透過前人數層，極奇創，極平允，末段亦斷不可少。大抵西涯之才識，優於劉、謝，又適際其時，是以能制瑾之死命。與徐華亭之於分宜，大略相似矣。

趙味辛曰：持論之平，無隙可乘，存心恕而用筆周也。

孫淵如曰：論古深透骨裏，足以折三百年來輕薄詆譏之口矣。先生文多紆餘散朗近廬陵，此則馳驟于眉山父子，論體固當如是。

陳碩士曰：明確。

石琢堂曰：痛快，似東萊博議。

鄭鄤論

明代每以峻法待臣下，臣下亦甘之，不稍變。世皆悲悼之，而其君終弗悟，以及於亡。如莊烈帝於鄭鄤迫父杖母一獄，獨尚嚴刻，人謂溫體仁實左右之。夫惑帝者，誠體仁也。然帝曾弗思鄤固何如人，其所拯救又何如人，杖母何如事，加等又何如事，而遂毅然斷之耶？噫！帝亦闇矣哉。

當天啟末年，逆焰方熾，鄤以新進少年抗疏陳事，引武宗奄禍、神宗奸相為言，卒至削籍，逃匿山谷，其風節亦既昭然眾著矣。其起用待補也，體仁徒以鄤為文肅援，遂欲殺之。迨至司寇不可，金吾不可，一時擅直聲如黃、劉諸君子，又以為不可，而體仁殺之之意乃益決。顧體仁之意，人皆知之，帝之意，則人不知。即為體仁所惑，抑何至斯極也？或者曰：鄤受誣，胡不自辨？蓋鄤恐辨明，愈足以傷父母之心，而不可以為人子，與其使父母蒙垢醜於天下而心不安，不若一身蒙垢愧於地下而心安也，此誠仁人孝子之用心矣。考鄤生平論著，卓然非凡士所為，使其得位乘時，必克出術業以自表見。顧既有以摧折其身，而又蒙以不孝名，則帝專信體仁之過也。

嗟夫！鄤之生死，國之存亡繫焉，非帝也，非體仁也，天也。然則天之不眷於明也亦甚矣夫。

王惕甫曰：體會情事，曲得窾要，筆亦清辣。

陳碩士曰：體勘深微，議論穩愜。

考

西涯考

納蘭容若《淥水亭雜識》云：「李長沙賜第在西長安門西，俗呼李閣老衚衕是也，其別業在北安門北。」集中《西涯十二詠》，程篁墩學士和之，有桔槔亭、楊柳灣、稻田、菜園、蓮池，而響閘、鐘鼓樓、慈恩寺、廣福觀，皆在《十二詠》中。今其遺址不可問，當在越橋相近。蓋響閘即越橋下閘，而鐘鼓樓則園中，可遙望爾。

湯西厓《懷清堂集》題李文正《慈恩寺》詩序云：「喬莊簡跋文衡山《西涯圖》云：寺之後曰『西涯』。」考公《懷麓堂集》有《西涯十二首》，第四篇即《慈恩寺》，其他如楊柳灣、鐘鼓樓四詩中亦互見。則慈恩寺在西涯東，西涯之名所由來久，公因以自號，今亦不能復識其處。公詩首篇云「幾人城市此曾遊」，又云「城中尚有山林在」。集中《重經西涯》有云「城中風景夢中路」，又云「禁城陰裏御河西」。《慈恩寺偶成》云「城中第一佳山水」，則西涯之在城中無疑。

《淥水亭雜識》所云「西涯有李長沙別業」，考其地，在今德勝門西。予近年數數經過，見風漪瀰望，直接德勝橋，而東有法華庵在，意其為當時之西涯。所云積水潭海子亦即此地，但相去二百餘年，圖中所有喬木、蒼嚴、長橋、斷岸亦不復能仿佛矣。

莊簡又云：「西涯，公嶽降地。」公詩有「淚痕應共水俱流」句，又云「撫今念舊，為此愴然」。集中如《禫後述哀》云：「應謝西涯舊時柳，泣風愁雨共依依。」又《重經西涯》云：「淚滿密縫衣上線。」又云：「愛日漸非稚子歡。」又云：「慟哭兒童釣游地，白頭重到為何人。」則莊簡所言嶽降地者，信有徵矣。

至《淥水雜識》所云「公有別業在北安門外」，或是舊業，非別業也。集中有《李白洲侍郎督復西涯舊業》詩，云「三間矮屋一重樓」，則非園墅可知。其他若《重經西涯》云「綠野無堂正憶裴」，又《候馬北安門外遊慈恩寺》詩云「十年一到竟何能」，又《重經西涯》云「重來又隔幾寒暄」，又《宿海子西涯舊鄰》云「東鄰舊路元相接」，若果別業尚存，何至隔幾寒暄、經十年不一到？即令止宿，何用舊鄰。推此而言，不但無別業，並舊業亦久廢矣。公罷相後，客至不能具魚菜，風操如此，豈能更為平泉木石計？集所云督復舊業者，殆始終未之復也。

《燕都遊覽志》云：「積水潭在都城西北隅，東西亘二里餘，南北半之，俗呼海子套。」又云：「海子南岸，舊有海子橋，亦名月橋，俗呼三座橋。」又云：「銀錠橋在海子三座橋之北，此城中水際看西山第一勝處，不似淨業湖之逼且障也。」又云：「德勝橋在德勝門內，西有積水潭，水注橋下東行，橋卑不能度舟。湖中鼓枻，人抵橋俱登岸，空舟順流，始得渡，復登舟東泛。綠柳映坂，縹萍漾波，黍稷粳稻，畇畇原田。高城數里，古色如一。薜荔牆轉而南，得藜光橋，徑僻，岸無行人，古槐濃樾，覆陰如罨畫溪。」又云：「三聖庵在德勝街左巷，後筑觀稻亭，夏日桔槔聲不減江南。」

《明一統志》云：「大慈恩寺在府西海子上，舊名海印寺，長安客話云海子。」橋北舊有海印寺，宣德間重建，改名慈恩，今廢為廠。何大復《慈恩寺》詩：「海子橋西寺，高橋御苑花。」朱國祚《介石齊集·宿淨業寺》詩云：「僧樓佛火漾空潭，李廣橋低積水含。」近日吳長元《宸垣識略》云：「海潮觀音寺在銀錠橋南灣。」又云：「明嘉靖碑：海印寺東為廣福觀，西為海潮寺。」又云：「西涯為李文正故居，其《誥命》碑陰記云：吾祖始居白石橋之旁，後移慈恩寺之東，海子之北。」

余綜諸說與地址印證：蓋廣福觀在今鼓樓斜街之南，響閘今之萬寧橋澄清閘之西，月橋今之三座橋之北，海潮寺之東，地名煤廠，文正故第當在是。廠西則為「李廣橋」。考孝宗時，太監李廣以符籙、禱祀獲寵。文正疏引唐柳泌、宋郭京為鑒，有為乞祠額者，公執不可。橋或廣所修造，然固不必以廣名名之也。余為名之曰「李公橋」，蓋橋實近在煤廠，煤廠為文正誕生之地，後貴顯，始有賜第。所云李閣老衚衕者，殆即其地。《帝京景物略》云：「李文正公祠，近在皇城迤西，孝宗賜第也。」《淥水亭雜識》似有所據。至於西涯，則今之積水潭無疑。潭即水關，在諸河極西，林木叢鬱，水石清幽，其先為法華庵，今建匯通祠。乾隆二十六年御題也。桔槔亭、稻田、楊柳灣，沿洄邐迤，皆可指識其地。淨業湖、十刹海，分流匯注而下，歸宿于澄清閘。

余居距李公橋不數武，門外即楊柳灣。西涯則屢至其地，且嘗集客賦詩，繪圖紀事，然未考其始末。偶過蘇齊，見《西涯圖》，借留展玩，因詳辨之，併補招諸君子賦詩焉。始知古人遺跡之近在目前者，向皆忽而過之也。嗚呼！天下事之在目前，忽而過之者，豈獨西涯也哉。

王惕甫曰：考證精詳，辨析謹審，而文氣亦舒卷自然，是集中最高文字。

趙味辛曰：援引淹博，結有空外之音，是真不負居近西涯者。

秦小峴曰：其聲清越以長，考證詳確，末語尤有味。

吳山尊曰：昔人評漁洋山人詩云：『筆墨之外，自具性情。登覽之餘，別深寄託。』文境近之，縟而不碎。

陳碩士：詳核。

辨

苑洛集雙溪雜記辨

明韓邦奇《苑洛集》引王瓊《雙溪雜記》云：「正德初，韓忠定率九卿伏闕，請以劉瑾等八人下獄。內則太監王岳，外則大學士劉健合謀，已得旨，欲於翌日宣之。瑾等不知也。大學士李東陽泄其謀於瑾，瑾等始大驚。時上御豹房，環泣叩頭於上側，且云：『待明日，臣等不得見爺爺矣。』是夜，以瑾為司禮監，傳旨云已發落矣。遂成正德中之禍。」王瓊非君子，其言不足信。韓公賢士，而顧引其說，余惜其未之深考也。

按：《武宗實錄》載：「劉健、李東陽、謝遷連章請誅內侍劉瑾，以戶部尚書韓文素剛正，令倡九卿伏闕固諍。吏部尚書焦芳洩其謀於八人。明早，健及文等率九卿科道方伏闕，俄有旨宥瑾等，遂皆罷散。」是洩其謀于瑾者焦芳，《實錄》已著之矣。《劉健列傳》稱：「健等謀八黨，帝召諸大臣于左順門面議，不得已許之。會暮，期明日逮捕。頃之事變。」《謝遷列傳》稱：「遷與劉健、李東陽等同心輔政，及請誅劉瑾不克，遂與健同致仕歸。焦芳既附瑾，亦憾遷嘗舉王鏊自代，摭遷為內閣時舉懷才報德士周禮等，遂下禮等詔獄，屬主者詞連健、遷。瑾持自閣，欲逮二人，籍其家。賴東陽力解，瑾意少釋。而焦芳從旁厲聲曰：『從輕貸，亦當除名。』既而旨下，果如芳言。」蓋帝雖許之，實出於不得已也。而焦芳之朋比為奸，益無疑矣。

《苑洛集》載《崆峒記》云：「忠定韓公具疏，率六卿請下八人獄，伏闕不肯起。太監李榮諭意而忠定出。明日，召六卿入，眾懼叵測。襄毅許公進，同行至掖門，謂忠定曰：『不知汝疏中如何說？』忠定不答，故拽履而後。」蓋武宗不允忠定疏奏，不待瑾乞憐始決。忠定已於李榮諭意時知之矣。六卿已於召入時知之矣。九卿伏闕，朝市喧闐，以瑾之勢，安得不知？豹房之泣，誰實聞見。《雜記》所云，蓋未可據也。

《四庫全書存目》於《雙溪雜記提要》中論瓊之險忮甚明。《明史》本傳載瓊厚事錢寧、江彬，結交張璁、桂萼，而讐楊廷和、彭澤，斯其人可知矣。夫立言必觀其人，觀人必於其素。瓊之素行如此，則其點汙善類，變亂黑白，固無足怪。惟是邦奇賢而嗜學，乃信用其說，以議文正。後之人不信瓊，而或不能不信邦奇也。余不可以不辨云。

王愓甫曰：　如此則議論平允，即以為西涯雪誣，西涯亦居之而安矣。

汪瑟菴曰：　具此識力，始許讀雜家言。

謝薌泉曰：　有關世道人心，文之不可少者。

序

洞麓堂集序

余庚子年以庶吉士分校《四庫全書》，得見明尚書尹公臺《洞麓堂集》十一卷，重其人並愛其文，私欲鈔藏而迫于程限，弗果。嗣全書告成，其稿本儲諸翰林院寶善堂。余奉掌院章佳公命，清釐其事，因重睹斯集，始令小吏鈔存之。然視其卷帙先後與鄒序不符，知非足本也。

前歲，余還祭酒，諸生中有尹鵬者，下筆奇崛。詢其家世，則舉尚書公對，且出公全集三十三卷，求余勘定，較官書多二十二卷矣。余既喜公是集湮沒二百餘年而復出於今日，使慕公者想見其爲人；又嘉生之能守護先人遺業，傳于無窮也。爰就余所藏本，互爲參訂，併錄《四庫全書提要》冠之首卷。公之節不顯于生前，而彰于身後。公之文不著于當時，而隆于右文之代。然則不朽之道信無取乎榮名爲矣。

王惕甫曰：　簡潔得好。

秦小峴曰：　清重，有體裁。

阮芸臺曰：　簡質中風神溢出。

成均同學齒錄序

乾隆四十八年，我皇上釋奠太學，禮成，特詔建造辟雍。五十年二月七日，親臨講學，規模鴻鉅，典制喬皇，誠文治之郅隆，儒林之盛軌也。圜橋觀聽者，咸獲仰聖訓而沐寵光。是日也，東風和暢，瑞雪紛敷；　璧水環流，講堂雍肅；　上心怡悅，恩賚頻加。國子監官屬率諸生，共爲詩歌，賡颺聖德。

皇上特製《臨雍詩》四章，上溯千百年盛衰之由，下立億萬世趨向之準。太學諸生益相感激，爭自琢磨，期副聖天子教育人材之至意。既而仿宋進士刊小錄例，取同時躬被教澤者，列敍名氏、鄉貫、三代，名之曰「成均同學齒錄」，一以誌榮幸，一以識歲月，而請序於余。

余惟三代成均之法，師氏大司樂，教國子而不隸於六官。秦漢以後，雖有國子之名，其世官久廢，所教悉民間俊秀。西漢時，博士弟子多至數千人，東漢太學生三萬餘人。唐總國子、太學、廣文、四門律書算，凡七學，每歲業成，上於禮部，然而名實相副，往往難之。以迄于宋、元、明之末，學業不勤，士習日下，說者以爲教化未深也。

我國家崇儒重道，累洽重熙。直省貢監生有志肄業者，悉由州縣官牒送入監考驗，質學兼優，然後錄取。例設員額，按名補充，法甚謹也。膏火之費，賙助之資，帑金歲以萬計，而且修横舍以便其起居，儲經史以供其誦讀，施甚渥也。領之以卿相，董之以祭酒、司業，猶復分職於監丞，廣其司於博士，而專其責於助教、學正、學錄，典甚詳也。有季考，有月課，有會講，有撰述，有背經，有輪課，有奬賞，有甄別，有懲戒，有稽察，制甚密也。以故人材蔚起，得士之盛，直躋唐、宋、元、明而上之。

余蒙恩命，由翰林承乏，於茲欣賞，居稽之下，榮與愧併。是錄也，本諸冑齒之義，而可因以爲敬業樂群之資。吾願諸生無矜聲氣，無逐浮華，無希寵利，去漢唐以來諸弊，而上答聖天子循名責實之訓，以比隆於唐虞三代休風焉。將俾後之人，指數姓氏，謂以卿材著者若而人，以儒術稱者若而人，以文章詞翰顯者若而人。豈不美哉！豈不盛哉！

王惕甫曰：整贍得體。

陳碩士曰：詳直中自饒逸氣。

楊蓉裳曰：典重肅穆，似李文饒、權載之一輩人手筆。

方雪齋詩集序

余讀何蘭士侍御詩最早，方侍御官工部時，即以文字相商榷。乾隆五十五年，余以講官學士扈蹕灤陽，僦居僧舍，夜不成寐，就瓦燈書日間所得句，率以爲常。一日，書罷瞑目靜坐，忽聞吟誦聲自牆外來，就短垣窺之，則一人立葦棚下，方哦詩。時夜已分矣，詢之，則侍御也。侍御亦遂造余廬，談達旦。自此，晨夕必偕。既抵京，所居相去十里而遙，又各守職司，弗克時時過從。然每出城至侍御家，必竟日談，或留信宿。尊甫雙溪先生持家甚嚴，士非操行醇謹、好學有文者，不令入其門。以余爲翰林後進，稔知余，特許侍御兄弟訂交。夫人生所賴有朋友者，善相勸，過相規耳。達而在上，奏臯夔之烈；窮而在下，尋孔顔之樂。此雙溪先生之所屬望于侍御兄弟，而余願與侍御兄弟共勉焉者也。然則區區倡和之樂，固足以誌一時游從之盛，而余與侍御之所交相策勵，又有深焉者矣。侍御每有所作，必先示余，其溫純如其待人，其縝密如其行事，其豁達如其襟抱，其灑落纏綿如其酒酣耳熱時之聲音笑貌。今出其《方雪齋詩集》屬爲之序，侍御固知余之知侍御不僅詩也，夫知侍御不僅詩，乃可以序侍御之詩矣。

洪稚存曰：中多名言，一結更有餘味。

初頤園曰：情以義宣，節奏既入古，而用筆彌深至矣。

金青儕環中廬詩序

余於近日詩人才豐而遇嗇者得三人焉：一爲吴江郭蘋伽麐，一爲江西吴蘭雪嵩梁，其一則金子手山。三人者，魁梧磊落，各能自出其悲愉欣戚，以施諸文章。郭以雄傑勝，吴以幽艷勝，手山纏綿悱惻，以情思密麗勝。余雖不能測其詣之所極，而皆以奇才目之。郭、吴試京兆不利，偃蹇南去，至今窮乏如故也。

手山留京兩年以來，偕余訪西涯故址，春明城西北一帶舊聞軼事，稽其梗概，繫之詠歌，詩龕中手山詩遂多。歲戊午應京兆試，鍵戶攻制舉藝文，名大著。秋闈報罷，憤弗能自克，婦賢又以疾亡，益傷寥落，決意作東南游，以抒其抑鬱無聊之氣。余告手山曰：「士之遇不遇，天也；不詭于遇，而夷然于不遇者，人也。夫不詭于遇，則其責己也重；夷然于不遇，則其視勢位富厚也輕。發乎情，止乎禮義，詩之謂也。遇不遇，何容心乎？」余去年得郭君書一，得吳君書再，大抵愁苦之言居多，顧俱不廢詩。君今者逾河涉江，倘遇二君子山遊水宿，長松怪石之間，幸舉余言以告：「聖天子在上方，待鴻儒以應昌運。登衢巷之歌謠，爲廟堂之著作，不亦善乎！」君盍相與共勉之。

石琢堂曰：簡鍊有法。

楊蓉裳曰：纏綿往復，具徵好士盛心。

陳碩士曰：文格在韓歐之間。

海門詩鈔序

雍正間詩人，試鴻博而未入詞館者，浙江有厲樊榭；薦鴻博而未應試者，江南則鮑步江先生。兩先生所造詣，皆足以自立，而議論各不相下，然余並重之。譬諸水火焉，水火爲生人之大用，相反也而實相成。人之有待于水火，其用則一而已，寧可以抑揚于其間哉？文章之事，性有所近，弗能相強，歸于自立焉。至其詣境之各殊，不足以相病也。

余不獲見步江先生，交令子雅堂郎中，得《海門内外集》讀之，于先生説詩之旨，頗窺一二焉。夫大塊自然之氣，有所感觸而不能已，然後發之於聲。當其穆然怡然，開甲破萌者，時之和也。既而蕭瑟憀慄，草木變衰，使人聞之，而怫鬱紊欷，非其聲之異也，時不同也。然則詩之至者，豈不因乎其時哉？先生胸次高曠，雖飄泊湖海，而不為境所困。其所為詩，不背古人規矩，亦不蹈襲古人形迹，興之所到，佇筆立就，而聲之短長高下，無不相宜，有世所苦思力索而弗能及者。吾既讀樊榭詩，脱然町畦，使人滌去埃壒想。讀海門詩，又飄飄乎御風而遊，五城十二樓，彷彿于煙濤漭沆間遇之也。

初頤園曰：文亦飄飄，有御風而行之妙。

吳雲樵編修詩序

余官司業時，識涇縣吳君昌齡，得盡披其詩、古文。吳君官東臺教諭，猶時時郵寄手草，以疑義相質。及余官祭酒，又接其族人大昌、徵休，皆磊落奇偉士也。于是嘆涇之多才，萃于吳氏一門爲不可及。

雲樵編修，輩行絀于三君，乾隆四十四年，偕余舉京兆，其入詞館遲余四年，執後進禮甚恭。每與語，吶吶若弗出諸口，酒場文讌，沉默簡退，雅不欲以文采自炫，世莫知其能詩。今歲過訪詩龕，輒出所爲詩冊相示。余雖未見雲樵詩，固早知其必不猶夫人也。欣然讀之，則凡我所欲言之情未能言，言之而不暢者，我所欲寫之景未能寫，寫之而不真者，忽然自君言之，言之而暢，自君寫之，寫之而真焉。夫人竭其聰明才力，欲作一語求勝于人而不可得，乃適然與儔侶相接，抒寫性情。一如吾意之所欲出，則其愉快為何如耶。或曰：「雲樵之詩，激昂瑰奇，與子言清微澹遠者有異，而譽之，殆強爲附和乎？」余曰：「不然，蘭生空谷中，自開自謝，不期其香之聞于世也。一旦致聞于世，無論其爲何人，無論其人之爲何如嗜好，未有不以香多之者也。若雲樵天下才也，而又出于涇之吳氏。吾向以爲不可及者，今愈無以測之矣。凡吾之所未至，皆君之所已至，吾方勉之不暇，附和奚有焉？」

秦小峴曰：　繚而曲，如往而復。此乃真有得清微澹遠之境者也。

趙味辛曰：　筆意勁達，兜裹亦密，少陵所謂毫髮無遺憾者，斯文有焉。

阮芸臺曰：　筆力圓折處是古人。

王子文秀才詩序

余生平不多爲人作詩序，不悉其人之性情、心術，而漫然爲之序者，非標榜則貢諛。夫標榜、貢諛，無益于友誼，而皆有害于儒術，又何足以爲輕重乎？余既守此誡，而又好讀詩，無論漢、魏、六朝、唐、宋、元、明，惟取其是者是之，其非者輒置之。於我朝詩人中，則深嗜漁洋先生。今夏取先生論詩諸說，博考旁稽，喜其立言之正，可以上質古人，而又恨生晚不獲從先生游，相與辯論得失，傾懷于一堂也。

子文秀才，名祖昌，先生之從曾孫也，介其宗人直庵主事訪余詩龕，出所爲《秋水集》二卷見示，頗有家法。余取其五十餘篇錄副，以供吟玩。越日，子文告歸，且乞一言爲序。余以未見全詩辭，子文曰：「公以吾之性情未洽，而心術不知也，是則然矣，公不深嗜先文簡之詩乎？夫嗜之深者，性情心術往往默契于千載。公盍以論文簡詩者書之，以爲吾勗？吾將奉之以勉其所未至焉。」余無以難之，遂敘其顛末，且以贈別。子文好游名山水，虚心善問，不慕榮利，他日所就，必不止此。余終當究觀其全集，于其性情心術有得也，而後爲之序云。

秦小峴曰：謹嚴有法。

孫淵如曰：矜惜筆墨，乃得古人立言之旨。

錢南園詩集序

余以庚子年識南園前輩于同年徐鏡秋齋中。鏡秋方與余肄習翰林文字，初頤園亦讀書城北，常就余與鏡秋會課。南園爲鏡秋受業師，又以余與頤園爲同館後進，每得一題，輒爲疏解義理，指畫隱奥，興會所至，伸紙吮毫，往往先就。余兼喜爲古今體詩，脱稿就商，先生輒搖筆立和，亦常以所製示余。自此以文字相切劘，友朋之樂，未有逾于此時者也。

二十年間，頤園、鏡秋先後遠宦，先生已歸道山，聚散存亡之感，每一念及，悽然弗能已。余借得鏡秋老屋棲息，其北軒即先生下榻處，一花一竹，每多根觸。今年正月，從書肆買得先生手藁一帙，適保山袁蘇亭寄到新刊《滇南詩畧》，所載南園詩與余所得多有不同。既而先生戚友師荔扉大令需次來都，出先生詩兩帙，與前所見者又多不同。乃知先生爲詩向不存藁，旋作輒棄，見者爲繕錄收存之，非先生意也。

夫以先生之質直忠諒，居官行事，卓卓可傳，所重不在語言文字間。雖然，先生不以詩重，重先生者，又未嘗不重其詩也。且即以詩論，亦迥非絺章繪句者所能涉其樊籬。茲荔扉欲彙其詩付梓，蒐訪不遺餘力，得若干首，釐爲二卷，約畧作詩之歲月而排次焉，將使他時讀者得想見其生平。惜乎先生身後遺孤稚弱，手藁祇此二卷，大篇傑句，余向所咨嗟而往復者，僅有存焉。至與余贈答之章，竟無一在，則所佚爲不少矣。然即此亦見其概，他日頤園、鏡秋或更有增輯，余與荔扉且拭目竢之。

秦小峴曰：簡質詳盡。

吴穀人曰：紆徐曲盡，足傳其人。

李皃塘中允詩集序

余亡友皃塘中允，少負奇氣，以能詩稱蜀中。及入詞館，益刻苦爲文章，欲企及于古人，而不爲古人所囿。其所交與皆一時名流碩士，凡有一長一技勝己者，降心下之，必盡得其益而後已。然性伉直，不習世故，發爲議論，直抒胸臆，每出儕輩萬萬，稍忤己意輒面爭。或其言涉激切，人折之以理，亦必翻然謝過自悔，故所交益廣，而所學益進。

世稱其詩曠逸似太白，沉雄似少陵，固矣。然吾所以愛之者，非以似太白、少陵也，知皃塘不求似于太白、少陵，而皃塘之真出矣。世又以皃塘位躋清華，而顛沛坎坷時或不免，天之所以嗇其遇，正所以豐其詩也。而吾又不謂然。蓋皃塘負深識遠志，艱苦殆其素性，使天假以年，寵利富厚固可旦夕致，皃塘之心固有以自見，即皃塘之詩，亦必鏤肝劌腎而益工，不以尊官顯爵掩也。乃皃塘僅僅以詩傳，皃塘之不幸矣。雖然，皃塘死矣，皃塘之子又死矣，詩不傳，皃塘烏乎傳？

皃塘生平耽苦吟，每當構思，屏棄一切，有薛道衡、陳后山之癖。病篤時，猶手操筆墨，點竄其生平著述，嘔血數升不輟。嗚乎！皃塘之為詩如此，雖欲不傳，得乎？皃塘兄雨村、墨莊，皆以翰林起家，皆工詩，而官皆未通顯。是詩者，皃塘之家學，然使皃塘僅以詩傳，是豈皃塘之初志也哉？

陳碩士曰：滿紙嗚咽之音。讀先生文，使人益增厚於朋友之情矣。至其文筆之曲折幽邃，得力於半山，而行氣之紆徐沖淡，則仍自六一居士來也。

蔚嵫山房詩鈔序

詩者何？性情而已矣。欲知人之性情，必先觀其詩。自古詩人高自期許，而詩以外往往無聞焉。求其適于用而不負乎學者蓋尟。何則？言之無物，雖竭畢生之精力，亦僅為詩人而已。同年丁君郇茲，少負異才，與其鄉人洪稚存、趙味辛、黄仲則、孫淵如、楊西河、呂叔訥、徐尚之切磋為文字交。後居京師，名譽日起，群從兄弟先後成進士、入館閣。而郁茲以舉人教習期滿，僅隨常調，蕭然出都門，持手版為吏。且罷且起，似造物有意阨郁茲者。然余觀其詩，而知郁茲之志不衰也。郁茲之詩，探升降之原，嚴真偽之辨，翛然高寄，不汲汲勢利之途。自言其所得，未嘗于古作者求其曲肖，而精神血脈息息相通。可謂克自樹立，不因循者矣。然吾所尤重于郁茲者，不以艱苦易其節，不以紛華動其心，而于物力之盈虧，民生之休戚，窾會其微，以是為吏，亦即以是為文章。郁茲所得，必又有在於詩之外者矣。

陳碩士曰：體直而氣壯，此文境又似韓公，知先生於此事三折肱矣。至所論「詩以外無聞」之說，尤足為才人下一箴砭。先舅氏山水先生，嘗持此論，今復於先生見之。如先生者，信不可以文字目之也。

使琉球日記序

士君子之志無窮，而職各有守。唯能盡職者，其志之無窮乃愈見。世常以銘鐘鼎、書旂常為榮觀。吾謂不可知者遇也，有可憑者時也。隨其時之職，而皆有以自盡，則志之所在，不必藉功業而後顯也。翰林前輩墨莊先生，前在史局，克盡職業；改官中書，厥志不衰；使琉球歸，以所纂日記俾余校訂。于是嘆墨莊為能不負其職與其志也。琉球遜處海隅，財賦歉薄，典制簡陋。顧其人多畏偲，而知慕禮儀，一二秀穎之士頗解文字。我朝德澤涵濡，奉使之臣，又皆有以化導而撫綏之。墨莊廉于取而勤于學，嚴以持己，和以接物，人樂與之游，周爰諮詢，咸得其實。故其著為此書也，歲時山川，習俗之詳，莫不有所根據。事以日繫，言以人稽。視宋趙汝适《諸蕃志》、元汪大淵《島夷志略》為尤覈，與邵詹事遠平《元史類編》記琉球事，有可參觀者。此書之傳，不獨為士君子洽聞之助，抑可以徵我聖朝聲教之所震疊，雖僻夷小國，不啻在疆服之內也。而墨莊才之偉、識之博，亦于是乎在。士欲不負其志與職如墨莊者，可以法矣。

吳穀人曰：博稽掌故，不僅以揚詡見長。

借觀錄序

以已至之境與未至之境相衡，則未至者常勝；以已得之物與未得之物相較，則未得者常優。非果優與勝也，欲得之心無饜，而人己之間，中有所未能泯也。

參議汪先生官禁近，贊樞密三十年。自公退食，常有書畫之癖，廉俸入，悉以易縑素。歲月既久，儲積遂多。暇輒焚香瀹茗，摩挲為樂。聞有名書畫在某所，雖與其人不相習，必欣然往就，或竟日忘返，或攜歸，細領其意趣而還之。以是名流雋士，皆樂以書畫供先生評賞。先生有所品定，則筆之于書，題甲署乙，鑒別精審，無論已得未得，統名之曰「借觀錄」。

吾于是知先生識之達天地間可欣可羨之境，可供吾目者何限。有觀夫一二者矣，有觀夫八九者矣，彼其人胸中皆歉然以為未足。先生之意，則以為吾所得者，吾觀之，不必私為吾有也；人所得者，吾亦觀之，不必定為吾有也。且吾得之，而人失之，能保吾之不失、人之不得乎？勲名，遇也；富貴，寄也。惟存一借焉者之想，而得失皆可以無容心焉。先生誠達識之士也哉。

王惕甫曰：刻露清秀。

阮芸臺曰：此文用筆，全似介甫。

詩龕聲聞集序

生平以朋友文字為性命者，適吾趣而已，非有所標榜取聲譽也，逾三十年不改其素。自維譾陋，才德不克樹立，而碩人奇士自廊廟迄菰蘆野處，凡有著稱于世者，未嘗見棄。偶有載述，諸公多為序說。歲月既久，所致益多。記官祭酒，時進諸生討論詩文，嘗以古人圖像命題，間及于論辨、頌贊、箴銘、詞曲、駢儷各體，往往有佳者。恐其久而散佚也，爰以類編之，分四十八卷，題曰《詩龕聲聞集》。夫人未有不自惜其精力者，當其意有所注，聚精會神為之，蘄有以勝于人。其勝于人與不勝于人，不可知也，而為之心之苦，則終有不可沒者在，余此編之所以作也。編次略仿明徐良夫《金蘭集》，而稍廣其例。其曰「聲聞」者，取《小雅·鶴鳴》之意。若夫標榜聲譽，則無有存乎爾。

王惕甫曰：清老之氣，溢出行墨。

陳碩士曰：讀中一段文，乃知先生愛惜人才，而欲有以成就之意，真無愧於名臣風度矣。

存素堂詩集序

此序已載卷首，此僅存目。

孫淵如曰：質樸中自饒風神。

石琢堂曰：先生之詩，天地英華所在，此時雖亡失，將來終有收藏而表章之者。

同館試律彙鈔序

余鈔《同館試律》，肇自順治三年丙戌，至乾隆四十九年甲辰，得二十四卷，作者近千人，詩三千首。客或曰：「詩以言志，志之所之，詩以至焉。故凡卿士大夫以及山林野老，其歡愉憂戚之情不一，故其見之于詩也不同，不可以一格拘，不可以一體定也。今是編之成也，定以格而囿於體，得無稍隘乎哉？人必求其備，詩必取其多，得無稍繁乎哉？」

予曰：「是則然矣，今夫五都之市，精粗鉅細，天下之物靡不畢備。然而有金玉貴重之品，則人皆知寶而愛之。是故千尺之松、九畹之蘭、百畝之竹，其為人之所喜一也。至程梁棟、操斧斤，孰棄孰取，不待智者而後知，無他，用有所專也。今國家文教隆洽，我皇上久道化成，《御制詩》四集四萬首，懸諸霄漢，布在陬澨。海內研窮聲律，幾於粵之鎛、燕之函，夫人而能之矣。翰林者，風雅之淵藪、學者之正鵠也。試律一體，雖未足盡其人之材，而總鄉會試、朝考、館課諸作，鼓吹群籍，潄滌萬態。其至者，足以繼賡歌，颺拜唐虞三代之風。而其餘亦皆和其聲，以鳴國家之盛。聖德涵濡，藝林沾溉。百餘年來，上金門而登玉堂者，彪彪炳炳，既多且工。閱是編者，究擇言之雅，而知其由於績學；覽託意之深，而知其所以成材。于以接先正之餘徽，于以導後學之先路焉，又曷隘與繁之足云。」客諾而退，爰詮次其語，以附諸簡末。

阮芸臺曰：是虞文靖、楊文貞一派文字。

楊蓉裳曰：春容大雅，仍有事外遠致，非如范蔚宗所謂公家言也。

同館試律續鈔序

余既鈔《同館試律》，釐為二十四卷，梓行於丁未之春。上溯國初迄於甲辰，鴻篇鉅制，固已燦然薈萃，後先炳麟矣。已而丁未科館中諸君子，各以課藝惠貽，次第錄之，復裒然成帙。洪惟國家文教蜚英，雅音嗣響，而協律諧聲之辭，則莫盛於詞館。明年庚戌，欣逢我皇上八旬慶典，移正科禮闈於己酉，而恩科繼之。計四載中三舉廷試，壽考，作人之隆，曠古未有。金閨名彦，于于焉來。含淳詠德，舞蹈謳吟，能無操管以俟乎？夫文人之心，日出不窮。試律雖詩之一體，緣情體物，亦各有懷抱所存，學識所蘊焉。譬之山川出雲，百卉春生，往者已故，而來者方新。其跡未嘗相襲，而其機則各自具也。又況聖天子中和建極，久道化成，多士幸生斯時，有不從容陶冶、蔚然日上者哉？班生不云乎，揚洪輝、播芳烈，久而愈新，用而不竭。子淵有言：「采詩以顯至德，歌詠以董其文，臣子之義也。」爰先鐫丁未科詩一卷，他日將繼此增輯焉。意在備一代掌故，鈔而不選，亦不加釋，猶前編例也。

阮芸臺曰：淵雅，是東漢人手筆。

重刻己亥同年齒錄序

乾隆癸丑四月，嘗合己亥同舉之士會於城南陶然亭，作圖焉，而為之記。以為聚散存亡，出處窮達，後先之際，人情之所不能忘。諸君子僅而得聚，聚而不能長也，宜有以識之，亦《小雅》詩人《頍弁》雨雪之思也。後二年乙卯，為聖天子御極六十年，詔開恩科，又特選舉人之才者試之官。於是同舉之士來集輦下，視前尤盛。予又為會以合之，別書其姓名、鄉貫，鐫為書而重序之。曰：

夫農之合耦而耕者，他日或遇於都邑，其話言色笑之相親，必有異乎人人者矣。賈之共廛而市者，他日或遇於江湖，其贏縮有無之相急，必有異乎人人者矣。而況士以文章相取質，道義相摩厲，功名相激勸，偕薦於有司，共登於天府者哉。然則，予之流連於同舉，豈獨一人之私宜，亦諸君子之所共拳拳者已。雖然，唐一代進士皆題名雁塔，今無存焉者；宋一代登科錄傳者，獨朱子及文信國二榜。今新舉之士，亦莫不刊其所謂「齒錄」者。然或久別而不能記其名矣，或驟接而不能舉其姓矣，使其中有朱子、文信國其人，雖百世猶旦暮也；使其中無朱子、文信國其人，雖屢書之猶無書也。信國以榜首，固宜煊赫一時；朱子甲第最後，而一牓之士且賴其力以著聞。然則出處窮達、後先之適然者，誠不足道，而所由常存而不敝者，又豈在區區識錄也哉？遂以告諸君子而書之，亦以志予區區之私，又有在詩人《頍弁》雨雪之思之外也。

趙味辛曰：同年齒錄不少，而合天下同舉於鄉者以為齒錄焉，則甚少也，於此見作者交誼之篤。

舉朱、文相例，尤得立言之體，青雲忝附，敢不勉諸。

吳山尊曰：有道之言，其體莊；有節之文，其詞讓；有學之詞，其趣遠。三者兼之。

阮芸臺曰：此文安章宅句，無一不合古人。其疎暢淵雅，真北宋人文字也。

孫淵如曰：卓然不朽之言，又得情文相生之妙。

石琢堂曰：大氣盤旋，說理精粹。

清秘述聞序

乾隆辛丑，法式善散館，蒙恩授職檢討，充四庫書館提調官。凡夫史氏掌記，秘府典章，獲流覽焉。嗣後，再充日講起居注官，司衡之命，試題之頒，皆嘗與聞。又充辦事翰林官，玉堂故事，前輩嘉譚，與夫姓字、里居、遷擢、職使益得蒐考詳備。僕直之暇，一一綴諸紙筆。同館諸先生見之，謂可備文獻之徵。遂分年編載，事以類從，釐為十六卷。其不可考者，仍闕之，以待補云。

王惕甫曰：簡質有體。

秦小峴曰：簡重。

槐廳載筆序

余官翰林學士時，輯録科場貢舉官職、姓氏、編年、繫地，題曰《清秘述聞》。茲備員太學五載矣，所與酬接款洽者，皆海内博學強識之士，猥以余喜談科名故實，多以舊聞軼事相質。余性善忘，凡有所稱説，必叩其始末，筆諸簡牘。又恐無以傳信，檢閲群書，互相參證。歲月既久，抄撮漸多，凡十二門，釐為二十卷，題曰《槐廳載筆》，備掌故而已。然而言必求其有當，事必期於可徵，雖耳目所及，尚多罣漏。而百五十餘年來，國家深仁厚澤，教養兼施之至意，於是可得其大略焉。覽斯書者，當感激恩遇，勵身修行，以無負作人之雅化，豈區區以文章為報稱也哉。

王惕甫曰：用墨不豐，而意義有餘，短製所貴也。

洪稚存曰：必傳之書，文亦井井有條。

趙味辛曰：《述聞》、《載筆》二書，皆不朽之業。古人『職思其居』，如是，如是。

秦小峴曰：嚴重有體。

陳碩士曰：簡而足，其風神淡遠，體格雅健，真歐曾嫡派。

存素堂文集卷二

序

宋元人集鈔存序

宋元人集，明初所流傳蓋多，至今日不可得見。乾隆三十七年，詔開四庫書館，各省疆吏所搜採，江浙藏書家所獻納，以及紳士詞臣所進，殊寥寥焉。繼以故朱學士筠奏請，就《永樂大典》各韻採綴成書，而宋元人集見錄于當時者，次第復出。雖中間不無佚闕，而訂訛闡誤，凡經御定，光輝燦然，芟蕪萃精，較原書更稱美善焉。

法式善備員編纂，十年中三役其事，因得借本廣付鈔胥。其書有關繫而世罕傳本，又篇葉較少易于蕆功者，先錄之。網羅收葺，積漸而成。閱十五年，得宋人集八十九家七百七十七卷，元人集四十一家三百二十八卷，裝潢為一百七十七冊。排列几席間，奕奕然，璘璘然，若與諸公相唯諾、揖讓于一堂之上。吳興獲宋板《後漢書》，其歡喜讚歎，不是過矣。世或有好事者，重為繕讐，以次開雕，家有其書，不益成盛事乎？余且不辭掃葉之勤矣。

王惕甫曰：吾鄉顧俠君《元詩選》初集、二集、三集，皆已刊行于世。晚歲，續纂四集，百有餘家，亦已寫成潔本，尚有一二爵里闕考，未及刊行而遽捐館舍。今其本流落人間，經三四轉折乃歸于我。此吴下先賢未竟之業，應歸吴下後生料理究竟其事。僕既年衰家貧，無力刊布，眼中少俊，亦無好事者可語。僕藏其本，徒增忉怛耳。

秦小峴曰：清正，不支蔓。

存素堂印簿序

印譜盛於明代。近日查儉堂中丞輯《銅鼓書堂藏印》四帙，世稱其約而精。然是書也，抉六書之奥旨，發好古之幽情，則有取乎爾。余見聞寡陋，又無力致古金石篆刻，而喜與一代賢豪游。以是四方士來京師，多就余詩龕談藝，間有工篆刻者出其所長以贈。積久漸多，爰仿儉堂印式，分類排編，得白文七十一、朱文七十三，各疏作者姓名於楮尾。偶一展閲，覺指腕所到，性情皆見，而死生離合之感，又于是深焉矣。然則文章翰墨之外，欲以見我友之精神者，此冊固不可廢也。

吴山尊曰：直敵永叔《集古録敘》。

陳碩士曰：淡遠。此文亦簡而足。固知所謂足者，不在於貪發議論也。

楊蓉裳曰：古艷。

汪氏鑒古齋墨藪序

「墨藪」之稱，見于《宋史·藝文志》，而不詳作者何人。豈逸其姓氏乎？抑以其藝而已，有所不足錄乎？余今讀汪氏《墨藪》，有觀乎其微者焉。績溪汪生天鳳，樸厚少文，余一見知為有道士。久之，以所著《墨藪》請序。余詢其製墨之法，其言曰：「墨必先擇煙，煙之名同煙之實異，其差等殊焉，不可不察也。繼之以澄，膠水以濡之，火以燥之，不可不慎也。繼之以調藥，滌蕩其穢滓，發洩其精神，不可不詳且周也。而後鍊焉，而後錘焉。方其始也，殆靡不致力也。及其成也，若無所容心也。」生之言如此。嗟乎！藝也進于道矣。吾愿世之學道者第反而力諸身，而所成就者俟其自至，則與汪生之義有合矣。《宋史》所稱墨藪，今既不獲覩，讀是書，庶幾于古人立言旨有會心焉。

王愓甫曰：語有賅孕，極似《道園學古錄》中文字。

吳山尊曰：韓之幻筆，柳之雋思，合為一手。侯朝宗窠臼文字耳，王于一之豐更何足論。

北海鄭君年譜序

北海鄭氏之學，至今日極盛矣。德州盧運使嘗刻《鄭司農集》，近復有纂集注疏中《鄭志》成書者，非必果同當日全書，然好古之盛心不可沒也。其他蒐羅遺說、橫經之士，相望繼起。

海寧陳孝廉仲魚，比為《鄭君年譜》，以范書、袁紀為主，他書附麗之，綜核生平，最稱詳備。吾於是歎孝廉之用力勤也。孟子曰：「誦其詩，讀其書，不知其人，可乎？是以論其世也。」夫人于朋友之有卓越之行者，其出處行事尚不欲使湮沒。況生古人後，而又為素所宗法，苟其遺聞佚事雜見于殘編斷簡中，而不竭畢生之精力一一採取，則我負古人不小也。然非善讀書者恐不能採取之悉當，若孝廉此書，可謂得尚友之方者矣。本傳有「不為父母群弟所容」之文，據《史承節碑》證定為無「不」字。又引魏晉時，有鄭沖與何晏同解《論語》在康成後，證《周禮》疏鄭沖之孫語為謬誤。皆有關于知人論世之大者，又非僅以一名一物之辨誇淹博也。自敘述歐陽子言，謂于鄭氏一家之學為盡心。夫以孝廉之知人論世若此，豈獨鄭君生平資之以益顯。凡漢唐諸儒之有潛德者，固可援鄭氏之例推之也。

王惕甫曰：吐納之間，見作者氣清色夷風度。

阮芸臺曰：於書中提出二事見文識之高，於前半烘託處見文情之妙，古人之能事備矣。

香墅漫鈔序

今之讀書者輒曰：「吾識字而已。」而不知識字難於讀書。夫孔壁遺文、汲冢斷簡，孰不欲讀之。而李斯以「束」為「宋」，蔡邕以「豐」同「豊」，固不可不慎也。宋元說家，多于經史有所考正。然如吳曾《能改齋漫錄》，劉昌詩作《蘆浦筆記》，多糾其失；洪邁《容齋五筆》，張志淳作《南園漫錄》，覈其離合，且有謂于史家本末、小學字體無所發明者。王應麟《困學記聞》稱博洽矣，何焯校之，分注本文，下多微詞。至於楊慎之《丹鉛錄》，陳耀文作《正楊》醜詆之。甚矣求識字，又若斯之難也！

南城曾香墅先生講求實學，以經史為根柢，而博極諸子百家，有所心得，輒登諸油素。積二十餘年，成《漫鈔》四卷、《漫鈔續》四卷、《又續》四卷。觀其書識，蓋有不敢自專與不敢自秘之思焉。誠以用吾之意測古人之意于千載上，未必其皆有合也。苟據以為私，而不公諸天下，則古人待我而是正者，吾將何所藉以待正後人乎？矧嗜奇好古之士，代所不乏，不有啓之于先，則恐莫承于後。先生亟亟刊是書之意，其在茲乎。昔方以智作《通雅》，凡天人經制之學無所不該，其指尤在乎辨字畫、審音義。其敘例云：「古今相續而成。物惡其棄于地也，不必藏于己；力惡其不出于身也，不必為己。」吾于此書亦云。

王愓甫曰：筆外別有香潔之致。

吳山尊曰：斷制中有含蓄，似晁无咎高作。

金石文鈔序

《金樓子》載《碑英》一百二十卷，乃金石文字之祖，書今不傳。歐陽修《集古錄》、趙明誠《金石錄》最為著錄家推重，然僅具其事，而不載其文。洪適《隸釋》、都穆《金薤琳瑯》，原文備載，可謂詳明矣。顧洪書因考隸而作，都書如以「河南偃師」為「河浦退師」、「任城亢父」為「侯成交父」，有識者譏之。蓋世所重于金石文字者，非獨以其有益于小學也。史家紀載所未及詳，或其沿傳聞之誤者，博學之士每資以為考正。雖不必其皆當，然其當者往往有之。故余嘗謂金石文字，足以備讀史者之採擇，此其功較專論小學者，為更大也。

涇縣趙子琹士，性情溫厚，學問淹博，秋闈凡十二試，皆黜于有司。生平無他嗜，喜讀古奇書，遺文軼事，足與史傳相發明者，無不為之辨證，而皆有以折其衷。於金石文字搜討尤力，近刊《金石文鈔》十卷，介吳生文炳寄示余。攷其意，殆不僅僅重夫書體文義者。夫以千載以下之人，論千載以上之事，匪載籍奚以傳信？而沿訛踵謬之既久，又不敢無所憑據，逞胸臆以直斷，其是非則欲取諸當時聞見之所詳，惟金石徵實為可信焉。今就趙君所述，有裨于史傳者，常多志乘所未錄。由是推之，天下之大，山川之阻深，其沉湮而剝蝕者可勝道哉？趙子自謂此書沿倣都穆，其審核實在穆上。陶宗儀《古刻叢鈔》差近，然陶書尚不免簡陋也。夫一善不遺，掌故畢在，此史家職事，而金石文之所以足重也，吾于趙君有厚望焉。

王惕甫曰：意度安雅，筆亦謹細。

成均課士錄序

成均課試之文，嚮例積數年輒一刊行。其後久廢不刊，卷之在官中者，亦頗散失。自乾隆四十八年，法式善為司業，始加護視，不使復軼。逾二年，蒙恩擢他官去。去十年復來為祭酒，會前事諸君子，商刻課藝。於是相與論次之，得若干篇。

竊惟成均之設，國家所以養士，而磨厲之者甚具。其教以聖賢為歸，其學以行己為先，以通經致用為極，而非獨其藝之云爾也。然自有科舉，士皆以藝為先資。泰平日久，條教日詳，學官亦得治以有司之法，謹彌封、杜造請、絕游揚、禁延攬。執一卷以索之，冥冥不知誰何，之中雖有通經如馬、鄭、賈、孔，致用若諸葛武侯、王文成者，不假乎藝以自進，固無從而知之，無繇而得之也，則藝又烏能不講乎？迺者聖天子觀文化成，釐正科場，訓飭考官，不徒士之榮辱繫乎是，將造士者之從違亦於是乎準之。斯余所為悚懼奮勉，而不敢已於是刻者也。

鄉會試，為仕進之階，士容有得失牽于中，所作不皆盡其才，主司亦或有關防磨勘之制于外，而取之不皆如是意。惟成均之試則不然，士雖見錄而無所弋也，取士者雖能取之，而不能進士也。果去取之有當，士必樂趨而知所勉焉。若去取無憑，士必弗之與。居其職者，可以知戒焉。如是而課藝之刊行，不愈可以勵夫士與夫任教士之職者哉！法式善蒙上厚恩，自左降再起，忝與賢公卿學士大夫以職業相講勸，雖甚檮昧，無所知曉，而不敢自隳其職業。因遂識之卷端，以告後來之嗣是職者。課藝舊皆無詩，今既頒為功令，與文並重，士之習之者，亦多彬彬可觀，因并附之云。

趙味辛曰：讀此知成均取士之善，賢於鄉會兩試。

吳山尊曰：似韓公干時之文，而矯健足以自樹。

初頤園曰：用筆處純是北宋大家文字。

成均課士續錄序

自己卯迄今戊午，三閱歲矣。法式善得與諸文士講藝成均，朝考夕究，士靡不各以其能自獻。即遐方僻土，見聞稍隘，耳目染濡，亦争自祓濯，喁喁如矣。課程既嚴，佳文日出，擇其尤者，剞劂以行，猶前志也。

丙辰，恭逢聖大子詔廣直省鄉試中額。今歲臨雍，復詔廣國子監中額。大比屆期，四方之士鱗集，咸思表見，奇文欣賞，烏容已乎？憶甲寅泱科，余拔取十人，裒然居首者則莫晉也，次爲劉嗣綰、陳超、曾盧澤、王德新、張樹穀、陳栻、許會昌、蕭培厚、陳球。是科獲雋六人，乙卯獲雋二人，王德新、陳栻俱薦而未中。莫晉旋登上第，選翰林，御試優等，超擢侍講兼日講起居注官，今且主試八閩矣。稽古之榮，有逾於此者耶？

或曰：「莫子雄於文者也，若王子、陳子不皆雄於文者乎？不皆爲先生所津津稱道者乎？何莫子出而世莫攖其鋒，王子、陳子屢戰而屢北，文固可憑乎哉？」余曰：「莫子之文之雄也，操諸莫子也，出而世莫攖其鋒，不操諸莫子也；王子、陳子之文之雄也，操諸王子、陳子也，屢試而屢北，不操諸王子、陳子也。士但勉其操諸己者而已矣，其不操諸己者，聽之焉。世之願爲莫子而不願爲王子、陳子者，皆當視其所操何如耳，彼王子、陳子之所操，夫何慚於莫子哉？士當勵其所已能而俟其所未至，則庶幾矣。」雕工既竣，爰以理之可信，事之足憑者，書之爲諸生左券焉。若夫述典章、慎持擇，前序已詳，兹不贅。

趙味辛曰：議論和平，文亦遒潔可誦。

秦小峴曰：遒峭，有介甫遺風。

何蘭士曰：淬水湛盧，其鋒甚鋭，此種文字直從《國策》得來。

初頤園曰：立論既正，而一唱三歎處，風神溢出。

成均學選錄序

乾隆甲寅，法式善再官成均，既倣前此刊刻《課藝》之例，輯制義若干首，附以五言排律，序而行之矣。

敬維乙卯春，儤直西園，蒙恩召見，諭太學造士之法，制義僅帖括之一端，宜進以詩、古文詞，庶幾窺見古作者堂奧。且制義不從古文中出，則氣不盛，筆不酋，即制義亦必不工。大哉聖言！誠萬世為學者之標準也。法式善稟承睿訓，退與諸生朝夕討論，月試制義、經義外，兼試之詩、古文。諸生中究心於此者，固樂以才自見，即素未嫻習者，皆得勉勉循循觀摩興起。

今行之三年，乃擇其尤者，彙為一集，名之曰《成均學選錄》，非專取「九變復貫」之義也。昔梁昭明甄錯歷代之文，謂之《文選》學，少陵詩云：「續兒誦《文選》」，又訓其子云：「熟精《文選》理」。宋景文自言手鈔《文選》三過。「選學」之見重於前代如此。我朝恢張文治，尊崇儒術，凡試新進士以詔疏論詩，試庶吉士以賦詩，試翰林以賦疏詩。其體制皆備于「選」，高文典冊於是乎取之。矧太學為儲才之地，又邀聖訓諄切，不獨六館諸生當濡染風雅，為和聲鳴盛之先資。而官太學者，有司教之責，所以講誦解說，誘掖獎勸之，使不自安于固陋，更宜何如其兢兢耶？諸生由是進而上之，稟筆草制，宣天子命于四方，庶幾無忝厥職。即揚休述烈，上追《子虛》、《長楊》、《羽獵》諸篇，亦可自託于不朽。美哉斯編！其始基之矣。法式善將拭目以俟之焉。

秦小峴曰：清老，簡重。

吴穀人曰：其文傳，其事亦傳，故文不可以苟作也。

備遺雜録序

余性艱于記誦，《六經》且不能上口，遑計群籍？然好泛濫博稽，意有所會，輒便劄録，糊墻填篋纍纍然。初欲析其類，曰朝制，曰家範，曰食貨，曰教令，曰典實，曰書籍，備遺忘焉。歲月遷流，楮墨涴敗，未能成書。適因養痾伏枕，甄綜之，隨檢隨鈔，不復别其門類，但分為八卷，題曰《備遺雜録》。昔司馬遷作《史記》，謂「予不敢墮先人之言，乃述故事，整齊其傳，非所謂作也」。劉知幾譏其多聚舊記，時插雜言，此書殆不免云。

王惕甫曰：無意為文，卻自雅潔，集中此一種文字最好。

秦小峴曰：碎小文字，須從簡短中出韻趣，此故得之。

重修族譜序

吾家先世雖繁衍，然莫詳其世系。我曾祖修族譜時，惟記有元以來，歷三十五世之語，而未載世居何地，相沿為蒙烏爾吉氏。法式善官學士時，高宗純皇帝召對，詢及家世，諭云：「蒙烏爾吉者，統姓耳。天聰時，有察哈爾蒙古來歸，隸滿洲都統內府正黃旗包衣，為伍堯氏，汝其裔乎。」蓋蒙烏爾吉，遠宗統姓，而伍堯則本支專姓也。今族中惟知蒙烏爾吉，而不知伍堯。賴聖諭煌煌，一正其訛，某敬識之，不敢忘，即以傳告族眾，俾共聞焉。

伏念自始祖從龍入關，至法式善八世矣。世無顯官，其進身又多由軍職。迨余高祖官內務府郎中，始習翰墨，亟亟以修家譜為急務。而余曾祖管領公，祖員外公，皆喜讀書，勤于職事。余父始以鄉科起家。余祖嘗誡法式善曰：「汝聰明，當讀聖賢書，勿以他途進。異日成就，家譜當續為之。」余祖棄余三十年矣，余父母棄余亦廿餘年矣。余今年五十，兒子僅十齡，族姓又復寥落，不亟為葺補，其何以慰先人而示後昆乎。爰自始祖訖兒子桂馨，凡九世，列而書之，體例悉依前譜，其不可考者闕之。原敘跋皆余高祖所為，語尚樸質，不敢粉飾，恐失真也。訛誤數字，間為易之，仍敬書于前。而并述親聆高宗皇帝聖諭與善祖訓誡，垂示我世世子孫焉。

王惕甫曰：無賸義，亦無支辭，嚴重得體。

陳碩士曰：『昔我有先正，其言明且清。』斯文之謂矣。

鮑鴻起野雲集序

詩之為道也，從性靈出者，不深之以學問，則其失也纖俗；從學問出者，不本之以性情，則其失也龐雜。兼其得而無其失，甚矣其難也。鮑子鴻起，京口詩人也，承海門、論山遺教，而有非海門、論山所能牢籠者，京口人久為余述之。壬戌歲抵京，甫三日，介其鄉人顧生子餘以詩質余。觀其言，知鮑子異於人矣；及讀其詩，益歎其得天厚而成于學問者深也。

蓋鮑子少孤貧，既無紛華靡麗之擾，而于進退取舍之界又辨之甚嚴，所為詩乃有獨造之詣焉。或謂鮑子詩與余詩境界略同，故嗜之爾。余曰：「不然，一人有一人之詩，一時有一時之詩，彼與此不相蒙也，前與後不相混也，安得執一以例百哉。昔東坡學靖節，而其詩不似靖節；山谷學少陵，而其詩不似少陵。惟其不似也，而東坡、山谷之真始出。余非有私于鮑子也。」鮑子歸，將奉母山中讀書。而其鄉人張寄槎學仁、王柳村豫方有《京口耆舊詩選》之役，鮑子聞見博洽，必有以相助也。

初頤園曰：議論極有精采。

王晉亭詩文集序

余讀朱子《新安道院記》云：「山峭厲而水激清，君子務為高行奇節，尤以不義為羞。」竊罣然神往于其鄉。及交婺源王葑亭先生，見其和易近人，終其身無疾言遽色，又以知學問深者之度量自遠也。葑亭既歿，其子麟書又歿，欲求其遺集而不可得。今夏邂逅胡雪蕉水部，詢為葑亭詩弟子，因述葑亭之侄晉亭教授，詩名與葑亭埒。今教授亦歿矣，其子舍人恩注賢而工詩，將裒其先人生平所作，乞予言為序。

嗚呼！余不得序葑亭之詩，而得序教授之詩，何王氏之多才也耶。教授至情肫篤，敦倫睦族，欲推行于鄉國之間而不克，遂乃託于酒以自豪。徜徉山水，觸物興懷，偶有所作，惟期自適其心。其蹊逕與葑亭不同，其性情灑落，與葑亭無乎不同矣。吾聞舍人務本力學，酷類其父，倘更取葑亭遺集，綜而輯之，是亦繼志述事之一端，余又將援筆以誌其成焉。

阮芸臺曰：歐、曾遺格。

石琢堂曰：參之太史，以著其潔。

任畏齋二莪草堂詩稿序

都督任公謝世之五年，其友人湖口周駕堂侍御裒其遺詩為二卷，梓行之，屬余序。嗚呼！如公豈得僅以詩人目之哉？詩之傳亦豈公之心哉？而其詩竟傳，而世亦竟以詩人目公。憶公再出為巡捕營參將，始相識握手，作質語，無酬酢氣，而忠實懇款，不類于人人。偶論及詩，則謙遜不遑。自言姿性拙鈍，廢學久矣，又倥偬戎馬間，惟隕越是虞，苟溺情翰墨，如職守何？余心服其語莊，遂不強之為詩。

一日，招余偕洪稚存、何蘭士，馳馬游西山，憩蒼雪庵，流覽眺望。同人擬為紀事詩，君下筆立就，稚存、蘭士暨余皆擱筆。蓋其詩之工且速如此。晚年屢以似續為念，宦情日澹，特以受朝廷恩重，不敢不自効。然其居閑，蒔花藝竹，蕭然如儒素，見者莫識其為百戰將軍也。今觀其詩，曾自訂為《學稿》、為《愚稿》。學，則以聖賢為歸；愚，則以忠孝為事。夫詩以言志，都督之志，其庶幾略見于茲編也歟。

初頤園曰：規格極正。

石琢堂曰：立論純正，筆意又簡峭。

明李文正公年譜序

涯翁生平心跡，余嘗于詩文中數數及之。年譜之輯，始意第主簡核。惕甫既序刻于揚州，綴以拙文，復據麻太夫人九十壽言冊，辨證舊傳諸說，未可盡憑，其言亦自有所據也。

余邇來修書殿閣，逸文秘本往往而在，因備採涯翁事實，釐爲七卷，重鋟板于京師。或且以徵引繁富為嫌，然使識涯翁、議涯翁者，皆有所折衷焉。此固區區用心之所在與。世所傳《懷麓堂集》本，校刊殊不精，漫漶已久，余欲刪其重複，一其體例，合前續稿甄綜之，仍釐為百卷，付剞劂氏，年譜當附後以行。未知此願，何日能償也。

謝薌泉曰：往復申明，有一往無盡之意。

伯玉亭詩集序

予不從玉亭先生遊，忽忽二十年。今一旦讀其詩，不啻共議論于一堂，其謦欬猶歷歷遇之也。

憶予官學士，先生官詹事，同侍講幄。每入直，必先諸曹司至，至則危坐莊語，以道義相砥礪，三四年如一日。史官職業多暇，當風日清淑，置茗椀招余，敘説古今上下。先生樂甚，輒浮一大白。余亦無所隱避，間以詩相質。先生曰：「此餘事也，吾亦時為之，特恐為人所知耳。」故先生之詩，如余者亦未多見。繼而陟卿貳，秉旄鉞，事日以繁，任日以重，絕口不言詩，而世遂不知先生之工詩。

數年以來，為天子倚畀，切切思有以報稱。清心寡慾，鈴閣蕭然，一盂兩簋杯酒，不設僚佐。間有以過勞苦傷生為勸者，先生愓然曰：「與其以酒適性，無寧以詩陶情乎。」於是有示諸牧令之作，然自是仍絕口不言詩。諸牧令知先生工為詩矣，而仍不敢請讀先生之詩。

余與先生交最久，相知又最深，得有所請矣。先生以一冊寄示，且委校勘。余受而卒業，竊有以窺其大凡：蓋忠愛為體，和平為用，慈祥悱惻為歸，即小以見大，因近以及遠。憫災傷，如聞其哀痛之聲焉；飭官方，如覩其丁寧之致焉。韓子云：「仁人之言藹如。」其謂是歟。至於太行綿亘數千里，汾河之源發于崐崘，其濡染于詩也，必有磅礴浩蕩之奇氣纏綿固結于筆墨間。先生撫晉且十年，式太白之廬，訪玉溪之里，修遺山之墓，流風餘韻，轉益多師。蓋先生之政，感被于三晉人之心者甚深；而三晉之山川風氣，所以感發先生之詩者亦甚深也，是為序。

石琢堂曰：一往無盡，如入武夷九曲。

蘭雪堂詩集序

余不能畫，而喜購畫；不善書，而喜論書；不工詩，而喜作詩。如是者三十年。近日臂痛，幾不克握筆，畫與書無望矣。忝官翰林，司譔述，賡歌颺拜，史臣職也，故於詩未嘗一日輟。海内稱詩家遂以余為知詩，竊滋愧已。芝圃方伯自江西馳書至，寄其先人蕉園先生《蘭雪堂遺詩》，乞余敘之。

余維詩以道性情，哀樂寄焉，誠偽殊焉。性情真，則語雖質而味有餘；性情不真，則言雖文而理不足。先生之詩，不名一體，要皆有真意、真氣盤旋于中，而後觸于境而發抒之，感于事而敷陳之。方其舟車南北，俯仰山河也，則有雄杰之篇；憫農勸稼，感舊懷人也，則有愷惻之篇；及解組歸田，一琴一鶴，某水某邱，寓諸吟詠，則又有蕭疏澹遠之篇。時不同，境不同，詩不同，而情性無不同。吾故曰：先生之詩，真詩也。顧不幸厄于火，方伯綴補搜採，得十之三，猶以遺佚為憾，皇皇焉，惴惴焉，負咎引慝，若將終身者。《詩》所云：「孝子不匱，永錫爾類。」其不以此也耶？吾未得從方伯游，曾讀方伯之詩，知其有家法，性不隨俗。方今聖天子求忠臣于孝子之門，繼此而往，方伯必無暇為詩。吾亦不僅以詩期方伯，而于兹編已窺厥涯涘也。至於先生之書畫，散在人間，片紙珍逾拱璧，余非知者，不贅言。

汪瑟菴曰：立言有體。

清籟閣詩集序

余學識譾劣，誤為海內才彥見推，不遠數千里殷勤通問。其或至京，旅舍未定，先來謁余者，比比也。敬庵先生，桑梓耆舊，余知之三十年矣。訂交亦在二十年外，以詩文酬酢，又不知凡幾年，而生平實未謀面。庚子辛丑年間，鮑雅堂招余陪君及明我齋啖餅賦詩，余侵晨往，君以病，我齋以職事辭，弗至。閲數年，雅堂約同遊柏靈寺，余又愆期。自是余與君以筆札通悃曲，造謁輒有所阻泥，此亦豈有數耶？

雅堂沒數載，其詩集尚未刊行。我齋解職後，不知其於詩何如。而《清籟閣詩》賴芝圃方伯校定行世，余獲操筆序其後。雅堂有知，能無歎羨哉？雅堂重君之詩，尤重君之畫。君許余畫十年矣，屢以札來，謂「作畫非難，為君畫難耳」。畫雖未終得，意殊可感。詩則時時讀之，清妙足移人情性。即以畫不必於皴染間求之，而可於歌嘯間遇之也。而余之知先生，蓋有得其深者矣。

汪瑟菴曰：委婉曲折，入情入理之言。

重鋟稼軒詞序

辛少師忠敏公，北方學者也，紹興間為江西安撫使，有政聲，歿葬鉛山。越世有由鉛山遷萬載者，萬載辛氏遂為著姓。以余所識辛氏，工文章，勵志節，不下四五人。春嚴明經尤喜就余議論古今上下，知余喜藏古人遺佚文字，以忠敏公著作遺佚不可得，乞為搜訪。余所見汲古閣《稼軒詞》刻本外，僅讀本傳，知有所謂《稼軒集》「九議十論」者；讀《四庫書提要》，知有所謂《南燼紀聞》、《蕊閣集》者，而其書皆未見，竟不克旦暮慰春嚴之心。

兹春嚴以重鋟《稼軒詞》成，請余序。余不敢以孤陋辭，重春嚴志也。春嚴孑然一身，襆被來長安，奔走不遑。乃以萬載棚民奪土著學額，投片紙于部臣，奉天子命往質。春嚴挺身往，不為撫司官屈，閱時六七月，行程四五千里，寒暑困之，風雨撓之，卒不渝厥志，而事竟獲濟。《稼軒詞》之刻也，將欲藉其詞以求其書也，將欲藉其書以存其人也，非仁人孝子而能若是乎？余不工為詞，然每喜讀稼軒詞，其感人之深，固不在文字間也。竊計公集在天地間，必有鬼神呵護，將不終没于天下。余當續求之，以報春嚴，且以慰天下學者之慕望云。

吴縠人曰：關係之言，即小見大。

姜桐軒詩鈔序

詩有以多傳者，有以少傳者。有所餘于詩之外，多可也，少亦可也。苟惟詞句之工，而詩之外無人焉，雖多，奚為哉？泰州姜君，介其鄉人彭生郵寄詩帙，乞點勘弁言。且告余，曰君意思高曠，言論慷慨。作為詩歌，直抒胸臆，不求人知，人亦無由而知之。至於望古蒼茫，仰天大笑，伸紙濡墨，動輒千言，人鮮不指其為狂者，君泊如也。茲讀其所寄詩，僅四十餘首，古體居十之八九。豪情古趣，滌盪心魂，頗似張乖厓、陳同甫一輩人語，所謂以少而傳者耶。彭生曰君之詩尚多，當索其全集來，供先生吟嘯。余曰：神龍，靈物也，一鱗片甲，觀者無不心惶目眩，奚待一一指數？姜君之詩，其猶龍乎。彭生曰唯唯，遂書其語歸之。

吴穀人曰：磊落有致。

伊墨卿詩集序

昔顧華玉稱鄭少谷之為詩也，古言精思，霞映天表。程孟陽稱曹石倉之為詩也，清麗為宗。少谷、石倉皆閩人，而不溺于閩派。且少谷好游名山，峻陟冥搜，經時忘返，便道武夷，深入九曲，絶糧抱病而不悔。石倉具勝情，闢石倉園，水木清淑，賓友歙集，聲伎雜進，享詩酒讌談之樂，其風流旨趣，有足稱者。

吾友伊子墨卿，閩產也，躬際昌期，遇合較二子優矣。而其為詩及夫好游名山、具勝情，較二子則無不同。嘉慶九年，自粵東罷官來京師，出詩草屬序。余無華玉、孟陽才，安能序吾墨卿詩？黽勉卒業。大抵少作多幽潔之篇，官西曹多綿密之作，守粵多峭厲之辭。溯源于溫柔敦厚，託意于忠孝節廉，境屢變，詩境亦與之屢變，而有不與之俱變者，所謂道也。少谷抑鬱終其身，其門弟子高瀫、傅汝舟，頗能傳其詩教。石倉安雅尚志，晚節不撓，著述甚富，藝林寶重之。墨卿年未五十，負經濟才，詩之美且富已如此。行且登擢，以為國家分猷宣力，康濟斯民。其涉境更廣，詩且益奇，豈得以少谷、石倉限君哉？又豈得以少谷、石倉之詩限君之詩哉？

王惕甫曰：雅稱。

曹定軒紫雲山房試帖詩序

翁覃谿學士謂：「工試體詩者，不必工各體詩。」王惕甫典簿謂：「必工各體詩，而後工試體詩。」其說之不同如此。吾謂學士勉人以專功，而典簿勉人以深造也，其立意無乎不同。曹定軒給諫自其為庶常時，即工試體詩。後督學滇中，山川雄奇之氣，鬱勃于胸膈間，無所發洩，輒寄之于歌嘯，遂工各體詩。給諫好朋友，喜游佳山水，遇名園古刹，每流連忘返。同人拈毫分韻，給諫詩先成，一時爭傳誦。退直灑掃一室，往往剪燭至夜分，為子弟輩點勘試體詩。興至，便自涉筆一揮，舉示體式。無事苦吟，其佳妙不減官庶常時所為。給諫于此，其專功矣乎？其深造矣乎？余十五年前，曾讀給諫入滇各體詩，未及為敘。茲承委勘其試體詩，因遂書之其帙。

王惕甫曰：意盡而止，文境絕佳，不煩多許。

王延之遺詩序

倪元鎮居清閟閣，擁書數千卷，手自點勘。性好潔，盥頮易水，冠服振拂，日數十計，齋前樹石，頻煩洗拭。吾友方春之太守性頗似之，而尤篤于朋友，不以貧富死生稍移其素。嘗以其亡友王孝廉延之詩，委余序而梓行之。且告余曰：「孝廉敦内行，文詞書翰皆極工，絕意華膴，年八十歿于家，殆世所謂有道人與。」

余受而卒業，竊有感焉。夫世之以詞翰求知于人者，非炫其所長，以為名高，將挾以博富貴利達也。其詞翰往往不工，即工矣，其流傳必不久。何也？無真性情以貫之其中耳。孝廉之詩，取自娛悅，不知有今人，亦不知有古人。古人之離合，今人之毀譽，孝廉弗計焉。太守乃獨刊其詩，以傳之無窮。太守之于友誼，固篤矣。夫元鎮生平于一樹一石，有性情寄焉，當其得意相遇以天，人固不能喻也。太守亦然。意孝廉之詩，亦必得太守為之振拂，而益臻于潔也夫？

謝薌泉曰：得淡遠之趣。

香雪山莊詩集序

詩有經指授始工者，學問為之也。詩有不經指授即工者，性情為之也。吳子柳門，髫歲嗜詩，及長，廣所就正。說者謂其性情、學問兼而有之。夫山川之靈秀之鍾于人也，必有英傑之士乘時而出，以表其異，而發其光。敬亭、宛溪，非江以南之名勝耶，謝玄暉、梅聖俞之不作久矣。若我朝施愚山，其亦接跡前賢，無媿學者乎。柳門生長其地，希曩哲遺風，而克自樹立，宜其詩之工也。茲刻其少作九卷，將以求是于學士大夫，而冀有所進。

余點勘即畢，以為庶幾有愚山之遺音者。昔龔芝麓評愚山詩「鏗然而金和，溫然而玉詘，拊搏升歌，朱紘清汜，以方寸之管而代伶倫之吹律、師文之扣絃」也。余于柳門亦云。夫愚山刻集時，已享大名，官亦漸起，其詩易于傳播。柳門今方負篋襆被寓長安蕭寺，一燈據几，咿唔不休，求一第而未得。余遽以許愚山者許之，世或未之信也。然吾觀柳門之心，猶未肯以愚山自畫焉。昔李白之景仰謝朓，歐陽修之傾倒梅聖俞，古有稱之者矣。余望柳門之克成其志也，乃不辭而為之序。

吳穀人曰：若遠若近，一往而深。無意於為文，而文斯至矣。

吳蘭雪香蘇山館詩集序

余以詩交蘭雪二十年，屢欲序其詩矣，而下筆遲遲，蓋有故焉。詩序易為也，序蘭雪之詩不易為，以余序蘭雪之詩，尤不易為。蓋余每與蘭雪別而復見，讀其詩，輒使余胸中之境，若有與俱移焉者。余不自知其所以然也。今年三月，蘭雪應禮部試，輒就余宿，相與議論古今上下，山川民物之繁，學問心術之微，詩教之盛衰，文章之正變。余所蓄於中而未發，感於中而未釋者，聞君言，渙然、怡然。而君則又報罷矣。因謂余曰：「先生可以序余之詩哉。」余應之曰唯唯。

君之詩，篤於性情，能神明于古人之法，以自盡其才。翁覃溪、王述庵兩先生，所以推之者至矣。初，余見君少作，以哀艷稱之。君既以數奇落魄，縱游吳越間，名益譟闤闠中，至有繡其詩以傳者。世遂疑君善宮體詩，忌君者且詆為浮華累道，引余言以證。夫余所稱為哀艷者，非《國風》、《離騷》之遺耶？又有誤傳君死耗者，覃溪先生泫然告余曰：「蘭雪亡矣，吾將合黄仲則詩刻行之，此二君，皆得詩髓者，惜其詩止此耳。」仲則已矣，其詩之傳於世者已如此。蘭雪之詩，格愈變而法愈嚴，余又安能執一律以量其所至哉？蘭雪洊更憂患，性益澹定，比數從余徜徉淨業湖上，蕭然竟日。其於天下事，若一無可為，無不可為。至於窮達弗能易其心，利害弗能變其節，蓋有必為、必不為者在，僅求之於詩，不能知也。始余以詩知蘭雪之人，今余以蘭雪之人知蘭雪之所以為詩矣。余之交於蘭雪者，豈獨詩哉，豈獨詩哉！

吴縠人曰：許之深，而爲之至矣。文有餘於言者，此種殆是。

康熙己未詞科掌録序

朱竹垞檢討晚年採同徵諸公仕履行蹟為《鶴徵録》，而未成書也。李武曾徵君續之，亦未就，而徵君歿。芸臺中丞撫浙，政暇，詢諸兩家後人，求其遺稿，殘燬殆盡，志例亦無由尋討。中丞發凡起例，參倣杭大宗《丙辰詞科掌故録》而加詳焉，甫脱稿，郵寄余屬校勘。余方為《詞林典故》總纂官，因得裒集群書，廣加增益，燦然稱備，仍歸中丞裁定。

竊惟元明以進士科取士，制舉一途遂廢。本朝兩舉鴻博，稱得人，其中浙士尤多通儒。中丞負藻鑒人倫之目，上承聖天子作人雅化，官浙年久，涵濡激厲，闢「詁經精舍」以居。士之奇才異能者，經其口講手畫，皆能出所藴蓄，表見一時。則中丞此書之輯也，不惟精核遠勝大宗，其用心之所在，即朱、李二公有未能及者，斯真古大臣之風矣。後世之鴻儒碩彦，大以求治術得失之故，小以核典章本末之遺，吾知其必有資於是書云。

吴穀人曰：明於掌故，言之乃鑿鑿也。小中見大，煞有關係。

王葑亭雙佩齋詩集序

余初未識葑亭，已時時得覩葑亭詩。乾隆辛丑，從許秋巖座間見有客翛然玉立，風采異眾，獨殷殷向余致嘆羨。叩之，則葑亭也。葑亭為秋巖會試所得士，時甫官刑部，殊以埋頭案牘為苦。余曰：「刑曹古多詩人，子姑安之。」自是余與葑亭每以詩為酬酢，見者謂余之詩日以進，而余之詩日以少矣。昔夏正夫、劉欽謨同在南曹，有詩名，劉差勝夏，每見卷中有劉詩，累月不下筆。燕都之會，李于鱗詩必晚出，見他人有工者，輒廢己作。余見葑亭詩，累月不下筆，輒廢己作，不知凡幾矣。已而葑亭遷御史，擢冏卿，出使四方，得佳句必寄示余。余以為葑亭詩自在人間，夫復何難致，遂不收拾。而孰意其竟死，死而其詩遂不可得也。

今年，葑亭仲子鳳生奉遺集乞勘定。余為芟汰，存詩千首，皆寄託高遠、意味深厚，有合風雅之旨者。存此亦足以慰葑亭於地下矣。余始以詩質葑亭，葑亭緘寄袁簡齋於江南。簡齋為加墨作序，獎許推挹，皆葑亭意，余弗知也。葑亭之重余兼重簡齋也如此。及簡齋暮年頹放，下筆多不檢。葑亭作書規之，書成必示余，且引余言為證。葑亭之重簡齋兼重余也如此。簡齋以書來辨，而因其諫諍即改竄者殆亦不少。蒓亭得其書，亦輒以示余，歡喜慰藉，或至抃舞。其於朋友往復規勸，纏綿不已，樂與人為善也又如此。吾願讀是集者，以性情求之，勿僅諷其詞而艷其才也。

謝薌泉曰：纏綿周至，情餘於言。

張船山曰：真切語即是至文。

桐華書屋詩草序

香圃上舍為蒓亭太僕冢子，工近體詩，尤工七言，嘗問字於余。余居距宣武門外十里許，香圃嘗冒雨雪策蹇至，宿余家，竟夕諷詠不輟，蓋嗜學其天性也。然每遇觴讌，輒若有不釋然者，所為詩多凄愴之音。既連試京兆不售，歸遂得疾。迨太僕歿，而香圃乃不起矣。余校太僕遺集甫竣，香圃弟竹嶼更出君詩，乞選定。繙閱一過，余曩所加墨者，散失過半。竹嶼輯而錄之，其孝友可感也。才之難得，而游處之樂忽然以過，遂有今昔存歿之感，余蓋為之掩卷三歎云。

張船山曰：潔淨。

慕堂文鈔序

孝子之不忘其親，雖衣冠帶舄，必愛惜而寶藏之，歷久猶摩撫勿忍置，矧攄諸胸臆，筆之簡冊者乎？顧有謂其篇什寥落而不必存，文詞戇直而不可存，非知言者也。吾友曹定軒給諫，一日奉其尊人慕堂先生遺文一册，泣而告余曰：「此先大夫之文也，即先大夫之志也，子為序之。」汾陽曹氏，于今入詞館者凡三世，皆能承其家學。慕堂先生不欲沾沾以文雄一代，而議論醇正，心氣和平，韓子所云「仁人之言」者是。先生有建辟雍之疏，給諫亦有修成均南學之疏，先後繼美。給諫斯集之輯，不惟不没其文，真能不没其志矣。吾愿讀斯集者，油然生孝悌之思焉，慨然厲忠愛之節焉，勿僅羨其詞旨懿茂，而謂其為漢魏也、為周秦也，其庶幾乎！

王惕甫曰：醇然有味，得之意言之外。余序慕堂詩在後，未能如是也。

點蒼山人詩集序

太和沙獻如明府，余不識其人，而明府則早識余。去歲三月，萬載辛春巖自皖江來，鄭重告余曰：「有沙君者，宰懷寧，循吏也。喜吟詠，近刻其詩一册，姚姬傳比部序而行之，尚欲乞先生論定。」余甚異焉，四海九州之大，工著作、擅藻鑒者，不知凡幾。如僕者，所謂爝火之明耳，安敢操繩執墨，論斷當世之賢豪？即偶為評泊，不過聊備商榷，蹔取笑樂，又安足以為文章之定價？春巖曰：「沙君，滇産也，前覩先生寄袁蘇亭論《滇南詩略》前後兩札，及與師荔扉數年來論詩各書，且悉《錢南園詩集》刊成始末，讀所序文，私心輒向往。」

余感其意，欲報之以文。而其詩集，則春巖倉卒來京，留之滕縣旅舍。今春巖自山左來，乃獲見之。大抵能以奇氣騁其逸才，排奡似南園，疏宕似荔扉，而深摯之思又似谷西阿黃門，真得點蒼山之靈秀，盤礴鬱結而成之者，吾奚測其所終極耶？ 西阿、荔扉詩以多勝，而獻如以少勝，要各能抒其性情，不務以塗澤見長，殆克自樹立者矣。荔扉曾相與樽酒論文，徘徊於月橋、海寺之間，《金華山樵集》已三四刊矣。而獻如則未嘗謀面，其于為官也，春巖盛為余道其賢。今讀其詩，信言行之相符也。爰為序其顛末，且以質之西阿、荔扉兩君。

周駕堂曰： 極疏密淺深之致。

洪文襄公年譜序

年譜之書，大抵因其人有高出一世之才，而無高出一世之位與高出一世之功，而後作也。唐之昌黎、杜陵，宋之東坡、山谷，金之遺山，元之道園，皆後人慨慕其遺行，恐其湮沒，為之詳考博稽，勒成一書，垂之奕禩。

若洪文襄公者，既有其才，復有其位、其功者矣，年譜奚以輯？ 輯之，蓋其六世孫某奉文襄遺事，泣而告予曰：「閱世以來，族姓繁衍，讀書者少，遺籍漸散。先人之筆記、銘志、狀誄，絕少存者，不有以甄綜之，將恐日亡日軼，後來者不獲考尋祖考之德功事言，上負國恩，下隳先業，其若子孫何？」余固辭不獲，乃彙其斷爛文字，旁徵諸稗史、叢書，及史館之軼聞瑣事，用呂大防、洪興祖諸家分編《昌黎年譜》之例，以月繫年，以事繫月，釐然、井然，取材於《明史紀事本末》、《綏寇紀略》、《八旗通志》，間附以《家乘》。其於文義字句有剪裁，無增益，徵信益以志慎也。若其不可知者，則寧闕之，以待補云。

汪瑟菴曰：如此立言，可謂得體。

梅庵詩鈔序

余與梅庵制府、閬峰侍郎交契蓋三十年矣。余以庚子入翰林，制府亦以是年冬改詹事，余因是與制府稱同年。明年辛丑，閬峰館選，居且相近，時相過從。茗椀唱酬，殆無虚日。既而予三人者，一時同官學士，充講官，出入與偕。或侍直内廷，或扈蹕行幄，宫漏在耳，山月上衣，未嘗不以賡和為職業也。後二公俱擢侍郎，余浮沉史局，文場酒讌，猶獲執筆，與二公左右上下之。乃侍郎遽謝世，而制府遠宦東南，天各一方，余能無獨學孤陋之嘆乎。

制府顧厚視余，時時以詩稿郵寄商榷，凡所纂輯之書籍、進奏之文字，亦莫不由余勘校而成。蓋其虚懷如是。近年取前所刻集，芟汰過半，益以戊午以後詩，易編年，為分體，有精益求精之志焉。夫學問與事功，一而二，二而一者也。公總督三江，其所待治者，日不知凡幾，何暇作詩？乃退居一室，挑燈手一編，類書生然。及登堂議論國家大事，抉利弊，辯情僞，娓娓千萬言，胷中肯綮，人驚以為神。豈知夫詩者政之體，政者詩之用，不惟不相害，而實相濟也。或者曰：「公性情灑落，事過輒忘，一字一句間，每不介意，奚兹集之謹嚴如是？」吾謂忘者公之大，而不忘者公之深也。即一詩可以見公生平矣，而余之所以知公者，又豈僅在詩哉？

謝鄉泉曰：交深之言，通達之論，敘次尤歷落入古。

重刻有正味齋全集序

三十年為一世，余交穀人先生一世矣。性情心術，靡不浹洽，有深於語言文字之外者。即以語言文字論，先生之詩非猶夫人之詩也，文非猶夫人之文也，詞賦非猶夫人之詞賦也。必先有以得夫事之真，情之合，體驗融會，而後滔滔汩汩，筆之於書，無所扞格。

京師釣魚臺桃花，崇效、極樂、法源三寺海棠、牡丹、菊花，澄懷園、淨業湖荷花，檀柘桂花，皆稱極盛。先生喜游，又喜偕余游，游必有詩紀勝。當夫酒酣笑樂，俯仰今昔，落落自喜，蕭憀曠放。雲之行也，水之流也，風之來也，氣候之變幻也，山川之俶詭也，若有意，若無意。及發而為詩文，則萬象包納，幽者顯，昧者揚，堅者、瑣者靡不摧且理焉。噫！何其大也。

先生在京師續刻詩集，徵余敘。今養疴江上七八年矣，家貧，課生徒自贍。而四方乞詩文者，屨滿戶外。近寄書云：「拙作久宜覆瓿，徒以區區之心不能割捨，合並前作，別有增刪，業已付刊。約春夏之交，便可正諸有道。前承高文弁首，係專指續刻而言。倘得渾括全詩，益之獎借，尤為銘感。」先生名重中外，詩文集凡數鐫板。賈人藉漁利致富，高麗使至，出金餅購《有正味齋集》，廠肆為一空，何藉自刻其集，又何藉鄙人之敘哉？然少陵不云乎「老去漸於詩律細」，矜慎之至耳。又以余聞詩教於先生三十年，親見操筆作文章，甘苦有以得其真，出言必能傳信，故不屬高才鴻儒而屬余焉。果此意耶，則先生之集，安得不重刻，又安得不徵余敘哉？附驥以傳，謂非余之厚幸也歟？

李喬生曰：花放水流，夷猶自在。

存素堂文集卷三

序

曹景堂制藝序

曹子景堂學于成均有年。及予為祭酒，不數月，曹子充鑲黄旗官學教習，例不隨堂會課，其制藝未之多見也。既予以詩、古文課國子生，曹子亦間為之。每一首出，輒傾折其儕偶，余深賞焉。今年春，期滿將歸，哀疇昔應試之作示予，屬序而行之。予因得盡窺曹子制藝之學矣。

夫應科目之文，唐之韓子曰「俗下」，宋之歐陽子曰「順時」。於是好學能文之士，類以試作為無一可存者。然蘇氏兄弟少年諸文，固多試作也。文苟工矣，雖應試，曷足病乎？曹子之作，理法清老，詞藻又極絢爛，宜勝于人而取于人矣。乃屢困棘闈，徒以明經需次廣文。予謂曹子，惟不早取科名，故得益肆力于經籍，沉酣貫串，振其采于詩古文詞焉。其就余為詩古文詞也，乃足以輔予教課之所未盡。然則曹子之不幸，實予之私幸也。是編出，世之不知曹子者，必將曰「此固試草也」。而竟若是，誠非文之罪矣。世有知曹子者，又將曰「此特試草也」。而且若是，則其學寧易測乎哉？

王惕甫曰：時文序入集，誠自可厭。近流中頗有言時文序不必作、不必存者。其陳義雖高，然此一物者，亦已萃四五百年人精神、材力於其中。且有甘心不第以名其業，而槁項以死者，豈能無作，又烏得無存乎？但語有可存則存之矣。

吳山尊曰：前半曼衍，後半奇崛，是老泉晚年文字。

孫淵如曰：後半乃似荆公。

吳蕉衫制藝序

今操觚之士，莫不為時文。然于四子六籍不必窮其奧，于百家九流不必涉其藩，于古今盛衰升降之原，不必旁通而博覽。取一二科塲之作，剽其字句，諧其聲音，欣欣然以為得其道，無惑乎時文之日敝也。余學為時文三十年，官太學前後七八載，與生徒相砥礪，久而益覺其難。何則？代聖賢立言，必斂抑其意氣，和平其心思。及夫體驗微至，發抒自然，使人讀之，如接古人于千載之上。斯乃足以刊浮華，闡道術，而饜飫乎人心也。

嘉慶戊午七月，涇縣吳子瑞清試太學，余奇其文，殆知時文之不易為者，取冠多士。旋捷秋榜，兹出其從兄蕉衫秀才文乞序。且言秀才生平于制舉之業，未嘗率爾為之，始受知于大興朱竹均先生，繼受知于無錫秦端崖先生，屢躓省試，抑鬱以終。嗚乎，若秀才者，所謂知其難而不詭于遇者耶？秀才孝友樸質，讀書明大義，其文真實淳懿，不屑屑剽字句、諧聲音。驟讀之，若無異于人，反復尋繹，乃覺其有以異於人之為之也。既惜秀才之不遇，又嘉孝廉之能表章其兄，而發其幽光。爰序之，以諗夫世之易視時文者。

陳碩士曰：盛氣揮斤，動中矩度。

吳鳳白必悔齋制藝序

山林之士，不工為時文；科名之士，不工為古文。是說也，吾聞之。然而不工古文者，必不能工時文。昌黎曾悔其應試之作，東坡亦誡其子弟曰：「絢爛之極，歸于平淡。」由是言之，少年之作，皆得謂之時文；老年之作，皆得謂之古文乎？是又不然，蓋文生于心，心之所之，向背殊焉。道義之士，其文和平；勢利之士，其文詭隨。和平則雅，詭隨則俗，雅與俗不可不知也。

吳子鳳白以文雄于鄉，兩試春官不售，刻其行卷曰《必悔齋制藝》，乞余為序。周覽一過，所謂雅音也。復讀其自序，知吳子之不欲以此自足，而有所惴惴焉，愓愓焉，以求其所未至者矣。吳子異日抒其所蘊，以建立名業于當世，棄去其所謂時文者，別自著書，成一家言，必有合于太史公所云。彼瑣瑣者，何足語哉？吳子誠能自赴厥志，吾且引昌黎、東坡為證佐，而重序之。

王惕甫曰：論文精語。

志異新編序

吾嘗謂：居一官而有裨益人，且使人信服之也，其勢易；著一書而有裨益人，且使人信服之也，其勢難。中丞福蘭泉先生為宏毅公後人，內行醇謹，綽有家風，士論歸，民望孚，宜矣。若《志異新編》一書，世目之為詩史、輿經、地志，蔑以加焉者，何哉？夷考劉恂《嶺表錄異》，最稱該洽；若《神異經》、《集異記》、《博異記》、《異苑》諸書，絢爛矣而不能使人徵信；《經濟類編》、《圖書編》諸書，典實矣而不能使人服習。茲書披閱而玩索之，其事甚異，其道甚經，其說甚新，其理甚粹。其大者可以備國家之掌故，小者可以擴書生之見聞。詩耶，史耶，吾不得而知之矣。吾讀顧寧人《郡國利病書》，而病其太繁；洪稚存《乾隆府廳州縣志》，而病其稍簡。後有學者，稽古藝林，采風殊域，勒成一書，不取資於是編也，烏乎取諸？

鮑覺生曰：證佐既確，斷制斯合，可以傳此書矣。

涵碧山房詩集序

蘇澗東先生偕余登乾隆四十五年會試榜。是年，中州成進士以經學著者，武君億、李君岐生及君而三。武君遺書，今漸梓行。李君則人多傳其制藝，而詩與說經之書不傳。先生年五十外，負書萬卷，出為縣令，以經術飾吏治，暇輒賦詩為娛樂。其在宣恩，姦民作亂，攻守皆有方略，軍功晉秩郡丞。而積勞遽歿，人多惜之。今其少子令善奉遺書，乞余勘定。余受而卒業，為序之曰：

詩者，心之聲也。聲者，由內而發於外者也，惟清為最難。四時之聲，秋為清；物之聲，鶴為清。秋也，鶴也，豈有所為而望人之知哉？先生髫齡嗜詩，賓東皋宗丞督學中州，稱其詩似陸放翁，可謂知之深矣。即而需次京師，與余相唱酬。余嘆其清而有味。晚歲詩益進，雖崎嶇戎馬間，終不廢業。則其鎮定與勤勞習於夙昔者，又可想見也。武君詩吾既鈔諸其子穆淳，零星十數章而已。李君詩則不可復得。先生詩獨行於世。嗟乎！區區文字細務，必賴賢子孫而後傳也，顧如是哉。

吳山尊曰：清字，是先生自道文則。三百字中層折甚多，而氣體自清。

寄閑堂詩集序

天下事惟平淡可以感人，真切可以行遠，而詩尤甚。《寄閑堂詩》八卷，非豫懸一平淡真切之一境於胸中，而後為之也。享天倫之樂愷，極人事之綢繆，情至而理生焉。至於江山花鳥，月露風雲，又不過即目而成，觸手斯在而已。

顯菴先生初不良於足，兼多病，絕意仕進。老年寄情翰墨，絕不示人，賡和唱酬，不出家人父子間。積數十年，而人不知其能詩，則其所蓄者深而所藏者密矣。昔人論陶靖節詩只是本色，無一粉飾語。吾謂先生詩亦然，顧先生所生之時，所處之境，與靖節不同耳。雖然，心無不同，理無不同，即詩亦無不

作，則人生遭際懸殊，有不可以道里計者，又爽然若失也。諸同也。若謂先生喜放翁詩，遂以放翁相擬，猶淺之乎測先生。試讀靖節《責子詩》，以觀先生《懷兒》諸

吳山尊曰：似陳無己。

平麓詩存序

涂淪莊侍御長余一年，沉潛學問，通達政體，實過余。而於余執弟子禮甚恭，則其抑然自下，可知也。一日，奉其兄守軒先生詩集，涕泣告余曰：「某失怙恃，依兄以長，自束髮讀書至今，皆兄之力也。兄邃於經學，習詩、古文辭，不自收拾。輒為人攜去，遂散失，無專集。兹裒其叢殘之稿，鈔存二卷，讀其詩如見其人。非敢問世也，將以藏諸家塾，先生盍為序之。」

余維詩者，聲也。由中以發，非由外而襲者也。然必外有所感，而其中因之以宣。守軒先生淡泊寡營，翛然物表，慈祥愷惻，每流露於言動食息間。家貧，不求進取，閉戶課子弟，視功名富貴若敝屣。然人謂其與世相忘也，吾謂其所忘者外也，其中自有不忘者在。故其為詩也，不事刻削，天趣自足；不假研錬，風格自超。淪莊鈔而存之，非僅耀其詞華，實欲彰其篤行。吾愈信淪莊之孝弟篤敬，恂恂然致謹於先生長者之前，為通儒，為賢大夫者，其淵源固有所自來。而善讀守軒詩者，當識其所重在此不在彼也。

吳山尊曰：波瀾老成，先生文率如此，且臻此境五年矣。其中自有不忘者在，一語當令陶淵明、

司空表聖聞之一哭。

贈曹復堂序

復堂之來京師也，無所求于人者也。無所求于人，則其心逸而其身安也，宜矣。乃復堂汲汲若不遑終日焉者，則又何與？蓋復堂無所求于人，視富貴為身外之物，舉世所謂科名、勢位，俱淡焉忘之。而于學問之未進，義理之未精，一名一物之未悉，則必反復推明，以期于實有所得，見諸行事，而後慊然自足。復堂以無所求一其所求焉爾。

復堂生于楚，棄舉子業，遍游江淮河洛間。負其才智，冀傳古人絕學，有得于己，弗炫于俗。其辨別六書及古今金石文字篆刻，孜孜弗倦，則因性之所近，而嗜之獨深焉。非欲以此顯于今，而著于後者也。世之知復堂者，乃僅僅以此稱之，是何足以盡復堂也歟？

復堂初至京，亟訪余，叩門請見，相對終日，吶吶然若無所聞知者。及以余之所知證之，則無弗知；以余之所聞證之，則無弗聞。嗚乎！是殆能知人之所未知，聞人之所未聞者與。

余嘗讀長沙廖元度《楚詩紀》，鍾祥、高士熙《湖北詩錄》二書，見曹厚菴學士之詩而愛之。二書蕪雜簡略，欲增訂而未暇也。今年四月，應城孫孝廉甡至京師，留其所著《林菴詩鈔》，中有《答羅菊農問湖北詩選》之章。余次日往見，將叩其義例，而孝廉行矣，至今耿耿于懷。復堂為厚菴學士裔孫，又與余有膠漆之投，則搜採之役，不屬復堂而誰屬哉？獨是復堂，富于著述而貧于貲，方饘粥之不給，又焉能挾此纍纍者畀之，以重復堂之困？余固愿世多一孫孝廉，而又多一似余之嗜厚菴詩者，為之推輓于公卿大夫。則復堂傳，而厚菴之詩亦傳，而余與孫孝廉之心慰矣。書此贈之，以堅復堂之志。

王惕甫曰：了然于心，而沛然于手，便是文章家至境。

洪稚存曰：有後段文字，迺非泛作，古人為文之旨如是。

范太翁壽序

今世海宇輯安，黎民和樂，休養生息，人多耇壽。子孫於其祖父生辰，設几筵，納賓客，奉酒醴，稱觴獻壽，比比然也。顧或文詞失實，識者哂之。然則欲以榮其親，而期為有道君子之所重者，可不以其實之為貴乎？

永淳明經范東垣先生，賦性溫粹，通今博古，以孝友重鄉黨。人以急難告，不量己之盈絀，必有以平其憾而安其心。與人交，不設成心，而賢不肖辨如黑白。訓子弟嚴直有方，生平寡嗜好，執卷終日，怡然自得。室黃孺人，德與之配。子四人，皆嫻學問。

吾聞古之壽者，不以勢利動其心，而簡易寬平，又無奔走逢迎之事瘁其筋力而耗其性。天所謂樸以有立，是以難老也。先生外無所求于人，內無所歉于己，戶庭之內，油油然，默默然。宗族之近，州里之遠，翕然稱為善士。則其平昔樸以有立可知矣，豈非難老之明驗哉？

先生子嵩喬貢成均，拜余于彝倫堂，氣宇遠俗，余心識之。既而以所業請，清拔峭立，蓋得於桂林山川之秀深矣。然其為人，循循自下，雖以文翰知名，而謙退不自滿。暇時以道藝不進，墮先人業為懼，蓋所專注者德術，所屏置者紛華、勢利。先生之家教，又可想見也。先生六十有一，孺人同歲生。粵俗每後一歲稱慶，如前人云七袠開一者。是豈有取于一者數之始與？抑所謂積善之家必有餘慶與？嵩喬洽聞殫見，必能釋其義。他日續風土，《虞衡》諸志暨《桂勝》諸書，又當泚筆敘其端末焉。

陳碩士曰：得震川安雅處。

何雙溪先生六十壽序

翰林前輩靈石何雙溪先生六十生朝，門人賓客謀所以稱觴者，先生固辭不許。不得已乃以文為壽，相與頌先生。夫侍從宴賚之華，科第文章之美，家門榮盛，子孫眾多，以為世俗人有一于此，莫不夸耀一時。而先生倜乎謝不有，又以頌先生之高也。然某竊觀先生平日持身律己之大端，則所以自壽者遠矣。宜其於世俗之舉有不屑焉，而非以為高也。

始朝廷修《四庫全書》既成，天子嘉先生有勞，留先生於翰林，以需擢用。先生遽移疾，不復出。方事之殷，獨膺其任，及功之就，不有其榮。君子易退之節，先生有之。

先生家故饒，既久宧，又勇于為義，時時減產，或至積債不能償。然遇窮交薄戚有恩意，不變其初。方其素封不為奢，及其處約不為嗇，君子素位之學，先生有之。

其接于人，溫然無町畦，而可不可介然有辨。每逢交游故舊，惓篤流連。天下卓絕知名之士，自耆宿以逮後生，皆樂親先生，而先生亦樂為之盡。其處已特嚴，自奉甚薄。居恒掃一室，終日靜坐，旁無姬侍。食不重肉，衣非甚故不輒易。既兩子皆以材美稱于官，門望通華，而先生益約飭自下。豈非薄身厚志，畏榮好古之君子耶？

竊觀古之清身節物者，往往能壽。古語云：「堯舜之世，其民樸以有立，是以難老。」孫卿子曰：「樂易者常壽。」荀悦曰：「惟壽，則能用道；能用道，則性壽矣。」由是以觀，則古之所謂樸以有立而能用道者，非先生其誰？

生朝之禮，自先儒皆以為非。而稱壽之文，則詩書以來有之。今者逍遙京邸，頤性養年，超然榮觀。先生自此道與福俱，娛志和平之域，游心恬淡之宇，于以庇蔭子孫，成就事業。「其德不爽，壽考不忘。」先生且不獨自壽其身而已，而況區區世俗為壽之虛文，又烏足道哉！

吳山尊曰：　此集中近時之作，然亦似震川用意之文。

洪稚存曰：　用筆總從古人來，故能超出塵壒之表。

陸先生七十壽序

乾隆十八年正月，法式善生於西華門養蜂坊。吾師鎮堂陸先生方館于余家，授兩叔祖及諸叔父業。先生年才逾弱冠耳，先大父尊之若老宿，且命司庫府君以文字相切劘。府君少先生二歲，因兄事焉。先大父罷官，遷居海淀，道遠，先生辭去。歲庚辰，先生與司庫府君同舉京兆試。又二年，先大父以法式善入家塾，復延先生督課誦，叔祖及諸叔父仍從學，而先生尤厚視余。及先大父捐館舍，法式善隨母讀書外家，先生亦屢躓春官，遊學四方。然余每有所作，必郵致先生請正。先生誘掖之不遺餘力。迄今余之稍有所得者，皆先生教也。庚子會試，先生成進士，法式善得附名榜末，一時傳為美談。

越十年，先生選知山西絳縣。又十年，告歸，年六十有九矣。先生待人無疾言遽色，而人畏之；無厚貌深情，而人愛之。初，辛卯科應禮部試時，館謝蘊山前輩家。度謝當入簾，先數日避去。及報罷後相見，始知試卷適在謝所而實未薦，謝引以為歉，而先生略不介意。後官山西，謝又為方伯，非公事未嘗往謁，人益重其品。其成進士也，出內閣學士瑞保門。瑞公與余同司翰林院事，一日直文淵閣，翁覃溪先生謂瑞公曰：「吾有畏友陸君，出子門下，子知陸君之文，亦知陸君之人乎？其才賅于大而不遺于小，其學協于古而不悖于今。今之通儒也。」其推重如此，時皆謂瑞公能得士，翁公能知人云。

絳俗故健訟，庠序之士尤甚。先生曰：「本立，而後末可圖也。」遇諸具牒者，武則先驗其弓馬，文則先試其詞藝，然後理焉。由是訟風少息。及先生乞休，合邑挽留之，至有匍伏流涕弗起者。往歲艱得嗣，至六十五歲連舉二子。今歲十一月十一日，為先生覽揆之辰。某敬惟吾家一門三世從游之雅，其相知為最深。因略舉事之大凡，為先生侑一觴。先生生平黜華崇實，一切眉壽保艾之文，不可以陳于先生之前也。是為序。

王惕甫曰：嚴謹如右軍書，用筆內擫，集中第一等文字。

初頤園曰：文具寬博有餘之氣。

吳草亭六十壽序

昔歸太僕為人作壽序，不輕率下筆，或三五日始脱稿。又必其人有所表見，可以風世敦俗，然後樂為之詞，故其文與人皆能傳于後。余硜硜守此義，蓋有年矣。涇縣吳孝廉徵休，向以詩文請業于余，知其伯父草亭先生行誼甚悉。

草亭性曠達，而家庭之間，内行醇備。先人之邱隴，雖年遠，必時時省視，一甓一石，親為料理，盛暑嚴寒弗恤也。課諸子具有法度，務在讀書明理，而以速化、躁進為戒。時和年豐，江南文士得以陶詠自娱，君則青鞋布襪，放浪于山水間，日與漁樵為伍，望之者以為神仙中人。興會所至，或泚筆作樹石，皆淋漓有生氣，偶題小詩，得王、裴遺韻。

今年春，君次子孝廉鸞公車抵都，訪余于城北。吐屬溫雅，抑然自下。以明年三月君週甲初度，將乞余文為壽。孔子曰：「愛親者，不敢惡于人；敬親者，不敢慢于人。」孝廉真愛敬親者耶？其不敢惡于人，不敢慢于人，有以也。愛親者人恒愛之，敬親者人恒敬之。人之生于心而不容自已，亦其必然者也。聞君尚需次丞倅，則又似未嘗忘世者。然吾每觀世之負小技藝，輒欲自炫以震驚流俗。迨其術不行，遂乃抑鬱不平，激昂自奮，繼而溺情泉石，遯跡邱園，不與人間事，以怪僻文其淺陋，是殆未聞君子之大道也。先生則緩急輕重之間，釐然不紊，弗求異于人，而其異于人者自在。利欲紛華交于外，而不使奪于中。非得天之厚，何以致此？繼自今杖國朝以臻期頤之壽，是又理之可為左券者矣。

初頤園曰：筆情酣放。
阮芸臺曰：翛然絕俗。

朱石君先生七十有二壽序

今之學古人之學，而不欲囿于章句者，其所師必曰大興朱先生；今之志古人之志，而不敢負其爵位者，其所師亦必曰大興朱先生。先生盛德卓行，表裏一致，上受兩朝聖人之知，下為儒林師表者三四十年矣。

憶余六七歲時，受業于大興陸鎮堂、林天衢兩先生。兩先生于先生相知最深也。每余業有所進，行不失禮，則勉之曰：「汝其能以朱先生為法乎？」否則動色曰：「若所為，得毋為朱先生所棄。」其時固不詳先生何時人。乾隆四十四年，余與令子錫經同舉順天鄉試，各道家世，然後知先生蓋並世人焉。明年入詞館，例得修後進禮請見。私意先生德望高敻，姑俟數年後，稍稍事學植，庶幾負笈大賢門墻。而先生適以朝命賦政于外，則又自憾曰：「余與先生生同時、居同里，嚮往二十年，顧不克附弟子之列。凡余所欲達其誠于先生者，先生或未必能知之。」然先生辱知余，致書獎借。

嘉慶四年，先生還朝，始得于公所一見。即為余序所纂《科名》《典故》二書，勉勵尤至。余乃不意為先生所知如此。及余奉命四入翰林，于史館中朝夕追隨，得盡聞先生之議論。於是生平所愿學，始得一遂焉。雖然，先生知余矣，余得見先生矣。顧余所欲藉窺先生之深者，安在其能得也？先生每見余，必舉古人相勗，於詩文必直指得失，無一言假藉。及退而語人，輒曰：「某佳士也，某傳人也。」余誠自愧，無以副先生之知。而由先生之于余觀之，則先生之好善如不及，蓋出于天性。先生之以天下為己任，惟恐一物弗得其所，亦於是可見也。今年正月十一日，為先生七十有二生辰。余念知先生之名最早，奉教晚，而卒得不虛其愿，且受先生之知，不可無一言，不可為世俗頌禱之言。特質言之，以就正于先生，先生其必有以教之矣。是為序。

王惕甫曰：質雅之至，氣味清冽，如咽三危之露也。

孫淵如曰：意緒自老蘇《上歐陽書》及大蘇《范文正公集序》來，而風神綿邈，則於歐為尤近。

陳約堂太守七十壽序

新城陳氏，累世有積德，余聞諸南昌彭尚書云。尚書告余曰：「吾以一身識陳氏，蓋六世矣。自浣修翁以賈起家，有隱德。吾嘗見翁舁五千金濟湯某阨，湯固以折業負翁者也。翁終不言，俾吾以誠轉語之，而復貸之金。湯卒能感奮自立復其業，此陳氏子孫所不及聞知者。蓋翁之陰德多類此。翁子為凝齋先生。凝齋子四人，次約堂，即今庶吉士用光父。主事希祖，侍讀希曾，則用光從兄子。吾悉覩其有後焉。浣修翁陰德，吾四十年來默識于心，而未能或忘。歲月不居，吾與約堂行年忽忽皆已七十，觀陳氏子孫之多才，天道益可信也。」尚書之言如此。

余與陳氏交亦三世。今年始獲與用光游，商榷文字，真樸可喜。時時以立身修行為勗勉，于以知其流風遺澤所從來者遠也。明年正月十日，約堂先生七十有一生辰，用光徵余序，因述先生處兄弟、朋友、鄉黨之間及歷年仕宦諸大事。

蓋其生平和易近人，類恂恂無所表見，而禮之所出，義之所在，未嘗稍有假借。是先生之性情，即先生之學問也。誠足以端世範，而挽頹風矣。用光成進士，入翰林，先生有書誡之曰：「吾年七十，精神未衰，繼自今優遊化日，林泉自娱，足矣。弗望汝奇能異行也，亦弗望汝高官厚祿也。惟吾所未及行者，汝行之，竭汝之力，畢吾之愿，如是焉而已。」用光奉教惟謹，凡其所為，外無違于俗，内無忤于心者，皆先生志也。吾聞顯其親之善于世為孝，不過譽以誣其親為尤孝。用光工古文詞，交游多當代聞人，乞壽言蓋易易事，而獨諄懇以得余文為快。或以余素不喜諛，言之可據耶？抑以交陳氏三世久，而又嘗親聆舊聞軼事于當代老成人也耶？故余第就所習知者壽先生，而不敢泛引博稱，亦深喻用光不欲誣其親，庶幾于先生之意有合也。

王惕甫曰：樸雅可存。

楊蓉裳曰：以尚書語及家書為前後波瀾，而以三世交情為主，篇法絕佳。立言更親切有味，掃盡祝嘏浮詞，行墨間自有太和之氣，是謂大方之家。

初太翁八十壽序

人之壽得於天，而其所以得壽之道，則存乎其人。經曰：「仁者壽。」吾蓋徵於懋堂太翁而信之焉。太翁初官指揮，遷戶部郎，以幹濟著，譽日隆隆上。見者以為可卿貳矣，乃出而為太守，為觀察，幹濟如戶部時。見者以為可督撫矣，乃以病致仕，在京師閑居十餘年。其長君頤園，為諫官，為巡撫，為侍郎，以直稱；仲君雲嶠，為翰林侍讀，以恬退稱。見者又以翁為可樂矣，而顧憂之，小有過，督責無少恕。及頤園以事去職，見者以為翁可憂矣，而顧安之，不異昔時。方其芒鞵竹杖，逍遙乎園圃花藥之間，俯而觀魚，仰而調鶴，若無意於世事也者。及頤園再起為庶子，旋以太常擢內閣學士，兢兢以靖共之義相訓戒，不令家事分心。

吾既羨其樂天知命，而尤嘆其忠愛之誠，為不可及也。夫仁者，心之德也。行道而有得於己，故能履富貴而不驕，處憂患而不回。義方之訓，嚴於家庭，而其效乃著於國是。蓋心不役於境，隨境以求自得，此非有道仁人之用心而能如是乎？法式善與長君同登乾隆庚子進士榜，數以年家子禮拜翁堂上，屈今二十有七年。嘉慶丙寅歲三月十三日，為翁八十生辰。法式善侍翁久，悉其心跡深，不可無一言。嘗讀《老子》曰：「逸則壽。」又曰：「知足之足，常足。」夫仁者之心常靜，逸與知足，所以靜也，翁其庶幾焉。元配孫太夫人，年八十有一，康健一如翁，治家教子皆有法，此真所謂德配者也。頤園以斯言侑觴，其亦可以自信矣。

吴山尊曰：不諛不贅，壽文中可以繼震川諸作。

跋

兩宋名賢小集跋

《四庫書總目》載：《兩宋名賢小集》一百五十七卷，舊本題宋陳思編，元陳世隆補，凡一百五十七家。前有魏了翁序，後有朱彝尊跋。考了翁序即《寶刻叢編》之序。彝尊跋以思與纂《江湖小集》之陳起合為一人，以此集與《江湖小集》合為一書，皆出僞託。又跋内稱世隆為思從孫，于思所編六十家外增百四十家，稿本散逸，曹溶補之。亦不足信。

茲書三百八十卷，作者二百五十三家，與《四庫書目》迥異。其始于楊億，終于潘音，而王應麟詩僅存五首為一集者，又與《四庫書目》同，是可疑也。蓋此書在宋時已稱難得，後來輾轉流傳，皆藉繕錄，未經付梓。好事者遞為增損，遂無定本。為就二跋而論，當是浙人薈萃所成，假序跋以增重耳。二百五十三人之精光，賴此長存宇宙間，其功亦甚偉矣，奚必辨其為何人之書、何年所纂哉。

王惕甫曰：　此宋一代名賢精神所在，其書自不可沒於天下。文簡覈可喜。

秦小峴曰：　明辨晳也。

江湖小集跋

《江湖小集》九十五卷，凡六十二家，舊本題宋陳起編。起，字宗之，錢塘書賈，設局于睦親坊，世所傳宋善本，皆其所刻。又稱陳道人，雕板者是也。是集以方回《瀛奎律髓》、張端義《貴耳集》、周密《齊東野語》考之，其間增損多寡不符，時代前後互異，殆後人補綴所成，非起原書也。然南渡後詩頗賴以傳，亦足寶矣。

秦小峴曰：極似竹垞文字。

江湖後集跋

宋人陳起，在寶慶、紹定間以書賈能詩，與士夫抗顏列席，名滿朝野。篇什持贈，隨時標立名目，付雕印成，遠近傳播。《永樂大典》所載《江湖集》、《江湖前集》、《江湖後集》、《江湖續集》、《中興江湖集》，其名不一，皆起所刻者。

是集二十四卷，《四庫全書》定本。蓋刪其重複，合為一編，統名《江湖後集》。宋季就湮之詩獲顯于世，豈獨起之書賴之以益可寶哉？即宋諸君子所以為傳世之業者，固將由是以益著也。

王惕甫曰：此數篇真得古人著錄文字體格，可追南豐。

陳碩士曰：筆意蕭疏自喜。

存素堂書目跋

書目著録，歷代史家所不廢，或紀篇目，或兼考撰述世系。雖繁簡不同，要其所以別同異，明得失一也。余束髮嗜書，北地書值昂貴，貧士尤難力辦。三十年來，一甑一裘，悉以易書。交遊既廣，江南北、浙東西愛余者，多以副本見貽。益以生徒所寫中秘本，纍纍然充楹溢棟矣。偶取視檢一周，乃得有目焉，庶便觀覽。卷數不著，義例未詳，草創尚有待也。重本覆出不刪，防遺失也。青山有緣，白髮無恙，余當從容編較，勒成一書，留示子孫，傳諸奕世。宋之陳振孫，明之楊士奇，何多讓焉？

秦小峴曰：老筆。

陳碩士曰：雅健。

國子監司成題名碑録跋

太學祭酒、司業，漢員自順治元年以來，參諸各家記録，其人多可指數，故所敘次較備。至滿洲、蒙古，設置詳于康熙年以後，順治間因革損益，則無纂述。

恭閲《世祖章皇帝實録》：順治元年十一月，設滿洲司業一員、助教二員。十五年五月，陞司業圖爾哈圖為祭酒，以前未見滿洲祭酒也。十六年，吏部定以太常寺少卿管滿洲祭酒事，太常寺寺丞管滿洲司業事，是前此未有成例也。十七年三月，裁國子監蒙古祭酒、司業，增設滿洲監丞。蒙古祭酒、司業設于何年，又不可考。七月，以通政司知事白成格、戶部主事華善，俱為國子監司業，是又不專用太常寺官矣。《國子監志》及舊碑：滿洲司業有白清額、花善名，白清額無歷任之年，花善則在康熙二十三年，亦未可為據。《會典》、《職官表》二書所載，皆今制。惟新城王尚書徵引稍備，又與此多有不同。嗟乎，百餘年來，遺文舊事難于稽核如此。謹錄所聞，以俟博洽之士正定焉。

王惕甫曰：簡核，正以無斷制為佳。

陳碩士曰：簡直古雅，允推傑作。

觀補亭總憲遺墨跋

此律賦二十九篇，觀補亭先生作。先生為吾師定圃先生從兄。乾隆丁巳，同選庶吉士，官至左都御史，操文衡垂四十年，人得其片楮，珍逾拱璧。此冊皆先生隨意書，而端嚴秀勁，直逼古人。從定圃師稿中檢出者，質之同館前輩及余齋中向存先生真蹟印證，絲毫不爽。謹重為裝治，當與定圃師遺墨共珍護之。

德定圃師遺稿跋

此賦三十首，五言詩三十二首，七言詩二十一首，俱吾師定圃先生庶常時館課也。法式善以吾師手書從公子煦齋借留齋中者數年矣。煦齋選吉士屢向余索之。余重師翰墨，愛而生吝。且知煦齋藏師遺蹟尚夥，鈔其副歸之，此冊遂為余有。其事雖弗衷于道，獨無如余情之弗舍也。至吾師生平持躬好學，及立朝梗槩，世都知之，此不復云。

又

律賦三十首，定圃師作，而他手書之者。師平生墨蹟在人間者絕少，余既得而藏之矣。此冊雖非真筆，獨其賦皆師少年揣摩之作，且經自為批抹。留置几上，時時展玩，以見吾師生平好學，應時改定之雅云。

王惕甫曰：　碎金屑玉，無不可觀。
秦小峴曰：　此雖小文，具見精潔。
陳碩士曰：　筆力清勁而宕往。

孫文簡古像贊跋

余既恭閱《南薰殿藏像》而記之矣，偶檢明孫文簡《瀼溪草堂稿》，有《古像贊》一卷，與余曩所借樵夢禪居士家藏本略合。惟余冊內，益以明代人為數較多。文簡贊中，若宋之寇公準、王公旦、晏公殊、韓公琦、劉公敞、程公瑀、呂公布哲、朱公韋、李公愿中、饒公仲元等，則又余冊所闕者。輾轉傳寫，遺誤遂多，因取南薰殿藏《歷代帝王聖賢像冊》詳核之。三本各有不同，溯其源，則一而已。當是宋南渡後，畫院所製，元明人增損之耳。若夫鑒別之真，議論之確，則文簡集《古像序》、《古像贊小引》二文，足資學士覽觀焉，餘不贅。

汪瑟菴曰：有關考證之文，愈瑣細愈佳。

翁覃溪先生臨文待詔書跋

覃溪先生書不名一家，楷法以摹虞永興為最，行書出於元章、山谷之間，八分得古鐘鼎款識暨漢碑不傳之秘，以質勁稱之，猶其淺也。此冊先生自跋謂臨文待詔書，則於近代書家，又未嘗不事涉獵。先生短視，一切皆需眼鏡，惟作書則去之，且能作繩頭細楷。嘗為人書《蘭亭序》，紙不盈寸，而筆畫鋒芒備極其致，真絕藝也。余親見先生為桂未谷題明人扇面，字極小，移几案於窗下，就日光書之。

人方以為苦，先生恢恢然弗以為難。數年前，余談藝蘇齋，有客持方正學草稿墨蹟來觀。尚未展視，先生曰：「余亦藏一卷，請以娛客。」客展視愕然，與所持來卷絲毫不爽。其間鈎抹塗乙，無一不肖，蓋三年前先生曾借此卷重摹一過也。其規橅古人遺蹟神似皆類此。先生今年六十有八，朝夕課程，一如髫齔時。余於並世士大夫中所見讀書好古、無片時自暇者，先生一人而已。

王愓甫曰：其言質而信。

陳碩士曰：雅潔。

韓所瞻藏祝枝山詩文手草冊跋

希哲以書名，子畏以畫名，世皆以任誕目之。子畏詩筆淺率，老益頹唐，宜來王元美之極詆。至于希哲詩文，顧華玉謂其吐辭命意迥絕俗人，朱竹垞謂其詩置之《歎歎集》中正自難辨。觀此冊所載詩文，多其老年之作，褊急誠不免，而含毫矜重，不蹈窠臼，足以自立矣。余齋藏《懷星堂集》，無《祝氏文略》。朱氏所稱《金縷》、《醉紅》、《窺簾》、《暢哉》、《擲果》、《拂絃》、《玉期》等集，更不可問，或此冊所錄雜出其中耶？異日當搜全書，詳校之。

陳碩士曰：潔。

蔣湘帆臨西涯詩帖跋

余居近西涯，因得考西涯舊蹟，旁搜諸家撰述故事，親至畏吾村訪其墓址，記之以文。繼于蘇齋獲覩石田翁《移竹圖》真本，又得文待詔《西涯圖》摹本，及烏程閔氏所藏像，庶幾慰尚友之心矣。此冊七律四章，《懷麓堂集》所未載者。蔣湘帆衡以油紙影摹，神氣逼肖，猶可彷彿西涯罷相後老而不衰光景。仁和湯西厓侍郎跋語及次韻詩，乃湘帆門下士所摹，筆跡酷肖湘帆。孫和出都，持以贈余，楮墨雖敗，神彩尚存，亟為潢治之。裝成，適覃溪先生得西涯私印，手摹見示，遂倩吳南薌文徵重刻諸石，鈐綴詩尾，以誌一時佳話。時嘉慶五年春三月。

孫淵如曰：讀此，可以見古人所謂文字因緣，類非偶然，筆意亦極清老。

陳碩士曰：雅。

汪雲壑江秋史程蘭翹遺墨合冊跋

科目最榮於近代。明放進士榜，一甲三人，曰狀元，曰榜眼，曰探花，名卿碩輔，往往出其中。本朝因之，得人尤著。余以乾隆四十五年成進士，改庶吉士，是科狀元秀水汪如洋，榜眼儀徵江德量，探花歙縣程昌期。江長余一年，程年與余同，汪則少余三年。方其在館教習，俱二十許人，意氣隆隆，以道藝相期許，謂功業可立就也。

不數年，汪、程二君，直尚書房，既而典試四方，江君改官御史，皆有職事。賞奇析疑，減于疇曩矣。然聚必謀竟夕歡，或聯牀達旦，談娓娓不休。癸丑冬，江君以憂歸，兩月而訃音至。越歲，汪君卒於京師。程君視學山左，之任十三日遽亡。

吁！可怪也。三君性皆溫粹，學問各有所長，使永其年，必克樹立於時。乃造物者若或忌之，而不使盡其用，其於生才之意為何如也？汪君喜為詩歌，蹊徑近王介甫，沒後刻《葆沖書屋詩》，成邸所訂也。嗜飲酒，視學滇南歸，囊橐蕭然。江君工篆隸，收藏金石文字、名人書畫最夥，畫得宋人法，治數術，試極驗。程君通經博古，然不輕著筆，試體文字為一時冠。

三君在日，余得其手蹟，殊不置意。豈知日月如弦矢，三君今俱作古人矣。則其遺篇僅在者，不逾可寶貴耶？因撿詩龕所賸箋札，就其可存者合為一冊，命工裝治，幅旁多留餘紙，冀識三君者各為著墨于上。汪字潤民，號雲壑，以修撰終。江字成嘉，號秋史，終於御史。程字佳評，號蘭翹，一號濂村，官至侍講學士。

王惕甫曰：僕久客邗江，屢見秋史舊藏，其所著《古泉錄》為一士所持。古泉已賣去大半，猶索價四百金，僕不能買，但勸其人刻行《泉錄》，未知成不成也。

洪稚存曰：余與三先生皆極契，讀此增人琴之感矣。

陳碩士曰：風韻翛然，讀之使人增重朋友之誼。

江秋史臨張遷碑跋

右同年江秋史臨張遷碑，筆法醇古，深得漢人遺意。碑今在東平州學明倫堂，遷官蕩陰令，非孝武時張騫也。余前題詩時，「遷」誤作「騫」耳。碑中「爰既且于君」五字，顧寧人謂「既且」是「暨」之誤，執此疑碑出摹刻。翁覃溪先生《兩漢金石記》辨之甚詳，且經親歷碑所拓數紙以藏，并云：「在江寧時，汪容甫持舊本來，謂今碑是重刻。以今本對之，實一石相傳。此碑明代始出土，故宋元諸公皆未著錄。」因琢堂修撰未見此碑，又以「騫」字誤書跋中，有商榷語，故并識之。

蕭玉亭師館課詩遺墨跋

此冊五言試體詩四十首，為吾庚子會試房師蕭玉亭先生手書。先生合肥人，乾隆己丑進士，選詞林，官編修十二年。改御史，差通州坐糧廳監督，旋擢禮科給事中。丁內艱歸，憂傷病卒，士論惜焉。先生性豪爽，篤于交誼，金錢隨手散去，廚中告無旦夕糧，不計也。詩文多不存稿，散佚者甚多。此帙詩雖臺閣體，而骨韻峻潔，翛然出塵。書法信筆塗抹，具有蕭閑雅澹之致。時雨初晴，摩挲竟日，如對吾師于瀛洲、清秘間也。

秦小峴曰：修潔。

羅兩峰畫瀛洲亭圖跋

壬寅四月，余再掌春坊，重攝辨事翰林，因於瀛洲亭側廣植花木。時雨既濡，綠陰蔽天，玉堂長晝，邀同志數人消夏。魏春松成憲、陸杉石元鋐、李石農鑾宣俱以未與詞館之選不至，至者羅山人兩峰聘、姚春漪思勤。兩峰坐清秘堂，舒紙揮毫，立成此圖，併依余詩韻和之。春漪別為七律四首，魏、陸、李繼皆有作。閱今七年，魏、陸、李前後官於外，春漪下世。惟兩峰潦倒長安，猶得與余說詩讀畫，是可慨也夫，是可誌也夫。

秦小峴曰：簡瘦。

西涯圖跋

考《長安客話》：「李文正公東陽賜第，在灰廠小巷李閣老衚衕。」而《帝京景物略》則謂：「久析為民居。嘉靖乙酉，麻城耿公定向首議贖還，為公建祠。」南昌彭尚書又謂：「李閣老衚衕，乃李文達公賢賜第。」尚書學問淹博，于京圻遺聞故蹟尤考據精鑿，其言或不誣。雪後，望西涯一帶寒色，歸展斯卷，漫記于此。

陳碩士曰：清雅可誦。

移居圖跋

嘉慶四年秋八月，余自楊柳灣移家鐘鼓樓街。朱素人居士為作《移居圖》，意思蕭散，筆墨生動，余甚愛之。蓋余于友朋文字外，一切了無所繫，故知余者多以詩若畫見貽。自移居後，遠近以《詩龕圖》寄余者，又得十餘家。其格韻弗一，大率有書卷之氣，得舊人遺意，足資娛玩者，爰附《移居圖》後，裝聯成卷，以得畫之先後為次。于以見詩隨時而增，龕隨地而在，而余之樂固無日無之也。夫余于海內名山大川，雖未獲一至，然而煙嵐之變幻，澗壑之紆迴，新月在林，朝雲出岫，固已逞態極妍于几案間。夫誰復能禁余之臥游也哉。

王愓甫曰：達人曠度，俱見於此。

陳碩士曰：雅。

潘梧莊臨鄭千里氣槩圖跋

余於何硯農民部方雪齋案頭，見鄭千里所畫《氣槩圖》十幀，神情生動，紙墨完好，借歸展玩連日。適荆溪潘子大琨留宿詩龕，篝燈調粉墨，乘興為之摹成，明星猶在天也。蒼勁稍遜，而娟秀過之。因錄題記于後，以符原制。

陳碩士曰：潔。

楊蓉裳曰：俊逸似唐人小品。

紀曉嵐尚書藏順治十八年縉紳跋

余曩輯《清秘述聞》，得順治壬辰、乙未、戊戌三科會試齒錄于曲阜顏氏，敘次款式與今通行本異。卷後有雕板于京師正陽門外西河沿浙江洪氏書坊印記，儼然南宋建之勤有堂、杭之陳解元書舖也。三冊中具載新城王氏兄弟姓名，西樵登壬辰科會試榜，殿試則在乙未；漁洋登乙未科會試榜，殿試則在戊戌。層見疊出于三冊中，余以無心得之，故甚珍秘。

適河間紀大宗伯出《順治十八年縉紳》一函屬跋，刻手與前書同，印記亦同。時西樵為國子助教，漁洋為揚州推官矣。前輩風流，宛然在目，且其時大學士有九，學士有二十四，會署殿閣院名，列內閣之後。武進士選侍衛，有大教習教之，如遏必隆、鰲拜皆兼此官者也。各省督撫蒞都察院，當時規制如此。事隔百餘年，至有不能舉其顛末者。不有此書，何以徵信？宜宗伯之拳拳于此也。《清秘述聞》闕表字者，考此書得增十七人，因牽連書之，以志欣幸。

王惕甫曰：近事卻成異聞，此自古所以貴掌故之士也。

孫淵如曰：此有關掌故之文，筆力明晝入古。

新城陳孝廉遺墨跋

余一日偕墨莊、蓉裳過書肆，見黎川陳果堂先生選刻林穆堂遺文。鬻歸展讀，前有山木居士敘，乃悉果堂表章潛德、好善樂施，殆其天性。適碩士編修貽《山木居士集》，並奉其從兄孝廉吉冠石刻遺墨屬跋。孝廉，果堂先生子，窮經稽古，隸法擅精一時，抱志以歿，族黨惜之。果堂先生彙其所書，鐫石以傳。先生非私于其子者，即編修亦非私于其兄者，蓋其翰墨實有不可磨滅者存。雖他人猶愛而重之，況為其親者乎？此亦人情之不容已者也。余有藏書癖，陳氏家秘笈最夥，方將次第購求，樂為識其後云。

孫淵如曰：風神溢出。

觀文恭公詩跋

余于盤山天成寺僧寮見文恭此詩，詩字俱妙，借歸展玩。適涂瀹莊農部過訪，因用顏書《麻姑碑》法印摹一通，神氣逼肖，見者幾不能別其為臨本。公原藁仍付寺僧寶藏。蓉莊觀察索文恭書甚殷，即以此為贈。不能接右軍，見褚河南差足慰矣。

介景庵先生詩箋跋

余奉校八旗詩，得盡窺景庵先生全集。而其書法雄駿，尤為世寶重。余僅藏箋頭七律一章，什襲四十年矣。一旦歸諸蓉莊觀察，物得其所，不必私之為己有焉爾。

鄂剛烈遺墨跋

剛烈遺墨，散在人間者甚夥。余於西山蒼雪庵見公手蹟，謀勒諸石，未果也。後令子五峰侍郎，持公遺藁見貽，余既鈔其詩入選，復裝為兩巨軸珍藏之。所餘殘楮，雖塗改過半，而筆勢飛動，英爽之氣逼人，真可寶也。蓉莊觀察欲壽貞珉，為檢楮墨完整者畀之，庶足以傳公之真焉。

英文肅西郭草堂雜詠詩跋

文肅公教習庶常時，余充提調官，日侍左右。公一詩成，同館競傳觀之，惜未得其手蹟也。余奉校八旗詩，公曾孫思齋農部以全集付余，并得窺其遺墨。蓉莊觀察嗜公書，一如余之嗜公詩，欲摹數行上石。思齋因以《西郭雜詩》十章借與鈎摹，筆意蒼勁，殆其老年作，尤不易得。蓉莊之孜孜求公書，與思齋之慨然以公書示人，余兩賢之。

孫淵如曰：皆似蘇、黄小品。

明李文正公年譜跋

余編涯翁年譜藁初就，適唐陶山州牧卓薦來都，攜之去，釐為五卷，屬王惕甫學博刻於揚州。惕甫方修《鹽法志》，命其門下士校刊訖事，輒寄板來，其間脱略錯誤固所不免。葉素雲見之，以為宜重刊。適余《續編》二卷成，因合前五卷，開雕于京師。其義例則謝薌泉覈正之，剞劂楮墨之費出於李載園、方春之、伊墨卿、張雨舟、陶怡雲、何蘭士、周閬泉、王芷塘、金載園、趙象庵。雕工既竣，因並書之，以誌此書之成非易易云。

古夫于亭雜録鈔本跋

《古夫于亭雜録》五卷，為《帶經堂三十六種》所未載。朱洳坡同年覓此三十年不可得，若飢渴然。屬余借秘閣本鈔之，楮墨之費，委諸乃弟野雲山人。山人集鈔手六七人，于瀛洲面水小閣間，閱十日始蔵事。此書在市肆不值百錢，今乃勞苦而成之也。若此敝帚千金，古今同慨。因為筆而記之，著洳坡好古之雅，且以諗後之嗜奇書者。

德文莊公墨蹟跋

此吾師文莊公遺墨，而煦齋侍郎所綴輯成卷者，彙數十年所書，筆法前後不無稍異，要皆吾師手蹟，故足寶也。憶善自庚子禮闈受知，嗣後時時過從，獎借獨至。一日，指煦齋曰：「若性甚慧，特倔強，而于汝則甚傾心。幸相與砥礪之，課程規畫，一惟汝所設施。吾老矣，不欲聞也。」善遂退而與煦齋盤桓。

越明年，更為延名師，煦齋學益進。師每顧而樂之曰：「操何術遽躋此？」蓋煦齋至是十五齡矣，未嘗跬步獨行，又性不喜與外人儕伍。然際風日佳淑，每促余偕游，而曰：「春風沂水，非學也耶？」一日詣豐臺，芍藥盛開，倡和成卷。師一一點定，輒用余韻賦詩二章，今載在《樂賢堂集》，詩草乃畀余。余亦裝潢為冊，當與此卷並傳。蓋師弟之間，不啻骨肉焉。而余與煦齋交誼之篤，實由於此。

今師歸道山十餘年，煦齋克紹先業，遷一官必曰：「此吾先公之所留也。」得一士必曰：「此吾先公之所誨也。」而行或有所歉，言或有所越，人皆喜進而規之，則又必涕泣謝過曰：「吾愧先公多多矣。」嗚呼，孝子之用心深摯，誠不可及也。展閱斯卷，有若音容色笑在焉者。因綴數語於後，以誌生平感愧。

王惕甫曰：德人之言也。

曹文恪公詩草跋

右古今體詩一百二十有九首，吾師曹文恪公庚寅年典試江南往還所作也。公以書名于世，其詩文浩博，藏諸篋笥蓋甚夥。公既歿，越己酉夏，家不戒於火，手稿百餘卷皆焚燬。此卷爲海豐吳氏購自書肆，轉贈雲浦太常者。詩草屢經點定，故塗乙勾抹過半。而心氣和平，立言忠厚，不得僅以詩人之詩目之。

憶庚子牓後，善赴午門謝恩，公亟告曰：「塡草榜時，汝硃墨卷忽不見，幾欲易之。余以詩中有『花氣養和風』句，愛弗忍置，堅持不可。至二更，始從帳棚上尋得，喜出望外。余固汝知己也。」其後每於朝會，卿尹雜坐，時指善告曰：「此余門生中詩人也。」其以詩受知於公者如此。今讀遺墨，不覺涕泗之交頤矣。爰鈔副什襲以藏，敬跋數語於卷尾，以志弗諼云。

汪瑟菴曰：由中之言，親切有味。

鄭千里揭鉢圖跋

右《揭鉢圖》，款署「鄭重」。考重字千里，歙人。流寓金陵，好樓居，日事香茗，善寫佛像，必齋沐而後舉筆。余嘗見其《乞丐圖》，曾倩荆溪潘大鯤摹之。此卷韶秀中饒堅凝之致，所謂是一是二，即色即空者乎？白描法，自以龍眠山人為極。吾見史館蕭雲從《離騷圖》，深得龍眠三昧。至門應兆所補，則形具而神離矣。近代倣此者甚夥，鑒藏家當辨之于分寸毫釐間也。

書

與邵二雲前輩論史事書

尊齋飫領教言，積疑頓釋。比在館中勘校《諸功臣傳》稿，并付到諸冊籍。其中舛訛遺闕，尚復不少。良由外省之咨報非一時，中秘之前後纂修，其人非一手。加以歲月之久，疑誤相仍，莫能指正。伏惟閣下以網羅一代之才，識卓而文茂，職掌所存，自宜及時釐定，以為惇史。謹就管窺所及，條列其事，願先生亮察而審正之：

傳中有從逆之臣誤行載入者，如貴州巡撫曹申吉叛，降吴三桂，詳見《實錄》及《平定三藩方略》。今《功臣傳》有《曹申吉傳》，言其殉難，而《甘文焜傳》仍言申吉從逆，則兩傳自相牴牾矣。

有殉難大員未經載入者，如辰常道劉昇祚、辰州知府王任杞、左江道周永緒、平樂知府尹明廷，殉難年月及贈官祭葬，俱詳載《實錄》紅本及《一統志》，而傳則未載。其餘殉難之文武員弁，見《實錄》紅本而不立傳者甚多。

有殉節于前明而誤入國朝忠臣者，如雲南殉難之楊憲、張景仲等，俱死于土司沙定洲之難。其時明唐王、桂王相繼稱號，雲南未入版圖。楊憲等為明殉節，而傳中誤以為順治二年三年事，應一體歸入《勝朝殉節諸臣錄》。

有年月舛誤者，如廣西巡按御史王荃可，殉節在順治九年，詳載《實錄》及《一統志》，而傳中誤作康熙年間殉難。

有姓名舛誤者，如江南撫標遊擊成國梃，詳見《實錄》紅本，而傳中誤作廷梃。其餘官爵贈蔭舛誤遺漏者，不可勝指。

若此者，或刪、或增、或改正，俱宜歸于畫一。茲苐就所已考得者言之，俟更有所得，即錄呈採擇。餘不宣。

趙味辛曰：　此篇有功國史不少。

洪稚存曰：　纂修官書，牴牾訛謬，從古而然。安得盡條摘而改正之？讀此為之三嘆。

陳碩士曰：　詳確。

與徐尚之論文書

神交足下十五年矣，思一握手不可得。昨晤味辛，知足下傾倒于僕者甚至，曾蒙過訪，迷路而歸。又迫於程限，匆匆出都，是僕與足下何竟無一見之緣耶？雖然，吾兩人不見以跡，而如見者以心。心者何？文章而已矣。

余獨怪今之為文，致飾于外，如優俳登場，衣冠笑貌，進退俯仰，一一曲肖。旁觀者未嘗不感憤激昂，欲歌欲泣。迨夫境過情遷，渺不知其為何事。猶自矜絕伎，以為不如是不足以取名譽、炫流俗也。嗚呼，偽亦甚矣！古之為文則不然，不勦說，不雷同，寧為一時訾議，必使後世可傳，理得而心安，如是而已。

足下今之古人也，抱經世之才，屢困塲屋。雖久歷仕塗，而汲汲以文章為性命。其蒙陋如僕者，尚不廢延訪，可謂好之篤，而求之殷者矣。由此推之，本實心，行實政，民生必受其裨益，士類必歸其陶冶。力之所及者，而情至焉；即力之所不及者，而情亦至焉，豈特文章云爾哉？中州賢宰，能文如粵東趙君，閩中鄭君，皆與僕相見以心者，近皆讀其全文矣。而足下之文，僅得之于傳誦，尚望寄示一編，晨夕披覽。則吾兩人不相見如見矣，足下以為然乎？

陳碩士曰：尺幅中藏無數轉折，其簡峭矯變，逼真介甫之文。

復賈素齋論交書

兩接手翰，詞意諄篤，惟推許過重，俾僕忸怩不安者累日。士伏處草廬，自期者厚，固嘗云：「得一知己可以不憾矣。」然又必求其人之實足以式當時而垂奕世者，出一言以相評騭，乃足以自考其得失而藉以自信。僕賦性迂拙，久為世俗訕誚，且所知足下者，亦祇在語言文字之末節。然而，由足下所言「知己得君子為難」，及「忠愛一本至誠」諸語觀之，不獨怦怦然有感于予心，且彌以知足下之用心矣。

足下才智過人，由其所學而益精極其詣，固必有可以自信者。世俗之毁譽榮辱，誠不足與較也。吾愿與足下交勉于是道焉，不宣。

陳碩士曰：簡而足，是真能簡矣。

復王穀塍進士論仕書

汪明經抵京奉手書併和詩，纏綿往復，如相接對。古之為學，非以謀仕，然而從仕而優，未有不資于學者。若足下可謂讀書求道，不務虚聲者矣。夫造物之生才也不數，既生有用之才矣，則所以愛惜而培護之者，無所不至。然其勢常緩，往往有遲至數十年以後者，惟深識之士乃能徘徊審顧于其間，有以承天意，以自決其去就而不疑。

足下通藉二十三年矣，抱用世之志，懷經世之才，而乃匿跡海濱，寄身物表，抑然自下，與古為徒者，何哉？蓋足下所見者大，所志者遠耳。以一人治天下則不足，以一人治一鄉則有餘。治一鄉，而能使一鄉之人皆成其才，以待天下之用，則我之所及者，雖止于鄉也，而其才已及乎天下。然則我之所以處乎有餘之地者，正所以使天下處乎有餘之地也。古君子守先待後之學，其道不外乎此。此之謂能承天之意，而自決其去就者。以足下之才甚高而志乎古，故以此説進，知足下之有以善承乎天也。

王愓甫曰：恢然有識之言，沛然莫禦之文。

陳碩士曰：每題必有窈然之思，淵然之色，此是半山勝處。

西魏書書後

魏收作《魏書》，世多薄之。然微獨後世之人云爾，當孝昭皇建中命更加審覈，武成復敕更易刊正，是齊之君臣，亦不以收為是矣。隋文帝命魏澹重纂，以西魏為正，東魏為僞，義例簡要。司馬温公、朱文公作史因之，惜其書不傳。張大素《後魏書》、裴安時《元魏書》又皆不傳，考古者傷之。南康謝蘊山先生作《西魏書》，可謂有志于古者矣。正收之謬，删補《北史》之蕪漏，而義例一仿澹書。其曰《西魏書》者，蓋因收書之失，在孝武遷關中以後。茲依《太平御覽》特著之曰孝武帝，曰文帝，曰廢帝，曰恭帝，而繫之以紀；列傳則以宇文泰標首，清河王世子善見並為立傳，皆卓識也。若夫典章名物，辨核詳確，足以饜學古者之心，是又其餘事矣。

洪稚存曰：似南宋人文字。

南宋書書後

《宋史》卷帙過多，讀者每苦于繙檢。嘗考元臣奉敕修是書，實以《宋史》藁本為據。宋人重道學，述東都事較詳，建炎以後略焉，理、度兩朝尤寥寂。明嘉善錢公士升撰《南宋書》六十八卷，席孝廉世昌刊行，蓋就原書增刪之者也。

夫《宋史》之複沓繁重，人皆知之。而其闕略有待于綴輯者，世或忽焉。錢公此書，殆鑒于此而為之者與？第其所汰，不過分合移置，而其所補，亦不出斷簡殘編。蓋別裁，史家所最重，而遺書舊籍，搜討為大難也。柯維騏《宋史新編》雖義例多乖，而糾謬補遺亦復不少。李心傳《繫年要錄》，元代修宋史時，書已亡，《四庫全書》從《永樂大典》散篇裒輯成編，尚得二百卷，皆可採擇已。聞錢公脫稾，世無刊本，王述菴侍郎家塾鈔存之。侍郎博聞廣見，于此書必別有述論。惜席孝廉刊刻時，未及附載一語。侍郎老矣，纘續之勤，不能不有望于孝廉也。

洪稚存曰：　簡而明，風格極古。

王惕甫曰：　述菴侍郎之歿，僕往弔其家，門墻蕭颯，有詩紀事。今其遺宅入官，藏帙恐不免散亡。唯《王芥子文集》，僕嘗鈔取其副，其餘秘笈，殆難考索。即已刊之版本，恐亦未能保守，奈何！奈何！其鄉人無好事者，而僕又無力，浩歎而已。

元史類編書後

余嘗病《元史》踳駁冗漏。聞錢辛楣少詹事熟習元一代掌故，所著《二十二史考異》中《元史》為最精，惜未之購也。休寧凌進士廷堪，肄業太學時，亦留心《元史》，因革損益，言之了了，然未見其成書。

十年前，席孝廉世昌自松江寄書至，謀補梓顧俠君《元詩》癸集，并述搜羅元詩極富，乞余購元人別集數種，余皆鈔而寄之，固知其于《元史》足相發明矣。逾年，果有《元史類編》之刻。類編者，康熙年間仁和邵詹事遠平所輯較之《元史》，徵引華贍，抉擇精詳，增補確當，可謂良史矣。惟是詹事敘錄中，猶自以賢相如和禮霍孫，元勳如赤老溫，皆未立傳，《后妃傳》僅存梗概，聞見無徵致憾焉。則其所待于訂正考覈者，知不少也。蓋舊籍散亡甚矣，欲有以蒐羅而重輯之，非好學深思之士，莫與任其責也。方今秘閣藏書盛于往代，元人記錄別集，多可據依。有能博加採擇，就詹事原書而擴充之，俾不紊不遺者乎？則蕭常、郝經之《續後漢書》，豈足多哉？少詹事之書，吾他日終當購得之。然學問之事，非一人所能盡，余以之勵孝廉，且并以屬凌君也。

陳碩士曰：一唱三嘆，絕世風神。

西涯墓記書後

新城王文簡公擬《西涯樂府》手蹟，今藏翁覃溪先生齋中，于西涯相業殊有所不滿者。及觀《居易錄》載金檢討德嘉所致書，以文正墓為言，而以表章之責屬於公。《池北偶談》及《畿輔人物志》復于公墓言之甚詳，然則新城于公之風烈，固有輾轉不能忘者矣。

夫文正之所為，極難耳。推文正之心，惟期其事之有濟，初不求諒于後世之人。然後人論之者，固宜核其實，以考其心。如文簡之賢，豈樂為刻覈之？論者而乃沿王李之餘論，不一細核其生平。甚矣，知人論世之難也。余既著《西涯論》，而復著此説於《墓記》之後。俾後之讀新城之書者，知所折衷焉。

洪稚存曰：震川於張貞女事，傳之，記之，又於友人書中娓娓及之，不一而足。蓋君子之用心，惟恐不及如是，先生亦然。

雙節堂贈言集書後

孝，庸行也。人子一身之愛敬，不求人知。而其親之善，則不可不使人知，求人知，乃所以為孝。余數十年前聞汪氏二節母事，深歎其處境甚難，而終自成其節。以為賢母之所為，有足媿乎士大夫之厲節概者也。顧恨未識汪君，然觀其所求得贈言之文至多，知汪君之欲顯揚其親之意為已勤矣。夫欲顯揚其親者，不徒著之當世而已，固期傳之後世也。傳後世者，必藉乎文。聚海内之為文者，而皆使執筆以紀事，雖不必其皆可傳，而有可傳者在焉。則文傳而人遂傳矣。此汪君所以勤求贈文，至于今而猶不怠與？汪君之子繼培，介其鄉人王穀塍進士來索余文。余乃書其後如此，雖甚媿其文之未工，然期以副乎孝子傳其親之意，則不敢不勉也。

王惕甫曰：此題已無可著筆，海内前後數十年操觚者，無所不在，唯僕未及耳。

洪稚存曰：翻空立論，是文家自占身分法，亦是熟題避熟就生法。其文境則在六一、半山之間。

臧和貴行狀書後即孝節録

儀徵阮中丞撰《經籍纂詁》一百一十六卷成，郵寄余。此書得古聖賢用心所在，足以裨益後學。總校者為武進臧鏞堂在東與其弟禮堂和貴。既歎其人不可及，又思與之交，以盡覩其著作，而不可得。

去年八月杪，在大興朱相國座上，見秋試文縱横列几上，一卷古奥茂衍，詢為誰，曰臧某。余急叩名，適有他客至，倉卒而退。今年秋，蔡司業詣余言：「有臧生名庸者，慕子久，且知子許其文，欲為亡弟乞傳記。」始知庸即鏞堂在東，而其亡弟即禮堂和貴也。翌日在東奉《孝節録》至，款款懇懇，甫握手，若素識者。余初焉慰，繼焉感，終焉傷，不知泣涕之何從也。

嗟乎！世無孔子，有顔、閔其行者，不召不至，不問不言。人且疑之，將謂炫世矯俗也，弗笑為迂，則斥為怪。豈知孝者，奇行即庸行也；節者，人之終事即人之始事也。其人固有以異于人人，而非異也。顧和貴年三十而歿，孔子所謂不幸短命死者，非耶？孔子又曰：「孝哉，閔子騫。」觀於和貴父母之言，朱相國、阮中丞翕然同聲，遠近不異其辭，則和貴可知也。吾不得見和貴，而得交在東。吾不得讀和貴文，而得讀在東狀和貴文，如獲交和貴也。然則在東固獨行傳中人，余向所知於阮中丞、朱相國者，僅以經生許在東，亦淺之乎視在東矣。

吳山尊曰：文正哀辭，最是晚年傑作。公此文亦婉摯如永叔。臧生得此二文，不死矣。

成雪田尺牘書後

往昔於慈因寺方丈晤雪田孝廉，衣敝裘狀甚艱苦，而清談妙論，一座傾倒。又一日，在極樂寺勺亭看霜葉，有臞仙將軍者袖詩來，就余論定，後數數會於寺中。二人者，余皆愛之、重之，然未嘗往來其家也。踰二十年，為治亭尚書綜核八旗詩，二君皆歿，遺稿為余得。披檢數過，存詩若干首，可以慰故人於地下矣。臞仙手札，余得一冊於素菊主人，而雪田遺跡則無有。此卷雪田自書其詩，皆為臞仙作。粗服亂頭，具有逸趣，想見二人交情風尚。聞雪田老年貧病益甚，仰生活於臞仙，卷中感恩知己三致意焉。惟余所閱臞仙詩稿，經雪田評者，推許未免過當。新城之於商邱前輩已有行之者，篤友誼者固應如是。此卷蓮峰居士珍秘備至，并以此義質之。

吴山尊曰：一則世外之文，磊落可喜。

例言

槐廳載筆例言

余官學士時，嘗考順治乙酉以來鄉會試考官名字、爵里及試士題目，并學院、學道題名甄錄之，為

《清秘述聞》十六卷。其後改官祭酒，聚生徒講業，睹聞益廣。復博採科名掌故見于官書及各家著錄足資考據者，倣朱檢討《日下舊聞》之例，釐而錄之，為二十卷，命之曰《槐廳載筆》。槐廳者，國子監廨舍祭酒視事處，古槐植自元時，以許魯齋得名。

自有科目，因革損益，隨時而異，要其著令，皆為典常。錄規制為第一。

右文之世，科第最隆，殊眷異寵，錫之自上。錄恩榮為第二。

黃金滿籯，不如一經，青箱世傳，有同治譜。錄盛事為第三。

守真葆璞，特達為難，物色風塵，薦剡破格。錄知遇為第四。

昭代取材，粲然大備。鴻詞經學，召試朝考，散館大考，教習庶常。科目之盛，藝專道尊，典實詳備。錄掌故為第五。

搢紳先生，敘述生平，得諸閱歷，言之親切。錄紀實為第六。

奇蹤詭跡，駭俗警眾，砭愚牖頑，自所不廢。錄述異為第七。

憸壬姦慝，聖世必誅，爰書所麗，義在彰癉。錄鑒戒為第八。

惠迪從逆，吉兇因之，萌于眹兆，問之太人。錄夢兆為第九。

廉聲德望，蔚著當時，文騫采馳，道路傳播。錄品藻為第十。

倚伏迭乘，去來皆驗，理不足據，事有果然。錄因果為第十一。

臚傳感遇，典試紀恩，拜手颺言，于斯為盛。錄詠歌為第十二。

凡所徵引，具有成編，都非臆造。斷章取義，葑菲不遺，弗以全書，遂湮隻句。軼聞逸事，求備取盈而已。

楊蓉裳曰：原本班書敘述之例，而變其韻語，尤覺簡茂樸重。

梧門詩話例言

詩話之作，濫觴於鍾嶸，盛於北宋。雖其書不過說鈴談屑之流，而詞苑菁英、騷壇遺軼，賴以傳流，則與小説家言異。夫騁懷娛目，寄托各殊；換骨奪胎，體裁亦別。作者不能自言，一經摘發，耳目頓新，有功於詩道不小也。

余束髮受書，留心韻語。通籍以來，每遇宗工哲匠，以若四方能言之士，有所著詠，必爲之推尋其體格，窮極其旨趣而後已。數十年間，師友投贈，朋舊談説，鈔存篋笥者頗夥，非敢作韻語陽秋，聊使所見所聞，弗遽與煙雲變滅云爾。讀書論古，要當別有會心，乃不爲前人眼光罩定。是編或紀其人，或紀其事，皆與詩相發明。間出數語評騭，亦第就一時領悟所到，隨筆書之，未必精當。要無苛論，亦不阿好，則竊所自信焉。

國朝教澤涵濡，詩學之隆，超軼前古。百數十年來，名人志士，項背相望，如「北王南朱」、「南施北宋」及六家、十子之類，卷帙繁富，天地長留。即今作者遞變，指歸不一，而是編則第錄康熙五十六年以後之人，其勝朝遺民、開國碩彥已見於昔賢著錄者，概不重出，以免沓複之嫌。國朝前輩如王漁洋、朱竹垞，皆著有詩話，宏奬風流，網羅殊富，然於邊省詩人，採錄較少。近日袁簡齋太史著《隨園詩話》，雖蒐考極博，而地限南北，終亦未能賅備。

余近年從北中故家大族尋求於殘觚破篋中者，率皆吉光片羽。故是編於邊省人所錄較寬，亦以見景運熙隆，人才之日盛有如此也。詩話雖屬論詩，然與選詩有別。余於先輩名集雖甚心折，無所辯證，概從割愛。至於寒畯遺才，聲譽不彰，孤芳自賞，零珠碎璧，偶布人間，若不亟爲錄存，則聲沉響絶，幾於飄風好音之過耳矣，故所錄特夥。太史採詩，所以觀風；學者誦詩，亦以論世。是編於諸家不過品題風格，考證遺文而已。如《彥周詩話》半雜神怪之説，《中山詩話》多錄嘲謔之詞，皆所弗取。詩人寄興，或一題而數首，或一韻而千言，原非可以斷章論之者。是編僅效窺豹之心，未免斷鶴之誚，短章佚句，不無摘錄。至鉅製長篇，則歸之《詩龕聲聞集》、《朋舊及見錄》二書。體例既定，無憾於憖遺也。

秦小峴曰：詳慎，有體裁。

存素堂文集卷四

傳

張逸菴傳

先生諱邦緯，號逸菴，四川漢州人。明洪武間，有以衛指揮從軍定蜀者，遂家隆昌。入國朝，曾祖應星復自隆昌徙漢州，遂占籍焉。應星子奇唐，奇唐子侯，侯生五子，先生其長也。先生性醇厚，少讀書，以父病廢學，又以諸弟幼，獨任其家事。析產取其舊者，以是見稱宗黨間。已而諸弟相繼歿，獨季弟存，撫諸弟子如己子焉。善醫理，有請輒往，不索其酬，酬者亦弗卻，輒市藥以濟貧者。時以敦讓訓里中子弟。過其門者，必整衣冠而後行，否則不敢見也。嘗攜具夜行，途中有請代者，視之不識也，詰之，則曰：「吾數年前，以貧故，失行為偷，入君室。君不怒而教之改行，感君德，無以報，故願代勞。」其為鄉人所敬信如此。先生病，里中人日往問之。既卒，皆哭失聲。

配李孺人，鹽亭人，邦傑女，漢州訓導春芳孫女也。孺人佐先生治家有法。群兒自塾歸，聞履聲輕重知其書生熟。試之果然，曰：「氣輕則心粗，心粗則履重，吾以是知之。」有女許嫁而壻甚貧，贅之于家，授田以周其翁姑，誡其女善事之。子懷泗知懷來縣，迎養，孺人曰：「吾繼姑在堂，安敢離。」卒不往。蓋先生之母趙孺人前歿，繼母呂，年九十四矣。以孺人之婦順，又可以知先生內行也。先生與孺人皆雍正己酉生，先生以乾隆丁未四月卒，孺人卒于乾隆乙卯八月，今卜葬于綿州之五根松，皆以子懷泗官封贈如制。子三，長懷泗，知直隸、懷來、順義等縣，權宛平縣事；次懷溥，廩生；次懷浩，縣學生。女二，孫六，女孫五，曾孫三。

論曰：余與懷泗為同年舉人，而未嘗得拜見先生。及懷泗居母憂，乃以先生事狀，丐予為傳。聞諸故老：明季蜀亂，遭慘屠，張氏以世德，有神導之避梓潼者，一門皆免。其言頗不經，然惠迪之吉，天之所以報善人也。如先生之醇德，其為神所佑，固亦事之所宜有者哉。

洪稚存曰：閑澹、整潔，兼有遠神，的真震川摹六一文字。

陳碩士曰：筆意近北宋人。

張新塘傳

先生諱為鈞，字秉衡，號新塘，湖南安鄉人。祖明誠，父達世，以隱德著。先生幼穎悟，讀書日可萬言。母彭孺人蚤世，祖母金太孺人延名師課讀，時家中落，往往鬻服飾以供修脯。先生下帷攻苦，以淹博受知督學阮公。

乾隆十五年舉于鄉，十八年授廣西那地州州判，遷福建長樂令。地瀕海，俗悍，先生恩信在民，不尚刑法。邑民陳忠者以其子逃亡訟，後從眢井得其尸，傷殆遍，莫知所致。先生牒於神，齋宿祠下。翼日，有陳秀入祠禱，疑而訊之，不刑而獄定，一時驚為神。海盜陳七、哿三等，肆掠海濱，積莫能制。先生匹馬挾弓矢，命健卒數人徒步隨之，獲哿三以下十七人。上官重先生能，將薦于朝，先生力辭。其天性恬退如此。

值歲饑，民乞借倉穀。先生請於上官，未獲命，逕發粟萬餘石與之。上官怒，欲加之罪，民爭奔走乞留，有泣下者，乃得免。而所借穀悉還，無少缺，蓋民之不忍負先生如此，乃先生之不忍負民有以致之也。丁父艱，歸。服闋，補江南寶應縣。寶應故富庶，先生廉潔如長樂時，其所設施，民以為便。四十五年，改補教諭，先生促裝就道，意泊如也。未之官，卒，年六十。論者惜之。配金孺人，後先生十九年卒，持家教子，皆有法度。子六，仲曰國泰，與余同歲進士，官山東滕縣知縣，能世其家。今奉先生柩旋里，敘次先生行事，乞余為傳。余不敢以不文辭，因著其概如左。

秦小峴曰：謹嚴有法，詳略得當。

武虛谷傳

君姓武，名億，字虛谷，一字小石，自號半石山人，河南偃師人。乾隆庚寅歲舉於鄉，庚子成進士。越十二年，選山東博山知縣，官七月而罷。君之官博山也，縣產煤炭，上官咸取給焉，民苦挽運；又舊不置驛，按戶納錢買馬，以充芻秣之費，民則供之。君皆裁去。民不務農，君繪《流民圖》以感之，多有化者。姦民與商賈雜居寺觀，為諸不法事，君痛懲之，俗遂革。邑有孝子節婦，必先榜其門而後具狀請旌。又建范泉書院以教士。

居官數月，所欲為者將次第舉行，而忽有杖軍役之事。軍役曹君錫、杜成德者，隸步軍統領衙門，假緝捕為名，招結無賴十一人橫行州縣，入博山三日不去。君悉禽之，將治以法。役等出牌擲堂上，不少屈。君撾其脛，而數之曰：「此朝廷縣堂也，本縣奉朝廷命宰是邑，知有朝廷，烏知步軍統領。且牌稱到處報縣協捕，若來三日矣，不吾面，何也？牌稱二役耳，十一人奚自來？」一一杖之。君固以杖營卒酗酒事，積忤上官。及聞是事，慮獲咎於步軍統領。又入丞劉某之謗，遂劾君濫刑。罷官日，縣民赴巡撫乞留者數百人。上官悔之。適入覲，令君偕行，為謀捐復。章佳文成公在朝堂，抗聲謂上官曰：「君劾某令，何不明疏其罪，顧乃以虛詞陷強項吏耶？」時步軍統領意未解，聞此言愈怒，遂以吏議沮格之。君既不能復官，遂灑歸。

君少有異稟，年十二能文，塾師課之經，輒舉疑義以相質。十七喪父，十九喪母，哀毁骨立，益自勵讀書。君父官中外三十年，無擔石儲。君又不問生計，衣食幾不給。歲大水，伊洛漫溢，家室傾圮。君自負敗木，植泥潦間，壅以沙石，覆以葭葦，穴一隙通天光，傴僂而入，不廢吟嘯。嘗於風雪中取枯柳供爨，手僵斧墮傷足，血淫淫溢，誦讀自若。

君身長八尺，腰腹十圍，狀貌奇傑，多膂力。嘗攜弟柩南歸，方盛夏多雨，遇泥濘，輒手助推挽，足重繭，不以為勞。君未第時，居京師，從朱笥河先生游。及里居，聞笥河訃，徒步奔其喪。嵩縣典史某，賢而歿於官，貧不能歸，解衣資之，又嘗假賈息置義田，以瘞遺骸。在京師，某顯官為君父門下士，願一見，終不往。其天性醇厚，而狷介又如此。

君在笥河門以樸學為同遊所推服，罷官後，仍以授徒自給，主東昌書院。并修魯山、郟、寶豐三縣志，數年始歸其里。安陽令趙君希璜，與君同受業于笥河者，將延君至署，訂金石文字，而君已病矣。嘉慶四年十月廿九日，君卒于家，時有大臣密疏薦君，有旨下河南撫臣，徵君入對。而君歿已逾月，聞者無不惜之。所著有《經讀考異》、《群經義證》、《三禮義證》、《授堂劄記》、《金石三跋》、《授堂金石續跋》、《偃師金石遺文補錄》、《讀史金石集目》、《錢譜》、《授堂詩文集》若干卷。

論曰：余與虛谷為同年友，交相得也。君懷用世才，慷慨自期許。方在魯山修縣志時，楚匪至唐、鄧。君議於交口鎮設兵扼險，于西山諸村塢立保甲，以杜賊來。計未行而賊果至。苟充君之才，豈不能有所樹立？乃卒為世棄，悲夫。雖然，棄之於千萬人，而取之於一二人，其輕重必有能辨之者，況垂死而受聖天子之知遇乎哉。

王惕甫曰：虛谷平生之言，嘗屬我為文。然其身後久斷消息，又不得其行狀，故逡巡未作。久之，始獲其子行述，極可觀。今則石君先生，以及孫淵如、洪稚存、趙渭川及時帆各有論著，於虛谷吏治文學，蒐具無遺，詳略可以互見，而余亦竟自輟筆矣。

陳碩士曰：傳金石文字，韓、歐、王三家體各不同，然歐、王固皆從韓出者也。韓多一直敘去，不立間架。王則於其人之有特行者，或特提一節敘之於前，而後詳志其生平。傳之體，雖不同於碑誌，然其法未嘗不可通用。虛谷生平大節，在杖軍役一事。茲文用王法敘之，最合體製。要之，王雖從韓出，固仍從太史公列傳中來也。至其寫生處，皆法韓公，則又為介甫所未有。

周贊平傳

君氏周，諱廷宷，字贊平，又字子同。始祖諱堯，宋隆興進士，官欽州太守，遂家績溪，世有隱德。父諱思紹，以孝友稱，治家嚴肅，子三，君其叔也。天性純摯，方數歲時，父偶怒，長跪請，色豫而後起，見者呼為孝子。記誦過人，而刻苦備至，偕兄子宗杭讀書附郭石鏡山中，曉歸侍堂上，暮抵山寺宿，課諸子姪業，不稍倦，其勤懇如此。

乾隆三十七年補弟子員，四十六年舉優行，五十年食餼，五十四年膺選拔，以憂未與朝考。五十八年補試，肄業太學。五十九年考取八旗教習。嘉慶三年中京兆試，四年會試，薦而未售。教習滿，引見以知縣用，揀發廣東，署龍川令，逾年而卒。

君為諸生，以正自守，有以非禮相干者，君正言勸止之。而于鄉鄰之告貸，則不問其虛實，務有以滿其意，故績溪人咸謂君為誠篤長者。及肄業太學，教習守其道而不變，太學人所以稱之者，與鄉邦無異。迨令龍川也，乃奮然敢于任事，不尚權術，而亦不事姑息。嘗曰：「民亦人也，未有民而無心者也，我之心如是，民之心亦如是。緩者緩之，急者急之，夫何患民與我之不相洽乎？」乃條目其所欲為者數十事，上之大府。總督吉公、惠潮道胡公、惠州知府伊公，皆亟稱之不容口。死之日，龍川民靡不思慕之者。

君一以至誠自守，而其居官能獲于上下又如此，孰謂儒者不可以為世用乎？君生平無戚戚容，而於治民事，則如疾痛之在其身，不欲自寬其責。蓋居龍川，卒以此致疾而歿，可謂能盡其職者矣。君所著有《韓詩外傳校注》十卷，《西漢儒林傳經表》二卷行于世。子一，宗棟，克纘其業。

論曰：世不患無醇實之士，然往往自遷其所守，豈世事之足以易人哉？固其誠有未至耳。若君之自居鄉以迄為官，始終一出于誠，此非人所難能者乎？君兄子宗杭寄書告余云君母病，割股進，病因瘥，舉家無知者，惟君妻知之。君今歿矣，妻始出曩時縛股帛并刀示族黨，血跡猶縷縷也。嗚呼！篤信自守，不求人知，覿于此，彌可以見君之素矣。

陳碩士曰：文品峻潔，而優游平中之氣，令人百讀不厭，是合六一、半山為一手者。

侍衛恒公家傳

宗室侍衛恒斌，字絅文，隸正白旗，太宗文皇帝四世孫。父薩喇善，官吉林將軍。公少喜讀書，明大義，慷慨以家國事自任。乾隆二十四年，以資授三等侍衛，有能聲。

二十六年，父以公事謫伊犂。時伊犂甫闢，距京師萬餘里。將軍方病臥牀榻，公奮然曰：「古人有身代父役者，吾何為不然？」遂陳情當事丐代奏。有詔責其沽名，褫職，仍命從父行，上意殊惻然也。公竟行，晝夜侍父疾，至廢寢食。父每怒其愚，公無幾微怨。抵伊犂，父疾以瘳，將軍廣庭阿公賢之。尋哈薩克新附，遣使來朝，奉旨擇賢員伴送。公預其選馭陪臣，忠信得大體。入都，上召對，加慰藉，仍授三等侍衛，留京供職，蓋特恩也。公請畢伴送事，仍往伊犂侍父，上允之，擢二等侍衛。

三十年，烏什回人叛，公隨將軍明瑞由伊犂倍道進，比至烏什，戰屢捷。三月朔，領兵為左翼，陣城南山下接戰，賊更鼜至。公奮勇要擊之，所向披靡。賊懼，隱城壕，誘公。公怒馬前，萬鏃發壕中，不及禦，陣亡。事聞，上軫悼，因宥其父罪，還京，賜恤如例，廕雲騎尉，長子東林襲。越三十九年，元配淑人那拉氏疾終，以節孝予旌表。東林官盛京岫巖城守尉，次子東明官侍衛。東林子雲奎，余子壻也，故得考其始末而詳著之，藏諸家乘，俾後人有所徵信焉。

論曰：觀侍衛公上書陳請，蓋知有其親而不知有其身者。人之事親，履常境而不必竭其力。若公侍行萬里外，不憚艱辛，歷久而罔懈，非精誠者不能及。其臨陣捐軀，就死如歸，誠於事君與誠於慕親一也。古人云：求忠臣於孝子之門。吾於侍衛公益信。

王惕甫曰：此必當為傳之人，文亦精謹、有義法。

謝薌泉曰：卓邁之行，得此謹嚴之筆，其人益傳。

蘇竹嶼傳

君氏蘇，名於洛，字澗東，竹嶼其別字也。先世由洪洞遷湯陰。父璽，以孝義聞，其事載《中州彰善錄》、《河南通志》諸書。君生有至性，以孝友承其家，於書無所不讀，尤精治經，陳宫詹浩、朱學士筠目為北方學者。乾隆三十五年舉於鄉，閱十年成進士，又十年選知縣，又七年歿於官。

方其未仕也，以《夜坐》五言詩受知於竇東皋學使，以《太公考》、《龍馬負圖賦》受知於畢秋帆中丞，四方知名之士，皆從之游。其既仕也，宰湖北宣恩縣。值六十年湖北苗民逆命，施南為軍營後路，君督運糧餉，日夜無寧晷，卒無誤。

嘉慶元年二月，來鳳匪民肆虐，焚城殘官，逼宣邑。邑故無城，又乏兵衛，民惶恐思潰。君激厲紳士，歃血誓眾，眾心稍安。召募鄉勇，於邑邊界險要處設防阨賊，賊失利，退。六月，擒獲賊彭萬華等六人于李家河，訊知勾結東鄉賊謀相應。亟率兵役往勦，而賊已在龍馬山焚掠。君親冒矢石，衝突前軍，攻其不備，斬獲甚多。賊竄班竹園，避其鋒不敢出。復設計擒賊首李登敖，適大兵至，賊乃降。當其時，朝楚暮蜀，遠道奔馳，戰稍息，則枕戈臥甲，見之者以為百戰將軍，不知其書生也。而君之精力已瘁於此矣。大吏上其功，詔以同知用。二年春，椰坪賊林之華等竄亡，奉委守椿木營。十月，赴糧臺，積勞成疾，卒於差次。

君宰宣邑七年，無濫刑，無留獄。歿之日，民哭之痛。蒙恩賜白金二百兩治喪，柩歸，民越境哭送失聲。越六年，賊平，核功，賜祭葬卹廕如例。所著有《涵碧山房詩文集》、《東鄉紀事》。子四人，長同善，乾隆丙午舉人。次舉善。次宜善。次令善，入監讀書，來謁余，因請為傳。

論曰：視君之狀貌言語，恂恂長者，其為循吏宜也。吾獨異其躬率弱卒孱民，禦悍賊而衛孤城，卒能制賊之命而成偉功，與久歷戎行諸上將同膺懋賞。身後復承恩廕於朝，與戰歿疆埸者等，何其榮歟！

吴山尊曰：毛髮生動，無剩字，可以傳奇士。

狀

先妣韓太淑人行狀

太淑人氏韓，父諱錦，字靜存，號野雲。其先瀋陽人，四世祖某在國初以武功著，隸內府正黃旗漢軍。靜存公究心閩洛之學，少為東軒高文定公所賞，妻以女。太淑人，高出也，生有夙慧，五歲喜讀宋五子書，十三通經史，喜覽古今忠臣烈女事。年十九歸先大夫，事舅姑備得歡心。又能練習家政，時方萃族居，太夫人經理半年，內外秩然。乾隆十八年，法式善生，承先大父命，為府君後。彌月，就撫於太淑人，時年二十餘，其後無所出。

法式善妊七月而生，稟質尫羸，三月不能啼，四歲僅扶床而立。一粥也，太淑人嘗而哺焉；一藥也，太淑人審而啜焉。晝依左右，時時摩拊察寒煖。夜漏下，猶倚枕聽鼻間呼吸聲，燈熒熒然，手一編未輟也，率以為常。法式善五歲痘疹劇，太淑人百法調護，廢漿米者三日，不寢者二十餘日，不釋衣襦者且七閱月，如是而僅得生也。六歲，行不離腹背，語尚不辨聲音，偃息而已，猶未能讀書識字。九歲，先府君捐館，太淑人年三十六，號泣欲殉。以法式善在，決意撫孤。而先大父以乾隆十九年罷官，家業中落，移居西直門外之海淀。無力延師，太淑人以教讀自任。七歲後，太淑人教識字，誦陶詩。其後稍長，始知自勉。

然太淑人條誡甚密，一篇不熟，則不命食，一藝不成，則不命寢，太淑人亦未嘗食，未嘗寢也。間謂法式善曰：「我雖女流，側聞大義。寧人謂我嚴，不博寬厚名，誤兒業也。」迨法式善入庠食餼，應試詩文，太淑人必手為評騭。辛卯京兆試報罷，太淑人頗勸慰之，而諄誨不減曩時。中年喜靜坐，焚香瀹茗，終日垂簾，顏其楣曰「端靜室」，自號端靜閑人。乾隆三十九年春，患肺疾，以積勞不起。臨逝猶執不孝手曰：「汝能登第，當以名宦自勗。否則，亦當作一正人。」

嗚呼！言猶在耳，何日忘之！法式善德業不進，深以負太淑人教為懼。顧每一循省，太淑人以母而兼父師，即史策所載，罕有倫匹。太淑人之歿而葬也，法式善孤賤，飾終禮闕如，迄今二十二年矣。幸以朝恩，叨從大夫後，敢忘所自耶？太淑人喜為詩，不自收拾，稿已無存。所記誦者，《雁字》七律三十首，《詠盆松》七言絕句一首耳。謹撮生平崖略，濡淚以書，敬竢當代碩儒錫以傳記，感且不朽。

王惕甫曰：家門文字，如此作之最得，皆至性至情所結撰成之也。

秦小峴曰：簡質，有古人之風。

趙味辛曰：賢母德範，孝子慕思。三復此篇，可以想見。文之神理，亦純從六一公得來。

洪稚存曰：悱惻真摯，淚痕滿紙，至文也。

陳碩士曰：至性之文，不為文而文極工。

吳山尊曰：當吾世述其親者，不可無一，不能有二之文。

楊蓉裳曰：至性至文，一字一淚，直匹《瀧岡表》墓文，柳州似不及也。

本生府君逸事狀

公辛巳會試報罷，朝廷方開豫工例。有戚友富於貲者，勸捐縣令。公曰：「富貴，命也。吾寧以拙退，不以巧進；寧以義窮，不以利通。況縣令有臨民之責，可嘗試乎？」公嘗蓄二婢幾十年，豐治奩具，擇良人嫁之，皆處女也。天性不飲，優人狎客，生平未嘗交一語。公晚年，法式善奉一衣一食至，則必瞿然曰：「天下衣如吾衣，食如吾食者，有幾人耶？」凡一花一竹，必親灌溉；殘縑古帖，手為潢治；洗硯滌筆，必躬其事。且曰：「凡事不實歷其境，其神氣不屬，而趣味不永。」雖老，几榻必自拂拭，曰：「吾適吾性而已。」

庚子科，法式善應禮闈試。公日拈一藝，屆期報名應試，曰：「偕女進場，覘吾精力耳。」試文一揮而就，其古雅迥邁時輩。及法式善獲雋，公曰：「非吾文不女若也，亦非考官不識吾文也。吾理足，女氣盛耳。吾靜養一年，終當成進士。」及辛丑，以微疾不果試。

公自司織染局，遂移家玉泉山下。官閑事簡，地當山水之勝，嘗駕一小舟，從二老隸徜徉湖曲。遇寺觀幽僻處，輒憩息，買蔬菜果食之，乘興招田夫牧豎，問耕牧事。薄暮，踏月影歸，就瓦燈下點閱司馬公《通鑑》，往往徹夜不寐。

萬壽山有五百羅漢堂，公以事詣其處，忽有悟，竟日無語。歸憩茶肆，病作，因借宿焉。伏枕酣寢至二更許，呼僕速起，燃炬，見戶外墻新拭，遂捉店中敗筆，濡煤汁，拉雜書偈語五百章。店主大詬厲，有識者過之，見其詞語超妙，且與五百尊者一一按切，嘆為神助。主人乃烹魚以進，自此遠近多求書壁，公不應。

公精《易》學，嘗謂聖人以《易》教天下，隨時隨地皆可用之。生平澹於進取，信《易》篤耳。法式善中甲科，入詞館，於繈褓中即期許之。幼受文字業於嗣母，從未延師。公告嗣母曰：「此子必能成立，何多費精神，吾於卜筮決之矣。」為人筮，多奇中。嵩撫堂先生之歿，於數年前言之，其後不爽。生平不信醫藥，及病篤，法式善進藥，曰：「命也，藥何為？」

吳山尊曰：似與魏晉人語，卻字字有實際。

陳碩士曰：文亦古雅。

墓表

例授奉直大夫禮部主事吳君墓表

君諱蔚光，字悊甫，一字執虛，自號竹橋。世居休寧，系出唐左臺御史少微公後，遷環珠村，又遷大棐。君生於休寧，四歲隨父居昭文之迎春巷。而吳氏始為昭文著姓，曾祖國啟，祖宏相，考敬，俱以君弟熊光貴，累贈資政大夫。曾祖妣金氏，祖妣查氏，妣金氏，俱累贈夫人。

君九歲喪母，哀毀如成人，輒有遺世獨立之槩，以父在，不敢廢學。姿性穎敏，漢魏樂府，上口不忘。十八歲，以錢塘商籍補博士弟子員。乾隆丙申，獻賦天津，欽取二等第五名。丁酉舉順天鄉試，改昭文籍。庚子會試中式，殿試二甲第七名，選翰林院庶吉士，纂修武英，分校四庫。散館，一等第六名，改禮部主事。是冬，以病假歸，侍父，極生榮死哀之禮。教子弟有法度。宿疾旋瘳旋作，因得退閑林下二十餘載，從容言笑而逝，年六十一歲，其卒以嘉慶八年八月二十三日。

君愛郭西湖田曠幽，欲搆屋其上而未果，故自署「湖田外史」。其子將卜吉于其麓，以成先志。配邵氏，子五人：峻基，候選府同知；愷基，邑庠生；祿峙，國學生，候選直隸州同知；象嶸，廩貢生，試用訓導；憲澂，增廣生。孫八人，孫女七人。

君生平抱負甚奇偉，視天下事無不可辦，及屢摧折于名埸，而其氣亦稍衰矣。顧獨于文讌詩會，酣嬉磅礴，凌厲傲兀，而曰：「造物阨吾以功名，而豐吾以文章，不猶愈乎？」故當其未第時，江南北、浙東西，竹橋詩名已噪甚。余既偕君同登第，橐筆值詞館，君殊以余為可語，時時近暱之。越明年，君改官去，忽忽幾三十年，而君死。嗚呼！可傷也已。然君特屢以詩文寄示余，余有所作，亦郵傳質君。今其子不遠千里，以行狀來，欲得余文，以妥君之靈也耶？

君既淡于仕進，而聲色無所累其心，惟于佳山水、好子弟，則不能須臾釋情。而又能嚴辨乎人性之善惡，深究夫詩教之正邪，上不背古人，亦不囿于古人。獎其所已至，而勉其所未至，汲汲焉，皇皇焉，若不克終日者，其誠篤如是。蓋君之教，可以化一鄉，可以化一國也。而其心，則以為可以化一國則化一國，可以化一鄉則化一鄉矣。此其意度超越，豈可僅以詩人目之也！

君少與黃景仁仲則、高文照東井、楊芳燦蓉裳、汪端光劒潭齊名。仲則、東井死已久，劒潭浮沉下僚，蓉裳需次農部，皆不獲一第。余與君同登第矣，同官翰林矣。官之升沉不足言，而二十餘年省躬自考，要未有足以質諸友朋者，持以較君，固皆有所不及也。

君晚年蒔花藝竹，瀹茗滌硯，不藉手于童僕。春秋佳日，杖履優游，喜以圖書琴鼎自隨，至亭樹潔淨，手親播拂。購王冕《梅花》長卷，以「梅花一卷」名其讀書小樓。死之日，遠近來弔者，皆曰：「竹橋先生亡矣。」嗚呼，觀君之所自得，不誠使人有翛然遺世之思耶。君所著有《易以》二卷、《洪範音諧》二卷、《毛詩意見》四卷、《春秋去例》四卷、《讀禮知意》四卷、《求閑錄》十卷、《方言考據》二卷、《閑居詩話》四卷、《駢體源流》一卷、《杜詩義法》八卷、《唐律六長》四卷、《詩餘辨僞》二卷、《姜張詞得》二卷、《素修堂文集》二十卷、《古金石齋詩前集》四十五卷、後集十五卷、《小湖田樂府前集》十卷、續集四卷、《寓物偶為》二卷。

謝薌泉曰：閑中著筆，敘事得虛實相生之妙。

墓誌銘

南陽清軍同知林君墓誌銘

君林姓，諱適中，字權先，自號敬亭。先世莆田人，明宣德間遷粵，居和平梅林鎮。曾祖淑瓚，祖文楦，父蘭章，俱以君貴，贈如例。君資性過人，讀書數行下，攬筆為文，驚其老宿。十八歲補縣學生員，食餼，舉丁卯鄉試。世重君婞博，意必居清要。君亦厚自期許，六上公車，皆俛得復失。乾隆四十年選舞陽縣知縣，四十二年充河南鄉試同考官，五十二年俸滿引見，奉旨回任，候陞，署南陽清軍同知。五十五年以年老乞休歸。六年卒，享年七十有五。

君坦易慈和，與人無忤。然持躬嚴整，言笑不苟，取與之際，雖小必慎。凡有所求者，又未嘗不委曲以足其意，人由是畏且德之。君之宰舞陽也，崇尚淳樸。邑多姦民，誘子女販鬻，君嚴禁之，其風遂息。俗有親喪，多用鼓樂，法令不能遏。君為涕泣諭之，久皆感悟，革其習。黃河決，公料量工役，民不擾而事辦。以其暇煮糜、施藥，活民之貧且病者，民多賴之。既移疾歸，春秋佳日，極登臨山水之樂，喜作擘窠書，得之者珍逾拱璧。後生小子，有所質問，悔導不倦，人樂從之游。君子來祥，嘗讀書太學，余官國子司業時，知其為好古士也。旋官教諭去，已十年矣。頃以書狀來，乞誌其先人之墓。相去萬里，以余言為重，是不欲誣其親者也。配楊宜人，有壼德。子三：長即來祥，次景鑒，次景鑾。女三，孫六，孫女五。葬于某村之某原。

銘曰：君之性，宜桂薔；君之材，宜棟梁；肆力于文章，而不登玉堂；其宰舞陽也，如出匣之干將；而胡為乎，善刀而藏。嗚呼，河之水洋洋，民頌君兮不忘。

王惕甫曰：銘辭佳甚。

吳山尊曰：有法度。

陳碩士曰：平敘中有風神。

碑文

祭酒司業題名碑文

國子監齋壁舊庋祭酒、司業題名之碑，有碑無記，不辨創自何人何時。其中年次後先，以及鄉貫、科名，參差失實，軼脱亦多。法式善自為司業時見之，欲為釐正，而未之能及也。乾隆五十九年夏五月，膺祭酒之命，既即舊碑磨治而重刊之，復鋟諸板，補其闕，正其訛，本之《太學志》，參之昔賢記傳，質之史館編纂諸君子。凡夫任事年月與其出身鄉貫胥具焉，其不可考者闕焉。夫百五十年間，為祭酒、司業者，蓋莫非文人學士，而已有不可知若是。記録之遺佚，司事者之責也；而凜當官曠職之懼，懷没世無聞之恥，則在乎其人之自勵焉。因志其重刊繇起以告後來者，俾繼而書之，不獨以存掌故而已。王臨川所謂「觀其任事之歲時，以見其人之賢、不肖」者，固凡為祭酒、司業者之所宜自念云爾。

吴穀人曰：無關係處，説得煞有關係。立言之體也。

明大學士李文正公畏吾村墓碑文

余居近明李文正公舊宅遺址，所謂西涯者也。嘗考公軼事，裒集為記；復欲尋公墓所，屬同年宛平令章君訪於畏吾村，不可得。又屬武進胡君及大興令郫縣郭君訪之。一日，二君過余言：「適因事過畏吾村，問公墓于土人，皆不知。有大慧寺老僧云：『識一古墓，相傳為前明顯宦，今其子孫已絶。』往視之良然，然亦不敢遽定為文正墓也。」翌日余親訪，會老僧他去，徘徊久之。遇石翁者，年八十六，居畏吾村且六世。叩以文正墓，亦弗能舉。舉僧言相質，乃指寺西北土阜云：「是間舊墓五，余兒時猶及見。今惟三墓在耳。」余周覽而諦視之，慨然曰：「此為文正曾祖墓，文正墓從可知矣。」

文正曾祖，洪武初以兵籍隸燕山右護衛。其祖方幼，挈與俱來。稍長，即代父役。靖難兵起，有功弗見錄，以藝簡內局製軍器作賈為養以終。文正父，微時為舟子，有陰德，遇異人，為擇吉地，瘞祖父骨。文正集中有《復畏吾村舊塋》及《合葬告妣》諸文。是文正曾祖暨祖，俱葬畏吾村。文正父改葬樹村，地不吉，仍遷葬畏吾村。文正子兆先先卒，附葬於此。文正卒，亦葬畏吾村。五世昭穆，班班可考。

劉世節《瓦釜漫記》謂其家族姓漸微，至以墓前白石碑搥碎，與販鹽者攙和以賣。蔣一葵《堯山堂外紀》謂兆先卒，公竟無嗣。查禮《銅鼓書堂文集》載畏吾村始末甚詳。由是觀之，公五世之墓聚于一域，身沒而子孫不振，至於屑穹碑為灰塵，夷馬鬣為隴畝，不亦深可喟耶！然以文正之勳德，雖無子孫能使後之人不忘其窾藏之地，而諮於野人老衲，卒得其實，不至終淪於蓬藋，非文正之靈而能若是乎？墓在大慧寺西，距寺三十步。墓之西為畏吾村，抵村口一里許。小徑北通石道，白塔庵在焉。南則長河一帶，由枯柳樹迤邐東南行，即望見極樂寺。後有欲展公之墓者，視吾文庶幾有考焉。

孫淵如曰：讀此足以發思古之幽情。

洪稚存曰：筆力簡峭，似合南豐、半山為一手，不特表章先賢一節足傳也。

陳碩士曰：此文是歐陽，非曾、王也。

重修尚氏家廟碑文

洪惟我朝，肇基東土，定鼎燕京。佐命諸元勳，彪彪麟麟，光於竹素，偉矣。其籍隸漢軍，而世篤忠貞尤著且久者，則惟平南敬親王尚氏。王初以從龍入關，削平楚粤，始終臣節，比薨，遺命歸葬海城。雖没，而拳拳不忘於近依先帝。朝廷鑒其誠，予祭葬備禮，復置閑散佐領二員護其塋，酬王志也。王有子三十二人。其七子諱某，尚和碩公主，特置在京佐領五員，始有賜第于京師，其後遂世居焉。孫諱某者，嘗釐正其關東祠田圖冊，咨部籍記，以奉海城之祀，而賜第亦自有家廟。至四世孫參領公玉德，隨其兄侍衛兼參領公諱玉成，以乾隆辛未就舊祠基拓新之。閱三十餘年，丁未歲，侍衛公已即世，參領公復率其兄子參領惟慎重修之，堂扉磩霤，奕如奂如。歲時，偕宗族子姓會祀廟中，穆然感世澤之長，油然生孝弟之心也。

參領公有子十人，官總兵、副將、參將、遊擊者六。戊申歲，安南之役，公七子諱維昇，以廣西左江鎮總兵從征，會戰富良江。庚戌歲正月，殁于市球江南岸。事聞，予卹視提督，謚直烈，入祀昭忠祠，世襲輕車都尉。越嘉慶丙辰冬，四川教匪之亂，公冢子諱維岳，官順慶營遊擊，首率兵入達州境，猝遇賊，矢斃賊帥，賊益集，力戰，殁于陣。有勑軫惜之，予卹視參將，仍入祀昭忠祠，世襲雲騎尉。

嗚呼，大丈夫効力戎行，臨危致身，如二子可謂無忝祖德矣。參領公痛二子之殁于王事也，乃祔其主於廟，礱具碑石，以余與修國史，手二子傳，屬為記，不敢以弇陋辭。竊惟昔者魯僖能復周公之宇，命奚斯作《新廟》、史克作《閟宮》詩以頌之，其旨歸于保世滋大。今尚氏之德澤延及五世，垂百五十年，簪纓蕃衍，國史、家乘大書特書不一書。而參領公念祖之勤，眉壽無害，與夫二子報國之義，相得益彰，實由先敬王之聲靈赫濯有以啟之。觀於廟者，可以想勛舊貽謀之遠，可以覘國家錫類之仁。爰書其事，以諗後之人。家廟重修落成在某年月日，記成某年月日。

初頤園曰：極似虞文靖公文字。

石琢堂曰：引而愈伸，仍絲絲入扣，斯古文之勝境。

海城重修平南敬親王廟碑文

余既為尚氏作《重修家廟記》，勒石於京第。參領佩齋公復奉其《家乘》并《海城家廟志略》造余，請曰：「先曾祖平南敬親王事蹟，載在《國史》者，外人無由盡悉。子為史官，橐筆中秘者十年，熟知掌故。請述作廟之由，樹石海城，昭示來許。」余固辭不獲。

伏稽世祖章皇帝定鼎中原，同時異姓封王者五，後或罪廢、或嗣續不振，求其功業最著，傳緒最久者，莫如平南敬親王。其子尚公主，孫官尚書，樹績建勳，奕世相望。雖有歎德之子，皆行僨事，國史特書，不足以掩其世德之遠也。佩齋，即尚書次子，篤守先業，生子十二人。長子、七子，皆為國殤，賜卹優厚，是能以王之心為心，以王之行為行，入其先王之廟而無愧者矣。王之歿也，在康熙十九年，遺命葬盛京海城縣，有生死不忘君側之誼。櫬歸在二十年，當日有旨，遣官迎祭，賜田頃逾萬，爵七，守墓閒散佐領二。其後，宣義將軍之孝建家廟于邑之東南隅，在二十二年，蓋有紀君恩、述祖德之思焉。再修于乾隆十年。迄于今，又六十年矣，佩齋倡議繕葺，廟貌聿新，董其事者某某。

余因之有感焉，勳舊之家不一二傳而式微者，數數矣。即或簪纓勿替，而溺于富厚，矜一時之顯赫，詩書禮義之講求多所未暇。矧事閱一二百年，地隔一二千里，引領長望，指數夫荒煙蔓草間，有所謂先人之栝棬在焉，先人之劍舄存焉，非仁人孝子而能若是哉？如佩齋者，蓋欲世世子孫克嗣王志，以勵相我國家，弗貽前王羞，時時奉酒醴，以告先廟。竹帛之光，不更逾于丹雘哉？廟修于某年某月，而以斯文勒石于京師，實某年某月也。

汪瑟菴曰：意議彰明，深情逸筆，得記敘體。

記

南薰殿古像記

嘉慶七年三月初八日，法式善以纂修《宮史》，得敬觀南薰殿暨内庫所藏《歷代帝王及諸名臣像》，凡為冊者十七，為卷者三，為軸者百。蓋我高宗純皇帝，命廷臣裒集宮府庫司所儲而藏諸者也。其像之作于何代，無款識可辨，以縑素筆墨度之，蓋唐時所存者至少，宋南渡以後略備。然其紙墨之剝落亦多矣，惟宋明帝后暨唐宋功臣像，稱完善，意當時奉詔勅為之者，觀其冠裳制度，可以見古今沿革損益。某幸以承乏《宮史》之役，得悉覩内府所藏，此於儒生之際遇榮幸為何如？夫列聖之相傳以心，而覩像而增敬者，聖人之恭也。我朝聖聖相承，法唐虞而紹商周，治法心法之同揆。即一繪事所存，而有可以寄羹墻之思者，乃猶約旨卑思。即漢唐而下之君臣，不廢採取其善，以寓博覽得失之意。則斯像之藏内府也，豈獨以昭慎重而已？蓋又有以備監觀焉。所謂「德無常師，主善為師」者，非聖之大，曷克如是？某既自幸其得邀儒生榮遇，敬誌始末，為之記如此。

王惕甫曰：此篇有歐陽《内制集序》意致。

陳碩士曰：零星敘事，亦是記之一體。不著議論，尤徵老到。

歷代帝王名臣遺像記

王新城尚書謂六朝人畫多寫古聖賢、列女及習禮、儀器等圖。此如漢儒注疏，多詳于制度、名物也。余嘗摹古聖賢像舊蹟，又摹太學大成殿周彝器圖，四方能詩之士，爭為題詠，裝成鉅軸久矣。歲乙卯四月，時雨初晴，訪吾友夢禪居士於桑陰老屋，見所藏《歷代帝王名臣遺像》數冊，不署畫工姓氏，度為國初人摹本。墨頹紙壞，精氣特存。惟其間殘缺殊甚，年代先後，復多譌舛。借歸展對，取詩龕石墨卷軸印證，頗能相合。其不合者，亦可以補予所未備。嗚呼！可寶也。已爰倩荆溪畫師潘大琨摹諸縑素，越歲始成。署名幀端者，一冊至五冊，寧化伊員外秉綬；六冊至八冊，靈石何員外道生。書出兩人，故詳簡不同。其序次多依官史，故與原本亦稍異。近余課士太學，間試以古文，因舉所繪像為題，分譔、頌、讚、銘、說、考諸體，具有可觀。余既別錄存之，而諸生亦願各留其蹟，遂參差雜書於帙。像凡二百九十有二，其間品類不同，要其術業，皆可傳世。原闕者無考，未及續繪。異日者，倘遇于荒祠畫壁，斷楮殘縑，或摹搨，或臨寫，則所闕者，或不至終闕乎。

王愓甫曰：勝情古趣，流露行墨。

道鏡堂記

讀書所以明道，道明則內有以自鏡，外有以鏡人。鏡乎，己公私辨矣；鏡乎，人是非晰矣。安其境而無所累於心，此道之所以為鏡也。高安常子珍元，志道士也。所居在山水之間，修竹蒼石，映帶左右，桂柏夾道，樟槐覆簷。當夫時鳥鳴樹，游魚縱波，執一卷以終日，而俯仰皆有以自得，豈徒娛一時之耳目已哉。必將有以慕乎古而監乎今，祛其累而得其真者。昔邢邵有「道鏡今古」之語，余欲斷章以為常子贈，常子其以予言為然乎？

秦小峴曰：極似《唐文粹》中雜家文字。

陳碩士曰：於設色處淡以出之，便是柳州文字，非雜家文字矣。

誠求堂記

夫人必有所欲得也，則求之；有所欲得而惟恐其不得也，則誠求之。誠求之術不一，而誠求之理無二。居則以求乎聖賢之道，而出則以求乎經濟之宜。其功非朝夕所可竟，而其事則隨在皆可用力也。

周子霽原，以名孝廉出宰粵東，于其行也，乞余為誠求堂記。周子嘗讀書石鏡山中，及鼓篋黌舍六館，人皆以奇才目之。今抱手板謁上官，平時磊落傑特之氣，不能無稍絀不紓者。顧其中懇懇款款，不忍欺人與不敢自欺之素志，則矢之于心如一日。縣令一官，以得民心為急務。我之安我婦子也何術乎，即以此術安民之婦子；我之適我口體也何道乎，即以此道適民之口體。未安而求其安，未適而求其適，雖其勢不能盡同，然好佚樂而惡勞苦，趨衽席而避桁楊，未有不同者。周子以是顏其堂，解衣脫舄，棲息其間，非無花竹之觀，圖書之樂，而民之顛連煢獨，無可告語者，日往來于胸中。則植花竹、列圖書者，堂之跡；拯顛連、哀煢獨者，所以居是堂之心。吾知周子異日官益尊，任愈重，仍無異于讀書石鏡山時也，故樂為之記。

陳碩士曰：振筆直書，而其中藏無數層折，此文之似韓者。

洪稚存曰：縣官當各書一通於座右。

石琢堂曰：極精粹之文。

且園記

園何以名「且」？我且得而園之也。前乎此我不得而園之，後乎此我不得而園之。當其適然得之，而名之以「且」，誰曰不宜？園中有山，積土為之，無奇峻之觀而陰陽向背分焉。有石，大者如鬼物、如獸，小者如筐筥、如甕盎。有花、有竹、有樹、有樓、有軒、有室，所謂龕者、堂者、居者、廬者、涯者、彴者，皆得假借而有焉。昔殷深源居廬嶽十載，謝安石臥於東山，彼其人豈徒以矯抗鳴高哉？亦將守其道以自全，不為聲華榮利之汩沒而已。余不敢妄希古人，而樂天知命，則竊嘗慕焉。然則余之性情，不且於斯園為宜也夫？

王愓甫曰：雅潔有致，真碎金也。

洪稚存曰：淡宕蘊藉。

陳碩士曰：奇而宕。

具園記

辨有無者，君子之心也，公也；較多寡者，小人之心也，私也。君子所見者大，小人所見者小也。吾嘗舉此以衡古今盛衰之故，莫不有合。以驗夫人之性情，則其人之真莫不出焉。

靈石楊君月峰，官京師，治宅一區，於其旁隙地闢為園，寬僅半畝，而堂、臺、榭、軒、閣、樓、亭、廊，莫不畢備，交錯盤互，咸盡其宜。其上則為峰、為嶂，繚然、窈然，陰晴向背，倏忽萬狀；折而下，則為井，有池沼、有橋、有筏，卉木雜蒔，魚鳥各得入其中，有不知為半畝之宮者。吾名之曰「具園」。所謂公而非私也，見其大而忘其小也，辨有無而非較多寡也，楊君于是乎有合於君子之用心矣。夫富貴，非人之所能據也。方其居高位而握勢權，苟惟其欲之是極，則今日以為完美，明日復以為不足，如是而其心安有所究極乎？君子涉其境不溺其中，博其趣不害其理，優焉游焉，隨遇而安焉。非深明乎盛衰之故，安能若是？嗟乎！楊君其有以知之矣。

王儕嶠曰：見識遠，序次整，結構緊。

何蘭士曰：小中見大，極繚曲往復之致。

洪稚存曰：幅短而神味特長，酷似半山。

孫淵如曰：體道而筆縱。

會陶然亭記

凡鄉會試同第於有司者，皆謂之「同年」，其以時集也，謂之「團拜」。雖不聞於古，然士既同升，方欲以道藝、文辭、職業相砥礪，則夫燕好有儀，亦古士相見之禮矣。間考登科故事，莫盛於唐，「團宴」、「團頭」諸名，自《唐摭言》諸書始見著錄。顧其盛者皆進士，而舉人特同解，非同升，固宜與進士異。

今之鄉試實共策名，無異於進士。而平日游從倡和，亦往往不能如進士之密。何耶？蓋鄉試歲舉千餘人，非試禮部，大期會無繇。畢集京師，集之時又暫。由是為團頭者，勢不能無疏脱於其間，其相接也亦僅矣。其相接也僅，則游從倡和之懽無繇以至，而况其深焉者哉。

予以乾隆己亥舉順天鄉試，逮今癸丑，十有四年。同舉相次登朝者既多，其來試禮部者尚若干人。于是與在朝諸君，期以四月之朔會於陶然亭。是日也，旅揖而升，促坐而話，賦詩相答，極歡乃罷。蓋舉各直省之同舉于鄉者，靡不至焉，可不謂盛乎！夫以各省之人，閲十四年之久，其間聚散有不可勝言者矣。今者幸而獲聚，聚而舉一觴相屬，斯亦人事之不可常者也。諸君年齒有後先，遭逢有遲速，異日解手背面，河山懸異，睠思此會，必更有懷允不忘者。夫予之所不能忘，亦諸君子之所不能忘也，而可勿志乎？爰列來會者姓字書之冊，並作圖焉，以藏予詩龕，而記其事如此。

石琢堂曰：是年，余方于役湘南，未與斯會，讀之悵然。

陳碩士曰：和平淡雅之音。

楊蓉裳曰：澹逸中有深雋之致。

修李文正公墓祠記

明大學士李文正公，先世茶陵人。曾祖文祥以戍籍隸金吾，居京師。祖允興，父淳及其子兆先，凡五世，皆葬城西之畏吾村。《懷麓堂集》有告墓、移墓文可考。文正卒時，兆先已前死，其家貧不能具葬，門人故吏醵金賻之。未幾，墓碑為土人所毀。嘉靖初，耿尚書定向贖其舊宅，置祠。萬曆中，方公從哲封其墓。同時，又有王進士文邁者重為封樹。國朝廣濟金會公檢討，有致新城王文簡書，於文正墓三致意焉。今又百餘年，墓已鞠為茂草，不可辨識矣。余親至其處訪得之，商于宛平知縣胡君遜，胡君捐八十五金贖歸，併于縣中稅契存案。一時聞風慕義者，咸捐資佽助，營葺墓道，就墓前建祠三楹，小屋二間，繚以垣墉，規模粗具。歲時蘋薦，以妥厥靈。是役也，胡君董其事，而庀材鳩工以底厥成，則謝御史振定之力也。

孫淵如曰：詳明雅飭。

贖李文正公墓田記

西涯先生墓，于明萬曆時已不可辨識。有農家子取土于塚，露其棺之前和，方公從哲為重封之。進士王文邁補植墓木，而未及勒石以紀。入國朝，隸為民產。地屢易主，東阡西陌，麻麥相望，更不知畏吾村中有所謂西涯墓者。余據諸家記述，詳加蒐考，復數數履其地，訪之故老土人，乃得其所。計地二十一畝，主之者為百祥庵僧，欲謀贖之而未果。宛平令武進胡遜聞之，慨然曰：「先賢遺壠，夷于榛莽，守土者之恥也。」乃捐俸百金贖之。

夫士大夫酒食，徵逐聲色狗馬之好，往往手散千金不恤，及表先賢，倡率善舉，則或退避不前。如胡君之用心，是足以風矣。胡君既贖墓田，且謀建祠宇，樹碑石，以示久遠。乃知賢者身沒，雖子孫久已廢絕，而卒不至于廢絕者，固其人之足重于後世。然苟不遇胡君，其人雖遲之數百年，而亦靡所藉以為表章之力。蕭昆田芝、謝薌泉振定兩侍御，既為募修墓祠，引以倡其始。而余于其田之贖歸也，為之記如此，俾知胡君之為吏超越流俗萬萬也。

陳碩士曰：似介甫。

詩龕圖記

人之處境，君子恒有餘，衆人恒不足。有餘則心逸，不足則心勞。非境有以逸之、勞之也，人自逸焉、勞焉而已。余性不諧俗，而好與賢士大夫交；於書弗能盡讀，而藏弆逾萬卷；身未出國門外，而名山大川無日不往來于胸中。凡余之不足者，未嘗不以有餘處之也。

余尤癖嗜詩，遂榜所居曰「詩龕」。夫盈天地間皆詩也，發於心，觸於境，鳥獸之吟號，花葉之榮落，雲霞之變滅，金石之考擊，無一非詩，包含而蓄納之，則龕之義大矣哉。或曰：「『龕』，浮圖家説也，子將託禪悦而喻詩旨乎？」余曰：「禪，吾所未知，有是龕而後名之曰『龕』，非吾之所謂龕也。有是詩而後名之曰詩，非吾之所謂詩也。吾之詩在在有之，詩適與吾合，而遂為吾有。吾之龕人人有之，吾取為吾用，而遂屬之詩。有人見之不足，吾見之有餘耳。」于是好事者爭為余寫《詩龕圖》，先後凡數十人。其仕隱不同，而皆能知余意所在。其圖之境亦不一，而隨展一圖，皆有吾在焉，皆有吾之詩在焉。吾以是圖終吾身，則無往而不得其為吾也。彼以有餘、不足戚戚于富貴、利達之途，而自失所以為吾者，其勞逸視余何如也？

王惕甫曰：無願外之思，有由房之樂，信乎君子之德音也。

趙味辛曰：是宋人得意文字，想見作者襟抱。

阮芸臺曰：得大解脱，得大自在，坡翁海外文字，有此奇特。

洪稚存曰：中多見道語，不徒有觀濠、因樹面目。

何硯農曰：中有所得，言皆實諦，非嚴滄浪以禪喻詩比也。讀之不禁作天際真人想矣。若曰作非非想，正恐無有是處。

孫淵如曰：文質瑩淨，而味醇厚，唐宋人得意可傳之作。

重裝錢南園副使畫馬記

今世所傳趙吴興畫馬，雖贋本，然固多愛護之者。吴興生平不無遺議，特以藝工，世重之如此，況不僅以藝傳者乎？錢南園副使立朝風節卓卓可紀，工詩文，書入顔平原之室，好畫馬。歲庚子訂交于同年徐鏡秋齋中，時副使方授，鏡秋舉子業，過從頗密，然未得其畫也。己未八月，鏡秋出宰粤東，其宅余借居之。壁上遺有副使所畫馬，紙墨霉敗，神彩奕然，因亟收取裝潢藏之。并憶辛丑夏，余晨訪，鏡秋未起，與副使坐新槐樹下，偶誦近作七言詩，副使援筆立和。今槐陰蔽屋，紙窗竹榻未改於前，而副使之亡已久。至於譔著，皆不可問，獨此尺幅獲歸于吾。重副使者，將必重惜其翰墨所存，況余與副使之相習乎哉！

王惕甫曰：清夷之氣與渺致傲色，皆出筆端。

吴山尊曰：有關世道之言，又能峭潔，不可廢矣。

陳碩士曰：文情斐亹。

楊蓉裳曰：尺幅中俯仰今昔，一往情深，感不絶於余心，溯流風而獨寫。

重裝慈壽寺明孝定李太后像記

此為明孝定李太后像。后，神宗生母也。千秋節，神宗出庫藏吴道子所畫觀音，仿而為之，像贊所云「加大士像」是也。其云「九蓮菩薩」，則夢中授后經者。慈寧新宫，銅盍産蓮，命閣臣申時行、許國、王錫爵作賦紀瑞。後遂相沿以九蓮屬太后，謂即菩薩後身云。

嘉慶五年九月，自西山歸憩慈壽寺，因獲覩此像。像於乾隆己卯曾經寧邸潢治，近又脱落，孫君仲清乃重裝之，且制櫝，付寺僧廣瑤謹藏。而别裝墨搨本張壁間，俾朝夕供奉。孫君之用心，可謂厚矣。寺僧告余曰：「兹寺乾隆十四年，工部官以廢廟請毁，僅留後樓。二十年，高宗純皇帝幸香山，見塔間有光，重為修整。然垣墉雖葺，殿宇已非舊觀。」今又四十年，荒榛莽棘，徧滿左右。惟窣堵波巋然獨存，兩碑亭如故耳。夫有明帝后之像，在當時固不少矣。惟此像傳留至今，且得香火供養。豈后之賢明異於諸后，靈爽式憑，久而不朽，故屢遘好事者護持之也耶。聊記始末，俾覽者考焉。

王愓甫曰：簡核，不支蔓。

陳碩士曰：敘法潔，議論亦潔。

戒臺圖裕軒曹慕堂兩先生祠記

天之報施善人也，不一致。其顯，有以屈之者；必隱，有以伸之也。其事在若可知若不可知之間。余昔于翁覃溪先生坐間晤圖裕軒學士，時學士方養疴林下。余素欽挹其人，茗話移晷，款洽甚至。不兩年，學士即世。又於西苑直次見曹慕堂宗丞，意致謹樸，遇後進語娓娓不倦，隨以請建辟雍見褒于上。未幾，旋歿。兩先生皆世所稱善人長者也。

庚戌之秋，偕同人游西山，路經戒臺，登佛閣，觀所謂活動松者。見峰岫迴復處，爐煙一縷，從雲霧中颺出。僧指謂曰：「此裕軒、慕堂二先生祠堂也。」同人攝衣歷百十級，始至閣，肅衣冠展拜，相與感舊太息而去。今年八月又偕宗丞子定軒給諫俱來。給諫修祀事成，屬余記之。余觀壁間刻劉岸淮副憲所記建祠始末甚詳，不復贅。獨異學士無子，得其門人副憲為立祠，又得給諫奉其先人宗丞公共祠妥侑。曹氏子孫賢且多，必能恢大宗丞遺業，以流傳于永久，與茲山同不朽也。天之報施善人，固如此哉。

阮芸臺曰：氣味淵雅。

思過齋記

思過齋者，頤園同年紀恩而作也。頤園官侍郎，有直聲。一日，以言語失職，廷議重譴，上天子鑒其素，而宥其罪。俾閉門思過，以養其親。侍郎感聖恩之優渥，奉其定省之身，不敢有退閑、自適之念，爰以「思過」額其齋楣，而屬余為之記。

夫侍郎失職，負咎引慝，方自以為罪矣。言乎過，則非罪明甚。《書》曰：「宥過無大。」《易》曰：「无咎者，善補過。」然則常人無過，君子有過。君子不患有過，患有過而不自知其為過。「職思其居」，「職思其外」，思之固不可已哉。且夫過之為言，失乎中之謂也。

侍郎與余交三十年，其心術學業知之最深，有特立孤行之誼焉。然嫉惡太嚴，求治太急。嫉惡嚴，可也；太嚴，則不辨其惡之大小，而盡欲去之，勢不能盡去，將小者去而大者留焉，有之矣。求治急，可也；太急，則不辨其治之輕重，而盡欲行之，勢不能盡行，將輕者行而重者沮焉，有之矣。大惡期於必去，重治期於必行，其小者、輕者，姑聽之。士貞子曰：「林父之事君也，進思盡忠，退思補過，社稷之衛也。」侍郎者，社稷之衛也。他日召用，吾愿侍郎於嫉惡求治二端，務持其平。譬如射焉，期於中鵠斯已耳。譬如音焉、味焉，取其配與調斯已耳。酬聖恩於萬一，而慰蒼生之望，所以盡其思於平日者，豈不在此時哉，豈不在此時哉！

王惕甫曰：二語切中侍郎之病，可謂忠告，而文亦愜當之至。

謝薌泉曰：持正之論。

潘氏義莊記

蘇郡自宋范氏創立義莊，數百年來厥制勿衰。因其制而損益之，今又有潘氏。潘氏世居吳，康熙年間有某者，力行善事，以贍族睦親為急，捐資置義田若干畝。族姓由是無飢寒之患，子孫繁衍，皆能體先人志，立義莊於郡城東隅，地介葑門、婁門間，巍然與范氏歲寒堂、松風閣東西相望。嗚呼，可謂善述者矣。今曾孫某，修譜牒、立宗祠，一如其先世。蓋深念父母兄弟者天親也，祖宗者父母之本也，族人又兄弟之分也。人能自保其子孫，而不能保兄弟之子孫乎？不能保兄弟子孫，又安能保吾之子孫乎？此其故可以深長思也。

吾嘗慨世之人，平居號召友朋，酒食徵逐費千金而不之卹，於族人之顛連困苦、煢獨無告者，若罔聞知。聞潘氏之風，亦可以蹶然起矣。且夫天下難能之事隳於需，而成於果。古之人建奇功、立偉績，而後世蒙庥，蒼生托命，未始不基於一念耳。潘氏篤行高誼，世有國士風。其於此莊也，經理籌畫，必勤必慎，不以事小而或忽，不以費大而少靳，將見行之一鄉，推諸邦國。詬誶之聲，絕於里黨，太和之氣，蒸為風俗。其有裨益於世道人心者，豈淺鮮哉？吾故樂為之記。

吳山尊曰：議論光卓。

銘

帶綠草堂硯銘

帶綠草堂，日影燈光。眷言石友，何日能忘。

雲龍硯銘

龍之矯兮，雲之繞兮。益余文藻兮，永以為好兮。

瓶硯銘

其形醜，其質厚。守我口，應我手。硯兮硯兮，汝可以久。

雲硯銘

星之樞兮，雲之腴兮。硯乎硯乎，所好從吾。

梅花硯銘

春雪方來，明月不去。詩龕寡儔，惟汝余助。

青霞泥硯銘

青霞之腴，白雲之膚。拔爾於泥塗，從我於秋梧。

峰硯銘

峰未雲而翠肥，墨將雨而花飛。筆非秋而露垂，客不言而手揮。

紅泥磬硯銘

戛秋玉之寒，吐晨曦之丹，百年兮不刊。

洪稚存曰：古艷。

程邦瑞跋〔一〕

瑞愚且魯，年二十而學無成。及隨侍先君子宦游浙閩間，洊更十餘年，學益荒落。顧性無他嗜，惟喜涉獵書籍，於古今詩文有心好而未梓者，尤喜校刊，以廣其傳。時帆先生為藝林宗哲，名滿天下。嘗請刻其詩，未獲也。近見所作古文四卷，讀而好焉。先生雅不欲示人。竊謂斯文公器，海内聞風企慕者，必以不得早睹為憾，因亟錄付剞劂。若其文之氣遒識卓，有當代通人學士論定，瑞何敢妄贊一辭也。嘉慶十二年歲次丁卯冬十二月壬午，績溪程邦瑞謹識。

【校記】

〔一〕 跋末有附記説明本集刊刻情況，云：「秣陵陶士立繕寫，江寧王景桓董刊。」

存素堂文續集

存素堂文續集卷一

序

陳芝房進士詩集序

陳芝房進士，博雅君子也，余因王惕甫識其人。登第後，需次國子監官。余忝為祭酒，時時過余。余輯科名掌故二書未就，軼聞逸簡，浙江詢自戴菔塘奉常者居多，江南則芝房日有裨益。余始於王惕甫齋中讀其詩，清駿拔俗，未果鈔也。以為遲之十年、廿年，必更有進。余意如是，芝房意亦如是。相親密若芝房，鈔其詩何難？而竟不然，芝房死。寄書惕甫索其詩，不得。悔且恨焉！

今年春夏間，屢接陳主事稽亭講求作古文法，因索其詩，靳不予，曰：「余詩遠不逮吾家芝房，奚遺彼而取余？芝房久住京師，先生曾未識之耶？」遂出芝房詩，乞勘定。余喜出望外。夫一詩也，日見之而不及鈔之，及鈔之而又不能得之，與夫不意得之而竟得之者，皆天也。芝房湛深經術，博通史籍，尤留意先民遺行瑣語，口述手畫，情狀如見，初不計其僅以詩傳也。而稽亭僅傳其詩，而余亦僅傳其詩，悲夫！

陳稽亭曰：俯仰今昔，憾慨殆有餘味。僕嘗為同年三進士傳，載芝房崖略，而不能詳。得此文，足以傳芝房矣。

吳穀人曰：波瀾層折，亦是廬陵家法。

退滋齋詩集序

乾隆癸卯，余官司業，坐彝倫堂，課三舍生詩。謝君梅農時官助教，擬詩先就，傳觀，堂上下咸推服為絕詣，蓋斯時梅農以詩名天下者已十餘年矣。余間有所作，必乞勘定，梅農遂引為知己。辟廱殿成，梅農歌詠揚詡，酌古準今，作為文章，載在典冊。

余既遷庶子去，而梅農亦就外職。佐郡楚北，大府賢之，軍書草檄多出其手。余私心計之曰：「梅農將無暇為詩矣，為之，必不能如在太學日之工且多。」既而賊平敘功，梅農得晉官。余又私心計之曰：「梅農將有暇為詩矣，為之，亦必能如在太學日之工且多。」而孰意其無暇為而竟為，宜為之而又不及為耶。余緝《朋舊遺詩》，僅存梅農一兩章。新安曹尚書告余曰：「梅農死矣，無後，惟詩具在。詩在，梅農不死。」因借其全集歸，披覽卒業。大約根柢深，蘊釀厚，入楚以後諸篇，悲壯蒼涼，尤為雄傑。因嘆戎馬倉皇間不廢風雅者，學也，人也。功成受上賞，忽焉殂謝者，命也，天也。人可知，天不可知也。其惟存其詩，以存其人乎？

陳稽亭曰：每論定一集，必詳加品藻。其人在焉，呼之欲出。念舊之誼，重可感夫。

吴穀人曰：余與梅農交三十年矣。當戊戌、己亥間，余寓米市街，梅農館韋約軒前輩聽雨樓，所居既邇，倡和極樂。而其為人也醇雅敦摯，故交久益親。後梅農以佐郡赴楚去，但聞其贊軍事甚勤，其敘勞又甚渥。度必至京師，可以一見。曾不意其遽至于死，死且無後，即遺稿亦不知其流失何處矣。每思之，輒惘惘終日。今讀此文，始知其集固尚在人間，既幸詩之得傳，而并快斯文之先有以傳梅農也。

蘿月軒詩集序

乾隆三十四五年間，余讀書僧寺，錢唐孝廉張凱攜其弟子詩至，相與評泊，贊嘆弗休。詢其年，方稺也，筆則凌厲，心奇其人。後交冶亭，乃識為閬峰作，遂得盡窺所著述。張孝廉向攜示者，特鱗甲耳。閬峰後余一年入詞館，誼益親，往來酬唱益密。同官學士，同為講官，切磋砥礪，善相勸，過相規，于于如也。閬峰受特達知，官少宰，入直南齋，職業清要，不復時時過從。然退直稍暇，折柬招呼，煮茗說詩，流連於蘿月軒。燈昏，爐火且盡，商榷句法，反覆推勘，稿屢易。別後，遣僕馳書，樓鐘三四轉，叩余門，仍有所問難。臨歿前二日，余往視病，執余手曰：「余詩未成就，奈何，善為余匿其短。」蓋好學深思，不自滿假，世罕有及者。閬峰外寬而内嚴，臨事鋭而用心細，一言一動，不肯苟且。而詩尤屬意，集甚富。冶亭自江南節署寄書謂余曰：「子其汰之，使閬峰必傳。」嗚呼，閬峰之傳，有餘於詩之外者矣。區區文字末務，未能限閬峰也。而文字之足傳已如是焉，後之人安得不重其人以重其文歟。

陳稽亭曰：余鄉試實出冶亭尚書門，顧性懶惰，在京師未數數晉謁。至閬峰侍郎，則生平未嘗一見。陳員外啟文為言，侍郎高峻絕塵，清操自勵。陳君質直，當不我欺。得此序言，足以傳侍郎矣。

試墨齋詩集序

《試墨齋遺詩》一卷，大興前輩舒子展先生手草也。先生中康熙五十一年進士，選翰林，授檢討，五十四年分校禮闈，得士稱盛，後遂終于官。先生孫位，以名孝廉遊學大江南北，文藻輝映一時，不忘淵源自出，奉先生手稿，乞余勘定，謀授梓。余惟先生詩載在沈尚書《別裁集》者，久為士林傳誦，其他佳篇散佚過半，今所存僅僅如是，不有賢子孫收拾于蠹殘鼠嚙之餘，則此數十年精氣不且淪散乎？

近年滇黔西粵，僻在邊徼章縫之士，沐浴太平，淑躬文教，爭自濯磨。又得李松甫、袁蘇亭、傅竹莊數君子提唱之，抉隱闡幽，彙輯成書，風俗丕變。況我畿輔之地，沿燕趙遺風，悲歌慷慨，使酒挾劍，奇氣鬱勃，皆能搖撼星斗，鏤刻腎肝也。朱文正、紀文達兩相公，朱竹君、翁覃溪兩學士，王芥子、李文園、邊秋崖、戈芥舟諸先輩，余皆獲侍其杖履，聞所議論，東南人士無不奉為依歸。生平著述，膾炙人口，惜無人發凡起例，勒成卷帙，如松甫、蘇亭、竹莊耳。茲集梓成，孝廉倦游歸里，開選樓，洗滌筆硯，馳書四方，約同志三五人，搜羅探討在朝在野遺文剩句，諒不尠也。余方以此事日往來于心，當傾筐笥所藏，以附益之，如元遺山之於商右司平叔矣。

陳稽亭曰：少時覽陳伯璣《詩慰》，每集有序，或用他人之作，或自為論譔，皆古雅可愛。讀茲文，庶幾遇之。

尚絅堂詩集序

余不獲與醇甫坐石鼓下，分題課詩，得佳句輒歡笑叫呼者，十三四年矣。今年醇甫應禮部試來京，適余悼亡，醇甫唁余於詩龕，出《尚絅堂詩集》四十卷，乞勘定。乃盡窺其生平蘊蓄，並得近年棲泊羈旅艱苦情狀，扼腕者久之。禮闈榜發，醇甫為舉首，報罷者胥翕然推服無間言，私心慰藉。於時醇甫年四十七矣，目眊，書字不能工，抑置二甲，選入翰林，重宿望也。

余因而感焉，方醇甫與莫、王、陳、盧諸君子鼓篋橋門也，醇甫詩筆秀麗，六舍生望之為高才，為雲霞中人。制藝文戛戛獨造，與莫子翱翔馳騁。乃造物若或抑之，且久抑之而後顯其名于天下，將以老其才與？今其詩具在，少作明艷之篇居多，肄業太學以後則沉博矣，放浪江湖以後則排奡矣。茲則清遒駿邁，以快厲之筆達幽隱之思，如水銀瀉地，天馬行空矣。應試之作尤工，學少陵而不為少陵所囿，所謂屬對詮題，別有神解，集中未載，異日另本單行可也。醇甫與莫子齒相若，才相亞。莫子擢上第，衡文四方，藝林奉為宗匠；而醇甫以相門子，青衫彳亍于隘巷菰蘆，低首下心，三黜于有司而後遇，可謂窮矣。雖然，其遇窮矣，其氣未始窮也。常郡故多詩人，黃仲則死，洪稚存、秦小峴、孫淵如、趙味辛、楊蓉裳、呂叔訥，皆與余游好，余皆嘗論定其詩。如醇甫者，蓋在數子之間乎？

陳稽亭曰：深情遠致，俛仰低徊，歐陽公集中有數文字。

吴蘭雪曰：芙初以詩文受知于先生者最早，故論稱皆確當有據。至于用筆之纏綿悱惻，則感人心深矣。

恩福堂詩集序

余幼喜講聲律，泛覽百家，苦無歸宿。庚子年登第，出德文莊公門。公固深於詩者也，因得聞由博返約之論。退而取《杜少陵集》及王新城《五七言古詩選》，究其旨趣，皆與文莊公合，由是稍稍會悟。公有所作，每命和之。時院長英公方髫齔，識奇字，解韻語，分題命筆，余亦莫之能先。而院長固喜就余論説，以發明文莊公之秘奥。

忽忽三十年，余老且病，愧不能闡揚師教。而院長以文章受特達知，政事之暇，肆力風雅，忠愛之思，清刻之致，不假強為軒揚乎紙上。一官一集，釐為若干卷，斯真能衍文莊公之詩教者矣。迴憶豐臺廢園看芍藥花，憩農家煮茗聯吟，西山榛莽中尋退翁亭舊址，飲泉水，就石壁題詩，歸而録為帙，呈文莊公一一品定，恍前日事耳。而院長珥筆天上，賡歌颺拜，對揚天子休命，出使四方，慰勞民間疾苦，不皆趨庭之訓有以基之乎？兹集斷自癸丑登第以後，摹雲繪日之鴻篇，若《會昌一品集》者，船山、左田、書農、蘭雪諸君，皆能親切言之。至於溯所自出，歸美於我文莊公之詩教，區區固不敢多讓矣。

李嗇生曰：立言最得大體，昌黎之以頌以規也。

陳稽亭曰：全於頓挫處出精神，照應處見義例，的是作家。

吳蘭雪曰：余嘗襆被恩福堂之西軒者三閱月，宮保全集粗校一過，未及跋識，讀此乃先獲余心。

墓表

耿處士墓表

處士襄城人，諱奇標，字篤生。先世稷山人，明初徙河南。父習吉，官國子監典簿。處士兩試有司不得意，援例貢成均。典簿君以老疾廢，家事悉委處士。處士即任，家事和睦族黨為務，掃塋祭先必誠必敬，教族人無少長皆崇禮教，不使有詬誶聲。急病讓夷，汲汲如不及。當鄖襄亂民擾楚豫間，凡官運糧餉有資於民者，處士身為眾人先，蓋忠信出於天性然也。平居誡諸子曰：「讀書以明理、立品，非僅科第計也。與為強悍，寧為文弱；與為機械，寧為質訥。」蓋其言質，而意不在於急功近名、趨利避害也如此。嗚呼！使人人皆能勉處士所為，犯上作亂之風有不泯，而禮讓仁厚之習有不成乎？余故於處士他善事皆略焉，而表是以為世法。至其族繫子姓，詳于墓誌，茲不著。

秦小峴曰：簡古峭勁，荊公法也。

記

重修李文正公墓祠記

墓祠修于嘉慶六年春，倡議者余，而始終其事者，謝薌泉振定也。七八年來，垣墉多為秋雨損壞，宜繕葺；山童地空，宜樹槐、柳、榆、杏、雜木于陂陀左右為蔭庇。距溝渠遠，汲灌塗塈皆艱，土人以甃井請，意甚善。商之薌泉，薌泉適病。善化袁太史名曜者，誠篤士也，約其鄉人陶君章溈、張君學程，度其原隰，畫其經費，任其勞怨，一如謝君志。閱若干日，工成，增屋若干，井一，樹若干，其出貲若干，皆宜書名于後，為行善者勸。而法式善文以記之，時嘉慶某年月日也。

陳稽亭曰：修潔簡峭，似柳子厚。

跋

明萬曆二十五年順天鄉試錄殘本跋

鄉會試錄暨齒錄各書，近世有科目家罕有存者。蓋非入廢劵棄帳雜燒之，即束置高閣，飽蟫鼠而已。間有賢子孫知加寶護，什襲以藏，外人復艱於觀覽。余輯《清祕述聞》，雖近百餘年賸觚逸乘，零落如晨星，矧數百年以上哉。

偶於老嫗補窗破紙中檢出殘葉，計三十有九番，為有明神廟二十有五年順天鄉試齒錄。閱其所載，殆刻於丁酉後十六七年，或懷舊者之所為，非若近時劂匠榜下所輯售。復有墨識數處，當啟禎間瓜葛此錄者偶相憶綴，顧若周道登、王舜鼎、邵景堯諸人，或登顯官，或擢上第，咸足以資考證，惜其破缺不完也。曩刻科名掌故，詳及字號，人多疑之。他日或根是有所著，將復誤予以疑人者，其在此殘袠與？

陳稽亭曰：周道登曾為相，而相業無足觀，世人幾不知其名氏，讀此曷勝慨然。

吳蘭雪曰：末數語最澹宕。

惟清齋石墨跋

冶亭尚書翰墨，北方學者久奉為楷模。近年大江南北得其片楮，珍如球璧。特尚書負荷日重，河務尤瘁心力，不復留意文字矣。求書益難。江南老友錢梅溪工六法，所刻《詒晉齋帖》，風行海內，復得尚書臨摹數種，勒諸石，而以篇幅略少為歉。戊辰冬，券驢訪友長安，過余齋，見尚書贈答竿牘頗多，謀借歸上石，且許甄綜原札，裝成卷軸見貽，甚盛舉也。余與尚書三十年交好，千里暌違，棖觸舊游，每一披覽，輒摩挲不能已。梅溪重其手蹟，鐫為石墨之華，供人間秘玩，則我二人之精神，不且藉梅溪以傳乎？余甚慰焉，因樂為跋之，以堅其願。

吴蘭雪曰：尺幅間波起雲興，層折無數，嘗於隋唐人畫境中遇之，何復得諸此文？

石倉十二代詩選跋

《四庫全書提要》云：「《石倉歷代詩選》五百六卷。」學佺工詩，去取頗有別裁，其《明詩》分初集、次集。《千頃堂書目》尚有三集、四集、五集、六集，三百八十四卷，今佚。禮邸委校勘者，則一千七百四十八卷，較《四庫》所收多至千餘卷矣：《古逸詩》十三卷，《唐詩》一百卷，《拾遺》十卷，《宋詩》一百七卷，《元詩》五十卷，《明詩》初集八十六卷，次集一百四十卷，三集一百卷，四集一百三十二卷，五集五十二卷，六集一百卷，七集一百卷，八集一百零一卷，九集十一冊，十集四冊，續集十冊，再續集九冊，三續集五冊，三四續集一冊，四五續集一冊，五續集三冊，五六續集一冊，南直集八冊，浙集八冊，閩集八冊，社集十冊，楚集四冊，川集一冊，江西集一冊，陝西集一冊，河南集一冊。

九集後不分卷，以冊代卷。其曰「三四續」「四五續」「五六續」，義例難通，而雕鐫完好，刷印清楚，自是閩中初搨精本。余時方校補新安二吴氏科名書，僅錄十九家而止。詩之正變升降，書之錯雜踳駮，未及論也。書歸十日，而禮邸有回祿之變，此書不可知矣。後有輯明代詩者，不可不于此書留意，故詳著其篇目以待考。

陳稽亭曰：繁衍處頗有關係，存此以待考核。

李嗇生曰：足補《明史·藝文志》，表揚之功大矣。

書後

明狀元圖考附三及第會元詩書後

余承纂本朝《詞林典故》，因及明代佚書，見吴立性、吴承恩有《狀元圖考》之刻，而附録《三及第會元詩》，世所罕覯。既嘉其足資考證，而又病其闕略，欲增補之。適禮邸以曹石倉《十二代詩選》委校勘，雜亂冗蔓，儘可芟汰。然遺文賸句在在而有，甄録十九家，亦世所罕覯者也。鈔成二鉅帙，補二吴氏所未備。

復馳書四方學使，訪諸學官並弟子員，零星郵寄，日有所益。其人應增而其詩未入者，則俞憲《百家詩》，宋宏之《四明風雅》，朱隗《明詩平論》，《御選明詩》，朱彝尊《明詩綜》，施何牧《明詩去浮》，趙瑾《晉風選》，汪森《粤西詩載》，施閏章《宛雅》，李嗣鄴《甬上耆舊詩》，沈季友《檇李詩繫》，宋琬《山左詩鈔》，顧光旭《梁溪詩鈔》，吴玉搢《山陽耆舊詩》，吴定璋《七十二峰足徵集》，王昶《青浦詩傳》，朱炎《金華詩録》，汪學金《婁東詩派》，曾燠《江西詩徵》及家藏《西墅集》、《紫墟集》、《戒菴集》、《居業編》、《占星堂集》等書。皆因篇帖浩繁，且在篋笥，不急鈔也。姑列其名目，他日有所編輯，當就此衍為體例，詳為敘次，并其人之生平事蹟，勒成一代之書，非專講聲律已。

嗟乎！科名，世所重也。三及第會元，世所尤重也。閱今三四百年，或不能舉其姓氏矣，能舉其姓氏而不能述其語言矣。有明一代，三及第會元，奇行偉節，卓卓有所表見，不可磨滅者數人；文章超越流俗者，又四三人耳。甚矣，世之以科名重者，當觀其深焉，余之意在此而不在彼也。

吳蘭雪曰：補闕備遺，足資聞見，入後議論，正大有道之言。

例言

朋舊及見錄例言

是集之錄，略仿述菴王氏《湖海詩傳》，而體式則遵用竹垞朱氏《明詩綜》。惟王氏於朋友贈答之篇，無不備錄，而應制、聯句、次韻、題照諸作，甄取亦似過多。茲因別有《聲聞集》之輯，故所收較王氏為嚴。既限於朋舊，則亦不能如朱氏之博稽旁採，故所收較朱氏為略。

朋舊中見示佳篇甚夥，茲編所載，僅及什一，吉光片羽，以少為珍。若夫全集久已風行海內，鴻篇鉅制，美不勝收，遂獨取其蕭慘曠放諸篇，非示別裁，姑存梗槩。

十年聽雨者，謂之朋舊；千里論文者，亦謂之朋舊。如簡齋、山舟、辛楣、禮堂、夢樓、甌北、姬傳諸前輩，竹初、石桐、芷衫、退菴、蘇亭、琴士、柳村、心盦諸君子，始通縑素，繼託心知。又或因其父兄逮其子弟，或因其弟子及其先生，若此類者，其詩皆擬錄存。若曾無聞問，雖傑作如林，概從割愛。

是編義存錄舊，非擬選詩。其有上薄風騷，高陵陶謝者，固宜亟為綜括；即體格稍陊，篇章稍隘，亦未肯盡加淘汰。意各有在，言豈一端？

是集就余目前及見，隨時編錄，故所收止此。凡我朋舊，或持節外臺，或著書林下，郵筒寄示，敬待補鈔。

朋舊中如吾山、梧岡、純齋諸君，皆有專集，而所見特少；端崖、蘭公、茶山、箹巖諸君，皆有傳作，并不得一見。屢勤採訪，始終闕然，為之扼腕。

編次先後，有科目者以科目為序，無科目者以出處為序。略分三段落：乾隆壬申科已前為第一段落，以余始生之年定之；乾隆庚子科已前為第二段落，以余登第之年定之；嘉慶己巳科已前為第三段落，以余成書之年定之。仕隱俱收，歿存並錄。

會科後附以鄉科，鄉科後附以薦拔諸科。豈比登科之錄，幾同選佛之場。披覽一過，如坐春風，如逢舊雨，用誌一時之悅樂而已。至於發明詩教，津逮後人，猥用相推，則吾豈敢。

陳稽亭曰：義例謹嚴，神情曠逸。

李嗇生曰：盎然吐握之誠。

傳

許愚溪傳

君氏許，名在文，字開武，一字允兹，愚溪其自號也。由歙遷績溪。父太學生，諱用光。君性穎敏，五歲就傅塾師，指示字畫聲音，故參錯之，君牽連成誦，不俟句讀。年十一，讀書五千卷矣，作文喜組織古人成語，或告之曰：「食古貴化，奚飣餖為？」君乃一變為清空之文，舒卷有奇氣。既復愛讀賈生書，遂工為古文辭。有人誘為金葉格戲者，頗親暱。父覺，怒，嚴治之，使自艾。而奇疾作，君終不欲聞諸父，廣貸醫書，私自研究，閉一室攝精調神，輔之以藥，疾遂瘳。而岐黄之術，亦大進。

年十六，入庠，文筆矯異，不合於有司，蕭憀曠放，侘傺失意，往往託諸詩歌。年廿四，食餼，教授城東，出其門者，文必異於衆。郡守何公試「紫陽書院」，君瘧作，稿未完，何公拔置第一。季弟性豪邁，而遠於文墨。君憂之，偕讀山中，誘習騎射，入武庠。諸女弟誨之《内則》及名媛詩，悉著賢淑稱。君於宗族輩行最晚，年少者常玩視之，君勿與較。遇急難，仍極力排解，族人卒感化焉。

晚益精醫理，為人治病輒效。嘗遇稚子於途，張口失聲，狀甚苦。君告以醋和鹵調羊羹食之，翼日，糞下，胥炭丸也。有老翁溺血，久不愈，君診脈曰：「此精縮耳。」投以季奴數劑而愈。君病危，人勸之藥，則曰：「有命焉，是不可醫也。」君生平治經，《易》、《詩》皆有著論，詩學溫李，然不輕作。喜讀異書，以影質所入購數萬卷，藏一小屋中。後以不戒於火，與詩稿文集無一存者。其子會昌每述及此，輒心痗。君性孝友，視科名泊如也。洎父歿，遂絕意進取，以明經老，士林至今惜其才，謂至性尤不可及云。

論曰：君之子會昌，能文工詩，余識之二十年。後遇於太學，師事余。試輒高等，居上舍，有以知君之善教也。顧君以跅弛不羈之才，倜儻自喜，謂功名可立就。乃摧挫於有司數十年，人罕知之。及會昌舉孝廉，述其父之軼事，而後隱行積德乃大白於吾黨。不然，世方以疏狂目之也。嗚呼！人顧可無賢子哉！」

趙味辛曰：修潔勁鍊，深得龍門三昧。

存素堂文續集卷二 己巳年

序

容雅堂詩集序

有學人之詩，有才人之詩。學人之詩，通訓詁、精考據，而性情或不傳；才人之詩，神悟天解，清微超曠，不可羈紲。唐之太白、樂天，宋之放翁、誠齋，各得其所。近國朝漁洋尚書以神韻為主，悔餘編修以透露為主，則又各得才人之一體者也。而近世或以其平近少之，豈知水性虛而文生，竹性虛而節生，是有天焉不可學而至也。

麗川中丞在戚黨中輩行於予為長，乾隆三十四年始晤于宮學，愬款周浹，一往而深。相與論詩，蓋無不合。未幾，先生捷南宮，官比部，出為方面，馴躋通顯，而詩大進，天下稱為才人。余後先生十年成進士，入詞館，中外暌隔，不通尺素者且十餘年。間有倡和之篇，皆藉慶亭大令郵致。最後先生出使萬里外，所為詩益工，音問益疏。比歲，始獲盡窺先生之詩，無不折之筆，亦無不達之情，清雋遙深，使讀者尋味於意言之表。所謂不假人工，天趣自足，詢乎奄有其勝。出關之作，恢怪奇詭，汪洋恣肆，尤極才人之能事，非尋常學人所可企及。惜乎先生之遽成古人也！先生性疏脱，平生著述不自愛惜，散失殆盡。賴嗣君賢，收羅于殘賸，鈔而存之，得如干首。以余與先生論詩最早，屬序簡端，而為推論其才之不盡由於學如此。

阮芸臺曰：詩中境地，言之鑿鑿，而於天人難易之間，未嘗不三致意焉。真知灼見，非比泛常應酬。

香泚詩鈔序

詩者，天地之中聲也。洛陽東連齊楚，西阻函潼，南據淮，北逾衡漳，而居天下之中。豪傑挺生，多磊落瑰奇。其以文章著名，如信陽何大復、祥符高子業，固皆以詩雄于明代。至國朝，睢州湯文正公以理學顯，而其詩文亦雄直可傳，皆得天地之中聲。

文正後，睢州詩家推蔣氏，庶常公《香泚詩鈔》二卷，清而腴，麗以則，功業雖未昭著於時，而述作恢張，要有不可磨滅者在。況乎其子若孫皆以翰林起家，位躋通顯，屢司鄉會試文柄，藝林以宗工目之。咸推美於庶常公之學與教，能衍其澤于奕禩而勿衰。後嗣有能為文正之學者，上追大復、子業不難矣。吾故曰：中州之詩，天地之中聲也，讀斯集者可以興矣。

馬秋藥曰：簡樸，不支蔓。

谷西阿詩集序

詩以工勝，亦以拙勝；以澤勝，亦以味勝。吾則有取于拙焉、味焉，非謂工與澤之不可為也。天地之大也，萬物之紛華靡麗也，而方寸之地，淡與泊相遭而已。任天而動，無所執焉，適然而成，成之者道也。矜心以往，有所迫焉，勉然相就，就之者事也。道愈變而愈通，事屢變而屢敝。詩之拙而味者，其有道之言乎？

西阿前輩官詞垣五年，乞假歸，讀書龍華山寺中。越十五年，再入翰林，擢黃門，左遷比部。構彩雲別墅于城之西南隅，頗得地偏心遠之趣。偶一握管濡墨，意思閑遠，不事刻削，神理淵永，非有道人而能如是乎？則其言之拙也宜，味也宜。昔坡公慕泉明詩，終身學之不能及，然後知詩之工與澤者，非其至者歟？

阮芸臺曰：以拙勝，以味勝，得詩中三昧，恐入漁洋口中，不能如此了了。

王子文秀才詩續集序

二十年前，子文訪余于淨業湖上，以詩為贄，乞余序。余以其人未習，而性情心術不相知也，未能著筆。敦索至再，因取文簡公論詩大旨勗勉而著于篇。二十年來，子文數抵京師，至則輒詣余所。握手不敘寒溫，郎朗誦別後得意詩，高下長短，與湖上水聲、林間黃葉聲相間。余傾耳聽，童子則掩口笑，子文不問也。夫子文以劉寄菴刺史為師，以王熙甫侍御為友，則其生平不誣，可以自信于心者，有由來矣。聞山川佳勝，雖道里遙遠，不謀裹糧，輒獨往，往必有合，曠達磊落若此者，凡幾人乎？余雖不能與子文晨夕過從，此唱彼和，知其下筆無塵俗氣，能決之于素昔者。今不遠千里，冒雨至京師，求余序其詩。余年衰多病，子文固老健勝前，而已六十外矣，白髮相對，歲月如流，舊約恐渝，泚筆序之。

阮芸臺曰：寫其詩之分量，與其人之性情，不差銖黍。筆重心長，一氣蕭灑，神來之作。

王簣山吾齋詩鈔序

余識山左詩人李少鶴最早，既而識劉松嵐，既而識王熙甫，既而識王子文。之數人者，或數日而一見，或數月而一見，或數年而一見。其遭逢會合不同，而以詩為性命，相砥礪，求合於道，固無不同也。四五年來，少鶴死，熙甫又死，松嵐遠宦，子文不能時時至京師。今乃得交簣山，豈非厚幸歟？

余性嗜友朋，嘗從事於文學侍從之役者久，遂嗜吟詠。聞佳山水，尤愛慕之，顧生平足跡未出里閈，所謂友朋吟詠山水者，託諸性情而已。山左故多詩人，簣山承其家學，浸涵寢饋于四始六義之旨趣，兩晉六朝三唐之境界，心能契之，口能言之，手能寫之。退直之暇，庭戶前廣植花、藥、梧、竹，斜廊曲檻，位致具有詩意，蕭然課子弟讀書。古之人孝悌力田，天趣多而物累鮮者，殆其匹也。吾尤愛其五言律詩，能于少鶴、松嵐、熙甫、子文之外，別出杼軸，而清微雄厚幽淡之致不減于諸君。蓋心之所從出，非襲取諸聲音笑貌矣。吾不得見少鶴諸君，得見篔山，不可以稍慰藉乎？篔山旦暮有四方之志，奇山異水供其鏤刻，集益富，詩益工。余將退老田園，把書過日，獨學無友，奈之何哉！序其詩，且自憾詩之不能精進如此，既以告松嵐，且諗子文。

秦小峴曰：論一人之詩，而及衆人；紀一時之事，而及他事。是謂筆外有筆。

竹屋詩鈔序

《秩干》之卒章曰：「無非無儀，維酒食是議。」似言婦人、女子之不必盡以詩見也。第《周南》首列《葛覃》、《卷耳》，篇中「黄鳥」、「灌木」、「金罍」、「兕觥」，瑣細鋪陳。説者謂《召南》之《采蘩》，亦猶《周南》之有《葛覃》也，《草蟲》亦猶《周南》之有《卷耳》也。然則婦人、女子之宜以詩教天下，殆古圣人所不廢乎。淑媛竹屋主人，誕生世胄，作配天潢，幼以文墨為嬉娱，長未廢業。寡居後，閉関課子，諸經雜史，時時及之。題松贈竹，縑素積多，心血所濡，不忍終棄。遂命子侄輩分日鈔存，不編年，不分体，適其所適而已。介其族人，問序于余。

余昔充《雅頌集》纂輯之役，如蔡夫人《蘊真軒詩鈔》、我母韓太淑人《帶緑草堂詩鈔》，格律渾成者蓋不數家。兹《竹屋詩鈔》思深旨遠，筆墨幽閒，翛然于塵壒外，出之于性情，守之以禮義。譬如空谷之蘭，自開自謝，感時之鳥，或泣或歌，行乎其所不得不行，止乎其所不得不止而已矣。境界實出於「蘊真軒」、「帶緑草堂」者。彼淺學後生，鰓鰓然辨工拙于字句間，淺之乎論竹屋詩矣。余序而傳之，蓋有不僅僅論其詩者在也。

秦小峴曰：淡遠，不著議論，愈覺言之有文，渲染水墨畫技倆。

胡君巢雲館詩稿序

余不識胡君，而識為胡君作詩序之左君。左君亟稱胡君不求人知，而又求人序其詩。何與？蓋不求人知者，君之立品；求人序其詩者，君之好學也。姚編修伯昂，左君之婿也，時時過余齋論詩。一日，持胡君《巢雲館稿》，乞余序，且述胡君致書，欲得余與遂寧張侍御言為快。侍御天才，余遠不逮。顧私心慶幸，當吾世，苟得好學如胡君數人，列坐一堂上，晨夕切劘，相與講求四始六義之旨趣，以期合古圣王以詩教教天下微意，播諸遠邇，蔚為風俗，豈不盛哉。

今左君老病，閑放翛然，自樂其天。姚子負天下重望，擅才藝，年力且富，方有志于學問，詩其一端耳。固陋如余者，猶日事諮訪，故胡君得于三千里外，朝問一緘，暮問一緘，商競病，辨律法，如護同堂晤對。姚子其為余致語胡君：空山岑寂，歌嘯倘徉，坐老梅花下，手掬寒泉，洗滌古時明月，得詩貯瓢中，暇輒甄綜郵寄長安故人如余及張侍御，倚聲唱和。姚子檢而錄之，勒為一編，他日必有舉皮陸故事相擬者。惟憾南北隔而出處不同耳，然固可相喻于詩之中矣。今而後，胡君其勿望人之知乎？

秦小峴曰：寬一步，正是緊一步。乃知工于為文者，全在題外運掉，題上盤旋，乃能監題之腦。

鶴徵録序

余五六歲時，先太淑人教識字，每舉古人鄉里、官爵、表字相問難。後漸知著述，遂喜筆及細瑣，所謂不賢者識其小者也。又屢司書局，河間紀文敏公，嘗以順治初年縉紳書付校閲，為之跋。南昌彭文勤公，嘗以明代貢舉考俾綜核，遂有所述。自制舉以來，凡科名掌故之書，雖殘紙慶緓，無甚関繫，余必收之。遺聞軼事，往往而在。

李子既方明經，秋錦徵君從孫也，承其家學，博雅好古，於百餘年來文獻，尤留心諮訪，乃有《鶴徵録》之刻。以余同嗜好，千里郵書乞序。竊念儀徵阮芸臺巡撫有《康熙己未詞科掌録》之輯，無錫秦小峴侍郎有《己未詞科録》之輯，詳備無遺，余皆校而序之。此編後出，簡核有體，要依竹垞鶴書手藁及家乘記載，綜括而成之者。旁搜遠引，稍遜於阮公、秦公，而言必有據，事必有徵，釐然井然，實與二書相發明。蓋阮書以淵博勝，秦書以辨晰勝，而此書以矜貴勝，皆足以敷陳朝廷之盛典矣。若杭大宗之詞科掌録，幾于自述其事，而世或憾漏略之未免焉。既方出其記誦緒餘，為增損而補輯之，不可與茲録並重也哉？

秦小峴曰：識小本領，吾輩所當共勗勉者。從容敘述，老重不佻，無意為文而文自至。

張鶴儕布衣詩序

詩之可學而致者，格也，律也；不可學而致者，才也。單縣張子敷，天畀以奇傑才，而又得一時之老師、宿儒口講手畫，歷有年所，而成其為張子之詩。張子生有異兆，七歲病篤，先人命為僧，習梵典，并試以他書，過目輒記憶不忘。秀水盛柚堂奇之，遂命從學焉。應京兆不利，絕意進取，布衣終其身。工書善畫，嗜飲，不喜治生，落拓貧且病，依其壻以卒。而子又夭亡，斯亦奇矣。夫張子少智慧而不及讀書。能讀書矣，而瀕于困阨。所謂智慧者澌沒殆盡，徒留其筆墨于山巔水湄，以發洩其慷慨激昂之奇氣於人所不及見、不及知之地，何其悲也！余識山左詩人甚夥，乃不識張子。張子沒已八年矣，而始見其詩。見其詩，如見張子乎？而張子由余序其詩，信可傳乎？嗚乎！亦豈余與張子所及料也哉。

秦小峴曰：長言永嘆，以蕭疏之筆，寫悲壯之音。白雲行空，春風煦物，有此夷猶澹宕。

楊琴山為吳子野畫昌溪村景詩序

昌溪村者，吳子野駕部舊居也，在歙邑迤南，得山水清趣。子野寓京師久，故鄉風景往往縈懷，畫師楊山人湛思為圖其八景。許孝廉會昌者，子野鄉人也，見之謂巖溪竹木，幽深曠邃，宛然若識其處。

一一題詩紀事。吳子更乞余詩。既應其請，復乞文。乃有感焉：萬物生天地間，焉往而非寄哉？畫，寄也；詩歌，亦寄也。吳子、許子、楊子，生江鄉而居京師，寄也；居京師而念江鄉，畫焉、詩歌焉，寄之寄也。余生長于京師，似非寄矣；而覩楊子之畫，忽焉興往；讀許子之詩，又忽焉情來，而又不能不有所托於百物、四時，安平泰樂，以長養其身，舒暢其心也，又豈非寄欤？老子曰：「吾不知其名，強為之名道也。」楊子不知昌溪，而圖昌溪，強名之曰《昌溪圖》，道乎？吾不知昌溪，而詩昌溪，強名之曰《昌溪詩》，亦無非道乎？

秦小峴曰：夭矯盤旋，純學莊、列。

是程堂詩集序

郭頻伽詩清雄，查梅史詩瑰麗。琴鄔年減於二君，所為詩則弗減，交二君稱莫逆也。嘉慶九年，二君自刻詩集，琴鄔牽率鏤板，既而悔之，然世所傳《是程堂詩集》四卷，洋洋灑灑，固已淩厲無前矣。六七年來，遨游金陵、淮揚，兩寓京師，與當世賢豪推襟送抱，酬和滋多。其間伏居里閈，讀書巖寺，蕭寥曠放，有遺世獨立之概，一切富貴寵利，若無足動其心者。乃過蜀岡誦參軍賦，過涼館觀海嶽書，過南埭讀荆公詩，有餘慕焉。方其水行山處，檥馬船車，襆被盧溝橋，大覺之杏花、淨業之荷花、退谷之櫻桃，時時繫念。若夫衣冠簪紱，伺候奔走，未嘗汲汲也。昔王輞川畫中有詩，後人稱為詩佛。琴鄔之畫与輞川孰勝？詩已寖寖入輞川堂室。由翰林改邑令，必有實政及民，宜不復措意為詩。顧裒其近詩八卷，疏淡閑適之作居多，乞余敘而請益焉。

噫嘻，余烏能益君哉？吾友吴玉松侍御，詩人也，見余《玉延秋館吟卷》，而曰：「卷多名作，惟屠君押韵確當，用事真切，無意求工，人皆弗及，斯為極詣。」陳稽亭虞部嘗曰：「客能詩余之心，客能畫余之心乎？有則吾將隱焉。」於是求畫師為《桂門圖》二三年，春明城殆遍。一日，得琴隖筆，曰：「斯可矣。」遂乞休，詰朝束裝，載圖如拱璧，出國門。蓋其詩与畫為世所傾倒愛慕如此。

吾不知輞川當日有人傾倒愛慕其詩畫能如是否？又不知琴隖之詩畫能令人傾倒愛慕、傳于天下後世如輞川否？又不知頻伽、伯撰見琴隖今日之詩畫，亦如吴侍御、陳虞部之傾倒愛慕、嘆為極詣、視如拱璧否？第琴隖年方壯盛，彈琴而治，上協時雍，於變之庥賡歌而颺拜焉。其事業當何如也，余豈敢僅以詩焉期許之也哉！

秦小峴曰：前路逸宕似永叔，入後排奡又似退之，正不能以唐宋人論其造詣。

胡上舍七十壽序

予官祭酒時，以文章与海内向學之士相切劘，稱其盛。丹陽郡尤多奇士，内行淳茂，不僅以華藻相詩耀。涇縣吴氏一門為極，而予之撰著，亦行于其鄉。後又有王氏、張氏，負笈遊於門，則皆涇之鄰邑太平人。王生文苑，甲子捷于鄉，張生應揚，戊辰捷于鄉，皆績學勵品、惇謹不苟且之士。

張生一日告予曰：「應揚不敏，年幼讀書無似，深賴舅氏胡同淳以養以成。竊念舅氏性好善，喜建先賢祠宇；輸金創書院，為諸生徒治膏火；惡蹊險道，刈之使平，繕之使整，行道之人感且泣焉。今年九月，七十誕辰，應揚受提拔尤篤，敢請先生言為獎勸，非獨應揚一人之私，且勉為吾邑倡行善也。」

吾未交於胡君，交張生如交胡君也。諺云：外甥似舅。此言當不予欺。予唯唐之劉太沖，宋之梅聖俞，博洽工詩，顔平原、歐陽永叔咸稱頌弗衰，後世播揚無異詞。今胡君為丹陽產，吾不知其于劉太沖、梅聖俞何如。而古山之旁，讓溪之下，有隱君子者出，徘徊磻石濬潭，林木蔭翳，与古梅花相掩映，人必疑為遊仙矣。則吾雖不敢与平原、永叔頡頏，而張生摳衣撰杖于其側，酌斝賡詩，去顔、歐揖讓之風不遠也，爰為之序。

秦小峴曰：意在沛公，卻全從張生著筆，又全不從張生設色，工于取勢，斯不為題所縛束。

跋

閲微草堂收藏諸老尺牘跋

余今年三四月閉戶養痾，曾裒輯三十年朋舊尺牘，薈鈔為書，而又擇其筆墨古雅、人往風微者數十牘，裝為卷，以供欣賞。香林郎中以閲微草堂收藏尺牘長卷見示，與余意同，且命之跋。嗚乎！是真能不忘其先人者矣。文達公讀萬卷書，歷官清要五十餘年，熟習朝家掌故，中外請益問字者，日凡有幾，計其往來箋素，蓋盈箱累篋矣。香林獨取此數公，又于數公獨取此三五簡，則其信之篤，嗜之專，而念切祖謀，愛親重親者，胥於是乎見焉。卷中文定、文正、文清、文勤、文端、瑤華、覃溪、耳山諸老，余皆藏其手墨，惟東原無之。然余初入永樂大典館為提調，曾共東原校書三閱月，論經說史。今觀其遺翰，猶想見其為人，實足与諸老並重也。

陳鍾溪曰：篇中以不忘其先人為主，立言有體，感舊懷人，低徊欲絕。

書

復汪均之書

均之公子仁兄足下。十年前僭題《誦先圖》冊，久知德門澤長，世多傑士。頃接手翰，高情雲誼，吐屬不凡。惟寵譽過當，僕不克當。尊著清遒迥上，非時流所能企及，唐之柳州，宋之半山，庶幾近之。由此而莊、韓、公、穀不難矣。

竊嘗思之，文之有理，猶人之有心也；文之有清奇濃淡，猶人之有耳目口鼻也。耳目口鼻有不同，心有不同乎？元明人不逮唐宋，漢魏人不逮周秦，風氣有升降，人心有升降乎？奇傑魁梧之士出，不為風氣轉移，持此心於上下古今之際，相維相繫，摧折磨涅而不改，而後幾于成。幾于成矣，又不敢自信，質諸詩書，辨諸朋友，或經數年而有進焉，或經數十年而有進焉，非此心為之，此理為之也耶？

足下樹軼群之材，抱用世之志，敢以區區文章為足下朂乎？而識見不可不真，趨向不可不正，富貴可也，貧賤可也，文章之極，則生人之立命焉。願足下詳察之。顧君詩筆雄逸高邁，有深造古人處，第恐非流俗人所易知，偕採十餘章並大作，俱錄入拙選，早晚謀付梓也。拙文素齋刻于揚州，拙詩芸臺刻于杭州，俱非弟意，板亦不求寄京。弟處僅見而無存者。或于南中覓之，愛我者當秘其醜焉，不敢與世人爭名也。諸希為道自重。

馬秋藥曰：妙論至文，入情入理。

與王柳村書

寄槎至，獲讀函札。正欲奉復，鴻起又奉書，并《羣雅集》來。選政精嚴，箋翰篤摯，信讀書人職業，且羡且愧。僕弇鄙衰病，以三十餘年未離几案，筆墨遂冗沓泛濫，非敢与古人爭長也。年來有刻拙文于揚州，拙詩于黄州者，僕方惴惴焉，阮中丞又為刻詩集于杭州，藏其書靈隱，是固可感。而足下又復選拙詩附諸名公後，不益增僕之愧赧乎？然已刻各書，俱止其以版送京，弗願廣布。其中果有可存，數百年後當有人知之。京中竟無副本。

又有《朋舊及見錄》六十四卷，纂于十五年以前，体例略仿《明詩綜》，秦小峴為作序，書至今年始成。而三十年朋舊贈答、題詠之作，别為《聲聞集》，倣冒巢民《同人集》例也，鈔為十二冊，尚未分卷。僕讀書記性最下，又有《備忘錄》一書，或抄自秘集，或聆諸師友，不加議論辨正，無事是非駁難，使閲者自別白之，亦藏拙省力之一法。無力梓行，字繁帙富，又艱于謄寫，無緣質大雅耳。《詩話》雖傳于南中，其寔尚未削藁，蒙諄索，遂轉託鮑鴻起孝廉手錄數十則求正。寄槎倉猝南歸，未能祖餞。子餘浪游東越，其詩畫當益進，頗念之，煩寄聲也。餘不盡。

馬秋藥曰：敘述明細，可備掌故。

復黃心盦書

心盦仁兄足下。三年未通音問，雲情高曠，山水空濛，無從致訊。均之公子寄到楚中尺素，殷拳雅注，念鄙人者可謂深且摯矣。《今詩所見集》可有全本否？必當從此畫斷，續有所獲，不妨二集、三集、四五集也。鄧孝威《詩觀》之例可循。

僕今年閉戶養痾兩月，偶閱二十年前手定《朋舊及見錄》，秦小峴曾為作序，久刻于小峴山人文集中者，重加校勘，益以後來所獲，繁雜者刪之，釐為六十四卷，應酬一首不留，倣朱氏《詩綜》、王氏《詩傳》，而略變其例。詩有萬首，擬刊板于旌德，已有成議矣。

至於題贈之作，三十年來合詩賦文詞，約有八十卷，竿牘佳妙者間收一二，如均之之寄書，斯可也；其中美醜不齊，鄙意但須潤色，不煩去取，存其筆墨，如觀其人。篇什太多，恐難于一時刊刻，俟諸異日，如均之其人，重理於數十年以後，亦何不可？

僕今年五十七歲，未敢言老，然衰病日劇，得均之輩數人支撐于天地間，不才藏拙牖下，大可娛樂。

閱均之詩文，當以國士目之。聚散何常，南北又何常也？顧劍峰、邵君遠皆奇才，觀其所交可知。為道傾慕，不一一致札。尊選《今詩所見集》，懇賜一全函，弟處皆零星不成部之散本。諸希鑒察。不宣。

馬秋藥曰：言必由中，義各有當。無理取鬧，壯夫不為。

答顧劍峰書

善白劍峰秀才足下。均之公子處寄來手教，殷殷懇懇數百言，何其忠且摯也。猥蒙以退之、子瞻相推，而以李翺、皇甫湜、張耒、秦觀自居，無乃期許過當，而望道若猶未見耶？今之公卿，昔之士也，士而未嘗見好于公卿，一旦公卿矣，安知士之為可好哉？即曰好之，必先知之也，必且樂之也。不知為士、不樂為士者比比矣，非好之難，固知之難，樂之難耳。士負瑰異之行，其氣象必不侔于眾，言論風采往往與流俗人相齟齬。世且疑其迂遠不近人情者殆此士也，士亦何辭。

足下久困于有司，而好歐陽詹、李觀、馮宿、張季友之文。世有昌黎，亦第與足下比肩、執手焉，安能出一頭地哉？況昌黎世又不數數觀乎。及玩大著中所恃乃其所亡，相似必至相亂，盡人聽天，弊絕害作，諸議能抉經之心矣；辨郅都之非酷，管仲之有識，諸論能闡史之奧矣。至於「與召大亂，寧寬小姦」二語，宰相之言，非膚學末儒、知一而不知二者所敢發者也。僕少年科第，老鮮見聞，北方學者，弇陋拘墟，浮名虛譽，無足憑據。方欲求一二實學如足下者，相與磨礲淬礪，庶幾稍有成就，千里神交，何幸如之。尊詩下筆不落窠臼，戞戞獨造，正如山谷之學少陵，取神合耳。已採入《及見錄》中。餘多不備，諸希鑒察。

陳鍾溪曰：確解高識，運筆正如屈鐵鏤永。

答汪均之書

善白均之仁兄足下。疊示教言，深情快論，足以增小儒之知，豁塵士之胸。足下以道自任如是，文教之興也有日矣。弟且服其有勇、有識，遑復他議。夫莊騷以前無莊騷，班馬以前無班馬，韓蘇以前無韓蘇，士貴自立耳，何必與古為徒哉。但須腳踏實地，不厭不倦，弗求異于人，而人自不能同之。

來書所云文貴有真氣及為文之本二語，極文章之能事，搽此術以往，思過半矣。單秀才久知其名，著作未見，足下所識，當不誣也。心盦選詩，勸其鑒別不可太濫，太濫不惟不能成名，且足敗名，「嚴慎」二字，選家要訣。劍峰學力臻第一流，不在茗文、西溟以下，詩文奇氣貫注，頗具武進黃夏重風骨。夏重名瑚，為吳梅村代筆，梅村嘆弗及者。文稿常州人有之，惜無刻本，足下見之否？方今有力者當為校刊之，可以敵冰叔、躬菴不難。弟老病侵尋，冬寒愈劇，日臥牀榻，猶幸未遂遠筆墨。諸希為道自重，餘多不宣。

陳鍾溪曰：愛才好古，一往情深，詡之即以勉之，身分自見。

行狀

洪稚存先生行狀

君姓洪氏，初名蓮，改名禮吉，後又改名亮吉，字君直，一字稚存，號北江，晚自伊江歸，乃號更生，然人皆稱為稚存。先生云先世居歙，祖娶於常州，乃居常為陽湖人。君生四歲，伯姊教識字。五歲能背誦《大學》、《中庸》。六歲而孤，母蔣太宜人攜居外家，自課，君所以繪《機聲燈影圖》也。太宜人嘗舉「宜其室家」命之屬對，君遂對云：「飽乎仁義。」太宜人頗奇之。十三學作詩，詩以排奡勝，蓋少年時即能為盤空硬語焉。二十四補博士弟子員，與同邑趙懷玉、黃景仁為友。至江寧，袁大令枚以為逸才。朱竹君筠督安徽學，賞其文似漢魏，與黃景仁俱延入幕中，嘗稱二子才，致書京朝官，謂如龍泉太阿，皆萬人敵。君既居學幕，交江都汪中、餘姚邵晉涵、武康高文照、高郵王念孫、會稽章學誠、興化顧九苞、歸安吳蘭庭，學日進。會朝廷開四庫館，命浙江搜采遺書，而安徽省設局，則先生總其事，錢侍郎維城、彭學使元瑞、蔣編修士銓爭稱之。乾隆甲午科，中江南副榜第一，里人以君與孫星衍、黃景仁、趙懷玉、楊倫、呂星垣、徐書受為七子。四十一年，佐浙江學幕。聞蔣太宜人病，馳歸。距常州三十里，徒步入城。途遇僕以太宜人卒告，君方渡橋，遂墮水，隨流下數里，人救之出，久乃蘇。歸家，水漿不入口者五日，終喪不肉食，不入內寢。自以未及親含斂哀戚終身，遇諱日輒減食，雖客中途次不變。中式四十五年順天鄉試，會試報罷，與孫君星衍游秦中，居畢制府幕，為校刻諸古書，而日遊秦中名勝，詩文益富。

庚戌科成進士，廷試一甲第二名，入翰林為編修。壬子充順天鄉試同考官，闈中奉命視學貴州。翰林未散館而為學使者，前韓城王文端，近則吳縣石殿撰韞玉及君三人而已。秩滿還朝，入直尚書房。嘉慶三年，翰詹廷試，欽命題有征邪教疏，君下筆數千言，觀者皆動色。旋以弟喪歸里。君於兄弟朋友之喪，皆力行古道。當黃君景仁客死秦中，君實經紀之，徒步送至家云。今上親政，朱文正屢言其才，既入京，自以翰林無言事責，乃以己意論時事，上王大臣乞轉奏。天子鑒其愚戇，僅謫戍伊犁，不一年赦歸。而所上王大臣書，天子特置之座側而嘉許焉。君感激聖恩，既返里閈，杜門著書。以嘉慶十四年五月十二日卒于家，得年六十有四。

娶蔣氏，先卒。子四：長飴孫，戊午舉人，次符孫、胙孫、齮孫。女二。孫凱曾、序曾。孫女一。

君生平著述極富，其刊行者《卷施閣詩文集》若干卷，《附鮚軒詩文》若干卷，《更生齋詩文》若干卷，《三國畺域志》二卷，《十六國畺域志》若干卷，《乾隆府廳州縣志》五十卷。

當君臚唱日，余方侍班，一見即與訂交。君子飴孫居喪次不能為文，以余久故知君深，乃寓君年譜丐為行狀，以待他日求當世能文有道之士為銘幽者之采擇。僅狀。

阮芸臺曰：「不朽之人得不朽之文以傳之，愈樸質愈精采也。」

墓表

贈武功將軍雲南通判岸亭陳公墓表

吾二十年前於翁覃溪先生所，知陳君廣寧能考辨金石文字；後于儀徵阮侍郎所，知陳君工詩。又逾十年，陳君來京師視余，借何氏園觴余，十日，乃閩行。蓋陳君以嗣父難，蔭襲官，而擢副將時也。又逾年，陳君擢揔兵，來京師，以本生父贈武功將軍表墓文為請。今年八月，郵銘、傳、行狀至，且徵前諾，余何敢辭。

公姓陳，諱聖修，字念祖，自號岸亭，籍浙江之山陰，以曾祖理官廣西，遂移籍為平樂人。祖廷綸，康熙庚辰科進士，官至廬州府知府；父齊襄，舉賢良方正，官至廣饒九南道。皆能以讀書飾吏治。公兄弟九人，公行三。少質性過人，既長通經史，舉乾隆二十五年本省鄉試，明年上春官不第，遂援豫工例為縣令官。

蓋公以沉博之姿，浸涵于載籍者深，承其先世，代有名賢樹蹟于東南。公得有所則效，歷數郡邑，經畫數十大事，民心靡不感動。其宰桂陽也，定分撥口糧之例，桂陽人至今德之。其調益陽也，倡捐廉建城之議，益陽人至今德之。令太和，雪楊氏婦之冤。署阜陽，調蕪湖，減獄囚之死，又能振荒修閘，禱雨平難，太和、阜陽、蕪湖人至今德之。而治祁門蛟患一事，最為大吏所重，顧竟以此得勞疾。公生平不狥利，不避害，不薄以待人，不厚以待己。其辨賍據不實之不可定為盜，辨鬥死者之不可定為拒捕，時人或疑之，久乃見信。擢雲南通判，未抵任卒。時乾隆五十八年九月也，年六十有一。以子廣寧貴，貤贈武功將軍。

配凌安人，貤封夫人。子二，長廣福，例授州同知，次即廣寧。公仲兄聖傳，官臺灣縣丞，死林爽文之難，應得蔭，無嗣，以廣寧為之子，襲雲騎尉，洊升福建副將，擢揔兵。公少以文字見知于桂林陳文恭公、新建裘文達公、武進錢文敏公，能詩善書，著《益善堂詩文集》八卷，《審駁成案》二十四卷，《歷朝詩選》三十卷，廣寧將次第開雕，以顯公之志。先大夫與公乾隆庚辰科同舉，廣寧是以以文屬余。余於公為年家子，而念公之治績卓卓可述，又知廣寧于卅年之前，故不辭而為文其隧上之碑。其家世子姓之詳，見《墓誌》，茲不具。

阮芸臺曰：語簡而意長，淵然之光，蒼然之色，不可迫視。

誥授朝議大夫禮部員外郎前翰林院編修江南道監察御史謝君墓表

余與長沙謝君同於乾隆四十五年成進士，入翰林，年齒相若，性情契合，出入與偕，游讌必共。歲月遷易，升沉榮瘁，遂有不能同者，而其用心之所在，未嘗不同也。君既棄世，余猶奄息人間，安得無言？

君氏謝，名振定，字一齋，號薌泉，湖南湘鄉人。系出會稽，徙長安。遠祖諱惟興者，始遷楚，後乃定居臺潭。祖如渾，貢生；父再詔，乾隆壬午科舉人。君兄弟五人，君其季也。十歲能屬文，弱冠應試，褚筠心學士拔為弟子員第一。自是君兄弟五人皆在學。丁酉科，君與仲兄振佇同舉于鄉。庚子，君成進士，選庶常。君父在家病卒，君奔喪歸。丁未，散館授編修。戊申，副胡文恪公為江南考官，得士稱盛。

當褚學士為湖南學使時，吳御史雲以諸生佐其幕，激賞君文。定為弟子員第一者，吳御史也。及戊申，君主江南試，而御史乃出君門，士林稱文章之契合不誣。甲寅五月，改監察御史，九月，巡視江南漕務，多善政，丁民稱便。請建風神廟于江干，君渡輒得順風，京口人至今有謝公風之稱。旋朝，巡視東城，大學士和珅妾弟與其家人橫于市，懲之，焚其車。越二日，有劾其縱放不合者，乃罷御史職。君固喜讀書，至是益肆力於古文，間以詩酒自娛樂，署所居門額曰「心太平書室」以見志。
今皇帝臨御，知君名，以主事用，簽分禮部。甲子科典試陝西，一如試江南時，陞本部員外郎。簡授戶部，坐粮廳，刷洗積弊殆尽，凡事不藉手胥吏。監收天津北倉，漕船火，徒步往救。其修康家溝壩、張灣故道，開果渠、溫榆河，为文以祭，自比昌黎故事，而工悉治。遽以积劳致殞，以嘉慶十四年五月某日卒，年五十七。

君工古文，喜吟詩，性嗜山水，不畏险阻，至必穷其勝。在都游必與余偕，踰時必有詩文以紀。登泰山、華山，造其巔，記文皆傳于世。明大學士李東陽，君鄉人也。余訪得其墓，君慨然募而修之，病中猶捐貲鑿井灌林木，土人呼為薌泉。君古文在歐陽詹、獨孤及之間。約余仿黃梨洲選《明文海》例，輯
國朝文為一编，曰《今文淳》，上繼姚鉉《唐文粹》、呂祖謙《宋文鑒》、蘇天爵《元文類》。自江南載十數

書簏而歸，執余手相諉托，以其事為不可不慎。然終未能助君卒業，是余生平之一憾也，悲夫！元配氏周，封恭人。二子：長興嶢，嘉慶戊辰舉人；次興垣，監生。皆周恭人出。女一，適李宗茂。孫邦鈞，垣出。孫女二，嶢出。君病劇，以自著《知恥堂詩文》若干卷，付吳御史雲校定云。

秦小峴曰：二君交情道誼，具見于尺幅。《毘陵集》中上乘文字。

朝議大夫寧夏府知府何君墓表

余交何太守二十年矣，太守少余十三歲，而精力血氣勝余不啻倍蓰。官甘肅，不知其病忽傳其病且死，而兇問至矣。嗚乎傷哉！天不可信矣。君豈可死之人哉？而君竟死哉！君之子乞余表墓，經年而不能為，茲乃忍慟書之。

君諱道生，字立之，號蘭士，先代由中州遷靈石。曾祖諱溥，貢生，州同，妣陳。祖諱世基，附貢生，州同知，妣鄭、郝。父諱思鈞，乾隆乙未科進士，翰林院檢討，妣王、梁、張。三代皆以君貴，贈封朝議大夫，妣皆贈封恭人。君昆季六人，君其仲也。七歲，梁太恭人歿，哀毀如成人。入塾，為耆宿所器。隨檢討公居京師，檢討公督課嚴，江南名士入京求為弟子師者，莫不知有「何氏書塾」。君年十五，下筆為文已自不凡，王蘭泉、程魚門、張瘦銅，君父執也，折輩行交。年二十一歲，舉于鄉。明年丁未，偕其兄道沖今改名元烺者，同登進士，一時傳為科名盛事。

君以詩負重名，既改工部主事，習勾股精算法，日日入署與一二老成僚友講求切實之學。上官胥賢之。君散衙仍鍵户讀書，遵檢討公教也。君四充順天鄉試同考官，壬子、甲寅、乙卯、戊午四科也，得士如王紹蘭、丁履泰、梁承福、王鼎文、鄒植行、鄭錫琪、趙秉淳、張樹穀、朱彬、彭藴輝、張師泌、劉燻、楊景仁，皆一時之選。余官祭酒，錄科列前茅者，蓋十居八九云。嘉慶元年，擢本部員外郎，升郎中、御史。四年冬，以大臣密保召見，命巡視濟寧漕務。五年，授九江府知府。六年，丁父憂。十年，服闋，授寧夏府知府。召見，君奏宿病未瘳，願就京職。奉温諭：「以汝之為人，朕所素知。寧夏要缺，汝好為之。如果不勝，再請不遲。」君遵諭往。

君生平勤慎廉潔，官部曹，簿書、錢穀叢脞紛沓，親為籌畫。及巡漕，供帳饋貽，裁汰殆盡。山東巡撫惠公語人曰：「何御史少年風骨，峻拔如此，且學問人品，皆不可及，方今第一流人也。」聞者韙之。九江凋弊，素稱難治，值湖湘亂民滋擾，毗連九江，兵差絡繹。不辭勞苦，而心力固已大瘁焉。其涖寧夏，一如九江時，乃旬日假銀案發。故事，滿城兵餉由府庫支領，府庫又由藩庫支領。君未任事，有急需賞卹者，前太守取兵餉墊之。君既任事，餉不敷，以廉俸委縣令於錢店兑往，内微雜以鉛，將軍遂入奏，奉旨解任，聽候查辦。事白，復任。又以劉公大懿升臬司，姻親例迴避，去任，而疾篤矣。

君工詩善畫，豪于酒，又好隱憂。數年以來，時住京師，就余所見，無日不畫，無日不詩，更無時不酒，無事不憂也。乃以嘉慶十一年七月十八日以病驟亡于寧夏，時四十有一耳，可傷也。已誥封朝議大夫。配陳，封恭人。子二，長熙績，次耿繩，俱讀書克家。女五，長適陳映輝，次字楊賓元，餘幼。孫男四，福星、福寧熙績出，福雲、福安耿繩出。余與君及吳穀人、王惕甫、張船山，詩會最久。君死，余為訂其《方雪齋詩集》焉。

陳鍾溪曰：考亭為屏山表墓，如此明細悱惻。

墓誌銘

誥封中憲大夫浙江分巡溫處兵備道例晉通議大夫雲南提刑按察司按察使李公墓誌銘

公李氏，諱學夫，字青上。明初自鳳陽遷山西之靜樂，遂世為靜樂人。祖之檀，官高郵州知州。父暲，官淮南儀所監掣同知，生三子，公其季也。性溫厚，生平無急言遽色。父沒時，食指繁，弗獲已，與兄析居。公生長江南，不諳西北風土習俗，無術治家，家益落。嘗援例為部寺司務，居京師久之不得官，歸而鬻其產，皆盡。又兩喪其配。死喪之戚，貧窶之況，人有難堪者，而公恬然也。公事母沈太恭人孝，沈太恭人愛長孫鑾宣，曰：「汝種德，當在孺子。」太恭人沒，公哀毀不欲自生。及鑾宣成進士，官刑曹，公所以誨之者如其為諸生時。鑾宣為監司，誡之曰：「無察察之政者，有醇醇之德；無赫赫之名者，有冥冥之功。吾愿汝為外吏如為內官時。」既官臬司，則又誡之曰：「雉不隱其文，故罹於羅；豹不藏其班，故陷於穽。汝疏中而卞急不能忍，吾且恐汝罹焉而陷焉矣。」公之教子如是，人以為善承沈太恭人之意，可謂以慈成其孝也。

靜樂賦重，當公鬻田時，黠者取其田而遺其賦，餘田多沒于水，歲入不足充正供，而公之入賦如故。

至稱貸于人以應之，人是以稱公爲長者。鑾宣嘗疏公行事示余云：「人負己債，置弗問，己負人則罄所有與之。質庫帖積如束筍，弗計也。」公以鑾宣貴，累封中憲大夫、浙江分巡溫處兵備道。嘉慶十二年六月十一日卒，時鑾宣方戍伊犁。及蒙恩賜歸，十四年秋，擇吉葬于邑東凌華岡之東阡。鑾宣與余交三十年，在京師時，無三五日不過從。及既官于外，每作書問，必述公意訊余。今以銘幽之文爲請，余安敢辭。公配孫淑人，繼配喬淑人，先公卒。子二：長鑾宣，乾隆庚戌進士，歷官雲南按察使；次綸宣，監生。孫一，復觀。

銘曰：樸木無華，其理必堅。磯石不文，其真必全。高山蘊靈，必濬於泉。巖雲葆光，必著于天。哲人之後，必有名賢。

秦小峴曰：簡古、矜重，枝辭蔓語，芟刈殆盡。銘幽之文，固宜如是。

吳蘭雪曰：父亦具孤潔、廉悍之致。

記

校永樂大典記

明永樂元年九月，詔學士解縉以韻字類聚經、史、子、集、天文、地志、陰陽、醫卜、僧道、技藝之言爲一書。越年，奏進，賜名《文獻大成》。上覽書，嫌未備，更命姚廣孝、劉季篪及縉監之，簡翰林學士王景以下二十五人為正副揔裁，中外宿師老儒充纂修，國學縣學能書生員繕寫，開館于文淵閣光祿寺，給朝暮饍，司事凡二千餘人，累十年而就，是為《永樂大典》。凡二萬二千餘卷，一萬一千九十餘冊，貯之文樓。

嘉靖三十六年，三殿災，書以救護免。敕閣臣徐階摹鈔副本一部，書手一百八名，每人日三葉。起嘉靖四十一年，訖隆慶元年，凡六載竣事。

萬曆二十二年，南京祭酒陸可教請分頒巡方御史校刊，議允未行。其説散見於張元忭之《館閣漫錄》、郎瑛之《七修類藁》、朱國楨之《湧幢小品》、姜紹書之《韻石齋筆談》、阮葵生之《茶餘客話》。惟諸書皆載目錄六十卷，而朱書稱九十本，殆有誤歟？

今翰林院所貯，僅一萬冊，相傳為李自成所摧殘。檢每冊後署銜，則曰：重錄揔校官侍郎高拱、學士某，分校編修某，書寫儒士某。其為嘉靖本無疑。不知原書今歸何所，竟無人知之，是可怪也。此書發凡起例，寔未美善。而宋、元以後書，固已搜羅大備，世間未見之鴻文秘笈，賴此而存。惜唐、隋以前書，仍寥寥耳。

然余披檢唐人之文，如張燕公、陳子昂、陸宣公、顏魯公、權載之、獨孤至之、韓昌黎、柳柳州、白樂天、歐陽行周、劉賓客、李義山、杜牧之、羅昭諫，行世本外，各有增益者數十，少者亦五六。其不習見於世之人，蓋往往而有也。當此之時，苟欲考宋、元兩朝制度、文章，蓋有取之不盡、用之不竭者焉。若徒便其按韻索覽，是固當時編輯一隅之見也。

阮芸臺曰：詳備可當一代藝文志，《千頃堂書目》不能如是簡核。辨晰文獻興替，此殊有證據。

借綠山房畫集記

臨川李郎中薌甫、芸甫昆季，奉職居京師。居與長椿寺僧寮相向，寺門外疏槐高榆，掩映衢巷，乃以「借綠」名軒。余時時詣其所，說詩弗倦。今年暑雨稍踰兩三月，未及登堂慰契闊，休沐之暇，風日嘉淑，折柬招余，並約同人工繪事者，各出其能，以為娛樂，促余為記。

余有慨焉。夫京師五方雜處，公卿大夫既各守其官，奮志於功名。橫經之士、掭技藝之流，亦必有所趨向，以自專其業，欲求一日之暇，有不可得者矣。然吾聞諸荀卿云：「其為人而多暇日，其出人不遠。」淮南又謂：「學不暇者，雖暇亦不能學矣。」由是言之，不暇者人事之恒，暇者人心之定耳。是日也，庭除洒掃，肴核修潔，賓客歡洽，飲酒賦詩，相期敦古人誠敬之誼，以快足於心，而復托諸絹素，貞之文章。二李君愷切悱惻之意，豈有涯涘乎？時無錫秦侍郎酒微酣，大聲歌《唐風》，曰：「今我不樂，日月其除；無已太康，職思其居。」諸客肅然起聽，余進而言曰：「良士休休，不皆從瞿瞿、蹶蹶來乎？願諸君子休休於暫時，將以瞿瞿、蹶蹶者行之終身哉。」侍郎曰：「善。」余遂書以為記。會者若干人，某某。期而未至者若干人，某某。作記者，法式善也。嘉慶十四年八月初二日。

馬秋藥曰：幽懷逸趣，古義今情，無關繫處說出有關繫來，文之制勝以此。

陳石士編修藏尺牘卷子記

余與姬傳先生未識面，而得其報書二通，凡五紙，藏諸篋笥。若王惕甫交最久，寄言報書不下百通，且文繁紙長，一時未克裝軸，擇其精者繕為書冊。淵如亦三四十牘，附錄帙中，手墨則仍秘之。

今睹石士編修《朋舊尺牘》第六卷，姬傳先生已得二十餘通，而以惕甫、淵如各一通附後。余所未見五卷中，知姬傳手蹟蓋不少也。姬傳生遵巖、熙甫後，作為文章，得與叔子、鈍翁、西溟、望溪氣脈相通貫，並世中應推此老為巨擘矣。編修受業先生之門，獨傳其秘，而墨蹟重為什襲，又復摩挲體驗，日久不渝，宜其文筆横掃一軍也。余二十年前曾裝《朋舊尺牘》兩巨軸，近乃因循莫繼，自恨學荒才退，讀書無術，而知交寥落，散在四方，將仿石士之例，陸續為之，或亦好學博文之一助耳。

秦小峴曰：淡處着墨，遠處傳神。

又新堂記

朱子曰：「新者，革其舊之謂也。」其義特詳於《大畜》、《胤征》、《豳風》、《月令》諸經。然吾見夫世之釋新者，或以雲，或以花。今日之雲與昨日之雲不同，今年之花與昨年之花不同，而雲之行，花之放，永永無窮期，「又」之謂也。山左王生，誠慤敬信，尚意氣，重然諾。老屋三楹，葺而新之，曰：「吾新厥業，敢弗新厥德乎？」顔其堂曰「又新」，乞余為記。既嘉其有合古聖賢立身、立家之道，推之劉勰之所謂「趣新」，陶潛之所謂「服新」，皆此意也。若夫王符「背故向新」之論，則不可同年語矣。王生勉乎哉。

陳鍾溪曰：節促，韻長，似訓詁，又似銘贊。半山之峭勁，子固之質直，殆兼之矣。

校全唐文記

内府《全唐文》抄本十六函，每函十冊，約計其篇，蓋萬又幾千焉。前無序例，亦無編纂姓氏。首葉鈐「梅谷」二字私印，相傳海寧陳氏遺書，或云「玲瓏山館」所藏，或云「傳是樓」中物。大約抄非一手，藏非一家，輯而未成，僅就人所習見常行採綴為卷。唐人各集亦皆録從近代坊本。蘇尚書官兩淮鹽政時，購於揚州，而上貢秘殿。

嘉慶十三年十月，奉詔補輯纂校，善獲奔走，爰從諸君子後，閱《四庫全書》若干部、天下府廳州縣志書若干部、金石碑版文字若干紙，而又閱《永樂大典》二萬卷、《釋藏》八千二百卷、《道藏》四千六百卷，然後補入若干。

嗚乎盛矣！夫唐人之文，不能昭著于有唐之時，摧殘澌滅，越千年而後顯焉。唐文與唐詩並重，而不能昭著于刻唐詩成之時，輾轉流傳，越百年而後興焉。夫此千年、百年者，亦豈人之所能為也哉？

老子云：「復眾人之所過，以輔萬物之自然而不敢為。」又云：「執古之道，以御今之有。能知古始，是謂道紀。」斯役也，吾蓋三復斯言云。

陳碩士曰：妙遠在筆墨之外。

存素堂文續集卷三（缺）

存素堂文續集卷四　庚午辛未兩年

序

武虛谷同年詩集序

吾友虛谷，詩以外無弗能者。斯語也，虛谷信之，天下人皆知之，何藉余言哉。雖然，虛谷之絀于詩也，非虛谷絀以詩，詩以虛谷絀耳。虛谷讀書，務為根柢有用之學，浮華聲譽，屏除殆盡。交遊倚重，絕去時習，獨往來于寬閑、寂寞之鄉，以自矜其志向。出而作吏，不肯稍自貶損，視人之喜怒為喜怒，視人之愛憎為愛憎，以厚誣乎生平。則其于詩，又安能隨波逐流，委阿取容，詭合俗尚哉？又安能託體漢、魏、六朝、三唐、兩宋，剽竊字句，摹擬聲調，如土木之偶、麒麟之楦，為有識者所誚厲哉？今虛谷亡已久，中外皆稱為端人正士，生平著述，漸次刊刻傳布。其子孝廉小谷，以余與君文字相知，求訂其遺詩。余惟君之詩，清剛峭拔，自有成其為君之詩者，不可芟汰，尤不可潤色失其真。君之傳，固不在說詩，況其詩必傳乎。吾將以告天下人之不知虛谷詩者。

言皋雲曰：真實樸至，不稍逾其分量，文章恰到好處。

清娛閣詩集序

余與論山郎中交三十年，而論山詩凡數變。余嘗語論山曰：「君之詩，以未第前作為佳，茲不及也。」論山駭然曰：「君言何與吾妹茝香言脗合？」因得聞茝香夫人說詩之旨。論山歿後，始與舸山先生通尺素。令嗣澂，試京兆，往來既洽；令姪深，庚午科發解江南，與兒子桂馨又得稱同年。于是盡讀《清娛閣吟藁》。憶前明孫文恪陞繼配楊夫人詩稿，附文恪集行世，楊修撰用修室黃安人長句小詞，藝林稱頌。王元美云：「用修有詩答婦，又別和三詞，皆不及也。」楊、黃兩媛，雖為世稱，而篇什寥寂，長篇鉅製不聞。

茲《清娛閣》，各體俱臻醇粹，七古尤合唐音，當與《織雲樓》媲美，餘家多難抗手。獨念論山沒已久，詩文皆未刻行。其子遵，十六七年前錄科成均，文筆已自超卓拔俗，聞近日貧且病，思之可傷。念論山與余，乘騎尋翠微、平坡諸勝，馬上誦茝香詩，不下數十聯。嘗書其詩後曰：「老兄欲退避三舍。」故王夢樓嘗稱茝香詩律工細，過于其兄。今舸齋工詩好游，家有賢子弟，兼能慎于決擇。斯集之成，余固先睹為快，且以慰其兄論山于地下云。

陳石士曰：論述得體，徵引甚合。

自怡軒詩集序

陶怡雲員外自其少時，承袁簡齋先生指授，名噪白下。後以王葑亭時時寄所作於京師，就余商榷，其詩一變。既而來京師，余時與穀人、葑亭、瘦銅、蘭士作詩於城南，員外往往掭筆墨從事，其詩又一變。其後，余官祭酒，凡試期，員外必先眾人至，坐古栢下，或巡行叢碑側，前人舊事，有所感觸，形諸歌詠。越日，必乞余評泊，其詩又一變。嗣登賢書，官農曹，數往來於南北。十數年來，余以多病，遂不克多見其詩。今年，員外以疾卒於官，其子定求、定中，奉柩南歸，綜員外遺詩，乞為序。匆匆不暇去取，爰為述其旨焉。簡齋生時，東南之士日趨流派，員外髫齡出其門。簡齋嘗選刻少作，員外久漸悔之，而弗用其說。及簡齋沒，袁氏弟子多背師而醜詆之，員外則曰：「吾幼所授於吾師者如此，安敢忘？」余憶許秋巖漕帥之言曰：「倉山老，不可無一，不可有二。」此至論也。員外誠可以師倉山矣。願二公子選其精者而刻之，勿以多為也。前國子監祭酒法式善。

秦小峴曰：尊簡齋，抑簡齋，皆不失分刌，和平正當之言。

白鶴山房詩集序

編修葉仁甫先生督閩學歸，以閩人所刻《唐冶南五先生遺集》相贈。五先生者，歐陽詹、徐寅、王棨、黄滔、韓渥也。仁甫先生五經教士，閑暇復課以聲韻，又念詩莫盛于唐建中、貞元，文詞崛興。常衮為福觀察，誘進後生，推拔寒素，歐陽詹名譽頓起。今先生得士之衆且美，亦豈在衮下哉？所著《白鶴山房詩集》四卷，丁未至庚申時作，梓而行之，殆欲樹之鵠與？披覽一過，清氣往來，深心融結，實近今作手，于五家中得歐陽之深秀、徐之明麗、王之工整、黄之清淳、韓之豐郁。譬五聲焉，五色焉，五味焉，多所加弗可也，少所損亦弗可也。或曰：「先生入翰林後，賦與詩典重高華，不減王水部《麟角集》，宜單行之。」余曰：「歐陽四門、黄御史未得志，所作諸篇，與《麟角集》應試之作，其高下必有能辨之者。」客意釋然，遂即以為先生初集序。續集，余當別有著論。同館世愚姪法式善。

葉琴柯曰：簡勁，亦復峭厲。

澹春堂詩集序

二十年前識東鄉吳蘭雪于京師，說詩談藝無間。禮闈報罷，襆被詩龕數月。積水潭、淨業湖荷花盛開，一夕月上，蘭雪獨往游，大雨驟至，衣衫沾濕，科頭跣足而歸，臥余齋古樹根，吟聲不輟。家人狂之，於是知其好游。凡有游，詩必工，因告余曰：「吾友徐次山，詩且工，尤好游。」

翌日，偕次山至，詩工不減蘭雪，游興尤劇。偶出其師鍾明經詩集，乞論定之。余曰：「此不可以概言也，夫山谷之詩，不可以比柴桑；道園之詩，不可以比山谷。子必欲強明經之詩為道園乎，為山谷乎，為柴桑乎，明經必不居。然柴桑、山谷、道園之詩，又未必盡出明經心力之外。」明經，學者也，其必於上下數千年貞淫、正變之間，慎思明辨，不惑於歧途，不誘於僻說，成就一家之言，宗柴桑可也，宗山谷可也，宗道園可也。吾雖不獲與明經游，交次山如交明經矣。惜蘭雪歸，不得以此語證之。

言皋雲曰：秋山澹遠，白雲掩映，文家烘托之法如是。

翠微山房文集序

吾友給諫曹定軒前輩，忠篤至誠人也。生平奉先宗丞公遺教，持家勤敬，居官謹慎，交友信篤，而讀書尤以黜華崇實為職志。雖恪守昌黎、東坡為宗尚，而下筆弗規規襲其貌，平正說理，自有真氣往來其間。吾嘗從給諫游上房、天壽、湯山諸勝。其游上房也，過盧溝，雨初霽，路泥濘，夜半同人迷失散逸，君坐途次堅俟之，大聲疾呼，終會合而後往，困頓無少怨懟。其游天壽、湯山也，屆期諸君皆以小事弗往，君獨早至。

戒臺山之西南隅，祀宗丞公木主。春秋佳日，必率子孫往祭，禮秩然。間約余同至，觀其孝慤，不異庭闈問視，年七十外，未減孩提也。登眺之餘，作為詩文酬唱，每附刻于《紫雲山房集》後，刻刻不忘其親有如斯乎。所作疏記，能持大體。老年喜熟讀《大易》、《毛詩》、《尚書》，反復玩究，苟有心得，必著于篇。人始詫為創解者，久且奉為定論。近日，君告余曰：「吾先人藏書汗牛充棟，奇文奧句纍纍然，捴不若孔氏書近道。」晚年故有《集粹》諸編。蓋君之文，以己之性情通乎人之性情而已，外此非所知也。余故曰宗韓蘇而不襲其貌者也。是為序。嘉慶十七年歲次壬申五月同館侍生法式善拜撰。

朱滄湄曰：拙而茂，簡而文。

朱閑泉詩集序

余二十前提調史院，纂進官書，時時詣內閣，與揔裁籌商體例。一日清晨，揔裁未至，憇椿陰下乘涼，先是馬秋藥挾書一帙繙閱，見余色喜曰：「適鄉人寄詩至，求先生鑒正。」蓋其外父朱青湖老人詩集也。攜歸讀且再，與秋藥體格稍異，而其情思意度，有出乎張文昌、劉隨州上者。秋藥促余序之，而未及也。既而陳雲伯自杭州為余畫《詩龕圖》，且言詩人朱閑泉遊戲筆，余時不知閑泉為青湖子。屠琴塢抵京師，艷稱查伯揆詩，亟索之，琴塢曰：「亡矣，聞朱閑泉手其集奉先生，尚未來耶？」余于是乃知閑泉，乃望閑泉。

越數月，閑泉紆道游太行，始至，叩余門，挈其郡人詩數種相餉遺。把臂言笑，若平生歡。由此或數日而一見，或數十日而一見，或一年而一見，大抵在古寺茂林中者居多，見輒賦詩作畫，一切塵俗事翛然若忘。君心口如一，有所欝積于中，不能含蓄，發洩盡致，莫辨人之受與不受，傾肝膽為計畫百端，吻乾唇燥弗顧，人多笑其迂。君以為如是待朋友，朋友必無有負之者。余甚服其真摯，而孰知天下事有大不然者哉？陷于罪，罪且未測。查梅史三日廢飲食，大雨中驅薄笨車，遍告京師士大夫，遂無不知其冤者，事乃白。嗚乎！梅史詎僅以詩知君者哉？梅史詩雄偉，君詩恢奇，皆一代作手。君既飄泊，梅史復流落江湖，久絕音耗。君得蕉園為棲託，且得傳君詩。吾與蕉園四十年交好，知之甚深，傷君又羡君也。

秦小峴曰：看似零星瑣屑，實係一線穿成，結處尤有遠致。

清秘續聞序

典試、學使、同考諸掌故，既編為《清秘述聞》十六卷，大興朱文正公序而行之矣。史局纂校之暇，復匯近科諸姓名，仍前著錄名曰《清秘續聞》，釐為三卷。仰見聖天子命題之正大、僉使之慎重，皆有關于用人行政之實焉。易曰：「聖人久于其道，而天下化成。」所以興賢論秀，蒸蒸日上。讀是編者，不益信而足徵哉！

秦小峴曰：平易之言，自爾正大。

槐廳續筆序

余前輯《槐廳載筆》一書，特以資藝林之談論而已。行世數年，茲又續得若干卷，猶曩志也。徵文攷獻，當代之典實存焉。微惟近日稗乘小説家，連犿恢詭，罕所據依，不足取信，且其文多不雅馴。故是編採諸詩文集者較夥，凡紀恩述事，可以傳諸奕禩、播為嘉話者，始筆之書。如朱文正、紀文達、彭文勤諸公詩注，往往根據確覈。隨手甄錄，彙而存之，未克如前書標舉門類者，卷帙無多，非自亂其例也。

秦小峴曰：要言不煩，弗事華藻。

杭郡選舉錄序

余喜藏郡縣志，備檢覈耳。然余著述多近代事蹟，易考辨，若漢唐上，則難之。吾友蔣東橋先生湛深經史，生平職志，大者多刊刻行世，其剩筆零墨，皆足膏馥後學。《杭郡選舉錄》所記特奏名稱進士、太學選察升補各條款，私試、公試、省試，內舍、上舍諸規制。徵引明晰若指掌，可寶也已。

王子卿曰：言及瑣碎，提挈書之，井井不紊，非老筆不克舉。

國朝寓賢錄序

廿年前，于書肆鬻黃氏遺詩一鉅帙，太沖先生選錄其先世遺集十餘家，頗有删潤。覃溪先生見之，以為太沖的筆，詩殊佳，皆朱竹垞檢討《明詩綜》所未收。余校官書《明文海》，亦太沖手勘，字畫宛然。茲《東橋寓賢錄》首載太沖，後七八十家，多採軼聞逸事彙成，可以裨益聞見。余前佐芸臺、小峴二公纂輯己未鴻博書時，惜未得寓目也。秋吟太史其寶之。

王子卿曰：浙東耆舊，首推太沖。提黃氏遺詩作綱，審題得勢。

完顏太淑人七十壽序

完顏太淑人之寡居也，堂上有姑，時膺痰疾，動履弗自由，扶掖需太淑人者二十餘年。子四：季側室出，今官筆帖式；孟官侍御，仲、叔官太守，皆太淑人出。世遺薄田，僅中人產，家人食指浩繁。太淑人善經理，量入為出，日用稍裕。擇傅俾諸子讀書，夜則躬自督誦，持針黹辟苧相伴。以一女子持籌握算，祁寒暑雨，歷百變而不渝，如是者幾何年。

侍御始登仕籍，兩太守以次登仕籍，家道日隆。諸子皆赫然有聲譽於時，世皆謂太淑人之教。太淑人曰：「先人之遺德也，余奚能繼？」而仲、叔君皆出為太守，請往侍養。太淑人曰：「食貧吾素甘，且不耐風霜車馬勞，長安居自慣，奚僕僕為？」侍御躬親色笑，脆美之珍，華綺之飾，皆絕弗自用，晉獻之於堂上。親戚族黨莫不羨之以為榮，而太淑人持針黹辟苧自若也。

侍御子奎齡，官光祿寺署正。署正子英幹，年甫六齡，喜識字弄文墨。太淑人教之嚴，小有過失，侍御恒率子若孫跽而受訓誨。侍御愛彈琴，署正喜畫，吾每過其書堂，聽其稚孫誦《二南》，琴聲畫影、家庭和樂之象，不禁為之神往。今太淑人七十初度，侍御承歡且二十年矣，神氣豐腴，有逾於少年人。或有以積瘁而健也疑之，余謂壽之理如是。莊子曰：「受命於地，唯松柏獨。」不其然乎？太淑人不以文墨為嫌，余敢於琴室畫屋間而進此序焉？

阮芸臺曰：閑曠之筆，沉摯之思。

朱滄湄曰：其骨格得之廬陵、震川，而時有南雷、謝山風味。豈近日校甬東諸文集，遂有霧露之潤耶。

跋

白桃花詩冊跋

京師馮益都相國所種芍藥，朱竹垞檢討所種藤花，至今猶在人口，為詩家典故。非鰓鰓有異于芍藥、藤花也，以相國、檢討耳；亦非僅僅有異於相國、檢討也，以一時所與游者皆賢士大夫耳。今芍藥、藤花已無存，而當日歌詠之什傳播勿衰，詩之能感人心，固如是之甚乎。余友吳子野駕部，僑寓京師海岱門外，其園擅亭臺花木之勝，屋之西北隅有白桃花一樹，蓋百餘年物，蔭可蔽一二畝，約客觴其下，可坐十餘席。江淮湖海之士見之，每詫為奇觀。《十洲記》東海有山，名度索，有大桃樹，屈蟠數千里，其言頗不足信。茲桃豈其種與？姑弗深辨。子野風雅好客，值春風吹欄，玉煙下階，招朋舊歌飲其下，相與感眺。則子野之白桃花，又何殊相國之芍藥、檢討之藤花也哉？今子野彙同人詩泐諸石，白桃花傳，白桃花之詩與之俱傳。後之續《春明夢餘錄》、《日下舊聞》者，不又有所取資與？

馬秋藥曰：淺深層折，愈轉愈靈，晉唐畫師擅此渲染法。

觀生閣花鳥跋

唐高宗命修陶隱居注《神農本草經》，復定增草木禽蟲凡二十卷目錄，《藥圖》、《圖經》合為五十餘卷。後代名手，任意採掇，元明以來代有其人。淑媛中擅此長者，如元之管仲姬、明之文淑，寄託性情已耳。茲觀生閣所著，外師造化，中得心源，幾與宋畫《蟬雀扇》陳東府體埒。南唐徐熙所謂折枝，不足言矣。

初頤園曰：典雅，妙不岑寂。

諸臣恭和詩卷跋

嘉慶九年二月，上幸翰林院，賜讌賦詩，更成七律四章。命王大臣賡和，而彙其稿交侍郎英和親書，刊石于翰林壁間，以永其傳。草稿雖諸臣親進，多非的筆，中間自書者不過三五家。然玉堂給札，金炬聯吟，事隔百餘年，即為人間不可得之蹟也。侍郎潢裝為卷，韞藏家，實不愧三代翰林家風云。

阮芸臺曰：足資掌故。

桂花圖跋

煦齋第二子芝圃登第，乃翁既為詩詡之，勉其懷祖勵品，意甚摯也。芝圃并合令堂所作桂花一枝，合裝成圖示余。余因念去歲兒子獲解時，夫人曾畫此見賀。煦齋侍郎遂有「竇家五樹，郄林一枝」之跋。茲馨兒獲聯捷春榜，併承選侍東牀，則是花也，夢兆、姻緣胥有賴焉。余見此故尤樂為之題識。

秦小峴曰：小中見大，須此鄭重之筆。

書

復趙味辛書

陶山附到手書，以小兒登第累累數百言，意念深矣。《斜川集補遺續編》承校訂付梓，甚慰。鄙懷不獨足飫當世士大夫之心，即叔黨公暨幼槃、改之二老，亦含笑九原矣。第前函有未及述者，考《宋史》本傳、宋元人銘志紀傳，蘇過，字叔黨，自號斜川居士，無一字屬諸邁也。前年在文館校《永樂大典》萬卷零，硃書大字標題幾千處，皆曰「蘇邁《斜川集》」，不曰「蘇過」，其曰「蘇過」者僅二處耳，尚是誤字。

豈當日繕錄之員如此訛舛，纂輯之臣如此草率，上進宸覽，毫無鑒察，歷數百年而未聞清議，真不可解矣。質諸同人，殊莫能辨，求足下博稽載籍，精覈而詳說之，感切不盡。餘不宣。陶山寄到一部，京師求者甚眾，祈印數部來。

初頤園曰：瑣事幽懷，閑情遠致，寫得蕭憀抑欝。

傳

喬君家傳

喬君諱元賦，字相文，先世由平陽遷介休西鄉之田邨。君生而穎敏，言笑不苟，年十三喪母，哀毁如成人，事繼母不異所生。為諸生，有聲庠序間。朝廷方開四庫書館，以君充謄錄官，甄敘當得兵馬司指揮，非其意也。歸，築廬三楹，顔曰「學庵」，羅古今圖書數百卷，雜蒔花竹，將以山居老。已而，官募鹺，商人皆避去，君獨奮曰：「公務也，敢憚勞乎？」卒就之。是時，觀察高郵沈公重君文，趣應試，中副榜。沈公歎曰：「以子文而不得高第，命也。」遂棄去，課子弟講學，採先儒粹語，揭諸楹壁。先世故好善，君益修其緒，建義塾，治橋梁，夏施藥餌，冬施衣，鄉里賴之。配何宜人，克承夫志。君卒於嘉慶元年，宜人後十三年而卒。命其子如宇、如齡，出千金贍宗黨之無告者。予識如宇，述君大略，俾余傳之。如齡亦有父風云。

論曰：士不克施其用於時，退而為善，於卿亦足稱矣。吾聞澤潞間山逕多阻仄，行旅苦之，今則坦平如砥，□咸頌君之功，眾呼為喬公山，其利溥哉。又聞入君之鄉，耳不聞誶聲，目不覩鬥狀，由喬公之教也。嗚呼！如喬君者，雖古之陳仲弓、王彥方，何多讓焉。

言皋雲曰：不多費筆墨，立言居要，柳州之抑奥揚明，夫何讓焉。

墓表

誥授奉政大夫工部屯田司員外郎楊君墓表

自吾友楊君歿，不復有游觀之樂矣。余性疏曠，既以不獲歷覽佳山水為憾，官閑務簡，聞園亭花木之勝，輒神往焉。楊君半畝園距余居近，遂時時菹其地，又得偕菊溪、冶亭兩尚書，倡酬于梧竹間。既兩尚書為疆吏，遠宦東南，君復抱疾遽沒，獨學之傷，于斯為甚。

君姓楊氏，諱潭，改諱涵，字映千，自號月峰，山西靈石人。曾祖桂枝，祖殿輔，太學生，後贈如君官。曾祖妣閻，祖妣許，俱贈宜人。父士藩，候選府同知，以次子師濂，贈中憲大夫，有懿行，崇祀忠孝祠。妣王，贈恭人。君其伯子也，性謹願、孝友、和睦，族黨無間言。乾隆四十六年，由貢生援例授中書，兩充武會試收掌，洊擢工部屯田員外郎。君業豐厚而恬退澹泊如寒素，起家不由科目，嗜文章，藏古鼎彝、金石、碑刻甚富，賓客往來無虛日。值絲竹聲四起，君右手執筆，左手持杯酒，勸酬雜遝，墨汁污襟袖，不顧也。

一日，余偕其戚友何君道生，招冶亭游其園。暑雨驟過，庭院如洗，壁上列菊溪新詩，余乘興次其韻，何君亦繼聲，冶亭則揮毫書諸楹柱。酒半，君趣余作園記，走筆以應。翌日，同人傳為佳話。至今思之，蓋亦人生不可多得之會也。諸子皆岐嶷，延名師課讀，悉有法度。君天懷浩落，宜乎享遐年，乃遽疾而竟亡也，悲哉！

生于乾隆十四年正月初六日，卒于嘉慶十年十二月十八日，享年五十有七。元配何，繼配喬、陳，並封宜人。子四：長慶春，太學生，娶王，先君卒；次春榮，太學生，娶閻；次春霖，太學生，娶何；次春華，太學生，娶張。女六：長適梁甲芳，候選知縣；次適何增綬，太學生；次適喬如宇，大理寺評事；次適曹汝洵，嘉慶庚午舉人。俱先君卒；次適何榮緒，嘉慶庚午舉人；次適曹汝淳，太學生。以某年月日葬于某鄉某原。

余與君交二十年，溫溫然，恂恂然，不欲以才藻相矜尚，及與論當時人物，語簡而當。君歿既六年，諸子皆能守君遺教，讀書應科舉，不妄與外人交，斯即君厚德之報也已。故因春榮之請，舉其夙知于君者，揭于隧道之阡，俾後人有考焉。

阮芸臺曰：學昌黎『馬少監』、盧陵『張子野』兩墓志，而得其髓。

墓誌銘

江安糧道前江蘇按察使司按察使于公墓誌銘

公姓于氏，諱鼇圖，字伯麟，世稱滄來先生，籍隸鑲紅旗漢軍。曾大父諱成龍，兵部尚書，河道總督，謚襄勤。大父諱永裕，世襲輕車都尉，兼參領。父宗瑛，乾隆甲戌進士，江南道監察御史。公之生也，侍御公夢古衣冠人入謁，母夫人遂生。公幼聰穎，喜讀書。十三歲為文章，驚其長老，兼喜作五七言韻語，日行功過格。十九歲入庠，二十一歲庚寅中式順天舉人。侍御公方改官，家無積蓄，食指浩繁，課生徒，藉館穀為事畜資。

及揀發江南候補知縣也，上游多以讀書之士相器重；又以貴介子弟，恐不諳民間疾苦。委賑揚州，嘗步行八九十里，縣丞某邀樂人侑饗，公曰：「是何時，尚忍行樂乎？」宰常熟，歷勘盜案，未嘗用刑。乾隆五十九年，知太倉州，蝗災，議煮粥以賑，僧寺為廠，男入由左，女入由右，領賑出，則由中，人咸得食。訖事無擁擠踐踏患，全活數萬衆。建育嬰堂，大興朱文正為作記。晉江商張茅等十二人，官役誤緝以為洋匪，公悉其誣，宥死。河督康公茂園薦補徐守，有「守潔，才優，勤于政事」之語，蓋紀實也。

公長余三齡，生平愛文墨，深以不入翰林為憾。應童子試時，余即識公，入官後，各有職守，不克時得親暱，間通尺素而已。去年入都，握手道故，商榷生平著述，頗引為同調。乃別未幾，而訃問遂至也，傷哉！著有《習靜軒詩文全集》二十四卷，吾友王芑孫序之。嘉慶十六年二月二日卒于江安道署，年六十有二。子男二：定保，官某職；卿保，官某職。女若干：嫁某某。孫男若干。孫女若干。某月某日葬于某原。

銘曰：公家祖德，被于江淮。後嗣繼之，澤流湝湝。猗嗟我公，詩情酒懷。官閣一編，儼坐山齋。視民如子，同根異荄。遺愛在人，受福孔皆。恒幹易朽，令名不埋。瘞此銘詞，勿溷塵霾。

阮芸臺曰：廉訪一生清德，藉此縝密之筆，足以傳矣，不必恢張蹈厲為也。

記

孫學齋書庫記

余六七歲病幾殆，九歲識字，讀書善忘，遂以誦讀為苦事。然性喜蓄書，見書寢食可廢，性命之外，惟書為親。族黨知予癖，多以舊書歸余。迨入翰林，司四庫書局，奇文秘冊，弗忍釋手，每假小史鈔之。旬日輒過書肆流覽，賈人知余嗜書，未見之本，必留以待歸余。而官書難購，特藉余鈔之，故於余亦不昂其值也。官太學前後六七年，問字者知余癖，多肯為余鈔書。積益多，檢閱益不便，更無所謂讀之一日也。留付子孫，計又拙矣。築書庫五楹貯之，寄一時之性情云爾。憶余亡友芸圃大令，喜藏書，官山左時，池北庫藏帙蓋得其半。候補京師，又得黄崑圃、勵衣園兩家書。余獲秘本，往往借鈔，癖有甚於余者。其子不能善守，聞已零落矣。今巡撫山東吉止齋，工詩，喜藏書，聞《永樂大典》稿本存其家。余與止齋交二十年，絕不知其事，道路之言如此，余將訪之。附記於茲。

秦小峴曰：簡淨，惜余無緣窺其藏也。

萬柳堂記

萬柳堂，元廉希憲別墅，時稱廉園，在彰義門外豐臺者是也，趙松雪、許圭塘、貢雲林、盧疏齋歌詠之地。國朝馮益都相國，買沙河門内地一區，其地窪下多水，易植柳，且慕廉孟子風，故亦名「萬柳」，實非希憲舊址。陳其年《萬柳堂徵詩文啓》可據，近日戴菔塘太僕記述亦甚明晰。阮芸臺侍郎再入翰林，官閑政簡，留心京師掌故，一日偕朱野雲山人同訪萬柳堂遺蹟。蓋益都歸里，堂歸石氏，遂為拈花寺，寺中大悲閣、彌勒殿，康熙四十一年石氏所建。益都還鄉，毛大可寄詩，已有「約伴往游，一望荒涼，凄然淚下，感而有作」之語。則其地廢棄久矣，芸臺賦詩感舊，有今昔之悲，約野雲補樹。

顧吾思之，方廉公之治為斯堂也，不過適一時之興耳；而若趙、若許、若貢、若盧，亦不過適一時之興。豈料後幾百年，因其名易其地，而更有茲堂哉？方馮公之治為茲堂也，不過寄一時之興耳；而鴻博諸君子，亦不過寄一時之興。豈料後百年，因其名考其地，而更欲有茲堂哉？是皆非人之所能為矣。野雲山人，泰州人，工詩善畫，為翁覃溪先生識；芸臺侍郎又謂其別字與廉公同，有可記也，故為之記。

阮芸臺曰：《帝京景物略》、《日下舊聞》皆不能敘述明切，此文可作志乘讀。

煦齋侍郎摹蘭亭獨孤本紀

嘉慶十二年，侍郎奉使命駐節淮揚間者兩閱月。時鐵冶亭尚書揔制三江，談韶華觀察分巡蘇松。二公，侍郎鄉會舉主也。政事外，續文翰墨緣。蘭亭獨孤本，實侍郎數年來所蓄于心者。觀察先以重資購為己有，遲之久，而侍郎始得見，為觀察敬臨，復自臨一通，原帖歸觀察。觀察歿匝月，遽遭回祿之厄，書畫蕩然。觀察家屬知侍郎愛重此，遂以殘字贈。遂獲補綴成全，愈形人工天巧，至寶猶在人間也。而侍郎之神契松雪翁，兩次摹本，亦必流傳為世不可少之物矣。

蔡生甫曰：煦齋喜藏松雪翁書，臨摹時時亂真，讀此文，後學乃知所考據。

周貢生詩記

績溪周氏一門稱最盛，自霽原大令問字於余，其子弟多從余游。霽原沒，家漸衰，不十年零落殆盡。惟卣封進士今令泰寧，別後無音耗，可慨也。吾友程子素齋，周氏戚也，自南來謂余曰：「卣封出都時，曾以亡弟啟元手稿留先生齋，求刪定，有之乎？」余曰：「然。」啟元才士，亦志士，工愁善病，作文苦思過度，坐是傷生。余見其下筆數易其稿，未嘗不以古人自期，期之過甚，愜心遂寡，故弗終篇，輒投水火廢去。存者絕少，是非亦多未當，余不能為之芟刈也。程子曰：「周氏重先生言，請識數語記之，啟元死猶生。問世誠弗敢，其存於家乎？」余因舉生之慎於為文，而勉其後裔勿隳先業也可。

秦小峴曰：於無可發揮中，寫出如許關繫來。仁人之言藹如。

附錄一　傳記

清史稿列傳二七二・文苑二

法式善，字開文，蒙古烏爾濟氏，隸內務府正黃旗。乾隆四十五年進士，授檢討，遷司業。五十年，高宗臨雍，率諸生七十餘人聽講，禮成，賞賚有差。本名運昌，命改今名，國語言「竭力有為」也。由庶子遷侍讀學士，大考降員外郎，阿桂薦補左庶子。性好文，以宏獎風流為己任。顧數奇，官至四品即左遷。其後兩為侍講學士，一以大考改贊善，一坐修書不謹貶庶子，遂乞病歸。

所居後載門北，明李東陽西涯舊址也。構「詩龕」及「梧門書屋」，法書名畫盈棟几，得海內名流詠贈，即投詩龕中。主盟壇坫三十年，論者謂接跡西涯無愧色。著《清秘述聞》、《槐廳載筆》、《存素堂詩集》。平生於詩所激賞者舒位、王曇、孫原湘，作《三君子詠》以張之。

清詩列傳卷七二・文苑傳三

法式善，字開文，蒙古烏爾濟氏，隸內務府正黃旗。乾隆四十五年進士，改翰林院庶吉士，散館授檢討，擢司業。五十年，高宗純皇帝臨雍禮成，賞賚有差，移左庶子。本名運昌，命改今名，國語言「竭力有為」也。五十一年，遷侍讀學士。五十六年，大考不合格，左遷工部員外郎。次年，大學士阿桂薦補左庶子。五十八年，升祭酒。以讀書立品，勖諸肄業知名之士。一時甄擢，稱為極盛。嘉慶四年，坐言事不當，免官。俄起編修，遷侍講，尋轉侍讀。七年，遷侍講學士，會大考，復降贊善，俄遷洗馬。十年，陞侍講學士。坐修書不謹，貶秩為庶子。在館纂《皇朝文穎》，復纂《全唐文》。旋乞病，家居養痾。法式善官至四品即左遷。名盛數奇，似有成格，顧泊如也。

所居在地安門北，明西涯李東陽舊址也。背城面市，一畝之宮，有「詩龕」及「梧門書屋」。室中收藏萬卷，間以法書名畫，外則蒔竹數百竿，寒聲疏影，翛然如在巖谷間。時海內稱詩者，多追逐於沈德潛、袁枚兩家，法式善獨無所倚毗，用王士禛三昧之說，主王、孟、韋、柳，性極平易，而所為詩則清峭刻削，幽微宕往，無一語旁沿前人。居翰林時，凡官撰之書，無不遍校，因是所見益博。所撰《清祕述聞》、《槐廳載筆》，詳悉本朝故事，該博審諦。尤喜獎藉後進，得一士之名，聞一言之善，未嘗不拳拳也。海內名流投贈諸作，輒投詩龕中，作詩話，復取諸師友詩，略以年代編次，為《湖海詩》六十餘卷。又著有《存素堂詩集》三十八卷。十八年，卒，年六十二。

嘯亭雜錄卷九·詩龕

昭槤

蒙古法祭酒式善，榜名運昌，中式時，純皇帝曰：「此奇才也。」賜改今名。祭酒居淨業湖畔，門對波光，修梧翠竹，饒有湖山之趣。家藏萬卷，多世所罕見者。好吟小詩，入韋、柳之室，頗多逸趣。家築詩龕三間，凡所投贈詩句，皆懸龕中，以誌盍簪之誼。任司成時，惟以獎拔後進為務。同汪瑟庵先生選《成均課士錄》，其取售者率一時知名之士，海內遂為圭臬。己未春，上疏請旗人屯田塞外事，上以為故違祖制，降官編修，因引疾去官以終。先生慕李西涯之為人，訪其墓田，代為葺理，又邀朱石君太傅、謝薌泉侍御等鳩工立祠，歲時祭享焉。先生與余最善，每相見，勵以正身明道之詞，坐談終日不倦，實余之畏友也。

嘯亭續錄卷三·法時帆謔語

昭槤

某司空督學中州時，好出搭題以防剿襲之弊，致經文多割裂，法時帆學士心惡其行。其後某復督學楚中，往辭法公，公多所獎譽，某心喜悅。及臨行時，時帆送至中庭曰：「楚中有一故交，代為諉誰可乎？」某詢其姓氏，時帆曰：「孔、孟二夫子著述已千載，請公慎勿將其文再行割裂也。」聞者撫掌。

嘯亭續錄卷四·時帆之吝

昭槤

法時帆祭酒與予交最篤，討論天下事，頗識竅要，屢領書局，考證詳明。嘗更正前人錯誤，辨論終日，鮑雙五嘗笑曰：「老翁何認真至此，真可謂書蠹也。」然性吝嗇，自諸生起家，終身未居要官，及沒時，家貲八萬，書史他物稱是，實良能也。予書室以紗糊窗，先生見，責曰：「何暴殄物力至此？」嘗與先生坐談至午後，出粽食之，其糖皆闇然若漆，而先生食之甚甘，亦可覘其儉也。

附錄二 評論

隨園詩話卷一一

袁 枚

滿洲詩人法時帆學士與書云：「自惠《小倉山房集》，一時都中同人借閱無虚日；現在已鈔副本。洛陽紙貴，索詩稿者坌集，幾不可當。可否再惠一部，何如？」外題拙集後云：「萬事看如水，一情生作春。公卿多後輩，湖海有幽人。筆陣驅裙屐，詞鋒怖鬼神。莫驚才力猛，今世有誰倫？」此二人者，素不識面，皆因詩句流傳，牽連而至；豈非文字之緣，比骨肉妻孥，尤為真切耶？

隨園詩話補遺卷六

袁 枚

法時帆學士造詩龕，題云：「情有不容已，語有不自知。天籟與人籟，感召而成詩。」又曰：「見佛佛在心，說詩詩在口。何如兩相忘，不置可與否？」余讀之，以為深得詩家上乘之旨。旋讀其《淨業湖待月》云：「緩步出柴門，天光隔橋滃。溪雲沒酒樓，林露滴茶籠。秋水忽無煙，紅蓼一枝動。」又：「摳衣踏蘚花，滿頭壓星斗。溪行忽有阻，偃蹇來醉叟。攘臂欲扶持，枕湖一僵柳。」此真天籟也。又，

《讀稚存詩奉柬》云：「盜賊掠人財，尚且有刑辟。何況為通儒，覥顔攘載籍。兩大景常新，四時境屢易。膠柱與刻舟，一生勤無益。」此笑人知人籟而不知天籟者。先生于詩教，功真大矣。《詠荷》云：「出水香自存，臨風影弗亂。」可以想其身分。又曰：「野雲荒店誰沽酒，疏雨小樓人賣花。」可以想其胸襟。

湖海詩傳卷三六

王昶

时帆自登仕版，即以研求文獻，宏奬風流為事，故在詞垣著《清秘述聞》、《槐廳載筆》，在成均著《備遺錄》，其餘有資典故，著而未刻者甚多。所居在厚載門北，背城面市，一畝之宫，有詩龕及梧門書屋。室中收藏萬卷，間以法書名畫，外則移竹數百本，寒聲疏影，翛然如在巖谷間。經師文士，一藝攸長，莫不被其容接。為詩質而不癯，清而能綺，故問字求詩者，往往滿堂滿屋。

陶廬雜錄序

翁方綱

梧門姓孟氏，内府包衣，蒙古世家，原名運昌，以與關帝字音相近，詔改法式善。法式善者，國語奮勉也。其承恩期許如此。自其幼時，頴異嗜學，尊人秀峰孝廉，受業於予，故梧門得稱門人。刻意為詩，又博稽掌故。其於詩也，多蓄古今人集，閎覽強記，而專為陶韋體，故以詩龕題其書室，又以陶廬自號。其於典籍卷軸，每有所見，必著於錄。手不工書，而記錄之富，什倍於人。即此卷，可見其大凡矣。與予論詩年最久，英特之思，超悟之味，有過於謝蘊山、馮魚山，而功力之深造，尚在謝、馮二子下。故數年間阮芸臺在浙，以其存素齋詩集，送付靈隱書藏，而予未敢置一語。今笠帆中丞以所梓是編，屬為一言，則其中有繫乎考證、有資於典故者，視其詩更為足傳也。梧門子桂馨亦能文，早成進士，官中書舍人，深望其以學世其家，而今又已逝去。撫卷懷人，耿耿奚釋？況吾文之謭陋，又安足以序之？

北江詩話卷一

洪亮吉

法祭酒式善詩，如巧匠琢玉，瑜能掩瑕。

惕甫未定稿卷二·存素堂試帖序

王芑孫

時帆用漁洋「三昧」之說，言詩主王、孟、韋、柳，又工爲五字。一篇之中，必有勝句；一句之勝，敵價萬言。其所學與予異，而過辱好予。有作，必就予審定。嘗刻行其《詠物詩》一種，首以示予，予偶弗之善，遂止不行。後五六年，欽州馮魚山敏昌見而大稱之，問何以不行？時帆以予言告。予始獲聞之，而悔前言之過。世亦有沖然耆學如是者乎！

惕甫未定稿卷六·詩龕會飲記

王芑孫

吾友時帆學士，自名其居曰「詩龕」，爲詩甚富，以詩求友甚勤。比由翰林改官入工部爲郎，蕭然自得，沖然有容，怡然無所不順，庶幾能暇於心者。於是以歲晚務閒之時，飲其常所往來者。酒不必多，飲可以醉；膳不必珍，食可以飽。其來會於斯者，有法書名畫之娱，無博弈管絃之擾。退而形諸言詠，其能畫者爲之圖。……是歲，乾隆五十六年；其日，冬至前五日也。

惕甫未定稿卷二〇·法庶子詩龕嚮往圖讚序

王芑孫

時帆先生稱詩於世，其言詩以唐之王、孟、韋、柳爲宗，而上希陶靖節。既以詩龕名其室，作《詩龕圖》，復寫陶公及有唐四公像，而貌己執卷沉吟於其下，謂之《詩龕嚮往圖》。……乾隆壬子五月圖成。

靈芬館詩話續卷五

郭麐

梧門先生法式善風流宏獎，一時有龍門之目。己卯歲，余應京兆試，先生為大司成，未試前余避嫌未及晉謁，先生已知其姓名。監中試畢，呼騶訪余于金司寇邸第，所以勖勵期待之者甚厚。下第出都，猶拳拳執手，望其再踏省門。書聯見送云：「一輩登科慚李郃，半年太學去何蕃。」然卒之皓首無成，以不舞之鶴，為羊公累，吁，足悲矣！先生嘗有詩見贈，近料理故篋，重一繙閱，不禁涕之霑膺。錄此以志感愧：「君從山中來，踏此槐花影。掃榻城西偏，蕭然塵事屏。思君不得見，使我心耿耿。青衫逐時髦，漂泊劇浮梗。兩戰皆拔幟，驥足始小騁。知人古所難，致此吾其幸。願君長閉關，無事廣造請。眠早餐宜加，讀書隨意領。清齋坐月明，北地防秋冷。」先生詩集聞已付梓，窮居遼隔，亦未得見。有《詩話》十餘冊，交屠太史琴隖為之校刊，亦未果，終當與琴隖共成此事，庶報知己于萬一耳。

乾嘉詩壇點將錄

舒位

參贊詩壇頭領一員。

神機軍師法梧門：式善，字開文，號時帆，原名運昌，蒙烏吉氏，蒙古正黃旗人。乾隆庚子恩科進士，官侍讀，著《存素堂詩文集》、《清秘述聞》、《槐廳載筆》。

前有李茶陵，後有王新城。具體而微，應運而興。在師中吉，張吾三軍。其機如此，不神之所以神。

筱園詩話卷二 朱庭珍

本朝滿州詩人，如夢文子麟、法梧門式善，皆清矯不凡。

晚晴簃詩匯卷一〇二 徐世昌

時帆論詩主漁洋「三昧」之説，出入王、孟、韋、柳，工爲五字。所居淨業湖，側為李東陽舊宅，因修其祠墓，為作年譜。嘗有句云：「前身我是李賓之。」又云：「我於李賓之，曠代默相契。」其慨慕風流，不啻東坡之於香山焉。

附錄三　梧門先生年譜

阮　元

先生蒙烏吉氏蒙古正黃旗人，始祖諱福樂者，以軍功從龍入關，隸内府正黃旗。六傳而至先生，始名運昌，字開文，號時帆。乾隆五十年以陞庶子，具謝摺，高宗純皇帝特改名法式善。法式善者，滿洲語黽勉上進也。又自號梧門，以幼時韓太淑人課讀之所，每日散學，視梧陰逾門限耳。曾祖諱六格，官内管領，誥授中憲大夫，曾祖母趙氏誥封恭人。祖諱平安，貢生，内務府員外郎，誥授中憲大夫，祖母張氏誥封恭人。父諱和順，圓明園銀庫庫掌，母韓氏。本生父諱廣順，乾隆庚辰科順天鄉試中式，本生母趙氏。三代皆以先生誥贈通議大夫、翰林院侍讀學士、國子監祭酒、加五級。妣皆贈淑人。

乾隆十八年癸酉

是年正月十七日寅時，先生生于西安門養蜂坊。兄弟四人皆趙太淑人出。先生居長，生一月，即奉祖命嗣伯父後。次弟會昌十七歲歿，三弟恩昌二十七歲歿，今惟四弟壽昌官内管領。

乾隆十九年甲戌

二歲。

乾隆二十年乙亥

三歲。

乾隆二十一年丙子

四歲。

乾隆二十二年丁丑

五歲。移居海淀之冰窖北上坡。

乾隆二十三年戊寅

六歲。患耳瘡七閲月，復患口瘡三閲月，韓太淑人每守視之。太淑人嫻吟詠，日賦《雁字》詩排悶，先生所刻《帶綠草堂遺詩》是也。

乾隆二十四年己卯

七歲。從文安刑公如澍讀書。

乾隆二十五年庚辰

八歲。

乾隆二十六年辛巳

九歲。從大興陸公廷樞讀書。

乾隆二十七年壬午

十歲。閏五月十四日，先生丁父憂。其後，乾隆五十九年同官祭酒山陽汪公廷珍為補作墓表。先生家貧不能延師，韓太淑人親課授，《離騷》、陶詩口為講解，以慈母兼嚴師云。

乾隆二十八年癸未

十一歲。隨韓太淑人寓外家。外家家日替，而轉食于外家之戚。至是一二月輒易一師，太淑人每日燈下必嚴覈讀書，未嘗或弛也。

乾隆二十九年甲申

十二歲。先生之祖卒。

乾隆三十年乙酉

十三歲。

乾隆三十一年丙戌

十四歲。遊萬壽山，至湖上有紀遊五古詩，為韓太淑人所稱賞。

乾隆三十二年丁亥

十五歲。太淑人典衣買善本十三經及字典諸書，有志藏書自是年始。

乾隆三十三年戊子

十六歲。選入咸安宫，肄業。教習為錢塘盧公鳳起，己卯舉人；總理為總憲滿洲觀公保；總裁為餘姚盧公文弨、通州王公大鶴，皆一時聞人。

乾隆三十四年己丑

十七歲。

乾隆三十五年庚寅

十八歲。

乾隆三十六年辛卯

十九歲。是年雨大，路絶行人者數日，居僧寺中讀書，往往絶糧。院試取入學第二。

乾隆三十七年壬辰

二十歲。讀書西華門外南池子僧寺中。

乾隆三十八年癸巳

二十一歲。仍寓寺中讀書，兩飯俱在官學中，夜則棲息禪榻。太淑人為定姻傅察氏。是年，以「詩龕」署于僧齊。

乾隆三十九年甲午

二十二歲。韓太淑人病肺，晨夕不離。時時執先生手泣涕，三月初七日卒。先生痛不欲生，不親文字，苫次山中。其後，乾隆五十九年同官祭酒山陽汪公廷珍為補作合葬墓表。

乾隆四十年乙未

二十三歲。依其三叔父諱信順，居豐盛衚衕。仍讀書西華門僧寺中。

乾隆四十一年丙申

二十四歲。補廩膳生。

乾隆四十二年丁酉

二十五歲。傅察氏來歸。

乾隆四十三年戊戌

二十六歲。讀書德仁圃宅。

乾隆四十四年己亥

二十七歲。在己亭英貴家共讀書，朝出安定門騎射。八月十九日，長女生。鄉試中式九十五名，考官大學士漳浦蔡公新、禮部侍郎後官尚書滿洲達公椿，房考官編修後官吏部侍郎歙縣曹公城。

乾隆四十五年庚子

二十八歲。與甲午舉人後官知府德英讀書智化寺。會試中式九十五名，考官禮部尚書滿洲德公保、禮部尚書新建曹公秀先、工部尚書涪州周公煌、工部侍郎後官工部尚書仁和胡公高望，房考官編修後官給事中合肥蕭公際韶。

殿試三甲引見，奉旨改庶吉士。大教習大學士阿公桂、大學士無錫嵇公璜、署大學士英公廉，分教編修後官運使季公學錦，旋派武英殿分校。

乾隆四十六年辛丑

二十九歲。散館，授職檢討，旋派帮辦翰林院清祕堂事，充四庫提調。同事則王公仲愚、德公昌、百公齡、瑞公保、五公泰、汪公如藻、許公兆棠、陸公伯焜。

乾隆四十七年壬寅

年三十歲。官檢討。二月，《四庫全書》第四分告成，議敘錫宴於文淵閣，有御製聯句詩墨刻、筆硯、紙墨、文綺、如意之賚。七月陪瑞公保引見，赴灤陽。

乾隆四十八年癸卯

年三十一歲。二月扈蹕西陵，墜馬傷臂，先生手戰之疾自是年始。五月上特試，賦得《五月鳴蜩》五言八韻詩一首。越二日，有日講起居注官之命。十月，官國子監司業，恭賦《大成殿欽頒周笵銅十彝器歌》，并屬工重摹其像于冊。其戟門兩旁石鼓，以朱闌護之，至今不廢。

乾隆四十九年甲辰

年三十二歲。官司業。是年，特建辟雍，前後堂廉鼎新，官僚胥移南學視事，同事總理大學士漳浦蔡公新，先生座主也。

乾隆五十年乙巳

年三十三歲。官司業。正月，恩詔加一級。二月，臨雍禮成，先生恭和御製詩被賞。納妾李氏。九月，官左庶子，具摺謝恩，有改名法式善之命。

乾隆五十一年丙午

年三十四歲。二月，官翰林院侍講學士。《永樂大典》告竣，加一級。四月，丁本生母趙太淑人憂。授徒于忠勇公第中，纂《同館試律彙鈔》、《補鈔》成，刊行之。

乾隆五十二年丁未

年三十五歲。官翰林院侍講學士。五月，奉命充文淵閣詳校官，於閣之後廊，每日校書。

乾隆五十三年戊申

年三十六歲。轉侍讀學士，奉旨充日講官起居注官。

乾隆五十四年己酉

年三十七歲。官翰林院侍讀學士。

乾隆五十五年庚戌

年三十八歲。官翰林院侍讀學士。五月，以講官扈蹕避暑山莊，恭和御製詩三十首，召對良久，時逾四刻，上諭以作古文法，亹亹千餘言。

乾隆五十六年辛亥

年三十九歲。二月，御試翰詹，考列三等，奉旨以部屬用，掣兵部員外郎上行走。五月十一日次女生，妾李氏出。十一月，補工部員外郎。

乾隆五十七年壬子

年四十歲。正月，以阿文成公薦補左庶子。九月，奉派辦翰林院事，充功臣館提調。舊例：陣亡之將帥、官員、兵丁，皆由翰林院立傳，工部製木主，書籍里、名姓，送昭忠祠奉祀。有言于文成公者，謂昭忠祠庭宇湫隘，木主充斥，請改例：官逾五品者，始許立主，兵丁以下，不必設牌。先生言不可。文成公意未決，即委先生履勘商定。先生以每牌縱三尺、橫八九寸，細字可書千人，大字亦可書數十百人，大帥仍其舊，將弁兵丁合而書之，等威既辨，繁簡適均，毅魄英靈胥得棲託。文成公稱善，從之。文成公又以《四庫全書》告竣，各省所進遺書，有應銷毀本，有應發還本，重復錯亂，堆積如山，清理殊難，委先生治之。先生立道、德、仁、藝四號，繕寫書名，分冊掌之。是年，有《清祕述聞》之編。

乾隆五十八年癸丑

四十一歲。官庶子。纂刻《同館賦鈔》，自乾隆乙丑科起，續鍾公衡所選本也。二月，納妾劉氏。

八月初十日，子桂馨生，妾李氏出，先生字之曰「一山」。王惕甫芑孫作《桂馨名說》，羅兩峰聘、張船山問陶皆有《桂林圖》，翁覃溪先生及諸名士賀以詩者百餘人。

乾隆五十九年甲寅

四十二歲。二月，扈蹕天津，恭和御製詩二十首，有緞紗之賚。五月，陞國子監祭酒。上任日遇雨，羅兩峰山人、瑛夢禪居士為畫《槐雨圖》紀事，題者甚衆。八月，先生丁本生父憂，王惕甫芑孫為作誌銘，趙味辛懷玉為作家傳。

乾隆六十年乙卯

四十三歲。官國子監祭酒。時開則例館，先生照六部現行事例，又有欲照舊例用肄業生為謄錄者。同官不和，物議乃起。

嘉慶元年丙辰

四十四歲。官國子監祭酒。先生長女適大學士三公寶謚文敬子、官侍衛兼佐領世泰。先生子桂馨，以恩廕得補監生。

嘉慶二年丁巳

四十五歲。官祭酒。續編《成均課士錄》，復有《槐廳載筆》、《九家詩》之刻。十二月二十七日，三女生，妾李氏出。

嘉慶三年戊午

四十六歲。官祭酒。二月，皇上臨雍，充進講官，賞賚有差。是年，錄科前列者多中式。時前後兩次《成均課士錄》，風行海內，幾至家有其書。十餘年來，習其詩文者，無不掇科第而去。至是《同館詩賦》，學侶亦皆奉為圭臬云。

嘉慶四年己未

四十七歲。官祭酒。正月初三日，高宗純皇帝龍馭上賓，皇上親政，求直言。先生上六事，又陳國子監十二事。十二月，以大臣密保，奉旨宣問軍機大臣，議革職。奉旨：法式善所論八旗在外屯田一節，是其大咎；陳請親王領兵，不過揣摩風氣起見；至國子監事，已隔多年，不必深究。若照議革職，轉恐阻言路，殊有關係，着加恩賞給編修，在實錄館効力行走。

嘉慶五年庚申

四十八歲。官編修。五月陞侍講，奉旨派充《宮史》纂修官。

嘉慶六年辛酉

四十九歲。官侍講。二月，扈蹕裕陵，皇上行釋服禮。四月，巡撫鐵公保奏交選八旗人詩。其原奏云：「茲因汪廷珍現放安徽學政，與臣札商，將此項詩集交翰林院侍講法式善，專司校閱，翰林院侍讀學士汪滋畹，繕寫裝潢。伏查法式善等詩學素優，在館行走多年，辦理書籍，實為熟手。茲得其接手經理，必能妥善。」奉硃批：「覽，欽此。」五月，奉旨充殿試收卷官。

嘉慶七年壬戌

五十歲。官侍讀。五月，陞侍講學士，奉校《南薰殿列代帝后像》、《茶葉庫諸名臣像》，考定輿圖房《蘿圖薈萃》各籍，編入《宮史》。《蘿圖薈萃》者，爲南書房翰林前後兩次編集，守土大臣所進山川疆野各圖，及異方殊域獻納各圖貼說，裝爲卷冊，不下万餘種，實宇內之大觀，而人間所未見者也。九月迎駕，紆道游盤山。是年，修李文正公墓祠成，先生爲公補作年譜，臨川李府丞宗瀚視學湖南，刻于《懷麓堂集》。大興朱文正公遂戲指先生爲西涯後身云。

嘉慶八年癸亥

五十一歲。官侍講學士。實錄館議敘加一級。三月，大考三等，降贊善。旋陞洗馬。四月，以纂修《宮史》，察對西苑瀛臺、三海、景山、闡佛寺、大西天、悅心殿、承光殿、紫光閣等處御製匾額對聯，敬謹載入。十二月，奉旨充文淵閣校理。

嘉慶九年甲子

五十二歲。官洗馬。二月，皇上幸翰林院，恩賚如乾隆九年例，賜讌賡詩，賞畀甚厚。院掌朱公珪、英公和奏請重纂《皇朝詞林典故》，推先生爲總纂。五月十九日，纂八旗人詩一百三十四卷成，作凡例二十則，進呈，蒙賜御製序，錫名《熙朝雅頌集》。

嘉慶十年乙丑

五十三歲。官洗馬。十月，官侍講學士。十一月，奉旨議敘加一級。遊天平、翠微諸勝，有《西山唱和詩》。

嘉慶十一年丙寅

五十四歲。官侍講學士。遊黑龍潭、大覺寺諸勝。

嘉慶十二年丁卯

五十五歲。官侍講學士。十月，以纂修《宫史》篇葉訛脱，蒙皇上指出，嚴議，實降一級。特授庶子，奏纂修《文潁》。十月，先生為子桂馨聘親章佳氏，阿文勤公玄孫女，阿文成公曾孫女，那繹堂尚書長女。

嘉慶十三年戊辰

五十六歲。官庶子。二月充日講起居注官。三月初一日，傅察淑人以疾卒。奏總纂《全唐文》。程君邦瑞爲先生刻《存素堂文集》於揚州，校刊甚精。

嘉慶十四年己巳

五十七歲。官庶子。二月侍班，黑夜顛躓傷足，告假四閲月，病中檢閲十七省志書。病癒，赴館閲《永樂大典》六千餘卷。七月，赴萬善殿閲《釋藏》一千五百餘種，八千二百餘卷。十一月，赴大高殿閲《道藏》一千三百餘種，四千六百餘卷。皆以補唐文所未採也。十二月初三日，以疾具呈吏部，在家調理，二十日，先生次女適四川都統宗室東公林次子雲奎。

嘉慶十五年庚午

五十八歲。以庶子家居養痾，半載未痊，吏部照例奏請開缺，奉旨允行。先生以病得暇，親課子。七月，葬傅察淑人於順義縣三家店之高家窪。八月鄉試，先生子桂馨中式二十八名舉人，房考官編修仁和胡公敬，考官大學士長沙劉公權之、户部侍郎陳公希曾、刑部侍郎今官巡撫涇縣朱公理。公子原聘章佳氏，驟以疾亡，議續親者甚衆，公子矢志會試後始議。

嘉慶十六年辛未

五十九歲。家居養痾，課子。三月會試，公子中式一百九十九名進士，房官閩縣楊公名惠元，考官大學士富陽董公誥、户部尚書掌翰林院歙縣曹公振鏞、兵部侍郎通州胡公長齡、内閣學士前吏部步軍統領滿洲文公寧。殿試第三甲第二十名，欽點内閣中書。四月二十四日，先生為子桂馨續親德文莊公長孫女、煦齋侍郎長女索綽絡氏，方公維甸以書來議親，秋成禮。公子向有肝鬱之症，至是大發，至九、十月甚劇，先生病復重。

嘉慶十七年壬申

六十歲。家居養痾。公子肝鬱漸平，肺喘尚未能已，擕往西山大覺寺養疾，作詩甚多。四月初一日，瞻禮丫髻山碧霞元君祠。初二日，公子為先生補作生日。初八日，檢庚午順天鄉試、辛未會試十八房同門硃卷，府尹所刻進呈鄉試錄及同榜所刻齒錄，禮部所刻進呈會試錄、殿試錄及同榜所刻齒錄，薈萃無一缺者，各題一詩，俾公子藏之。

六月廿四日，先生痢疾大作，甚危，輾轉於床笫者廿餘日。

先生為幼女擇婿啟元，内務府主事現任六庫郎中福寧長子也，十二月二十一日嫁。

嘉慶十八年癸酉

六十一歲。先生正月間尚出城數次，預約諸詩友寺中看花，步履頗健。

二月初五日，晨起開詩龕，與友人弈，談笑如平時。俄，痰上，扶臥寢室，遂逝。次年六月廿五日，葬於順天府順義縣三家店之高家窪新阡原。